BASTEI LÜBBE

Von Ken Follett sind folgende
BASTEI LÜBBE TASCHENBÜCHER erschienen:

10 026 Die Nadel
10 321 Dreifach
10 481 Der Schlüssel zu Rebecca
10 531 Der Mann aus St. Petersburg
10 704 Auf den Schwingen des Adlers
11 388 Die Löwen
11 675 Der Modigliani-Skandal
11 896 Die Säulen der Erde
12 739 Die Säulen der Erde (Schuberausgabe)
12 168 Nacht über den Wassern
12 501 Die Pfeiler der Macht
12 585 Die Spur der Füchse
12 815 Die Brücken der Freiheit
12 942 Der dritte Zwilling
14 535 Die Kinder von Eden
14 911 Das zweite Gedächtnis
15323 Mitternachtsfalken

Über den Autor:

Ken Follett wurde am 6. Juni 1949 in Cardiff (Wales) geboren. Nach einem Philosophie-Studium am University College (London) arbeitete er als Reporter bei einer Londoner Abendzeitung. Der Durchbruch als Schriftsteller gelang ihm mit dem Spionagethriller Die Nadel,die in 30 Sprachen lieferbar ist, den Edgar Award erhielt und mit Donald Sutherland verfilmt wurde. Nach der Nadel schrieb Follett weitere 14 Romane, alle Bestseller, die auch zum Teil erfolgreich verfilmt wurden.
Ken Follett ist verheiratet und lebt wahlweise in Chelsea (London) oder Stevenage (Herfordshire), dem Wahlkreis seiner Frau, die als Labour-Abgeordnete dem britischen Unterhaus angehört. Er spielt Bass-Gitarre in der Bluesband, die er mit Freunden gegründet hat, liest mit Vorliebe Romane und setzt sich als Präsident des »Dyslexia Institute« für Lese- und Sprachförderung ein.

KEN

FOLLETT

Die Leopardin

Roman

Ins Deutsche übertragen von
Till R. Lohmeyer
und Christel Rost

Illustrationen von
Tina Dreher

BASTEI
LÜBBE

BASTEI LÜBBE TASCHENBUCH
Band 26456

Vollständige Taschenbuchausgabe
der im Gustav Lübbe Verlag erschienenen Hardcoverausgabe

Bastei Lübbe Taschenbücher und Gustav Lübbe Verlag
in der Verlagsgruppe Lübbe

Titel der amerikanischen Originalausgabe: JACKDAWS

Einbandgestaltung: Bianca Sebastian
Titelbild: Rainer Diart Fotostudio, Köln
Illustrationen: Tina Dreher, Alfeld/Leine
Satz: Kremerdruck GmbH, Lindlar
Druck und Verarbeitung: GGP Media GmbH, Pößneck
Printed in Germany, Oktober 2005
ISBN: 3-404-26456-8

Fünfzig Frauen wurden im
Zweiten Weltkrieg von der Special
Operations Executive als Geheim-
agentinnen nach Frankreich
geschickt. Sechsunddreißig von
ihnen überlebten den Krieg,
die anderen vierzehn gaben ihr
Leben.

Ihnen allen ist dieses Buch
gewidmet.

+++ erster tag +++

sonntag, 28. mai 1944

Eine Minute vor der Explosion lag tiefer Friede über dem Stadtplatz von Sainte-Cécile. Der Abend war warm, und eine windlose Luftschicht hatte sich wie eine Decke über den Ort gelegt. Die Kirchenglocke läutete träge und rief ohne große Begeisterung die Gläubigen zum Gottesdienst.

Für Felicity Clairet klang es wie ein Countdown.

Der Platz wurde beherrscht von dem Schloss aus dem siebzehnten Jahrhundert, einer kleinen Versailles-Kopie mit einem großen vorgebauten Portal und Seitenflügeln, die im Neunzig-Grad-Winkel abknickten und sich nach hinten verjüngten. Über dem Wohntrakt aus Erdgeschoss und erstem Stock wölbte sich ein hohes Dach mit Bogenfenstern in den Erkern.

Felicity, die immer nur Flick genannt wurde, liebte Frankreich. Die eleganten Häuser gefielen ihr ebenso wie das milde Klima, die ausgedehnten Mahlzeiten und die gebildeten, kultivierten Menschen. Sie liebte die französische Malerei, die französische Literatur und die schicke französische Mode. Besucher fanden die Franzosen nicht selten unfreundlich, doch Flick, die seit ihrem sechsten Lebensjahr die Landessprache beherrschte, ging überall als Einheimische durch.

Es erbitterte sie, dass das alte, ihr so vertraute Frankreich nicht mehr existierte. Für ausgedehnte Mahlzeiten gab es nicht mehr genug Lebensmittel, die Gemälde waren von den Nazis gestohlen worden, und schöne Kleider trugen nur noch Huren. Flick selber hatte sich dem Stil der Zeit angepasst und trug ein unförmiges Gewand, dessen Farben durchs viele Waschen längst ausgebleicht waren. Von ganzem Herzen sehnte sie den Tag herbei, an dem das wahre Frankreich wieder erstehen würde, und wenn sie und einige Gleichgesinnte ihren Auftrag erfüllten, dann war dieser Tag vielleicht gar nicht mehr so fern.

Ob sie selbst ihn aber noch erleben würde, das stand in den Sternen. Es war nicht einmal sicher, dass sie die nächsten Minuten überlebte. Felicity war kein Mensch, der sich fatalistisch in sein Schicksal ergab – sie wollte leben! Hunderterlei Dinge hatte sie vor, wenn dieser Krieg endlich zu Ende ging. Sie wollte ihre Doktorarbeit abschließen, ein Kind bekommen, eine Reise nach New York machen, sich einen eigenen Sportwagen leisten und am Strand von Cannes Champagner trinken. Doch wenn sie schon sterben musste, dann gab sie sich auch damit zufrieden, ihre letzten Augenblicke auf einem vom Sonnenlicht überfluteten Platz zu verbringen, vor sich ein wunderschönes altes Gebäude – und in ihren Ohren den sanften, singenden Klang der französischen Sprache.

Das Schloss war einst als Wohnstatt für die Provinz-Aristokratie errichtet worden, doch hatte der letzte Comte de Sainte-Cécile 1793 seinen Kopf unter der Guillotine verloren. Und da es im Weinland, im Herzen der Champagne, lag, waren die Ziergärten längst in Weingärten umgewandelt worden. Inzwischen war im Château eine wichtige Fernmeldezentrale untergebracht, da der zuständige Minister aus Sainte-Cécile stammte.

Als die Deutschen gekommen waren, hatten sie die Zentrale erweitert, um eine Verbindung zwischen dem französischen Fernmeldesystem und der neu eingerichteten Telegrafenleitung nach Deutschland zu schaffen. Außerdem hatten sie das regionale Hauptquartier der Gestapo im Schloss eingerichtet – im Erdgeschoss und im ersten Stock lagen die Büros, im Keller die Zellen für Gefangene.

Vor vier Wochen erst hatten die Alliierten das Schloss bombardiert. Gezielte Bombenangriffe dieser Art waren etwas Neues. Die schweren viermotorigen Lancester-Bomber und die Fliegenden Festungen, die Nacht für Nacht über Europa hinwegdröhnten, waren nicht eben sehr präzise – manchmal verfehlten sie sogar eine komplette Stadt. Ganz anders dagegen die jüngste Jagdbombergeneration, die Lightnings und Thunderbolts. Sie flogen bei Tageslicht an und attackierten kleinere, ausgewählte Ziele – eine Brücke, einen Bahnhof oder dergleichen. Deshalb bestand der Westflügel des Schlosses nur noch aus einem Haufen unregelmäßig behauener roter Ziegel aus dem 17. Jahrhundert und weißer Quadersteine.

Dennoch hatte sich der Angriff als Fehlschlag erwiesen, denn die Deutschen hatten die Schäden binnen kürzester Zeit reparieren können. Die Telefonvermittlung war nur so lange ausgefallen, bis die neuen Anlagen installiert waren. Die automatischen Verbindungen und die für Ferngespräche notwendigen Verstärker waren im Keller untergebracht, und der war nahezu unbeschädigt geblieben.

Und deshalb war Flick gekommen.

Das Schloss lag auf der Nordseite des Platzes und war mit einer hohen Mauer aus Steinpfeilern und schmiedeeisernen Gittern umgeben, die von uniformierten Posten bewacht wurde. Auf der Ostseite des Platzes stand eine kleine mittelalterliche Kirche, deren uralte Holztüren geöffnet waren, um die Sommerluft und die allmählich eintrudelnde Gemeinde einzulassen. Der Kirche gegenüber, auf der Westseite des Platzes, befand sich das Rathaus; dort regierte ein ultrakonservativer Bürgermeister, dem man nur selten einmal eine Meinungsverschiedenheit mit den Nazi-Besatzern nachsagen konnte. Den südlichen Abschluss des Platzes bildete eine Ladenzeile mit einem Straßencafé, dem *Café des Sports*. Dort saß Flick im Freien und wartete auf den letzten Glockenschlag. Vor ihr auf dem Tisch stand ein Glas Wein aus der Region, schlank und leicht, wie er für die Gegend typisch war. Sie hatte noch nicht einmal daran genippt.

Felicity Clairet war Offizier der britischen Armee im Range eines Majors. Offiziell gehörte sie zur *First Aid Nursing Yeomanry*, einer ausschließlich aus Frauen bestehenden Sanitätseinheit, die geradezu zwangsläufig die FANYs genannt wurden. Aber das war nur Flicks Tarnung. In Wirklichkeit arbeitete sie für eine geheime Organisation, die so genannte *Special Operations Executive* (SOE), die für Sabotageaktionen hinter den feindlichen Linien zuständig war. Mit ihren achtundzwanzig Jahren gehörte Flick bereits zu den dienstältesten Agentinnen, und sie spürte nicht zum ersten Mal die Nähe des Todes. Doch obwohl sie längst gelernt hatte, mit diesem Gefühl zu leben und mit ihren Ängsten umzugehen, war ihr beim Anblick der Stahlhelme und großkalibrigen Waffen der Wachtposten vor dem Schloss, als lege sich eine eiskalte Hand auf ihr Herz.

Noch vor drei Jahren war es ihr höchster Ehrgeiz gewesen, einmal als Professorin für französische Literatur an einer britischen Universität zu unterrichten. Sie wollte ihren Studenten die Kraft eines Victor Hugo, den Esprit eines Gustave Flaubert, die Leidenschaft eines Émile Zola nahe bringen. Doch dann hatte sie einen Job im Kriegsministerium angenommen und Dokumente aus dem Französischen übersetzt – bis sie eines Tages zu einem mysteriösen Gespräch in ein Hotelzimmer bestellt und gefragt worden war, ob sie bereit sei, einen gefährlichen Auftrag zu übernehmen.

Ohne viel darüber nachzudenken, hatte sie zugesagt. Es herrschte Krieg, und all ihre männlichen Freunde und Kommilitonen aus Oxford riskierten Tag für Tag ihr Leben – warum sollte sie da abseits stehen? Zwei Tage nach Weihnachten 1941 hatte sie mit der Ausbildung bei der SOE begonnen.

Sechs Monate später war sie Kurier und übermittelte Botschaften vom Hauptquartier der SOE – 64 Baker Street, London – an verschiedene Résistance-Gruppen im besetzten

Frankreich. Funkgeräte waren in jenen Tagen noch selten, und Leute, die damit umgehen konnten, noch seltener. Felicity wurde wiederholt mit dem Fallschirm über Frankreich abgesetzt, mischte sich mit ihren falschen Papieren unters Volk, nahm Kontakt zur Résistance auf, übermittelte Befehle, notierte Antworten, Beschwerden und Wünsche nach Waffen und Munition. Am Ende ihrer Mission wurde sie jeweils von einem Kleinflugzeug – meistens einer dreisitzigen Westland Lysander – abgeholt, das auf einem fünfhundert Meter langen Grasstreifen starten und landen konnte.

Der Kuriertätigkeit waren anspruchsvollere Aufgaben gefolgt: Inzwischen war sie mit der Planung und Ausführung von Sabotageakten betraut. Die meisten SOE-Mitarbeiter waren Offiziere, und in der Theorie ging man davon aus, dass die jeweiligen örtlichen Résistance-Gruppen ihre »Untergebenen« waren. In der Praxis jedoch bewegte sich die Résistance außerhalb militärischer Befehlsstrukturen, und jeder Agent musste sich erst einmal die Kooperationsbereitschaft der Gruppen verdienen, indem er Härte, Sachkenntnis und Autorität bewies.

Die Arbeit war gefährlich. Flick hatte ihre Ausbildung gemeinsam mit sechs Männern und drei Frauen absolviert – jetzt, zwei Jahre später, war sie die Letzte, die noch im Einsatz war. Von zweien wusste man, dass sie tot waren: Einen hatte die *Milice*, die verhasste französische Sicherheitspolizei, erschossen; der andere war umgekommen, weil sein Fallschirm sich nicht geöffnet hatte. Die anderen sechs waren nach ihrer Gefangennahme verhört und gefoltert worden und schließlich in irgendwelchen Lagern in Deutschland verschwunden. Flick hatte überlebt, weil sie skrupellos, reaktionsschnell und bis an die Grenze zum Verfolgungswahn auf Sicherheit bedacht war.

Neben Felicity saß Michel – ihr Ehemann und Anführer einer Résistance-Zelle mit dem Decknamen Bollinger, die in der fünfzehn Kilometer entfernten Kathedralenstadt Reims beheimatet war. Obwohl es auch für Michel in wenigen Minuten um Leben und Tod gehen würde, hatte er sich lässig in seinem Stuhl zurückgelehnt, den rechten Knöchel aufs linke Knie gelegt, und in der Hand hielt er ein Glas mit blassem, verwässertem Kriegsbier.

Felicity war Studentin an der Sorbonne gewesen und saß gerade an ihrer Dissertation über die Moral in den Werken Molières – eine Arbeit, die sie bei Kriegsausbruch unterbrach –, als Michels unbekümmertes Lächeln ihr Herz gewonnen hatte. Dem jungen, immer etwas zerzaust wirkenden Philosophiedozenten las in jenen Tagen eine ganze Heerschar glühender Verehrer unter den Studenten jedes Wort von den Lippen ab.

Michel war noch immer der attraktivste Mann, dem Flick je begegnet war – groß und schlank, mit einer Vorliebe für die lässige Eleganz zerknitterter Anzüge und ausgewaschener blauer Hemden. Seine Haare waren nach wie vor eine Spur zu lang, und seine Schlafzimmerstimme sowie der durchdringende Blick seiner blauen Augen vermittelten einem Mädchen das Gefühl, sie sei die einzige Frau auf der Welt.

Der aktuelle Auftrag war für Felicity eine willkommene Gelegenheit gewesen, ein paar Tage bei ihrem Mann zu verbringen, doch war ihre Begegnung nicht sehr glücklich verlaufen. Obwohl sie sich nicht direkt gestritten hatten, empfand sie Michels Zuneigung als halbherzig, so als spiele er ihr nur etwas vor. Das hatte sie gekränkt. Instinktiv spürte sie, dass er sich für eine andere interessierte. Er war erst fünfunddreißig, und sein etwas ungehobelter Charme verfing noch immer bei jungen Frauen. Dass sie seit ihrer Hochzeit des Krieges wegen mehr Zeit getrennt als miteinander verbracht hatten, machte die Sache nicht besser. In Frankreich gibt es viele willige Mädchen und Frauen, dachte Felicity missmutig, sowohl innerhalb der Résistance wie außerhalb.

Sie liebte Michel noch immer, allerdings anders als früher. Sie betete ihn nicht mehr an wie noch in ihren Flitterwochen, und sie hatte auch nicht mehr den glühenden Wunsch, ihr ganzes Leben allein seinem Glück zu widmen. Der Morgennebel romantischer Liebe war verflogen, und im klaren Licht des Ehealltags erkannte sie, dass Michel eitel, selbstverliebt und unzuverlässig war. Und trotzdem: Wenn er sich dazu herabließ, ihr seine volle Aufmerksamkeit zu schenken, hatte sie noch immer das Gefühl, einzigartig, schön und geliebt zu sein.

Sein Charme ließ auch Männer nicht ungerührt. Michel war ein hervorragender Menschenführer, voller Mut und Charisma. Er hatte mit Flick gemeinsam den Schlachtplan entwickelt: Sie wollten das Schloss von zwei Seiten angreifen und dadurch die Verteidiger aufspalten. Auf dem Schlosshof würden sie sich dann wieder sammeln, mit vereinten Kräften den Keller stürmen und dort den Raum mit den wichtigsten Installationen in die Luft jagen.

Antoinette Dupert, der Chefin der aus lauter einheimischen Frauen bestehenden Putztruppe, die jeden Abend im Schloss sauber machte, verdankten sie den Plan des Gebäudes. Madame Dupert war überdies Michels Tante. Die Arbeit des Reinigungstrupps begann um 19 Uhr, zur Zeit des Abendläutens. Felicity sah, wie die ersten Frauen den Wachhabenden am schmiedeeisernen Tor ihre Sonderpassierscheine präsentierten. Antoinettes Skizze zeigte den Eingang zum Keller, enthielt aber keine weiteren Details, denn der Keller war Sperrzone; er durfte nur von Deutschen betreten werden und wurde von Soldaten gereinigt.

Michels Angriffsplan beruhte auf Informationen des britischen Geheimdiensts MI6, aus denen hervorging, dass das Schloss von einer Einheit der Waffen-SS bewacht wurde. Es handelte sich um sechsunddreißig Mann, die in drei Schichten zu je zwölf ihren Dienst verrichteten. Die Gestapo-Beamten im Gebäude waren keine Kampftruppen, und die meisten von ihnen trugen nicht einmal Waffen. Die Bollinger-Gruppe hatte fünfzehn Mann für den Angriff zusammentrommeln können, die inzwischen ihre Positionen eingenommen hatten – teils unter den Kirchgängern, teils als sonntägliche Spaziergänger auf dem Platz verteilt. Ihre Waffen verbargen sie unter ihren Kleidern, in Taschen oder Beuteln. Wenn die Informationen des MI6 stimmten, würden die Angreifer in der Überzahl sein.

Felicity hegte trotzdem Bedenken. Düstere Ahnungen plagten sie. Sie hatte Antoinette von der Schätzung des MI6 erzählt. Antoinette hatte die Stirn gerunzelt und geantwortet: »Nach meinem Eindruck sind es mehr.« Michels Tante war nicht auf den Kopf gefallen. Ehedem Sekretärin des Champagnerproduzenten Joseph Laperrière, die ihre Stellung verloren hatte, als nach der deutschen Besetzung die Gewinne drastisch zurückgingen und die Frau des Chefs den Sekretärinnenposten übernahm, stand sie mit beiden Beinen im Leben. Gut möglich, dass sie mit ihrer Beobachtung Recht hatte.

Michel war es nicht gelungen, den Widerspruch zwischen der MI6-Schätzung und Antoinettes Vermutung aufzuklären. Er lebte in Reims, und weder er selbst noch irgendein anderes Mitglied seiner Gruppe kannte sich in Sainte-Cécile aus. Für weitere Aufklärungsarbeit hatte die Zeit nicht gereicht. Wenn der Feind in Überzahl ist, sieht es schlecht aus für uns, dachte Felicity in banger Erwartung. Gegen disziplinierte deutsche Truppen haben wir kaum eine Chance.

Sie sah hinaus auf den Platz, suchte die Mitkämpfer. Als harmlose Spaziergänger getarnt, waren sie darauf gefasst, in Kürze zu töten oder getötet zu werden. Vor dem Schaufenster eines Kurzwarenladens stand Geneviève, eine hoch gewachsene junge Frau von zwanzig Jahren, und betrachtete einen Ballen mattgrünen Stoffs. Unter ihrem leichten Sommermantel trug sie eine Sten-Maschinenpistole, die bei der Résistance sehr beliebt war, weil sie in drei Teile zerlegt und deshalb in kleinen Taschen transportiert werden konnte. Gut möglich, dass Geneviève jenes Mädchen war, auf das Michel ein Auge geworfen hatte … Dennoch schauderte Felicity bei dem Gedanken, dass die junge Frau in ein paar Sekunden von Kugeln durchsiebt werden könnte. Über das Kopfsteinpflaster des Platzes schlenderte Bertrand auf die Kirche zu. Mit seinen siebzehn Jahren war er noch jünger als Geneviève. Der blonde Junge mit der entschlossenen Miene trug eine zusammengefaltete Zeitung unter dem Arm, in der sich ein halbautomatischer Colt, Kaliber .45, verbarg. Die Alliierten hatten Tausende von Colts per Fallschirm abgeworfen. Wegen seiner Jugend hatte Flick Bertrand anfangs von der Teilnahme an dem Überfall ausgeschlossen, auf sein inständiges Bitten hin, und weil sie jeden verfügbaren Mann brauchten, dann aber doch nachgegeben. Sie hoffte, sein etwas prahlerisches jugendliches Draufgängertum würde nicht gleich nach dem ersten Schuss verfliegen. Am Kirchenportal lungerte Albert herum und tat so, als wolle er erst noch seine Zigarette zu Ende rauchen, bevor er hineinging. Alberts Frau hatte an diesem Morgen ihr erstes Kind geboren, ein Mädchen – ein zusätzlicher Grund für Albert, am Leben zu bleiben. Er trug einen Leinensack bei sich, der aussah, als wäre er mit Kartoffeln gefüllt. In Wirklichkeit handelte es sich jedoch um Handgranaten vom Typ Mills Nr. 36, Mark I.

Alles auf dem Platz wirkte vollkommen normal – nur eines nicht: Neben der Kirche parkte ein sehr großer, starker Sportwagen. Es war ein in Frankreich gebauter *Hispano-Suiza 68 bis* mit einem V12-Flugzeugmotor, eines der schnellsten Autos der Welt. Der himmelblau lackierte Wagen hatte einen hohen, arrogant wirkenden silbernen Kühlergrill, auf dem als Markenzeichen der fliegende Storch prangte.

Vor einer halben Stunde war er eingetroffen. Der Fahrer, ein gut aussehender Mann von etwa vierzig Jahren, trug einen eleganten Zivilanzug, musste aber ein deutscher Offizier sein. Niemand sonst hätte die Kühnheit besessen, mit einem solchen Fahrzeug zu protzen. Seine Begleiterin, eine große, auffallend schöne Rothaarige in einem grünen Seidenkleid und hochhackigen Wildlederschuhen, war derart perfekt nach der neuesten Mode gekleidet, dass sie nur Französin sein konnte. Der Mann hatte ein Stativ aufgestellt und fotografierte das Schloss. Die Frau trug einen trotzigen Blick zur Schau, als wisse sie, dass die ärmlich gekleideten Einwohner der Stadt, die sie auf dem Weg zur Kirche ungläubig anstarrten, sie in Gedanken als Hure beschimpften.

Es war erst ein paar Minuten her, dass der Mann Flick einen furchtbaren Schreck eingejagt hatte, weil er sie bat, ihn und seine Freundin vor dem Hintergrund des Schlosses zu fotografieren. Er war sehr höflich gewesen, hatte aufmunternd gelächelt, und seinem Französisch war nur ein ganz leichter deutscher Akzent anzumerken gewesen. Die Ablenkung in einem entscheidenden Augenblick war absolut zum Verrücktwerden – doch Flick hatte gespürt, dass eine Weigerung erst recht zu Schwierigkeiten führen konnte, zumal sie sich als Einheimische ausgab, die gerade nichts Besseres zu tun hatte, als in einem Straßencafé herumzusitzen. Also hatte sie reagiert, wie die meisten Franzosen unter diesen Umständen reagiert hätten, und mit kühlem, unbeteiligtem Blick den Wunsch des Deutschen erfüllt.

Es war eine geradezu absurde Szene: hinter der Kamera eine Agentin des britischen Geheimdiensts, vor ihr, sie anlächelnd, der deutsche Offizier mit seinem Flittchen, und als Geräuschkulisse die Kirchenglocken, die die letzten Sekunden vor der Bombenexplosion einläuteten. Der Offizier hatte sich schließlich bei ihr bedankt und gefragt, ob er sie zu einem Glas Wein einladen dürfe, was Flick strikt abgelehnt hatte: Eine junge Französin, die sich von einem Deutschen einladen ließ, musste darauf gefasst sein, als Besatzerflittchen bezeichnet zu werden. Der Deutsche hatte verständnisvoll genickt, worauf Flick zu ihrem Mann zurückgekehrt war.

Der Offizier befand sich offensichtlich nicht im Dienst

und trug anscheinend auch keine Waffe. Obwohl er also keine Gefahr darstellte, empfand Flick seine Gegenwart als beunruhigend und zerbrach sich in den letzten ruhigen Sekunden den Kopf darüber, was es mit dieser Unruhe auf sich haben mochte. Am Ende kam sie zu der Erkenntnis, dass sie einfach nicht glauben konnte, dass der Mann tatsächlich nur ein Tourist war. Sein Verhalten verriet hoch gespannte Wachsamkeit, und die passte nicht zu jemandem, der lediglich die Schönheit der historischen Architektur in sich aufnehmen wollte. Die Frau an seiner Seite mochte genau das sein, wofür man sie hielt – er aber war etwas anderes.

Nur was? Ehe Flick sich weitere Gedanken darüber machen konnte, verklang der letzte Glockenschlag.

Michel leerte sein Glas und wischte sich mit dem Handrücken den Mund ab.

Flick und Michel erhoben sich. Ostentativ ruhig schlenderten sie auf den Eingang des Cafés zu, blieben in der Tür stehen und suchten auf diese Weise unauffällig Deckung.

Dieter Franck war das Mädchen an dem Cafétisch im selben Moment aufgefallen, als der Wagen auf den Platz rollte. Schöne Frauen fielen ihm immer auf, und diese hier erkannte er sofort als reine Verkörperung der Erotik. Blassblond war sie und hatte hellgrüne Augen – und wahrscheinlich floss sogar deutsches Blut in ihren Adern, was hier im Nordosten Frankreichs, so nahe an der Grenze, nichts Ungewöhnliches gewesen wäre. Ihr kleiner, schlanker Körper war in ein sackartiges Kleid gehüllt, doch trug sie dazu ein lebhaft gelbes Halstuch aus billiger Baumwolle, das in seinen Augen ein bezaubernd französisches Stilgefühl verriet. Als er sie schließlich angesprochen hatte, war ihm jener Anflug von Furcht nicht entgangen, wie er für die meisten Franzosen typisch war, die von einem deutschen Besatzer angesprochen wurden, doch dann, unmittelbar danach, legte sich eine nur schlecht verhüllte Verachtung über ihre hübschen Züge, die sofort seine Neugier erweckte.

Sie befand sich in Begleitung eines attraktiven Mannes, der kein besonderes Interesse an ihr zeigte – vermutlich war es ihr Ehemann. Nur weil er mit ihr ins Gespräch kommen wollte, hatte Franck sie gebeten, ihn mit Stéphanie zusammen zu fotografieren. Daheim in Köln hatte er eine Frau und zwei niedliche Kinder, und in Paris teilte er seine Wohnung mit Stéphanie, doch hinderte ihn das nicht daran, mit anderen Mädchen anzubandeln. Mit schönen Frauen verhielt es sich wie mit den großartigen Bildern der französischen Impressionisten, die er sammelte: Man konnte nicht genug von ihnen bekommen.

Die Französinnen waren die schönsten Frauen der Welt. Aber in Frankreich war überhaupt alles schön: die Brücken, die Boulevards, die Möbel, sogar das Porzellan. Franck liebte die Pariser Nachtclubs, Champagner, Gänseleberpastete und warme Baguettes. Krawatten und Hemden kaufte er gerne bei Charvet, dem legendären *chemisier* gegenüber dem Ritz. Er hätte bis ans Ende seiner Tage glücklich und zufrieden in Paris leben können.

Woher diese Vorliebe kam, wusste er nicht. Sein Vater war Professor für Musik – die einzige Kunst, in der die Deutschen und nicht die Franzosen die unbestrittenen Meister waren. Ihm jedoch war das trockene Akademikerleben des Vaters unerträglich langweilig vorgekommen, weshalb er zum Entsetzen seiner Eltern das Studium an den Nagel gehängt hatte und zur Polizei gegangen war. 1939 war Franck Abteilungsleiter bei der Kölner Kriminalpolizei. Als im Mai 1940 die Panzer des Generals Heinz Guderian bei Sedan die Meuse überquerten und in einem triumphalen Vormarsch innerhalb nur einer Woche bis zur Küste des Ärmelkanals vorstießen, bewarb er sich spontan um eine seinen Fähigkeiten entsprechende Aufgabe bei der Wehrmacht. Dank seiner Berufserfahrungen als Polizist wurde er sofort genommen und bei der Auslandsaufklärung eingesetzt. Er sprach fließend Französisch und hinreichend Englisch, weshalb man ihn unter anderem mit Vernehmungen von Gefangenen betraute. Er hatte ein Talent dafür, Informationen zu beschaffen, mit deren Hilfe Schlachten gewonnen werden konnten – das bereitete ihm eine tiefe innere Befriedigung. Seine erfolgreiche Arbeit war in Nordafrika sogar Rommel aufgefallen.

Erwies es sich als notwendig, war Dieter Franck auch zu radikalen Mitteln bereit, wenngleich er lieber mit subtileren Methoden überzeugte, und auf diese Weise war er auch an Stéphanie geraten. Die selbstsichere, sinnliche und kluge Frau hatte in Paris einen Laden besessen, in dem todschicke Damenhüte zu obszön hohen Preisen verkauft wurden. Wegen ihrer jüdischen Großmutter hatte sie jedoch den Laden verloren und bereits ein halbes Jahr in einem französischen Gefängnis zugebracht. Sie befand sich auf dem Weg in ein deutsches Konzentrationslager, als Franck sie rettete.

Er hätte sie vergewaltigen können, und Stéphanie hatte sicher auch damit gerechnet. Niemand hätte dagegen protestiert, geschweige denn den Täter bestraft. Doch Franck hatte ihr zu essen gegeben, sie neu eingekleidet und ihr das freie Schlafzimmer in seiner Wohnung überlassen. Er behandelte sie mit liebevoller Zuneigung, bis er sie eines Tages nach einem Abendessen mit *foie de veau* und einer Flasche La Tache auf der Couch vor einem prasselnden Kohlefeuer nach allen Regeln der Kunst verführte.

Heute war Stéphanie allerdings Teil seiner Tarnung. Er arbeitete wieder für Rommel, Generalfeldmarschall Erwin Rommel, den »Wüstenfuchs«, der mittlerweile als Oberbefehlshaber der Heeresgruppe B für die Verteidigung Nordfrankreichs zuständig war. Die deutsche Aufklärung rechnete noch in diesem Sommer mit einer Invasion der Alliierten. Da Rommel nicht genügend Soldaten hatte, um die Hunderte von Kilometern lange, leicht verwundbare Küste zu schützen, verfolgte er eine riskante Strategie der flexiblen Reaktion: Seine Streitkräfte waren einige Kilometer weit hinter der Küste im Landesinnern stationiert und darauf eingerichtet, im Notfall sofort an die Brennpunkte des Geschehens verlegt zu werden.

Den Engländern war das bekannt – auch sie hatten ihre Aufklärung. Ihre Antwort bestand darin, durch die Zerstörung der Infrastruktur die deutsche Reaktion zu verzögern. Tag und Nacht bombardierten britische und amerikanische Flugzeuge Eisenbahntrassen, Brücken, Tunnel, Bahnhöfe und Rangieranlagen, und die Résistance jagte Kraftwerke und Fabriken in die Luft, brachte Züge zum Entgleisen, kappte Telefonleitungen und schickte halbwüchsige Mädchen aus, Sand in die Öltanks von Panzern und Lastwagen zu schütten.

Francks Aufgabe bestand darin, die wichtigsten potenziellen Ziele im Nachschub- und Etappenbereich zu erkennen und festzustellen, inwieweit sie durch Anschläge der Résistance gefährdet waren. In den vergangenen Monaten war er vom Hauptquartier in Paris aus kreuz und quer durch Nordfrankreich gereist, hatte müde Posten angebrüllt, schlafmützigen Hauptleuten die Hölle heiß gemacht und dafür gesorgt, dass die Sicherheitsvorkehrungen an Stellwerken, Lokschuppen, Fahrzeugparks und Kontrolltürmen auf Flugplätzen erheblich verstärkt wurden. Heute stattete er einer Fernmeldezentrale von überragender strategischer Bedeutung einen unangemeldeten Besuch ab. Sämtliche Telefonleitungen zwischen dem Oberkommando der Wehrmacht in Berlin und den deutschen Truppen im Norden Frankreichs liefen durch dieses Gebäude, darunter auch die Fernschreibverbindungen, jener Übertragungsweg, über den inzwischen die meisten Befehle erteilt wurden. Eine Zerstörung dieser Zentrale hätte das deutsche Nachrichtennetz zusammenbrechen lassen.

Den Alliierten war dies offenbar bekannt. Mehrfach hatten sie versucht, das Gebäude zu bombardieren, doch das Glück war den Deutschen hold geblieben. Das galt auch für einen möglichen Anschlag. Denn obwohl das Schloss ein ideales Ziel der Résistance darstellte, erwiesen sich die Sicherheitsvorkehrungen nach Francks Einschätzung als äußerst lax. Vermutlich hing es damit zusammen, dass auch die Gestapo hier ein Büro unterhielt. In der Geheimen Staatspolizei gab es viele, die ihre Karriere weniger ihrer Intelligenz und ihren Fähigkeiten verdankten als ihrer nationalsozialistischen Gesinnung und Führertreue. Seit einer halben Stunde fotografierte Franck das Gelände – und sein Zorn auf die verantwortlichen Sicherheitskräfte, die von ihm einfach keine Notiz nahmen, wuchs und wuchs.

Dann jedoch – gerade waren die Kirchenglocken verklungen – schritt ein Offizier in Majorsuniform durch das hohe schmiedeeiserne Tor, kam auf ihn zu und schrie in schlechtem Französisch: »Geben Sie mir sofort Ihre Kamera!«

Dieter Franck wandte sich ab und tat so, als habe er nichts gehört.

»Es ist streng verboten, das Château zu fotografieren, Sie Kretin!«, brüllte der Mann. »Sehen Sie denn nicht, dass es sich um eine militärische Einrichtung handelt?«

Franck drehte sich langsam um und antwortete ruhig auf Deutsch: »Hat verdammt lange gedauert, bis Sie mich bemerkt haben.«

Das saß. Zivilisten hatten normalerweise Angst vor der Gestapo. »Was wollen Sie damit sagen?«, fragte der Mann mit deutlich gebremster Aggressivität.

Franck sah auf seine Uhr. »Ich bin seit zweiunddreißig Minuten hier. In dieser Zeit hätte ich Dutzende von Aufnahmen machen und längst wieder verschwinden können. Sind Sie hier für die Sicherheit verantwortlich?«

»Wer sind Sie?«

»Major Dieter Franck aus dem persönlichen Stab von Generalfeldmarschall Rommel.«

»Franck?«, rief der Mann. »Ich erinnere mich …«

Franck sah sich sein Gegenüber genauer an. Dann dämmerte es ihm. »Mein Gott«, sagte er. »Willi Weber.«

»*Sturmbannführer* Weber, mit Verlaub.« Wie die meisten höheren Gestapo-Beamten verfügte auch Weber über einen Rang bei der SS, der seiner Meinung nach angesehener war als sein Dienstgrad bei der Polizei.

»Mich laust der Affe«, sagte Franck und dachte: Kein Wunder, dass die Sicherheitsvorkehrungen hier zu wünschen übrig lassen.

Weber und Franck waren beide in den Zwanzigerjahren in Köln in den Polizeidienst eingetreten. Franck erwies sich als Überflieger, Willi Weber als Versager. Weber neidete Franck den Erfolg und schrieb ihn dessen privilegierter Herkunft zu (so privilegiert war Franck gar nicht, aber für Weber, den Sohn eines Schauermanns, stellte es sich so dar).

Willi Weber war schließlich entlassen worden, und jetzt fielen Dieter Franck die näheren Umstände wieder ein: Bei einem Verkehrsunfall hatte sich eine Gruppe von Schaulustigen versammelt. Weber war in Panik geraten und hatte einen Schuss abgefeuert; ein Gaffer war getötet worden.

Seit fünfzehn Jahren hatte Franck den Mann nicht mehr gesehen. Aber er konnte sich gut vorstellen, wie sich dessen Karriere inzwischen entwickelt hatte: Eintritt in die NSDAP, freiwillige Einsätze im organisatorischen Bereich, Antrag auf Aufnahme in die Gestapo unter Hinweis auf seine Ausbildung bei der Polizei, rascher Aufstieg im Kreis der verbitterten Minderbegabten.

»Was tun Sie hier?«, wollte Weber wissen.

»Ich überprüfe im Auftrag des Generalfeldmarschalls die Sicherheitsvorkehrungen.«

»Die sind in bester Ordnung«, fauchte Weber.

»Für eine Wurstfabrik vielleicht. Sehen Sie sich das doch mal an.« Franck deutete auf den Stadtplatz. »Angenommen, diese Leute dort sind von der Résistance? Die schalten doch Ihre Wachen, wenn's drauf ankommt, innerhalb von ein paar Sekunden aus.« Er machte Weber auf eine hoch gewachsene junge Frau aufmerksam, die über ihrem Kleid einen hellen Sommermantel trug. »Angenommen, die Frau da versteckt eine Waffe unter ihrem Mantel … Was tun Sie, wenn …?«

Er unterbrach sich.

Er spürte in diesem Augenblick, dass er nicht nur ein Fantasie-Szenario beschrieb. Im Unterbewusstsein war ihm aufgefallen, dass sich einige Personen auf dem Platz zu einem Überfall formierten. Die kleine Blonde und ihr Mann hatten im Café Deckung gesucht. Die beiden Männer im Portal der Kirche standen hinter zwei Säulen. Die große junge Frau im Sommermantel, die eben noch die Auslage eines Geschäfts betrachtet hatte, hielt sich nun im Schatten von Francks Wagen auf. Als er sie ansah, klappte plötzlich ihr Mantel auf, und Franck musste entsetzt erkennen, dass seine Vision Prophezeiung gewesen war: Die Frau verbarg unter dem Mantel eine Maschinenpistole mit Gitterrahmen, genau das Modell, das die Résistance bevorzugte.

»Mein Gott«, sagte er und griff in seine Jacketttasche. Doch im selben Moment fiel ihm ein, dass er gar keine Waffe bei sich trug.

Wo war Stéphanie? Er sah sich um. Es fehlte nicht viel, und der Schock hätte ihn in Panik verfallen lassen. Doch Stéphanie stand hinter ihm und wartete geduldig auf das Ende seiner Auseinandersetzung mit Weber.

»Hinlegen!«, brüllte er sie an.

Im selben Augenblick knallte es auch schon.

Flick stand auf Zehenspitzen im Eingang des Café des Sports und spähte Michel über die Schulter. Ihr Herz schlug heftig, ihre Aufmerksamkeit war geschärft, die Muskeln vor Tatendrang gespannt, doch ihr Kopf war kühl, als flösse Eiswasser durch ihr Hirn. Mit kühler Distanz beobachtete sie die Szenerie und kalkulierte ihre Chancen.

Acht Posten waren zu sehen: Zwei am Tor kontrollierten Passierscheine, zwei weitere standen gleich hinter dem Tor, ein drittes Paar patrouillierte hinter dem schmiedeeisernen Zaun, und ein viertes stand am oberen Ende der kurzen Treppe, die zum großen Schlossportal hinaufführte. Michels Kerntruppe würde jedoch das Tor umgehen.

Die lange Nordwand der Kirche war in die den Schlosspark umgebende Mauer integriert, und das nördliche Querschiff ragte ein paar Meter in den Parkplatz hinein, der einst ein Teil des Ziergartens gewesen war. Zuzeiten des Ancien Régime pflegte der Schlossherr die Kirche durch einen Privateingang zu betreten, eine kleine Tür in der Mauer des Querschiffs, die vor mittlerweile mehr als hundert Jahren mit Brettern vernagelt und überputzt worden war. An diesem Sachverhalt hatte sich bis heute nichts geändert.

Vor einer Stunde jedoch hatte Gaston Lefèvre, ein Rentner und ehemaliger Steinbrucharbeiter, die leere Kirche betreten und am Fuß des blockierten Durchgangs mit großer Sorgfalt vier halbpfundschwere Stangen gelben Plastiksprengstoffs deponiert, sie mit Zündern versehen und miteinander verbunden, sodass sie gleichzeitig explodieren würden. Dazu hatte er eine Fünf-Sekunden-Lunte montiert, die durch einen Schalter per Daumendruck gezündet wurde, zur Tarnung schließlich alles mit Asche aus seinem Küchenherd überschmiert und zu guter Letzt noch eine alte Holzbank über die Bombe geschoben. Zufrieden mit seinem Werk kniete er nieder, um zu beten.

Als die Kirchenglocken vor ein paar Sekunden verstummt waren, hatte Lefèvre sich von seiner Kirchenbank erhoben, war durchs Hauptschiff ins Querschiff gegangen, hatte den Schalter betätigt und schnell hinter der Ecke Deckung gesucht. Die Detonation schüttelte den Staub von Jahrhunderten von den gotischen Bögen, doch da sich während der Gottesdienste niemand im Querschiff aufhielt, gab es keine Verletzten.

Nach dem Explosionsknall herrschte für einen beklemmend langen Augenblick Stille auf dem Platz. Alle Anwesenden erstarrten: die Wachen vor den Toren, die Patrouille am Zaun, der Gestapo-Major ebenso wie der gut gekleidete deutsche Zivilist mit seiner feudalen Begleiterin. Flick, vor banger Erwartung aufs Höchste angespannt, blickte über den Platz und durch das schmiedeeiserne Gatter in den Schlosspark. Auf dem Abstellplatz für die Fahrzeuge war als Relikt aus dem 17. Jahrhundert, der Entstehungszeit des Gartens, ein steinerner Brunnen übrig geblieben. Wo einst Wasserfontänen gesprudelt hatten, tummelten sich nur noch drei bemooste Putten über einem ausgetrockneten Marmorbecken. Drum herum standen ein Lastwagen, ein Panzerspähwagen, eine Mercedes-Limousine im graugrünen Anstrich der deutschen Wehrmacht sowie zwei schwarze Citroëns mit Vorderradantrieb vom Typ Traction Avant – das Lieblingsgefährt der Gestapo in Frankreich. Ein Soldat war gerade dabei, einen der Citroëns aufzutanken; die Zapfsäule stand völlig deplatziert direkt vor einem der hohen Fenster des Schlosses. Sekundenlang rührte sich gar nichts. Flick wartete mit angehaltenem Atem.

Unter den Gottesdienstbesuchern in der Kirche befanden sich zehn Bewaffnete. Der Pfarrer, der kein Sympathisant der Résistance und infolgedessen nicht vorgewarnt war, musste sich über den unerwarteten Andrang zu der normalerweise nicht sehr beliebten Abendandacht gefreut haben. Möglich, dass er sich gewundert hatte, dass so viele Gläubige im Mantel erschienen waren, obwohl es doch eigentlich ein warmer Tag war, doch nach vier Jahren der Entbehrung trugen viele Menschen manchmal etwas merkwürdige Kleidung. Ein Mann, der im Regenmantel in die Kirche ging, besaß vielleicht kein Jackett. Inzwischen war der Herr Pfarrer im Bilde – wenigstens hoffte Flick das –, denn in diesem Augenblick, so war es geplant, sollten die zehn von ihren Sitzen aufspringen, ihre Waffen ziehen und durch das neue Loch in der Mauer auf das Schlossgelände stürmen.

Und da waren sie auch schon. Stolz und Angst ließen Flicks Herz höher schlagen, als sie die Männer hinter der Kirche hervorkommen sah – eine bunt zusammengewürfelte Truppe mit alten Mützen und ausgetretenen Schuhen. Sie rannten über den Parkplatz auf den Haupteingang des Schlosses zu, ihre Füße stampften durch den Staub, ihre Hände umklammerten die Waffen – ein Sammelsurium aus Pistolen, Revolvern, Flinten. Sogar eine Maschinenpistole war dabei. Sie hatten noch keinen Schuss abgegeben, da sie vor Beginn des Angriffs so nahe wie möglich an das Gebäude heranwollten.

Michel sah das gleiche Bild und gab ein Geräusch von sich, das irgendwo zwischen Grunzen und Seufzen anzusiedeln war. Flick spürte, dass ihn die gleichen Gefühle bewegten wie sie, die gleiche Mischung aus Stolz auf die Tapferkeit der Truppe und die Angst um das Leben jedes Einzelnen. Jetzt war der Zeitpunkt gekommen, die Wachen abzulenken. Michel hob sein Gewehr, ein Lee-Enfield No. 4 Mark I. Da viele dieser Waffen in Kanada hergestellt wurden, war es in der Résistance unter dem Namen »Canadian rifle« bekannt. Michel zielte, zog den Abzugshebel bis zum Druckpunkt und feuerte. Mit geübtem Griff entriegelte er das Schloss und schob es schnell wieder vor, sodass die Waffe sofort wieder schussbereit war.

Der Gewehrschuss beendete die Schreckensstarre auf dem Platz. Einer der Wachsoldaten am Tor stieß einen Schrei aus und brach zusammen – ein Anblick, der Flick mit wilder Genugtuung erfüllte: Einer weniger, der auf unsere Kameraden schießen kann, dachte sie. Michels Schuss war das Zeichen für alle anderen, nun ihrerseits das Feuer zu eröffnen. Die beiden

Schüsse, die der junge Bertrand vom Kirchenportal aus abgab, krachten wie Knallfrösche. Da die Distanz zu den Wachtposten für einen sicheren Pistolenschuss zu groß war, verfehlte er sein Ziel. Albert, der neben ihm stand, zog eine Handgranate ab und schleuderte sie hoch über den Zaun. Sie explodierte zwischen den Weinstöcken innerhalb des Schlossgeländes und wirbelte Äste und Blattwerk auf, blieb aber sonst wirkungslos. Flick hätte die beiden am liebsten vor Wut angebrüllt: »Hört auf mit der sinnlosen Knallerei, ihr verratet doch nur eure Position!« Doch zur Zurückhaltung nach Beginn eines Schusswechsels waren nur die besten, perfekt ausgebildeten Soldaten imstande. Hinter dem Sportwagen eröffnete nun auch Geneviève das Feuer, und das ohrenbetäubende Rattern ihrer Sten-MP hallte über den Platz. Ihre Attacke war erfolgreicher: Ein zweiter Posten fiel.

Jetzt endlich reagierten die Deutschen. Die Wachen gingen hinter den Steinsäulen in Deckung oder warfen sich flach auf den Boden und brachten ihre Gewehre in Anschlag. Der Gestapo-Major fingerte seine Pistole aus dem Holster. Die Rothaarige drehte sich um und rannte davon, doch ihre kessen Schuhe rutschten auf dem Kopfsteinpflaster, sodass sie stürzte. Ihr Begleiter warf sich auf sie und schützte sie mit seinem Körper – er ist also tatsächlich Soldat, dachte Flick, denn ein Zivilist dürfte kaum wissen, dass es sicherer ist, sich auf den Boden zu werfen anstatt davonzurennen.

Die Wachen eröffneten das Feuer, und unmittelbar darauf wurde Albert getroffen. Flick sah, wie er taumelte, die Hand um seinen Hals gekrampft. Eine Handgranate, die er gerade hatte werfen wollen, fiel ihm aus der Hand. Dann erwischte ihn eine zweite Salve, diesmal genau in die Stirn. Wie ein Stein stürzte er zu Boden. Für einen Augenblick überfiel Flick tiefe Traurigkeit bei dem Gedanken, dass das heute früh auf die Welt gekommene Baby nun ohne Vater aufwachsen musste.

Neben Albert sah Bertrand die Eierhandgranate über die altersschiefe Steintreppe des Kirchenportals kullern und versuchte sich mit einem Satz ins Innere des Gebäudes in Sicherheit zu bringen, als die Granate explodierte. Flick wartete, ob Bertrand wieder auftauchte, doch das war nicht der Fall. Sie wusste nicht, ob er tot, verwundet oder bloß benommen war. Die Ungewissheit war schwer zu ertragen.

Der Stoßtrupp aus der Kirche hatte auf dem Parkplatz innegehalten und eröffnete nun das Feuer auf die letzten sechs Wachtposten. Die vier Soldaten in der Nähe des Tors gerieten somit ins Kreuzfeuer und wurden binnen weniger Sekunden ausgeschaltet. Es blieben jetzt nur noch die beiden auf der Schlosstreppe. Michels Plan geht auf, dachte Flick und schöpfte Hoffnung.

Doch dann änderte sich die Situation schlagartig. Die feindlichen Soldaten innerhalb des Gebäudes hatten die Schrecksekunde überwunden, ihre Waffen an sich gerissen und Tür- und Fensteröffnungen besetzt. Jetzt griffen sie in den Kampf ein. Alles hing davon ab, wie viele Gegner es waren.

Ein Kugelhagel prasselte auf die Angreifer herab, und Flick hörte auf zu zählen. Offenbar gab es wesentlich mehr Waffen im Schloss, als sie gedacht hatten, und so, wie es aussah, wurde aus mindestens zwölf Türen und Fenstern geschossen. Der Stoßtrupp aus der Kirche, der laut Plan bereits innerhalb des Gebäudes hätte sein sollen, zog sich zurück und suchte hinter den Fahrzeugen auf dem Parkplatz Deckung. Der MI6 hatte sich geirrt, Antoinette nicht. Zwölf bewaffnete Verteidiger hatte der Geheimdienst geschätzt. Doch obwohl die Résistance mit Sicherheit sechs Mann ausgeschaltet hatte, schossen noch mindestens vierzehn zurück.

Flick fluchte aus tiefster Seele. Einen Kampf wie diesen konnte eine Widerstandsgruppe nur mit einem plötzlichen Gewaltschlag gewinnen. Überstand der Feind den Überraschungscoup, wurde es brenzlig. Mit jeder weiteren Sekunde, die vorübertickte, fielen militärische Ausbildung und Disziplin mehr ins Gewicht, und bei längeren Auseinandersetzungen behielten reguläre Truppen am Ende immer die Oberhand.

Im Obergeschoss des Châteaus wurde ein hohes Fenster von innen aufgebrochen. Ein Maschinengewehr erschien und begann sofort zu feuern. Aufgrund seiner hohen Position verursachte es ein furchtbares Blutbad unter den Résistance-Kämpfern auf dem Parkplatz. Flick wurde übel, als sie sah, wie einer der Männer nach dem anderen umfiel und dann neben dem trockenen Brunnenbecken in seinem Blut lag. Binnen kürzester Zeit waren nur noch zwei oder drei auf den Beinen und gaben noch Schüsse ab.

Es ist alles vorbei, dachte sie verzweifelt. Wir sind klar in der Unterzahl und haben verloren. Der säuerliche Geschmack der Niederlage stieg ihr in die Kehle.

Michel hatte die Maschinengewehrstellung unter Feuer genommen. Jetzt sagte er: »Von hier unten können wir das MG-Nest da oben nicht ausschalten!« Sein Blick schweifte über den Platz, suchte auf Hausdächern, am Glockenturm und im Obergeschoss des Rathauses nach geeigneten Stellungen. »Vom Büro des Bürgermeisters aus hätte ich freies Schussfeld.«

»Warte!« Flicks Mund war trocken. Sosehr sie es wollte – sie konnte ihn nicht davon abhalten, sein Leben aufs Spiel zu setzen. Aber sie konnte das Risiko verringern. »Geneviève!«, brüllte sie, so laut sie konnte.

Geneviève drehte sich um und sah sie an.

»Gib Michel Feuerschutz!«

Geneviève nickte heftig, sprang aus ihrer Deckung hinter dem Sportwagen hervor und feuerte unablässig auf die Schlossfenster.

»Danke«, sagte Michel zu Flick, verließ seinerseits die Deckung und rannte quer über den Platz auf das Rathaus zu.

Geneviève lief auf das Portal der Kirche zu. Ihr Feuer lenkte die Männer im Schloss ab und gab Michel die Chance, unverletzt den Platz zu überqueren. Doch plötzlich blitzte es links von Flick auf, und als sie sich umsah, erkannte sie den Gestapo-Major. Er stand rücklings an die Rathausmauer gepresst und richtete seine Pistole auf Michel.

Mit einer Handfeuerwaffe ein bewegliches Objekt zu treffen war nicht leicht, es sei denn, man kam nahe genug heran. Aber der Kerl kann auch einfach Glück haben, dachte Flick voller Angst. Ihr Befehl lautete, den Angriff zu beobachten und danach Bericht zu erstatten, sich jedoch keinesfalls selber an den Kampfhandlungen zu beteiligen. Jetzt allerdings pfiff sie darauf. In ihrer Schultertasche befand sich ihre eigene Waffe, ein 9mm Browning Automatic. Diese Pistole war ihr lieber als der bei der SOE gebräuchliche Colt, weil sie dreizehn Schuss im Magazin hatte anstatt nur sieben und mit der gleichen 9mm-Parabellum-Munition geladen werden konnte wie die Sten-MP.

Flick riss die Waffe aus der Umhängetasche, entsicherte sie, spannte den Hahn, streckte den Arm aus und feuerte zwei hastige Schüsse auf den Major ab.

Sie verfehlte ihn, aber die Kugeln fetzten neben seinem Gesicht Steinsplitter aus der Mauer, sodass er unwillkürlich zusammenfuhr.

Michel rannte weiter.

Der Gestapo-Major hatte sich sofort wieder unter Kontrolle und hob erneut die Waffe.

Je näher Michel seinem Ziel kam, desto kürzer wurde die Schussdistanz. Michel feuerte sein Gewehr auf den Gestapo-Mann ab, doch der Schuss ging weit daneben. Der Deutsche behielt einen kühlen Kopf und feuerte zurück. Diesmal wurde Michel getroffen und brach in die Knie. Flick stieß einen Angstschrei aus.

Michel versuchte, wieder auf die Beine zu kommen, und brach erneut zusammen. Flick zwang sich zur Ruhe und dachte fieberhaft nach. Michel lebte noch. Geneviève hatte das Portal der Kirche erreicht und zog mit ihrem MP-Feuer nach wie vor die Aufmerksamkeit der Feinde im Schloss auf sich. Dadurch bot sich Flick die Chance, Michel zu retten. Auch das war befehlswidrig, doch kein Befehl der Welt würde sie dazu bringen, ihren Ehemann dort auf dem Boden liegen und verbluten zu lassen – ganz abgesehen davon, dass man ihn, wenn er dort liegen blieb, verhaften und brutal in die Mangel nehmen würde. Als Anführer der Bollinger-Gruppe kannte Michel sämtliche Namen, Adressen und Codewörter. Seine Verhaftung wäre eine Katastrophe.

Ihr blieb gar nichts anderes übrig.

Sie gab einen weiteren Schuss auf den Gestapo-Mann ab, und wieder ging die Kugel fehl, aber sie blieb am Drücker, feuerte wieder und wieder auf ihn, sodass er gezwungen war, sich an der Mauer entlang weiter zurückzuziehen und nach Deckung Ausschau zu halten.

Flick stürmte aus der Bar auf den Platz hinaus. Am Rande ihres Blickfelds nahm sie wahr, dass der Sportwagenfahrer noch immer über seiner Freundin lag, um sie vor dem Kugelhagel zu schützen. Sie hatte ihn völlig vergessen, und ihr war klar, dass er sie, wenn er bewaffnet war, ohne weiteres hätte erschießen können. Doch die Kugeln blieben aus.

Sie erreichte den auf dem Boden liegenden Michel, ging neben ihm auf die Knie, sah sich noch einmal nach dem Rathaus um und gab zwei weitere Schüsse auf den Gestapo-Major ab, um ihn nicht auf dumme Gedanken kommen zu lassen. Dann wandte sie sich ihrem Mann zu.

Zu ihrer großen Erleichterung sah sie, dass seine Augen offen waren und dass er atmete. Allem Anschein nach hatte er eine blutende Wunde an der linken Gesäßhälfte. »Du hast ’ne Kugel im Hintern«, sagte sie auf Englisch.

»Tut verdammt weh«, erwiderte er auf Französisch.

Flick sah sich wieder nach dem Gestapo-Mann um. Der hatte sich zirka zwanzig Meter weiter zurückgezogen und versuchte gerade, die schmale Straße zu überqueren, um in einem Ladeneingang Deckung zu suchen. Diesmal nahm sich Flick ein paar Sekunden Zeit und zielte genauer. Viermal drückte sie ab. Das Schaufenster zerbarst in tausend Stücke, und der Major taumelte rückwärts und stürzte zu Boden.

Auf Französisch sagte sie zu Michel: »Versuch aufzustehen!« Er rollte sich auf die Seite, stöhnte vor Schmerzen und schaffte es auf ein Knie, konnte aber das verwundete Bein nicht bewegen. »Nun mach schon!«, sagte Flick rau. »Wenn du hier bleibst, bist du ein toter Mann.« Sie packte ihn vorne am Hemd und zog ihn unter Aufbietung aller Kräfte hoch. Michel stand auf seinem gesunden Bein, konnte aber sein eigenes Gewicht nicht tragen und stützte sich daher schwer auf sie.

Flick erkannte, dass er nicht gehen konnte, und sie stöhnte verzweifelt auf. Als sie sich umsah, merkte sie, dass der Major im Begriff war, sich wieder aufzurappeln. Er hatte Blut im Gesicht, schien aber ansonsten nicht ernsthaft verletzt zu sein. Wahrscheinlich hatte er nur ein paar oberflächliche Kratzer von umherfliegenden Glassplittern abbekommen und war durchaus noch in der Lage, zu schießen.

Es gab nur eine einzige Chance: Sie musste Michel aus der Gefahrenzone tragen.

Sie beugte sich zu ihm nieder, packte ihn bei den Hüften und legte ihn sich über die Schulter – der klassische Bergungsgriff der Feuerwehr. Michel war groß und dünn – so wie die meisten Franzosen in diesen Tagen. Trotzdem hatte Flick das Gefühl, sie müsse jeden Augenblick unter seinem Gewicht zusammenbrechen. Sie geriet ins Taumeln, ihr wurde schwindelig – aber sie blieb auf den Beinen.

Nach kurzem Zögern trat sie einen Schritt vor.

Und dann schleppte sie sich mit ihrer Last über das Kopfsteinpflaster. Sie dachte, der Gestapo-Major hätte sie neuerlich ins Visier genommen, doch war sie sich dessen nicht sicher, weil zwischen Geneviève und den paar noch lebenden

Résistance-Kämpfern auf der einen sowie den Verteidigern des Schlosses auf der anderen Seite noch immer ein wilder Schusswechsel tobte. Die Furcht, jederzeit getroffen werden zu können, setzte neue Kräfte in Flick frei. Sie begann sogar geduckt zu rennen. Ihr Ziel war die Straße auf der Südseite des Platzes, der nächste Fluchtweg. Sie lief an dem Deutschen vorbei, der auf seiner rothaarigen Flamme lag. Für Sekundenbruchteile trafen sich ihre Blicke, und Flick nahm zu ihrer Überraschung eine Mischung aus Verblüffung und widerwilliger Anerkennung in seiner Miene wahr. Dann stieß sie so heftig gegen einen Tisch des Cafés, dass er umfiel. Auch sie selbst wäre um ein Haar gestürzt, doch im nächsten Moment hatte sie sich wieder gefangen und rannte weiter. Eine Kugel traf das Fenster des Cafés, und Flick sah noch die Bruchlinien, die sich wie ein Spinnennetz über das Glas zogen. Eine Sekunde später war sie um die Ecke und somit dem Blickfeld des Gestapo-Majors entschwunden. Überstanden, dachte sie dankbar. Wir sind beide noch am Leben – wenigstens in den nächsten Minuten.

Sie hatte noch nicht darüber nachgedacht, wohin sie sich wenden sollte, wenn sie das unmittelbare Schlachtfeld erst einmal hinter sich gebracht hatte. Ein paar Straßen weiter standen zwei Fluchtwagen bereit – aber so weit konnte sie Michel nicht tragen. In der Straße allerdings, in der sie sich jetzt befanden, wohnte Antoinette Dupert. Antoinette war kein Mitglied der Résistance, sympathisierte aber doch so sehr mit der Widerstandsbewegung, dass sie Michel sogar einen Plan des Schlosses beschafft hatte. Außerdem war Michel ihr Neffe, weshalb sie ihn gewiss nicht zurückweisen würde.

Ganz abgesehen davon blieb Flick gar keine Alternative.

Antoinette wohnte im Erdgeschoss eines Hauses mit einem Vorgarten. Nur ein paar Meter vom Stadtplatz entfernt erreichte Flick das offen stehende Tor, schwankte unter dem Torbogen hindurch, stieß eine Tür auf und ließ Michel auf die Fliesen gleiten.

Keuchend vor Anstrengung hämmerte sie mit den Fäusten an Antoinettes Tür.

Eine verängstigte Stimme meldete sich: »Was ist los?« Antoinette fürchtete sich offenbar vor der Schießerei und wollte die Tür nicht aufmachen.

»Schnell, schnell!«, rief Flick atemlos, aber doch nicht zu laut, weil sie damit rechnen musste, dass sich unter den anderen Hausbewohnern auch Nazi-Sympathisanten befanden.

Die Tür blieb verschlossen, doch Antoinettes Stimme kam näher. »Wer ist da?«

Flick vermied es instinktiv, einen Namen zu nennen. »Ihr Neffe ist verletzt«, erwiderte sie.

Jetzt endlich wurde die Tür geöffnet, und Antoinette, eine Frau von etwa fünfzig Jahren, stand in kerzengerader Haltung vor ihr. Sie trug ein Baumwollkleid, das einmal sehr *chic* gewesen und inzwischen verblichen, dabei aber picobello gebügelt war. Ihr Gesicht war blass vor Angst. »Michel!«, sagte sie und kniete neben ihm nieder. »Ist es schlimm?«

»Es tut höllisch weh, bringt mich aber nicht um«, antwortete Michel mit zusammengebissenen Zähnen.

»Armer Kerl!« Mit zärtlicher Geste strich sie ihm das Haar aus der schweißbedeckten Stirn.

»Wir müssen ihn reinschaffen«, sagte Flick ungeduldig.

Sie packte Michel an den Armen, und Antoinette hob ihn an den Knien hoch. Er ächzte vor Schmerz. Gemeinsam schleppten sie ihn ins Wohnzimmer und legten ihn auf ein ausgeblichenes, mit Samt bezogenes Sofa.

»Kümmern Sie sich um ihn, während ich den Wagen hole«, sagte Flick und lief wieder auf die Straße hinaus.

Es fielen nur noch wenige Schüsse. Ihr blieb nicht viel Zeit. Sie rannte los, die Straße entlang, dann bog sie zweimal um die Ecke.

Vor einer geschlossenen Bäckerei parkten zwei Fahrzeuge mit laufenden Motoren: ein rostiger Renault und ein Lieferwagen, auf dessen einer Seite ein Firmenschild mit der kaum noch lesbaren Aufschrift *Blanchisserie Bisset* angebracht war. Den Lieferwagen hatten sie sich von Bertrands Vater geliehen, der für die von den Deutschen benutzten Hotels die Wäsche wusch und daher Anspruch auf Benzin hatte. Der Renault war am Vormittag in Châlons gestohlen worden; Michel hatte die Nummernschilder ausgewechselt. Flick entschloss sich für den Pkw. Der Lieferwagen, dachte sie, bleibt besser denen vorbehalten, die das Gemetzel vor dem Schloss überlebt haben.

Zu dem Fahrer des Wäschereiwagens sagte sie: »Warten Sie noch fünf Minuten, dann verschwinden Sie.« Dann lief sie zu dem Pkw, ließ sich auf den Beifahrersitz fallen und sagte: »Fahr los!«

Am Steuer des Renaults saß Gilberte, eine Neunzehnjährige mit langen, dunklen Haaren. Hübsch, aber doof. Flick hatte keine Ahnung, warum sie bei der Résistance war – ein typisches Mitglied der Widerstandsbewegung war sie jedenfalls nicht. Anstatt loszufahren, fragte sie zurück: »Wohin?«

»Ich sag's dir schon – aber jetzt fahr endlich, um Himmels willen!«

Gilberte legte den ersten Gang ein und fuhr los.

»Erste links, dann die nächste rechts«, sagte Flick.

In den folgenden zwei Minuten, in denen sie zur Untätigkeit verdammt war, kam Flick erstmals das volle Ausmaß ihrer Niederlage zu Bewusstsein. Die Bollinger-Gruppe war weitgehend ausgelöscht. Albert und viele andere waren tot; Geneviève, Bertrand und wer sonst vielleicht noch am Leben geblieben war – sie alle würden vermutlich gefoltert werden.

Und es war alles umsonst gewesen. Die Fernmeldezentrale war unversehrt geblieben, die deutschen Nachrichtenverbindungen funktionierten genauso gut wie vorher. Flick kam sich unnütz und überflüssig vor. Was war nur schief gegangen? War es ein Fehler gewesen, eine bewachte militärische Einrichtung frontal anzugreifen? Nicht unbedingt – der Plan hätte funktionieren können, wenn der MI6 präzisere Informationen geliefert hätte. Trotzdem wäre die Chance, an die entscheidenden technischen Installationen heranzukommen, größer gewesen, wenn sich die Résistance mit irgendwelchen Tricks in das Gebäude eingeschlichen hätte.

Gilberte hielt vor dem Gartentor. »Wende inzwischen«, sagte Flick und sprang hinaus.

Michel lag bäuchlings auf Antoinettes Sofa und bot mit seinen heruntergezogenen Hosen einen würdelosen Anblick. Antoinette kniete neben ihm, in der Hand ein blutiges Handtuch. Sie trug jetzt eine Brille und betrachtete Michels Kehrseite. »Die Blutung hat nachgelassen«, sagte sie, »aber die Kugel steckt noch immer in der Wunde.«

Auf dem Boden neben dem Sofa stand ihre Handtasche, deren Inhalt sie offenbar bei der Suche nach ihrer Brille auf ein Beistelltischchen gekippt hatte. Flick fiel eine Art Ausweis ins Auge. Er steckte in einer kleinen Hülle aus Pappe und war abgestempelt. Ein Foto von Antoinette war eingeklebt, der Text mit Schreibmaschine getippt. Es handelte sich um den Passierschein, der Antoinette das Betreten des Schlosses gestattete. Eine vage Idee schoss Flick durch den Kopf.

»Draußen wartet ein Wagen«, sagte sie.

Antoinette betrachtete noch immer die Wunde. »Eigentlich ist er nicht transportfähig.«

»Wenn er hier bleibt, bringen die Boches ihn um.« Wie beiläufig nahm Flick den Passierschein in die Hand und fragte dabei Michel: »Wie geht es dir?«

»Ich kann jetzt vielleicht gehen«, sagte er. »Der Schmerz ist nicht mehr ganz so schlimm.«

Flick ließ den Passierschein in ihre Tasche gleiten, ohne dass Antoinette davon etwas mitbekam. »Helfen Sie mir, ihn aufzurichten«, forderte Flick sie auf.

Die beiden Frauen stellten Michel auf die Füße. Antoinette

zog ihm die blauen Leinenhosen hoch und schnallte den abgetragenen Ledergürtel zu.

»Bleiben Sie im Haus«, sagte Flick zu Antoinette. »Ich möchte nicht, dass Sie mit uns zusammen gesehen werden.« Sie hatte noch nicht weiter über ihren Einfall nachgedacht, doch eines wusste sie jetzt schon: Wenn auch nur die Spur eines Verdachts auf Antoinette und ihre Reinigungskolonne fiel, war alles für die Katz.

Michel legte ihr einen Arm um die Schulter, stützte sich schwer auf sie und humpelte mit ihrer Hilfe hinaus auf die Straße. Bis sie den Renault erreichten, hatte der Schmerz ihm alle Farbe aus dem Gesicht getrieben. Gilberte starrte ihnen voller Entsetzen durch die Windschutzscheibe entgegen. »Steig aus und mach die verdammte Tür auf, du Tranfunzel!«, fauchte Flick. Gilberte sprang aus dem Wagen und riss die Tür zum Fond auf. Mit vereinten Kräften gelang es ihnen, Michel auf den Rücksitz zu verfrachten.

Dann ließen sie sich auf die Vordersitze fallen. »Und jetzt weg von hier«, sagte Flick.

Dieter Franck war entsetzt und zutiefst bestürzt. Als die Schießerei allmählich abebbte und sein Herzschlag sich wieder normalisierte, begann er über das soeben Erlebte nachzudenken. Einen so gut geplanten und überlegt durchgeführten Anschlag hätte er der Résistance nicht zugetraut. Nach allem, was er in den vergangenen Monaten in Erfahrung gebracht hatte, hielt er sie für unfähig, mehr als nur ganz banale Überfälle zu verüben. Allerdings war dies der erste Anschlag, den er persönlich miterlebt hatte. An Waffen und Munition fehlte es diesen Widerstandskämpfern – ganz im Gegensatz zur deutschen Wehrmacht – gewiss nicht! Am schlimmsten aber war: Die Angreifer waren verdammt couragiert gewesen. Beeindruckend dieser Mann mit dem Gewehr, der plötzlich über den Platz gerannt war, aber auch die junge Frau mit der Sten-MP, die ihm Feuerschutz gegeben hatte, und ganz besonders die kleine Blonde, die den verwundeten Schützen geborgen und aus der Gefahrenzone geschleppt hatte – einen Mann, der gut fünfzehn Zentimeter größer war als sie! Solche Leute stellten zweifellos eine ernste, wachsende Bedrohung für die Besatzungstruppen dar und waren von anderem Kaliber als die Kriminellen, mit denen es Franck vor dem Krieg als Polizist in Köln zu tun gehabt hatte. Kriminelle waren dumm, faul, feige und brutal. Diese französischen Widerständler waren echte Kämpfer.

Doch dank ihrer Niederlage eröffnete sich ihm nun eine Chance, wie er sie nicht alle Tage bekam.

Als er sicher war, dass keine Schüsse mehr fallen würden, rappelte er sich auf und half auch Stéphanie wieder auf die Füße. Ihre Wangen waren gerötet, und ihr Atem ging schwer. Sie hielt seine Hände und sah ihm ins Gesicht. »Du hast mich beschützt«, sagte sie, und Tränen stiegen ihr in die Augen. »Du hast mich mit deinem Körper abgeschirmt.«

Er wischte Straßenstaub von ihrer Hüfte. Seine Ritterlichkeit überraschte ihn selbst. Er hatte rein instinktiv gehandelt. Wenn er genauer darüber nachdachte, kamen ihm durchaus Zweifel, ob er tatsächlich bereit gewesen wäre, sein Leben für Stéphanie zu opfern. Er versuchte, die Sache leichthin abzutun. »Einem so vollendeten Körper sollte kein Schaden zugefügt werden«, sagte er.

Stéphanie fing an zu weinen.

Er nahm sie an der Hand und führte sie über den Platz zum Tor. »Gehen wir rein«, sagte er. »Da kannst du dich für ein Weilchen setzen.« Sie betraten das Schlossgelände. Ein Loch in der Kirchenmauer fiel Franck ins Auge. Jetzt wusste er, wie der Stoßtrupp hereingekommen war.

Die Männer von der Waffen-SS hatten das Château inzwischen verlassen und waren gerade dabei, die Angreifer zu entwaffnen. Franck sah sich die verbliebenen Widerstandskämpfer genau an. Die meisten waren tot, einige nur verwundet, ein oder zwei schienen sich unverletzt ergeben zu haben. Immerhin: ein paar, die man verhören konnte.

Bisher war seine Arbeit defensiv angelegt gewesen. Er hatte nicht viel mehr tun können, als die Sicherheitsvorkehrungen bei bestimmten Schlüsseleinrichtungen zu verstärken. Zwar gab es hie und da einen Gefangenen zu verhören, doch war dabei bisher kaum etwas herausgekommen. Aber mehrere Gefangene, die offensichtlich alle ein und derselben gut organisierten Zelle angehörten – das war schon etwas anderes.

Jetzt kann ich vielleicht endlich mal in die Offensive gehen, dachte er in gespannter Erwartung.

»He, Sie da!«, rief er einem SS-Mann zu. »Holen Sie einen Arzt für die Gefangenen! Ich will sie verhören. Und sorgen Sie dafür, dass sie am Leben bleiben, alle!«

Obwohl Dieter Franck keine Uniform trug, schloss der SS-Mann aus seinem Auftreten, dass er einen höheren Offizier vor sich hatte, und sagte: »Jawohl. Wird gemacht.«

Franck führte Stéphanie die Treppe hinauf und durch den prunkvollen Eingang in die große Empfangshalle. Ein atemberaubender Anblick bot sich ihnen: Der Boden bestand aus rosa Marmor, die hohen Fenster waren mit erlesenen Vorhängen versehen, die Wände mit Stukkaturen etruskischer Motive in matten Grün- und Rosatönen verziert, die Decke schmückten aufgemalte Engel, die schon etwas verblasst waren. Früher waren die Räume sicher fantastisch möbliert, dachte Franck: kleine Tischchen oder Konsolen unter hohen Spiegeln, Kredenzen mit Messingbeschlägen, zierliche Stühle mit vergoldeten Beinen, Ölgemälde, riesige Vasen, Marmorstatuetten … Von all der Pracht war natürlich nichts übrig geblieben. Stattdessen reihenweise Schalttafeln, und vor jeder stand ein Stuhl. Das Kabelknäuel auf dem Boden sah aus wie ein Schlangennest.

Die Telefonistinnen und Funker schienen im hinteren Teil des Schlossparks Zuflucht gesucht zu haben. Nun, da die Schießerei vorüber war, standen einige von ihnen vor den verglasten Türen und waren sich offenbar noch nicht schlüssig, ob sie das Gebäude schon wieder gefahrlos betreten konnten. Manche trugen noch ihre Kopfhörer oder Brustmikrofone. Franck setzte Stéphanie an eines der Schaltbretter und winkte eine Telefonistin mittleren Alters herbei. »Madame«, sagte er in höflichem, aber bestimmtem Ton auf Französisch, »bitte bringen Sie der Dame eine Tasse heißen Kaffee.«

Die Frau kam, warf Stéphanie einen hasserfüllten Blick zu und sagte: »Sehr wohl, der Herr.«

»Und einen Cognac bitte. Sie steht unter Schock.«

»Cognac gibt's keinen.«

Natürlich gab es Cognac – nur hatte sie keine Lust, der Geliebten eines Deutschen einen zu bringen. Franck wollte sich in diesem Punkt auf keinen Streit einlassen. »Dann eben nur Kaffee«, sagte er. »Aber ein bisschen dalli, sonst gibt's Ärger.«

Er tätschelte Stéphanie die Schulter und ließ sie allein. Durch hohe Doppeltüren betrat er den Ostflügel, wo sich nach dem Vorbild von Versailles ein Salon an den anderen reihte. Alle Räume steckten voller Schalttafeln, nur wirkten diese hier mehr für die Dauer installiert, und die zu Bündeln zusammengefassten Kabel waren in ordentlichen, mit Holz verkleideten Schächten verlegt, die durch Löcher im Fußboden in den darunter liegenden Keller führten. Franck folgerte, dass es sich bei der Unordnung in der Empfangshalle um Notfallmaßnahmen handeln musste, die nach der Bombardierung des Westflügels erfolgt waren. Einige Fenster waren zur Vorbeugung gegen mögliche Luftangriffe dauerhaft verdunkelt, bei anderen jedoch waren die schweren Vorhänge aufgezogen. Franck nahm an, dass die Frauen nicht gerne in permanenter Dunkelheit arbeiteten.

Am Ende des Ostflügels kam Franck zu einem Treppenhaus und ging hinab in den Keller. Am Fuß der Treppe befand sich eine Stahltür, gleich dahinter standen ein kleiner Schreibtisch und ein Stuhl, auf dem normalerweise vermutlich ein Wachtposten saß. Wahrscheinlich hatte er seinen Platz verlassen, um in das Gefecht einzugreifen. Wie dem auch sein mochte – Franck konnte den Keller unkontrolliert betreten und registrierte in Gedanken einen weiteren Verstoß gegen die Sicherheitsvorschriften.

Hier unten sah es anders aus als in den repräsentativen Räumlichkeiten der Hauptgeschosse. Die Erbauer des Schlosses hatten hier Küchen- und Vorratsräume sowie Quartiere für das vielköpfige Personal vorgesehen, das vor dreihundert Jahren im Dienste der Schlossherren stand. Die Decken waren niedrig, die Wände kahl, der Fußboden bestand aus einfachen Steinfliesen oder sogar nur aus gestampfter Erde. Franck setzte seinen Weg durch einen breiten Korridor fort. Obwohl jede Tür mit einer Dienststellenbezeichnung in gestochener deutscher Schrift gekennzeichnet war, warf er überall kurz einen Blick hinein. Links von ihm, zur Vorderseite des Gebäudes hin, war die komplizierte Technik einer großen Fernmeldezentrale untergebracht: ein Generator, riesige Batterien, mehrere Zimmer mit unzähligen unübersichtlichen Kabelsträngen. Auf der rechten Seite waren die Räume der Gestapo: ein Fotolabor, ein großer Abhörraum zur Überwachung des Funkverkehrs der Résistance sowie mehrere Haftzellen mit Gucklöchern in den Türen. Der Keller war bombensicher: Die Fenster waren verrammelt, die Wände mit Sandsäcken gesichert und die Decken mit Stahlbeton verstärkt. All dies diente eindeutig dem Zweck, die Ausschaltung des Telefonnetzes durch die Bomber der Alliierten zu verhindern.

Am Ende des Korridors gelangte Franck zu einer Tür, die mit »Verhörzentrale« bezeichnet war. Der erste Raum, den er betrat, hatte kahle, weiß getünchte Wände, helle Lampen und das übliche Mobiliar: einen billigen Tisch, harte Stühle und einen Aschenbecher. Im zweiten, daran angrenzenden Zimmer waren die Lampen weniger hell, und die Mauern bestanden aus unverputzten Ziegelsteinen. An einem mit Blutflecken übersäten Pfosten waren verschiedene Haken angebracht, die zur Fesselung der Delinquenten dienten, und in einem Schirmständer lehnte eine Auswahl von Holzknüppeln und Stahlruten. Des Weiteren befanden sich in dem Raum ein Operationstisch aus einem Krankenhaus mit Kopfklammern und Riemen zum Festzurren von Handgelenken und Fußknöcheln, ein Gerät zur Erzeugung von Elektroschocks und ein verschlossener Schrank, der vermutlich verschiedene Drogen und Injektionsnadeln enthielt. Dies war eine Folterkammer. Obwohl sich Dieter Franck schon oft in solchen Räumen aufgehalten hatte, drehte sich ihm jedes Mal wieder der Magen um, und er musste sich ins Gedächtnis rufen, dass die Informationen, die man in dieser Umgebung gewann, dazu beitrugen, dass anständige junge deutsche Soldaten am Leben blieben und eines Tages zu Frau und Kind zurückkehren konnten, statt auf dem Schlachtfeld zu verbluten. Trotzdem lief ihm auch diesmal wieder ein Schauer über den Rücken.

Ein Geräusch hinter ihm schreckte ihn auf, und er fuhr herum. Als er sah, was da im Türrahmen stand, trat er ängstlich einen Schritt zurück und sagte unwillkürlich: »Mein Gott!« Sein Blick fiel auf eine untersetzte Gestalt, deren Gesicht durch das grelle Licht im Raum nebenan dunkel beschattet war. »Wer sind Sie?«, fragte er und hörte deutlich die Furcht in seiner eigenen Stimme.

Die Gestalt trat ins Licht und verwandelte sich in einen Mann im Uniformhemd eines Gestapo-Wachtmeisters. Er war klein und feist und hatte ein fleischiges Gesicht. Sein aschblondes Haar war so kurz geschnitten, dass er auf den ersten Blick kahlköpfig wirkte. »Was machen Sie hier?«, fragte er in hessischem Dialekt.

Dieter Franck fing sich wieder. Die Folterkammer hatte ihn

nur vorübergehend nervös gemacht. Jetzt antwortete er in seinem normalen, befehlsgewohnten Ton: »Major Franck. Ihr Name?«

Der Mann reagierte unterwürfig. »Wachtmeister Becker, Herr Major. Zu Befehl, Herr Major.«

»Bringen Sie so schnell wie möglich die Gefangenen herunter, Becker«, sagte Franck. »Diejenigen, die laufen können, sofort und die anderen, sobald sie ärztlich versorgt sind.«

»Jawoll, Herr Major. Ärztlich versorgt …«

Während Becker sich entfernte, kehrte Franck ins Verhörzimmer zurück, setzte sich auf einen der harten Stühle und fragte sich, welche Informationen sich wohl aus den Gefangenen herausholen ließen. Es war gut möglich, dass sich ihr Wissen lediglich auf ihren jeweiligen Heimatort beschränkte. Hatte er Pech und die Gegenseite hielt ihre Sicherheitsmaßnahmen streng ein, dann wussten die Leute nicht einmal über ihre eigene Gruppe genau Bescheid. Andererseits – perfekte Sicherheit gab es nicht. Es ließ sich gar nicht vermeiden, dass sich bei einer konspirativen Gruppe von mehreren Personen im Laufe der Zeit eine Menge Informationen über die eigene Résistance-Zelle anhäufte – und manchmal sogar über andere Zellen. Dieter Francks Traum war es, über eine Gruppe zur nächsten zu finden und von dieser zur übernächsten. Gelang ihm das, so konnte er der Résistance in den verbleibenden Wochen vor der alliierten Invasion noch enormen Schaden zufügen.

Er hörte Schritte im Flur und sah hinaus. Man führte die Gefangenen herein. Als Erste kam die Frau, die eine Sten unter ihrem Mantel verborgen gehalten hatte. Franck freute sich; es war immer sehr hilfreich, eine Frau unter den Gefangenen zu haben. Beim Verhör konnten sich Frauen als ebenso zäh wie Männer erweisen, doch eine der besten Methoden, einen Mann zum Reden zu bringen, bestand darin, vor seinen Augen eine Frau zusammenzuschlagen. Die Frau, die gerade hereingebracht wurde, war groß und attraktiv – umso besser. Allem Anschein nach war sie unverletzt. Mit erhobener Hand veranlasste er den Soldaten, der sie eskortierte, stehen zu bleiben und sprach die Frau freundlich auf Französisch an: »Wie heißen Sie?«

Sie sah ihn von oben herab an. »Was geht Sie das an?«

Franck zuckte mit den Schultern. Dieses Obstruktionsniveau ließ sich leicht überwinden. Er entschloss sich zu einer Antwort, die ihm wohl schon hundert Mal weitergeholfen hatte: »Es kann sein, dass sich Ihre Angehörigen erkundigen werden, ob Sie in Haft sind. Wir können ihnen nur helfen, wenn wir wissen, wer Sie sind.«

»Mein Name ist Geneviève Delys.«

»Ein schöner Name für eine schöne Frau.« Er winkte sie weiter.

Als Nächster kam ein Mann in den Sechzigern, der aus einer Kopfwunde blutete und obendrein hinkte. »Sie sind ein bisschen alt für solche Sachen, meinen Sie nicht?«, sagte Franck.

Der Mann gab sich stolz. »Ich habe die Bombe gelegt«, sagte er trotzig.

»Name?«

»Gaston Lefèvre.«

»Merken Sie sich eines, Lefèvre«, sagte Franck in freundlichem Ton. »Es hängt allein von Ihnen ab, wie lange die Schmerzen dauern. *Sie* entscheiden, wann sie aufhören.«

Der Mann erkannte, was auf ihn zukam. Angst lag in seinem Blick.

Franck nickte zufrieden. »Gehen Sie weiter.«

Der Nächste war ein junger Bursche, nach Francks Schätzung nicht älter als siebzehn, ein gut aussehender Junge, dem das blanke Entsetzen ins Gesicht geschrieben stand.

»Name?«

Der Junge zögerte, er war wie benommen vor Schrecken. Nach kurzem Nachdenken sagte er: »Bertrand Bisset.«

»Guten Abend, Bertrand«, sagte Franck vergnügt. »Willkommen in der Hölle.«

Der junge Mann sah aus, als habe man ihn geschlagen.

Franck schob ihn weiter.

Unvermittelt tauchte Willi Weber auf. Hinter ihm her trottete Becker wie ein Bluthund an der Leine. Weber wandte sich an Franck: »Wie sind Sie hier reingekommen?«, blaffte er ihn an.

»Einfach so hereinspaziert«, erwiderte Franck. »Ihre Sicherheitsvorkehrungen stinken zum Himmel.«

»Lächerlich! Sie haben doch selber gerade gesehen, wie wir einen Großangriff abgewehrt haben!«

»Ausgeführt von einem Dutzend Männern und ein paar Mädchen.«

»Wir haben sie besiegt, das allein zählt!«

»Denken Sie doch mal genau darüber nach«, sagte Franck nüchtern. »Die Feinde konnten sich in unmittelbarer Nähe versammeln, ohne dass Sie davon etwas mitbekamen. Es gelang ihnen, auf das Gelände des Schlosses vorzudringen und mindestens sechs gute deutsche Soldaten zu töten. Wahrscheinlich haben Sie nur deshalb die Oberhand behalten, weil der Gegner Sie zahlenmäßig unterschätzt hat. Und was mich betrifft, so bin ich ohne jede Kontrolle hier ins Kellergeschoss gekommen, weil der Wachhabende seinen Posten verlassen hatte.«

»Ein tapferer deutscher Soldat. Er wollte mitkämpfen.«

»Gott im Himmel!«, rief Franck verzweifelt. »Ein Soldat in der Schlacht verlässt nicht seinen Posten, weil er mitkämpfen will! Er hält sich an seine Befehle!«

»Ich brauche mich von Ihnen nicht über die Grundlagen der militärischen Disziplin belehren zu lassen.«

Franck gab es auf, vorerst. »Das habe ich auch gar nicht vor.«

»Was dann?«

»Ich werde jetzt die Gefangenen verhören.«

»Das ist die Aufgabe der Gestapo.«

»Seien Sie kein Idiot. Generalfeldmarschall Rommel hat

mich – und nicht die Gestapo – gebeten, die Schlagkraft der Résistance einzudämmen, damit sie im Fall einer Invasion nicht mehr imstande ist, seine Verbindungswege zu sabotieren. Diese Gefangenen können mir unschätzbare Informationen geben. Es ist daher meine feste Absicht, sie zu verhören.«

»Nicht solange sie sich in meinem Gewahrsam befinden«, erwiderte Weber stur. »Ich werde die Vernehmungen selbst durchführen und die Ergebnisse dann an den Generalfeldmarschall weiterleiten.«

»Mit der Invasion ist noch in diesem Sommer zu rechnen. Meinen Sie nicht, es wäre allmählich Zeit, mit solchen Hahnenkämpfen aufzuhören?«

»Eine gut funktionierende Organisation gibt man nie auf.«

Franck hätte schreien können. In seiner Verzweiflung schluckte er seinen Stolz herunter und versuchte es mit einem Kompromiss. »Dann verhören wir sie halt gemeinsam.«

Weber lächelte. Er spürte, dass er gewonnen hatte. »Kommt überhaupt nicht infrage.«

»Das heißt, ich muss an höherer Stelle intervenieren.«

»Wenn Ihnen das gelingt.«

»Natürlich gelingt mir das. Das Einzige, was Sie mit Ihrer Sturheit erreichen werden, ist eine Verzögerung.«

»Das behaupten Sie.«

»Sie Vollidiot!«, platzte es aus Franck heraus. »Gott bewahre unser Vaterland vor Patrioten wie Ihnen.« Er drehte sich auf dem Absatz um und ging hinaus.

Gilberte und Flick hatten Sainte-Cécile hinter sich gelassen und fuhren auf einer kleinen Nebenstraße nach Reims. Gilberte fuhr so schnell, wie es ihr auf der schmalen Fahrbahn möglich war, und Flick spähte besorgt durch die Windschutzscheibe und musterte das Gelände vor ihnen. Die Straße führte gemächlich über die Dörfer und schlängelte sich hügelauf, hügelab zwischen Weinbergen durch die Landschaft. Es gab viele Kreuzungen, weshalb man nicht allzu schnell vorankam, doch hatten die zahlreichen Abzweigungen den Vorteil, dass die Gestapo nicht auf jeder Straße, die aus Sainte-Cécile hinausführte, Sperren errichten konnte. Dennoch biss sich Flick auf die Lippen und fürchtete, sie könnten aus purem Zufall einer Patrouille begegnen und angehalten werden. Für einen Mann, der mit einer blutenden Schussverletzung auf dem Rücksitz lag, hatte sie keine Erklärung.

Inzwischen war ihr klar, dass sie Michel nicht nach Hause bringen konnten. Nach der Kapitulation Frankreichs im Jahr 1940 war Michel demobilisiert worden. Er war jedoch nicht auf seinen Dozentenposten an der Sorbonne zurückgekehrt, sondern in seine Heimatstadt, um dort die Stelle eines stellvertretenden Lyzeumsdirektors anzunehmen und – sein eigentliches Motiv – eine Zelle der Résistance zu organisieren. Er wohnte unweit der Kathedrale im Haus seiner verstorbenen Eltern, einem ganz entzückenden Gebäude. Aber dort konnte er jetzt nicht hin; es war einfach zu bekannt. Oft hatten Résistance-Mitglieder keine Ahnung, wo ihre Mitstreiter wohnten – aus Sicherheitsgründen wurden Adressen nur genannt, wenn es sich absolut nicht vermeiden ließ, für bestimmte Lieferungen etwa oder konspirative Treffen. Bei Michel lagen die Dinge anders: Er war der Chef, und die meisten kannten seinen Wohnsitz.

Für Flick stand außer Frage, dass einige Mitglieder des Kommandos in Sainte-Cécile lebend in die Hände des Feindes gefallen waren. Anders als britische Agentinnen und Agenten trugen die Angehörigen der Résistance keine Selbstmordpillen mit sich. Bei Verhören gab es nur eine einzige Regel, auf die man sich verlassen konnte: Über kurz oder lang packte jeder aus, ohne Ausnahme. Manchmal verlor die Gestapo die Geduld, und manchmal brachte sie ihre Opfer vor lauter Übereifer zu früh um, doch wenn die Verhörspezialisten vorsichtig und entschlossen zu Werke gingen, brachten sie auch die stärkste Persönlichkeit dazu, ihre besten Freunde zu verraten. Niemand konnte Schmerzen unbegrenzt ertragen.

Flick musste daher davon ausgehen, dass Michels Wohnung dem Feind bekannt war, im schlimmsten Fall bereits jetzt, ansonsten in Bälde. Wohin also konnte sie ihn stattdessen bringen?

»Wie geht es ihm?«, fragte Gilberte besorgt.

Flick sah sich nach Michel um. Seine Augen waren geschlossen, doch er atmete normal. Er war eingeschlafen – das Beste, was ihm passieren konnte. Sie betrachtete ihn liebevoll. Er brauchte jemanden, der sich um ihn kümmerte, zumindest in den nächsten ein, zwei Tagen. Sie wandte sich Gilberte zu. Jung und unverheiratet, wie sie war, lebte sie wahrscheinlich noch bei ihren Eltern. »Wo wohnst du?«, fragte sie.

»In der Route de Cernay am Stadtrand.«

»Allein?«

Aus irgendeinem Grund schien es Gilberte plötzlich mit der Angst zu tun zu bekommen.

»In einem Haus, einer Wohnung, einem möblierten Zimmer?«

»In einer Zweizimmerwohnung.«

»Gut. Fahr dort hin.«

»Nein!«

»Warum nicht? Hast du Angst?«

Gilberte wirkte gekränkt. »Nein, nein. Keine Angst!«

»Was dann?«

»Ich traue den Nachbarn nicht.«

»Gibt es einen Hintereingang?«

»Ja«, erwiderte Gilberte zögernd. »Es gibt da einen kleinen Durchgang, an einer kleinen Fabrik vorbei.«

»Klingt geradezu ideal.«

»Na gut, du hast ja Recht, fahren wir zu mir nach Hause. Du … Du hast mich nur überrascht, das ist alles.«

»Tut mir leid.«

Flicks Plan sah noch für den gleichen Abend ihre Rückkehr nach London vor. Das Flugzeug, das sie abholen sollte, würde auf einer Wiese in der Nähe des Dorfes Chatelle landen, knapp zehn Kilometer nördlich von Reims. Ob es der Pilot tatsächlich schaffen würde, stand auf einem anderen Blatt. Wenn man sich bei der Navigation nur an den Sternen orientieren konnte, war es außerordentlich schwierig, ein bestimmtes Feld in der Nähe eines kleinen Dorfes zu finden. Oft verflogen sich die Piloten – ja, eigentlich war es ein Wunder, wenn sie überhaupt ihre Zielorte erreichten. Viel hing vom Wetter ab. Flick betrachtete prüfend den Horizont. Das tiefe Blau des Abends senkte sich allmählich über den klaren Himmel. Bald würde der Mond scheinen – vorausgesetzt, das Wetter hielt.

Wenn nicht heute, dann morgen, dachte sie. Wie immer.

In ihren Gedanken war sie wieder bei den Kameraden, die sie zurückgelassen hatte. Ob der junge Bertrand noch lebte? Und Geneviève? Vielleicht war der Tod die bessere Lösung für sie, denn wenn sie noch am Leben waren, wartete die Folter auf sie. Die Erkenntnis, dass sie selbst es gewesen war, die die anderen in diese Niederlage geführt hatte, brachte Flick fast zum Wahnsinn. Bertrand war wahrscheinlich in mich verliebt, dachte sie. Jung, wie er war, plagte ihn vermutlich sogar das Gewissen, weil er heimlich die Frau seines Kommandeurs liebte. Hätte ich ihm doch befohlen, zu Hause zu bleiben! Am Verlauf der Aktion hätte sich dadurch nichts geändert. Nur wäre Bertrand ein wenig länger der helle, liebenswerte Bursche geblieben, der er war – anstatt eine Leiche oder Schlimmeres.

Niemand konnte immer nur Erfolg haben. Wenn im Krieg die Führung versagte, gab es Tote, das war die harte Wirklichkeit. Trotzdem suchte Flick verzweifelt nach Trost. Gab es nicht irgendeine Möglichkeit, darauf hinzuwirken, dass die Leiden der Kameraden nicht umsonst waren? Vielleicht konnte man auf ihrem Opfer aufbauen und am Ende doch einen wie auch immer gearteten Sieg davontragen?

Der Passierschein, den sie Antoinette gestohlen hatte, fiel ihr ein und die damit verbundene Chance, sich in das Schloss einzuschleichen. Vielleicht ließ sich ein Kommandotrupp einschleusen, der als zivile Angestellte getarnt war? Nein, als Telefonistinnen konnten sie sich nicht ausgeben; das war ein Beruf, der Fachkenntnisse verlangte und eine entsprechende, zeitraubende Ausbildung voraussetzte. Mit einem Besen dagegen konnte jeder umgehen.

Ob es den Deutschen auffallen würde, wenn sich die Reinigungskolonne plötzlich aus lauter Fremden zusammensetzte? Wahrscheinlich schenkten sie den Frauen, die den Boden schrubbten, keine größere Beachtung. Die andere Frage war, wie sich die französischen Telefonistinnen verhalten würden. Würden sie den Trupp auffliegen lassen? Das war ein Risiko – aber vielleicht eines, das man eingehen konnte.

Die SOE verfügte über eine beachtliche Fälscherwerkstatt, die imstande war, innerhalb von wenigen Tagen Dokumente aller Art nachzumachen, wobei manchmal sogar eigens bestimmtes Papier hergestellt wurde, um Originaltreue zu gewährleisten. Mit Antoinettes Passierschein als Vorlage ließen sich entsprechende Dubletten rasch herstellen.

Beim Gedanken an den Diebstahl meldete sich Flicks Gewissen. Gut möglich, dass Antoinette in diesem Augenblick hektisch nach dem Dokument suchte – unter dem Sofa, in sämtlichen Taschen, ja vielleicht lief sie sogar hinaus in den Garten und suchte ihn mit der Taschenlampe ab. Wenn sie der Gestapo den Verlust meldete, würde man ihr zwar zuerst die Hölle heiß machen – am Ende aber doch wohl ein Ersatzdokument ausstellen. Da sie nichts von dem Diebstahl wusste, geriet sie auch nicht in die Gefahr, als Helferin der Résistance entlarvt zu werden. Im Verhör konnte sie standhaft bei der Behauptung bleiben, den Passierschein verloren zu haben – schließlich glaubte sie es ja selbst. Und ganz abgesehen davon, dachte Flick mit finsterer Entschlossenheit, wenn ich

Antoinette gebeten hätte, mir das Ding zu leihen, hätte sie vermutlich nein gesagt.

Der Plan hatte allerdings einen großen Haken. Die Reinigungskolonne bestand ausschließlich aus Frauen. Der als Putzfrauen getarnte Kommandotrupp müsste also ein reines Damenteam sein.

Aber warum eigentlich nicht?, dachte Flick.

Sie erreichten die Außenbezirke von Reims. Als Gilberte den Wagen vor einem flachen Fabrikgebäude, das von einem hohen Maschendrahtzaun umgeben war, zum Stehen brachte, war es bereits dunkel. Sie stellte den Motor ab.

Flick drehte sich um und sprach Michel mit lauter Stimme an: »Wach auf! Wir müssen dich reinbringen.« Er stöhnte. »Und zwar möglichst schnell«, fügte Flick hinzu. »Es herrscht bereits Ausgangssperre.«

Die beiden Frauen holten Michel aus dem Wagen. Gilberte deutete auf einen schmalen Durchgang, der zur Rückseite der Fabrik führte. Michel legte ihnen die Arme um die Schultern und ließ sich von ihnen mitschleppen. Gilberte öffnete eine Tür, die in den Hof eines kleinen Wohnblocks führte. Durch den Hintereingang traten sie ein.

Es war ein billiges Mietshaus ohne Aufzug. Gilbertes Wohnung befand sich zu allem Unglück im Dachgeschoss. Flick zeigte ihr, wie sie Michel hinauftragen konnten: Sie kreuzten die Arme unter seinen Oberschenkeln und nahmen sich an den Händen; auf diese Weise ließ sich sein Gewicht tragen. Michel legte ihnen wieder die Arme um die Schultern, damit er nicht die Balance verlor, und so schafften sie es, ihn die vier Treppen hochzuschleppen. Glücklicherweise begegnete ihnen unterwegs niemand.

Bis sie Gilbertes Wohnungstür erreichten, gerieten sie heftig ins Schnaufen. Sie stellten Michel auf die Beine, und er schaffte es, hineinzuhumpeln und sich in einen Sessel fallen zu lassen.

Flick sah sich um. Es war eine typische Jungmädchenwohnung, hübsch, ordentlich und sauber. Vor allem aber: Es gab keine höheren Häuser in der Nachbarschaft. Das war der Vorteil der Dachgeschosswohnung: Niemand konnte von außen hineinschauen. So, wie es aussah, war Michel hier sicher.

Gilberte umschwirrte ihn, brachte Kissen, um es ihm bequem zu machen, wischte ihm mit einem Handtuch vorsichtig das Gesicht ab, bot ihm Aspirintabletten an. Sie war zärtlich, aber unpraktisch, genau wie Antoinette. So wirkte Michel auf Frauen – nur eben nicht auf sie, Flick, und nicht zuletzt deshalb war er auf sie verfallen: Er konnte der Herausforderung nicht widerstehen.

»Du brauchst einen Arzt«, sagte sie brüsk. »Wie wär's mit Claude Bouler? Er hat uns immer geholfen – nur das letzte Mal, als ich ihn ansprach, gab er vor, mich nicht zu kennen. Ich dachte schon, er wolle vor mir davonlaufen, so nervös war er.«

»Seit er verheiratet ist, hat er Angst«, sagte Michel. »Aber wenn's um mich geht, wird er kommen.«

Flick nickte. Für Michel machten viele Leute eine Ausnahme. »Gilberte, fahr los und hol Dr. Bouler.«

»Ich würde lieber hier bei Michel bleiben.«

Flick stöhnte innerlich. Figuren wie Gilberte taugten allenfalls für Botengänge – und selbst dabei machten sie Schwierigkeiten. »Bitte tu, was ich dir sage«, erwiderte sie mit Bestimmtheit. »Ich muss mit Michel noch unter vier Augen sprechen, bevor ich nach London zurückkehre.«

»Und was ist mit der Ausgangssperre?«

»Wenn man dich anhält, sag, dass du auf dem Weg zum Arzt bist. Diese Ausrede wird meistens akzeptiert. Kann sein, dass man dich zu Claudes Wohnung begleitet, um festzustellen, ob du die Wahrheit sagst. Aber hierher wird dir niemand folgen.«

Gilberte schien das wenig zu überzeugen, aber sie zog sich eine Strickjacke über und ging.

Flick setzte sich auf die Lehne von Michels Sessel und küsste ihn. »Das war eine Katastrophe heute«, sagte sie.

»Ich weiß«, brummte er voller Abscheu. »Das war also der MI6. Der Gegner muss doppelt so viele Männer gehabt haben, wie man uns gesagt hat.«

»Diesen Clowns glaube ich kein Wort mehr.«

»Wir haben Albert verloren. Ich muss es seiner Frau beibringen.«

»Ich fliege noch heute Nacht nach London zurück und schicke dir einen anderen Funker.«

»Danke.«

»Du musst herausfinden, wer sonst noch tot ist – und wer überlebt hat.«

»Ich werde mein Bestes tun«, seufzte Michel. »Wenn ich kann.«

Sie nahm seine Hand. »Wie fühlst du dich?«

»Wie ein Idiot. Eine Kugel an der Stelle – das ist so würdelos.«

»Und wie geht es dir – physisch, meine ich?«

»Mir ist ein bisschen schwindlig.«

»Du brauchst was zu trinken. Mal sehen, was Gilberte hat.«

»Ein Scotch wäre jetzt nicht schlecht.« Flicks Londoner Freunde hatten Michel vor dem Krieg auf den Geschmack von Whisky gebracht.

»Aber auch ein bisschen stark.« In einer Ecke des Zimmers befand sich eine Kochnische. Flick öffnete einen Schrank und entdeckte darin zu ihrer Verblüffung eine Flasche Dewar's White Label. Britische Agenten brachten oft Whisky mit – zur Eigenversorgung und für ihre Waffenbrüder. Bei einer jungen Französin wirkte er irgendwie fehl am Platz. Neben dem Whisky stand eine angebrochene Flasche Rotwein – für einen Verwundeten sicher bekömmlicher. Flick schenkte ein Glas halb voll und füllte es mit Leitungswasser auf. Michel trank gierig; der Blutverlust hatte ihn durstig gemacht. Er leerte das Glas, ohne es abzusetzen. Dann lehnte er sich zurück und schloss die Augen.

Flick hätte gerne einen Scotch gehabt, doch kam es ihr unfair vor, Michel den Whisky zu versagen und ihn dann selbst zu trinken. Außerdem brauchte sie auch weiterhin einen klaren Kopf. Du bekommst deinen Drink schon noch, ermahnte sie sich – aber erst, wenn du wieder britischen Boden unter den Füßen hast.

Sie blickte sich im Zimmer um. An den Wänden hingen ein paar kitschig-sentimentale Bilder. Ein Stapel alter Modehefte fiel ihr auf. Bücher fehlten. Sie warf einen Blick ins Schlafzimmer.

»Was hast du vor?«, fragte Michel scharf.

»Ich sehe mich nur etwas um.«

»Findest du das nicht ein bisschen unhöflich, in ihrer Abwesenheit hier herumzuschnüffeln?«

Flick zuckte mit den Schultern. »Nein, eigentlich nicht. Wie auch immer, ich muss mal auf die Toilette.«

»Die ist draußen. Die Treppe runter und dann den Flur lang bis zum Ende, soweit ich mich erinnere.«

Flick folgte seinen Angaben. In der Toilette wurde ihr klar, dass irgendetwas sie beunruhigte, irgendetwas an Gilbertes Wohnung. Sie geriet ins Grübeln. Auf ihre Gefühle und Eingebungen konnte sie sich verlassen: Sie hatten ihr schon mehrmals das Leben gerettet. Als sie wieder in die Wohnung kam, sagte sie zu Michel: »Irgendwas ist hier faul. Aber was?«

Er hob die Schultern. Das Thema behagte ihm nicht. »Keine Ahnung.«

»Du kommst mir ein bisschen gereizt vor.«

»Könnte vielleicht damit zusammenhängen, dass ich heute bei einer Schießerei was abgekriegt habe.«

»Nein, nein, damit hat das nichts zu tun. Es ist diese Wohnung hier.« Es hatte etwas mit Gilbertes Befangenheit zu tun, mit dem Whisky und mit der Tatsache, dass Michel wusste, wo sich die Toilette befand. Flick ging ins Schlafzimmer und sah sich etwas genauer um; diesmal machte ihr Michel keine Vorhaltungen. Auf dem Nachttischchen stand das Foto eines Mannes mit Gilbertes großen Augen und schwarzen Brauen – vielleicht ihr Vater. Auf der Tagesdecke lag eine Puppe. In einer Ecke befand sich ein Waschbecken, über dem ein Spiegelschrank hing. Flick öffnete ihn und erblickte einen Rasierapparat mit Seifenschale und Pinsel. So unschuldig war Gilberte also nicht – es gab einen Mann, der immerhin so oft in dieser Wohnung übernachtete, dass er sein Rasierzeug hier ließ.

Rasierapparat und -pinsel hatten Griffe aus poliertem Elfenbein. Es sah genauso aus wie das Set, das sie Michel zum zweiunddreißigsten Geburtstag geschenkt hatte …

Flick war vor Schreck wie gelähmt.

Da also lag der Hase im Pfeffer.

Dass Michel sich für eine andere interessierte, hatte sie geahnt – aber dass er so weit gegangen war, überstieg ihr Vorstellungsvermögen. Doch da waren die Beweise – direkt vor ihren Augen.

Der Schock verwandelte sich in Betroffenheit. Sie fühlte sich verletzt. Wie kann er hier mit einer anderen herumknutschen, während ich in London einsam im Bett liege?, dachte sie, drehte sich um und sah das Bett vor sich. Da haben sie es getrieben … Die Vorstellung war unerträglich.

Jetzt wurde sie wütend. Sie war ihm immer treu gewesen und hatte ihm vertraut. Sie hatte die Einsamkeit ertragen – er nicht. Er hatte sie betrogen. Flicks Wut steigerte sich in einem Maße, dass sie das Gefühl hatte, jeden Augenblick explodieren zu müssen.

Mit ein paar entschlossenen Schritten war sie bei ihm. »Du Schwein«, sagte sie auf Englisch, »du verdammtes Dreckschwein.«

Michel antwortete in der gleichen Sprache. »Sei misch nischt so böse …«

Er wusste, dass sie sein gebrochenes Englisch mochte, doch dieses Mal verfing der Trick nicht. Auf Französisch fuhr sie fort: »Wie kannst du mich mit einer neunzehnjährigen dummen Gans betrügen?«

»Das hat doch nichts zu bedeuten … Sie ist ein hübsches Ding, sonst nichts.«

»Und deshalb meinst du, es wäre bloß halb so schlimm?« Flick wusste, dass sie damals, als sie Studentin und Michel ihr Dozent war, seine Aufmerksamkeit erregt hatte, indem sie ihn vor versammelter Mannschaft herausforderte. Verglichen mit ihren englischen Kommilitonen, waren französische Studenten Duckmäuser. Hinzu kam, dass Flick von Natur aus keine Scheu vor Autoritäten besaß. Hätte eine ähnliche Frau Michel verführt – Geneviève vielleicht, die ihm durchaus das Wasser reichen konnte –, wäre es für Flick erträglicher gewesen. Dass er sich Gilberte ausgesucht hatte, ein Mädchen, deren geistiger Horizont nicht viel weiter reichte als bis zu den Spitzen ihrer lackierten Fingernägel, empfand sie dagegen als besonders verletzend.

»Ich war einsam«, sagte Michel mit Leidensmiene.

»Erspar mir diese Rührnummer! Du warst nicht einsam, sondern schwach und verlogen. Und außerdem hast du mein Vertrauen missbraucht.«

»Flick, Liebling, lass uns nicht streiten! Wir haben heute so viele Freunde verloren, und du musst wieder zurück nach England. Vielleicht haben wir beide nicht mehr lange zu leben. Bitte verlass mich nicht im Zorn.«

»Wie stellst du dir das vor? Ich gehe, und du bleibst hier in den Armen deines Flittchens!«

»Sie ist kein Flittchen …«

»Verschon mich mit deinen Wortklaubereien. Ich bin deine Frau, und mit ihr teilst du die Matratze.«

Michel veränderte seine Position auf dem Sessel und zuckte dabei vor Schmerzen zusammen. Dann sah er Flick aus seinen tiefblauen Augen an und sagte: »Ich bekenne mich schuldig. Ich bin ein Mistkerl. Aber ein Mistkerl, der dich liebt, und ich bitte dich in aller Form um Vergebung, jetzt und hier. Schon für den Fall, dass ich dich vielleicht nie wiedersehe.«

Dem hatte sie kaum etwas entgegenzusetzen. Flick wog fünf Jahre Ehe gegen einen Seitensprung mit einem Betthäschen ab und gab nach. Sie tat einen Schritt auf ihn zu, und Michel umarmte ihre Beine und barg sein Gesicht im abgetragenen Baumwollstoff ihres Kleides. Sie streichelte ihm über das Haar. »Schon gut«, sagte sie. »Ist ja schon gut.«

»Es tut mir so leid«, erwiderte Michel. »Ich komme mir so schäbig vor. Du bist die wunderbarste Frau, die mir je begegnet ist und je wieder begegnen wird. Es wird nie wieder passieren, das verspreche ich dir.«

Die Tür ging auf, und Gilberte trat ein, begleitet von Dr. Bouler. Flick fuhr auf wie ertappt und gab Michels Kopf frei. Schon im nächsten Augenblick aber schimpfte sie sich eine Idiotin: Er ist *mein* Mann, nicht Gilbertes! Wieso soll es mir peinlich sein, wenn ich ihn umarme, selbst hier, in *ihrer* Wohnung? Sie ärgerte sich über sich selber.

Auch Gilberte wirkte im ersten Moment bestürzt – schließlich überraschte sie ihren Liebhaber in den Armen seiner Frau. Aber sie fing sich schnell wieder, und dann wirkten ihre Züge wie eingefroren, als ginge sie das alles gar nichts an.

Dr. Claude Bouler, ein gut aussehender junger Mann, betrat nach ihr das Zimmer. Ihm war offensichtlich nicht wohl in seiner Haut.

Flick begrüßte ihn mit Küsschen auf die Wangen. »Wir sind Ihnen sehr dankbar, dass Sie gekommen sind«, sagte sie.

Claude wandte sich an Michel: »Was machst du denn für Sachen, alter Junge?«

»Ich hab 'ne Kugel im Hintern.«

»Tja, dann hol ich die wohl am besten mal raus.« Seine Furcht war professioneller Nüchternheit gewichen. An Flick gewandt, sagte er: »Legen Sie ein paar Handtücher aufs Bett, die das Blut auffangen. Und dann ziehen Sie ihm die Hose aus und legen ihn auf den Bauch. Ich wasche mir inzwischen die Hände.«

Gilberte breitete alte Zeitschriften auf der Tagesdecke aus und darüber mehrere Handtücher. Flick half Michel auf und stützte ihn, während er ins Schlafzimmer humpelte. Als er sich aufs Bett legte, fragte sie sich unwillkürlich, wie oft er dort wohl schon gelegen hatte.

Claude führte ein Instrument aus Metall in die Wunde ein und tastete nach der Kugel. Michel brüllte vor Schmerzen auf.

»Tut mir echt leid, alter Freund«, sagte der Arzt mitfühlend.

Flick konnte sich einer gewissen Schadenfreude nicht erwehren: Da lag er nun und schrie vor Schmerzen – auf demselben Bett, auf dem er früher mit schlechtem Gewissen seine Lust herausgeschrien hatte. Hoffentlich wird er den heutigen Tag in Gilbertes Schlafzimmer nie vergessen, dachte sie.

»Nun mach schon, bringen wir 's hinter uns«, stöhnte Michel.

Flicks Rachsucht verflog so schnell, wie sie gekommen war. Er tat ihr einfach nur noch leid. Sie schob ihm ein Kissen zu und sagte: »Beiß da rein, das hilft!«

Michel stopfte sich das Kissen in den Mund.

Beim nächsten Versuch ortete Claude die Kugel und holte sie heraus. Blut strömte aus der Wunde. Nach kurzer Zeit ließ die Blutung jedoch nach, und Claude legte einen Verband an.

»Beweg dich ein paar Tage lang so wenig wie möglich«, riet er Michel – und dies bedeutete, dass er in Gilbertes Wohnung bleiben musste.

Aber bei so einer Verletzung kommt Sex vorerst nicht in Frage, dachte Flick mit grimmer Befriedigung.

»Danke, Claude«, sagte sie.

»Freut mich, dass ich euch helfen konnte.«

»Ich habe noch eine Bitte.«

Der Arzt erschrak. »Um was geht's?«

»Ich muss um Viertel vor zwölf heute Nacht ein Flugzeug erreichen. Ich brauche Sie. Sie müssen mich nach Chatelle fahren.«

»Wieso kann das Gilberte nicht machen? Sie hat mich doch auch mit dem Wagen abgeholt.«

»Wegen der Ausgangssperre. Sie sind Arzt, da wären wir sicher.«

»*Wir?* Wer fährt denn noch alles mit?«

»Wir drei. Michel muss eine Lampe halten.« Das Abholmanöver verlief immer nach dem gleichen Schema: Vier Résistance-Mitglieder stellten sich mit Taschenlampen in Form eines riesigen »L« auf und markierten damit die Windrichtung und den genauen Landeplatz. Die kleinen batteriebetriebenen Lampen mussten auf das Flugzeug gerichtet sein, damit der Pilot sie deutlich sah. Man konnte sie auch einfach an den geeigneten Stellen auf den Boden legen, doch war diese Methode riskanter. Entsprach das, was der Pilot sah, nicht seinen Erwartungen, so vermutete er vielleicht eine Falle und blies die Landung ab. Wenn irgend möglich arbeitete man daher mit vier Helfern.

»Und wie soll ich das der Polizei erklären?«, fragte Claude. »Ein Arzt in einem Notfalleinsatz hat keine drei Mitfahrer an Bord.«

»Wir denken uns dann schon was aus.«

»Das ist mir zu gefährlich.«

»Um diese Zeit in der Nacht dauert die Fahrt doch nur ein paar Minuten.«

»Meine Frau bringt mich um. Ich muss an die Kinder denken, wird sie sagen.«

»Sie haben doch gar keine.«

»Marie-Jeanne ist schwanger.«

Flick nickte. Das war also die Erklärung für Claudes Nervosität.

Michel drehte sich um, setzte sich auf und packte den Arzt am Arm. »Claude, ich bitte dich, es ist wirklich sehr wichtig. Tu mir den Gefallen, bitte.«

Michel eine Bitte abzuschlagen war nicht leicht.

Claude Bouler seufzte und gab nach. »Wann also?«

Flick sah auf ihre Uhr. Es war fast elf. »Jetzt«, sagte sie.

Der Arzt warf einen Blick auf Michel. »Seine Wunde kann wieder aufgehen.«

»Weiß ich«, sagte Flick. »Dann blutet sie eben.«

Das Dörfchen Chatelle bestand aus einer Hand voll Häusern, die sich um eine Straßenkreuzung gruppierten: Drei Bauernhöfe, ein paar Landarbeiterhütten und eine Bäckerei für die Höfe und Weiler in der Umgebung. Flick stand auf einer Viehweide gut anderthalb Kilometer von der Kreuzung entfernt und hielt eine Taschenlampe in der Hand, die ungefähr so groß war wie eine Zigarettenschachtel.

Piloten der 161. Schwadron der Royal Air Force hatten ihr in einem einwöchigen Kurs beigebracht, wie man ein Flugzeug zur Landung einwies. Ihr gegenwärtiger Standort entsprach den Anforderungen. Die Weide war einen knappen Kilometer lang. Eine Lysander benötigte fünfhundert Meter zum Landen und Starten. Der Boden war fest und fiel in keiner Richtung ab. Außerdem gab es in der Nähe einen Teich, der im Mondlicht für den Piloten gut erkennbar war und eine wertvolle Orientierungshilfe darstellte.

Michel und Gilberte standen, von Flick aus gesehen, gegen den Wind, in einer geraden Linie und waren ebenfalls mit Taschenlampen ausgerüstet. Claude stand ein paar Meter neben Gilberte, sodass ihre Lichtzeichen von oben das Bild eines auf dem Kopf stehenden »L« ergaben und dem Piloten halfen, den Landeplatz zu lokalisieren. In abgelegenen Gegenden konnte man auch mit Reisigfeuern arbeiten, doch hier, in der Nähe eines Dorfes, war es zu gefährlich, verräterische Brandstellen auf dem Boden zu hinterlassen.

Die vier Menschen bildeten das, was unter Agenten als »Empfangskomitee« bekannt war. Flicks Teams verhielten sich immer still und diszipliniert. Bei weniger gut organisierten Zellen kam es manchmal vor, dass die Landung zur Party ausartete. Da standen dann die Leute in Gruppen zusammen, alberten herum und rauchten Zigaretten, und aus den umliegenden Dörfern tauchten plötzlich Zuschauer auf. Solche Veranstaltungen waren gefährlich. Wenn der Pilot dem Braten nicht traute und befürchten musste, dass die geplante Landung an die Deutschen verraten worden war und folglich die Gestapo bereits auf der Lauer lag, musste er schnell reagieren. In den Instruktionen der Empfangskomitees stand klipp und klar, dass jeder, der sich dem Flugzeug aus dem falschen Winkel näherte, damit rechnen musste, vom Piloten erschossen zu werden. Bisher war ein solcher Fall noch nicht eingetreten, doch einmal war ein Schaulustiger von einem Hudson-Bomber überrollt und getötet worden.

Die Warterei war immer der reine Horror. Traf das Flugzeug aus irgendeinem Grund nicht ein, bedeutete dies für Flick weitere vierundzwanzig Stunden unverminderter Hochspannung und Gefahr. Und *ob* die Maschine nun kam oder nicht, konnte kein Agent voraussagen. Dies lag nicht etwa daran, dass die RAF unzuverlässig gewesen wäre, sondern, wie die Piloten der 161. Schwadron Flick erklärt hatten, an den ungeheuren Schwierigkeiten, die sich auf Strecken von mehreren Hundert Kilometern aus der Navigation bei Mondlicht ergaben. Der Pilot bediente sich einer Methode, die *dead reckoning* genannt wurde. Dabei berechnete er seine Position nach Richtung, Geschwindigkeit und verstrichener Zeit und versuchte das Ergebnis anhand von Geländekennzeichen wie Flüssen, Städten, Eisenbahntrassen und Wäldern zu bestätigen. Das Problem lag darin, dass sich die Kursabweichung durch Winddrift nicht genau bestimmen ließ. Und das mit den Geländemerkmalen funktionierte auch nicht immer, denn im Mondlicht sah ein Fluss mehr oder weniger wie der andere aus. Es war schon schwer genug, das anvisierte Gebiet wenigstens ungefähr zu finden – doch wenn es darum ging, jemanden abzuholen, mussten die Piloten zudem ein ganz bestimmtes Feld entdecken.

Versteckte sich der Mond hinter Wolken, war das Ganze von vornherein unmöglich. In diesen Fällen startete das Flugzeug gar nicht erst.

Aber diese Nacht war schön und klar, und Flick hoffte das Beste. Und tatsächlich – ein paar Minuten vor Mitternacht hörte sie das unmissverständliche Brummen einer einmotorigen Maschine, erst nur schwach, dann zunehmend lauter, wie aufbrandender Applaus. Freudige Erwartung ergriff sie: Es ging wieder nach Hause! Sie blinkte mit der Taschenlampe das »X« des Morsealphabets. Jeder andere Buchstabe hätte den Verdacht des Piloten erregt; er hätte eine Falle vermutet und, ohne zu landen, wieder abgedreht.

Das Flugzeug beschrieb einen Kreis und verlor dann rasch an Höhe. Rechts von Flick setzte es auf, bremste, wendete zwischen Michel und Claude, rollte zu Flick zurück, drehte die Nase wieder in den Wind und blieb in Startposition stehen.

Es handelte sich um eine Westland Lysander, einen kleinen, hochflügeligen Eindecker mit mattschwarzem Anstrich. Die Crew bestand aus einer einzigen Person. Die Maschine verfügte über zwei Passagiersitze. Allerdings hatte Flick auch schon erlebt, dass eine »Lizzie« vier Personen mitgenommen hatte – die dritte auf dem Boden liegend und die vierte auf der Gepäckablage.

Der Pilot stellte den Motor nicht ab. Er hatte nicht die Absicht, länger als ein paar Sekunden auf dem Boden zu bleiben.

Flick hätte Michel gerne umarmt und ihm alles Gute gewünscht – ihn aber auch am liebsten gleichzeitig geohrfeigt und ihm eingeschärft, dass er seine Pfoten von anderen Frauen zu lassen habe. Vielleicht war es daher ganz gut, dass ihnen keine Zeit mehr für eine Abschiedsszene blieb.

Flick winkte ihm zum Abschied kurz zu, kletterte die Metallleiter hinauf, öffnete die Einstiegsluke, schwang sich an Bord und schloss die verglaste Kuppel über ihrem Kopf.

Der Pilot sah sich nach ihr um, und Flick gab ihm das Zeichen mit dem Daumen. Mit einem Ruck schoss das kleine Flugzeug vorwärts, wurde schneller und schneller, hob ab und stieg steil in die Höhe.

Unter sich sah Flick ein, zwei Lichter im Dorf brennen. Hier draußen auf dem Land nahmen es die Leute mit den Verdunkelungsvorschriften nicht allzu genau. Als Flick am Morgen eingeflogen war – um vier Uhr morgens, also schon gefährlich spät –, hatte sie aus der Luft bereits die rote Glut des Bäckerofens gesehen, und auf der Fahrt war ihr der Duft nach frischem Brot in die Nase gestiegen, Frankreichs Markenzeichen.

Das Flugzeug legte sich in eine Kurve und drehte um. Flick sah die vom Mondlicht erhellten Gesichter von Michel, Gilberte und Claude als drei weißliche Flecken vor dem schwarzen Hintergrund der Weide. Als die Maschine wieder geradeaus flog und Kurs auf England nahm, wurde ihr mit bestürzender Klarheit bewusst, dass sie die drei vielleicht nie wieder sehen würde.

+++ zweiter tag +++

montag, 29. mai 1944

In seinem großen Hispano-Suiza fuhr Major Dieter Franck durch die Nacht, begleitet von seinem jungen Adjutanten, Leutnant Hans Hesse. Der Wagen war schon zehn Jahre alt, aber der schwere Elf-Liter-Motor lief und lief. Am Abend zuvor hatte Franck eine gerade Reihe von Einschusslöchern im elegant geschwungenen Schutzblech auf der Beifahrerseite entdeckt – eine kleine Erinnerung an das Scharmützel auf dem Stadtplatz von Sainte-Cécile. Das war jedoch der einzige Schaden geblieben, und die Löcher schmückten das stattliche Gefährt gewissermaßen noch zusätzlich, wie Duellnarben die Wange eines preußischen Offiziers.

Für die Fahrt durch die verdunkelten Straßen von Paris hatte Leutnant Hesse die Scheinwerfer zunächst abgedeckt, die Blenden dann aber auf der Landstraße, die in die Normandie führte, wieder abgenommen. Nach jeweils zwei Stunden lösten sich die beiden Männer am Steuer ab, obwohl Hesse, der in das Auto vernarrt war und dessen Besitzer wie einen Helden verehrte, am liebsten die ganze Strecke alleine gefahren wäre.

Im Beifahrersitz, todmüde und von der Landstraße, die sich vor ihm im Scheinwerferlicht aufrollte, wie hypnotisiert, dachte Dieter Franck über seine Zukunft nach. Ob es den Alliierten gelingen würde, Frankreich zurückzuerobern und die Besatzer aus dem Land zu treiben? War es möglich, dass Deutschland den Krieg verlor? Allein die Vorstellung war entsetzlich. Vielleicht gab es dann eine Art Friedensvertrag, und Deutschland gab Frankreich und Polen auf, durfte aber Österreich und die Tschechoslowakei behalten. Unter dem Strich war das allerdings auch nicht viel besser. Es fiel ihm schwer, sich nach dem aufregenden Leben und der sinnlichen Schwelgerei in Paris und bei Stéphanie eine Rückkehr ins Kölner Alltagsleben vorzustellen, eine Rückkehr zu seiner Frau und seiner Familie. Für Franck und für Deutschland war nur ein einziger glücklicher Kriegsausgang denkbar, und der sah so aus: Rommels Armee musste die Invasoren ins Meer zurücktreiben.

Noch bevor der feuchtkalte Morgen heraufdämmerte, rollte der Wagen in das kleine mittelalterliche Dorf La Roche-Guyon ein, das zwischen Paris und Rouen an der Seine lag. Hesse hielt an der Straßensperre am Ortsrand, doch da man sie bereits erwartete, wurden sie sofort durchgewunken. Sie fuhren an stillen Häusern mit geschlossenen Fensterläden vorbei, passierten an den Toren zum alten Schloss einen weiteren Kontrollpunkt und erreichten endlich den großen gepflasterten Hof und parkten dort. Franck ließ Hesse beim Wagen und begab sich selbst in das Gebäude.

Der Kommandant der deutschen Heeresgruppe West war Generalfeldmarschall Gerd von Rundstedt, ein zuverlässiger General aus der alten Offiziersklasse. Ihm untergeben und mit der Verteidigung der französischen Küste beauftragt war Generalfeldmarschall Erwin Rommel. Das Schloss von La Roche-Guyon war Rommels Hauptquartier.

Dieter Franck fühlte sich Rommel so etwas wie seelenverwandt. Sie waren beide Söhne von Lehrern – Rommels Vater war Rektor gewesen –, und sie hatten daher beide den eisigen Atem des militärischen Snobismus kennen gelernt, mit dem Leute wie von Rundstedt ihresgleichen gegenübertraten. Davon abgesehen waren sie jedoch grundverschieden. Franck war ein Genussmensch und daher allen kulturellen und sinnlichen Vergnügungen zugetan, die Frankreich zu bieten hatte – Rommel dagegen ein besessener Arbeiter, der weder trank noch rauchte und das Essen manchmal einfach vergaß. Er hatte die einzige Freundin, die er je hatte, prompt geheiratet und schrieb ihr dreimal täglich einen Brief.

In der Eingangshalle traf Franck auf Rommels Adjutant, Major Walter Goedel, einen kalten Typen mit einem formidablen Gehirn, den Franck respektierte, aber beim besten Willen nicht sympathisch finden konnte. Am späten Abend des vergangenen Tages hatten sie miteinander telefoniert. Franck hatte ihm sein Problem mit der Gestapo kurz geschildert und den Wunsch geäußert, so bald wie möglich mit Rommel sprechen zu können. »Dann seien Sie morgen früh um vier hier«, hatte Goedel erwidert. Rommel saß jeden Tag schon um vier Uhr morgens an seinem Schreibtisch.

Inzwischen waren Franck Zweifel gekommen, ob er sich richtig verhalten hatte. Schließlich war es durchaus denkbar, dass Rommel ihn zurechtwies: »Was unterstehen Sie sich, mich mit solchen Trivialitäten zu behelligen?« Allerdings rechnete Franck nicht mit einer solchen Reaktion. Normalerweise genossen militärische Befehlshaber das Gefühl, über alle Einzelheiten informiert zu sein. Er war daher überzeugt, dass Rommel ihm die erbetene Unterstützung gewähren würde – nur: Hundertprozentige Sicherheit gab es nie, vor allem dann nicht, wenn der Befehlshaber unter starker Belastung stand.

Goedel begrüßte ihn mit einem knappen Nicken und sagte: »Er will Sie sofort sehen. Kommen Sie mit.«

Auf dem Weg durch den Flur fragte Franck: »Was hören Sie aus Italien?«

»Nichts als schlechte Nachrichten«, sagte Goedel. »Wir ziehen uns aus Arce zurück.«

Franck nickte resigniert. Die deutschen Soldaten kämpften wie die Löwen, und doch waren sie nicht imstande, den nach Norden vorrückenden Feind aufzuhalten. Es war deprimierend.

Kurz darauf betrat Dieter Franck Rommels Büro, einen

großen Raum im Erdgeschoss. Ein unschätzbar wertvoller Gobelin aus dem 17. Jahrhundert hing an der Wand und erregte seine neidvolle Bewunderung. Von ein paar Stühlen und einem riesigen Schreibtisch abgesehen – eine Antiquität, die Franck für ebenso alt hielt wie den Gobelin –, war das Zimmer nur spärlich möbliert. Auf dem Schreibtisch stand eine einzige Lampe, und dahinter saß ein kleiner Mann mit schütterem, sandfarbenem Haar.

»Major Franck ist hier, Herr Generalfeldmarschall«, sagte Goedel.

Franck wartete voller Nervosität. Rommel setzte seine Lektüre noch eine Weile fort und schrieb dann eine Anmerkung auf den vor ihm liegenden Bogen Papier. Er erinnerte an einen Bankbeamten, der gerade den Kontostand eines seiner besseren Kunden prüft. Doch das änderte sich in dem Moment, als er aufblickte. Obwohl Franck das Gesicht kannte, beschlich ihn jedes Mal, wenn er es sah, ein Gefühl der Bedrohung. Es war ein Boxergesicht mit flacher Nase, breitem Kinn und dicht stehenden Augen, geprägt von jener Mischung aus Berechnung und Angriffslust, der Rommel seinen legendären Ruf als Befehlshaber verdankte. Franck erinnerte sich an die Geschichte von Rommels erstem militärischen Einsatz während des Ersten Weltkriegs. Als Anführer eines dreiköpfigen Vorauskommandos war er auf eine Gruppe von zwanzig französischen Soldaten gestoßen. Anstatt den Befehl zum Rückzug zu geben und Verstärkung zu holen, hatte Rommel das Feuer eröffnet und sich auf den Feind gestürzt. Franck kam dabei unwillkürlich ein Wort Napoleons in den Sinn: »Schickt mir Generale mit Fortüne.« Seit jener Zeit hatte Rommel stets den kühn kalkulierten Überraschungsangriff dem sorgfältig geplanten Vorstoß vorgezogen – und sich in diesem Punkt als der genaue Gegenpol zu seinem Widersacher in der Wüste, General Montgomery erwiesen, dessen Philosophie darin bestand, erst dann anzugreifen, wenn man sich des Sieges absolut sicher war.

»Setzen Sie sich, Franck«, sagte Rommel kurz angebunden. »Was gibt's?«

Franck hatte seine Antwort vorbereitet: »Ich habe auf Ihren Befehl hin einige Schlüsseleinrichtungen inspiziert, die durch Angriffe der Résistance gefährdet sein könnten, und ich habe dafür Sorge getragen, dass die Sicherungsmaßnahmen verschärft wurden.«

»Gut so.«

»Darüber hinaus habe ich versucht, das Potenzial der Résistance zur Durchführung gefährlicher Sabotageakte einzuschätzen, und zwar unter besonderer Berücksichtigung der Frage, ob diese imstande wären, unsere Reaktion auf eine alliierte Invasion zu behindern.«

»Mit welchem Ergebnis?«

»Die Lage ist ernster, als wir dachten.«

Rommel schnaubte verächtlich, als habe sich ein schlimmer Verdacht bestätigt. »Gründe?«

Francks Anspannung ließ ein wenig nach. Jedenfalls riss ihm der Generalfeldmarschall nicht gleich den Kopf ab. Er berichtete Rommel nun von der Attacke auf Sainte-Cécile am Tag zuvor, von der raffinierten Planung und dem reichen Waffenarsenal und hob auch die Tapferkeit der Angreifer hervor. Das einzige Detail, das er für sich behielt, war die Schönheit jener blonden Frau.

Rommel erhob sich, schritt zu der Wand, an der der Gobelin hing, und starrte ihn an – ohne ihn zu sehen, wie Franck vermutete. Dann sagte er: »So etwas hatte ich schon befürchtet.« Seine Stimme war leise, wie im Selbstgespräch. »Eine Invasion kann ich zurückschlagen«, sagte er, »selbst mit den wenigen Truppen, die mir zur Verfügung stehen. Aber das geht nur, wenn ich mobil und flexibel bleibe. Sobald meine Nachrichtenverbindungen zusammenbrechen, kann ich einpacken.«

Goedel nickte zustimmend.

»Ich glaube, wir können den Angriff auf die Fernmeldezentrale zu unserem Vorteil nutzen«, sagte Franck.

Rommel drehte sich um; sein Gesicht war zu einem ironischen Lächeln verzogen. »Mein Gott, ich wünschte, alle meine Offiziere wären wie Sie!«, sagte er. »Raus mit der Sprache – wie soll das funktionieren?«

Franck spürte, dass sich die Unterredung nunmehr in seinem Sinne entwickelte. »Wenn ich die Gefangenen verhören kann, erfahre ich möglicherweise auch etwas über die anderen Zellen. Mit ein bisschen Glück können wir dann der Résistance noch vor der Invasion schweren Schaden zufügen.«

Rommel blickte skeptisch drein. »Klingt nach Angeberei«, sagte er, und Francks Zuversicht schwand. »Wenn irgendjemand anders das gesagt hätte«, fuhr Rommel fort, »hätte ich ihn wahrscheinlich auf der Stelle davongejagt. Aber ich weiß noch, was Sie damals in der Wüste geleistet haben. Sie haben mitunter Dinge herausgebracht, von denen die Leute selbst kaum wussten, dass sie ihnen bekannt waren.«

Franck hörte es mit Befriedigung. Die Gunst des Augenblicks nutzend sagte er: »Unglücklicherweise verwehrt mir die Gestapo den Zugang zu den Gefangenen.«

»Schwachköpfe.«

»Ich brauche Ihre Unterstützung.«

»Selbstverständlich.« Rommel wandte sich an Goedel. »Rufen Sie in der Avenue Foch an.« Das Gestapo-Hauptquartier in Frankreich befand sich im Haus Avenue Foch No. 84 in Paris. »Sagen Sie denen, dass Major Franck noch heute diese Gefangenen verhören wird, sonst kommt der nächste Anruf aus Berchtesgaden.« Rommel hatte nie Hemmungen, sich des Feldmarschallsprivilegs eines direkten Zugangs zum Führer zu bedienen.

»Jawohl, Herr Generalfeldmarschall«, sagte Goedel.

Rommel ging um seinen kostbaren alten Schreibtisch herum und nahm wieder Platz. »Halten Sie mich auf dem Laufenden,

Franck«, sagte er und richtete seine Aufmerksamkeit wieder auf die vor ihm liegenden Papiere.

Franck und Goedel verließen das Büro, und Goedel begleitete Franck bis zum Schlossportal.

Draußen war es immer noch dunkel.

Flick landete auf dem Luftwaffenstützpunkt Tempsford, ungefähr achtzig Kilometer nördlich von London in der Nähe des Dorfes Sandy in Bedfordshire. Allein der feuchtkühle Geschmack der Nachtluft in ihrem Mund hätte ihr verraten, dass sie wieder in England war. Sie liebte Frankreich, aber zu Hause war sie hier.

Auf dem Weg über den Flugplatz musste sie plötzlich daran denken, wie es war, wenn sie als Kind aus den Ferien zurückkehrte. Sobald das Haus in Sicht kam, pflegte ihre Mutter zu sagen: »Es ist schön, zu verreisen, aber genauso schön ist es, wieder nach Hause zu kommen.« Die Sprüche ihrer Mutter fielen ihr in den seltsamsten Momenten ein.

Eine junge Frau in der Uniform eines FANY-Korporals wartete in einem schweren Jaguar auf sie, um sie nach London zu bringen. »Was für ein Luxus!«, sagte Flick, als sie in den Ledersitz sank.

»Ich bringe Sie direkt nach Orchard Court«, sagte die Fahrerin. »Sie werden dort schon zur Berichterstattung erwartet.«

Flick rieb sich die Augen. »Herrgott noch mal!«, fluchte sie. »Glauben die denn, wir brauchen überhaupt keinen Schlaf mehr?«

Die Fahrerin ging darauf nicht ein und sagte stattdessen: »Ich hoffe, die Mission ist erfolgreich verlaufen, Major.«

»Totaler *Snafu!*«

»Wie bitte?«

»*Snafu*«, wiederholte Flick. »Abkürzung für *Situation Normal, All Fucked Up*. Totales Desaster, kapiert?«

Die Frau schwieg. Flick nahm an, dass ihr der Ton genauso peinlich war wie die Wortwahl. Eigentlich schön, dachte sie nicht ohne eine gewisse Melancholie, dass es noch immer junge Damen gibt, die die Kasernenhofsprache *shocking* finden.

Während der schnelle Wagen durch die Dörfer Stevenage und Knebworth in Hertfordshire raste, wurde es allmählich heller. Flick sah aus dem Fenster und betrachtete die bescheidenen Häuschen mit den Gemüsebeeten im Vorgarten, die kleinen Landpostämter, in denen übellaunige Posthalterinnen bald wieder mit finsterer Miene Penny-Briefmarken über die Schalter schieben würden. Auch an verschiedenen Pubs fuhren sie vorbei. Flick glaubte das warme Bier zu schmecken und die klapprigen Klaviere zu hören – und war zutiefst dankbar dafür, dass die Nazis nicht bis hierher gekommen waren.

Es war genau dieses Gefühl, das in ihr die Entschlossenheit wachsen ließ, nach Frankreich zurückzukehren. Sie wollte eine zweite Chance, eine zweite Gelegenheit bekommen, das Château zu zerstören. Wieder musste sie an die Menschen denken, die sie in Sainte-Cécile zurückgelassen hatte: Albert, den jungen Bertrand, die schöne Geneviève und wie sie alle hießen, die jetzt entweder tot oder gefangen waren. Sie dachte an die betroffenen Familien, die sich in Sorge verzehrten oder vor Trauer wie gelähmt waren. Flick war fest entschlossen, dass ihr Opfer nicht umsonst gewesen sein sollte.

Ich muss sofort mit den Vorbereitungen beginnen, dachte sie. Ein Glück, dass die Besprechung so früh stattfindet – da kann ich gleich heute meinen neuen Plan vortragen ... Die Führungsoffiziere der SOE würden zunächst skeptisch sein, so viel stand fest, denn bisher war noch nie ein reines Frauenteam mit einer solchen Mission betraut worden. Der Plan steckte voller Risiken – aber wo gab es die nicht?

Als sie die nördlichen Vororte Londons erreichten, war es

bereits heller Tag, und all jene, deren Arbeit in den frühen Morgenstunden begann, waren schon unterwegs: Briefträger und Milchmänner lieferten, was sie zu liefern hatten; Zugführer und Busschaffner traten zu ihrer Schicht an. Der Krieg war allgegenwärtig: Plakate, die vor Verschwendung warnten; der Zettel im Schaufenster eines Metzgers mit der Aufschrift »Heute kein Fleisch«; die Frau, die einen Müllkarren fuhr; eine zerbombte Häuserzeile. Aber niemand wäre hier auf die Idee gekommen, Flick anzuhalten, ihre Papiere zu verlangen, sie in eine Gefängniszelle zu werfen, sie zu foltern, um ihr Informationen abzupressen, und sie schließlich dann per Viehwaggon in ein Lager zu deportieren und dort verhungern zu lassen. Sie spürte, wie die innere Hochspannung der Spitzelexistenz allmählich wich, ließ sich tief ins Polster sinken und schloss die Augen.

Sie erwachte, als der Wagen in die Baker Street einbog und an dem Haus mit der Nr. 64 vorbeifuhr: Agenten durften das Hauptquartier nicht betreten, weil man vermeiden wollte, dass sie bei Verhören dessen Geheimnisse preisgaben. Viele Agenten kannten nicht einmal die Adresse. Am Portman Square hielt der Wagen vor einem Wohnblock namens Orchard Court. Die Fahrerin sprang heraus und öffnete die Beifahrertür.

Flick betrat das Gebäude und ging zu jener Wohnung, in der die SOE untergebracht war. Ihre Laune besserte sich schlagartig, als sie Percy Thwaite erblickte. Der Fünfzigjährige mit Halbglatze und zahnbürstenartigem Schnäuzer empfand eine väterliche Zuneigung zu Flick. Er trug Zivil und salutierte nicht, weil man in der SOE militärische Formalitäten für Zeitverschwendung hielt.

»Ich sehe es dir am Gesicht an, dass die Sache schief gegangen ist«, sagte Percy.

Das Mitgefühl in seiner Stimme gab Flick den Rest. Die ganze Tragik der Ereignisse überwältigte sie mit einem Schlag, und sie brach in Tränen aus. Thwaite nahm sie in die Arme und tätschelte ihr den Rücken, während Flick ihr Gesicht in seiner alten Tweedjacke vergrub. »Ist ja schon gut«, sagte er. »Ich weiß doch, dass du alles nur Menschenmögliche getan hast.«

»O Gott, es tut mir so leid, ich bin eine solche Gans …«

»Ich wünschte mir, dass alle meine Männer solche Gänse wären«, sagte Percy mit stockender Stimme.

Flick befreite sich aus seiner Umarmung und wischte sich mit dem Ärmel über die Augen.

Percy wandte sich ab und schnäuzte sich in ein großes Taschentuch. »Tee oder Whisky?«, fragte er.

»Tee, glaube ich.« Flick sah sich um. Der Raum wirkte schäbig. Seit das Büro 1940 in aller Eile eingerichtet worden war, hatte sich nichts darin verändert: ein billiger Schreibtisch, ein ausgetretener Läufer, Stühle, die nicht zueinander passten. Flick ließ sich in einen durchhängenden Sessel fallen. »Wenn ich jetzt Alkohol trinke, schlafe ich sofort ein.«

Sie beobachtete Thwaite, während er den Tee zubereitete. Der Mann konnte knallhart sein – und sehr mitfühlend. Im Ersten Weltkrieg hoch dekoriert, hatte er sich in den Zwanzigerjahren zu einem mitreißenden Gewerkschaftsfunktionär gemausert. Er gehörte zu den Veteranen der Cable-Street-Schlacht von 1936; damals hatten Cockneys einen Marsch der Faschisten durch ein jüdisches Viertel im Londoner East End angegriffen. Percy würde ihr zwar bohrende Fragen zu ihrem neuen Plan stellen, ihn jedoch ohne Vorurteile begutachten.

Er reichte ihr eine große Tasse Tee mit Milch und Zucker. »Wir haben heute am späteren Vormittag eine Konferenz«, sagte er. »Ich muss dem Boss bis Punkt neun einen Bericht vorlegen, daher die Eile.«

Flick trank den süßen Tee in kleinen Schlucken und spürte sofort einen angenehmen Energieschub. Sie berichtete, was sich auf dem Stadtplatz von Sainte-Cécile zugetragen hatte. Thwaite setzte sich an seinen Schreibtisch und machte sich mit einem frisch gespitzten Bleistift Notizen. »Die Aktion hätte abgeblasen werden müssen«, schloss sie. »Nach Antoinettes Zweifeln an den Geheimdienstinformationen hätte ich den Angriff verschieben und dir über Funk mitteilen müssen, dass wir in Unterzahl sind.«

Percy schüttelte traurig den Kopf. »Die Zeit duldet keine Aufschübe. Es sind wahrscheinlich nur noch ein paar Tage bis zum Beginn der Invasion. Angenommen, du hättest dich gemeldet – ich glaube nicht, dass sich etwas geändert hätte. Was hätten wir schon unternehmen können? Verstärkung hätten wir dir jedenfalls keine schicken können. Ich denke, du hättest den Befehl bekommen, trotzdem anzugreifen. Ein Versuch musste zumindest gemacht werden. Diese Fernmeldezentrale ist einfach zu wichtig.«

»Wenigstens ein kleiner Trost.« Glück im Unglück, dachte Flick. Ich brauche mir nicht länger vorzuwerfen, dass Albert sterben musste, weil ich einen taktischen Fehler begangen habe. Aber das bringt ihn uns auch nicht mehr zurück.

»Und Michel?«, wollte Percy wissen. »Wie geht es ihm jetzt?«

»Es ist ihm peinlich. Aber er kommt schon wieder auf die Beine.« Als die SOE Flick anwarb, hatte sie niemandem erzählt, dass ihr Mann in der Résistance war. Hätten ihre Vorgesetzten Bescheid gewusst, wäre sie vermutlich irgendwo anders eingesetzt worden. Genau gewusst hatte sie es im Übrigen selbst nicht, nur vermutet. Im Mai 1940, als die Deutschen Frankreich überrollten, war sie zu Besuch bei ihrer Mutter in England gewesen und Michel, wie die meisten tauglichen jungen Franzosen, in der Armee. Bei der Kapitulation Frankreichs hatten sie also in zwei verschiedenen Ländern festgesessen. Als Flick später als Geheimagentin nach Frankreich zurückkehrte und dort über die neue Rolle ihres Mannes in der Résistance informiert wurde, hatte man schon zu viel in ihre Ausbildung investiert. Sie hatte sich für die SOE unentbehrlich gemacht, weshalb kein Mensch mehr auf den Gedanken kam, sie wegen hypothetischer emotionaler Ablenkungen zu entlassen.

»Eine Kugel im Hintern ist ja auch widerlich«, sagte Percy Thwaite nachdenklich. »Die Leute müssen ja zwangsläufig denken, dass man davongelaufen ist.« Er erhob sich. »So, und jetzt gehst du lieber nach Hause und schläfst dich aus.«

»Noch nicht«, widersprach ihm Flick. »Erst möchte ich von dir noch wissen, was wir als Nächstes vorhaben.«

»Ich wollte gerade diesen Bericht schreiben …«

»Nein, ich meine doch diese Fernmeldezentrale. Wenn sie wirklich so wichtig ist, dann *müssen* wir sie ausschalten.«

Percy Thwaite setzte sich wieder auf seinen Stuhl und sah Flick aufmerksam an. »Was schlägst du vor?«

Sie holte Antoinettes Passierschein aus ihrer Handtasche und warf ihn vor Thwaite auf den Schreibtisch. »Auf diese Weise kommen wir eher rein. Jeden Abend um sieben marschiert eine Putzkolonne ins Château – und so sehen die Dinger aus, mit denen sie reingelassen wird.«

Thwaite nahm den Passierschein auf und betrachtete ihn von allen Seiten. »Kluges Kind«, sagte er mit einer Spur von Bewunderung in der Stimme. »Und weiter?«

»Ich will wieder rüber.«

Ein schmerzvoller Ausdruck huschte über Percys Gesicht, und Flick wusste, dass ihn der Gedanke quälte, sie könne sich sofort wieder in Lebensgefahr begeben. Aber er sagte kein Wort.

»Diesmal nehme ich ein komplettes Team mit«, fuhr sie fort. »Jedes Mitglied wird einen solchen Passierschein haben. Wir werden einfach die normale Putzkolonne ersetzen.«

»Diese Kolonnen bestehen doch aus lauter Frauen, nicht wahr?«

»Ja, das stimmt. Ich brauche ein reines Frauenteam.«

Percy Thwaite nickte. »Dagegen wird hier kaum jemand etwas einzuwenden haben – ihr Mädchen habt ja längst bewiesen, was ihr könnt. Die Frage ist nur: Wo willst du die Frauen hernehmen? Unsere ausgebildeten Leute sind praktisch alle schon drüben.«

»Du brauchst bloß dafür zu sorgen, dass mein Plan abgesegnet wird, dann kümmere ich mich um die Frauen. Ich nehme solche, die von der SOE abgelehnt wurden, Frauen, die die Ausbildung nicht erfolgreich abgeschlossen haben und ähnliche Fälle. Es muss doch eine ganze Reihe von Leuten geben, die aus dem einen oder anderen Grund nicht genommen oder nach kurzer Zeit wieder rausgeworfen wurden.«

»Ja, schon. Aber die waren körperlich nicht fit genug oder zu brutal, zu gewaltfixiert. Sie konnten ihren Mund nicht halten oder haben beim Fallschirmtraining die Nerven verloren und sich geweigert, aus dem Flugzeug zu springen.«

»Es macht nichts, wenn sie nur zweite Wahl sind«, erwiderte Flick ernst. »Damit komme ich schon klar.« Eine Stimme in ihrem Hinterkopf sagte: *Bist du bekloppt?*, doch Flick hörte nicht auf sie. »Wenn die Invasion scheitert, können wir das europäische Festland abschreiben. Ein zweiter Versuch wird auf Jahre hinaus unmöglich sein. Wir stehen jetzt vor der entscheidenden Wende des Krieges und müssen alle Kräfte gegen den Feind mobilisieren.«

»Kannst du keine Französinnen einsetzen? Résistance-Kämpferinnen?«

Diesen Gedanken hatte Flick bereits erwogen und wieder verworfen. »Wenn ich ein paar Wochen Zeit hätte, könnte ich vielleicht eine Truppe aus einem halben Dutzend Résistance-Zellen zusammentrommeln. Aber die Zeit fehlt uns. Es würde zu lange dauern, die Frauen zu finden und nach Reims zu bringen.«

»Möglich wäre es aber noch, oder?«

»Wir bräuchten dann immer noch für jede Einzelne einen gefälschten Passierschein mit Passfoto. Das lässt sich drüben nur sehr schwer bewerkstelligen. Hier bei uns sind die in ein, zwei Tagen fertig.«

»So leicht ist das nun auch wieder nicht.« Percy hielt Antoinettes Passierschein gegen das Licht einer nackten Glühbirne, die von der Decke baumelte. »Aber du hast schon Recht, das wäre machbar.« Er legte das Dokument wieder hin. »Na gut, dann Untaugliche, die die SOE nicht haben wollte. Geht wohl nicht anders.«

Flick spürte mit Befriedigung, dass sie Percy überzeugt hatte.

»Doch mal angenommen, du findest tatsächlich genügend Mädchen, die so gut Französisch können … Wird das funktionieren? Kennen die deutschen Wachmannschaften nicht ihre Putzkolonnen?«

»Aller Wahrscheinlichkeit nach sind es nicht jeden Abend dieselben Frauen. Sie haben ja manchmal auch einen freien Tag. Außerdem achten Männer nie darauf, wer hinter ihnen den Dreck wegmacht.«

»Da wäre ich mir nicht so sicher. Soldaten sind in den meisten Fällen sexgierige junge Burschen, die sich jede Frau, mit der sie in Kontakt kommen, genau ansehen. Ich kann mir gut vorstellen, dass die Männer in diesem Château durchaus mit den Frauen anzubandeln versuchen, zumindest mit den jüngeren.«

»Ich habe gestern Abend zugeschaut, wie die Frauen das Schloss betraten. Von Anbandeln habe ich nichts gemerkt.«

»Trotzdem ist es keineswegs sicher, dass es niemandem auffällt, wenn plötzlich eine Putzkolonne mit lauter neuen Gesichtern erscheint.«

»Nein, sicher ist es nicht. Aber ich bin überzeugt, dass wir dieses Risiko eingehen können.«

»Gut. Und wie werden sich die Einheimischen innerhalb des Schlosses verhalten? Soweit ich weiß, handelt es sich bei den Telefonisten überwiegend um Frauen aus der Region, oder?«

»Einige stammen direkt aus dem Ort, ja, aber die meisten werden mit dem Bus aus Reims abgeholt.«

»Nicht alle Franzosen mögen die Résistance, das weißt du genauso gut wie ich. Es gibt nicht wenige, die mit den Deutschen kollaborieren, zum Teil sogar aus Überzeugung. Weiß Gott, es gab ja sogar hier in England haufenweise Idioten, die sich eingebildet haben, dass Hitler und sein Regime eine starke Regierung verkörpern, wie sie auch bei uns nötig wäre, um all das durchzusetzen, was die moderne Zeit von uns verlangt. Inzwischen allerdings hört man von diesen Leuten nicht mehr allzu viel.«

Flick schüttelte den Kopf. Percy war noch nie im besetzten Frankreich gewesen. »Du darfst nicht vergessen, dass die Franzosen mittlerweile vier Jahre Besatzung hinter sich haben. Jetzt setzen sie dort alle Hoffnung auf die Alliierten. Die Telefonistinnen werden schon den Mund halten.«

»Obwohl sie von unserer Air Force bombardiert worden sind?«

Flick zuckte die Schultern. »Die eine oder andere mag vielleicht gegen uns sein. Aber die Mehrheit wird dafür sorgen, dass sie keinen Schaden anrichten.«

»Das hoffst du.«

»Auch hier denke ich, dass sich das Risiko lohnt.«

»Wie stark dieser Kellereingang bewacht ist, weißt du immer noch nicht.«

»Das hat uns gestern auch nicht von unserer Attacke abgehalten.«

»Gestern standen dir fünfzehn Résistance-Kämpfer zur Verfügung, darunter einige erfahrene Soldaten. Beim nächsten Mal versuchst du dein Glück mit einer Hand voll Gescheiterter und Abgewiesener.«

Flick zog ihre Trumpfkarte. »Na schön, schief gehen kann immer irgendwas, also was soll's? Die Operation kostet nicht viel, und wir setzen nur das Leben von Leuten aufs Spiel, die bisher ohnehin nichts zur Kriegsführung beigetragen haben. Was haben wir da noch zu verlieren?«

»Darauf wollte ich gerade kommen. Siehst du, mir gefällt dein Plan ja. Ich werde ihn dem Boss vorlegen, obwohl ich glaube, dass er ihn ablehnen wird, und zwar aus einem Grund, über den wir bisher noch gar nicht gesprochen haben.«

»Und der wäre?«

»Es gibt nur einen Menschen, der dieses Team führen kann, und der bist du. Doch du hast gerade erst einen Einsatz hinter dir, der eigentlich dein letzter hätte sein sollen. Du weißt zu viel. Seit zwei Jahren pendelst du zwischen England und Frankreich hin und her. Du hast Kontakte zu fast allen Résistance-Gruppen in Nordfrankreich. Wir können dich gar nicht noch einmal dort hinschicken. Wenn du in Gefangenschaft gerätst, könntest du das gesamte Netz verraten.«

»Weiß ich«, sagte Flick mit düsterer Miene. »Deshalb habe ich ja auch immer diese Selbstmordpille dabei.«

General Sir Bernard Montgomery, Oberbefehlshaber der 21. Armeegruppe, hatte sein improvisiertes Hauptquartier im Londoner Westen eingerichtet, und zwar in einer Schule, deren Schüler aus Sicherheitsgründen evakuiert und aufs Land gebracht worden waren. Dass es sich dabei um dieselbe Schule handelte, die »Monty« als Junge selbst besucht hatte, war reiner Zufall. Konferenzen fanden im Zeichensaal statt, und jeder Teilnehmer nahm auf den harten Schulbänken Platz: Generäle, Politiker und einmal sogar – der Fall wurde später berühmt – der König höchstpersönlich.

Die Briten fanden das putzig. Paul Chancellor aus Boston, Massachusetts, hingegen hielt es für ausgemachten Blödsinn. Was hätte es schon gekostet, ein paar anständige Stühle anzuschaffen? Im Großen und Ganzen mochte er die »Brits« – nur dann nicht, wenn sie ihre Exzentrik zur Schau stellten.

Paul gehörte zum persönlichen Stab von General Montgomery. Manche Leute waren der Meinung, er verdanke diesen Posten nur der Tatsache, dass er einen General zum Vater hatte, aber das war ein unfaires Vorurteil. Paul fühlte sich in höheren Offizierskreisen nicht nur seiner Herkunft wegen zu Hause, sondern auch weil die US-Armee vor dem Krieg sein größter Kunde gewesen war. Seine Firma stellte Schallplatten für Schulen und andere Bildungseinrichtungen her, vor allem solche mit Sprachkursen. Paul wusste die militärischen Tugenden Gehorsam, Pünktlichkeit und Genauigkeit durchaus zu schätzen, hatte aber auch seinen eigenen Kopf, auf den sich Monty in jüngerer Zeit mehr und mehr verließ.

Chancellors Verantwortungsbereich war die Geheimdienstarbeit. Er war ein Organisator. Er sorgte dafür, dass die Berichte, die Monty benötigte, zum gewünschten Zeitpunkt auf dessen Schreibtisch lagen. Er machte Zuspätkommern Beine, kümmerte sich darum, dass Konferenzen mit den richtigen Leuten besetzt waren, und beschaffte im Auftrag des Chefs ergänzende Hintergrundinformationen.

Konspirative Tätigkeit war ihm nicht fremd. Er hatte für das Office of Strategic Services gearbeitet, den amerikanischen Geheimdienst, und als Geheimagent in Frankreich und in frankophonen Ländern Nordafrikas gedient (seine Kindheit hatte er in Paris verbracht, wo Papa Militärattaché an der amerikanischen Botschaft gewesen war). Vor sechs Monaten war Chancellor bei einer Schießerei mit der Gestapo in Marseille verwundet worden. Eine Kugel hatte ihm den größten Teil seiner linken Ohrmuschel abgerissen, von seinem lädierten Äußeren abgesehen aber keine bleibenden Schäden hinterlassen. Eine zweite hatte seine rechte Kniescheibe zerschmettert, von der inzwischen klar war, dass sie nie wieder zur alten Form zurückfinden würde, und aus diesem Grund hatte Paul Chancellor inzwischen einen Schreibtischjob.

Verglichen mit dem ständigen Gehetztsein in vom Feind besetztem Territorium war die neue Arbeit leicht – und dabei niemals langweilig. Man bereitete die »Operation Overlord« vor, die Invasion, die den Anfang vom Ende des Krieges bedeuten sollte. In der ganzen Welt gab es nur ein paar Hundert Menschen, denen das genaue Datum bekannt war, und Chancellor war einer von ihnen. Viele andere konnten es immerhin ahnen. Im Grunde kamen überhaupt nur drei Tage infrage, an denen die Gezeiten, die Mondphase und die Anzahl der hellen Stunden optimal aufeinander abgestimmt waren. Die Invasion konnte nur stattfinden, wenn der Mond erst spät aufging und die ersten Truppenbewegungen sich noch im Schutze der Dunkelheit vollziehen konnten. Danach, wenn die ersten Fallschirmjäger aus ihren Kampf- und Segelflugzeugen sprangen, war Mondlicht erwünscht. Im Morgengrauen musste Ebbe herrschen, damit die Hindernisse frei lagen, die Rommel auf den Stränden verstreut hatte. Und um die ersten Nachschubtruppen an Land zu setzen, brauchte man das nächste Niedrigwasser noch vor Einbruch der Dunkelheit. Da diese Voraussetzungen nicht oft gegeben waren, blieb bloß ein schmales Zeitfenster offen: Die Flotte konnte nur am Montag, dem 5. Juni, am darauf folgenden Dienstag oder am Mittwoch aufbrechen. Die endgültige Entscheidung hing vom Wetter ab, weshalb sie vom Oberbefehlshaber der Alliierten Truppen, General Eisenhower, erst im letzten Augenblick getroffen werden konnte.

Noch vor drei Jahren hätte Paul Chancellor alle Hebel in Bewegung gesetzt, um selbst an der Invasion teilzunehmen. Er hätte darauf gebrannt, an den Kämpfen teilzunehmen, und es wäre ihm peinlich gewesen, wenn er zu den Daheimgebliebenen gehört hätte. Inzwischen war er älter und weiser geworden. Zum einen hatte er seine Schuldigkeit getan: Der Mann, der in seiner Schulzeit Spielführer des Rugby-Meisters von Massachusetts gewesen war, würde, so viel stand fest, mit dem rechten Fuß nie wieder einen Ball treten. Zum anderen – und das war entscheidend – wusste er mittlerweile, dass er mit seinem Organisationstalent einen größeren Beitrag zur erfolgreichen Beendigung des Krieges leisten konnte als mit seinen Schießkünsten.

Es war sehr aufregend und spannend, zu jener Equipe zu gehören, die das größte militärische Landemanöver aller Zeiten vorbereitete, doch die Kehrseite von Aufregung und Spannung war die Angst. Schlachten verliefen niemals genau nach Plan; dass Monty vorgab, sie täten es, war eine seiner Schwächen. Paul wusste, dass jeder Irrtum, der ihm unterlief – ein Schreibfehler, ein übersehenes Detail, eine nicht überprüfte Geheimdienstinformation –, alliierte Soldaten das Leben kosten konnte. Trotz der gewaltigen Stärke der Invasionstruppen stand der Erfolg auf Messers Schneide. Der kleinste Fehler konnte dazu führen, dass sich die Waagschale zugunsten des Feindes senkte.

Für heute Vormittag um zehn hatte Paul auf Montys Initiative hin eine Viertelstunde für die französische Résistance eingeplant. Der General war ein Mann, der kein Detail unbeachtet ließ. Seine Devise lautete: Schlachten gewinnt man, indem man so lange nicht kämpft, bis alle Vorbereitungen getroffen sind.

Um fünf vor zehn betrat Simon Fortescue den Zeichensaal. Er gehörte zu den Führungskräften des militärischen Geheimdiensts MI6. Der hoch gewachsene Mann im Nadelstreifenanzug hatte eine geschmeidige, autoritätsbewusste Art, doch Paul zweifelte daran, ob er tatsächlich so viel von der Geheimdienstarbeit in der realen Welt verstand. Hinter Fortescue betrat John Graves den Raum, ein nervös wirkender Beamter aus dem Ministerium für Wirtschaftliche Kriegsführung, dem die SOE unterstand. Graves trug die »Whitehall-Uniform«: schwarzes Jackett zu grauen, gestreiften Hosen. Paul runzelte die Stirn. Er hatte Graves nicht eingeladen.

»Mr Graves!«, sagte er in scharfem Ton. »Ich wüsste nicht, dass wir Sie gebeten hätten, an dieser Konferenz teilzunehmen.«

»Ich werde es Ihnen gleich erklären«, sagte Graves, setzte sich auf eine Schülerbank und öffnete seine Aktentasche. Seine Nervosität hatte sich nicht gelegt.

Paul war gereizt. Monty hasste Überraschungen. Aber hinauswerfen konnte er Graves nicht.

Sekunden später betrat General Montgomery den Raum. Er war ein kleiner Mann mit spitzer Nase und hoher Stirn. Tiefe Falten auf beiden Seiten seines kurz getrimmten Schnurrbarts zeichneten sein Gesicht. Er war sechsundfünfzig, sah aber älter aus. Paul mochte ihn. Monty war so gewissenhaft, dass manche Menschen in seiner Gegenwart die Geduld verloren und ihn ein altes Weib schimpften. Paul dagegen war fest davon überzeugt, dass Montys Pedanterie Menschenleben gerettet hatte.

In Montys Begleitung befand sich ein Amerikaner, den Paul nicht kannte. Monty stellte ihn als General Pickford vor. »Wo ist der Mann von der SOE?«, fragte er ungehalten und sah Paul an.

Graves antwortete: »Er wurde bedauerlicherweise zum Premierminister gerufen und bittet daher vielmals um Entschuldigung. Ich hoffe, dass ich ihn angemessen vertreten kann …«

»Bezweifle ich«, sagte Monty kühl.

Paul stöhnte innerlich. Ein echter *snafu* – und man würde ihn dafür verantwortlich machen. Aber da war noch etwas anderes im Busch. Die Briten spielten ein Spiel, das er nicht durchschaute. Er beobachtete sie genau und suchte nach Hinweisen.

Simon Fortescue sagte glatt: »Die Wissenslücken kann sicher ich auffüllen.«

Monty war erkennbar wütend. Er hatte General Pickford eine Einsatzbesprechung versprochen, und die Person, auf die es ankam, war nicht erschienen. Doch er verschwendete keine Zeit auf Zurechtweisungen. »In der bevorstehenden Schlacht«, sagte er ohne weitere Präliminarien, »werden die ersten Momente die gefährlichsten sein …«

Dass er von »gefährlichen Momenten« spricht, ist ungewöhnlich für ihn, dachte Paul. Normalerweise geht er davon aus, dass alles wie ein Uhrwerk funktioniert.

»Einen Tag lang hängen wir mit den Fingerspitzen an der Klippe«, fuhr der General fort, und Paul dachte, einen Tag oder zwei Tage lang, vielleicht auch eine Woche lang oder noch länger … »Das ist die größte Chance des Feindes. Er braucht uns nur mit den Hacken seiner Kampfstiefel auf die Finger zu treten.«

So einfach ist das, dachte Paul. *Overlord* ist die größte Militäroperation in der Menschheitsgeschichte: Tausende von Schiffen, Hunderttausende von Soldaten, Millionen Dollar, zig Millionen Kugeln. Die Zukunft der Welt hängt vom Ausgang dieser Operation ab. Und doch: Wenn in den ersten Stunden der Invasion etwas schief geht, kann diese gewaltige Truppe zurückgeschlagen werden.

»Es kommt in entscheidendem Maße darauf an, dass wir alles tun, was in unserer Macht steht, um die Reaktion des Feindes zu verzögern«, sagte Monty abschließend. Sein Blick ruhte auf Graves.

»Nun, die Abteilung F der SOE hat mehr als hundert Agenten in Frankreich«, begann Graves. »Das sind de facto alle unsere Leute. Und unter ihrer Führung stehen mehrere Tausend französische Résistance-Kämpfer. Wir haben in den vergangenen Wochen viele Hundert Tonnen an Waffen, Munition und Sprengstoff für sie abgeworfen.«

Die Antwort eines Bürokraten, dachte Paul. Sie besagt alles und nichts. Graves hätte weitergesprochen, doch Monty unterbrach seinen Redefluss mit der Schlüsselfrage: »Wie steht es um die Effektivität dieser Maßnahmen?«

Da der Beamte zögerte, ergriff Fortescue das Wort: »Meine Erwartungen sind da eher bescheiden«, sagte er. »Die bisherigen Erfolge der SOE sind allenfalls unausgeglichen.«

Diese Bemerkung hatte eine Vorgeschichte. Paul Chancellor wusste, dass die alten professionellen Spione des MI6 die Neulinge der SOE und deren verwegene Coups hassten. Résistance-Attacken auf deutsche Einrichtungen führten zu Gestapo-Ermittlungen, bei denen immer wieder auch MI6-Leute ins Netz gingen. Paul indessen stand auf der Seite der SOE: Gezielte Schläge gegen den Feind waren schließlich die Essenz des Krieges.

War das etwa das Spiel, um das es hier ging? Eine bürokratische Fehde zwischen MI6 und SOE?

»Haben Sie einen *besonderen* Grund für Ihren Pessimismus?«, wollte Monty von Fortescue wissen.

»Nehmen Sie nur das Fiasko von gestern Abend«, erwiderte Fortescue prompt. »Eine Résistance-Zelle unter Führung eines SOE-Kommandanten hat eine Fernmeldezentrale in der Nähe von Reims angegriffen.«

Jetzt meldete sich zum ersten Mal General Pickford zu Wort. »Ich dachte, unsere Strategie sei es, solche Zentralen zu verschonen. Wenn die Invasion erfolgreich verläuft, brauchen wir sie schließlich selbst.«

»Da haben Sie völlig Recht«, sagte Monty. »Nur haben wir im Fall Sainte-Cécile eine Ausnahme gemacht. Es handelt sich um den Vermittlungsknoten für die neue Kabelleitung nach Deutschland. Die meisten Telefongespräche und Fernschreibverbindungen zwischen dem Oberkommando in Berlin und den deutschen Truppen in Frankreich laufen durch dieses Gebäude. Es auszuschalten würde uns nicht viel schaden – wir wollen ja nicht mit Deutschland telefonieren. Aber es würde den Nachrichtenverbindungen des Feindes einen schweren Schlag versetzen.«

»Die Deutschen werden sofort auf drahtlose Kommunikation umschalten«, wandte Pickford ein.

»Genau«, sagte Monty. »Und dann können wir ihren Funkverkehr abhören.«

»Dank unserer Codeknacker in Bletchley Park«, flocht Fortescue ein.

Paul gehörte zu den wenigen Menschen, die wussten, dass die britische Abwehr die Codes der Deutschen geknackt hatte und daher einen Großteil des feindlichen Funkverkehrs abhören konnte. Der MI6 war sehr stolz auf diese Leistung, obwohl er sich im Grunde mit fremden Lorbeeren schmückte. Der Code war nicht von Geheimdienstmitarbeitern geknackt worden, sondern von einer bunt zusammengewürfelten Schar aus Mathematikern und passionierten Kreuzworträtsellösern, von denen viele in Friedenszeiten sofort eingesperrt worden wären, hätten sie auch nur versucht, die Büros des MI6 zu betreten. Sir Stewart Menzies, der Chef des MI6, liebte die Fuchsjagd und hasste alles, was er für intellektuell, kommunistisch oder homosexuell hielt. Alan Turing jedoch, das Mathematikgenie an der Spitze der Codeknacker, vereinigte sämtliche dieser Eigenschaften in sich.

Monty hatte also Recht. Wenn die Deutschen nicht mehr telefonieren konnten, würden sie auf Funkverbindungen zurückgreifen müssen. Und damit wären die Alliierten im Bilde. Die Zerstörung der Fernmeldezentrale in Sainte-Cécile würde ihnen einen entscheidenden Vorteil bringen.

Doch die Mission war fehlgeschlagen. »Wer hat das Kommando geführt?«, fragte Monty.

»Ich habe noch keinen ausführlichen Bericht gesehen«, sagte Graves. »Ich …«

»Ich weiß es«, unterbrach ihn Fortescue. »Major Clairet.« Er machte eine Pause. »Eine Frau.«

Paul Chancellor hatte schon von Felicity Clairet gehört. In der kleinen Gruppe, die in die Geheimnisse des verdeckten Kriegs der Alliierten eingeweiht war, galt sie bereits als eine Art Legende. Länger als alle anderen hatte sie Geheimdienstoperationen in Frankreich durchgeführt – und überlebt. Ihr Deckname war »die Leopardin«, und es hieß, dass sie sich in den Straßen des besetzten Landes mit den geräuschlosen Schritten einer Raubkatze fortbewege. Sie sei ein bildhübsches Mädchen mit einem Herzen aus Stein, hieß es ferner, und mehr als einmal habe sie getötet.

»Und was genau ist geschehen?«, fragte Monty.

»Schlechte Planung, ein unerfahrener Kommandant und Disziplinmängel in der Truppe, das kam alles zusammen«, antwortete Fortescue. »Das Gebäude war gar nicht besonders schwer bewacht. Aber die Deutschen dort sind ausgebildete Soldaten. Sie haben die Résistance-Truppe einfach ausradiert.«

Monty machte sich nicht die Mühe, seinen Zorn zu verbergen.

»Sieht so aus, als würden wir uns zu sehr darauf verlassen, dass die Résistance Rommel die Nachschubwege kappt«, meinte Pickford.

Fortescue nickte. »Bombenangriffe sind in dieser Hinsicht verlässlicher.«

»Ich glaube nicht, dass das fair ist«, protestierte Graves schwach. »Auch bei den Bombardierungen gibt es Erfolge und Rückschläge. Außerdem ist die SOE erheblich billiger.«

»Wir sind doch nicht dazu da, um irgendwem gegenüber fair zu sein, um Himmels willen!«, fauchte Monty. »Wir wollen den Krieg gewinnen, sonst nichts.« Er erhob sich und sagte zu General Pickford: »Ich glaube, wir haben genug gehört.«

»Und was machen wir mit der Fernmeldezentrale?«, fragte Graves. »Die SOE hat inzwischen einen neuen Plan …«

Wieder schnitt ihm Fortescue das Wort ab. »Herrgott!«, ereiferte er sich. »Wir wollen doch nicht noch so ein Fiasko erleben, oder?«

»Bombardieren«, sagte Monty.

»Haben wir schon versucht«, wandte Graves ein. »Die Bomben haben das Gebäude getroffen, doch reichte der Schaden gerade mal aus, die Zentrale für ein paar Stunden lahm zu legen.«

»Dann versuchen Sie 's noch einmal«, sagte Monty und verließ den Raum.

Graves sah den Mann vom MI6 mit einer Mischung aus

Wut und Missmut an. »Also wirklich, Fortescue«, sagte er. »Ich muss schon sagen … also *wirklich* …«

Fortescue würdigte ihn keiner Antwort.

Sie verließen das Schulzimmer. Draußen im Gang warteten zwei Personen: ein Mann von etwa fünfzig Jahren in einer Tweedjacke und eine kleine blonde Frau, die eine blaue Strickjacke über einem ausgeblassten Baumwollkleid trug. Die beiden standen vor einer Vitrine mit Pokalen und anderen sportlichen Auszeichnungen und boten fast das Bild eines Rektors, der mit einer Schülerin plaudert – nur dass die Art, wie sich das Mädchen sein knallgelbes Halstuch umgeschlungen hatte, für Paul eindeutig französischen Stil verriet. Fortescue hastete an den beiden vorbei, Graves hingegen blieb stehen.

»Ihr Vorschlag wurde abgelehnt«, sagte er. »Sie versuchen es noch einmal mit Bombenangriffen.«

Paul erriet schon, dass es sich bei der Frau um die »Leopardin« handelte, und er betrachtete sie voller Neugier. Sie war klein und schlank, hatte lockiges, kurz geschnittenes blondes Haar und – dies fiel ihm besonders auf – entzückende grüne Augen. Hübsch hätte er sie nicht genannt – dazu war ihr Gesicht zu erwachsen. Wie ein Schulmädchen wirkte sie nur auf den ersten flüchtigen Blick. Die gerade Nase und das wie gemeißelt wirkende Kinn verliehen ihr aber einen Hauch von Aggressivität – und außerdem hatte sie Sexappeal. Paul konnte nicht umhin, sich den schmalen Körper unter den billigen Klamotten vorzustellen.

Sie reagierte mit Empörung auf Graves' Worte. »Es ist völlig sinnlos, dieses Gebäude aus der Luft zu bombardieren«, sagte sie. »Der Keller ist extra verstärkt worden. Wie kommen die, um Gottes willen, zu einer solchen Entscheidung?«

»Vielleicht fragen Sie das mal diesen Herrn hier«, sagte Graves und wandte sich an Paul. »Major Chancellor, darf ich Ihnen Major Clairet und Colonel Thwaite vorstellen?«

Paul war nicht beglückt darüber, dass man ihn in eine Situation manövrierte, in der er eine Entscheidung verteidigen musste, die er gar nicht selbst getroffen hatte. Von der Wendung der Dinge überrascht, antwortete er mit undiplomatischer Offenheit. »Ich sehe nicht, was es da viel zu erklären gibt«, sagte er brüsk. »Sie haben Mist gebaut, und eine zweite Chance gibt's nicht.«

Die Frau – sie war an die dreißig Zentimeter kleiner als er – bedachte ihn von unten herauf mit einem finsteren Blick. »Mist gebaut?«, wiederholte sie wütend. »Was, verdammt noch mal, meinen Sie damit?«

Paul spürte, wie er errötete. »Kann sein, dass General Montgomery nicht richtig informiert wurde. Stimmt es, dass Sie zum ersten Mal eine solche Operation geleitet haben, Major?«

»*Das* hat man Ihnen weismachen wollen? Dass ich schuld war, weil ich nicht genug Erfahrung habe?«

Sie war schön, er erkannte es jetzt. Der Zorn weitete ihre Augen und ließ ihre Wangen rosa anlaufen. Aber sie war sehr unhöflich, und deshalb beschloss er, gleich noch eins draufzusetzen. »Ja. Daran lag es – und an miserabler Planung …«

»Der verdammte Plan war vollkommen in Ordnung!«

»… und dazu kommt noch der Umstand, dass ausgebildete Soldaten das Gebäude gegen eine undisziplinierte Truppe verteidigten.«

»Sie arroganter Pinsel!«

Chancellor wich unwillkürlich einen Schritt zurück. Noch nie hatte eine Frau in diesem Ton zu ihm gesprochen. Kann ja sein, dass sie nicht viel größer als eins fünfzig ist, dachte er, aber ich gehe jede Wette ein, dass die verfluchten Nazis eine Höllenangst vor ihr haben. Der Anblick ihrer wutverzerrten Miene verriet ihm allerdings, dass sie sich vor allem über sich selbst ärgerte, und das sagte er ihr auch: »Sie glauben ja selbst, dass Sie das verbockt haben. Kein Mensch regt sich so über die Fehler von anderen auf.«

Jetzt war es an ihr, verblüfft zu sein. Ihr Mund klappte auf – aber sie war sprachlos.

Colonel Thwaite ergriff das Wort: »Nun reg dich ab, Flick, um Gottes willen«, sagte er und wandte sich dann an Chancellor: »Lassen Sie mich raten! Der Bericht, auf den Sie sich stützen, stammt von Simon Fortescue vom MI6, oder?«

»Das ist korrekt«, erwiderte Paul steif.

»Hat er auch erwähnt, dass der Angriffsplan auf Aufklärungsmaterial seiner eigenen Organisation basierte?«

»Ich glaube nicht.«

»Das habe ich mir gedacht«, sagte Thwaite. »Danke, Major. Jetzt brauche ich Sie nicht weiter zu behelligen.«

Paul hatte nicht den Eindruck, dass das Gespräch tatsächlich schon beendet war. Aber da er von einem höheren Offizier entlassen worden war, blieb ihm nichts anderes übrig, als sich zu entfernen.

Er war offenbar ins Kreuzfeuer einer Fehde zwischen MI6 und SOE geraten. Am meisten ärgerte er sich über Fortescue, der das Treffen dazu missbraucht hatte, sich auf Kosten anderer zu profilieren. Ob Monty mit der Entscheidung, die Fernmeldezentrale zu bombardieren, richtig lag? Oder wäre es besser gewesen, der SOE einen zweiten Versuch zu genehmigen? Paul wusste es nicht.

Kurz bevor er sein Büro betrat, warf er noch einen Blick zurück. Major Clairet stritt sich noch immer mit Colonel Thwaite. Sie sprach leise, aber ihre Züge waren lebhaft, und ihrer Gestik war zu entnehmen, dass sie ihrer Empörung freien Lauf ließ. Wie ein Mann stand sie da, leicht vorgebeugt, die eine Hand in die Hüfte gestemmt, die andere mit streitbar erhobenem Zeigefinger, um ihren Argumenten Nachdruck zu verleihen – und doch umgab sie etwas Charmantes, Bezauberndes. Paul stellte sich vor, wie es wäre, sie in den Armen zu halten und die Hände über ihren geschmeidigen Körper gleiten zu lassen. Sie ist knallhart, dachte er – und dennoch ein Vollblutweib.

Aber ob sie wirklich Recht hatte und das Bombardement nutzlos war?

Er beschloss, weitere Erkundigungen einzuziehen.

Der große, rußgeschwärzte Block der Kathedrale erhob sich über dem Herzen der Stadt Reims wie der mahnende Finger Gottes. Es war Mittag, und Major Dieter Francks himmelblauer Hispano-Suiza fuhr gerade vor dem von den deutschen Besatzern requirierten Hotel Frankfurt vor. Franck stieg aus und blickte zu den stumpfen Zwillingstürmen empor. Nach den ursprünglichen Plänen aus dem Mittelalter hätten eigentlich elegante Spitztürme errichtet werden sollen, doch dazu war es aus Geldmangel nie gekommen – allerheiligste Absichten waren an weltlichen Hemmnissen gescheitert.

Franck befahl Leutnant Hesse, zum Schloss von Sainte-Cécile zu fahren und sich der Kooperation der Gestapo zu versichern. Das Risiko einer zweiten Abfuhr durch Major Weber wollte er nicht eingehen. Hesse fuhr los, und Franck ging hinauf in die Hotelsuite, in der er am Abend zuvor Stéphanie zurückgelassen hatte.

Als er eintrat, erhob sie sich von ihrem Stuhl. Er genoss den Anblick: Stéphanies rotes Haar wallte über bloße Schultern. Sie trug ein kastanienbraunes Seidennegligé und hochhackige Pantöffelchen. Franck küsste sie gierig und ließ seine Hände über ihren schlanken Körper gleiten, dankbar für das Geschenk ihrer Schönheit.

»Schön, dass dir mein Anblick so gefällt«, sagte sie mit einem Lächeln. Wie immer sprachen sie Französisch miteinander.

Franck atmete ihren Duft ein. »Na ja, du riechst ja auch erheblich besser als Hans Hesse, vor allem, wenn der die ganze Nacht über auf den Beinen war.«

Mit sanfter Hand strich sie ihm das Haar zurück. »Immer machst du Witze. Aber mit deinem eigenen Körper geschützt hättest du Hans sicher nicht.«

»Stimmt.« Er seufzte und ließ sie los. »Mein Gott, bin ich müde.«

»Komm ins Bett.«

Er schüttelte den Kopf. »Ich muss die Gefangenen verhören. Hesse holt mich in einer Stunde wieder ab.« Er ließ sich aufs Sofa fallen.

»Ich besorge dir was zu essen.« Stéphanie läutete. Eine Minute später klopfte es an der Tür. Es war ein älterer französischer Kellner. Stéphanie kannte Franck gut genug, um für ihn zu bestellen. Sie bat um eine Schinkenplatte mit warmen Brötchen und Kartoffelsalat. »Ein Gläschen Wein?«, fragte sie ihn.

»Nein, danke – da schlafe ich sofort ein.«

»Dann bitte ein Kännchen Kaffee«, beschied sie den Kellner. Als der Mann fort war, setzte sie sich neben Franck aufs Sofa und nahm seine Hand. »Ist alles nach Plan verlaufen?«

»Ja. Rommel hat mir sogar Komplimente gemacht.« Er runzelte besorgt die Stirn. »Ich hoffe nur, dass ich halten kann, was ich ihm versprochen habe.«

»Da bin ich ganz sicher, dass du das kannst.« Sie fragte nicht nach Einzelheiten, wohl wissend, dass er ihr ohnehin nur so viel sagen würde, wie er für richtig hielt.

Er betrachtete sie liebevoll und überlegte, ob er ihr sagen sollte, was ihm gerade durch den Kopf ging. Gut möglich, dass es die angenehme Atmosphäre zerstörte – aber es musste einfach ausgesprochen werden. »Angenommen, die Invasion ist erfolgreich und die Alliierten erobern Frankreich zurück … Zwischen uns beiden wäre es dann aus, das weißt du.« Er seufzte.

Wie von einem plötzlichen Schmerz ergriffen, zuckte Stéphanie zusammen und ließ seine Hand los. »Meinst du?«

Er wusste, dass ihr Ehemann zu Beginn des Krieges gefallen war und dass sie keine Kinder hatte. »Hast du eigentlich überhaupt keine Verwandten mehr?«, fragte er.

»Meine Eltern sind schon vor Jahren gestorben. Aber ich habe noch eine Schwester. Sie lebt in Montreal.«

»Vielleicht sollten wir uns mal überlegen, wie wir dich dort hinexpedieren könnten.«

Stéphanie schüttelte energisch den Kopf. »Nein!«

»Warum nicht?«

Sie mied seinen Blick. »Ich wünsche mir nur, dass dieser Krieg so bald wie möglich vorbei ist«, stammelte sie.

»Nein, das tust du nicht.«

»Natürlich tu ich das!« Ein seltener Anflug von Gereiztheit lag in ihrer Stimme.

»Ein ungewöhnlich konventioneller Gedanke für dich«, antwortete Franck mit spöttischem Unterton.

»Du kannst doch Krieg unmöglich für eine tolle Sache halten!«

»Ohne den Krieg wären wir beide nicht zusammen.«

»Und all das Leiden?«

»Ich bin Existenzialist. Der Krieg befähigt die Menschen, ihr ureigenes Wesen auszuleben: Die Sadisten werden zu Folterknechten, die Psychopathen entpuppen sich als tapfere Frontkämpfer, die Menschenschinder und die Opfer – alle bekommen die Chance, ihre Rollen bis zur Neige auszuschöpfen. Und die Huren sind permanent im Geschäft.«

»Ein klares Wort, was *meine* Rolle betrifft«, erwiderte Stéphanie erbost.

Er streichelte ihre weiche Wange und berührte ihre Lippen mit der Spitze seines Zeigefingers. »Du bist eine Kurtisane – und eine sehr gute dazu.«

Sie wandte den Kopf ab. »Das meinst du alles nicht ernst. Du extemporierst über ein Thema, genauso wie wenn du am Klavier sitzt.«

Er lächelte und nickte. Ja, er spielte ein bisschen Jazz, sehr zu seines Vaters Empörung. Der Vergleich stimmte. Er gab keine festen Überzeugungen von sich, sondern jonglierte mit Ideen. »Vielleicht hast du Recht«, sagte er.

Ihr Zorn verwandelte sich in Traurigkeit. »Die Bemerkung, dass wir uns trennen müssen, wenn die Deutschen aus Frankreich abziehen – war die ernst gemeint?«

Er legte ihr den Arm um die Schultern und zog sie zu sich herab. Stéphanie entspannte sich und legte ihren Kopf auf seine Brust. Franck küsste ihren Scheitel und streichelte ihr Haar. »Nein, das wird nicht geschehen«, sagte er.

»Bestimmt nicht?«

»Mein Wort darauf.«

Zum zweiten Mal an diesem Tag hatte er ein Versprechen gegeben, von dem er nicht mit Sicherheit wusste, ob er es würde halten können.

Der Kellner kam mit dem Essen, und der Zauber war gebrochen. Die Müdigkeit war fast stärker als der Hunger, doch Franck überwand sich, aß ein paar Bissen und trank den gesamten Kaffee. Nachdem er sich gewaschen und rasiert hatte, fühlte er sich wieder besser. Er schlüpfte in ein sauberes Uniformhemd. Als er gerade dabei war, es zuzuknöpfen, klopfte Leutnant Hesse an die Tür. Franck gab Stéphanie einen Abschiedskuss und ging.

An einer gesperrten Straße wurde der Wagen umgeleitet – nach einem neuerlichen Bombenangriff in der vergangenen Nacht lag eine ganze Häuserzeile unweit des Bahnhofs in Schutt und Asche. Schließlich blieb die Stadt hinter ihnen zurück, und sie fuhren Richtung Sainte-Cécile.

Franck hatte zu Rommel gesagt, nach dem Verhör der Gefangenen könne es *vielleicht* gelingen, der Résistance noch vor der Invasion einen entscheidenden Schlag zu versetzen, doch Rommel hatte, wie jeder militärische Befehlshaber, das *Vielleicht* als Versprechen interpretiert und erwartete nun entsprechende Ergebnisse. Unglücklicherweise gab es keine Erfolgsgarantie bei Verhören. Schlaue Gefangene erzählten Lügen, die nicht überprüfbar waren. Manchen gelang es mit großem Einfallsreichtum, sich selbst umzubringen, bevor die Folterqualen unerträglich wurden. Und wenn die Sicherheitsvorkehrungen in der entsprechenden Résistance-Gruppe wasserdicht waren, dann wussten die einzelnen Mitglieder nur das Allernotwendigste von ihren Mitkämpfern und auch sonst kaum etwas Brauchbares. Im schlimmsten Fall hatten die perfiden Alliierten sie mit Fehlinformationen gefüttert, sodass das, was sie aussagten, wenn sie schließlich unter der Folter zusammenbrachen, nichts Verwertbares ergab, da es nur Teil eines groß angelegten Täuschungsmanövers war.

Franck stimmte sich auf das Kommende ein. Er musste absolut hartherzig und berechnend handeln. Das körperliche und seelische Leid, das er in Kürze anderen Menschen antun würde, durfte ihn in keiner Weise persönlich berühren. Der Zweck heiligte die Mittel – alles andere zählte nicht. Er schloss die Augen und spürte, wie ihn eine tiefe innere Ruhe überkam, eine vertraute, Mark und Bein durchdringende Kälte, die ihm manchmal vorkam wie die Kälte des Todes selbst.

Der Wagen rollte auf das Schlossgelände. Arbeiter ersetzten die zersprungenen Fensterscheiben und besserten die durch Granateneinschläge entstandenen Mauerlöcher aus. In der prunkvollen Eingangshalle murmelten die Telefonistinnen unablässig in ihre Mikrofone, ein summender Unterton, der den ganzen Raum erfüllte. Gefolgt von Leutnant Hesse durchschritt Major Franck die perfekt proportionierten Zimmerfluchten des Ostflügels und stieg dann die Treppe in das besonders befestigte Kellergeschoss hinunter. Der Wachtposten an der Tür salutierte und machte keine Anstalten, Franck, der Uniform trug, anzuhalten. Die Tür mit der Aufschrift *Verhörzentrale* war rasch gefunden, und Franck trat ein.

Im vorderen Zimmer saß Willi Weber am Schreibtisch.

»Heil Hitler!«, brüllte Franck, reckte den Arm und zwang damit Weber, sich zu erheben. Franck rückte sich einen Stuhl zurecht, setzte sich und sagte: »So nehmen Sie doch bitte Platz, Herr Sturmbannführer.«

Weber schäumte. Dass man ihm in seinem eigenen Hauptquartier huldvoll einen Platz anbot, ging zu weit – aber er konnte nichts dagegen tun.

»Wie viele Gefangene haben wir?«, wollte Franck wissen.

»Drei.«

Franck war enttäuscht. »Nur so wenige?«

»Wir haben acht Feinde im Gefecht getötet. Zwei andere sind über Nacht ihren Verletzungen erlegen.«

Dieter Franck schnaubte vor Verzweiflung. Er hatte ausdrücklich befohlen, die Verwundeten am Leben zu erhalten. Aber es war sinnlos, Weber jetzt noch zu fragen, wie die Leute behandelt worden waren.

»Zwei sind, glaube ich, entkommen«, fuhr Weber fort.

»Ja«, bestätigte Franck. »Die Frau auf dem Platz und der Mann, den sie fortgeschleppt hat.«

»Genau. Von fünfzehn Angreifern sind uns immerhin drei als Gefangene übrig geblieben.«

»Wo befinden sie sich?«

Weber sah ihn verschlagen an. »Zwei sind in den Zellen.«

Franck kniff die Brauen zusammen. »Und der dritte?«

Mit einer Kopfbewegung wies Weber auf den Nebenraum. »Die dritte wird gerade verhört.«

Franck erhob sich, ging zur Tür und öffnete sie. Er konnte sich denken, was hier gespielt wurde. Die gedrungene Gestalt von Wachtmeister Becker stand gleich hinter der Tür. Der Mann schwitzte und schnaufte wie nach hartem körperlichem Training. In der Hand hielt er einen Holzknüppel, der wie ein großer Polizei-Schlagstock aussah. Sein Blick war auf die Gefangene gerichtet, die an einen Pfosten gebunden war.

Franck fand alle seine Befürchtungen bestätigt. Trotz seiner selbst auferlegten Ruhe verzog er das Gesicht zu einer angewiderten Grimasse. Die Gefangene war Geneviève Delys, die junge Frau, die unter ihrem Mantel eine Sten-MP verborgen hatte. Sie war nackt. Die Fesseln, mit denen man sie an den Pfosten gebunden hatte, verliefen unter ihren Armen durch und verhinderten, dass der Körper unter seinem eigenen Gewicht zusammensackte. Ihr Gesicht war so verschwollen, dass sie die Augen nicht mehr öffnen konnte, selbst wenn sie es gewollt hätte. Aus ihrem Mund lief Blut und bedeckte das Kinn sowie den größten Teil ihrer Brust. Ihr Körper war übersät mit bösen Prellungen, die sich bereits verfärbt hatten. Der linke Arm baumelte in einem merkwürdigen Winkel herab; er war offenbar aus dem Schultergelenk gekugelt worden. Das Schamhaar war mit Blut verklebt.

»Was hat sie Ihnen erzählt?«, fragte Franck, an Becker gewandt.

»Nichts«, erwiderte der Wachtmeister, peinlich berührt.

Franck nickte und unterdrückte seine Wut. Genau diese Antwort hatte er erwartet.

Er ging auf die Frau zu und sagte auf Französisch: »Mademoiselle, hören Sie mich?«

Sie reagierte nicht.

Er versuchte es noch einmal: »Möchten Sie sich ausruhen?«

Wieder keine Antwort.

Dieter Franck drehte sich um. Weber stand in der Tür und sah ihn herausfordernd an. Eiskalte Wut erfüllte Franck. »Man hat Ihnen ausdrücklich gesagt, dass ich die Vernehmungen durchführe.«

»Der Befehl lautete, Ihnen Zugang zu gewähren«, erwiderte Weber mit selbstgefälliger Pedanterie. »Niemand hat uns verboten, die Gefangenen selber zu verhören.«

»Und sind Sie nun zufrieden mit den Ergebnissen?«

Weber verzichtete auf eine Antwort.

»Wo sind die anderen beiden?«, fragte Franck.

»Wir haben noch nicht mit den Verhören begonnen.«

»Gott sei Dank.« Er war trotzdem entsetzt. Mit einem halben Dutzend Gefangener hatte er gerechnet – unterm Strich blieben ihm zwei. »Führen Sie mich zu ihnen.«

Auf ein Nicken Webers legte Becker seinen Knüppel beiseite und ging voran. Im hellen Licht der Flurlampen sah Franck die Blutflecken auf Beckers Uniform. Der Wachtmeister blieb vor einer Tür mit einem Guckloch stehen. Franck schob die Blende auf und spähte hinein.

Ein in der Ecke stehender Eimer war das einzige Mobiliar in der Zelle. Auf dem nackten Boden saßen zwei Männer und starrten schweigend vor sich hin. Franck musterte sie aufmerksam. Er hatte sie gestern bereits gesehen. Der Ältere war Gaston Lefèvre, der die Sprengsätze angebracht hatte. Auf seinem Schädel klebte ein großes Pflaster. Anscheinend handelte es sich nur um eine oberflächliche Verletzung der Kopfhaut. Der andere Mann war noch sehr jung, vielleicht siebzehn. Auch sein Name fiel Franck wieder ein – Bertrand. Bertrand Bisset. Er hatte keine erkennbaren Verletzungen davongetragen, aber Franck hielt es für möglich, dass er durch die Explosion einer Handgranate vorübergehend das Bewusstsein verloren hatte und noch immer unter Schock stand.

Er nutzte die Beobachtungszeit zum Nachdenken. Er durfte jetzt keinen Fehler machen. Diese beiden Männer waren seine letzten Trümpfe – er konnte es sich unter keinen Umständen leisten, das Leben eines weiteren Gefangenen sinnlos zu vergeuden. Der junge Bursche, das war vorauszusehen, würde fürchterliche Angst haben, war aber möglicherweise imstande, starke Schmerzen auszuhalten. Der andere war zu alt für eine richtige Folter – es bestand die Gefahr, dass er starb, bevor er auspacken konnte. Aber vermutlich hatte er ein weiches Herz … Franck ahnte bereits, welche Verhörstrategie bei den beiden jeweils die richtige war.

Er schob die Blende wieder vors Guckloch und kehrte in den

Verhörraum zurück. Becker, der ihn erneut an einen dummen, aber gefährlichen Hund erinnerte, folgte ihm. »Wachtmeister Becker«, sagte er zu ihm. »Binden Sie die Frau los und bringen Sie sie in die Zelle zu den beiden anderen Gefangenen.«

Weber protestierte. »Eine Frau in eine Männerzelle?«

Ungläubig starrte Franck ihn an. »Bilden Sie sich wirklich ein, sie wird das noch als unschicklich empfinden?«

Becker verschwand in der Folterkammer und kam kurz darauf wieder heraus, Geneviève Delys' zerschundenen Körper über der Schulter.

»Sorgen Sie dafür, dass der alte Mann sie genau zu sehen bekommt«, sagte er. »Und dann bringen Sie ihn her.«

Becker zog ab.

Franck wäre es am liebsten gewesen, wenn auch Weber verschwunden wäre – auf Nimmerwiedersehen, wenn möglich. Aber ihm war auch klar, dass dieser einem entsprechenden Befehl nie Folge leisten würde. Also sagte er zu ihm: »Ich glaube, Sie sollten hier bleiben und dem Verhör beiwohnen. Sie können von meinen Techniken eine Menge lernen.«

Erwartungsgemäß widersprach Weber. »Glaub ich nicht. Becker kann mich auf dem Laufenden halten.« Franck setzte eine scheinbar unwillige Miene auf, und Weber entfernte sich.

Leutnant Hesse, der still in einer Ecke saß, war nicht entgangen, wie geschickt Weber manipuliert worden war, und er sah seinen Vorgesetzten voller Bewunderung an. Franck zuckte mit den Schultern und sagte: »Manchmal ist es einfach zu leicht.«

Becker kam zurück und brachte Gaston Lefèvre mit. Der alte Mann war blass. Der Anblick der gefolterten jungen Frau hatte ihn sichtlich erschüttert. »Bitte nehmen Sie Platz«, sagte Franck auf Deutsch. »Möchten Sie rauchen?«

Lefèvre starrte begriffsstutzig ins Leere.

Er verstand also kein Deutsch. Gut zu wissen.

Franck deutete auf den freien Stuhl und bot Lefèvre ein

Päckchen Zigaretten und Streichhölzer an. Lefèvre nahm sich eine Zigarette und zündete sie sich mit zitternden Händen an.

Es gab Gefangene, die in diesem Stadium, vor der eigentlichen Folter, bereits zusammenbrachen, aus reiner Furcht vor dem, was auf sie zukam. Franck hoffte auch in diesem Fall auf eine solche Entwicklung. Er hatte Lefèvre bereits vor die Alternative gestellt: hier der grauenhafte Anblick der geschundenen Frau, dort Zigaretten und Freundlichkeit.

Er wechselte ins Französische und sagte in zuvorkommendem Ton: »Ich werde Ihnen jetzt ein paar Fragen stellen.«

»Ich weiß gar nichts«, erwiderte Gaston Lefèvre.

»Doch, doch, Sie wissen was«, sagte Franck. »Sie sind über sechzig und haben vermutlich Ihr ganzes Leben in Reims und Umgebung verbracht.« Lefèvre widersprach nicht, und Franck fuhr fort: »Ich gehe davon aus, dass die Mitglieder einer Résistance-Zelle Decknamen benützen und einander aus Sicherheitsgründen nur sehr wenige persönliche Informationen mitteilen.« Dazu nickte Lefèvre unwillkürlich und bestätigte so Francks Vermutung. »Aber Sie kennen die meisten dieser Leute ja schon seit Jahrzehnten. Da kann sich jemand bei konspirativen Treffen Elefant, Hochwürden oder Aubergine nennen – Sie kennen sein Gesicht und wissen genau, dass es sich um den Postbeamten Jean-Pierre handelt, der in der Rue du Parc wohnt und jeden Dienstag, wenn seine Frau glaubt, er gehe zum Boulespielen, klammheimlich die Witwe Martineau besucht.«

Lefèvre wandte den Blick ab. Er wollte nicht, dass Franck ihm an den Augen ablesen konnte, wie Recht er hatte.

»Ich möchte, dass Ihnen eines ganz klar ist«, fuhr Dieter Franck fort. »Die Entscheidung über das, was hier in diesem Raum geschieht, liegt vollkommen bei Ihnen. Schmerzen oder keine Schmerzen, Todesstrafe oder Begnadigung – es liegt allein in Ihrer Hand.« Mit Befriedigung stellte er fest, dass sich das Entsetzen im Blick des alten Mannes noch vertiefte. »Sie werden im Übrigen alle meine Fragen beantworten. *Jeder* beantwortet meine Fragen – es lässt sich nur nicht genau vorhersagen, wie schnell.«

Auch dies war ein Zeitpunkt, an dem manch einer bereits aufgab. Nicht so Lefèvre. »Ich kann Ihnen nichts erzählen«, sagte er fast im Flüsterton. Er hatte zwar Angst, aber noch nicht allen Mut verloren. Er würde nicht kampflos kapitulieren.

Franck hob die Schultern. Dann musste man eben andere Saiten aufziehen. »Gehen Sie und holen Sie den Jungen«, befahl er Becker auf Deutsch. »Er soll sich ausziehen, nackt. Dann bringen Sie ihn her und binden ihn nebenan an den Pfosten.«

»Zu Befehl, Herr Major«, sagte Becker dienstbeflissen.

Franck wandte sich wieder an Lefèvre. »Sie werden mir die Namen und Decknamen aller Männer und Frauen nennen, die gestern dabei waren, sowie die aller weiteren Mitglieder Ihrer Gruppe.« Der Alte schüttelte den Kopf, doch Franck ging darauf nicht ein. »Ich möchte die Adresse jedes einzelnen Mitglieds und jeder konspirativen Wohnung, die von Mitgliedern Ihrer Gruppe benutzt wird.«

Lefèvre zog heftig an seiner Zigarette und starrte auf die glühende Spitze. In Wirklichkeit kam es Franck auf die Beantwortung dieser Fragen gar nicht so sehr an. Sein Hauptziel war es, Informationen zu bekommen, die ihm Zugang zu anderen Résistance-Zellen verschafften. Aber das brauchte der Mann nicht zu wissen.

Wenige Minuten später kam Becker mit Bertrand Bisset herein. Lefèvre sah mit offenem Mund zu, wie der nackte Junge durch den Verhörraum ins Hinterzimmer geführt wurde.

Franck erhob sich und sagte zu Hesse: »Passen Sie auf den alten Herrn auf.« Dann folgte er Becker in die Folterkammer, achtete aber darauf, dass die Tür einen Spalt weit offen blieb, denn Lefèvre sollte alles mitbekommen.

Becker fesselte Bisset an den Pfosten und versetzte ihm, ehe Franck intervenieren konnte, einen Fausthieb in den Magen.

Es war ein gewaltiger Schlag von einem starken Mann, und er verursachte ein grauenhaftes, dumpfes Geräusch. Der Junge stöhnte auf und krümmte sich vor Schmerzen.

»Nein, nein, nein«, sagte Franck. Wie vermutet, ging Becker völlig unsystematisch an seine Aufgabe heran. Ein kräftiger junger Mann konnte solche Schläge fast unbegrenzt ertragen. »Zuerst verbinden Sie ihm die Augen.« Er zog eine großes, bunt bedrucktes Baumwollschnupftuch aus der Tasche, legte es Bertrand Bisset über die Augen und verknotete es am Hinterkopf. »Auf diese Weise trifft ihn jeder Schlag wie ein Schock, und jede Sekunde zwischen den Schlägen ist erfüllt von der grässlichen Erwartung des nächsten.«

Becker hob seinen Knüppel auf, holte aus, als Franck ihm zunickte, und schlug sein Opfer seitwärts gegen den Kopf. Es krachte laut, als das schwere Holz auf Haut und Knochen niederfuhr. Bisset schrie auf vor Angst und Schmerzen.

»Nein, nein doch!« Wieder war Franck nicht einverstanden. »Schlagen Sie niemals auf den Kopf! Wenn Sie ihm den Kiefer ausrenken, kann er vielleicht nicht mehr sprechen. Schlimmer noch: Sie können ihm einen Hirnschaden verpassen, sodass er nur noch wertloses Zeug von sich gibt.« Er nahm Becker den Knüppel ab, stellte ihn wieder in den Schirmständer und wählte aus den übrigen dort untergebrachten Folterutensilien eine Eisenstange aus, die er Becker in die Hand drückte.

»Merken Sie sich Folgendes, Becker: Es geht darum, unerträgliche Schmerzen hervorzurufen, ohne das Leben des Betroffenen oder seine Fähigkeit, uns Auskunft zu geben, zu gefährden. Vermeiden Sie lebenswichtige Organe. Konzentrieren Sie sich vielmehr auf das Skelett: Knöchel, Schienbeine, Kniescheiben, Finger, Ellbogen, Schultern, Rippen.«

Heimtücke lag in Beckers Blick. Er ging um den Pfosten herum, zielte sorgfältig und traf dann Bissets Ellbogen mit einem brutalen Schlag. Der Junge kreischte auf. Die Schmerzen mussten grausam sein; Franck kannte diesen Ton.

Becker wirkte sehr selbstzufrieden. Der Herrgott vergebe mir, dass ich diesem Sadisten beibringen muss, wie man effizienter foltert, dachte Franck.

Auf sein Geheiß schlug Becker erneut zu: Der erste Schlag traf Bissets knochige Schulter, der zweite seine Hand, der dritte seinen linken Knöchel. Nach jedem Hieb gebot Franck Becker Einhalt, damit der Schmerz ein wenig nachlassen und die Angst vor dem nächsten Schlag ihre Wirkung entfalten konnte.

Bisset begann um Gnade zu bitten. »Aufhören, bitte«, flehte er, hysterisch vor Schmerzen und Furcht. Becker holte erneut mit der Eisenstange aus, doch Franck hielt ihn zurück. Er wollte, dass der Junge noch ein wenig jammerte. »Bitte schlagt mich nicht mehr!«, schrie Bisset. »Bitte, bitte!«

»Oft ist es sehr hilfreich, dem Subjekt schon zu einem relativ frühen Zeitpunkt des Verhörs ein Bein zu brechen«, fuhr Franck, an Becker gewandt, fort. »Die Schmerzen sind ganz schauderhaft, vor allem, wenn man danach noch einmal auf den gebrochenen Knochen schlägt.« Er holte einen Vorschlaghammer aus dem Schirmständer und gab ihn Becker. »Gleich unter das Knie. Und so fest Sie können.«

Becker zielte und holte weit aus. Das Brechen des Schienbeins war deutlich zu hören. Bisset schrie auf und verlor das Bewusstsein. Becker nahm einen Wassereimer, der in der Ecke stand, und schüttete dem Gefolterten den Inhalt ins Gesicht. Der junge Mann kam wieder zu sich und begann erneut zu schreien.

Mit der Zeit wurden die Schreie leiser und verwandelten sich in herzzerreißendes Stöhnen. »Was wollen Sie von mir?«, flehte Bisset. »Bitte sagen Sie mir, was Sie von mir wollen!«

Ohne ihm auch nur eine einzige Frage zu stellen, drückte Franck Becker wieder die Eisenstange in die Hand und deutete auf den gebrochenen Knochen, dessen weiße, gezackte Kante aus dem Fleisch ragte. Becker schlug zu und traf genau. Wieder brüllte Bisset auf und wurde ohnmächtig.

Das dürfte reichen, dachte Franck.

Er ging ins Nebenzimmer, wo Lefèvre noch immer auf seinem Stuhl saß. Doch er war jetzt ein anderer Mann. Vornübergebeugt hockte er da, verbarg sein Gesicht in den Händen, weinte und schluchzte schwer, stöhnte und betete zu Gott. Franck kniete vor ihm nieder und nahm ihm die Hände vom nassen Gesicht. Aus tränenverhangenen Augen sah der alte Mann ihn an.

»Sie allein entscheiden, ob es aufhört«, sagte Franck mit sanfter Stimme.

»Bitte hören Sie auf«, stöhnte Lefèvre. »Ich bitte Sie!«

»Werden Sie mir meine Fragen beantworten?«

Der Alte schwieg. In die entstehende Stille platzte Bertrands nächster Schrei. »Ja!«, brüllte Lefèvre. »Ja, ja, ja! Ich sage Ihnen alles, wenn Sie nur aufhören!«

Franck hob die Stimme: »Wachtmeister Becker!«

»Ja, Herr Major?«

»Schluss fürs Erste.«

»Zu Befehl, Herr Major.« Es klang enttäuscht.

Franck wechselte wieder ins Französische. »Nun gut, Lefèvre. Fangen wir ganz oben an in Ihrer Zelle. Wie heißt der Chef? Name? Deckname? Wer ist es?«

Der Mann zögerte. Franck warf einen Blick auf die offen stehende Tür der Folterkammer. »Michel Clairet«, sagte Lefèvre schnell. »Deckname Monet.«

Das war der Durchbruch. Der erste Name war immer der schwierigste – der Rest machte dann keine Mühe mehr. Franck ließ sich seine Zufriedenheit nicht anmerken. Er bot dem Alten eine Zigarette an und gab ihm Feuer. »Wo wohnt er?«

»In Reims.« Lefèvre stieß den Rauch aus, und sein Zittern ließ nach. Er nannte eine Adresse in der Nähe der Kathedrale.

Franck nickte Leutnant Hesse zu, der daraufhin ein Notizbuch aus der Tasche zog und Gaston Lefèvres Aussagen mitschrieb. Mit großer Geduld ging Franck die einzelnen Mitglieder des Stoßtrupps durch. In einigen Fällen kannte

Lefèvre nur die Decknamen, und von zwei Männern behauptete er, sie nie zuvor gesehen zu haben. Franck nahm ihm das ab. Zwei Fluchtfahrzeuge hatten in der Nähe bereitgestanden, berichtete Lefèvre. Am Steuer des einen habe eine junge Frau namens Gilberte gesessen, der andere wurde von einem Mann mit dem Decknamen Maréchal gefahren. Der Bollinger-Kreis – so der Name der Gruppe – umfasste noch weitere Mitglieder.

Dieter fragte nach den Beziehungen der Résistance-Kämpfer untereinander: Gab es Liebschaften? War der eine oder andere homosexuell? Schlief einer mit der Frau eines anderen?

Obwohl er nicht mehr weiter gefoltert wurde, hörte man Bertrand Bisset im Nebenzimmer immer wieder stöhnen oder auch vor Schmerzen laut aufschreien.

»Kümmert sich jetzt bald jemand um ihn?«, wollte Gaston Lefèvre wissen.

Dieter zuckte mit den Achseln.

»Bitte, holen Sie einen Arzt für ihn.«

»Immer mit der Ruhe … Unser Gespräch ist noch nicht beendet.«

Franck erfuhr, dass Michel Clairet ein Verhältnis mit Gilberte hatte, obwohl er doch mit Felicity verheiratet war, der jungen Blonden gestern auf dem Platz.

Was Lefèvre bisher berichtet hatte, betraf eine bereits weitgehend zerschlagene Zelle, sodass seine Aussagen überwiegend von akademischem Interesse waren. Nun kam Franck zu den Fragen, die ihm wichtiger waren.

»Wenn alliierte Agenten mit Ihnen Kontakt aufnehmen wollen, wie machen sie das?«

Das werde streng geheim gehalten, sagte Lefèvre, und eigentlich dürfe es keiner wissen. Aber etwas wisse er doch: Eine Frau mit dem Decknamen Bourgeoise nehme die Agenten gewissermaßen in Empfang. Wo das geschehe, könne er nicht sagen. Auf jeden Fall bringe Bourgeoise die Agenten erst einmal zu sich nach Hause und führe sie dann zu Michel Clairet.

Niemand habe Bourgeoise je gesehen, nicht einmal Clairet selbst.

Dass Lefèvre so wenig über diese Frau wusste, war für Franck eine Enttäuschung. Aber das war nun einmal der Zweck strikter Geheimhaltung.

»Wissen Sie, wo sie wohnt?«

Der Alte nickte. »Einer der Agenten hat sich mal verplappert. Sie hat ein Haus in der Rue du Bois, Nummer elf.«

Franck versuchte, sich seine Begeisterung nicht anmerken zu lassen. Das war eine entscheidende Information. Man musste damit rechnen, dass der Feind weitere Agenten schicken würde, um den Bollinger-Kreis wieder aufzubauen. Vielleicht gehen sie mir an dieser konspirativen Adresse ins Netz, dachte er.

»Und wie läuft das, wenn sie wieder ausreisen?«

Sie wurden von Flugzeugen abgeholt, verriet Lefèvre. Die Maschinen landeten auf einem Feld mit dem Decknamen Champ de Pierre, in Wirklichkeit eine Wiese in der Nähe des Dorfes Chatelle. Es gebe noch eine zweite Landepiste mit dem Codenamen Champ d'Or, von der er aber nicht wisse, wo sie sich befinde.

Franck wollte nun erfahren, wer die Verbindungsleute nach London waren. Wer habe den Befehl zum Angriff auf die Fernmeldezentrale gegeben?

Lefèvre erläuterte, dass Major Clairet, also Felicity, das Kommando geführt habe. Sie habe die Anweisungen aus London überbracht. Franck fand das pikant. Eine Befehlshaber*in* – man höre und staune! Aber er hatte sie ja gesehen und miterlebt, welchen Mut sie bei der Schießerei an den Tag gelegt hatte. Sie hatte garantiert das Zeug zur Anführerin.

Im Nachbarzimmer begann Bertrand Bisset laut zu beten: Er wünschte sich den Tod.

»Bitte«, sagte Lefèvre, »einen Arzt.«

»Erzählen Sie mir noch was über Major Clairet«, sagte

Franck. »Dann lasse ich jemanden holen, der Bertrand eine Spritze gibt.«

»Sie ist eine sehr einflussreiche Person«, sagte Lefèvre, der jetzt geradezu darauf aus war, Franck mit seinen Informationen zufrieden zu stellen. »Es heißt, dass sie länger als alle anderen Geheimagenten überlebt hat. Sie war in Nordfrankreich schon überall.«

Das war brisant. »Steht sie auch mit anderen Zellen in Kontakt?«, fragte Franck.

»Ja, ich glaube schon.«

Das war ungewöhnlich – und bedeutete, dass diese Frau eine sprudelnde Informationsquelle über die Hintergründe der Résistance sein musste. »Sie ist nach dem Gefecht gestern entkommen«, sagte Franck. »Wo ist sie Ihrer Meinung nach hin?«

»Zurück nach London«, antwortete Lefèvre, »da bin ich mir ganz sicher. Sie wird dort Bericht erstatten.«

Franck unterdrückte einen Fluch. Er wünschte sich diese Frau in Frankreich, wo er sie fangen und verhören konnte. Wenn sie ihm in die Hände fiel, konnte er die halbe Résistance zerschlagen – so, wie er es Rommel versprochen hatte. Aber sie war über alle Berge.

Er stand auf. »Das wär's für heute«, sagte er. »Leutnant Hesse, holen Sie einen Arzt für die Gefangenen. Ich will nicht, dass sie heute noch sterben – sie haben uns möglicherweise noch mehr zu erzählen. Dann tippen Sie Ihre Notizen ab und legen sie mir morgen Früh vor.«

»Zu Befehl, Herr Major.«

»Machen Sie einen Durchschlag für Sturmbannführer Weber, aber den geben Sie ihm erst, wenn ich es Ihnen sage.«

»Verstanden.«

»Ich fahre selbst zum Hotel.« Und mit diesen Worten verließ Dieter Franck den Raum.

Die Kopfschmerzen begannen, als er ins Freie trat.

Auf dem Weg zu seinem Wagen rieb er sich heftig die Stirn.

Dann verließ er das Dorf und fuhr nach Reims. Die Strahlen der Nachmittagssonne schienen von der Asphaltdecke der Straße direkt in seine Augen gespiegelt zu werden.

Solche Migräneanfälle befielen ihn oft unmittelbar nach Verhören. In einer Stunde würde er blind und hilflos sein, deshalb musste er unbedingt im Hotel ankommen, bevor der Anfall seinen Höhepunkt erreichte. Um so wenig wie möglich bremsen zu müssen, drückte er permanent auf die Hupe. Weinbergarbeiter, die gemächlich nach Hause trotteten, stoben auseinander, Pferde stiegen, und ein Karren landete im Straßengraben. Die Schmerzen trieben Franck die Tränen in die Augen. Ihm war übel.

Er schaffte es nach Reims, ohne den Wagen zu Schrott zu fahren. Es gelang ihm sogar, die Stadtmitte zu erreichen. Vor dem Hotel Frankfurt war er kaum noch imstande, einen Parkplatz zu suchen. Er ließ den Wagen einfach stehen und taumelte in seine Suite.

Stéphanie wusste sofort, was mit ihm los war. Während Dieter Franck seinen Uniformrock und das Hemd auszog, holte sie das Erste-Hilfe-Päckchen aus ihrem Koffer und zog eine Morphiumspritze auf. Franck ließ sich aufs Bett fallen, und Stéphanie stach ihm die Nadel in den Arm. Der Schmerz ließ fast augenblicklich nach. Stéphanie legte sich neben ihn und streichelte mit den Fingerspitzen sanft sein Gesicht.

Kurz darauf verlor Dieter Franck das Bewusstsein.

Felicity Clairets Wohnung war ein möbliertes Zimmer in einem großen alten Haus in Bayswater. Es befand sich ganz oben unter dem Dach, und wenn eine Bombe das Gebäude traf, so würde sie genau auf ihrem Bett landen. Flick hielt sich allerdings nicht allzu oft in ihren vier Wänden auf – nicht aus Angst vor Bomben, sondern weil das eigentliche

Leben anderswo stattfand: in Frankreich, im SOE-Hauptquartier oder in einem der SOE-Ausbildungscamps irgendwo in England. Persönliche Dinge gab es nur wenige in ihrem Zimmer: ein Foto, das Michel beim Gitarrespielen zeigte, ein Bücherbord mit Werken von Flaubert und Molière in der Originalsprache und ein Aquarell, das sie mit fünfzehn selbst gemalt hatte, eine Stadtansicht von Nizza. Drei Schubladen der kleinen Kommode enthielten Kleidung, die vierte Waffen und Munition.

Müde und deprimiert entkleidete sich Flick, legte sich aufs Bett und blätterte eine Ausgabe der Zeitschrift *Parade* durch. Berlin war am vergangenen Mittwoch von eintausendfünfhundert Flugzeugen bombardiert worden, las sie. Das überstieg beinahe jede Vorstellungskraft. Sie versuchte sich die Lage der deutschen Zivilbevölkerung auszumalen, doch alles, was ihr einfiel, war eine mittelalterliche Darstellung der Hölle – lauter nackte Menschen, die in einem Feuerhagel bei lebendigem Leib verbrennen. Sie schlug die nächste Seite auf und las eine alberne Geschichte über minderwertige »V-Zigaretten«, die als edle Woodbines verkauft worden waren.

Immer wieder kehrten ihre Gedanken zurück zu der Katastrophe am Tag zuvor in Sainte-Cécile. Immer wieder aufs Neue spielte sie das Gefecht durch und traf imaginäre Alternativentscheidungen, die statt in die Niederlage zu einem Sieg geführt haben könnten. Sie fürchtete, ihren Mann ebenso zu verlieren wie das Gefecht, und sie fragte sich, ob es zwischen beidem eine Verbindung gab. Ich habe als Einsatzleiterin versagt, dachte sie, und offenbar auch als Ehefrau. Vielleicht habe ich irgendeinen tief sitzenden Charakterschaden.

Nachdem der neue Plan abgelehnt worden war, sah sie keine Chancen mehr für eine erfolgreiche Wiedergutmachung. Ihre tapferen Mitstreiter waren alle umsonst gestorben.

Endlich fiel sie in einen unruhigen Schlaf, aus dem sie erst erwachte, als jemand vehement an die Tür klopfte und rief:

»Flick, Telefon!« Es war die Stimme eines der Mädchen, die in der Wohnung unter ihr lebten.

Der Wecker auf dem Bücherregal zeigte sechs Uhr. »Wer ist denn dran?«, rief Flick.

»Das Büro. Mehr hat er nicht gesagt.«

»Ich komme.« Sie zog sich einen Morgenrock über. Unsicher, ob es sechs Uhr morgens oder sechs Uhr abends war, spähte sie durch das kleine Fenster hinaus. Über den eleganten Terrassen von Ladbroke Grove sank die Sonne. Flick rannte die Treppe hinunter und ging ans Telefon, das im Flur stand.

»Tut mir leid, dass ich dich geweckt habe«, sagte Percy Thwaites Stimme.

»Macht nichts.« Sie freute sich immer, wenn sie Percys Stimme am anderen Ende der Leitung hörte. Sie hatte ihn im Laufe der Zeit schätzen gelernt – obwohl er sie ständig von neuem in Gefahr brachte. Agentenführer war kein Job für Zartbesaitete, und manche höheren Offiziere betäubten ihre Gefühle, indem sie den Tod oder die Gefangennahme ihrer Leute mit Eiseskälte hinnahmen. Bei Percy war das anders. Er empfand jeden einzelnen Fall als schmerzlichen Verlust, und daher wusste Flick, dass er sie nie einem unnötigen Risiko aussetzen würde. Sie vertraute ihm.

»Kannst du zum Orchard Court kommen?«

Ob die zuständigen Dienststellen es sich noch einmal überlegt haben?, dachte Flick, und Hoffnung keimte in ihr auf. Vielleicht ist mein neuer Plan zur Ausschaltung der Fernmeldezentrale doch noch nicht gestorben. »Hat Monty seine Meinung geändert?«

»Ich fürchte nein. Aber ich brauche dich für eine Instruktion.«

Flick biss sich auf die Lippen, um nicht zu verraten, wie enttäuscht sie war. »Ich bin in ein paar Minuten da.«

Sie zog sich rasch an und fuhr mit der U-Bahn zur Baker Street. Percy erwartete sie in der Wohnung am Portman Square.

»Ich habe einen Funker gefunden. Ohne praktische Erfahrung, aber gut ausgebildet. Morgen schicke ich ihn nach Reims.«

Flick warf reflexartig einen Blick zum Fenster und prüfte die Wetterlage – eine typische Agentenreaktion, sobald ein bevorstehender Flug erwähnt wurde. Aus Sicherheitsgründen waren die Vorhänge vorgezogen, doch sie wusste ohnehin, dass das Wetter gut war. »Nach Reims? Warum?«

»Wir haben heute nichts von Michel gehört. Ich muss wissen, was von der Gruppe Bollinger noch übrig ist.«

Flick nickte. Der Funker der Gruppe, Pierre, hatte an dem Überfall teilgenommen und war entweder gefangen genommen worden oder tot. Es war nicht auszuschließen, dass Michel inzwischen Pierres Funkgerät in seinen Besitz gebracht hatte, aber er konnte damit nicht umgehen und kannte vor allem auch nicht die Codes. »Und warum ist das so wichtig?«, fragte sie Thwaite.

»Wir haben den Leuten in den vergangenen Monaten Tonnen von Sprengstoff und Munition zukommen lassen. Ich möchte, dass sie damit ein bisschen zündeln. Die Fernmeldezentrale ist zwar das wichtigste Ziel, aber nicht das einzige. Selbst wenn außer Michel und einer Hand voll anderer niemand mehr übrig ist, können sie noch was tun – Eisenbahntrassen sprengen zum Beispiel, Telefonleitungen kappen, Wachtposten erschießen – alles bringt uns weiter. Aber ich kann ihnen keine Weisungen erteilen, wenn ich nicht mit ihnen kommunizieren kann.«

Flick zuckte mit den Schultern. Das einzig lohnenswerte Ziel für sie war das Château, alles andere war nur Kleinkram. Und trotzdem … »Schon klar. Ich sag ihm, was ich weiß.«

Percy sah sie kritisch an, zögerte einen Moment lang und sagte dann: »Wie ging es Michel – abgesehen von der Schusswunde?«

»Gut.« Flick schwieg einen Augenblick. Percy starrte sie unverwandt an. Es hatte keinen Sinn, ihn hinters Licht führen zu wollen; er kannte sie zu gut. Sie seufzte und sagte: »Da ist so ein Mädchen …«

»Das hatte ich schon befürchtet.«

»Ich weiß nicht, ob meine Ehe noch existiert«, sagte sie verbittert.

»Es tut mir leid.«

»Es würde mir helfen, wenn ich mir sagen könnte, dass ich ein Opfer gebracht habe, für einen guten Zweck. Einen tollen Coup durchgezogen, der die Erfolgschancen der Invasion erhöht.«

»Du hast in den letzten beiden Jahren schon mehr getan als die meisten anderen.«

»Aber einen zweiten Sieger gibt's im Krieg nicht, oder?«

»Nein.«

Sie erhob sich. Sie war Percy dankbar für die liebevolle Zuneigung, spürte jedoch, wie sie dadurch sentimental wurde. »Dann werd ich jetzt mal den neuen Funker einweisen.«

»Sein Deckname ist Helicopter. Er wartet im Arbeitszimmer. Nicht gerade der Hellste, fürchte ich, aber ein tapferer Bursche.«

Schlamperei, dache Flick. »Wieso schickst du ihn rüber, wenn er nicht der Hellste ist? Er könnte andere gefährden.«

»Wie du schon mal sagtest: Dies ist unsere große Chance. Wenn die Invasion scheitert, können wir das europäische Festland abschreiben. Wir müssen jetzt mit allen verfügbaren Mitteln gegen den Feind vorgehen – eine bessere Gelegenheit bekommen wir vielleicht nicht.«

Flick nickte finster. Er hatte ihre eigenen Argumente gegen sie gekehrt – und er hatte Recht. Der einzige Unterschied bestand darin, dass zu den Menschen, deren Leben gefährdet wurde, in diesem Fall auch Michel gehörte. »Okay«, sagte sie. »Bringen wir 's hinter uns.«

»Er ist schon ganz versessen darauf, dich zu sehen.«

Sie runzelte die Stirn. »Versessen? Wieso?«

Percy lächelte kryptisch. »Geh und find's selber raus.«

Flick verließ das Wohnzimmer, in dem Percy Thwaites Schreibtisch stand, und ging durch den Flur. Percys Sekretärin, die in der Küche an der Schreibmaschine saß und tippte, verwies Flick auf ein weiteres Zimmer.

Vor der Tür hielt Flick kurz inne. Es ist, wie es ist, sagte sie zu sich selbst: Du reißt dich jetzt zusammen, tust weiter deine Arbeit und kannst nur hoffen, dass du irgendwann mal darüber hinwegkommst.

In dem kleinen Arbeitszimmer standen ein quadratischer Tisch und ein paar nicht dazu passende Stühle. Helicopter war ein hellhäutiger junger Mann von etwa zweiundzwanzig Jahren. Er trug einen Tweedanzug mit Schachbrettmuster in den Farben Senfgelb, Orange und Grün. Dass er Engländer war, sah man ihm von weitem an. Ein Glück, dass man ihn, bevor er an Bord des Flugzeugs ging, noch entsprechend ausstaffieren würde, sodass er in einer französischen Stadt nicht auffiel. Die SOE beschäftigte französische Schneider und Schneiderinnen, die den Agenten Kleider im kontinentaleuropäischen Stil nähten – und dann viele Stunden darauf verwandten, die Sachen gebraucht und abgetragen erscheinen zu lassen, damit sie nicht durch ihre Neuheit auffielen. Gegen Helicopters rosigen Teint und sein rotblondes Haar war allerdings kein Kraut gewachsen. Man konnte nur hoffen, dass die Gestapo deutsches Blut in seinen Adern vermuten würde.

Nachdem Flick sich vorgestellt hatte, sagte er: »Wir kennen uns eigentlich schon, ehrlich gesagt.«

»Tut mir leid, ich kann mich nicht erinnern.«

»Sie haben mit meinem Bruder Charles in Oxford studiert.«

»Charlie Standish – ja, natürlich!« Flick erinnerte sich an einen anderen blonden Jungen in Tweed, größer zwar und schlanker als Helicopter, aber wahrscheinlich auch nicht klüger; er hatte keinen Abschluss geschafft. Sie entsann sich an eine Gemeinsamkeit mit Charlie: Wie sie sprach auch er fließend Französisch.

»Sie waren sogar mal bei uns zu Hause in Gloucestershire, ehrlich gesagt.«

Ja, sie hatte in den Dreißigerjahren mal ein Wochenende in einem Landhaus verbracht, bei einer Familie mit einem liebenswürdigen englischen Vater und einer schicken französischen Mutter. Charlie hatte damals einen kleinen Bruder, Brian, einen etwas linkischen Knaben in der Pubertät, der knielange Shorts trug und ein großes Gewese um seinen neuen Fotoapparat machte. Flick hatte sich ein wenig mit ihm unterhalten, worauf er sich sofort in sie verknallte. »Und wie geht's Charlie?«, fragte sie ihn jetzt. »Ich hab ihn seit dem Studium nicht mehr gesehen.«

»Er ist tot, ehrlich gesagt ...« Brian sah auf eimal todtraurig aus. »Gefallen. Einundvierzig, in der be-be-beschissenen Wüste, ehrlich gesagt ...«

Flick fürchtete, er würde gleich in Tränen ausbrechen. Mit beiden Händen ergriff sie seine Rechte und sagte: »Das tut mir furchtbar leid, Brian.«

»Nett von Ihnen, wirklich ...« Er schluckte heftig, dann riss er sich zusammen, und seine Miene hellte sich auf. »Ich habe Sie aber einmal gesehen in der Zwischenzeit. Sie haben einen Vortrag gehalten vor meiner Ausbildungsgruppe bei der SOE. Hatte leider nicht die Gelegenheit, Sie danach noch anzusprechen.«

»Ich hoffe, mein Vortrag hat Ihnen was genutzt.«

»Sie sprachen über den Umgang mit Verrätern in der Résistance. ›Ganz einfach‹, haben Sie gesagt. ›Sie richten den Lauf Ihrer Pistole auf den Hinterkopf von diesem Schweinehund und drücken zweimal ab.‹ Danach hatten wir echt die Hosen voll, ehrlich gesagt ...«

In Brians Augen lag so etwas wie Heldenverehrung, wenn er sie ansah. Allmählich wurde Flick klar, worauf Percy angespielt hatte. Brian war offenbar immer noch in sie verknallt. Sie ließ seine Hand los, setzte sich ihm gegenüber an den Tisch und sagte: »Dann fangen wir mal an. Sie wissen, dass Sie mit einer Résistance-Gruppe Kontakt aufnehmen sollen, die zum größten Teil aufgerieben ist.«

»Jawohl. Ich soll herausfinden, wie viele von den Leuten noch einsatzfähig sind und was sie noch tun können – wenn überhaupt noch was.«

»Höchstwahrscheinlich wurden bei dem Gefecht gestern einige Mitglieder der Gruppe gefangen genommen und werden gegenwärtig von der Gestapo verhört. Sie müssen daher besonders vorsichtig sein. Ihr Kontakt in Reims ist eine Frau mit dem Decknamen Bourgeoise. Sie geht jeden Nachmittag um drei in die Krypta der Kathedrale, um zu beten. Normalerweise ist sie dort allein. Sind aber noch andere Leute da, erkennen Sie sie an ihren verschiedenfarbigen Schuhen – sie trägt einen schwarzen und einen braunen.«

»Das ist leicht zu merken.«

»Sie sprechen Sie dann an: ›Beten Sie für mich.‹ Worauf sie antwortet: ›Ich bete für den Frieden.‹ Das ist die Parole.«

Er wiederholte ihre Worte.

»Sie wird Sie dann mit sich nach Hause nehmen und Sie mit dem Chef der Gruppe Bollinger in Kontakt bringen, einem Mann mit dem Decknamen Monet.« Flick sprach über ihren Ehemann, aber das ging Brian nichts an. »Wenn Sie dann die anderen Mitglieder der Zelle treffen – erwähnen Sie niemals die Adresse von Bourgeoise und ihren echten Namen. Es ist besser, Sie kennen ihn nicht – aus Sicherheitsgründen.« Flick hatte Bourgeoise rekrutiert und für die Geheimhaltungsmaßnahmen gesorgt. Selbst Michel war dieser Frau nie persönlich begegnet.

»Verstanden.«

»Haben Sie noch irgendwelche Fragen?«

»Wahrscheinlich Hunderte, aber konkret fällt mir keine ein.«

Flick stand auf, ging um den Tisch herum und drückte ihm die Hand. »Dann wünsche ich Ihnen viel Glück.«

Brian Standish hielt ihre Hand fest. »Ich werde niemals dieses Wochenende vergessen, an dem Sie uns besucht haben«, sagte er. »Ich glaube, ich war ein furchtbarer Langweiler, aber Sie waren sehr freundlich zu mir.«

Flick lächelte und sagte in lockerem Ton: »Sie waren ja auch ein netter Junge!«

»Ich hab mich damals in Sie verliebt, ehrlich gesagt ...«

Sie widerstand dem Impuls, ihre Hand loszureißen und ihn einfach stehen zu lassen. Andererseits ... Brian konnte morgen bereits tot sein. Nein, so grausam wollte sie nicht sein. »Sie schmeicheln mir«, sagte sie, bemüht, den scherzhaften Ton aufrechtzuerhalten.

Es nützte nichts: Er meinte es ernst. »Ich hab mir gedacht ... ich meine, würden Sie mir vielleicht ... einen Kuss geben, als Glücksbringer, meine ich?«

Au verdammt, dachte Flick und zögerte. Dann hob sie sich auf die Zehenspitzen, küsste ihn leicht auf die Lippen, verharrte eine Sekunde so und löste sich wieder von ihm. Brian war hingerissen vor Freude. Flick tätschelte seine Wange. »Bleib am Leben, Brian«, sagte sie und ging.

Sie kehrte in Percy Thwaites Büro zurück. Ein Bücherstapel türmte sich auf seinem Schreibtisch, außerdem lagen viele lose Fotos herum. »Alles so weit in Ordnung?«, fragte er.

Sie nickte. »Aber aus dem Holz, aus dem der ideale Geheimagent geschnitzt wird, ist er nicht, Percy.«

Thwaite zuckte mit den Schultern. »Er ist tapfer, spricht Französisch wie ein Pariser, und schießen kann er auch.«

»Noch vor zwei Jahren hättest du ihn zur Army zurückgeschickt.«

»Stimmt. Aber jetzt schicke ich ihn nach Sandy.« In einem großen Landhaus in dem Dorf Sandy, unweit des Flugplatzes von Tempsford, würde man Brian seine »französische« Kleidung verpassen und ihm die falschen Papiere aushändigen, die er brauchte, um sich bei Gestapo-Kontrollen ausweisen und Lebensmittel kaufen zu können. Thwaite erhob sich und ging zur Tür. »Ich sehe jetzt zu, dass er fortkommt. Schau dir unterdessen mal unsere Verbrecheralben an, ja?« Er deutete auf die Fotos, die auf dem Schreibtisch lagen. »Das sind sämtliche Bilder, die der MI6 von deutschen Offizieren hat. Sollte der Mann darunter sein, den du auf dem Platz in Sainte-Cécile gesehen hast, dann sag's mir. Ich wüsste gerne, wie er heißt.« Er ließ sie allein.

Flick nahm eines der Bücher zur Hand. Es war das Jahrbuch der Abschlussklasse einer Militärakademie mit ein paar Hundert briefmarkenkleinen Porträtfotos gesunder junger Männer. Insgesamt handelte es sich um ein gutes Dutzend ebenso oder ähnlich aussehender Bücher. Dazu kamen mehrere Hundert Einzelfotos.

Flick hatte keine Lust, die ganze Nacht Feindbilder durchzusehen. Vielleicht ließ sich das Spektrum ja einengen. Der Mann auf dem Platz musste um die Vierzig gewesen sein, das hieß, dass er so um das Jahr 1926 seinen Abschluss gemacht haben musste. So alt aber war keines der Jahrbücher auf dem Schreibtisch.

Sie richtete ihre Aufmerksamkeit nun auf die Einzelfotos und versuchte sich an den Mann zu erinnern. Er war ziemlich groß gewesen und gut gekleidet – aber das würde man auf einem Foto vermutlich nicht sehen. Er hatte dichtes, dunkles Haar, und obwohl er glatt rasiert war, wirkte er wie ein Mann mit kräftigem Bartwuchs. Sie erinnerte sich auch an dunkle Augen, scharf konturierte Brauen, eine gerade Nase, ein markantes Kinn … ein richtiger Film-Beau, ehrlich gesagt …

Die Einzelfotos waren bei den unterschiedlichsten Gelegenheiten entstanden. Manche waren ganz neu und zeigten Offiziere beim Handschlag mit Adolf Hitler, bei Truppeninspektionen oder vor Panzern und Flugzeugen. Einige wenige, darunter die am wenigsten gestellten, waren wohl Schnappschüsse, die von Spionen gemacht worden waren, geknipst aus Menschenansammlungen heraus, aus Autos oder durch Fensterscheiben hindurch. Sie zeigten die Offiziere beim Einkaufen, im Gespräch mit Kindern, nach einem Taxi rufend oder beim Pfeifeanzünden.

Flick überflog die Bilder, so schnell sie konnte, und legte die geprüften auf einen eigenen Stapel. Bei jedem dunkelhaarigen Mann ließ sie sich ein bisschen länger Zeit, doch keiner sah so gut aus wie der auf dem Stadtplatz von Sainte-Cécile. Das Foto eines Mannes in Polizeiuniform hatte sie bereits beiseite gelegt, nahm es dann aber noch einmal zur Hand. Die Uniform hatte sie zunächst irritiert, doch als sie das Bild nun näher betrachtete, wuchs ihre Überzeugung, den Gesuchten gefunden zu haben.

Sie drehte das Foto um. Auf der Rückseite klebte ein maschinengeschriebener Zettel. Sie las:

> FRANCK, Dieter Wolfgang, geb. am 3. Juni 1904 in Köln.
> Studium an der Humboldt-Universität in Berlin
> (ohne Abschluss) und der Polizeihochschule in Köln.
> Verheiratet seit 1930 mit Waltraud Loewe, 1 Sohn,
> 1 Tochter. Bis 1940 Kriminalrat bei der Kriminalpolizei
> in Köln; Major, Aufklärung, Afrika-Korps, jetzt?
> Der Mann ist ein Star in Rommels Spionagetruppe.
> Gilt als Verhörspezialist und unbarmherziger Folterer.

Flick schauderte bei dem Gedanken daran, dass sie einem so gefährlichen Mann so nahe gekommen war. Ein erfahrener Kriminalpolizist, der seine Kenntnisse dem militärischen Abwehrdienst zur Verfügung stellte, war ein Feind, vor dem man sich in Acht nehmen musste. Dass er in Deutschland eine Familie hatte, hinderte ihn offensichtlich nicht daran, sich in Frankreich eine Geliebte zu halten.

Percy Thwaite kam zurück, und Flick gab ihm das Foto. »Das ist der Mann.«

»Dieter Franck!«, sagte Percy. »Von dem haben wir schon gehört. Wie interessant. Nach dem, was du von seinem Gespräch auf dem Platz mitbekommen hast, scheint Rommel ihm eine Art Anti-Résistance-Auftrag erteilt zu haben.« Er trug ein paar Worte in sein Notizbuch ein. »Ich informiere am besten gleich den MI6, denn der hat uns die Bilder geliehen.«

Es klopfte an der Tür, und Thwaites Sekretärin schaute herein. »Da ist jemand, der Sie sprechen möchte, Colonel Thwaite.« Die junge Frau gab sich kokett. Da der väterliche Percy bei Sekretärinnen nie ein solches Verhalten auslöste, ging Flick davon aus, dass es sich bei dem Besucher um einen attraktiven Mann handeln musste. »Ein Amerikaner«, fügte die Sekretärin hinzu. Aha, dachte Flick, das erklärt alles. Glanz und Gloria der Amerikaner waren unwiderstehlich – zumindest für Sekretärinnen.

»Wie hat der hier hergefunden?«, wollte Thwaite wissen. Die Adresse am Orchard Court galt als geheim.

»Er war erst in der Baker Street 64, und dort hat man ihn dann hier hergeschickt.«

»Was sie eigentlich unterlassen sollten. Der Mann muss sehr überzeugend wirken. Um wen handelt es sich?«

»Um Major Chancellor.«

Percy warf Flick einen Blick zu. Sie kannte niemanden dieses Namens. Doch dann fiel ihr der arrogante Major ein, der sie am Vormittag in Montys Hauptquartier so heruntergeputzt hatte. »O je, ausgerechnet der«, sagte sie angewidert. »Was will der denn hier?«

»Schicken Sie ihn rein!«, sagte Percy zu seiner Sekretärin.

Kurz darauf betrat Paul Chancellor das Büro. Sein leichtes Hinken war Flick am Morgen gar nicht aufgefallen – wahrscheinlich verstärkte es sich im Laufe des Tages. Er hatte ein angenehmes amerikanisches Gesicht mit einer großen Nase und einem leicht vorspringenden Kinn. Als gut aussehenden Mann konnte man ihn trotzdem nicht bezeichnen – das verhinderte allein schon sein linkes Ohr, beziehungsweise das, was von ihm übrig war, das untere Drittel nämlich. Wahrscheinlich eine Kriegsverletzung, dachte Flick.

Chancellor salutierte und sagte: »Guten Abend, Colonel. Guten Abend, Major.«

»Wir haben's hier bei der SOE nicht so mit dem Salutieren, Chancellor«, sagte Percy. »Bitte nehmen Sie Platz. Was führt Sie zu uns?«

Chancellor rückte sich einen Stuhl zurecht und nahm die Uniformmütze ab. »Bin froh, dass ich Sie beide erwischt habe«, sagte er. »Ich habe den Tag nämlich weitgehend damit zugebracht, über unser Gespräch heute Vormittag nachzudenken.« Er grinste verlegen. »Und der größte Teil der Zeit ging, wie ich gestehen muss, dafür drauf, dass ich mir witzig-niederschmetternde Kommentare zurechtformulierte, die ich hätte von mir geben können – wenn sie mir nur rechtzeitig eingefallen wären.«

Flick konnte sich ein Lächeln nicht verkneifen. Ihr war es nicht viel anders ergangen.

»Colonel Thwaite«, fuhr Chancellor fort, »Sie deuteten an, dass der MI6 nicht die ganze Wahrheit über den Angriff auf die Fernmeldezentrale berichtet haben könnte, und das ging mir einfach nicht mehr aus dem Kopf. Der Umstand, dass Major Clairet so unverschämt zu mir war, bedeutet nicht unbedingt, dass sie, was die Fakten angeht, gelogen hat.«

Flick hatte ihm schon halb verziehen, doch das ging zu weit. »Unverschämt?«, fuhr sie auf. »Ich?«

»Halt die Klappe, Flick!«, sagte Percy.

Sie schwieg.

»Also habe ich Ihren Bericht angefordert, Colonel. Nein, nicht ich persönlich, das Ersuchen lief natürlich über Montys Büro. Daher wurde der Bericht auch doppelt so schnell wie üblich von einer FANY-Kradmelderin bei uns im Hauptquartier abgeliefert.«

Ein Typ, der nicht mit sich spaßen lässt und genau weiß, wie er die Militärmaschinerie zum Spuren bringt, dachte Flick. Kann schon sein, dass er ein arroganter Pinsel ist – aber bestimmt wäre er auch ein nützlicher Verbündeter.

»Nach der Lektüre war mir klar, dass der Hauptgrund für die Niederlage in falschen Geheimdienstinformationen zu suchen ist …«

»… und die kamen vom MI6«, ergänzte Flick empört.

»Ja, ich weiß«, sagte Chancellor mit sanftem Sarkasmus. »Der MI6 hat dabei offenbar seine eigene Inkompetenz vertuscht. Ich selbst bin kein Berufsoffizier, aber mein Vater ist einer. Die Tricks der Militärbürokraten sind mir daher bestens vertraut.«

»Oha«, sagte Percy Thwaite nachdenklich. »Sind Sie etwa der Sohn von General Chancellor?«

»Der bin ich, ja.«

»Fahren Sie fort.«

»Der MI6 wäre niemals ungeschoren davongekommen, wenn Ihr Boss an dem Treffen heute Vormittag teilgenommen und die SOE-Version der Geschichte erzählt hätte. Dass er in letzter Minute daran gehindert wurde, erschien mir ein bisschen *zu* zufällig.«

Thwaite sah ihn skeptisch an. »Er wurde zum Premierminister gerufen. Ich kann mir nicht vorstellen, wie der MI6 das hätte arrangieren sollen.«

»Churchill nahm an dem Treffen gar nicht teil. Ein Downing-Street-Beamter führte den Vorsitz. Und dass es auf Initiative des MI6 zustande kam, ist erwiesen.«

»Hol sie doch der Teufel«, sagte Flick wütend. »Eine einzige Schlangengrube, dieser Verein!«

»Mir wär's lieber, sie wären beim Sammeln von Informationen genauso clever wie beim Austricksen der eigenen Kollegen«, kommentierte Percy.

Chancellor sagte ungerührt: »Außerdem habe ich mir Ihren Plan, das Schloss mit einer List zu knacken, also mithilfe eines als Putztruppe getarnten Kommandos, noch einmal genau angesehen, Major Clairet. Die Sache ist natürlich riskant, aber sie könnte klappen.«

Soll das heißen, sie überlegen es sich noch einmal?, dachte Flick, wagte aber nicht, die Frage laut zu stellen.

Percy sah Chancellor unverwandt an. »Was haben Sie in dieser Angelegenheit vor?«

»Zufällig habe ich heute mit meinem alten Herrn zu Abend gegessen. Ich erzählte ihm die ganze Geschichte und fragte ihn, was der Adjutant eines Generals unter solchen Umständen tun sollte. Wir speisten übrigens im Savoy …«

»Und was hat er gesagt?«, fragte Flick ungeduldig. In welchem Restaurant die Herren diniert hatten, war ihr egal.

»›Geh zu Monty und sag ihm, dass ihr einen Fehler gemacht habt.‹« Er verzog das Gesicht zu einer Grimasse. »Was bei einem General nicht ganz so einfach ist. In diesen Kreisen revidiert man einmal getroffene Entscheidungen höchst ungern. Aber manchmal muss es halt sein.«

»Und – machen Sie 's?«, fragte Flick hoffnungsvoll.

»Ich hab's schon gemacht.«

»Zeit vergeuden ist nicht Ihre Art, was?«, sagte Thwaite überrascht.

Flick hielt den Atem an. Es war kaum zu fassen, dass sich ihr nach diesem Tag, den sie in so tiefer Verzweiflung verbracht hatte, plötzlich doch noch die ersehnte zweite Chance bieten sollte!

»Monty hat am Ende bemerkenswert positiv reagiert«, sagte Chancellor.

Flick konnte ihre Aufregung nicht mehr verbergen. »Ja, was hat er denn nun über meinen Plan gesagt, um Himmels willen?«

»Er hat ihn genehmigt.«

»Gott sei Dank!« Unfähig, noch länger still zu sitzen, sprang sie auf. »Eine zweite Chance!«, rief sie.

»Na, großartig!«, kommentierte Thwaite.

Chancellor hob warnend die Hand. »Zwei Punkte noch. Gut möglich, dass der erste Ihnen gegen den Strich geht. Monty hat mich mit der Leitung der Operation beauftragt.«

»Sie?«, sagte Flick.

»Warum das?«, wollte Thwaite wissen.

»Man nimmt einen General, der einem einen Befehl erteilt, nicht ins Kreuzverhör. Tut mir leid, wenn Ihnen das missfällt. Monty vertraut mir eben – selbst wenn Sie 's nicht tun.«

Percy zuckte mit den Schultern.

»Was ist die zweite Bedingung?«, fragte Flick.

»Ein Zeitlimit. Ich kann Ihnen nicht sagen, wann die Invasion beginnt. Tatsache ist, dass das endgültige Datum noch gar nicht feststeht. Was ich Ihnen sagen kann, ist, dass wir unsere Mission sehr schnell durchführen müssen. Wenn Sie Ihr Ziel nicht bis Mitternacht am nächsten Montag erreicht haben, ist es wahrscheinlich zu spät.«

»Am nächsten Montag schon!«, sagte Flick.

»Richtig«, bestätigte Paul Chancellor. »Uns bleibt genau eine Woche.«

+++ dritter tag +++

dienstag, 30. mai 1944

Im Morgengrauen verließ Flick auf einem Vincent-Cornet-Motorrad mit einer starken 500-ccm-Maschine London. Die Straßen waren menschenleer. Das Benzin war in England streng rationiert; wer »unnötige« Fahrten unternahm, konnte im Gefängnis landen. Flick fuhr sehr schnell. Sie fand es gefährlich, aber spannend. Der Nervenkitzel lohnte das Risiko.

Ihre Gefühle hinsichtlich des bevorstehenden Einsatzes waren ähnlich: Sie hatte Angst – und brannte gleichzeitig darauf, loszuschlagen. Noch bis tief in die Nacht hinein hatte sie mit Thwaite und Chancellor zusammengesessen und bei vielen Tassen Tee eine Strategie ausgearbeitet. Das Team musste aus sechs Frauen bestehen, weil alle Schichten der Putztruppe unveränderlich mit sechs Frauen besetzt waren. Unbedingt mussten eine Sprengstoffexpertin und eine Fernmeldetechnikerin mit von der Partie sein, um die Stellen, an denen die Sprengladungen angebracht werden sollten, exakt festzulegen und somit die erfolgreiche Zerstörung der Zentrale zu garantieren. Außerdem hatte Flick vor, eine hervorragende Scharfschützin und zwei knallharte Kämpferinnen in das Team aufzunehmen. Zusammen mit ihr selbst wären sie dann zu sechst.

Ihr blieb nur ein einziger Tag, um die Gruppe zusammenzustellen. Zwei Tage Ausbildung waren das Minimum – selbst wenn die Frauen dabei nichts weiter lernten, als mit dem Fallschirm abzuspringen. Damit waren der Mittwoch und der

Donnerstag bereits verplant. Am Freitagabend würden sie in der Nähe von Reims abspringen, die Attacke auf das Schloss musste dann am Samstagabend oder am Sonntag stattfinden. Das ließ noch Spielraum von einem Tag für eventuelle Fehler oder unvorhersehbare Hindernisse.

Sie kam zur London Bridge und überquerte den Fluss. Das Motorrad röhrte durch die von schweren Bombenschäden gezeichneten Hafenanlagen und vorbei an den Mietskasernen von Bermondsey und Rotherhithe. Dann bog sie in die Old Kent Road ein, die alte Pilgerstraße nach Canterbury. Nachdem sie die letzten Ausläufer der Stadt hinter sich gelassen hatte, gab sie Gas und jagte mit Höchstgeschwindigkeit durch die Nacht. Der Fahrtwind fuhr ihr durchs Haar und blies vorübergehend alle Sorgen fort.

Es war noch nicht einmal sechs Uhr, als sie Somersholme erreichte, den Landsitz der Barone von Colefield. Flick wusste, dass sich der Baron selbst, William, gerade in Italien befand und im Begriff war, sich mit der Achten Armee nach Rom durchzuschlagen. Seine Schwester, die Ehrenwerte Diana Colefield, war das einzige Mitglied der Familie, das im Augenblick noch hier lebte. Das riesige Haus mit Dutzenden von Schlafzimmern für Gäste und deren Bedienstete wurde zurzeit als Erholungsheim für verwundete Soldaten genutzt.

Im Schritttempo fuhr Flick die Allee aus hundertjährigen Linden entlang, die zum Herrenhaus hinaufführte, einem großen Komplex aus rosafarbenem Granit mit Erkern, Balkonen, Giebeln und Dächern, mit unendlichen Fensterflächen und Dutzenden von Kaminen. Sie stellte das Motorrad auf dem kiesbedeckten Vorplatz ab, wo bereits ein Krankenwagen und mehrere Jeeps parkten.

In der Eingangshalle liefen Krankenschwestern mit Teetassen hin und her. Die Soldaten mochten zur Erholung hier sein – geweckt wurden sie trotzdem im Morgengrauen. Flick erkundigte sich nach Mrs Riley, der Wirtschafterin, wurde in den Keller geschickt und fand die Gesuchte dort in Begleitung zweier Männer in Arbeitskitteln. Sie sah den Ofen an und wirkte sehr besorgt.

»Hallo, Mama«, sagte Flick.

Ihre Mutter schloss sie in die Arme und drückte sie an sich. Sie war noch kleiner als ihre Tochter und genauso dünn – und genau wie Flick war sie stärker, als sie aussah. Die Umarmung nahm Flick beinahe den Atem. Schnaufend und gleichzeitig lachend entwand sie sich der mütterlichen Umklammerung. »Mama, du erdrückst mich!«

»Ich weiß nie genau, ob du noch am Leben bist – es sei denn, du stehst vor mir«, erwiderte ihre Mutter, in deren Stimme immer noch die Spur eines irischen Akzents mitschwang: Vor fünfundvierzig Jahren war sie mit ihren Eltern von Cork nach England übergesiedelt.

»Stimmt was nicht mit dem Ofen?«, fragte Flick.

»Für so viel heißes Wasser war er nie vorgesehen. Diese Schwestern sind geradezu Sauberkeitsfanatikerinnen. Sie zwingen die armen Soldaten, täglich ein Bad zu nehmen. Komm mit mir in die Küche, ich mach dir ein Frühstück.«

Flick hatte es eilig, nahm sich aber bewusst Zeit für ihre Mutter. Außerdem musste sie ohnehin etwas essen.

Mutter ging voran, Flick folgte ihr. Sie stiegen die Treppe hinauf und begaben sich in den Dienstbotenflügel.

Flick war in diesem Haus aufgewachsen. Sie hatte in der Gesindestube gespielt, war durch die Wälder gestromert, hatte die anderthalb Kilometer entfernte Dorfschule besucht und war in den Internats- und Universitätsferien immer wieder hierher zurückgekehrt. Sie hatte großes Glück gehabt: Die meisten Frauen in Positionen wie der ihrer Mutter wurden nach der Geburt eines Kindes gezwungen, ihre Stellung aufzugeben. Mama hatte bleiben dürfen – teils, weil der alte Baron in mancher Hinsicht recht unkonventionell war, hauptsächlich aber, weil sie eine so gute Wirtschafterin war, dass ihn allein der Gedanke, sie zu verlieren, in Angst und Schrecken versetzte. Flicks Vater war der Butler gewesen, starb aber, als seine Tochter gerade erst sechs Jahre alt war. Jedes Jahr im Februar hatten Flick und ihre Mutter die Familie in ihre Villa in Nizza begleitet, und dort hatte Flick auch Französisch gelernt.

Der alte Baron, der Vater von William und Diana, hatte Flick sehr gemocht und sie dazu ermuntert, eine höhere Schulbildung anzustreben. Sogar das Schulgeld hatte er ihr bezahlt, und als sie das Stipendium für die Universität Oxford gewann, war er sehr stolz auf sie gewesen. Als er kurz nach Ausbruch des Krieges starb, hatte Flick um ihn getrauert, als wäre er ihr leiblicher Vater gewesen.

Die Familie des Barons bewohnte mittlerweile nur noch einen kleinen Teil des großen Hauses. Der alte Anrichteraum des Butlers diente nun als Küche. Flicks Mutter setzte den Kessel auf den Herd. »Eine Scheibe Toast reicht mir, Mama«, sagte Flick.

Mrs Riley überhörte die Bemerkung und legte Speck in die Pfanne. »Du bist offenbar wohlauf, mein Kind«, sagte sie. »Das sehe ich. Aber wie geht es deinem hübschen Ehemann?«

»Michel lebt«, sagte Flick und setzte sich an den Küchentisch. Der Geruch des bratenden Specks ließ ihr das Wasser im Munde zusammenlaufen.

»Er lebt? Aber es geht ihm offenbar nicht gut. Ist er verwundet?«

»Er hat eine Kugel in den Hintern gekriegt. Aber die bringt ihn nicht um.«

»Dann habt ihr euch also kürzlich gesehen, oder?«

Flick lachte. »Hör auf, Mama! Ich darf doch nicht darüber sprechen!«

»Natürlich nicht. Und sag mal – falls das nicht auch ein militärisches Geheimnis ist –, lässt er denn seine Pfoten von anderen Frauen?«

Der treffsichere Instinkt ihrer Mutter verblüffte Flick immer wieder von neuem. Es war geradezu unheimlich. »Ich hoff's wenigstens.«

»Hmm. Hast du eine bestimmte Person im Auge?«

Flick vermied eine direkte Antwort. »Ist dir eigentlich schon mal aufgefallen, Mama, dass Männer es manchmal gar nicht merken, wenn ein Mädchen strohdumm ist?«

Mrs Riley räusperte sich empört. »So läuft das also! Wahrscheinlich ist sie hübsch, wie?«

»Mmm.«

»Jung?«

»Neunzehn.«

»Hast du ihn zur Rede gestellt?

»Ja. Er hat mir versprochen, mit ihr Schluss zu machen.«

»Vielleicht hält er sich dran. Vorausgesetzt, du bleibst nicht zu lange fort.«

»Sieht ganz so aus.«

Die Besorgnis war ihrer Mutter anzusehen. »Dann gehst du also wieder rüber?«

»Kann ich dir nicht sagen.«

»Hast du denn nicht schon genug getan?«

»Noch haben wir den Krieg nicht gewonnen. Also hat's offenbar noch nicht gereicht.«

Mrs Riley setzte einen Teller mit Eiern und Speck auf den Tisch. Es handelte sich vermutlich um eine ganze Wochenration. Flick wollte protestieren, verkniff es sich dann aber. Besser war es, das Geschenk dankbar anzunehmen – und außerdem hatte sie plötzlich einen Bärenhunger. »Danke, Mama«, sagte sie. »Du verwöhnst mich.«

Ihre Mutter lächelte zufrieden, und Flick schaufelte das Essen in sich hinein. Unglaublich, dachte sie, Mama hat wieder einmal mühelos alles aus mir herausbekommen, was sie wissen wollte. Obwohl ich gar nicht die Absicht hatte, mich ausfragen zu lassen. »Du solltest eigentlich für die Militärspionage arbeiten, Mama«, sagte sie mit einem Mund voller Spiegelei. »Sie könnten dich als Verhörspezialistin einsetzen. Du hättest mich in null Komma nichts so weit, dass ich alles ausplaudern würde.«

»Ich bin deine Mutter und habe ein Recht darauf, zu wissen, was los ist.«

Im Grunde war es egal. Mama würde niemandem etwas weitererzählen.

Mrs Riley nippte an ihrer Teetasse und sah Flick beim Essen zu. »Du musst diesen Krieg natürlich ganz allein gewinnen«, sagte sie mit einem Anflug von liebevollem Sarkasmus. »Aber das war schon immer so. Schon als Kind ging dir deine Unabhängigkeit über alles.«

»Ich weiß auch nicht, warum. Man hat sich doch immer um mich gekümmert. Wenn du keine Zeit hattest, schwirrten ein halbes Dutzend Hausmädchen um mich rum.«

»Ich glaube, ich habe deinen Drang zur Selbstständigkeit immer gefördert, weil du keinen Vater hattest. Immer wenn du von mir etwas wolltest – zum Beispiel, dass ich dir die Fahrradkette repariere oder einen Knopf annähe –, habe ich zu dir gesagt: ›Versuch es erst einmal selber. Wenn du es nicht schaffst, helfe ich dir.‹ In neun von zehn Fällen habe ich dann nichts mehr von der Sache gehört.«

Flick hatte den Teller leer gegessen und stippte ihn nun mit einer Scheibe Brot sauber. »Meistens hat Mark mir geholfen«, sagte sie. Mark war ihr Bruder, ein Jahr älter als sie.

Die Züge ihrer Mutter erstarrten. »Ach, so war das.«

Flick unterdrückte einen Seufzer. Vor zwei Jahren hatten Mark und Mama sich fürchterlich zerstritten. Mark arbeitete als Inspizient an einem Theater und lebte mit einem Schauspieler namens Steve zusammen. Mrs Riley hatte schon seit langem gewusst, dass Mark »nicht zum Heiraten geschaffen ist«, wie sie es ausdrückte. Doch dann war Mark so töricht gewesen, ihr in einem Anfall irregeleiteter Ehrlichkeit ins Gesicht zu sagen, dass er Steve liebte und mit ihm zusammenlebte wie Mann und Frau. Das hatte ihm seine Mutter zutiefst übel genommen, und seitdem hatte sie kein Wort mehr mit ihrem Sohn gewechselt.

»Mark liebt dich, Mama«, sagte Flick.

»Ach ja, so plötzlich?«

»Es würde mich freuen, wenn du dich mal mit ihm treffen würdest.«

»Das kann ich mir denken.« Mrs Riley nahm Flicks leeren Teller vom Tisch und wusch ihn in der Spüle ab.

Flick schüttelte gereizt den Kopf. »Du bist ein bisschen stur, Mama.«

»Ich darf dann wohl davon ausgehen, dass du diese Eigenschaft von mir hast.«

Flick musste lächeln. Wie oft hatte man ihr schon Sturheit vorgeworfen! Wie ein Maulesel!, pflegte Percy Thwaite zu sagen. Sie versuchte einzulenken. »Ich sehe ja ein, dass du deine Gefühle nicht so ohne weiteres verdrängen kannst. Davon abgesehen, werde ich mich hüten, mit dir einen Streit anzufangen – schon gar nicht nach einem so tollen Frühstück.« An ihrem Ehrgeiz, die beiden wieder miteinander zu versöhnen, änderte sich deshalb gar nichts.

Aber es musste ja nicht unbedingt heute sein. Sie stand auf.

Mrs Riley lächelte. »Es ist schön, dich zu sehen. Aber ich mache mir ständig Sorgen um dich.«

»Ich bin noch aus einem anderen Grund gekommen. Ich muss mit Diana reden.«

»Wozu denn das?«

»Kann ich nicht sagen.«

»Ich hoffe, du hast nicht vor, sie mit dir nach Frankreich zu nehmen.«

»Pssst, Mama! Wer hat denn hier was von Frankreich gesagt?«

»Ich denk mir 's halt. Sie kann doch so gut schießen.«

»Ich kann dir nichts Näheres sagen.«

»Die bringt dir noch den Tod! Sie hat von Disziplin keine Ahnung – woher sollte sie auch? Sie ist dazu nicht erzogen worden und kann natürlich nichts dafür. Aber du wärst eine Närrin, wolltest du dich auf sie verlassen.«

»Ich weiß, ich weiß«, erwiderte Flick ungeduldig. Sie hatte eine Entscheidung getroffen und war nicht bereit, sie in Gegenwart ihrer Mutter noch einmal infrage zu stellen.

»Diana hat schon mehrere Kriegsjobs gehabt und ist jedes Mal wieder entlassen worden.«

»Das weiß ich auch.« Aber Diana war eine glänzende Schützin, und Flick blieb keine Zeit, wählerisch zu sein. Sie musste nehmen, wen sie kriegte. Ihre Hauptsorge war, dass Diana nein sagen könnte. Zu verdeckten Einsätzen für den Geheimdienst konnte niemand gezwungen werden; es wurden ausschließlich Freiwillige akzeptiert. »Wo ist sie denn gerade? Weißt du das?«

»Ich glaube, draußen im Wald«, erwiderte Mrs Riley. »Sie ist schon ganz früh hinaus, Kaninchen jagen.«

»Natürlich …« Diana liebte die blutrünstigen Sportarten: die Fuchsjagd, die Pirsch auf Rotwild, die Hasenhatz und die Moorhuhnjagd, sogar das Fischen. Wenn's sonst nichts zu tun gab, jagte sie Kaninchen.

»Du brauchst nur dem Geräusch der Schüsse zu folgen.«

Flick küsste ihre Mutter auf die Wange. »Vielen Dank für das Frühstück.« Sie ging zur Tür.

»Und pass auf, dass du ihr nicht direkt vor die Flinte läufst!«, rief Mrs Riley ihr nach.

Flick verließ das Haus durch den Dienstboteneingang, durchquerte den Küchengarten und verschwand hinter dem Haus im Wald. Die Bäume strahlten im Glanz des jungen Laubes, und die Brennnesseln standen schon hüfthoch. In ihren schweren Motorradstiefeln und Lederhosen stapfte Flick durchs Unterholz. Am ehesten, überlegte sie, lässt sich Diana wohl verlocken, wenn ich den Einsatz als eine große Herausforderung darstelle.

Als sie ungefähr vierhundert Meter gegangen war, hörte Flick einen Gewehrschuss. Sie blieb stehen, lauschte und rief: »Diana!« Niemand antwortete.

Flick schlug die Richtung ein, aus der der Knall gekommen war, und rief ungefähr jede Minute einmal Dianas Namen.

Endlich hörte sie ihre Stimme: »Hier bin ich, du idiotisches Trampeltier, wer immer du bist!«

»Bin gleich bei dir! Nimm die Flinte runter!«

Diana saß auf einer Lichtung, den Rücken an eine Eiche gelehnt, und rauchte eine Zigarette. Ein Jagdgewehr lag quer über ihren Knien. Es war aufgeklappt und sollte offenbar neu geladen werden. Um sie herum lag die Strecke – ein halbes Dutzend toter Kaninchen. »Ach, du bist das!«, sagte sie. »Du hast mir das ganze Wild vergrault.«

»Die Viecher kommen morgen wieder.« Flick musterte ihre Jugendfreundin. Diana war ein hübsches, wenn auch eher jungenhaftes Mädchen. Ihr dunkles Haar war kurz geschnitten und ihre Nase mit Sommersprossen übersät. Sie trug einen Jagdrock und Kordhosen. »Wie geht's dir, Diana?«

»Bis auf die Knochen gelangweilt, frustriert und deprimiert. Ansonsten blendend.«

Flick setzte sich neben ihr ins Gras. Das ließ sich leichter an als befürchtet. »Wo brennt's denn?«

»Ich vergammle hier in der englischen Provinz, während mein Bruder Italien erobert.«

»Wie geht's ihm?«

»William geht's gut. Er kämpft für unser Land, und mir gibt keiner was Vernünftiges zu tun.«

»Da kann ich dir vielleicht helfen.«

»Du bist bei den FANYs.« Diana zog an ihrer Zigarette und blies den Rauch aus. »Mein lieber Schatz, ich kann doch nicht als Chauffeuse arbeiten.«

Flick nickte. Über die untergeordneten Tätigkeiten, die Frauen gemeinhin angeboten wurden, war Diana erhaben. »Ich bin gekommen, um dir was Interessanteres anzubieten.«

»Und das wäre?«

»Gut möglich, dass du es nicht magst. Es ist eine sehr schwierige und gefährliche Sache.«

Diana blieb skeptisch. »Inwiefern? Fahrbereitschaft während der Verdunkelung?«

»Ich kann dir nicht viel darüber sagen. Es ist streng geheim.«

»Flick, meine Liebe, sag bloß, du bist in eine finstere Verschwörung verwickelt …«

»Ich wäre nicht zum Major befördert worden, wenn sich meine Tätigkeit darauf beschränkt hätte, Generale zu Lagebesprechungen zu fahren.«

Diana sah ihr unverwandt in die Augen. »Es ist also was Ernstes?«

»Absolut.«

»Herr im Himmel!« Gegen ihren Willen war Diana jetzt doch beeindruckt.

Flick brauchte ihre freiwillige Zustimmung. »Du wärest also bereit zu einem wirklich brandgefährlichen Einsatz? Ich mach dir nichts vor: Die Wahrscheinlichkeit, dass du ihn nicht überlebst, ist sehr hoch.«

Diana wirkte eher aufgeregt als entmutigt. »Natürlich bin ich dazu bereit! William setzt jeden Tag sein Leben aufs Spiel – warum sollte ich da zurückstehen?«

»Ich kann mich darauf verlassen?«

»Ja, ich meine es ernst.«

Flick ließ sich nicht anmerken, wie erleichtert sie war. Sie hatte das erste Mitglied für ihr Team rekrutiert! Und weil Diana so übereifrig war, beschloss sie, die Gunst der Stunde zu nutzen: »Es gibt noch eine Bedingung, die dir vielleicht unangenehmer ist als das Risiko.«

»Welche?«

»Du bist zwei Jahre älter als ich und hattest von Haus aus immer einen höheren gesellschaftlichen Status. Du bist die Tochter des Barons, ich bin das Balg der Wirtschafterin. Dagegen ist auch nichts einzuwenden, und ich beschwere mich nicht. Meine Mutter würde sagen, es hat so sollen sein.«

»Und, Schätzchen – wo liegt dann der Hase im Pfeffer?«

»Ich leite diesen Einsatz. Du musst mir gehorchen.«

Diana zuckte mit den Schultern. »Kein Problem.«

»Doch, doch, das ist ein Problem«, beharrte Flick. »Es wird dir erst mal merkwürdig vorkommen. Aber ich werde dich hart rannehmen, bis du dich daran gewöhnst. Das ist eine Warnung.«

»Yes, Sir!«

»Auf Formalitäten geben wir nicht viel in meiner Abteilung, daher brauchst du mich auch nicht mit *Sir* oder *Ma'am* anzusprechen. Aber wir achten auf knallharte militärische Disziplin, vor allem, wenn ein Einsatz erst mal läuft. Wenn du das vergisst, wird meine Wut noch dein harmlosestes Problem sein. Befehlsverweigerung kann bei solchen Sachen tödlich ausgehen.«

»Oh, wie dramatisch, Schätzchen! Aber ich verstehe das natürlich ...«

Flick war nicht so sicher, ob Diana sich tatsächlich über die Konsequenzen im Klaren war. Aber sie hatte getan, was sie konnte. Sie zog einen Notizblock aus ihrer Bluse, schrieb eine Adresse in Hampshire auf und gab sie Diana. »Pack deinen Koffer für eine Dreitagereise, und dann fahr dorthin. Nimm den Zug von Waterloo Station nach Brockenhurst.«

Diana betrachtete die Adresse. »Das ist ja das Gut von Lord Montagu!«

»Ja, aber zurzeit größtenteils von meiner Abteilung besetzt.«

»Und was für eine Abteilung ist das?«

»Das *Inter Services Research Bureau.*« Flick benutzte den üblichen Decknamen.

»Wahrscheinlich ist es viel aufregender, als es klingt, oder?«

»Darauf kannst du Gift nehmen.«

»Und wann geht es los?«

»Du musst noch heute dort sein.« Flick stand auf. »Deine Ausbildung beginnt morgen früh bei Tagesanbruch.«

Auch Diana erhob sich jetzt. »Ich komme gleich mit und packe«, sagte sie. »Aber eine Frage hätte ich noch …«

»Schieß los.«

Diana fummelte verlegen an ihrer Flinte herum. Als sie Flick schließlich ansah, war ihr Blick zum ersten Mal offen und ehrlich. »Wieso kommst du ausgerechnet auf mich?«, fragte sie. »Ich meine, du musst doch wissen, dass mich sonst kein Mensch haben wollte …«

Flick nickte. »Ich mach dir nichts vor«, sagte sie, betrachtete versonnen die blutverschmierten Kaninchenkadaver auf dem Boden und hob dann langsam den Blick. »Du kannst töten«, sagte sie Diana ins hübsche Gesicht. »Und genau so jemanden brauche ich.«

Dieter Franck schlief bis zehn Uhr morgens. Als er aufwachte, hatte er Kopfschmerzen vom Morphium, doch davon abgesehen ging es ihm gut. Er war erregt, optimistisch, zuversichtlich. Das blutrünstige Verhör am Tag zuvor hatte ihm eine heiße Spur geliefert. Die Frau mit dem Decknamen Bourgeoise und ihr Haus in der Rue du Bois konnten ihn ins Zentrum der französischen Widerstandsbewegung führen.

Oder aber ins Nichts.

Er trank einen Liter Wasser, nahm drei Aspirin gegen den Morphiumkater und griff dann zum Telefonhörer.

Zuerst rief er Leutnant Hesse an, der im gleichen Hotel wohnte, wenn auch in einem weniger feudalen Zimmer. »Guten Morgen, Hesse, haben Sie gut geschlafen?«

»Ja, danke, Herr Major. Ich war bereits im Rathaus und habe die Adresse in der Rue du Bois überprüft.«

»Gut gemacht«, sagte Franck. »Und was haben Sie herausgefunden?«

»Eigentümerin und einzige Bewohnerin ist eine gewisse Mademoiselle Lemas.«

»Aber es könnten sich noch andere Personen dort aufhalten.«

»Ich bin dran vorbeigefahren, nur um mir das Haus mal anzusehen. Es war dort alles still.«

»Seien Sie in einer Stunde abfahrbereit. Mit meinem Wagen.«

»Zu Befehl, Herr Major.«

»Und noch eines, Hesse: Sehr gut. Die Eigeninitiative, die Sie entwickelt haben.«

»Danke, Herr Major.«

Dieter Franck legte auf. Was diese Mademoiselle Lemas wohl für eine Frau war? Lefèvre hatte ausgesagt, dass niemand aus der Bollinger-Gruppe sie je gesehen hätte, und Franck glaubte ihm das. Es war ein »sicheres Haus«. Neu eintreffende Agenten wussten lediglich, wo sie mit dieser Frau Kontakt aufnehmen konnten, sonst nichts. Wurden sie erwischt, konnten sie keine Auskunft über die Résistance geben, jedenfalls theoretisch nicht. Aber so etwas wie perfekte Sicherheit gab es bekanntlich nicht.

Mademoiselle Lemas war vermutlich unverheiratet. Sie konnte eine junge Frau sein, die das Haus von ihren Eltern geerbt hatte, aber auch ein Fräulein mittleren Alters, das immer noch auf der Suche nach einem Ehemann war, vielleicht auch eine alte Jungfer.

Er ging wieder ins Schlafzimmer zurück. Stéphanie hatte ihr üppiges rotes Haar gebürstet und saß nun aufrecht im Bett, die Brüste frei über der gerafften Decke. Sie wusste genau, wie sie es anstellen musste, um verführerisch zu wirken. Aber Franck widerstand der Verlockung, wieder zu ihr ins Bett zu schlüpfen, und fragte sie stattdessen: »Würdest du mir einen Gefallen tun?«

»Ich würde alles für dich tun.«

»Alles?« Er setzte sich aufs Bett und berührte ihre nackte Schulter. »Würdest du auch zuschauen, wenn ich mit einer anderen Frau zusammen bin?«

»Aber sicher. Ich würde ihr sogar die Titten lecken, während du sie vögelst.«

»Das sieht dir ähnlich!« Dieter Franck lachte vergnügt auf. Er hatte schon einige Geliebte gehabt – aber so eine wie Stéphanie noch nicht. »Doch darum geht's leider nicht. Ich hätte dich gerne dabei, wenn ich eine Frau aus der Résistance verhafte.«

»Gut«, sagte sie leise. »Einverstanden.« Ihre Miene verriet keinerlei Gemütsbewegung.

Es reizte ihn, sie zu einer Reaktion zu drängen; sie zu fragen, was sie davon hielt und ob sie wirklich gern mitging, doch er entschloss sich, sie einfach beim Wort zu nehmen. »Danke«, sagte er und ging wieder ins Wohnzimmer zurück.

Schon möglich, dass Mademoiselle Lemas allein war … Andererseits ließ sich auch nicht ausschließen, dass es in dem Haus vor alliierten Agenten nur so wimmelte, die allesamt bis auf die Zähne bewaffnet waren. Franck entschied sich, Verstärkung zu organisieren. Er warf einen Blick in sein Notizbuch und nannte der Dame in der Vermittlung die Telefonnummer von Rommel in La Roche-Guyon.

Als die Deutschen Frankreich besetzt hatten, war das französische Telefonsystem völlig überlastet gewesen. Seither hatten sie dessen technische Ausrüstung durch die Verlegung Tausender von Kilometern neuer Leitungen und die Einrichtung automatisierter Vermittlungszentralen verbessert. Überlastet war das System zwar immer noch, aber es funktionierte auf jeden Fall besser als vorher.

Franck verlangte Rommels Adjutanten, Major Goedel, zu

sprechen und vernahm Sekunden später die vertraute kalte und präzise Stimme: »Goedel.«

»Hier ist Dieter Franck«, sagte er. »Wie geht's, Walter?«

»Viel zu tun«, erwiderte Goedel spröde. »Was gibt's?«

»Ich mache hier große Fortschritte. Einzelheiten möchte ich keine nennen, weil ich vom Hotel aus spreche, aber ich stehe kurz vor der Verhaftung von zumindest einem Spion. Vielleicht sind es aber auch mehrere. Ich dachte, das könnte den Generalfeldmarschall interessieren.«

»Ich werde es ihm mitteilen.«

»Aber ich könnte Verstärkung gebrauchen. Ich bin hier auf mich selbst und einen einzigen Leutnant angewiesen. Aus lauter Verzweiflung habe ich schon meine französische Freundin aufgeboten, mir behilflich zu sein.«

»Das klingt unklug.«

»Keine Sorge, sie ist absolut vertrauenswürdig. Nur kann sie gegen ausgebildete Widerstandskämpfer auch nichts ausrichten. Können Sie mir ein halbes Dutzend gute Leute schicken?«

»Nehmen Sie die Gestapo – dafür ist die doch da!«

»Auf die ist kein Verlass. Sie wissen ja, dass sie nur höchst unwillig mit uns zusammenarbeitet. Ich brauche Leute, auf die ich mich verlassen kann.«

»Kommt nicht infrage«, sagte Goedel.

»Hören Sie, Walter, Sie wissen doch selbst, für wie wichtig Rommel diese Angelegenheit hält. Er hat mich beauftragt, zu gewährleisten, dass die Résistance unsere Mobilität nicht mehr beeinträchtigen kann.«

»Jawohl, das hat er. Aber der Generalfeldmarschall erwartet, dass Sie das schaffen, ohne ihm Kampftruppen wegzunehmen.«

»Das bezweifle ich eben.«

»Herrgott noch mal, Mann!«, schrie Goedel. »Wir versuchen, mit einer Hand voll Soldaten die gesamte Atlantikküste zu verteidigen. Um Sie, Franck, schwirren haufenweise starke

Kerle herum, die nichts Besseres zu tun haben, als ein paar verschreckte alte Juden aufzuspüren, die sich in irgendwelchen Scheunen verkriechen. Tun Sie Ihre Pflicht, und belästigen Sie mich nicht weiter!« Es klickte in der Leitung, und das Gespräch war beendet.

Dieter Franck war verblüfft. Es passte so gar nicht zu Goedel, dass er dermaßen aus der Haut fuhr. Natürlich, angesichts der drohenden Invasion waren die Nerven aller zum Zerreißen gespannt. Eines stand jedenfalls fest: Er musste jetzt alleine sehen, wie er klarkam.

Er seufzte, fand sich mit der Situation ab und ließ sich mit dem Schloss in Sainte-Cécile verbinden.

Willi Weber war am Apparat. »Ich habe vor, in Kürze ein konspiratives Haus der Résistance zu durchsuchen«, sagte er. »Vielleicht brauche ich ein paar von Ihren Schwergewichtlern dazu. Schicken Sie mir vier Mann und einen Wagen zum Hotel Frankfurt? Oder muss ich mich erst wieder an Generalfeldmarschall Rommel wenden?«

Die Drohung erwies sich als überflüssig. Weber überschlug sich schier, weil seine Leute sich an dem Einsatz beteiligen sollten. Verlief alles nach Wunsch, konnte sich die Gestapo den Erfolg an die Brust heften. Er sagte zu, dass binnen einer halben Stunde ein Wagen bereitstünde.

Dieter Franck hatte einige Vorbehalte gegen die Zusammenarbeit mit der Gestapo, denn er hatte keine Kontrolle über sie. Aber ihm blieb nichts anderes übrig.

Er stellte das Radio an und rasierte sich. Ein deutscher Sender berichtete, dass es auf der Insel Biak zur ersten Panzerschlacht aller Zeiten im Pazifik gekommen war. Die japanischen Besatzer hatten die 162. amerikanische Armee wieder auf ihren Brückenkopf am Strand zurückgetrieben. Jagt sie doch ins Meer, dachte Franck.

Zu einem grau gestreiften Hemd aus feiner Baumwolle zog er einen dunkelgrauen Kammgarnanzug an und band sich einen schwarzen Schlips mit kleinen weißen Punkten um. Die Punkte waren in den Stoff eingewebt, nicht aufgedruckt – ein kleines Detail, das ihm Freude machte. Er dachte einen Augenblick nach, dann zog er das Jackett noch einmal aus, streifte sich ein Schulterholster über, holte seine Walther P38 aus der Schreibtischschublade und zog das Jackett wieder an.

Er setzte sich mit einer Tasse Kaffee nieder und sah zu, wie Stéphanie sich anzog. Diese Franzosen produzieren doch die schönste Unterwäsche der Welt, dachte er, als Stéphanie in ein seidenes Spitzenhemdhöschen von der Farbe geronnener Sahne stieg. Er sah es mit Lust, wenn sie sich die Strümpfe überstreifte und die Seide über ihren Schenkeln glatt strich. »Warum haben die alten Meister diese Szene nicht gemalt?«, fragte er.

»Weil die Frauen damals noch keine echten Seidenstrümpfe hatten«, sagte Stéphanie.

Als sie fertig war, verließen sie die Suite.

Draußen vor dem Hotel wartete Hans Hesse mit Francks Hispano-Suiza. Der junge Mann starrte Stéphanie mit ehrfürchtiger Bewunderung an. Sie erfüllte ihn mit grenzenloser Sehnsucht und war doch gleichzeitig unberührbar. Franck verglich ihn in Gedanken mit einer armen Frau, die die Juwelen im Schaufenster von Cartier anstarrt.

Hinter Francks Wagen stand ein schwarzer Citroën Traction Avant mit vier Gestapo-Beamten in Zivilkleidung. Sturmbannführer Weber hatte sich, wie Franck jetzt sah, entschlossen, selbst mitzukommen; er saß auf dem Beifahrersitz und trug einen grünen Lodenanzug, der ihn wie einen Bauern auf dem Weg zur Kirche aussehen ließ. »Folgen Sie mir«, sagte Franck. »Und wenn wir dort sind, bleiben Sie bitte im Wagen, bis ich Sie rufe.«

»Wo, zum Teufel, haben Sie diese Karosse her?«, wollte Weber wissen.

»Das Bestechungsgeschenk eines Juden, dem ich zur Flucht nach Amerika verholfen habe«, sagte Franck.

Weber gab einen ungläubigen Grunzlaut von sich, doch Francks Auskunft entsprach den Tatsachen.

Unverfrorenheit war die beste Verhaltensweise im Umgang mit Leuten wie Weber. Hätte er versucht, Stéphanie vor Weber zu verstecken, so hätte dieser sofort Verdacht geschöpft, sie für eine Jüdin gehalten und womöglich eine Untersuchung eingeleitet. Aber weil Franck ostentativ mit ihr angab, kam Weber gar nicht erst auf dumme Gedanken.

Leutnant Hesse setzte sich ans Steuer, und sie fuhren in die Rue du Bois.

Reims war eine bedeutende Provinzstadt mit über hunderttausend Einwohnern. Dennoch waren nur wenige Motorfahrzeuge unterwegs. Autos wurden nur von Leuten in offizieller Funktion benutzt: von der Polizei, von Ärzten, Feuerwehrleuten und – natürlich – von den Deutschen. Der einfache Franzose bewegte sich zu Fuß oder per Fahrrad vorwärts. Zwar gab es Benzin für Transporte von Lebensmitteln und anderen wichtigen Versorgungsgütern, doch wurden auch eine Menge Waren mit Pferdefuhrwerken befördert. Der wichtigste Wirtschaftszweig in der Region war die Champagner-Industrie. Dieter Franck liebte Champagner in all seinen Erscheinungsformen: die nussigen älteren Jahrgänge, die frischen, leichten Cuvées, die feinen Blanc de Blancs, die halbtrockene Auslese und sogar den prickelnden Rosé, der sich bei den Pariser Lebedamen besonderer Beliebtheit erfreute.

Die Rue du Bois war eine angenehme, von Bäumen gesäumte Straße in einem Außenbezirk. Hesse hielt vor einem hohen Gebäude am Ende einer Häuserzeile, an das sich seitlich ein kleiner Hof anschloss. Dies also war das Haus der Mademoiselle Lemas. Ob es mir gelingen wird, sie zum Reden zu bringen?, fragte sich Franck. Seiner Erfahrung nach waren Frauen schwieriger als Männer. Sie weinten und schrien, hielten aber länger durch. Die wenigen Misserfolge bei seinen Verhören, die er zu verbuchen hatte, waren Frauen gewesen – bei

Männern war ihm das nie passiert. Wenn Mademoiselle Lemas ihm Paroli bot, konnte er seine Untersuchung vergessen.

»Folge mir, wenn ich dir zuwinke«, sagte er beim Aussteigen zu Stéphanie. Hinter ihnen stoppte Webers Citroën, doch die Gestapo-Leute blieben, seinen Instruktionen folgend, im Wagen sitzen.

Francks Blick fiel in den Hof neben dem Haus. Dort gab es eine Garage, dahinter einen kleinen Garten mit säuberlich gestutzten Hecken, rechtwinkligen Blumenbeeten und einem geharkten Kiesweg. Die Besitzerin hatte Sinn für Ordnung und Sauberkeit.

Neben der Haustür hing eine altertümliche rotgelbe Kordel. Franck zog daran und hörte, wie drinnen eine Glocke mit metallischem Klingelton anschlug.

Die Frau, die ihm öffnete, war ungefähr sechzig Jahre alt. Ihr weißes Haar war am Hinterkopf zusammengesteckt und wurde von einer Schildpattspange gehalten. Sie trug ein blaues, mit kleinen weißen Blumen gemustertes Kleid, vor das sie sich eine blütenweiße Schürze gebunden hatte. »Guten Morgen, Monsieur«, sagte sie höflich.

Franck lächelte. Eine untadelige Dame aus der Provinz. Schon fielen ihm viel versprechende Foltermethoden für sie ein, und die aufkeimende Hoffnung hob seine Stimmung.

»Guten Morgen«, erwiderte er. »Mademoiselle Lemas …?«

Sie registrierte seinen Anzug, sah den Wagen, der am Bordstein parkte, und bemerkte vielleicht auch seinen leichten deutschen Akzent. In ihren Augen glomm Furcht auf. Als sie antwortete, zitterte ihre Stimme ein wenig. »Was kann ich für Sie tun?«

»Sind Sie allein, Mademoiselle?« Er betrachtete aufmerksam ihr Gesicht.

»Ja«, sagte sie, »ganz allein.«

Sie sagte die Wahrheit, Franck war sich da ganz sicher. Eine Frau wie sie konnte nicht lügen, ohne sich mit ihrem Blick zu verraten.

Er drehte sich um und gab Stéphanie einen Wink. »Meine Kollegin wird mitkommen«, sagte er. Auf Weber und seine Leute konnte er verzichten. »Ich muss Ihnen ein paar Fragen stellen.«

»Fragen? Worüber?«

»Darf ich eintreten?«

»Bitte sehr.«

Mobiliar aus dunklem, auf Hochglanz poliertem Holz beherrschte den vorderen Salon, darunter ein mit einem Staubschutz bedecktes Klavier. An der Wand hing ein Stich mit einer Ansicht der Kathedrale von Reims, und auf dem Kaminsims standen verschiedene Nippes: ein Schwan aus gesponnenem Glas, ein Blumenmädchen aus Porzellan, ein in eine Glaskugel eingeschlossenes Modell des Schlosses von Versailles und drei Holzkamele.

Dieter Franck setzte sich auf ein Plüschsofa. Stéphanie tat es ihm nach, und Mademoiselle Lemas nahm auf einem hohen Stuhl gegenüber Platz. Sie ist ziemlich pummelig, stellte Franck für sich fest. Nach vier Jahren Besatzungszeit gibt es eigentlich kaum noch dicke Franzosen. Ihr Laster muss wohl das Essen sein …

Auf einem Beistelltischchen standen eine Zigarettendose und ein schwerer Zigarettenanzünder. Franck ließ den Deckel aufschnappen und sah, dass die Dose randvoll war. »Sie dürfen gerne rauchen«, sagte er.

Sie reagierte etwas pikiert: Frauen aus ihrer Generation konsumierten keinen Tabak. »Ich rauche nicht.«

»Und wozu brauchen Sie dann diese Zigaretten?«

Sie berührte ihr Kinn – ein Zeichen für Unaufrichtigkeit. »Für Besucher.«

»Um was für Besucher handelt es sich dabei?«

»Freunde … Nachbarn …« Sie fühlte sich sichtlich unwohl in ihrer Haut.

»Und englische Spione.«

»Das ist doch absurd!«

Franck schenkte ihr sein charmantestes Lächeln. »Sie sind offensichtlich eine grundanständige Dame, die aus fehlgeleiteten Motiven in kriminelle Machenschaften hineingeraten ist«, sagte er im Ton freundlicher Offenheit. »Ich mache Ihnen nichts vor und hoffe sehr, dass Sie nicht so töricht sein werden, mir irgendwelche Lügen zu erzählen.«

»Ich werde Ihnen gar nichts erzählen«, sagte Mademoiselle Lemas.

Franck markierte den Enttäuschten, obwohl er sich insgeheim darüber freute, wie schnell er vorankam. Sie hatte es bereits aufgegeben, ihm vorzuspiegeln, dass sie überhaupt nicht wisse, worüber er redete. Das war schon so gut wie ein Geständnis. »Ich werde Ihnen einige Frage stellen«, sagte er. »Wenn Sie sie nicht beantworten, werde ich Sie im Hauptquartier der Gestapo noch einmal dasselbe fragen.«

Sie sah ihn herausfordernd an.

»Wo treffen Sie die britischen Agenten?«

Sie schwieg.

»Woran werden Sie von ihnen erkannt?«

Ihre Blicke trafen sich und hielten einander fest. Mademoiselle Lemas war jetzt nicht mehr nervös; sie hatte sich bereits in ihr Schicksal gefügt. Tapfere Frau, dachte Franck. Sie wird's mir nicht leicht machen.

»Wie lautet die Parole?«

Sie gab ihm keine Antwort.

»An wen leiten Sie die Agenten weiter? Wie nehmen Sie Verbindung zur Résistance auf? Wer ist der Anführer?«

Schweigen.

Franck erhob sich. »Kommen Sie bitte mit.«

»Bitte sehr«, erwiderte sie standhaft. »Vielleicht gestatten Sie, dass ich mir noch meinen Hut aufsetze.«

»Aber selbstverständlich.« Franck nickte Stéphanie zu. »Begleite Mademoiselle bitte und achte darauf, dass sie weder telefoniert noch etwas aufschreibt.« Er wollte vermeiden, dass sie irgendwelche Botschaften hinterließ.

Er wartete in der Diele. Als die beiden Frauen zurückkamen, hatte Mademoiselle Lemas ihre Schürze abgenommen, einen leichten Mantel übergestreift und einen Topfhut aufgesetzt, der schon lange vor Kriegsausbruch aus der Mode gekommen war. Außerdem trug sie eine robuste braune Handtasche bei sich. Als sie zu dritt zur Eingangstür gingen, sagte Mademoiselle Lemas: »Oh! Ich habe meinen Schlüssel vergessen.«

»Den brauchen Sie nicht mehr«, sagte Franck. Er hatte ihn sich längst eingesteckt, für alle Fälle.

»Wenn die Tür ins Schloss fällt, brauche ich einen Schlüssel, um wieder ins Haus zu kommen«, erwiderte sie.

Franck sah ihr in die Augen. »Haben Sie mich nicht verstanden?«, sagte er. »Sie haben feindliche Spione bei sich beherbergt und sind erwischt worden. Sie befinden sich in der Hand der Gestapo.« Er schüttelte den Kopf, und sein besorgter Blick war kein reines Theater. »Was immer geschehen mag, Mademoiselle … Sie werden nie wieder hierher zurückkehren.«

Jetzt dämmerte ihr, was ihr bevorstand. Ihr Gesicht wurde weiß. Sie taumelte und fing sich wieder, indem sie sich an der Kante eines Tischchens festhielt. Eine chinesische Vase, in der ein paar trockene Ziergrashalme steckten, wackelte bedrohlich, fiel aber nicht um. Dann hatte sich Mademoiselle Lemas wieder gefangen. Sie richtete sich auf und ließ den Tisch los, bedachte Franck erneut mit einem herausfordernden Blick und verließ hoch erhobenen Hauptes ihr Heim.

Franck bat Stéphanie, auf dem Beifahrersitz Platz zu nehmen, und setzte sich zu der Gefangenen in den Fond. Während Hesse sie nach Sainte-Cécile chauffierte, trieb Franck höfliche Konversation. »Sind Sie in Reims geboren, Mademoiselle?«

»Ja. Mein Vater war Chorleiter an der Kathedrale.«

Ein religiöser Hintergrund, dachte Franck, in dessen Kopf

sich bereits ein Plan abzeichnete. Gar nicht schlecht für das, was ich vorhabe …

»Ist er inzwischen im Ruhestand?«

»Er ist vor fünf Jahren nach langer Krankheit verstorben.«

»Und Ihre Mutter?«

»Sie starb, als ich noch ein Kind war.«

»Dann haben Sie vermutlich Ihren Vater während seiner Krankheit gepflegt?«

»Ja. Zwanzig Jahre lang.«

»Aha.« Das erklärte, warum sie nicht verheiratet war. Sie hatte ihr Leben damit zugebracht, den invaliden Vater zu pflegen. »Und er hat Ihnen dann das Haus hinterlassen.«

Sie nickte.

»Ein geringer Lohn, könnte man denken, für ein ganzes Leben im Dienste der Nächstenliebe«, sagte Franck nicht ohne Mitgefühl.

Mademoiselle Lemas sah ihn von oben herab an. »Man tut solche Dinge nicht um des Lohnes willen.«

»Da stimme ich Ihnen zu.« Der kaum verhohlene Tadel störte ihn nicht. Seinem Plan kam es nur zugute, wenn sie sich einredete, dass sie ihm moralisch und gesellschaftlich überlegen war. »Haben Sie Geschwister?«

»Nein.«

Franck hatte das Bild lebhaft vor Augen: Die feindlichen Agenten, denen sie Unterschlupf gewährte, durchwegs junge Männer und Frauen, mussten ihr wie ihre Kinder vorkommen. Sie hatte für sie gekocht, ihnen die Wäsche gewaschen, mit ihnen geredet und wahrscheinlich sogar darauf geachtet, dass Männlein und Weiblein sich anständig verhielten. Nur ja kein unmoralisches Verhalten – zumindest nicht unter ihrem Dach!

Und dafür musste sie nun sterben.

Doch bevor es so weit ist, hoffte Franck, wird sie mir noch alles erzählen, was sie weiß.

Der Gestapo-Citroën folgte ihnen bis nach Sainte-Cécile.

Als die beiden Wagen auf dem Parkplatz des Schlosses standen, wandte Franck sich an Weber. »Ich werde sie mit raufnehmen und in ein Büro setzen«, sagte er.

»Wieso denn? Die Zellen sind im Keller.«

»Warten Sie 's ab.«

Franck führte die Gefangene die Treppe hinauf zu den Büroräumen der Gestapo. Dort warf er einen Blick in jeden Raum und suchte sich jenen aus, in dem am meisten los war, ein kombiniertes Schreib- und Postzimmer, in dem sich zahlreiche junge Männer und Frauen mit flotten Hemden und Krawatten aufhielten. Er ließ Mademoiselle Lemas im Flur warten, schloss die Tür hinter sich, klatschte in die Hände und bat um Aufmerksamkeit.

»Ich werde jetzt gleich eine Französin hereinführen. Es handelt sich um eine Gefangene, doch wünsche ich, dass Sie sie alle höflich und zuvorkommend behandeln, verstanden? Behandeln Sie sie wie einen Gast. Es ist sehr wichtig, dass sie sich respektiert fühlt.«

Er brachte Mademoiselle Lemas herein, ließ sie an einem Tisch Platz nehmen und fesselte, wobei er eine Entschuldigung murmelte, einen ihrer Fußknöchel mit einer Handschelle ans Tischbein. Dann ging er hinaus und nahm Hesse mit, während Stéphanie bei der Gefangenen blieb.

»Gehen Sie in die Kantine, Hesse, bestellen Sie ein Mittagessen und lassen Sie es auf einem Tablett anrichten. Suppe, ein Hauptgericht, Wein, eine Flasche Mineralwasser und viel Kaffee. Dazu Besteck, Gläser und eine Serviette. Sorgen Sie dafür, dass alles appetitlich aussieht.«

Der Leutnant grinste. Obwohl er keine Ahnung hatte, was sein Vorgesetzter beabsichtigte, war er voller Bewunderung: Dem war sicher wieder was ganz Raffiniertes eingefallen.

Es dauerte nur ein paar Minuten, bis er mit dem Tablett zurückkam. Franck übernahm es, trug es ins Büro und setzte es vor Mademoiselle Lemas auf den Tisch.

»Bitte sehr«, sagte er. »Es ist Essenszeit.«

»Ich kann jetzt nichts essen, danke sehr.«

»Vielleicht bloß ein bisschen Suppe?« Er schenkte ihr etwas Wein ein.

Mademoiselle Lemas verdünnte den Wein mit Mineralwasser und nippte daran. Dann probierte sie einen Löffel Suppe.

»Schmeckt es?«

»Sehr gut«, gab sie zu.

»Die französische Küche ist so deliziös! Wir Deutschen können ihr einfach nicht das Wasser reichen …« Franck plauderte irgendwelchen Blödsinn, der sie ablenken und entspannen sollte. Die Gefangene aß fast die ganze Suppe auf. Franck schenkte ihr Wasser nach.

Als Sturmbannführer Weber das Büro betrat, starrte er auf das Tablett und traute seinen Augen nicht. Auf Deutsch sagte er: »Belohnen wir die Leute jetzt schon dafür, dass sie feindlichen Spionen Unterschlupf bieten?«

»Das Fräulein ist eine Dame«, sagte Franck. »Es ist unsere Pflicht, sie korrekt zu behandeln.«

»Herrgott noch mal!«, knurrte Weber und machte auf dem Absatz kehrt.

Mademoiselle Lemas verzichtete auf das Hauptgericht, trank aber den gesamten Kaffee aus. Franck war das nur recht. Alles verlief genau nach seinem Plan. Nachdem sie mit dem Essen fertig war, stellte er ihr sämtliche Fragen noch einmal. »Wo treffen Sie die Agenten der Alliierten? – Woran erkennen Sie sie? – Wie lautet die Parole?«

Sie wirkte besorgt, verweigerte aber nach wie vor die Antwort.

Er bedachte sie mit einem melancholischen Blick. »Es stimmt mich sehr traurig, dass Sie noch immer die Zusammenarbeit verweigern, obwohl ich Sie so gut behandelt habe.«

Sie schien daraus nicht recht klug zu werden und erwiderte:

»Ich bin Ihnen dankbar für Ihre Zuvorkommenheit, aber ich kann Ihnen wirklich nichts sagen.«

Stéphanie, die neben Franck saß, wusste auch nicht, was sie von alldem halten sollte. Er ahnte, was sie jetzt dachte: *Bildest du dir wirklich ein, dass ein gutes Essen genügt, um diese Frau zum Reden zu bringen?*

»Nun denn …«, sagte er und erhob sich, als wolle er sich entfernen.

»Monsieur …«, sagte Mademoiselle Lemas, und es war unverkennbar, dass ihr das Thema peinlich war. »Darf ich Sie bitten, mir … äh … mich … Ich würde mir jetzt gerne die Hände waschen …«

»Sie wollen auf die Toilette?«, fragte Franck schroff.

Die Gefangene errötete. »Mit einem Wort: ja.«

»Ich bedaure, Mademoiselle«, sagte er, »aber das wird leider nicht möglich sein.«

Das Letzte, was Monty am späten Montagabend zu Paul Chancellor gesagt hatte, war: »Sorgen Sie dafür, dass diese Fernmeldezentrale zerstört wird – und wenn es das Einzige ist, was Sie in diesem Krieg noch zuwege bringen!«

Als Paul am Morgen erwachte, klangen diese Worte in seinem Kopf noch nach. Es war eine banale Instruktion: Erfüllte er sie, hatte er einen Beitrag zum Sieg geleistet. Versagte er jedoch, würde es Tote geben – und er konnte dann den Rest seines Lebens darüber nachgrübeln, wie groß seine Mitschuld an dem verlorenen Krieg war.

Obwohl Paul schon früh in die Baker Street kam, war Percy Thwaite bereits anwesend. Er saß in seinem Büro, schmauchte eine Pfeife und starrte auf sechs Kisten mit Akten. Mit seiner karierten Jacke und seinem zahnbürstenartigen Schnäuzer sah er aus wie ein typischer nichtsnutziger Militärbürokrat.

»Ich weiß beim besten Willen nicht, wie Monty darauf kommt, Ihnen die Leitung dieser Operation zu übertragen«, sagte er mit sanfter Aggression in der Stimme zu Paul. »Dass Sie nur Major sind und ich Oberst bin, macht mir ja nichts aus, das ist sowieso alles Unfug. Aber Sie haben noch nie eine verdeckte Operation geleitet, während ich seit drei Jahren kaum was anderes tue. Haben Sie eine Erklärung dafür?«

»Ja«, erwiderte Paul kurz angebunden. »Wenn Sie absolut sichergehen wollen, dass ein bestimmter Job erledigt wird, dann übertragen Sie ihn einem Mann Ihres Vertrauens. Monty vertraut mir.«

»Und mir nicht.«

»Er kennt Sie nicht.«

»Aha«, brummte Thwaite verstimmt.

Paul konnte auf Percy Thwaites Mitarbeit nicht verzichten und versuchte daher, ihn zu besänftigen. Er sah sich im Büro um. Sein Blick fiel auf ein gerahmtes Foto, das einen jungen Mann in Leutnantsuniform und eine ältere Frau mit einem großen Hut zeigte. Der junge Mann sah aus, wie Percy vor dreißig Jahren ausgesehen haben mochte. »Ihr Sohn?« Es war ein Schuss ins Blaue.

Thwaites schlechte Laune verflog im Nu. »David ist unten in Kairo«, erläuterte er. »Es gab ein paar sehr kritische Augenblicke während des Wüstenkriegs, vor allem, nachdem Rommel Tobruk erreicht hatte. Aber inzwischen ist David natürlich aus der Schusslinie – und ich muss sagen, ich bin heilfroh darüber.«

Die Frau war dunkelhaarig und dunkeläugig. Sie hatte strenge Gesichtszüge und wirkte eher angenehm als hübsch. »Und Mrs Thwaite?«

»Rosa Mann. Sie war in den Zwanzigerjahren eine bekannte Suffragette und benutzte stets ihren Mädchennamen.«

»Suffragette?«

»Ja, eine Vorkämpferin für das Frauenwahlrecht.«

Thwaite mag starke Frauen, dachte Paul. Deshalb mag er auch Felicity Clairet. »Sie haben völlig Recht, was meine Defizite angeht«, gab er zu. »Ich war zwar an vorderster Front an verdeckten Einsätzen beteiligt, aber als Organisator ist das für mich eine Premiere. Ich bin daher für jede Hilfe dankbar.«

Thwaite nickte. »Ich begreife langsam, warum Ihnen der Ruf vorauseilt, ein Macher zu sein«, sagte er mit einem angedeuteten Lächeln. »Doch wenn ich Ihnen einen Rat geben darf …«

»Ich bitte darum.«

»Hören Sie auf das, was Flick Ihnen sagt. Niemand anders hat so viele Geheimdienstoperationen überlebt. Niemand verfügt auch nur über annähernd so viel Wissen und Erfahrung wie sie. Theoretisch mag ich ja ihr Vorgesetzter sein, doch meine Rolle beschränkt sich darauf, ihr die nötige Unterstützung zu geben. Ich würde niemals versuchen, ihr Vorschriften zu machen.«

Paul Chancellor zögerte. Monty hatte ihm das Kommando übertragen, und er war nicht bereit, es auf den Rat eines Dritten wieder abzutreten. »Ich werde mir das merken«, sagte er.

Percy Thwaite schien das zu genügen. Er deutete auf die Akten. »Wollen wir anfangen?«

»Was ist das?«

»Personalakten von Leuten, die wir als mögliche Agenten in die engere Wahl gezogen und dann aus dem einen oder anderen Grund doch nicht genommen haben.«

Chancellor zog sein Jackett aus und krempelte die Hemdsärmel hoch.

Sie verbrachten den gesamten Vormittag mit der Sichtung der Akten. Einige der Kandidaten waren nicht einmal zu einem Vorstellungsgespräch eingeladen, andere nach einem solchen Gespräch abgelehnt worden. Viele hatten die Ausbildung bei der SOE nicht bestanden – waren mit den Codes nicht zurechtgekommen, konnten nicht schießen oder hatten schlichtweg die Hosen voll, wenn man von ihnen verlangte, mit dem Fallschirm auf dem Rücken aus einem Flugzeug zu springen. Die meisten waren Anfang zwanzig, und es gab nur eine einzige Eigenschaft, die sie alle gemeinsam hatten: Sie beherrschten eine Fremdsprache so gut wie ein Einheimischer.

Es gab viele Akten, aber nur wenige geeignete Kandidaten, und nachdem Thwaite und Chancellor alle Männer aussortiert hatten und von den Frauen all jene, deren Fremdsprache nicht Französisch war, blieben nur noch drei Namen übrig.

Paul fühlte sich entmutigt. Sie hatten kaum begonnen und standen bereits vor einer nahezu überwindbaren Hürde. »Das Minimum sind vier – wobei ich schon voraussetze, dass Flick die Frau, die sie heute Vormittag ansprechen will, auch tatsächlich rekrutiert.«

»Diana Colefield.«

»Und außerdem ist keine der drei Sprengstoffexpertin oder Fernmeldetechnikerin.«

Thwaite war optimistischer. »Sie waren es jedenfalls nicht, als die SOE die Eignungsgespräche mit ihnen führte – aber das kann sich ja inzwischen geändert haben. Frauen haben sich in die verschiedensten Gebiete eingearbeitet.«

»Gut, dann checken wir das mal.«

Es dauerte eine ganze Weile, bis sie die drei ausfindig gemacht hatten. Ihre Enttäuschung wuchs, als sie erfuhren, dass eine von ihnen mittlerweile gestorben war. Die beiden anderen hielten sich in London auf. Unglücklicherweise befand sich die eine, Ruby Rowland, zurzeit in Seiner Majestät Frauengefängnis in Holloway, fünf Kilometer nördlich der Baker Street, und wartete darauf, dass ihr wegen Mordes der Prozess gemacht wurde. Die andere, Maude Valentine, war laut Aktenvermerk »psychologisch nicht geeignet« und arbeitete als Fahrerin bei den FANYs.

»Da waren's nur noch zwei«, sagte Paul, der die Hoffnung langsam aufgab.

»Es ist nicht so sehr die Quantität, die mich stört, als vielmehr die Qualität«, erwiderte Thwaite.

»Wir haben doch von Anfang an gewusst, dass wir es nur mit dem Ausschuss zu tun haben.«

Percy Thwaite begann sich aufzuregen; man hörte es an seiner Stimme. »Aber wir dürfen doch nicht Flicks Leben aufs Spiel setzen, indem wir solche Figuren anwerben!«

Paul spürte, dass es Thwaite allein darum ging, Felicity zu schützen.

Der Ältere war bereit gewesen, die Einsatzleitung abzutreten, doch auf seine Funktion als Flicks Schutzengel verzichtete er nicht freiwillig.

Das Klingeln des Telefons beendete die beginnende Auseinandersetzung. Es war Simon Fortescue, der MI6-Knabe im Nadelstreifenanzug, der die Schuld an dem Misserfolg in Sainte-Cécile der SOE in die Schuhe geschoben hatte.

»Was kann ich für Sie tun?«, fragte Paul Chancellor vorsichtig. Fortescue war kein Mann, dem man vertrauen konnte.

»Ich glaube, ich könnte was für Sie tun«, sagte Fortescue. »Mir ist bekannt, dass Sie Major Clairets Plan nun doch weiterverfolgen.«

»Wer hat Ihnen das gesagt?«, fragte Paul misstrauisch. Die Angelegenheit galt als geheim.

»Lassen wir das mal beiseite. Ich wünsche Ihnen natürlich Erfolg bei Ihrer Mission, obwohl ich selbst ursprünglich dagegen war, und ich würde Ihnen gerne helfen.«

Paul ärgerte es maßlos, dass der Plan offenbar schon wieder in aller Munde war, aber daran ließ sich nun auch nichts mehr ändern. »Kennen Sie eine Fernmeldetechnikerin, die Französisch spricht?«, fragte er.

»Nicht direkt. Aber ich kenne da ein furchtbar nettes Mädchen, mit dem Sie sich unbedingt mal unterhalten sollten. Ihr Name ist Lady Denise Bouverie. Ihr Vater war der Marquis von Inverlocky.«

Der Stammbaum der Dame interessierte Paul nicht im Geringsten. »Wie hat sie Französisch gelernt?«

»Sie wurde von ihrer französischen Stiefmutter erzogen, Lord Inverlockys zweiter Frau. Sie brennt darauf, sich in diesen Zeiten auch ein bisschen nützlich zu machen.«

Chancellors Misstrauen gegenüber Fortescue hielt an, aber er brauchte unbedingt geeignete Kandidatinnen. »Wie erreiche ich sie?«, fragte er.

»Sie arbeitet bei der Royal Air Force in Hendon.« Das Wort ›Hendon‹ sagte Paul gar nichts, doch Fortescue erklärte es ihm sofort. »Das ist ein Flughafen im Norden Londons.«

»Ich danke Ihnen.«

»Lassen Sie mich wissen, wie sie sich anstellt.« Fortescue hängte ein.

Paul berichtete Percy Thwaite vom Inhalt des Gesprächs.

»Fortescue möchte eine Spionin in unserem Lager unterbringen«, schlussfolgerte Thwaite.

»Wir können es uns nicht leisten, sie mit dieser Begründung abzulehnen.«

»Ganz recht.«

Die erste Anwärterin, die sie sich vornehmen wollten, war Maude Valentine. Thwaite bestellte sie ins Fenchurch Hotel, das gleich um die Ecke lag. Fremde würden nie ins SOE-Hauptquartier in der Baker Street 64 gebracht, erläuterte er. »Wenn wir sie nicht nehmen, kann sie sich zwar denken, dass man sie für einen Geheimdienstauftrag in Betracht gezogen hat, aber sie weiß weder, welche Organisation dahinter steckt, noch, wo sich deren Sitz befindet. Das heißt, selbst wenn sie irgendwo plappert, kann sie nicht viel Schaden anrichten.«

»Sehr gut.«

»Übrigens – wie lautet der Mädchenname Ihrer Mutter?«

Die Frage traf Paul so unvorbereitet, dass er einen Augenblick lang nachdenken musste. »Thomas. Edith Thomas.«

»Dann sind Sie Major Thomas, und ich bin Colonel Cox.

Es besteht keine Notwendigkeit, unsere richtigen Namen zu nennen.«

So dumm stellt er sich gar nicht an, dachte Paul.

Er passte Maude in der Hotellobby ab. Sie fiel ihm sofort auf – ein hübsches Mädchen, ein wenig kokett im Auftreten. Die Uniformbluse spannte über dem Busen, und die Mütze saß leicht schräg auf dem Kopf. Chancellor sprach sie auf Französisch an: »Mein Kollege wartet in einem Privatzimmer.«

Sie sah ihn schelmisch an und antwortete in der gleichen Sprache: »Ich pflege normalerweise nicht mit fremden Männern in Hotelzimmer zu gehen. Aber in Ihrem Fall, Major, mache ich eine Ausnahme.«

Er errötete. »Es handelt sich um einen Konferenzraum mit einem Tisch und dergleichen … nicht um ein Schlafzimmer.«

»Ach ja?«, sagte sie spöttisch. »Na, dann ist ja alles in bester Ordnung.«

Paul entschied sich, das Thema zu wechseln. Ihm war aufgefallen, dass sie mit einem südfranzösischen Akzent sprach. »Woher stammen Sie?«

»Ich bin in Marseille geboren.«

»Und was tun Sie bei den FANYs?«

»Ich bin Montys Fahrerin.«

»Tatsächlich?« Paul war nicht autorisiert, irgendwelche Informationen über sich selbst preiszugeben. Trotzdem konnte er sich eine entsprechende Bemerkung nicht verkneifen: »Ich habe eine Zeit lang für Monty gearbeitet, kann mich aber nicht erinnern, Sie je gesehen zu haben.«

»Oh, ich fahre nicht immer nur Monty, sondern auch alle anderen hohen Generale.«

»Aha. Bitte kommen Sie hier lang …«

Er brachte sie in das Zimmer, wo Percy Thwaite bereits wartete, und schenkte ihr eine Tasse Tee ein. Er spürte, wie Maude die Aufmerksamkeit genoss, die ihr zuteil wurde. Während Thwaite ihr Fragen stellte, beobachtete er sie genau. Sie war klein, wenn auch nicht so klein wie Flick, und sie war wirklich süß: Sie hatte einen Rosenknospenmund, den sie mit rotem Lippenstift betonte, und auf der Wange einen Schönheitsfleck, der vielleicht auch nur aufgeklebt war. Ihre dunklen Haare waren leicht gelockt.

»Meine Familie zog nach London, als ich zehn Jahre alt war«, sagte sie. »Mein Papa ist Küchenchef.«

»Und wo arbeitet er?«

»Er ist leitender Pastetenbäcker im Claridge's Hotel.«

»Sehr beeindruckend.«

Maudes Akte lag auf dem Tisch, und Percy Thwaite schob sie diskret ein paar Zentimeter in Chancellors Richtung. Paul bemerkte die Bewegung. Sein Blick fiel auf einen Hinweis aus dem ersten Eignungsgespräch mit Maude. Er las: *Vater: Armand Valentin, 39, Küchen-Dienstmann im Claridge's.*

Als sie fertig waren, baten sie Maude, draußen zu warten.

»Sie lebt in einer Fantasiewelt«, sagte Thwaite, kaum dass sie die Tür hinter sich geschlossen hatte. »Sie hat ihren Vater zum Chefkoch befördert und ihren Namen in Valentine geändert.«

Paul Chancellor nickte zustimmend. »In der Lobby wollte sie mir weismachen, dass sie Montys Fahrerin ist, was definitiv nicht stimmt.«

»Ja, und das ist sicher auch der Grund, warum sie beim letzten Mal nicht genommen wurde.«

Chancellor vermutete, dass Thwaite drauf und dran war, Maude auch diesmal abblitzen zu lassen. »Nur können wir es uns jetzt nicht leisten, solche Ansprüche zu stellen«, sagte er.

Thwaite sah ihn überrascht an. »Bei einem Undercover-Einsatz wäre sie ein gefährliches Risiko.«

Paul machte eine resignierte Handbewegung. »Aber wir haben keine andere Wahl.«

»Das ist doch der helle Wahnsinn!«

Der Mann ist ja halb verliebt in diese Felicity, dachte Paul, aber wegen des Altersunterschieds und weil er verheiratet ist, äußert sich diese Verliebtheit darin, dass er eine schützende Hand über sie hält wie ein besorgter Vater … Obwohl Pauls Sympathie für Thwaite durch diese Einsicht eher noch wuchs, erkannte er, dass er gegen Percys Übervorsicht einschreiten musste, wenn er seinen Auftrag durchführen wollte. »Hören Sie«, sagte er. »Wir sollten Maude nicht sofort wieder in die Wüste schicken. Überlassen wir doch Felicity das letzte Wort.«

»Sie haben wahrscheinlich Recht«, erwiderte Thwaite zögernd. »Außerdem kann ihr Talent zum Geschichtenerzählen in einem Verhör unter Umständen nützlich sein.«

»Gut. Also holen wir sie erst mal an Bord.« Chancellor rief Maude wieder herein. »Ich hätte Sie gern in dem Team, das ich gerade zusammenstelle«, sagte er zu ihr. »Was halten Sie von einem Einsatz, der ziemlich gefährlich sein kann?«

»Müssen wir dazu nach Paris?«, wollte Maude wissen.

Komische Antwort, dachte Paul. »Warum fragen Sie das?«

»Ich würde so gerne mal nach Paris reisen! Ich war da noch nie. Es soll die schönste Stadt der Welt sein, hab ich gehört.«

»Wo immer auch der Einsatz stattfinden mag – fürs Sightseeing haben Sie garantiert keine Zeit«, sagte Paul und machte sich nicht die Mühe, seine Verärgerung zu kaschieren.

Maude schien davon nichts zu bemerken. »Schade«, sagte sie. »Aber ich möchte trotzdem mitmachen.«

»Und dass der Einsatz gefährlich ist? Wie denken Sie darüber?«

»Das geht schon in Ordnung«, sagte Maude leichten Sinnes. »Ich habe keine Angst.«

Solltest du aber haben, dachte Chancellor, sprach es wohlweislich aber nicht aus.

Sie fuhren von der Baker Street nach Norden. Dabei kamen sie durch ein Arbeiterviertel, das schwer unter den Bombenangriffen gelitten hatte. Mindestens ein Haus in jeder Straße war nur mehr eine geschwärzte Ruine oder ein Trümmerhaufen. Paul Chancellor und Flick hatten vereinbart, sich vor dem Gefängnis zu treffen und Ruby Rowland gemeinsam zu befragen. Percy Thwaite würde weiterfahren und in Hendon Lady Denise Bouverie aufsuchen.

Thwaite saß am Steuer und lenkte den Wagen sicher durch die verschmutzten Straßen. »Sie kennen sich gut in London aus«, sagte Paul.

»Ich bin in diesem Stadtteil hier geboren«, antwortete Thwaite.

Chancellors Neugier war geweckt. Er wusste, dass Jungen aus armen Familien nur selten der Aufstieg in den Rang eines Colonels der britischen Armee gelang. »Womit hat Ihr Vater seinen Lebensunterhalt bestritten?«, fragte er.

»Er kutschierte mit einem Pferdefuhrwerk durchs Viertel und verkaufte Kohlen.«

»Er hatte sein eigenes Geschäft?«

»Nein. Er war bei einem Kohlenhändler angestellt.«

»Sind Sie dann auch hier in der Gegend zur Schule gegangen?«

Percy Thwaite lächelte. Er merkte natürlich, dass er ausgeforscht wurde, schien aber nichts dagegen zu haben. »Unser Pfarrer hat mir zu einem Stipendium verholfen. Ich konnte daher eine gute Schule besuchen, und dort habe ich auch meinen Londoner Slang verlernt.«

»Mit Absicht?«

»Nein, nicht unbedingt. Ich will's Ihnen mal so erklären: Vor dem Krieg, als ich mich noch politisch betätigt habe, kam es immer wieder vor, dass die Leute mich fragten: ›Wie kannst du mit einem solchen Oberklassenakzent Sozialist sein?‹ Denen hab ich dann gesagt, dass man mich in der Schule versohlt hat, wenn ich die Hs verschluckt habe. Das hat diese Besserwisser zum Schweigen gebracht.«

Auf einer Allee fuhr Percy Thwaite rechts ran und hielt.

Paul blickte hinaus und sah ein Schloss wie aus einem Märchenbuch vor sich, mit Erkern und Zinnen und einem großen Turm. »Das soll ein Gefängnis sein?«, fragte er ungläubig.

Thwaite machte eine hilflose Geste. »Viktorianische Architektur.«

Flick stand wartend am Eingang. Sie trug ihre FANY-Uniform: eine Jacke mit vier Taschen, einen Hosenrock und ein Hütchen mit aufgebogener Krempe. Der Ledergürtel war straff um ihre schmale Taille gezogen und betonte ihre kleine Figur. Unter dem Hütchen quollen üppige blonde Locken hervor. Ihr Anblick raubte Paul für einen Moment den Atem. »So ein hübsches Mädchen!«, sagte er.

»Sie ist verheiratet«, bemerkte Percy Thwaite frostig.

Aha, das war eine Warnung, dachte Paul amüsiert und fragte: »Mit wem?«

Thwaite zögerte. Dann sagte er: »Sie müssen es sowieso wissen, denke ich. Michel Clairet ist in der Résistance. Er ist der Chef der Bollinger-Gruppe.«

»Okay, danke.« Chancellor stieg aus, und Thwaite fuhr weiter.

Ob sie sauer sein wird, weil Percy und ich in den Akten so wenige Kandidatinnen aufgetrieben haben?, dachte Paul. Er war Flick bisher erst zweimal begegnet, und bei beiden Gelegenheiten hatte sie ihn angebrüllt.

Diesmal jedoch schien sie guter Laune zu sein und sagte, nachdem er ihr von Maude erzählt hatte: »Dann sind wir jetzt also zu dritt, mich eingeschlossen. Das heißt, wir haben schon die halbe Miete, und es ist gerade mal zwei Uhr mittags.«

Paul nickte. Ja, so konnte man es auch sehen … Er machte sich Sorgen, aber es hätte nichts gebracht, wenn er sie ausgesprochen hätte.

Der Zugang zum Holloway-Gefängnis führte durch ein mittelalterliches Pförtnerhaus mit schießschartenschmalen Fenstern. »Wenn schon, denn schon«, sagte Paul. »Warum bauen sie nicht gleich noch ein Fallgitter und eine Zugbrücke ein?« An das Pförtnerhäuschen schloss sich ein kleiner Hof an, in dem ein paar Frauen in dunklen Kleidern Gemüse anbauten. Es gab kaum einen Fleck Ödland in London, auf dem *kein* Gemüse angebaut wurde.

Vor ihnen ragte nun der Haupttrakt des Gefängnisses auf. Der Eingang wurde von steinernen Ungeheuern bewacht, zwei gewaltigen geflügelten Greifen, die Schlüssel und Handschellen in ihren Fängen hielten. Das Haupthaus war von zwei vierstöckigen Gebäuden flankiert, was an den jeweils vier langen Reihen schmaler, spitzbogiger Fenster abzulesen war. »Beeindruckend!«, sagte Paul.

»Hier sind damals die Suffragetten in ihren Hungerstreik getreten«, erläuterte Flick. »Percys Frau hat man hier zwangsernährt.«

»Mein Gott!«

Sie gingen hinein. Die Luft roch penetrant nach Bleiche, als hofften die Verantwortlichen, mithilfe von Desinfektionsmitteln die Bakterien der Kriminalität ausrotten zu können. Paul und Flick wurden in das Büro der Stellvertretenden Gefängnisdirektorin Miss Lindleigh geführt, einer fassförmigen Person mit einem strengen, dicken Gesicht. »Ich habe keine Ahnung, was Sie veranlasst, die Rowland besuchen zu wollen«, sagte sie und fügte mit mürrischem Unterton hinzu: »Und offenbar soll ich es auch nicht erfahren.«

Flicks Miene verzog sich zu einem verächtlichen Grinsen. Paul Chancellor, der erkannte, dass sie drauf und dran war, eine höhnische Bemerkung zu machen, kam ihr zuvor. »Ich entschuldige mich für unsere Geheimniskrämerei«, sagte er mit seinem charmantesten Lächeln. »Aber wir halten uns lediglich an unsere Befehle.«

»Nun, das müssen wir wohl alle«, erwiderte Miss Lindleigh, schon ein wenig besänftigt. »Dennoch muss ich Sie warnen: Die Rowland ist gewalttätig.«

»Sie ist eine Mörderin, wenn ich recht informiert bin …«

»Ja. Sie gehört eigentlich an den Galgen, aber unsere Gerichte sind heutzutage ja immer viel zu milde.«

»Gewiss«, sagte Chancellor, obwohl es seiner persönlichen Meinung zuwiderlief.

»Sie kam ursprünglich wegen Volltrunkenheit hierher, doch dann hat sie beim Hofgang im Streit eine andere Gefangene umgebracht. Sie wartet jetzt auf ihren Mordprozess.«

»Ein harter Brocken«, sagte Flick, deren Interesse sichtlich gewachsen war.

»Ja, Major. Auf den ersten Blick wirkt sie durchaus vernünftig, aber lassen Sie sich dadurch nicht täuschen. Sie ist sehr leicht reizbar und verliert die Beherrschung, ehe Sie noch ›Piep‹ gesagt haben.«

»Und das kann dann tödlich enden«, ergänzte Paul.

»Sie haben es erfasst.«

»Wir haben nicht viel Zeit«, sagte Flick ungeduldig. »Ich würde sie jetzt gerne sehen.«

»… sofern es Ihnen recht ist, Miss Lindleigh«, fügte Paul hastig hinzu.

»Sehr wohl.« Die Stellvertretende Gefängnisdirektorin führte die beiden hinaus. Die harten Böden und nackten Mauern erzeugten einen Hall wie in einem Dom, dazu kam die ständige Geräuschkulisse aus fernen Rufen, zuschlagenden Türen und dem Klirren von Stiefelabsätzen auf eisernen Laufstegen. Durch enge Korridore und über steile Treppen gelangten sie in einen Verhörraum.

Ruby Rowland wartete bereits auf sie. Sie hatte nussbraune Haut, glattes dunkles Haar und wild glühende schwarze Augen. Dennoch war sie nicht das, was man sich unter einer typischen Zigeunerschönheit vorstellte: Ihre Hakennase und das aufwärts gekrümmte Kinn verliehen ihr eher ein gnomenhaftes Aussehen.

Miss Lindleigh ließ sie allein; im Zimmer nebenan saß allerdings ein Wärter, der sie durch eine verglaste Tür beobachtete. Flick, Paul und die Gefangene setzten sich an einen schäbigen Tisch, auf dem ein verdreckter Aschenbecher stand. Chancellor hatte ein Päckchen Lucky Strikes mitgebracht. Er legte es auf den Tisch und sagte auf Französisch: »Bedienen Sie sich.« Ruby nahm sich zwei Zigaretten heraus und steckte sich die eine zwischen die Lippen und die andere hinters Ohr.

Paul Chancellor stellte ein paar Routinefragen, um das Eis zu brechen. Ruby Rowland antwortete klar und höflich, wenngleich mit einem starken Akzent. »Meine Eltern gehören zum fahrenden Volk«, sagte sie. »Eigentlich heiß ich Romain. Als ich 'n Kind war, zogen wir von Jahrmarkt zu Jahrmarkt durch Frankreich. Mein Vater hatte einen Schießstand, und meine Mutter verkaufte heiße Pfannkuchen mit Schokoladensoße.«

»Wie kamen Sie dann nach England?«

»Mit vierzehn hab ich mich in einen englischen Matrosen verliebt, den ich in Calais kennen gelernt hatte. Er hieß Freddy. Freddy Rowland. Wir haben geheiratet – ich hab natürlich nicht mein richtiges Alter angegeben – und dann nach London rübergemacht. Vor zwei Jahren ist er gestorben. Sein Schiff wurde im Atlantik von einem U-Boot versenkt.« Sie schüttelte sich. »Ein kaltes Grab. Der arme Freddy!«

Flick interessierte sich nicht für die Familiengeschichte. »Erzählen Sie uns, warum Sie hier sind.«

»Ich hab mir 'ne kleine Pfanne organisiert und auf der Straße Pfannkuchen verkauft. Aber die Polizei hat mich einfach nicht in Ruhe gelassen. Eines Abends – ich hatte ein bisschen Kognak getrunken, eine Schwäche von mir, ich geb's ja zu –, eines Abends kam es dann zu 'nem Krach.« Sie verfiel in ein breites Cockney. »Der Bulle sagte zu mir, ich soll mich verpissen, und da hab ich ihm die Meinung gegeigt. Und wie er mir geschubst hat, hab ich ihm eene verpasst. Und da lag er dann uff'm Mutterboden ...«

Paul Chancellor betrachtete sie nicht ohne ein gewisses

Vergnügen. Nicht mehr als durchschnittsgroß und drahtig, hatte sie dennoch große Hände und muskulöse Beine. Dass sie imstande war, einen Londoner Polizisten niederzuschlagen, konnte er sich ohne weiteres vorstellen.

»Und was geschah dann?«, wollte Flick wissen.

»Zwei Kollegen von dem Bullen kamen plötzlich um die Ecke gefegt, und wegen dem Schnaps war ich nicht so behände wie sonst. Also ha'm sie mir erwischt, sind auf mir rumgetrampelt und ha'm mir einjebuchtet«. Sie sah an Paul Chancellors Stirnrunzeln, dass er sie nicht verstanden hatte, und fügte hinzu: »Das heißt, erst mal mit auf die Wache genommen. Und da hab ich dann Glück gehabt: Der erste Bulle nämlich, den wo ich, na Sie wissen schon, dem war das furzpeinlich, dass 'n Mädel ihn geplättet hatte. Also hat er mir nich' angezeigt wegen Tätlichkeit gegen die Staatsgewalt, sondern nur wegen Volltrunkenheit und schlechtet Benehmen inner Öffentlichkeit, und ich hab nur vierzehn Tage gekriegt.«

»Und in der Zeit kam es dann wieder zu einer Schlägerei?«

Ruby sah Flick kritisch an. »Ich weiß nich', ob ich solchen Leuten wie euch erklären kann, wie das hier drinnen aussieht. Die Mädels hier drin sind zur Hälfte durchgeknallt, und jede is' bewaffnet. Du kannst dir 'ne Löffelkante zu 'ner Klinge zurechtfeilen oder dir 'n Stück Draht so zuschleifen, dasses wie 'n Stilett funktioniert. Oder du drehst dir aus Fäden eine Garotte. Von den Wärtern hier wird sich nie einer nich' einmischen, wenn zwei Gefangene aufeinander losgehn – im Gegenteil, die ha'm ihren Spaß dran, wenn wir uns gegenseitig in Stücke reißen. Deshalb haben ja so viele von uns hier drinnen Narben …«

Paul Chancellor hörte es mit Schrecken. Er hatte noch nie in seinem Leben mit Gefängnisinsassen zu tun gehabt. Rubys bildhafte Darstellung der Verhältnisse war grauenerregend. Er wollte nicht ausschließen, dass sie übertrieb, hatte aber den Eindruck, dass sie aufrichtig war. Ob man ihr glaubte oder nicht, schien ihr gleichgültig zu sein. Sie berichtete in der trockenen, ungehetzten Art eines Menschen, den das Thema, über das er spricht, nicht sonderlich interessiert, der aber trotzdem gern redet, weil er nichts Besseres zu tun hat.

»Wie war das mit der Frau, die Sie umgebracht haben?«, fragte Flick.

»Sie hatte mir was geklaut.«

»Was?«

»'n Stück Seife.«

Mein Gott, dachte Paul. Wegen eines Stücks Seife hat sie einen Menschen getötet …

»Was haben Sie dann getan?«

»Ich hab es mir zurückgeholt.«

»Und dann?«

»Is' sie auf mir los. Sie hatte sich aus 'nem Stuhlbein 'ne Keule gemacht, und die war an dem Ende, auf dasses ankommt, mit'm Brocken Klempnerblei verstärkt. Das Ding hat sie mir übern Kopp gezogen. Ich dachte, die bringt mir um. Aber ich hatte ja mein Messer. Ich hatte 'n paar Tage vorher 'nen langen, spitzen Glassplitter gefunden, muss wohl 'ne Scherbe von 'ner kaputten Fensterscheibe gewesen sein. Das breite Ende hatte ich in 'n Stück alten Fahrradschlauch gewickelt, sodass ich es gut anfassen konnte, wie 'n Griff. Na, und das hab ich ihr in den Hals gepiekst, und da isses dann nich mehr zu 'nem zweiten Schlag von ihrer Seite gekommen.«

Flick hätte sich am liebsten geschüttelt, unterdrückte den Impuls jedoch. »Klingt nach Notwehr«, sagte sie.

»Nee. Da musst du nämlich beweisen, dass du nich' weglaufen konntest. Und ich hab den Mord angeblich vorsätzlich geplant, weil ich mir aus der Scherbe 'ne Waffe gebastelt hab.«

Paul Chancellor erhob sich. »Bleiben Sie hier bei dem Aufseher, bitte«, sagte er zu Ruby. »Wir gehen mal kurz raus, sind aber gleich wieder da.«

Ruby lächelte ihn an und sah dabei zum ersten Mal nicht

direkt hübsch, aber doch recht nett aus. »Sie sind so höflich«, sagte sie anerkennend.

Draußen auf dem Flur sagte Paul zu Flick: »Was für eine grässliche Geschichte!«

»Vergessen Sie eines nicht«, erwiderte Flick vorsichtig. »Alle, die hier einsitzen, behaupten von sich, dass sie unschuldig sind.«

»Trotzdem. Ich habe den Eindruck, dass man ihr übler mitgespielt hat als sie den anderen.«

»Bezweifle ich. Ich halte sie für eine Mörderin.«

»Also verzichten wir auf sie.«

»Ganz im Gegenteil«, sagte Flick. »Sie kommt mir gerade recht.« Sie gingen wieder hinein, und Flick sagte zu Ruby: »Wenn wir Sie hier rausholen – machen Sie dann mit bei einem gefährlichen Kriegseinsatz?«

Ruby Rowland antwortete mit einer Gegenfrage: »Drüben in Frankreich?«

Flick zog die Brauen hoch: »Wie kommen Sie darauf?«

»Sie haben anfangs Französisch mit mir gesprochen. Ich glaube, Sie wollten rauskriegen, ob ich die Sprache kann.«

»Wie dem auch sei – ich kann Ihnen nicht viel über den Einsatz erzählen.«

»Ich gehe jede Wette ein, dass es um Sabotage hinter den feindlichen Linien geht.«

Paul Chancellor war verblüfft: Das Mädchen begriff verdammt schnell.

Seine Überraschung war Ruby nicht entgangen. »Nun hören Sie mir mal zu: Erst dachte ich, ihr wolltet mir als Dolmetscherin oder Übersetzerin oder so was. Aber das is' ja völlig ungefährlich. Also müssen wir rüber nach Frankreich machen. Und was soll die britische Armee dort schon tun außer Brücken in die Luft jagen und Eisenbahngleise und so?«

Chancellor schwieg dazu, aber ihre Kombinationsgabe beeindruckte ihn sehr.

Ruby runzelte die Stirn: »Worauf ich mir noch keinen Reim machen kann, ist die Frage, warum ihr unbedingt 'n reines Damenteam haben wollt.«

Flicks Augen weiteten sich. »Wie kommen Sie denn darauf?«

»Wenn's auch mit Männern ginge, wärt ihr beide jetzt wohl nich' hier, was? Das muss ja fünf nach zwölfe bei euch sein. So leicht is' das nämlich auch wieder nich', eine Mörderin aus'm Knast zu holen, selbst wenn man sie für'n kriegswichtigen Einsatz braucht. Und was is' an mich sonst schon Besonderes? Ich bin zwar janz schön taff, aber da gibt's doch sicher Hunderte von taffen Männern, die perfekt Französisch sprechen und ganz kiebig auf so 'n paar Undercover-Heldentaten sind. Es gibt nur einen Grund dafür, dass ihr ausgerechnet auf mir kommt, und das is' der, dass ihr Weiber braucht. Vielleicht, weil die Gestapo Frauen nich' so leicht in die Mangel nimmt – stimmt's?«

»Kann ich Ihnen nicht sagen«, antwortete Flick.

»Na gut. Also, wenn ihr mich wollt, könnt ihr mit mir rechnen. Krieg ich noch so 'n Glimmstängel?«

»Aber selbstverständlich doch«, sagte Paul.

»Ihnen ist klar, dass es sich um einen gefährlichen Einsatz handelt?«, fragte Flick.

»Na und ob«, erwiderte Ruby und zündete sich eine Lucky Strike an. »Aber so gefährlich wie 's Leben in diesem beschissenen Knast auch wieder nich'.«

Nach dem Gespräch mit Ruby begaben sich Paul und Flick wieder ins Büro der Stellvertretenden Gefängnisleiterin. »Ich brauche Ihre Hilfe, Miss Lindleigh«, begann Chancellor, erneut ganz Charmeur und Schmeichler. »Bitte sagen Sie mir, was Sie benötigen, damit Sie sich in der Lage sehen, Ruby Rowland zu entlassen.«

»Entlassen? Aber das ist doch eine Mörderin! Warum sollte sie entlassen werden?«

»Das kann ich Ihnen bedauerlicherweise nicht sagen. Ich kann Ihnen jedoch eines versichern: Wenn Sie wüssten, wohin Ruby Rowland jetzt kommt und was ihr bevorsteht, würden Sie nicht sagen, dass sie glücklich davongekommen ist – ganz im Gegenteil.«

»Aha«, sagte Miss Lindleigh, noch nicht sehr überzeugt.

»Ich muss sie heute Abend hier raushaben«, fuhr Paul fort, »aber ich möchte nicht, dass Sie, Miss Lindleigh, dadurch Schwierigkeiten bekommen. Deswegen muss ich genau wissen, welche rechtlichen Schritte für eine solche Entlassung erforderlich sind.« In Wirklichkeit ging es ihm nur darum, dass sie keine Ausrede fand, sich quer zu stellen.

»Ich kann sie unter gar keinen Umständen entlassen«, sagte Miss Lindleigh. »Sie befindet sich auf richterliche Anordnung in Haft. Also kann nur ein Gerichtsbeschluss diesen Haftbefehl aufheben.«

Paul Chancellor blieb geduldig. »Und wie geht so etwas vor sich?«

»Sie müsste unter polizeilicher Bewachung einem Richter vorgeführt werden. Der Staatsanwalt oder sein Vertreter müssten dem Richter versichern, dass alle Anklagepunkte gegen die Rowland zurückgenommen worden sind. Dies wiederum würde den Richter verpflichten, sie freizulassen.«

Paul runzelte die Stirn und überlegte, mit welchen Fußangeln bei einem solchen Verfahren zu rechnen war. »Dann müsste sie vor der Anhörung ihre Rekrutierungspapiere unterschreiben, damit sie bei ihrer Freilassung der militärischen Disziplinarordnung unterliegt. Sonst könnte sie sich ganz einfach davonmachen …«

Miss Lindleigh konnte es noch immer kaum glauben. »Mit welcher Begründung sollten sie denn die Anklage fallen lassen?«

»Ist dieser Staatsanwalt Beamter?«

»Ja.«

»Dann ist das kein Problem.« Paul Chancellor erhob sich.

»Ich komme heute Abend zurück und bringe einen Richter, einen Vertreter der Staatsanwaltschaft und einen Armeefahrer mit, der Ruby Rowland dann nach … zu ihrem nächsten Bestimmungsort bringen wird. Sehen Sie da noch irgendwelche Schwierigkeiten?«

Miss Lindleigh schüttelte den Kopf. »Ich halte mich an meine Befehle, Major, genau wie Sie sich an die Ihren.«

»Sehr gut.«

Sie verabschiedeten sich und gingen. Draußen im Freien blieb Paul stehen und warf einen Blick zurück. »Ich war noch nie in einem Gefängnis«, sagte er. »Ich weiß nicht, was ich erwartet habe, aber mit einem Märchenschloss hatte es nichts zu tun.«

Es war eine belanglose Bemerkung über das Gebäude, doch Flick verzog verärgert das Gesicht. »Hier sind schon eine ganze Reihe Frauen aufgehängt worden«, sagte sie. »Das war alles andere als märchenhaft.«

Warum reagiert sie so gereizt?, fragte sich Paul. »Sie identifizieren sich offenbar mit den Gefangenen«, sagte er. Dann fiel ihm plötzlich ein, warum. »Und zwar deshalb, weil Sie selber hinter Gittern landen könnten. In Frankreich.«

Verblüfft sah sie ihn an und sagte: »Ich glaube, Sie haben Recht. Mir war nicht klar, warum ich diesen Ort so hasse – aber das ist bestimmt der Grund.«

Möglich, dass sie auch am Galgen endet, dachte er, behielt diesen Gedanken aber für sich.

Sie gingen zu Fuß zur nächsten U-Bahn-Station. »Sie können sich gut in andere Leute hineinversetzen«, sagte Flick nachdenklich. »Es ist Ihnen gelungen, Miss Lindleigh auf unsere Seite zu bringen. Ich hätte sie zu unserer Feindin gemacht.«

»Dazu bestand keine Veranlassung.«

»Genau. Und die Tigerin Ruby haben Sie in eine Miezekatze verwandelt.«

»Wer möchte schon bei einer solchen Frau in Ungnade fallen? Ich nicht!«

Flick lachte. »Und dann haben Sie mir etwas über mich erzählt, dessen ich mir selbst gar nicht bewusst war.«

Es freute Paul, dass es ihm gelungen war, sie zu beeindrucken. Aber er beschäftigte sich bereits mit dem nächsten Problem. »Um Mitternacht sollten wir das halbe Team in unserem Ausbildungszentrum in Hampshire haben.«

»Wir nennen es das Mädchenpensionat«, sagte Flick. »Ja, richtig: Diana Colefield, Maude Valentine und Ruby Rowland.«

Paul nickte grimmig. »Eine undisziplinierte Aristokratin, eine niedliche Kokotte, die Fantasie und Wirklichkeit nicht auseinander halten kann, und eine mörderische Zigeunerin mit einer Neigung zum Jähzorn.« Wieder musste er daran denken, dass Flick von der Gestapo gehenkt werden könnte, und auf einmal bereitete ihm die Qualität der rekrutierten Mitkämpferinnen genauso viel Kopfzerbrechen wie Percy Thwaite.

»Bettler können nicht wählerisch sein«, sagte Flick fröhlich. Ihre Missstimmung war verflogen.

»Aber wir haben noch immer keine Sprengstoffexpertin und keine Fernmeldetechnikerin.«

Flick warf einen Blick auf ihre Armbanduhr. »Es ist ja gerade erst vier. Vielleicht hat die Royal Air Force Denise Bouverie inzwischen schon beigebracht, wie man eine Fernmeldezentrale in die Luft jagt.«

Paul Chancellor grinste. Flicks Optimismus war unwiderstehlich.

Sie erreichten die U-Bahn-Station und erwischten auch gleich einen Zug. In Hörweite der anderen Passagiere konnten sie über den bevorstehenden Einsatz nicht sprechen.

»Ich habe heute Morgen einiges über Percy Thwaite erfahren«, sagte Paul. »Wir sind durch das Stadtviertel gefahren, in dem er aufgewachsen ist.«

»Er hat sich die Umgangsformen und sogar den Akzent der britischen Oberklasse angeeignet, aber lassen Sie sich davon nicht ins Bockshorn jagen. Unter dieser alten Tweedjacke schlägt das Herz eines echten Straßenkämpfers.«

»Er erzählte mir, dass man ihn in der Schule verprügelt hat, wenn er Unterklassen-Slang sprach.«

»Er war ein Stipendiumsjunge. Die haben's in britischen Schulen, die sich für was Besseres halten, schon immer schwer gehabt. Ich weiß das aus eigener Erfahrung, denn ich war ein Stipendiumsmädchen.«

»Mussten Sie auch Ihre Sprache ändern?«

»Nein, ich bin im Hause eines Earls aufgewachsen und hab daher von Anfang an so geredet.«

Paul Chancellor glaubte jetzt zu verstehen, warum Flick und Percy Thwaite so gut miteinander auskamen: Sie stammten beide aus der Unterschicht und waren gesellschaftliche Aufsteiger. Für die Briten waren Klassenvorurteile, anders als für Amerikaner, nichts, worüber man sich aufregte. Trotzdem reagierten sie geschockt, wenn Südstaatler ihnen weismachen wollten, dass Neger minderwertige Menschen seien. »Ich glaube, dass Percy Sie sehr gern hat«, sagte er.

»Ich liebe ihn wie einen Vater.«

Das klingt echt, dachte Paul. Zugleich war ihm klar, dass sie sich mit dieser Antwort jede weitere Spekulation über ihre Beziehung zu Percy verbat.

Flick und Percy Thwaite hatten vereinbart, sich im Orchard Court wieder zu treffen. Als sie mit Paul Chancellor dort eintraf, stand ein Wagen vor dem Gebäude. Paul erkannte den Fahrer: Er gehörte zu Montys Stab. »Sir«, sagte der Mann. »Hier ist jemand, der Sie sprechen möchte.«

Die Tür zum Fond öffnete sich, und eine hübsche junge Frau im Uniformkostüm stieg heraus.

»Hallo, Paul!«

Seine erste Verblüffung wandelte sich in strahlende Freude:

»Mich laust der Affe!« Sie fiel ihm um den Hals, und er drückte sie an sich. »Caroline! Was machst du denn in London?«

»Weiß ich selber nicht. Ich hatte ein paar Stunden frei und hab Montys Büro überredet, mir einen Wagen zur Verfügung zu stellen. Ich wollte dich einfach sehen. Lädst du mich zu einem Drink ein?«

»Ich habe keine Sekunde Zeit«, erwiderte er, »nicht einmal für dich. Aber du kannst mich nach Whitehall fahren. Ich muss einen Staatsanwalt auftreiben.«

»Okay, ich bring dich hin, und unterwegs erzählst du mir, was es bei dir Neues gibt.«

»Und umgekehrt du mir das Gleiche«, sagte er. »Gehen wir.«

Flick drehte sich an der Haustür noch einmal um und sah ein hübsches Mädchen in einer amerikanischen Leutnantsuniform aus dem Wagen steigen und Paul Chancellor um den Hals fliegen. Sie registrierte sein strahlendes Lächeln und die Kraft, mit der er die junge Frau in die Arme schloss. Es handelte sich offenbar um seine Frau, seine Braut oder seine Freundin, die ihn mit einem unangemeldeten Besuch in London überraschte. Höchstwahrscheinlich gehörte sie zu den US-Truppen, die in England die Invasion vorbereiteten. Paul stieg zu ihr in den Wagen.

Als Flick Orchard Court betrat, war sie ein wenig traurig. Paul hatte eine Freundin; die beiden waren total verknallt ineinander, und man hatte ihnen sogar ein überraschendes Treffen außer der Reihe ermöglicht. Flick wünschte, Michel könnte ebenso plötzlich auftauchen, genau wie dieses Mädchen. Aber Michel lag verwundet auf einem Sofa in Reims und ließ sich von einer schamlosen neunzehnjährigen Schönheit verhätscheln.

Percy Thwaite war bereits aus Hendon zurück. Als Flick eintrat, goss er sich gerade einen Tee auf. »Na, wie war dein Air-Force-Mädchen?«, fragte sie.

»Lady Denise Bouverie bitte – sie ist schon auf dem Weg ins Mädchenpensionat«, erwiderte Percy.

»Prima! Dann haben wir jetzt schon vier!«

»Ja, aber ich fühle mich nicht ganz wohl dabei. Die Lady ist eine Angeberin. Sie hat mir weiß Gott was über ihre Arbeit bei der Royal Air Force erzählt – lauter Einzelheiten, über die sie eigentlich nichts sagen darf. Du musst dir bei der Ausbildung selbst ein Bild von ihr machen.«

»Von Fernmeldezentralen hat sie vermutlich keine Ahnung?«

»Nicht die geringste. Auch von Sprengstoffen nicht. – Tee?«

»Ja, bitte.«

Er reichte ihr eine Tasse und nahm hinter seinem billigen alten Schreibtisch Platz. »Wo ist Chancellor?«

»Unterwegs. Er sucht einen Staatsanwalt, damit er Ruby Rowland heute Abend aus dem Gefängnis holen kann.«

Thwaite sah sie fragend an. »Magst du ihn?«

»Jedenfalls ist er mir jetzt sympathischer als am Anfang.«

»Mir auch.«

Flick lächelte. »Er hat dieser alten Schreckschraube, die das Gefängnis leitet, unglaublich Honig ums Maul geschmiert.«

»Und Ruby Rowland? Was ist das für eine?«

»Sie hat einer Mitgefangenen bei einem Streit um ein Stück Seife den Hals aufgeschlitzt.«

»Herr im Himmel!« Percy schüttelte ungläubig den Kopf. »Was für eine teuflische Bande stellen wir da zusammen, Flick?«

»Eine gefährliche. Und gefährlich soll sie ja auch sein. Das ist nicht das eigentliche Problem. Abgesehen davon – so, wie die Dinge laufen, können wir uns vielleicht sogar den Luxus leisten, die Schwächste oder die beiden Schwächsten nach der Ausbildung wieder nach Hause zu schicken. Was mir viel mehr

Kopfzerbrechen bereitet, ist die Tatsache, dass wir bisher noch nicht die Expertinnen gefunden haben, die wir brauchen. Was nützt es uns schon, wenn wir ein Team aus lauter knallharten Mädchen nach Frankreich einschleusen und sie nachher die falschen Kabel zerstören?«

Percy trank seinen Tee aus und begann, sich eine Pfeife zu stopfen. »Ich kenne eine Sprengstoffexpertin, die Französisch spricht«, sagte er.

Damit hatte Flick nicht gerechnet. »Das ist ja toll! Warum hast du das nicht schon viel früher erzählt?«

»Weil sie alles andere als eine Idealbesetzung ist und ich den Gedanken an sie, als er mir zum ersten Mal kam, sofort wieder verworfen habe. Aber da war mir einfach noch nicht klar, unter welchen enormen Druck wir geraten würden.«

»Was spricht denn gegen sie?«

»Sie ist so um die vierzig. Die SOE setzt Leute dieses Alters normalerweise nicht mehr ein, schon gar nicht als Fallschirmspringer.« Er entzündete ein Streichholz.

Für Flick war Alter allein kein Hinderungsgrund. »Und meinst du, sie macht mit?«, fragte sie aufgeregt.

»Ich kann's mir durchaus vorstellen – vor allem, wenn ich sie darum bitte.«

»Du bist mit ihr befreundet?«

Er nickte.

»Wie ist sie Sprengstoffexpertin geworden?«

Percy wirkte plötzlich verlegen. Das brennende Streichholz zwischen den Fingern, sagte er: »Sie ist eine Geldschrankknackerin. Wir kennen uns seit vielen Jahren, noch aus den Zeiten, als ich im East End politisch aktiv war.« Das Streichholz war inzwischen heruntergebrannt, und er zündete ein zweites an.

»Du hast ja eine wilde Vergangenheit, Percy, davon wusste ich noch gar nichts. Wo ist die Frau denn jetzt?«

Thwaite sah auf seine Uhr. »Es ist gerade sechs. Um diese

Zeit ist sie immer in der *Private Bar* der Dreckigen Ente zu finden …«

»In einem Pub?«

»Ja.«

»Dann bring endlich deine Pfeife zum Qualmen und fahr mit mir dorthin!«

Im Wagen fragte Flick: »Woher weißt du eigentlich, dass die Frau eine Geldschrankknackerin ist?«

Thwaite hob die Schultern. »Das wissen doch alle.«

»Alle? Auch die Polizei?«

»Ja. Im East End wachsen die künftigen Polizisten und die künftigen Spitzbuben gemeinsam auf, besuchen die gleichen Schulen und leben in den gleichen Straßen. Da kennt jeder jeden.«

»Aber wenn sie die Kriminellen kennen – wieso sperren sie sie dann nicht ein? Können ihnen nichts nachweisen, oder?«

»Das läuft folgendermaßen«, erklärte Percy. »Wenn sie einen Täter brauchen, verhaften sie einen aus dem Milieu, im Falle eines Einbruchs also einen polizeibekannten Einbrecher. Ob er die Tat, um die es gerade geht, auch wirklich begangen hat, spielt keine Rolle, denn sie können ihm mithilfe von bestochenen Zeugen, getürkten Geständnissen und manipulierten Indizien alles in die Schuhe schieben. Manchmal unterlaufen ihnen natürlich auch Fehler und sie sperren besten Gewissens einen Unschuldigen ein. Gelegentlich bedienen sie sich dieses Systems natürlich auch, um persönliche Rechnungen zu begleichen und so … Aber was ist schon perfekt im Leben?«

»Willst du damit sagen, dass das ganze Gedöns mit Gerichten, Schöffen und dergleichen nichts weiter als eine Farce ist?«

»Ja, und zwar eine höchst erfolgreiche, langlebige Farce mit vielen lukrativen Posten für ansonsten nutzlose Bürger, die die Rollen von Kriminalkommissaren, Anwälten und Richtern übernehmen.«

»War denn deine Freundin, die Geldschrankknackerin, im Gefängnis?«

»Nein. Wenn du bereit bist, saftige Schmiergelder zu zahlen *und* enge freundschaftliche Beziehungen zur Polizei zu pflegen, bleibt dir die strafrechtliche Verfolgung erspart. Angenommen, du wohnst in der gleichen Straße wie Kriminalinspektor Callahans altes Mütterchen, schaust einmal die Woche bei ihr vorbei, erkundigst dich, ob du was für sie besorgen kannst, und schaust dir die Fotos von den Enkelkindern an … Nun, da wird es Inspektor Callahan schon schwer fallen, dich ins Gefängnis zu stecken.«

Flick musste an die Geschichte denken, die Ruby Rowland ihr vor ein paar Stunden erzählt hatte. Es gab Menschen, für die das Leben in London fast so schlimm war wie für andere das Leben unter der Gestapo.

War es möglich, dass die Verhältnisse tatsächlich so ganz anders waren, als sie sich das vorgestellt hatte? »Ich weiß wirklich nicht, ob du das ernst meinst«, sagte sie zu Percy. »Und deshalb weiß ich auch nicht, was ich von all dem halten soll.«

»Doch, doch, ich meine das völlig ernst«, gab er lächelnd zurück. »Aber ich erwarte nicht von dir, dass du mir das alles abnimmst.«

Sie hatten inzwischen Stepney erreicht. Es war nicht mehr weit bis zu den Docks. So schwere Bombenschäden wie hier hatte Flick noch nicht gesehen. Ganze Straßenzüge lagen in Schutt und Asche. Percy steuerte den Wagen in eine schmale Sackgasse und hielt vor einem Pub an.

»Die dreckige Ente« war der Spitzname einer Kneipe, die eigentlich »Zum weißen Schwan« hieß. Die *Private Bar* war nicht privat, sondern hieß nur so, um sie von der benachbarten *Public Bar* zu unterscheiden, wo der Boden mit Sägespänen bedeckt war und das Glas Bier einen Penny weniger kostete. Flick ertappte sich bei dem Gedanken daran, wie sie Paul Chancellor diese britischen Eigenarten erklärte. Sie hätten ihn sicher sehr amüsiert.

Geraldine Knight saß auf einem Barhocker am anderen Ende der Theke und gebärdete sich, als gehöre ihr das Etablissement. Sie hatte leuchtend blonde Haare und trug eine fachkundig aufgelegte dicke Schicht Make-up. Die scheinbare Festigkeit ihrer pummeligen Figur verdankte sie zweifellos einem Korsett. Die brennende Zigarette im Aschenbecher war am Mundstück mit einem roten Lippenstiftring geschmückt. Eine Frau, die noch weniger nach Geheimagentin aussieht, lässt sich kaum vorstellen, dachte Flick.

»Percy Thwaite, so wahr ich hier sitze und atme!«, rief die Frau aus. Sie klang wie eine Cockney, die ein paar Lektionen in korrekter englischer Aussprache erhalten hatte. »Was treibt dich hier in die Elendsviertel, du verfluchter alter Kommunist?« Sie freute sich sichtlich über sein Erscheinen.

»Hallo, Jelly, darf ich dir meine Freundin Flick vorstellen?«

»Nett, dich kennen zu lernen, wirklich«, sagte Geraldine und schüttelte Flick die Hand.

»Jelly?«, wiederholte Flick unsicher.

»Kein Mensch weiß, wie ich zu diesem Spitznamen gekommen bin.«

»Ich kann's mir denken«, sagte Flick. »Jelly Knight, *gelignite* – Dynamit-Jelly!«

Jelly ging auf die Bemerkung nicht ein. »Bitte einen Gin mit, Percy, und du zahlst.«

Flick sprach sie auf Französisch an. »Lebst du in diesem Stadtteil von London?«

»Seit meinem zehnten Lebensjahr«, antwortete sie auf Französisch mit nordamerikanischem Akzent. »Geboren bin ich in Quebec.«

Weniger gut, dachte Flick. Einem Deutschen fiel der Akzent vielleicht nicht auf, einem Franzosen aber mit Sicherheit. Jelly würde demnach als Französin kanadischer Herkunft auftreten müssen. So was kam vor und war absolut plausibel, aber doch wieder ungewöhnlich genug, um Skeptiker neugierig zu machen. Verdammt … »Aber du betrachtest dich als Britin?«

»Engländerin, nicht Britin«, korrigierte Jelly mit schelmischer Empörung und wechselte wieder zur englischen Sprache über. »Ich bin Anglikanerin, wähle die Tories und mag weder Ausländer, Heiden noch Republikaner.« Nach einem Seitenblick auf Percy fügte sie hinzu: »Anwesende ausgenommen, natürlich.«

»Du solltest eigentlich in Yorkshire leben, Jelly«, sagte Percy, »irgendwo auf einer Farm in den Bergen, wo seit den Zeiten der Wikinger kein Ausländer mehr gesichtet wurde. Ich weiß wirklich nicht, wie du es hier in London noch aushältst, umgeben von lauter russischen Bolschewiken, deutschen Juden, irischen Katholiken und walisischen Freikirchlern, die überall ihre Kapellchen hinbauen wie Maulwürfe, die den Rasen ruinieren.«

»London ist auch nicht mehr das, was es mal war, Perce.«

»Nicht mehr so wie damals, als du selber noch Ausländerin warst?«

Flick hatte den Eindruck, dass die beiden sich schon öfter über dieses Thema gezankt hatten, und unterbrach sie ungeduldig. »Freut mich, dass du so patriotisch bist, Jelly.«

»Und wieso interessiert dich das, wenn ich fragen darf?«

»Du könntest da etwas tun für dein Vaterland …«

»Ich habe Flick von deinen … Erfahrungen erzählt, Jelly«, warf Percy ein.

Geraldine Knight betrachtete ihre knallrot lackierten Fingernägel. »Diskretion, Percy, wenn ich bitten darf. Der bessere Teil der Tapferkeit ist Vorsicht, steht schon in der Bibel.«

Nein, bei Shakespeare, dachte Flick, behielt es aber für sich und sagte: »Du weißt wahrscheinlich, dass es auf diesem Gebiet eine Reihe faszinierender neuer Entwicklungen gibt. Die Plastiksprengstoffe zum Beispiel.«

»Ich bemühe mich, auf dem Laufenden zu bleiben«, erwiderte Jelly mit affektierter Bescheidenheit. Ihr Gesichtsausdruck veränderte sich, und sie sah Flick pfiffig an. »Die Sache hat was mit dem Krieg zu tun, nicht wahr?«

»Ja.«

»Dann könnt ihr mit mir rechnen. Für England tu ich alles.«

»Du wirst für ein paar Tage verreisen müssen ...«

»Kein Problem.«

»... und vielleicht nicht mehr zurückkehren.«

»Was soll denn das heißen, zum Teufel?«

»Es handelt sich um eine äußerst gefährliche Angelegenheit«, sagte Flick ruhig.

Jelly erschrak. »Oh ...« Sie schluckte. »Na, und wenn schon ...« Es klang alles andere als überzeugend.

»Bist du dir auch ganz sicher?«

Jelly wirkte nachdenklich, als berechne sie irgendetwas. »Ihr wollt, dass ich was in die Luft jage.«

Flick nickte wortlos.

»Aber das ist nicht irgendwo auf dem Kontinent, oder?«

»Doch. Gut möglich.«

Jelly wurde blass unter ihrem Make-up. »Ach du meine Güte. Ihr wollt mich nach Frankreich schicken, oder?«

Flick sagte nichts.

»Hinter die feindlichen Linien! Lieber Gott, für so etwas bin ich nun wirklich schon viel zu alt ...« Sie zögerte. »Ich bin siebenunddreißig.«

Du bist mindestens fünf Jahre älter, dachte Flick, doch sie sagte: »Dann sind wir ja fast gleichaltrig. Ich bin auch schon fast dreißig. Für ein kleines Abenteuer ist das doch nicht zu alt.«

»Das ist deine Meinung, meine Gute.«

Flick war kurz davor, zu verzweifeln. Jelly gab ihnen einen Korb.

Der ganze Plan war eine Fehlkonstruktion. Es war einfach

unmöglich, genügend Frauen zu finden, die für die verschiedenen Aufgaben infrage kamen und obendrein auch noch perfekt Französisch sprachen. Ein tot geborenes Kind, von Anfang an.

Sie wandte sich von Jelly ab und wäre am liebsten in Tränen ausgebrochen.

»Jelly«, sagte Thwaite, »ich habe dich noch nie um etwas gebeten, aber ich bitte dich jetzt. Die Aufgabe, um die es hier geht, ist von entscheidender Bedeutung für den Kriegsverlauf.«

»Komm, trag nicht so dick auf, Percy«, antwortete Jelly, aber die saloppe Bemerkung wirkte aufgesetzt. Ihre Miene war ernst.

Er schüttelte den Kopf. »Nein, nein, ich übertreibe nicht. Ob wir den Krieg gewinnen oder verlieren, kann von dir abhängen.«

Sie starrte ihn wortlos an. Ihr Gesicht verzog sich und spiegelte den Konflikt wider, der in ihr tobte.

»Und du bist der einzige Mensch in diesem Land, der diese Sache in die Hand nehmen kann«, fügte Thwaite hinzu.

»Red doch keinen Blödsinn«, sagte sie misstrauisch.

»Du bist eine Frau, die mit Sprengstoff umgehen kann, und du sprichst Französisch. Was meinst du, wie viele von deiner Sorte es hierzulande noch gibt? Ich sag's dir: keine Einzige.«

»Meinst du das ernst?«

»Ich war in meinem ganzen Leben noch nicht so ernst.«

»Verdammte Kacke, Perce!« Jelly verstummte, und Flick hielt den Atem an. Nach einer langen, langen Pause sagte Jelly: »Okay, du Schweinehund. Ich mach mit.«

Flick war so begeistert, dass sie Jelly spontan einen Kuss verpasste.

»Gott segne dich, Jelly«, sagte Percy.

»Wann geht's los?«, fragte Jelly.

»Sofort«, sagte Thwaite. »Sobald du deinen Gin ausgetrunken hast, bringe ich dich nach Hause, und du packst deinen Koffer. Danach fahre ich dich in unser Ausbildungszentrum.«

»Was? Heute Abend noch?«

»Ich hab dir doch gesagt, dass es um die Wurst geht.«

Jelly schluckte den letzten Rest Gin in ihrem Glas hinunter. »Also gut, ich bin so weit.«

Sie ließ ihr breites Gesäß vom Barhocker heruntergleiten, und Flick dachte: Ich frag mich, wie die den Absprung mit dem Fallschirm bewältigen will …

Zu dritt verließen sie die Kneipe. Percy sagte zu Flick: »Du nimmst die U-Bahn zurück, geht das klar?«

»Natürlich.«

»Dann treffen wir uns morgen früh im Mädchenpensionat.«

»Ich werde pünktlich da sein«, antwortete Flick und ging davon.

Auf dem Weg zur nächsten U-Bahn-Station geriet sie fast in Euphorie. Es war ein milder Frühsommerabend, und im East End wimmelte es von Menschen. Eine Gruppe von halbwüchsigen Jungen mit verdreckten Gesichtern spielte mit Stöcken und einem abgewetzten Tennisball Kricket; ein müder Mann in schmutziger Arbeitskluft schlurfte zu einem späten Abendbrot nach Hause. Ein Soldat in Uniform hatte Ausgang. Mit einem Päckchen Zigaretten und ein bisschen Kleingeld in der Tasche stolzierte er übers Pflaster und trug eine Miene zur Schau, als warteten alle Vergnügungen dieser Welt nur darauf, dass er sie beim Schopfe packte. Drei hübsche junge Mädchen in ärmellosen Kleidern und mit Strohhüten auf dem Kopf kicherten bei seinem Anblick. Das Schicksal aller dieser Menschen, dachte Flick ernüchtert, wird sich in den nächsten Tagen entscheiden.

In der U-Bahn Richtung Bayswater trübte sich ihre Stimmung weiter ein. Das wichtigste Mitglied des Einsatzkommandos fehlte noch immer – die Fernmeldetechnikerin. Ohne sie konnte es leicht passieren, dass Jelly die Sprengsätze an der falschen Stelle anbrachte. Sie würden zwar auch Schaden anrichten, doch dann hätten die Deutschen binnen ein, zwei Tagen die Anlage schon wieder repariert. Das lohnte im Grunde weder den enormen Aufwand noch die Gefahr für Leib und Leben der Beteiligten.

Als Flick in ihre Dachstube kam, wartete dort ihr Bruder Mark auf sie. Sie umarmte und küsste ihn. »Was für eine nette Überraschung!«

»Ich hab heute Abend frei und dachte, ich könnte dich vielleicht auf einen Drink einladen«, sagte Mark.

»Wo ist Steve?«

»Spielt den Jago vor den Soldaten in Lyme Regis. Wir arbeiten jetzt überwiegend für die ENSA.« Die ENSA – für *Entertainments National Service Association* – organisierte Theatervorstellungen für die Truppen. »Wo gehen wir hin?«

Flick war müde, und am liebsten hätte sie Marks Einladung rundweg abgelehnt. Aber dann fiel ihr ein, dass sie am Freitag wieder nach Frankreich fliegen und ihren Bruder möglicherweise nie wieder sehen würde. Daher sagte sie: »Wie wär's mit dem West End?«

»Gehen wir in einen Nachtclub!«

»Einverstanden.«

Sie verließen das Haus und schlenderten Arm in Arm die Straße entlang. »Ich habe heute Morgen Mutter besucht«, sagte Flick.

»Wie geht's ihr?«

»Gut. Aber was dich und Steve betrifft, hat sie ihre Meinung leider immer noch nicht geändert.«

»Das habe ich auch nicht erwartet. Warum warst du bei ihr?«

»Ich musste aus einem anderen Grund nach Somersholme. Das ist eine lange Geschichte, die kann ich dir jetzt nicht erzählen.«

»Wieder so 'ne Geheimniskrämerei, was?«

Flick lächelte zustimmend. Dann seufzte sie, weil ihr das ungelöste Problem wieder einfiel. »Du kennst nicht zufällig eine Fernmeldetechnikerin, die Französisch spricht, oder?«

Mark blieb stehen. »Doch«, sagte er, »doch. So was in der Art.«

Mademoiselle Lemas litt Höllenqualen. Steif saß sie auf dem harten Stuhl mit der geraden Lehne vor dem kleinen Tisch. Ihre Gesichtszüge waren vor lauter Selbstbeherrschung zur Maske erstarrt. Sie wagte es nicht, sich zu bewegen. Noch immer trug sie ihren Topfhut. Sie umklammerte die robuste Lederhandtasche, die sie auf ihrem Schoß hielt, und ihre kleinen feisten Hände verkrampften sich im immer gleichen Rhythmus um den Bügel. Kein Ring zierte ihre Finger. Der einzige Schmuck, den sie trug, war ein kleines silbernes Kreuz an einer Kette.

Um sie herum machten einige Büroangestellte und Sekretärinnen in ihren sorgfältig gebügelten Uniformen Überstunden, hefteten Akten ab und tippten auf ihren Schreibmaschinen. Sie hielten sich an Major Francks Befehl, lächelten Mademoiselle höflich an, wenn ihre Blicke sich trafen, und ab und zu sprach eines der Mädchen sie an und fragte, ob sie ihr noch etwas Wasser oder Kaffee bringen dürfe.

Franck saß auf seinem Stuhl und beobachtete sie. Neben ihm saßen auf der einen Seite Leutnant Hesse und auf der anderen Stéphanie. Hans Hesse war der Prototyp des stämmigen deutschen Arbeiters, der sich durch nichts aus der Ruhe bringen ließ. Mit stoischer Gelassenheit betrachtete er die Szenerie: Er hatte schon viele Folterungen miterlebt. Stéphanie war leichter aus der Fassung zu bringen, wahrte aber ihre Selbstbeherrschung. Ihr war sichtlich unwohl in ihrer Haut, doch sie sagte nichts: Ihr Lebensziel bestand darin, Dieter bei Laune zu halten.

Franck wusste, dass Mademoiselle Lemas nicht nur körperlich litt. Schlimmer noch als ihre zum Bersten gefüllte Blase war die entsetzliche Vorstellung, sich in einem Raum voller höflicher, gut angezogener Menschen, die ihren üblichen beruflichen Pflichten nachgingen, zu besudeln – schlichtweg der grässlichste aller denkbaren Albträume für eine ältere Dame aus gutem Hause. Franck bewunderte ihre Tapferkeit und fragte sich, ob sie überhaupt zusammenbrechen und ihm seine Fragen beantworten würde oder aber bis zum bitteren Ende durchhalten wollte.

Ein junger Unteroffizier schlug neben Franck die Hacken zusammen und sagte: »Melde gehorsamst, Herr Major, Sturmbannführer Weber bittet Sie, in sein Büro zu kommen.«

Franck überlegte, ob er den jungen Mann mit einer Antwort wie: *Wenn er mit mir reden will, kann er sich gefälligst zu mir bemühen*, zurückschicken sollte, kam aber zu dem Schluss, dass nichts gewonnen war, wenn er auf Konfliktkurs ging, bevor es unbedingt notwendig wurde. Es war sogar möglich, dass Weber kooperativer wurde, wenn man ihm vorher erlaubte, ein bisschen aufzutrumpfen. »Aber selbstverständlich«, sagte er, erhob sich und wandte sich, bevor er ging, an den Leutnant: »Sie wissen, was Sie fragen müssen, wenn sie so weit ist, Hesse?«

»Jawohl, Herr Major.«

»Falls es zu lange dauert ... Stéphanie, wärest du so gut, mir aus dem Café des Sports eine Flasche Bier und ein Glas zu holen?«

»Ja, natürlich.« Sie schien heilfroh zu sein, dass sie endlich einen Anlass hatte, das Zimmer zu verlassen.

Franck folgte dem Unteroffizier zu Willi Webers Büro. Es war ein großer Raum auf der Vorderseite des Schlosses, dessen drei hohe Fenster auf den Platz hinaussahen. Über der Stadt ging allmählich die Sonne unter, und ihre schrägen Strahlen beleuchteten die Rundbögen und Strebepfeiler der mittelalterlichen Kirche. Franck sah Stéphanie auf ihren hochhackigen Schuhen den Platz überqueren. Sie schritt einher wie ein Rennpferd, elegant und kraftvoll gleichermaßen.

Auf dem Platz waren einige Soldaten damit beschäftigt, drei stämmige Holzpfähle in regelmäßigen Abständen nebeneinander aufzurichten. Franck runzelte die Stirn. »Ein Erschießungskommando?«, fragte er.

»Jawohl«, antwortete Weber. »Für die drei überlebenden Partisanen vom vergangenen Sonntag. Ich gehe davon aus, dass Sie die Verhöre abgeschlossen haben.«

Franck nickte. »Sie haben mir alles gesagt, was sie wissen.«

»Wir werden sie öffentlich erschießen – zur Abschreckung für alle diejenigen, die mit dem Gedanken spielen, mit der Résistance gemeinsame Sache zu machen.«

»Gute Idee«, sagte Franck. »Allerdings ist nur Lefèvre halbwegs fit. Bisset und die Delys sind schwer verletzt – sollte mich wundern, wenn die plötzlich wieder gehen könnten.«

»Dann wird man sie eben zum Schandpfahl tragen. Aber ich habe Sie nicht holen lassen, um mit Ihnen über die Delinquenten zu diskutieren. Meine Vorgesetzten in Paris haben sich gerade nach den Fortschritten erkundigt, die wir gemacht haben.«

»Und was haben Sie ihnen gesagt, Willi?«

»Dass Sie achtundvierzig Stunden nach Beginn der Untersuchung eine alte Frau verhaftet haben, die in ihrem Haus alliierten Spionen Unterschlupf gewährt haben soll – oder auch nicht. Und dass sie uns bisher nichts gesagt hat.«

»Und was *hätten* Sie Ihren Vorgesetzten gerne erzählt?«

Weber schlug theatralisch auf die Schreibtischplatte. »Dass wir der Résistance endlich das Rückgrat gebrochen haben!«

»Das kann ein bisschen länger dauern als achtundvierzig Stunden.«

»Warum foltern Sie diese alte Schachtel nicht?«

»Ich foltere sie durchaus.«

»Indem Sie sie nicht aufs Klo gehen lassen? Was ist denn das für eine Folter!«

»Die in diesem Fall zweifellos effektivste, denke ich.«

»Sie halten sich mal wieder für obergescheit, was? Sie waren schon immer ein arroganter Hund. Aber jetzt, Herr Major, leben wir in einem neuen Deutschland. Da gilt es nicht mehr als selbstverständlich, dass einer ein besseres Urteilsvermögen besitzt, bloß weil er der Sohn von einem Professor ist.«

»Machen Sie sich doch nicht lächerlich, Weber!«

»Glauben Sie denn allen Ernstes, Sie wären jemals der jüngste Abteilungsleiter bei der Kölner Kripo geworden, wenn Ihr Vater nicht ein hohes Tier an der Universität gewesen wäre?«

»Ich musste dieselben Prüfungen ablegen wie alle anderen.«

»Merkwürdig, dass andere, die genauso fähig waren wie Sie, nie eine solche Karriere gemacht haben.«

War das die Fantasiegeschichte, die Weber sich selbst einredete? »Um Himmels willen, Willi, Sie wollen doch nicht behaupten, dass der gesamte Kölner Polizeiapparat sich verschworen hat, mir bessere Beurteilungen zu geben als Ihnen, nur weil mein Vater Musikprofessor war? Das ist doch lachhaft!«

»Solche Mauscheleien waren damals gang und gäbe!«

Franck seufzte. So ganz Unrecht hatte Weber nicht. Pfründenwirtschaft und Nepotismus hatte es in Deutschland natürlich gegeben. Bloß war Webers Karriere nicht daran gescheitert. Die simple Wahrheit lautete: Er war zu dumm. Nur in einer Organisation, in der Fanatismus wichtiger war als Kompetenz, konnten es Leute wie Weber zu etwas bringen.

Das törichte Geschwätz ging Franck auf die Nerven. »Zerbrechen Sie sich nicht den Kopf über unser Fräulein Lemas«, sagte er. »Sie wird in Kürze reden.« Er ging zur Tür. »Und wir werden der Résistance das Rückgrat brechen, Sie müssen sich nur ein klein wenig länger gedulden.«

Er kehrte ins Hauptbüro zurück. Mademoiselle Lemas gab inzwischen leise, klagende Geräusche von sich. Die Unterredung mit Weber hatte Franck ungeduldig gemacht. Er beschloss, den Lauf der Dinge zu beschleunigen. Als Stéphanie zurückkehrte, stellte er das Glas auf den Tisch, öffnete die Flasche und schenkte vor den Augen der Gefangenen langsam das Bier ein. Schmerzenstränen quollen ihr aus den Augen und kullerten über ihre Pausbacken. Dieter Franck nahm einen tiefen Schluck und setzte das Glas ab. »Ihre Qualen, Mademoiselle, sind gleich vorbei«, sagte er. »Erleichterung naht. In wenigen Augenblicken werden Sie mir alle meine Fragen beantworten, und dann wird es Ihnen wieder besser gehen.«

Sie schloss die Augen.

»Wo treffen Sie sich mit den britischen Agenten?« Er machte eine Pause. »Wie erkennen Sie einander?« Keine Antwort. »Wie lautet die Parole?«

Er wartete einen Moment. Dann sagte er: »Überlegen Sie sich Ihre Antworten genau, formulieren Sie sie im Geiste vor und achten Sie darauf, dass sie klar und eindeutig sind, sodass Sie sie mir, wenn es so weit ist, ohne Verzögerung oder Ausflüchte geben können. Danach steht einer raschen Linderung Ihrer Pein nichts mehr im Wege.«

Er zog den Handschellenschlüssel aus der Tasche. »Hesse, halten Sie sie am Handgelenk fest.« Er bückte sich und löste die Handschelle, die Mademoiselle Lemas' Knöchel mit dem Tischbein verbunden hatte. »Komm mit, Stéphanie!«, sagte er dann. »Wir gehen jetzt zur Damentoilette.«

Stéphanie ging voran. Dieter Franck und Hans Hesse hielten die Gefangene im Griff, die sich, vornübergebeugt und mit zusammengebissenen Lippen, voranschleppte. Am Ende des Flurs blieben sie vor einer Tür mit der Aufschrift *Damen* stehen, bei deren Anblick Mademoiselle Lemas laut aufstöhnte.

»Mach die Tür auf«, sagte Franck zu Stéphanie.

Sie tat es. Es war ein sauberer, weiß gekachelter Raum mit einem Waschbecken, einem Handtuch über einer Stange und einer Reihe von Kabinen. »So«, sagte Franck, »jetzt geht's uns gleich wieder viel besser!«

»Bitte«, flüsterte Mademoiselle Lemas, »lassen Sie mich gehen.«

»Wo treffen Sie die britischen Agenten?«

Mademoiselle Lemas fing an zu weinen.

»Wo treffen Sie diese Leute?«, wiederholte Franck in sanftem Ton.

»In der Kathedrale«, schluchzte sie. »In der Krypta. Bitte lassen Sie mich jetzt gehen.«

Mit einem tiefen, erleichterten Seufzer bekundete Dieter Franck seine Zufriedenheit. Der Widerstand war gebrochen. »Und wann treffen Sie sie dort?«

»Nachmittags um drei. Ich gehe jeden Tag hin.«

»Und wie erkennen Sie einander?«

»Ich trage verschiedenfarbige Schuhe, einen braunen und einen schwarzen. Darf ich jetzt …«

»Eine Frage noch: Wie lautet die Parole?«

»Beten Sie für mich.«

Sie versuchte, vorwärts zu gehen, doch Franck und Hesse hielten sie fest. »Beten Sie für mich«, wiederholte Franck. »Das sagen Sie – oder der Agent?«

»Der Agent … oh …, bitte …«

»Und Ihre Antwort?«

»Ich bete für den Frieden. Das ist meine Antwort.«

»Danke«, sagte Franck und gab sie frei.

Mademoiselle Lemas rannte in eine Toilettenkabine. Stéphanie folgte ihr auf ein Nicken Francks und schloss die Tür hinter sich.

Dieter Franck konnte seine Befriedigung nicht verhehlen. »Sehen Sie, Hesse, wir machen Fortschritte.«

Auch der Leutnant war zufrieden. »Die Krypta in der Kathedrale. Nachmittags um drei. Jeden Tag. Ein brauner und ein schwarzer Schuh. ›Beten Sie für mich‹, und die Antwort: ›Ich bete für den Frieden.‹ Sehr gut!«

»Wenn die beiden wieder rauskommen, sperren Sie die Gefangene in eine Zelle und überstellen sie der Gestapo. Die wird dafür sorgen, dass Mademoiselle in irgendeinem KZ verschwindet.«

Leutnant Hesse nickte. »Ziemlich hartes Vorgehen, Herr Major, scheint mir. Ich meine ... Sie ist doch eine alte Dame ...«

»Nur auf den ersten Blick, Hesse. Aber denken Sie mal an die deutschen Soldaten und französischen Zivilisten, die diese Untergrundkämpfer auf dem Gewissen haben. Die Frau hat diesen Mördern Unterschlupf gewährt. Da erscheint mir die Strafe eher noch zu milde.«

»Jawohl, Herr Major. Das wirft ein anderes Licht auf diesen Fall.«

»So sehen Sie, wie eines zum anderen führt«, sagte Franck nachdenklich. »Lefèvre führt uns zu einem Haus, das Haus führt uns zu Mademoiselle Lemas, sie führt uns in die Krypta – und die Krypta wird uns ... na, warten wir 's ab!« Er überlegte bereits, wie sich die neuen Informationen am besten verwerten ließen.

Das Reizvolle an dieser Aufgabe lag darin, die Agenten zu schnappen, ohne dass man in London davon erfuhr. Packte man die Sache nur richtig an, so würden die Alliierten noch weitere Agenten auf dem gleichen Wege schicken und dafür enorme Mittel vergeuden. In Holland hatte das geklappt: Da waren über fünfzig mit großem Aufwand ausgebildete Saboteure mit ihren Fallschirmen abgesprungen – und sozusagen direkt in den Armen der Deutschen gelandet.

Im Idealfall traf der nächste Agent aus London Mademoiselle Lemas in der Krypta und ging mit ihr nach Hause. Dort gab er dann per Funk nach London durch, dass alles nach Plan verlaufen sei. Sobald er das Haus verlassen hatte, konnte man die Codebücher kassieren, den Spion verhaften – und in der Folge nicht nur in seinem Namen weitere Funkbotschaften nach London übermitteln, sondern auch die Antworten darauf lesen. Dieter Franck sah sich bereits als Chef einer rein fiktiven Résistance-Zelle – eine aufregende Vision.

Willi Weber kam vorbei. »Wie steht's, Herr Major? Hat die Gefangene ausgepackt?«

»Ja, das hat sie.«

»Keine Minute zu früh. Hat es was genützt?«

»Sie können Ihren Vorgesetzten mitteilen, dass sie uns verraten hat, wo sie sich mit den feindlichen Agenten trifft und welche Parolen sie benutzen. Wir werden also künftige Spione und Saboteure gleich bei ihrem Eintreffen abfangen können.«

Trotz seiner Abneigung gegen Franck war Weber neugierig. »Und wo finden diese Treffen statt?«

Franck zögerte. Am liebsten hätte er Weber nicht ins Vertrauen gezogen. Aber es war schwierig, ihm die gewünschten Informationen vorzuenthalten, ohne ihn vor den Kopf zu stoßen. Und da Franck nach wie vor auf Webers Hilfe angewiesen war, blieb ihm nichts anderes übrig, als dessen Frage zu beantworten. »In der Krypta der Kathedrale, jeweils nachmittags um drei.«

»Ich werde Paris darüber in Kenntnis setzen.«

Weber entfernte sich, und Franck wandte sich wieder der Planung seiner nächsten Schritte zu. Das Haus in der Rue du Bois war ein »sicheres Haus«. Kein einziges Mitglied der Bollinger-Guppe hatte Mademoiselle Lemas jemals gesehen. Agenten, die aus London eingeflogen wurden, wussten nicht, wie sie aussah – deshalb brauchten sie ja Erkennungszeichen und Parolen. Vielleicht ließ sich jemand auftreiben, der als Mademoiselle Lemas auftreten konnte … nur wer?

Stéphanie kam mit der Gefangenen aus der Damentoilette. *Sie* konnte es!

Stéphanie war natürlich viel jünger als Mademoiselle Lemas und sah auch völlig anders aus, aber das war den Spionen ja nicht bekannt. Sie war unverkennbar Französin. Alles, was sie zu tun hatte, war, sich einen oder zwei Tage um die Agenten zu kümmern.

Er nahm Stéphanie am Arm. »Leutnant Hesse wird jetzt die Gefangene übernehmen. Komm, ich lade dich zu einem Glas Champagner ein.«

Er führte sie aus dem Schloss hinaus. Die Soldaten auf dem Platz waren mit ihrer Arbeit fertig. Die drei Pfähle warfen lange Schatten im Abendlicht. Eine Hand voll Einheimischer stand vor dem Kirchenportal und beobachtete die Vorgänge schweigend und aufmerksam.

Franck geleitete Stéphanie in das Café gegenüber und bestellte eine Flasche Champagner. »Ich danke dir für deine Hilfe«, sagte er. »Ich weiß sie sehr zu schätzen.«

»Ich liebe dich«, sagte Stéphanie. »Und du liebst mich auch, obwohl du es nie aussprichst.«

»Was denkst du dir eigentlich bei solchen Dingen wie heute? Du bist Französin, hast eine Großmutter, deren Rasse wir nicht erwähnen dürfen, und bist, soweit mir bekannt, keine Nationalsozialistin.«

Stéphanie schüttelte heftig den Kopf. »Ich glaube nicht mehr an Nationalität, Rasse oder Politik«, erklärte sie leidenschaftlich. »Als mich die Gestapo verhaftete, gab es keinen einzigen Franzosen, der mir geholfen hätte. Kein Jude half mir, kein Sozialist, kein Liberaler, kein Kommunist. Niemand. Und es war so kalt in diesem Gefängnis.« Ihr Miene veränderte sich. Das verführerische feine Lächeln, das sonst fast stets auf ihren Lippen lag, verschwand ebenso wie das spöttisch-lockende Funkeln in ihren Augen. Sie fühlte sich plötzlich versetzt an einen anderen Ort, in eine andere Zeit, verschränkte die Arme und erschauderte, dem warmen Frühsommerabend zum Trotz. »Nicht nur äußerlich kalt«, fuhr sie fort. »Ich habe die Kälte nicht nur auf der Haut, sondern auch in meinem Herzen gespürt, in meinen Eingeweiden, meinen Knochen. Ich hatte das Gefühl, dass mir niemals wieder warm würde, als sollte ich kalt zu Grabe fahren.« Sie schwieg, und ihr Gesicht sah fahl aus, von Kummer gezeichnet. Dieter Franck spürte in diesem Augenblick, wie grässlich der Krieg, jeder Krieg, doch war. Nach einer längeren Pause fuhr Stéphanie fort: »Ich werde niemals das Feuer in deiner Wohnung vergessen. Das Kohlenfeuer. Ich wusste damals nicht mehr, wie sich diese prasselnde Wärme anfühlt. Sie hat mich wieder zu einem Menschen gemacht.« Sie erwachte aus ihrer Trance. »Du hast mich gerettet. Du hast mir zu essen gegeben, du hast mir Wein zu trinken gegeben, du hast mir neue Kleider gekauft.« Sie lächelte, und es war wieder ihr altes Lächeln, das so viel besagte wie: *Du darfst, wenn du dich traust* … »Und du hast mich vor diesem Feuer geliebt.«

Er nahm ihre Hand. »Das war nicht schwer.«

»Du schenkst mir Geborgenheit in einer Welt, in der es kaum noch Geborgenheit gibt. Deshalb glaube ich inzwischen nur noch an dich.«

»Wenn das dein Ernst ist …«

»Selbstverständlich ist das mein Ernst.«

»Da wäre noch etwas, was du vielleicht für mich tun könntest.«

»Ich tue alles für dich.«

»Ich möchte, dass du Mademoiselle Lemas spielst.«

Stéphanie zog eine perfekt gezupfte Braue hoch.

»Dass du dich für sie ausgibst, ja. Dass du jeden Nachmittag um drei in die Krypta der Kathedrale gehst. Zieh dir einen schwarzen und einen braunen Schuh an. Wenn jemand zu dir kommt und sagt: ›Beten Sie für mich‹, dann antwortest du: ›Ich bete für den Frieden.‹ Danach bringst du die betreffende Person in das Haus in der Rue du Bois und rufst mich an.«

»Klingt ganz einfach.«

Der Champagner kam, und Dieter Franck füllte zwei Gläser. Er entschloss sich, ihr nichts vorzumachen. »Ja, im Grunde sollte es ganz einfach sein. Aber es ist nicht gänzlich ungefährlich. Wenn der Agent Mademoiselle Lemas früher schon einmal gesehen hat, weiß er auf Anhieb, dass du eine Schwindlerin bist, und dann könnte es für dich kritisch werden. Bist du bereit, dieses Risiko auf dich zu nehmen?«

»Ist das wichtig für dich?«

»Er ist wichtig für den Kriegsverlauf.«

»Der Kriegsverlauf ist mir egal.«

»Es ist auch für mich persönlich wichtig.«

»Dann tu ich 's.«

Er hob sein Glas. »Ich danke dir.«

Sie ließen die Gläser klingen und tranken.

Draußen auf dem Platz krachte eine Salve Gewehrschüsse. Durch das Fenster des Cafés sah Franck drei Körper zusammengesackt in den Seilen hängen, mit denen man sie an die Pfosten gefesselt hatte. Er sah mehrere Soldaten in einer Reihe stehen; sie senkten gerade ihre Gewehre. Und er sah eine Gruppe von Menschen, die das Geschehen schweigend verfolgte.

Die kriegsbedingten Sparmaßnahmen wirkten sich auf das Leben in Soho, dem Rotlichtviertel im Herzen des Londoner Westends, kaum aus. Wie eh und je zogen bierselige junge Männer torkelnd durch die Straßen, die meisten von ihnen jetzt allerdings in Uniform. Wie eh und je flanierten auf den Gehsteigen die gleichen grell geschminkten Mädchen in eng sitzenden Kleidern und hielten nach potenziellen Kunden Ausschau. Die Leuchtreklamen an Clubs und Bars waren wegen der Verdunkelung zwar ausgeschaltet, doch hatten alle Etablissements geöffnet.

Gegen zehn Uhr abends betraten Mark und Flick den Criss-Cross Club. Der Manager, ein junger Mann in Smoking und roter Fliege, begrüßte Mark wie einen Freund. Flick war in gehobener, optimistischer Stimmung. Mark kannte eine Fernmeldetechnikerin, und sie, Felicity, würde die Frau in Kürze kennen lernen. Ihr Bruder hatte nicht viel von ihr erzählt, außer dass sie mit Vornamen Greta hieß, wie der berühmte Filmstar. Als Flick mehr über sie erfahren wollte, hatte er nur gesagt: »Du musst sie dir schon selber anschauen.«

Während Mark den Eintritt bezahlte und mit dem Manager ein paar Belanglosigkeiten wechselte, fiel Flick auf, wie sich ihr Bruder plötzlich veränderte. Mark ging auf einmal mehr aus sich heraus, seine Stimme klang munterer, seine Gestik wurde theatralisch. Hat er eine zweite Persönlichkeit, die er erst anlegt, wenn's dunkel ist?, dachte sie.

Sie stiegen die Treppe hinab, die in ein Kellerlokal führte. Der Raum unten war verqualmt und trübe beleuchtet. Auf einer niedrigen Bühne war hinter einer kleinen Tanzfläche eine fünfköpfige Band zu erkennen. Ein paar Tische standen herum, und die im Dunklen liegenden Zimmerwände waren von kleinen Nischen gesäumt. Flick hatte sich schon gefragt, ob Mark sie vielleicht in einen Club »nur für Männer« führen würde, eine Lokalität also, welche sich auf Jungs wie Mark spezialisiert hatte, die »nicht zum Heiraten geschaffen« waren. Ihre Vermutung bestätigte sich indessen nicht: Obwohl die Männer in der Überzahl waren, fand sich auch eine Reihe Mädchen unter den Gästen, und einige von ihnen trugen wunderschöne, extravagante Kleider.

»Hallo, Markie«, sagte ein Kellner und legte Mark die Hand auf die Schulter. Für Flick hatte er nur einen feindseligen Blick übrig.

»Darf ich dir meine Schwester vorstellen, Robbie?«, sagte Mark. »Sie heißt Felicity, wird aber nur Flick genannt.«

Die Miene des Kellners hellte sich sofort auf. Er lächelte Flick freundlich an, sagte: »Es freut mich sehr, Sie kennen zu lernen«, und geleitete die beiden zu einem freien Tisch.

Flick vermutete, dass Robbie sie für eine Freundin von

Mark gehalten und ihr insgeheim vorgeworfen hatte, Mark »auf die andere Seite« gezogen zu haben. Das Eis war erst gebrochen, als Robbie erfuhr, dass sie Marks Schwester war.

Mark sah den Kellner von unten herauf an, lächelte und fragte: »Wie geht's Kit?«

Robbie schien unwillkürlich zusammenzuzucken und sagte: »Ach, ganz gut, glaube ich.«

»Ihr habt euch gestritten, oder?«

Mark gab sich sehr charmant; er flirtete fast mit Robbie. Flick hatte ihren Bruder noch nie so erlebt. Vielleicht ist das sogar der eigentliche, der echte Mark, dachte sie. Die andere Persönlichkeit, die er diskreterweise am Tage zur Schau trägt, ist wahrscheinlich nur Verstellung.

»Wir streiten uns eigentlich immer«, gab Robbie zurück.

»Er weiß dich nicht zu schätzen«, sagte Mark in übertrieben melancholischem Ton und berührte Robbies Hand.

»Da hast du wohl Recht, weiß Gott. Darf ich euch was zu trinken bringen?«

Flick bestellte sich einen Scotch, Mark einen Martini.

Sie wusste nicht viel über Männer mit dieser Veranlagung. Zwar hatte Mark ihr seinen Freund Steve vorgestellt und sie kannte auch die Wohnung, in der die beiden lebten, doch hatte sie bisher niemanden aus ihrem gemeinsamen Freundeskreis kennen gelernt. Obwohl sie furchtbar neugierig darauf war, mehr über diese Welt zu erfahren, wollte sie sich doch nicht durch indiskrete Fragen bloßstellen.

Sie wusste nicht einmal, wie Mark und seine Freunde ihresgleichen bezeichneten. Alle Wörter und Begriffe, die sie kannte, hatten einen mehr oder weniger unangenehmen Beiklang: warme Brüder, Schwuchteln, Homos, Tunten … »Mark«, sagte sie, »wie nennst *du* eigentlich Männer, die … na, du weißt schon, denen Männer lieber sind?«

»Musikalisch, Schätzchen«, sagte er, grinste und wedelte mit der Hand. Die Geste wirkte sehr feminin.

Das muss ich mir merken, dachte Flick. Jetzt kann ich Mark gegebenenfalls fragen: ›Ist er musikalisch?‹ Sie hatte das erste Wort dieser Geheimsprache gelernt.

Eine große Blonde in einem roten Cocktailkleid fegte auf die Bühne. Applaus brandete auf. »Das ist Greta«, sagte Mark. »Tagsüber ist sie Fernmeldetechnikerin.«

Greta begann zu singen: »*Nowbody Knows You When You're Down and Out …*« Sie hatte eine kraftvolle Bluesstimme, doch Flick hörte sofort den deutschen Akzent heraus. Die Bandmusik übertönend, schrie sie Mark ins Ohr: »Ich dachte, du hättest gesagt, sie wäre Französin.«

»Sie *spricht* Französisch«, korrigierte er sie. »Aber sie *ist* Deutsche.«

Flick war bitter enttäuscht. Das klang gar nicht gut. Wahrscheinlich sprach Greta Französisch mit genauso starkem deutschem Akzent.

Dem Publikum gefiel Greta. Bei jeder Nummer klatschten die Leute begeistert. Wenn sie stoßende und kreisende Bewegungen zur Musik vollführte, wurde laut gejubelt und gepfiffen. Nur Flick wollte es nicht gelingen, sich zu entspannen und die Show einfach zu genießen. Ihre Sorgen hatten wieder die Überhand gewonnen. Sie hatte noch immer keine Fernmeldetechnikerin und war obendrein dabei, die zweite Hälfte des Abends sinnlos zu vergeuden.

Aber was konnte sie tun? Sie überlegte, ob sie nicht selbst noch rasch ein paar elementare Kenntnisse in Fernmeldetechnik erwerben könnte und wie lange sie dazu wohl brauchen würde. Im Allgemeinen kam sie mit technischen Dingen gut zurecht. In der Schule hatte sie sogar einmal ein Radio gebaut. So schwer konnte das nicht sein – es ging ja lediglich darum, die technischen Einrichtungen der Deutschen möglichst effektiv zu zerstören. Vielleicht reichte ein zweitägiger Schnellkurs mithilfe von Spezialisten vom General Post Office?

Das Problem lag darin, dass niemand genau wusste, welche

Art von Anlagen die Saboteure im Schloss vorfinden würden. Sie konnten französischen oder deutschen Ursprungs oder eine Mischung aus beiden sein, vielleicht sogar angereichert mit amerikanischer Importware. Gerade auf dem Gebiet der Fernmeldetechnik waren die Amerikaner den Franzosen weit voraus. Es gab eine verwirrende Vielfalt an Geräten, und die Installationen im Schloss dienten verschiedenen Zwecken. Es gab eine manuelle Telefonvermittlung und eine automatische, eine Tandemvermittlung zur Verbindung anderer Vermittlungsstellen untereinander sowie eine Verstärkerstation für die entscheidende neue Fernverbindung nach Deutschland. Nur ein erfahrener Ingenieur oder Fernmeldetechniker konnte sich zutrauen, auf Anhieb zu erkennen, was er dort vorfand.

Es gab natürlich auch in Frankreich die entsprechenden Experten und Expertinnen – und warum sollte es ihr nicht gelingen, dort die geeignete Frau zu finden? Weil ihr die Zeit fehlte, war dieser Gedanke alles andere als vielversprechend; dennoch spielte ihn Flick durch. Die SOE konnte allen Résistance-Zellen eine entsprechende Nachricht senden. Wenn es irgendwo eine Frau gab, die den Anforderungen entsprach, würde sie ein oder zwei Tage benötigen, um sich nach Reims durchzuschlagen. Das passte zwar in den zeitlichen Rahmen, blieb aber, unter dem Strich, eine Gleichung mit vielen Unbekannten. Und wenn die Résistance doch keine Fernmeldetechnikerin auftreiben konnte, gingen zwei Tage verloren und die Mission scheiterte, noch ehe sie richtig begonnen hatte.

Nein, das war alles zu unsicher. Flicks Gedanken konzentrierten sich wieder auf Greta. Als Französin ging sie garantiert nicht durch. Selbst wenn den Gestapo-Leuten ihr Akzent vielleicht nicht auffiel, weil sie den gleichen Akzent hatten – der französischen Polizei würde sie nichts vormachen können. Musste sie denn unbedingt eine Französin spielen? Es gab doch eine ganze Menge deutscher Frauen in Frankreich: Offiziersfrauen, junge Frauen im Militärdienst, Fahrerinnen,

Stenotypistinnen und Funkerinnen. Allmählich kehrte Flicks Zuversicht zurück. Warum sollte Greta nicht in die Rolle einer Wehrmachtssekretärin schlüpfen – nein, das ging auch wieder nicht! Irgendein deutscher Offizier könnte auf die Idee kommen, ihr Befehle zu erteilen. Sicherer war es, wenn sie als Zivilistin auftrat. Sie konnte als junge Frau eines Offiziers auftreten, die mit ihrem Ehemann in Paris lebte – oder besser in Vichy, das war weiter weg. Man musste sich eine Geschichte einfallen lassen, mit der man begründen konnte, warum sie mit einer Gruppe Französinnen unterwegs war. Vielleicht konnte ein anderes Mitglied des Teams als ihr Dienstmädchen posieren.

Was würde geschehen, wenn sie das Schloss betraten? Flick war sich ziemlich sicher, dass deutsche Frauen in Frankreich nicht in Putzkolonnen arbeiteten. Wie ließ sich vermeiden, dass die Deutschen Greta gegenüber misstrauisch wurden? Einmal mehr ergab sich hier das Problem, dass ihr deutscher Akzent vermutlich von den Deutschen selbst gar nicht bemerkt würde, wohl aber von den Franzosen. Ließ es sich irgendwie vermeiden, dass sie mit Franzosen sprach – vielleicht, indem sie so tat, als litte sie an einer Kehlkopfentzündung?

Ja, damit kam sie möglicherweise durch – wenigstens für ein paar Minuten. Obwohl keineswegs wasserdicht, war diese Option noch von allen die beste.

Greta beendete ihren Auftritt mit einem lustigen, anspielungsreichen Blues mit dem Titel *Kitchen Man*, der voller Zweideutigkeiten steckte. Dem Publikum gefiel vor allem die Zeile *When I eat his doughnuts, all I leave is the hole.* Unter Begeisterungsstürmen verließ sie die Bühne.

Mark erhob sich und sagte: »Wir können in der Garderobe mit ihr sprechen.«

Flick folgte ihm durch eine Tür neben der Bühne. Sie gingen einen muffigen, betonierten Gang entlang und betraten eine Art schmuddeligen Abstellraum, der beinahe überquoll von Bier- und Gin-Kartons und aussah wie der Keller einer heruntergekommenen Kneipe. Schließlich kamen sie an eine Tür, an die man mit Reißzwecken einen rosa Papierstern geheftet hatte. Mark klopfte an und betrat den Raum, ohne eine Antwort abzuwarten.

Das Mobiliar in dem winzigen Zimmer bestand aus einer Frisierkommode, einem von hellen Schminklampen flankierten Spiegel, einem Hocker und einem Filmplakat, auf dem Greta Garbo in *Die Frau mit den zwei Gesichtern* zu sehen war. Auf einem Ständer in Form eines Kopfes ruhte eine kunstvoll gearbeitete blonde Perücke. Das rote Kleid, das Greta auf der Bühne getragen hatte, hing an einem Haken an der Wand. Auf dem Hocker vor dem Spiegel saß, wie Flick zu ihrer totalen Verblüffung erkannte, ein junger Mann mit behaarter Brust.

Sie hielt die Luft an.

Es war Greta, das stand außer Frage. Das Gesicht war aufwändig mit Make-up zurechtgemacht: greller Lippenstift, falsche Wimpern, gezupfte Brauen und eine Puderschicht, die den Schatten eines dunklen Bartes übertönte. Das Haar war brutal kurz geschoren – sicher, damit die Perücke besser passte. Der falsche Busen war vermutlich in das Kleid eingenäht. Greta trug noch einen Halbunterrock, Strümpfe und rote, hochhackige Schuhe.

»Das hättest du mir ruhig sagen können!«, fuhr Flick ihren Bruder an.

Mark lachte belustigt auf. »Flick, darf ich dir Gerhard vorstellen?«, sagte er. »Ihn freut es, wenn man ihm nicht auf die Schliche kommt.«

Flick sah selbst, dass Gerhard offenbar sehr zufrieden mit sich war – kein Wunder, so wie sie ihm auf den Leim gegangen war! Dass sie ihn ohne weiteres für eine echte Frau gehalten hatte, musste er als Kompliment für seine künstlerische Leistung empfinden. Nein, sie hatte keinen Anlass zu der Befürchtung, sie könnte ihn beleidigt haben.

Aber er war eben ein Mann. Und sie brauchte dringend eine

Fernmeldetechniker*in*. Die Enttäuschung tat ihr beinahe körperlich weh. Greta war das letzte Teil in einem Puzzlespiel, die Frau, mit der das Team vollständig gewesen wäre. Nun stand wieder einmal die gesamte Mission auf der Kippe.

Sie ärgerte sich über ihren Bruder. »Das war gemein von dir!«, schrie sie ihn an. »Ich dachte, du hättest eine Lösung für mein Problem – dabei hast du dir bloß einen Scherz mit mir erlaubt.«

»Das ist kein Scherz«, erwiderte Mark empört. »Wenn du eine Frau brauchst, nimm Greta.«

»Unmöglich«, sagte Flick. Die Vorstellung war geradezu lächerlich.

Oder etwa doch nicht? *Mich* hat Greta jedenfalls überzeugt, dachte sie, und das könnte ihr auch bei der Gestapo gelingen. Wenn sie verhaftet und ausgezogen wird, kommt die Wahrheit natürlich ans Licht – aber wenn es erst einmal so weit ist, dann ist ohnehin alles verloren.

Sie dachte an die höheren Ränge in der SOE und an Simon Fortescue beim MI6. »Die oberen Etagen würden da nie zustimmen.«

»Dann verschweig es ihnen halt«, schlug Mark vor.

»Verschweigen?« Im ersten Moment war Flick wie vor den Kopf geschlagen, doch dann fand sie den Gedanken gar nicht mehr so abwegig. Wenn Greta die Gestapo hinters Licht führen soll, dann muss es ihr auch bei der SOE gelingen, dachte sie.

»Warum denn nicht?«, fragte Mark.

»Ja, warum eigentlich nicht?«, wiederholte Flick.

»Mark, mein Süßer, worüber redet ihr denn bloß?«, fragte Gerhard. Beim Sprechen war sein deutscher Akzent noch auffälliger als beim Singen.

»Ehrlich gesagt, ich weiß es selber nicht genau«, antwortete ihm Mark. »Meine Schwester ist da in delikate Dinge verwickelt, *top secret*, verstehst du?«

»Ich werd's dir erklären«, sagte Flick, an Gerhard gewandt, »aber erzähl mir erst einmal von dir. Wie hat es dich nach London verschlagen?«

»Na gut, mein Schatz, wo soll ich denn anfangen?« Gerhard zündete sich eine Zigarette an. »Ich komme aus Hamburg. Vor zwölf Jahren – ich war damals ein sechzehnjähriger Knabe und machte eine Lehre als Fernmeldetechniker – war das eine wunderschöne Stadt. Es gab viele Kneipen und Nachtclubs, und es wimmelte dort von Seeleuten, die auf dem Landgang über die Stränge schlagen wollten. Ich genoss diese Jahre in vollen Zügen. Mit achtzehn traf ich dann die große Liebe meines Lebens. Sie hieß Manfred.«

Tränen stiegen ihm in die Augen, und Mark tätschelte ihm die Hand. Gerhard schniefte in höchst undamenhafter Manier und fuhr dann fort: »Ich hatte schon immer für Frauenkleider geschwärmt, besonders für Spitzen-Dessous, hohe Absätze, Hüte und Handtaschen und ganz besonders für weit schwingende Röcke. Bloß habe ich mich damals noch ziemlich unbeholfen damit angestellt. Ich wusste nicht einmal, wie man einen Eyeliner benutzt. Manfred hat mir das alles beigebracht. Du musst wissen, dass er selber kein Transvestit war.« Ein Hauch von Zärtlichkeit lag über Gerhards Gesicht. »Er war sogar *extrem* maskulin. Er hat als Schauermann im Hafen gearbeitet, aber er liebte mich eben in Fummeln und brachte mir bei, wie man damit umgeht.«

»Und warum hast du Deutschland verlassen?«

»Diese elenden, verdammten Nazis haben Manfred abgeholt, Schätzchen. Wir waren schon fünf Jahre zusammen, als sie eines Nachts bei uns auftauchten und ihn mitnahmen. Ich habe ihn nie wieder gesehen. Wahrscheinlich ist er längst tot, denn ich fürchte, dass er im Gefängnis nicht lange überlebt hat. Andererseits: Nichts Genaues weiß man nicht.« Tränen lösten seine Wimperntusche auf und rannen in schwarzen Streifen über seine gepuderten Wangen. »Kann auch sein, dass er noch am Leben ist und in einem ihrer grässlichen Lager dahinvegetiert.«

Gerhards Kummer war ansteckend; Flick kämpfte inzwischen selbst mit den Tränen. Was ist nur in die Menschen gefahren, dass sie einander so gnadenlos verfolgen?, dachte sie. Was veranlasst diese Nazis, harmlose Exzentriker wie Gerhard so zu quälen?

»Also bin ich dann nach London gegangen«, fuhr Gerhard fort. »Mein Vater war Engländer, ein Seemann aus Liverpool, der eines Tages in Hamburg von Bord ging und sich dort in ein hübsches deutsches Mädchen verliebte, das er dann auch geheiratet hat. Er starb, als ich erst zwei Jahre alt war – deshalb habe ich ihn nie richtig kennen gelernt. Aber ich trage seinen Nachnamen – O'Reilly – und hatte von Anfang an beide Staatsbürgerschaften. Trotzdem hat es mich 1939 meine gesamten Ersparnisse gekostet, einen Pass zu bekommen. Wie sich herausgestellt hat, bin ich gerade noch rechtzeitig abgehauen. Glücklicherweise gibt es für Fernmeldetechniker in jeder Stadt Arbeit – und so bin ich denn hier gelandet, bin der gefeierte Star von London, die etwas andere Diva …«

»Das ist eine traurige Geschichte«, sagte Flick. »Es tut mir sehr leid.«

»Ich danke dir, Schätzchen. Aber die Welt ist heutzutage voller trauriger Geschichten, nicht wahr? Warum interessierst du dich ausgerechnet so für meine?«

»Ich brauche eine Fernmeldetechnikerin.«

»Wozu denn, um alles in der Welt?«

»Ich kann dir nicht viel drüber erzählen – es ist alles *top secret*, wie Mark schon sagte. Was ich dir aber sagen kann, ist, dass es sich um eine brandgefährliche Sache handelt, die du vielleicht nicht überleben wirst.«

»Da läuft's mir ja eiskalt den Rücken herunter! Aber du wirst dir sicher denken können, dass ich für so harten Tobak nicht unbedingt geschaffen bin. Man hat mich aus psychologischen Gründen für militäruntauglich erklärt, und das war auch verdammt richtig so. Die eine Hälfte der Truppe hätte mich windelweich prügeln wollen – und die andere wäre nachts zu mir ins Bettchen geschlüpft.«

»Die harten Kämpfertypen habe ich schon. Von dir brauche ich deine technischen Fähigkeiten.«

»Hätte ich damit eine Chance, diesen verfluchten Nazischweinen eins auszuwischen?«

»Und ob. Der Erfolg unserer Aktion würde dem Hitler-Regime einen schweren Schlag versetzen.«

»Dann, Schätzchen, bin ich ganz die Deine.«

Flick lächelte. Mein Gott, dachte sie, ich hab's geschafft.

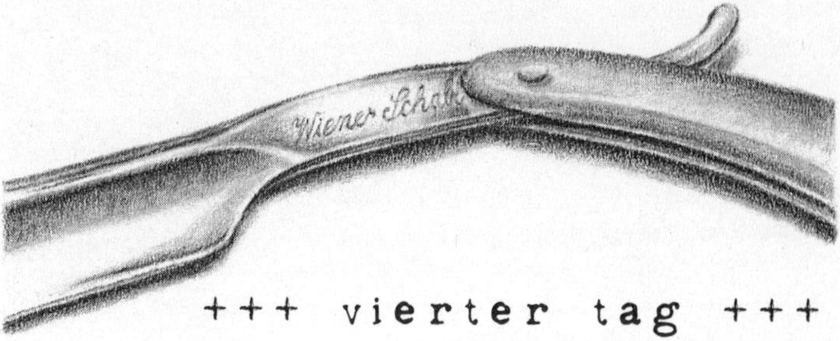

+++ vierter tag +++

mittwoch, 31. mai 1944

Es war mitten in der Nacht, und die Straßen im Süden Englands waren alle verstopft. Lange Konvois von Armeelastwagen rumpelten über die Landstraßen und dröhnten auf ihrem Weg zur Küste durch die verdunkelten Dörfer und Städte, deren Einwohner verwirrt hinter ihren Schlafzimmerfenstern standen und ungläubig auf den nicht enden wollenden Strom der Fahrzeuge starrten, der sie um ihre Nachtruhe brachte.

»Mein Gott«, sagte Greta. »Das sieht ja wirklich nach einer Invasion aus.«

In einem Mietwagen, einem großen, weißen Lincoln Continental, den Flick sehr gerne fuhr, hatten die beiden kurz nach Mitternacht London verlassen. Gretas Garderobe war weniger spektakulär als sonst – ein einfaches schwarzes Kleid und eine brünette Perücke. Erst nach Abschluss der Mission würde sie wieder Gerhard sein.

Flick konnte nur hoffen, dass Gretas Fachwissen tatsächlich so hervorragend war, wie Mark behauptet hatte. Sie arbeitete als Fernmeldetechniker bei der Post, weshalb man davon ausgehen durfte, dass sie wusste, wovon sie sprach. Eine Gelegenheit, Gretas Qualifikation zu testen, hatte sich allerdings bisher nicht geboten.

Sie krochen hinter einem mit Panzern bepackten Tieflader her. Flick erläuterte ihrer Begleiterin, worum es bei dem bevorstehenden Einsatz ging. Dabei hoffte sie inständig, dass das Gespräch keine entscheidenden Wissenslücken bei Greta offenbaren würde. »In dem Château befindet sich eine neue automatische Fernmeldezentrale. Sie wurde von den Deutschen zur Bewältigung des gesamten zusätzlichen Telefon- und Fernschreibverkehrs zwischen Berlin und den Besatzungstruppen eingerichtet.«

Greta war zunächst skeptisch, was den Plan betraf. »Sag mal, Schätzchen, selbst wenn wir Erfolg haben – was soll denn die Deutschen daran hindern, die Anrufe einfach um das zerstörte Netz herumzulenken?«

»Die schiere Masse. Das System ist überlastet. Über die Kommandozentrale ›Zeppelin‹ der Wehrmacht vor den Toren Berlins laufen Tag für Tag zwanzigtausend Ferngespräche und ebenso viele Fernschreiben, und nach Beginn unserer Invasion werden es noch mehr sein. Das französische System besteht aber weitgehend noch aus manuellen Vermittlungen. Jetzt stell dir vor, die wichtigste automatische Vermittlung fällt aus und all diese Anrufe müssen über die herkömmliche Handvermittlung laufen – also das berühmte Fräulein vom Amt –, was zehnmal so lange dauert. Da kommen neunzig Prozent der Anrufe einfach nicht durch.«

»Die Wehrmacht könnte Privatgespräche verbieten.«

»Das hilft ihnen auch nicht viel. Schon jetzt entfällt nur ein verschwindend geringer Anteil auf zivile Gespräche.«

»Na gut …« Greta dachte nach. »Wir könnten zum Beispiel die Schaltschränke mit gemeinsam genutzten Apparaturen zerstören.«

»Wofür sind die da?«

»Sie sorgen für die Ton- und Klingelsignale und dergleichen bei automatischen Verbindungen. Auch die Geräte, die die eingegebenen Vorwahlnummern in Verbindungsbefehle verwandeln, gehören dazu.«

»Würde damit die gesamte Vermittlungszentrale außer Kraft gesetzt?«

»Nein. Außerdem lässt sich der Schaden reparieren. Man

müsste die Handvermittlung, die automatische Vermittlung, die Verstärker für die Fernverbindungen, die Telegrafenvermittlung und deren Verstärker ausschalten – und die befinden sich wahrscheinlich alle in verschiedenen Räumen.«

»Vergiss nicht, dass wir nur eine beschränkte Menge Sprengstoff mitnehmen können – nicht mehr, als sechs Frauen in ihren üblichen Taschen unterbringen können.«

»Ja, das ist ein Problem.«

Michel hatte all diese Fragen schon mit Arnaud erörtert. Er war Mitglied der Bollinger-Gruppe und arbeitete für die französische PTT – *Postes, Télégraphes, Téléphones*. Um die Details hatte sich Flick allerdings nicht gekümmert, und Arnaud war beim Überfall auf das Schloss gefallen.

»Es muss doch die eine oder andere Einrichtung geben, die alle Systeme gemeinsam haben«, sagte sie.

»Ja, die gibt es auch. Den HV.«

»Was ist das?«

»Der Hauptverteiler. Das sind zwei Gruppen von Buchsen in großen Schaltschränken. Auf der einen Seite kommen die Leitungen von außen rein, auf der anderen führen die Leitungen aus der Zentrale hinaus. Untereinander verbunden sind sie durch Überbrückungskabel.«

»Und wo findet man diesen Hauptverteiler?«

»In einem Zimmer neben dem Kabelraum. Am besten zündet man dort ein Feuerchen an, das heiß genug ist, um das Kupfer in den Kabeln zu schmelzen.«

»Und wie lange würde es dauern, die Kabel zu ersetzen?«

»Zwei Tage.«

»Wirklich? Als die Leitungen in meiner Straße durch eine Bombe gekappt wurden, hat ein alter Fernmeldetechniker der Post sie in ein paar Stunden wieder repariert.«

»Reparaturen im Gelände sind einfach. Da geht es bloß darum, die gerissenen Enden wieder miteinander zu verknüpfen – Rot mit Rot und Blau mit Blau. Aber so ein Hauptverteiler hat Hunderte von Kreuzverbindungen. Nein, zwei Tage ist eher noch zu knapp geschätzt, und das setzt außerdem voraus, dass die Techniker die Schaltpläne haben.«

»Schaltpläne?«

»Auf denen die Kabelverbindungen eingetragen sind, ja. Normalerweise liegen sie in einem Schrank im gleichen Raum. Wenn es uns gelingt, die auch zu verbrennen, dauert die Reparatur Wochen. Es ist eine elende Tüftelei, die richtigen Verbindungen wiederherzustellen.«

Michel hatte einmal, wie Flick jetzt einfiel, berichtet, dass die Résistance einen Mitstreiter bei der PTT hatte, der im Ernstfall bereit war, die in der Hauptzentrale aufbewahrten Duplikate der Belegpläne zu zerstören. »Das klingt gut«, sagte sie. »Aber jetzt hör mir mal gut zu: Wenn ich morgen früh den anderen unsere Mission erkläre, werde ich ihnen was völlig anderes erzählen, eine Art Legende.«

»Warum?«

»Damit unser Einsatz auch dann nicht gefährdet wird, wenn sie eine von uns schnappen und verhören.«

»O Gott …« Für Greta war dies eine sehr ernüchternde Vorstellung. »Wie schrecklich.«

»Du bist die Einzige, die weiß, worum es wirklich geht. Also behalt die Geschichte von jetzt an für dich.«

»Keine Angst. Wir Homos sind daran gewöhnt, Geheimnisse für uns zu behalten.«

Die Wortwahl verblüffte Flick, doch sie enthielt sich eines Kommentars dazu.

Das »Mädchenpensionat« war auf dem Gelände eines der stattlichsten Landsitze Englands untergebracht. Beaulieu – auf Englisch *Bewly* ausgesprochen – war ein weitläufiges Anwesen im New Forest unweit der Südküste. Das Herrenhaus – genannt *Palace House* – war der Wohnsitz von Lord Montagu. In den umliegenden Wäldern verbargen sich mehrere große Landhäuser mit entsprechenden eigenen Grundstücken, von denen die meisten seit den ersten Kriegsmonaten leer standen: Die jüngeren Eigner waren zum Militärdienst eingezogen worden, und die älteren verfügten in den meisten Fällen über die Mittel, sich in sicherere Quartiere zurückzuziehen. Zwölf dieser Häuser waren von der SOE requiriert worden und dienten nun als Ausbildungsstätten, in denen man die angehenden Agenten mit Sicherheitsvorkehrungen, Bedienung von Funkgeräten, Kartenlesen und mit weniger harmlosen Fertigkeiten wie Einbruch, Sabotage, Dokumentenfälschung und lautlosen Tötungsmethoden vertraut machte.

Flick und Greta trafen gegen drei Uhr morgens ein. Flick steuerte den Wagen über einen Feldweg und einen Weiderost, bevor sie vor einem großen Gebäude anhielt. Jedes Mal, wenn sie hierher kam, hatte sie das Gefühl, eine Fantasiewelt zu betreten, in der man über Lug und Trug, Verrat und Gewalt sprach, als handle es sich um die größten Selbstverständlichkeiten. Dazu passte auch die Aura von Unwirklichkeit, die das Haus umgab. Obwohl es über ungefähr zwanzig Schlafzimmer verfügte, war es im »Cottage-Stil« erbaut, einer architektonischen Marotte aus der Zeit vor dem Ersten Weltkrieg. Mit seinen Schornsteinen und Giebelfenstern, Walmdächern und ziegelbedeckten Erkern wirkte es im Mondlicht sehr wunderlich, wie eine Kinderbuchillustration – ein großes, weitläufiges Haus, in dem man den ganzen Tag Verstecken spielen konnte.

Es herrschte absolute Stille. Flick wusste, dass die anderen Mitglieder des Teams bereits da waren, doch die schliefen sicher noch. Flick kannte sich im Haus aus und fand im Dachgeschoss zwei freie Zimmer. Auch Greta war heilfroh, endlich ins Bett zu kommen.

Flick lag noch eine Zeit lang wach und grübelte darüber nach, wie sie es am besten anstellte, aus dieser Gruppe höchst unterschiedlicher Individualistinnen eine homogene Kampftruppe zu schmieden, schlief aber bald darüber ein.

Um sechs Uhr morgens war sie wieder wach und stand auf.

Von ihrem Fenster aus konnte sie das Gestade des Solent erkennen, jener Meeresenge, die die Isle of Wight vom Festland trennt. Im grauen Morgenlicht sah die See wie Quecksilber aus. Flick setzte Wasser auf, damit Greta sich rasieren konnte, und brachte es ihr aufs Zimmer. Dann weckte sie die anderen.

Percy Thwaite und Paul Chancellor kamen als Erste in die große Küche auf der Rückseite des Hauses. Percy wollte Tee, Paul lieber Kaffee. Flick forderte sie auf, sich ihre Getränke selbst zuzubereiten; sie sei nicht zur SOE gegangen, um Männer zu bedienen.

»Ich mache dir auch manchmal Tee«, sagte Thwaite verschnupft.

»Stimmt, mit so einer *Noblesse-oblige*-Attitüde«, gab sie zurück. »Wie ein Herzog, der dem Hausmädchen mal die Tür aufhält.«

Paul Chancellor lachte. »Ihr Briten macht mich noch wahnsinnig.«

Um halb sieben erschien ein Armeekoch, und kurze Zeit später saßen sie alle drei an dem großen Tisch und aßen Spiegeleier mit dicken Speckstreifen. Für Geheimagenten waren die Lebensmittel nicht rationiert: Sie mussten schließlich Reserven aufbauen. An ihren Einsatzorten bekamen sie mitunter tagelang nichts Anständiges zu essen.

Die Frauen kamen nacheinander die Treppe herunter. Flick war erstaunt über Maude Valentine, die sie jetzt zum ersten Mal sah: Weder Paul noch Percy hatten ihr gesagt, wie hübsch das Mädchen war. Sie erschien picobello gekleidet und parfümiert. Leuchtendes Lippenrot betonte ihren Rosenknospenmund, als hätte sie vor, im Savoy zu dinieren. Sie setzte sich neben Paul Chancellor und sagte in suggestivem Ton: »Gut geschlafen, Major?«

Der Anblick von Ruby Rowlands dunklem Piratengesicht erleichterte Flick. Wäre Ruby in der Nacht auf Nimmerwiedersehen verschwunden, hätte es sie auch nicht überrascht.

Sicher – man hätte sie in diesem Fall wieder wegen Mordes verhaften können. Sie war nicht begnadigt worden, und die zurückgezogene Anklage konnte jederzeit erneuert werden. Damit sollte Ruby von einer Flucht abgehalten werden, aber hart gesotten, wie sie war, hätte sie sich durchaus auch anders entscheiden können.

Jelly Knight sah man um diese frühe Tageszeit ihr Alter an. Sie setzte sich neben Thwaite und lächelte ihm freundlich zu. »Ich nehme an, du hast geschlafen wie ein Murmeltier«, sagte sie.

»Das kommt von meinem reinen Gewissen«, erwiderte er.

Jelly lachte. »Gewissen! Du hast doch gar keines!«

Der Koch offerierte ihr einen Teller mit Eiern und Speck. Jelly zog ein Gesicht und sagte: »Nein danke, mein Lieber, ich muss auf meine Figur achten.« Ihr Frühstück bestand aus einer Tasse Tee und mehreren Zigaretten.

Als Greta in die Küche kam, hielt Flick unwillkürlich den Atem an.

Sie trug ein hübsches Baumwollkleid mit einem kleinen falschen Busen. Eine rosa Strickjacke ließ ihre Schultern runder erscheinen, und ein Chiffontuch verhüllte den maskulinen Hals. Sie trug eine Perücke mit kurzem dunklem Haar. Ihr Gesicht war stark gepudert, doch hatte sie von Lippenstift und Augen-Make-up diesmal nur sehr dezent Gebrauch gemacht. In krassem Gegensatz zu ihrer rassigen Bühnenerscheinung trat sie jetzt in der Rolle einer eher unscheinbaren jungen Frau auf, der ihre überdurchschnittliche Körpergröße ein wenig peinlich ist. Flick stellte sie den anderen vor und beobachtete deren Reaktionen. Es war der erste Test für Gretas Verwandlungskünste.

Alle Frauen lächelten ihr freundlich zu, und keine von ihnen gab in irgendeiner Weise zu erkennen, dass ihr etwas Verdächtiges aufgefallen war. Vor Erleichterung atmete Flick tief durch.

Die zweite Frau außer Maude, die Flick bisher nicht gesehen hatte, war Lady Denise Bouverie. Percy Thwaite hatte sie in Hendon befragt und für das Team angeworben, obwohl es Anzeichen dafür gab, dass sie es mit der Diskretion nicht allzu genau nahm. Sie erwies sich als ein unauffälliges Mädchen mit vielen dunklen Haaren, das von Anfang an einen etwas bockigen Eindruck machte. Obwohl sie die Tochter eines Marquis war, ging ihr das lockere Selbstbewusstsein, das für andere Mädchen aus der Oberschicht so typisch war, gänzlich ab. Sie tat Flick sogar ein wenig leid. Denise fehlte einfach jeder Charme, der sie hätte liebenswert machen können.

Das also ist meine Truppe, dachte Flick: eine Kokotte, eine Mörderin, eine Geldschrankknackerin, eine Pseudofrau und eine linkische Aristokratin. Irgendjemand fehlt – ja richtig, die andere Aristokratin ... Diana war nicht erschienen – und es war inzwischen halb acht.

»Hast du Diana gesagt, dass um sechs Wecken ist?«, fragte Flick Percy Thwaite.

»Ich habe es allen gesagt.«

»Und ich habe um Viertel nach an ihre Tür geklopft.« Flick stand auf. »Ich seh besser mal nach. Zimmer zehn, oder?«

Sie ging hinauf und klopfte an Dianas Tür. Als niemand antwortete, trat sie ein. Das Zimmer sah aus wie nach einem Bombentreffer – ein offener Koffer auf dem zerwühlten Bett, Kissen auf dem Boden, Schlüpfer auf der Frisierkommode. Flick überraschte dieser Anblick nicht – Diana war immer von Menschen umgeben gewesen, deren Aufgabe es war, ihr nachzuräumen. Flicks eigene Mutter gehörte dazu. Tatsache war, dass Diana sich einfach irgendwo herumtrieb. Wir müssen ihr jetzt schleunigst beibringen, dass sie nicht mehr nach Belieben über ihre Zeit verfügen kann, dachte Flick verärgert.

»Sie ist verschwunden«, sagte sie zu den anderen. »Wir fangen ohne sie an.« Sie hatte sich an der Schmalseite des Tisches aufgebaut. »Vor uns liegen zwei Ausbildungstage. Am Freitagabend springen wir dann über Frankreich ab. Wir sind eine reine Frauentruppe, weil Frauen sich im besetzten Frankreich viel freier bewegen können – die Gestapo ist ihnen gegenüber nicht so misstrauisch. Unser Auftrag besteht darin, einen Eisenbahntunnel in der Nähe des Dorfes Marles unweit von Reims in die Luft zu sprengen. Er liegt an der Hauptstrecke von Paris nach Frankfurt.«

Flick warf einen Seitenblick auf Greta, die ja wusste, dass die Geschichte frei erfunden war. Greta schmierte gerade Butter auf eine Scheibe Toastbrot, sagte kein Wort und vermied es, Flick anzusehen.

»Normalerweise dauert die Agentenausbildung drei Monate«, fuhr Flick fort. »Dieser Tunnel muss aber bis spätestens Montagabend zerstört sein. Wir hoffen, euch binnen zwei Tagen in die wichtigsten Sicherheitsregeln einweisen zu können. Wir werden euch beibringen, wie man mit dem Fallschirm abspringt, und euch den Umgang mit der Waffe zeigen. Außerdem werdet ihr lernen, wie man ohne Lärm einen Menschen tötet.«

Trotz ihres üppigen Make-ups wirkte Maude auf einmal blass. »Menschen tötet?«, wiederholte sie. »Das kannst du doch von einer Frau nicht im Ernst erwarten, oder?«

Jelly schnaubte empört. »Es herrscht Krieg, ist dir das eigentlich klar?«

Plötzlich erschien Diana. Sie kam aus dem Garten; Pflanzenreste hingen an ihrer Kordhose. »Ich hab mich ein bisschen im Wald umgesehen«, sagte sie voller Begeisterung. »Großartig! Und seht mal her, was der Gärtner mir aus dem Gewächshaus mitgegeben hat.« Sie holte eine Hand voll reifer Tomaten aus einem Beutel und ließ sie über den Küchentisch kullern.

»Setz dich, Diana«, sagte Flick. »Du kommst zu spät für die Instruktionen.«

»Tut mir furchtbar leid, Schätzchen. Habe ich etwa deine schöne Ansprache verpasst?«

»Du bist jetzt beim Militär«, gab Flick wütend zurück. »Wenn man dir sagt, dass du Punkt sieben in der Küche zu sein hast, dann ist das kein Vorschlag, sondern ein Befehl.«

»Soll das etwa heißen, dass du von jetzt ab in diesem Gouvernantenton mit mir redest?«

»Setz dich und halt den Mund!«

»Es tut mir furchtbar leid, meine Liebe.«

Flick hob die Stimme: »Diana, wenn ich sage ›Halt den Mund!‹, dann antwortest du nicht mit ›Es tut mir furchtbar leid‹, und außerdem ersparst du dir ab sofort das ›Schätzchen‹, verstanden? Halt einfach den Mund.«

Diana setzte sich und schwieg, ihre Miene war jedoch rebellisch. Au verdammt, dachte Flick, das habe ich nicht optimal hingekriegt.

Krachend flog die Tür auf, und ein kleiner, muskulöser Mann von ungefähr vierzig Jahren betrat die Küche. Die Winkel auf seinem Uniformhemd wiesen ihn als Sergeanten aus. »Guten Morgen, meine Damen!«, sagte er mit lauter Stimme.

»Das ist Sergeant Bill Griffiths, einer unserer Ausbilder«, sagte Flick. Sie mochte Bill nicht. Er diente in der Armee, hatte eine unangenehme Vorliebe für Nahkampfübungen und zeigte nie besondere Reue, wenn er dabei jemanden verletzte. Es war ihr aufgefallen, dass er bei Frauen noch rabiater vorging als bei Männern. »Wir sind bereit für Sie, Sergeant. Warum fangen Sie nicht gleich an?« Sie trat zur Seite und lehnte sich an die Wand.

»Ihr Wunsch ist mir Befehl«, sagte er unnötigerweise und stellte sich an ihren Platz an der Schmalseite des Tisches. »Die Landung mit einem Fallschirm«, begann er, »entspricht dem Sprung von einer etwas mehr als vier Meter hohen Mauer. Die Zimmerdecke hier ist nicht ganz so hoch. Stellen Sie sich einfach vor, Sie sprängen vom ersten Stock aus in den Garten.«

»Ach du heiliger Strohsack!«, hörte Flick Jelly vor sich hin murmeln.

»Eins geht auf jeden Fall schief«, fuhr Griffiths fort. »Wenn Sie versuchen, auf den Füßen zu landen und gleich stehen zu bleiben, brechen Sie sich die Beine. Die einzig sichere Methode besteht darin, sich fallen zu lassen. Das Erste, was wir Ihnen daher heute beibringen werden, ist die richtige Art des Fallens. Wenn Sie wollen, dass Ihre Klamotten sauber bleiben, gehen Sie jetzt bitte in die Stiefelkammer dort drüben und ziehen sich Overalls an. In drei Minuten treffen wir uns draußen und fangen an.«

Während die Frauen sich umzogen, verabschiedete sich Paul Chancellor. »Wir brauchen morgen einen Flug für Testsprünge«, sagte er zu Flick. »Man wird mir natürlich sagen, dass keine einzige Maschine zur Verfügung steht, deshalb fahre ich jetzt zurück nach London und trete in den einen oder anderen Hintern. Heute Abend bin ich wieder hier.«

Flick fragte sich insgeheim, ob er sich auch mit seiner Freundin treffen würde.

Im Garten standen ein alter Kiefernholztisch, ein hässlicher Mahagonischrank aus viktorianischen Zeiten und eine gut vier Meter hohe Trittleiter. Jelly bekam es mit der Angst zu tun. »Ihr habt doch nicht etwa vor, uns von diesem verdammten Schrank runterspringen zu lassen, oder?«, sagte sie zu Flick.

»Erst, wenn wir euch gezeigt haben, wie 's geht. Du wirst dich wundern, wie leicht es ist.«

Jelly sah Percy Thwaite an. »Du Schuft. In was hast du mich da reingezogen?«

Als alle bereit waren, sagte Bill: »Zuerst lernen wir aus null Komma null Meter Höhe fallen. Es gibt drei Möglichkeiten: vorwärts, rückwärts oder seitwärts.«

Er führte ihnen alle drei Möglichkeiten vor. Mühelos ging er zu Boden und federte mit der Gelenkigkeit eines Turners wieder hoch. »Sie müssen die Beine zusammenhalten«, sagte er und fügte mit neckischem Grinsen hinzu: »So wie es sich für junge Damen gehört.« Niemand lachte. »Strecken Sie nicht die Arme aus, um den Sturz abzubremsen, sondern halten Sie sie seitwärts am Körper. Scheren Sie sich nicht drum, wenn's ein bisschen wehtut. Wenn Sie sich den Arm brechen, tut es verdammt viel mehr weh.«

Dass die Jüngeren unter den Frauen keine Probleme mit dieser Übung hatten, entsprach Flicks Erwartungen: Nachdem man ihnen gezeigt hatte, wie es ging, ließen sich Diana, Maude, Ruby und Denise wie Sportlerinnen fallen. Ruby verlor bereits nach dem ersten Versuch die Geduld und stieg die Leiter hinauf. »Noch nicht!«, brüllte Bill Griffiths sie an, aber es war schon zu spät. Sie sprang herunter und legte eine perfekte Landung vor. Dann entfernte sie sich, setzte sich unter einen Baum und zündete sich eine Zigarette an.

Die wird mir noch Kummer machen, dachte Flick.

Größeres Kopfzerbrechen bereitete ihr aber vorerst Jelly. Als einziges Teammitglied, das mit Sprengstoffen umgehen konnte, war sie eine Schlüsselfigur. Die Geschmeidigkeit der Jugend war ihr schon vor einigen Jahren abhanden gekommen, und es stand fest, dass der Fallschirmsprung für sie nicht unproblematisch war. Doch immerhin: Sie war wild entschlossen, die Aufgabe zu meistern. Sie ließ sich fallen, ächzte, als sie auf den Boden prallte, fluchte beim Aufstehen – und probierte es gleich noch einmal.

Die Schlechteste von allen war zu Flicks Erstaunen Greta. »Ich kann das nicht«, sagte sie zu Flick. »Ich hab dir doch gesagt, dass ich für solche harten Sachen nicht geeignet bin.«

Es war das erste Mal, dass Greta mehr als ein paar Worte gesprochen hatte. Jelly runzelte die Stirn und murmelte: »Komischer Akzent.«

»Ich helfe Ihnen«, sagte Bill zu Greta. »Stellen Sie sich ganz ruhig und entspannt hin.« Er packte sie an den Schultern und schleuderte sie mit einer schnellen, kraftvollen Bewegung zu

Boden. Greta schlug heftig auf, stieß einen Schmerzensschrei aus und fing zu Flicks Entsetzen an zu weinen, nachdem sie sich wieder aufgerappelt hatte.

»Um Gottes willen, was schicken die uns denn da für Leute?«, fragte Griffiths entnervt.

Flick warf ihm einen bösen Blick zu. Sie wollte nicht, dass Bill ihr mit seinen rohen Methoden ihre Fernmeldetechnikerin vergraulte. »Nicht so heftig!«, fauchte sie ihn an.

Griffiths blieb stur. »Die Gestapo geht mit denen noch ganz anders um als ich!«

Flick erkannte, dass sie eingreifen musste, um Schlimmeres zu verhüten. Sie nahm Greta an der Hand. »Wir machen ein kleines privates Spezialtraining«, sagte sie und führte sie ums Haus herum in einen anderen Teil des Gartens.

»Tut mir leid«, sagte Greta. »Aber der kleine Kerl ist mir verhasst.«

»Ich weiß. Also, wir machen jetzt die folgende Übung zusammen. In die Knie ...« Sie knieten einander gegenüber nieder und fassten sich an den Händen. »Mach einfach das Gleiche wie ich.« Flick lehnte sich langsam zur Seite, und Greta bewegte sich wie ihr Spiegelbild. Gemeinsam fielen sie um, noch immer Hand in Hand. »Na also«, sagte Flick, »das ging doch schon ganz gut, oder?«

»Wieso macht er das nicht genauso?«

Flick zuckte mit den Schultern. »Männer«, sagte sie und grinste. »Wie sieht's aus? Bist du bereit für einen Versuch aus stehender Position? So wie eben – Hand in Hand.«

Sie machte mit Greta alle Übungen, die Bill Griffiths mit den anderen durchführte. Gretas Selbstvertrauen wuchs schnell. Schließlich kehrten sie zu der Gruppe zurück. Die Frauen sprangen inzwischen vom Tisch. Greta schloss sich ihnen an und landete perfekt. Die anderen applaudierten.

Der nächste Schritt war der Sprung vom Schrank, und zum Schluss folgte der Fall von der Trittleiter. Als Jelly von der Leiter sprang, sich schulmäßig abrollte und wieder aufstand, nahm Flick sie in die Arme. »Ich bin stolz auf dich«, sagte sie. »Das hast du großartig gemacht.«

Bill sah es mit Verdruss. Er wandte sich an Percy Thwaite: »Was, zum Teufel, ist das für eine Armee, wo man abgeknutscht wird, wenn man bloß seine verdammten Befehle befolgt?«

»Reine Gewöhnungssache, Bill«, sagte Thwaite.

Im hohen Haus an der Rue du Bois trug Dieter Franck Stéphanies Koffer die Treppe hinauf und brachte ihn in Mademoiselle Lemas' Schlafzimmer. Sein Blick wanderte vom straff bezogenen Einzelbett über den altmodischen Schubladenschrank aus Walnussholz und den Gebetsstuhl mit dem Rosenkranz auf dem Lesepult. »Leicht wird es dir nicht fallen, die Eigentümerin dieses Hauses zu spielen«, sagte er skeptisch und legte den Koffer aufs Bett.

»Ich sage einfach, ich hätte es von meiner altjüngferlichen Tante geerbt und mich bisher noch nicht dazu aufgerafft, es nach meinem Geschmack umzugestalten«, meinte Stéphanie.

»Raffiniert. Trotzdem glaube ich, dass du hier ein bisschen Unordnung schaffen musst.«

Stéphanie öffnete den Koffer, entnahm ihm ein schwarzes Negligé und drapierte es wie sorglos hingeworfen über den Gebetsstuhl.

»Schon besser«, kommentierte Franck. »Wie verhältst du dich, wenn das Telefon klingelt?«

Stéphanie ließ sich Zeit mit ihrer Antwort. Als sie dann sprach, klang ihre Stimme tiefer als sonst, und ihr Pariser Oberschichtenakzent war dem Tonfall einer gut bürgerlichen Frau aus der Provinz gewichen. »Hallo? Jawohl, Sie sprechen mit Mademoiselle Lemas. Wer ist am Apparat, bitte?«

»Sehr gut«, sagte Franck. Ein guter Freund oder Verwandter würde sich durch diese Nummer wahrscheinlich nicht täuschen lassen. Weniger vertraute Anrufer würden dagegen keinen Verdacht schöpfen, zumal die Stimme auf dem Übertragungsweg noch verzerrt wurde.

Sie untersuchten das Haus von oben bis unten. Es hatte vier weitere Schlafzimmer, die offenbar jederzeit für Gäste bereitstanden. Die Betten waren frisch bezogen, und neben jedem Waschbecken hing ein frisches Handtuch. In der Küche, wo man eine Auswahl kleiner Kasserollen und ein Kaffeekännchen für eine Person erwartet hätte, fanden sie große Schmortöpfe und Schüsseln sowie einen Sack Reis, von dem sich Mademoiselle Lemas ein ganzes Jahr lang hätte ernähren können. Der Wein im Keller war billiger *vin ordinaire*, doch fand sich auch eine halb volle Kiste mit gutem schottischem Whisky. In der Garage neben dem Haus stand ein kleiner Simca Cinq aus der Vorkriegszeit, die französische Version jenes Fiat-Modells, das die Italiener *Topolino* nannten. Der Wagen war in gutem Zustand, der Tank randvoll. Als Franck den Anlasser betätigte, sprang der Motor sofort an. Es war ausgeschlossen, dass die Behörden Mademoiselle Lemas die Erlaubnis zum Erwerb streng rationierten Benzins und kaum noch aufzutreibender Ersatzteile gegeben hätten, nur um ihr Einkaufsfahrten zu ermöglichen. Der Schluss lag nahe, dass das Fahrzeug von der Résistance betankt und gewartet wurde. Franck fragte sich, mit welcher Ausrede die Besitzerin begründet hatte, dass sie nach wie vor herumfahren konnte. Vielleicht behauptete sie, als Hebamme tätig zu sein. »Die Alte war gut organisiert«, sagte er.

Stéphanie bereitete ein Mittagessen zu. Sie hatten unterwegs eingekauft. Fleisch oder Fisch hatte es nirgends gegeben, aber sie hatten Champignons und Kopfsalat bekommen sowie einen Laib *pain noir*, jenes Brot, das die französischen Bäcker aus dem dürftigen Gemisch aus Mehl und Kleie buken, das ihnen allein noch zur Verfügung stand. Stéphanie bereitete den Salat zu und verwendete die Champignons zu einem Risotto. Zum Magenschluss fand sich in der Speisekammer noch etwas Käse. Die Krümel auf dem Esszimmertisch und das schmutzige Geschirr in der Spüle trugen dazu bei, dass das Haus schon bald etwas bewohnter aussah.

»Was Besseres als den Krieg hat sie wahrscheinlich in ihrem ganzen Leben nicht erlebt«, sagte Dieter Franck beim Kaffee.

»Wie kannst du so etwas sagen? Sie ist auf dem Weg ins KZ.«

»Stell dir doch mal vor, was für ein Leben sie vor dem Krieg geführt hat. Allein, ohne Ehemann, ohne Familie, die Mutter tot, der Vater seit Jahren ein Pflegefall. Und da platzen dann auf einmal lauter junge Leute in ihr Leben, tapfere junge Männer und Frauen in hochbrisanter Mission. Ich kann mir gut vorstellen, dass sie ihr alles über sich erzählt haben – über ihre Liebesgeschichten, ihre Ängste und so weiter. Sie versteckt sie in ihrem Haus, versorgt sie mit Whisky und Zigaretten, wünscht ihnen alles Gute und schickt sie los. Das war wahrscheinlich die aufregendste Zeit in ihrem Leben. Ich wette, dass sie nie zuvor so glücklich gewesen ist.«

»Vielleicht wäre ihr ein geruhsames Leben lieber gewesen – ab und zu mal mit einer Freundin einen neuen Hut kaufen, die Kathedrale mit Blumen schmücken, einmal im Jahr ins Konzert nach Paris …«

»Kein Mensch sehnt sich nach einem geruhsamen Leben.« Franck sah aus dem Fenster und erschrak. »Verdammt!« Auf dem Trottoir kam eine Frau auf das Haus zu. Sie schob ein Fahrrad mit einem großen Korb über dem Vorderrad neben sich her. »Wer, zum Teufel, ist das?«

Stéphanie starrte auf die näher kommende Besucherin. »Was soll ich tun?«

Dieter Franck zögerte einen Augenblick. Der Eindringling war ein einfaches, gesund aussehendes Mädchen in schlammverkrusteten Hosen und einem Arbeitshemd, das unter den Achseln große Schweißflecken aufwies. Sie klingelte nicht an der Tür, sondern schob ihr Fahrrad in den Hof. Franck war außer sich. Sollte sein ausgeklügeltes Spiel schon so schnell auffliegen? »Sie kommt durch die Hintertür«, sagte er zu Stéphanie. »Sie muss eine Freundin oder Verwandte von der Lemas sein. Du musst irgendwas improvisieren. Geh zu ihr und begrüße sie. Ich bleibe hier und höre zu.«

Sie hörten die Hintertür auf- und wieder zugehen, und das Mädchen rief auf Französisch: »*Bon jour*, ich bin's!«

Stéphanie ging in die Küche, Franck stellte sich im Esszimmer hinter die Tür. Jedes Geräusch war deutlich zu vernehmen. Als Erstes hörte er die überraschte Stimme des Mädchens.

»Wer sind *Sie* denn?«

»Ich bin Stéphanie, die Nichte von Mademoiselle Lemas.«

Die Besucherin versuchte gar nicht erst, ihren Argwohn zu kaschieren. »Ich wusste gar nicht, dass sie eine Nichte hat.«

»Sie hat mir ja auch nichts von Ihnen erzählt.« Franck nahm einen freundlich-amüsierten Unterton in Stéphanies Stimme wahr und merkte, dass sie ihren Charme spielen ließ. »Wollen Sie sich nicht setzen? Was haben Sie denn da in dem Korb?«

»Ein paar Vorräte. Ich bin die Marie. Ich lebe draußen auf dem Land und kann ab und zu ein paar Lebensmittel extra organisieren. Ich hab was mitgebracht für … für Mademoiselle.«

»Aha«, sagte Stéphanie. »Und für ihre … Gäste, nicht wahr?« Es raschelte, und Franck vermutete, dass sie sich die in Papier eingewickelten Lebensmittel aus dem Korb ansah. »Das sind ja tolle Sachen! Eier, Schweinefleisch, Erdbeeren …«

Deshalb also ist Mademoiselle Lemas so feist geblieben, dachte Franck.

»Sie wissen also … Bescheid?«, fragte Marie.

»Ja, ich bin über Tantchens Doppelleben informiert.«

Als Stéphanie »Tantchen« sagte, fiel Franck ein, dass weder er noch Stéphanie sich jemals nach dem Vornamen von Mademoiselle Lemas erkundigt hatten. Wenn Marie herausfand, dass Stéphanie nicht wusste, wie ihre »Tante« mit Vornamen hieß, konnten sie ihre Maskerade vergessen.

»Wo ist sie denn?«

»Sie ist nach Aix gefahren. Erinnern Sie sich an Charles Menton, der früher Dekan an der Kathedrale war?«

»Nein.«

»Vielleicht sind Sie zu jung. Er war der beste Freund von Tantchens Vater – bis er in Ruhestand ging und in die Provence zog.« Stéphanie improvisiert hervorragend, dachte Franck voller Bewunderung. Sie bleibt kühl bis ans Herz und hat Fantasie. »Er hat einen Herzinfarkt erlitten. Sie ist zu ihm gefahren, um ihn zu pflegen, und hat mich gebeten, das Haus zu hüten. Ich soll mich während ihrer Abwesenheit auch um die Gäste kümmern.«

»Und wann kommt sie zurück?«

»Monsieur Menton wird vermutlich nicht mehr lange leben. Andererseits kann es ja auch sein, dass der Krieg bald zu Ende ist.«

»Sie hat niemandem von diesem Monsieur Menton erzählt.«

»Mir schon.«

Sieht fast so aus, als ob Stéphanie mit ihrer Flunkerei Erfolg hat, dachte Franck. Wenn sie noch ein paar Minuten durchhält, hat sie Marie überzeugt. Marie wird dann zwar dem einen oder anderen von ihrer Begegnung erzählen, aber Stéphanies Geschichte ist schlüssig und passt auch recht gut ins Umfeld einer Widerstandsbewegung. Dort herrschten andere Verhältnisse als in einer Armee. Jemand wie Mademoiselle Lemas konnte ohne weiteres von sich aus beschließen, ihren Posten zu verlassen und jemand anders an ihre Stelle zu setzen. Die Résistance-Führer ärgerten sich über solche Eigenmächtigkeiten grün und blau, konnten aber kaum etwas dagegen unternehmen: Ihre Mitstreiter waren ausnahmslos Freiwillige.

Franck schöpfte wieder Hoffnung.

»Wo kommen Sie her?«, fragte Marie.

»Ich wohne in Paris.«

»Hält Ihre Tante Valérie noch mehr heimliche Nichten versteckt?«

Aha, dachte Dieter Franck, Mademoiselle heißt Valérie.

»Ich glaube nicht – jedenfalls nicht, dass ich wüsste.«

»Sie lügen.«

Maries Ton hatte sich schlagartig verändert. Irgendetwas war schief gegangen. Franck seufzte und zog die halbautomatische Pistole unter seinem Jackett hervor.

»Wie bitte? Wovon reden Sie eigentlich?«, fragte Stéphanie.

»Sie lügen. Sie kennen ja nicht einmal ihren Namen. Sie heißt nicht Valérie, sondern Jeanne.«

Mit dem Daumen schob Franck den Sicherungshebel auf der linken Seite nach oben in Feuerstellung.

Stéphanie spielte ihr Spiel unverdrossen weiter. »Ich hab sie immer Tantchen genannt. Sie sind sehr unhöflich.«

»Ich hab es von Anfang an gewusst«, sagte Marie voller Verachtung. »So einer wie Ihnen … mit diesen hochhackigen Schuhen und dem Parfüm – so einer hätte Jeanne nie vertraut.«

Dieter Franck betrat die Küche. »Wie schade für Sie, Marie«, sagte er. »Wenn Sie ein bisschen vertrauensseliger oder nicht ganz so neunmalklug gewesen wären, hätten wir Sie laufen lassen können. Aber jetzt stehen Sie unter Arrest.«

Marie sah Stéphanie an und sagte: »Besatzerhure!«

Das saß. Stéphanie lief knallrot an.

Dieter Franck machte die Bemerkung dermaßen wütend, dass er Marie um ein Haar die Pistole um die Ohren geschlagen hätte. »Diese Bemerkung werden Sie noch bereuen, wenn Sie in den Händen der Gestapo sind«, sagte er in eiskaltem Ton. »Es gibt da einen Wachtmeister Becker, der Sie verhören wird. Sie werden heulen und bluten und um Gnade betteln – und dann an diese unüberlegte Unverschämtheit denken.«

Es sah so aus, als wolle Marie davonlaufen. Franck hoffte

fast, sie würde es tatsächlich tun – er hätte sie dann erschießen können, und das Problem wäre gelöst gewesen. Aber Marie lief nicht davon. Nach kurzer Zeit ließ sie die Schultern hängen und fing an zu weinen.

Ihre Tränen rührten ihn nicht. »Legen Sie sich auf den Boden, Gesicht nach unten, Hände auf den Rücken.«

Sie gehorchte.

Er steckte die Pistole weg. »Ich glaube, im Keller habe ich einen Strick gesehen«, sagte er zu Stéphanie.

»Ich hole ihn.«

Sie kehrte mit einem Stück Wäscheleine zurück. Franck fesselte Marie an Händen und Füßen. »Ich muss sie nach Sainte-Cécile bringen«, sagte er. »Falls heute noch ein britischer Agent auftauchen sollte, können wir sie hier nicht brauchen.« Er sah auf seine Uhr. Es war gerade zwei, sodass er Marie ins Schloss bringen und gegen drei wieder zurück sein konnte. »Du musst allein in die Krypta gehen«, sagte er zu Stéphanie. »Fahr mit dem Kleinwagen hin, der in der Garage steht. Ich werde in der Kathedrale sein, auch wenn du mich nicht siehst.« Er küsste sie. Fast wie ein Ehemann, der ins Büro geht, dachte er mit einer Art finsterer Belustigung, hob Marie vom Boden und warf sie sich über die Schulter. »Ich muss mich beeilen«, sagte er und verließ das Haus durch die Hintertür.

Draußen drehte er sich noch einmal um und sagte: »Versteck das Fahrrad!«

»Wird gemacht«, sagte Stéphanie.

Franck schleppte das gefesselte Mädchen durch den Hof auf die Straße, öffnete den Kofferraum seines Wagens und legte Marie hinein. Ohne die »Besatzerhure« hätte er sie auf dem Rücksitz untergebracht.

Er schlug den Kofferraumdeckel zu und blickte sich um. Niemand war zu sehen, aber in Straßen wie dieser gab es immer Neugierige, die durch ihre Rollläden linsten. Sie hatten sicher auch mitbekommen, wie Mademoiselle Lemas am

Tag zuvor abtransportiert worden war, und hatten sich den himmelblauen Wagen gemerkt. Sobald er fort war, würde das Getuschel über den Mann losgehen, der ein Mädchen in den Kofferraum seines Wagens verfrachtet hatte. In normalen Zeiten hätten sie sofort die Polizei gerufen, aber in einem besetzten Land sprach niemand, der es nicht unbedingt musste, mit der Polizei, vor allem, wenn damit zu rechnen war, dass auch die Gestapo mitmischte.

Die Schlüsselfrage für Dieter Franck war: Würde die Résistance von Mademoiselle Lemas' Verhaftung erfahren? Reims war eine Stadt, kein Dorf. Jeden Tag wurden irgendwelche Leute verhaftet – Diebe, Mörder, Schmuggler, Schwarzhändler, Kommunisten, Juden. Es bestand daher eine gute Chance, dass Michel Clairet von den Ereignissen in der Rue du Bois nichts zu Ohren kommen würde.

Eine Garantie dafür gab es allerdings nicht.

Dieter Franck stieg ein und fuhr los. Sein Ziel war Sainte-Cécile.

Zu Flicks Erleichterung hatte ihr Team die morgendlichen Instruktionen ohne weitere Schwierigkeiten hinter sich gebracht. Alle beherrschten jetzt die erforderlichen Landetechniken und damit den schwierigsten Part des Fallschirmspringens. Weniger erfolgreich war der Unterricht im Kartenlesen verlaufen. Ruby hatte niemals eine Schule besucht und konnte kaum lesen; man hätte ihr anstelle einer Karte auch einen chinesischen Text vorlegen können. Maude kam mit den Himmelsrichtungen wie Nord-Nordost nicht zurecht, sah den Ausbilder aus großen Augen an und klimperte mit ihren hübschen Wimpern. Denise erwies sich trotz ihrer teuren Schulbildung als vollkommen unfähig, mit Koordinaten umzugehen. Sollte die Gruppe in Frankreich auseinander gerissen werden, kann ich mich nicht darauf verlassen, dass die Mädchen sich allein zurechtfinden, dachte Flick besorgt.

Am Nachmittag standen die härteren Aufgaben auf dem Programm. Für die Ausbildung an der Waffe war Hauptmann Jim Cardwell zuständig, der vom Charakter her ganz anders veranlagt war als Bill Griffiths. Jim war ein umgänglicher Mann mit einem zerfurchten Gesicht und einem dicken schwarzen Schnurrbart. Als seine Schülerinnen merkten, wie schwer es ist, mit einem halbautomatischen Colt, Kaliber .45, aus sechs Schritt Entfernung einen Baum zu treffen, grinste er freundlich.

Ruby fühlte sich wohl mit der Pistole in ihrer Hand und traf die vorgegebenen Ziele. Flick vermutete, dass sie schon Erfahrung mit Handfeuerwaffen hatte. Noch wohler fühlte Ruby sich, als Jim seine Arme um sie legte, um ihr zu zeigen, wie man ein Lee-Enfield-Gewehr hält, die so genannte *Canadian rifle*. Er flüsterte ihr etwas ins Ohr, worauf sie ihn mit einem anzüglichen Glanz in ihren schwarzen Augen ansah. Nach drei Monaten im Frauengefängnis, dachte Flick, genießt sie offenbar die Berührung von Männerhand.

Auch Jellys Umgang mit den Waffen war von entspannter Vertrautheit geprägt. Der Star der Lektion war allerdings Diana. Sie traf mit jedem Gewehrschuss ins Schwarze und leerte beide Magazine von je fünf Schuss mit tödlicher Akkuratesse. »Hervorragend!«, sagte Jim überrascht. »Sie können sofort meinen Posten übernehmen!«

Diana warf Flick einen triumphierenden Blick zu. »Du bist eben doch nicht überall die Beste«, sagte sie.

Womit, zum Teufel, habe ich das verdient?, fragte sich Flick. Bezieht sich Diana etwa auf unsere Schulzeit, als ich immer viel besser war als sie? Wurmen sie diese alten Rivalitäten immer noch?

Als hoffnungsloser Fall erwies sich lediglich Greta, die auch auf diesem Gebiet femininer war als die echten Frauen. Sie hielt sich die Ohren zu, fuhr bei jedem Knall nervös in die Höhe und schloss entsetzt die Augen, wenn sie den Abzug bediente. Jim nahm sich viel Zeit für sie, gab ihr Wattepfropfen für die Ohren und führte ihr die Hand, um ihr zu zeigen, wie man den Abzug vorsichtig betätigt, doch es war alles vergebliche Liebesmüh. So unruhig und flatterhaft, wie sie war, würde nie eine gute Schützin aus ihr werden. »Ich bin einfach für dieses Gewerbe nicht geschaffen!«, sagte sie verzweifelt.

»Was hast du dann hier zu suchen, verflucht noch mal?«, fragte Jelly.

»Greta ist Technikerin«, fuhr Flick schnell dazwischen. »Sie wird dir sagen, wo du die Sprengladungen anbringen musst.«

»Wozu brauchen wir eine deutsche Technikerin?«

»Ich bin Engländerin. Mein Vater stammt aus Liverpool.«

Jelly räusperte sich verächtlich. »Wenn das Liverpool'sch ist, was du da sprichst, dann bin ich die Herzogin von Devonshire.«

»Spart euch eure Aggressionen für die nächste Lektion auf«, rügte sie Flick. »Wir kommen jetzt bald zum Nahkampftraining.« Das Gezänk machte ihr Sorgen. Es war wichtig, dass alle einander vertrauten.

Sie begaben sich wieder in den Garten, wo Bill Griffiths schon auf sie wartete. Er trug jetzt kurze Hosen und Tennisschuhe und machte gerade mit freiem Oberkörper Liegestütze im Gras. Als er aufstand, hatte Flick den Eindruck, er wolle sie alle seine Anatomie bewundern lassen.

Eine von Griffiths' liebsten Selbstverteidigungslektionen bestand darin, dass er dem Übenden eine Waffe in die Hand drückte und sagte: »Los, greif mich an!« Und dann demonstrierte er, wie ein Unbewaffneter die Attacke eines Bewaffneten abwehren konnte. Es war eine drastische Lektion, die der Betroffene nie vergessen sollte. Obwohl Bill dabei manchmal unnötig brutal vorging, war Flick der Meinung, dass sich die künftigen Agenten ruhig an diese Härte gewöhnen sollten.

Er hatte ein ganzes Waffenarsenal mitgebracht und auf

dem alten Kiefernholztisch ausgebreitet: ein heimtückisch aussehendes Messer, von dem er behauptete, es gehöre zur Ausrüstung der SS; eine halbautomatische Pistole vom Typ Walther P38, die Flick bei deutschen Offizieren gesehen hatte; den Schlagstock eines französischen Polizisten; ein schwarzgelbes Elektrokabel, das er als Garotte bezeichnete; und eine Bierflasche ohne Hals mit scharfer, gezackter Bruchkante.

Er streifte sich sein Hemd wieder über und begann: »Frage: Wie entkomme ich einem Kerl, der mich mit der Pistole bedroht?« Er nahm die Walther auf, entsicherte sie und drückte sie Maude in die Hand, die umgehend auf ihn zielte. »Früher oder später wird der Kerl, der Sie gefangen genommen hat, von Ihnen verlangen, dass Sie in irgendeine Richtung gehen.« Er drehte sich um und streckte die Hände in die Höhe. »Es besteht eine gute Chance, dass er unmittelbar hinter Ihnen geht und Ihnen die Pistole in den Rücken drückt.« Er ging los und beschrieb, von Maude gefolgt, einen weiten Kreis. »Also, Maude, drücken Sie ab, sobald Sie den Eindruck haben, dass ich fliehen will.« Er beschleunigte seinen Schritt und zwang dadurch auch Maude, etwas schneller zu gehen. In diesem Augenblick machte er einen Ausfallschritt rückwärts und leicht zur Seite, presste Maudes Handgelenk unter seinen Arm und hieb ihr mit einem harten, senkrecht nach unten geführten Handkantenschlag die Waffe aus der Hand. Maude schrie auf.

»Jetzt kommt der Punkt, wo Sie einen entscheidenden Fehler begehen können«, sagte er, während Maude sich ihr Handgelenk rieb. »Laufen Sie jetzt *unter keinen Umständen* davon! Denn wenn Sie das tun, hebt Ihr Kraut-Bulle einfach seine Knarre wieder auf und knallt Sie von hinten ab. Sie machen stattdessen Folgendes …« Er hob die Pistole auf, richtete sie auf Maude und drückte ab. Es krachte, Maude schrie auf und Greta mit ihr. »Sind natürlich nur Platzpatronen drin«, sagte Griffiths.

Flick wünschte sich nicht zum ersten Mal, dass er seine Lektionen etwas weniger dramatisch gestaltete.

»Wir werden gleich all diese Techniken miteinander ausprobieren«, fuhr er fort, nahm das Elektrokabel und sagte zu Greta: »Hier, legen Sie mir das um den Hals. Wenn ich ›Los!‹ sage, ziehen Sie es so fest an, wie Sie können.« Er reichte ihr das Kabel. »Der Gestapo-Mann oder der verräterische Kollaborateur von der französischen Gendarmerie oder wer immer es auf Sie abgesehen hat, kann Sie mit diesem Kabel zwar töten, aber nicht Ihr Gewicht halten. Also, Greta, los, erwürgen Sie mich!« Greta zögerte kurz, dann zog sie mit aller Kraft zu, und das Kabel grub sich in Griffiths' Stiernacken. Der Ausbilder warf ruckartig beide Beine nach vorn und landete mit dem Rücken voran auf dem Boden. Das Kabel rutschte Greta aus der Hand.

»Dummerweise liegen Sie dann auf der Erde und Ihr Feind steht über Ihnen, und das ist keine sehr vorteilhafte Position.« Er stand auf. »Wir probieren es gleich noch einmal. Diesmal werde ich allerdings, bevor ich zu Boden gehe, meinen Widersacher am Handgelenk packen.« Sie nahmen die Ausgangsstellung ein, und Greta zog die Schlinge wieder zu. Griffiths packte sie am Handgelenk, stürzte zu Boden und zog sie mit sich. Als Greta kopfüber auf ihn fiel, zog er ein Bein an und rammte es ihr mit Gewalt in die Magengrube.

Greta rollte von ihm herunter, krümmte sich, rang nach Luft und würgte. »Herrgott, Bill, das war ein bisschen zu heftig!«, sagte Flick.

Bill Griffiths wirkte sehr zufrieden. »Die Gestapo ist noch viel schlimmer als ich«, sagte er.

Flick half Greta wieder auf die Beine. »Tut mir leid«, sagte sie.

»Der ist doch selbst ein altes Nazischwein«, keuchte Greta.

Flick führte sie ins Haus und ließ sie sich in der Küche niedersetzen. Der Koch, der gerade Kartoffeln fürs Mittagessen schälte, bot Greta eine Tasse Tee an, die sie dankbar entgegennahm.

Als Flick wieder in den Garten kam, hatte Griffiths sich gerade sein nächstes Opfer ausgesucht. Es war Ruby. Er gab ihr den Schlagstock. Ein listiges Funkeln lag in Rubys Augen, und Flick dachte: Wenn ich Bill wäre, würde ich jetzt höllisch aufpassen …

Von früheren Kursen wusste sie, was nun folgen würde: Wenn Ruby mit erhobenem Schlagstock auf ihn einstürmte, würde Bill sie am Arm packen, sich umdrehen und sie über seine Schultern katapultieren. Ruby würde flach auf dem Rücken landen, und es würde entsprechend wehtun.

»So, mein Zigeunermädchen, jetzt komm«, sagte Griffiths. »Schlag mit dem Knüppel zu, so fest du kannst.«

Ruby hob den Arm, und Bill ging auf sie los. Doch dann nahm die Übung einen anderen Verlauf als sonst, denn als er nach ihrem Arm griff, war der nicht da, wo er sein sollte. Der Schlagstock fiel zu Boden. Ruby überraschte Bill mit einer Gegenattacke und stieß ihm ihr Knie in die Weichteile, sodass er vor Schmerzen aufschrie. Sie packte ihn an der Hemdbrust, riss ihn zu sich heran und ließ ihren Kopf gegen seine Nase krachen. Dann trat sie ihn mit ihren robusten schwarzen Schnürschuhen ans Schienbein.

Bill Griffiths stürzte zu Boden, aus seiner Nase schoss Blut.

»Du Aas!«, brüllte er. »Das ist nicht erlaubt!«

»Die Gestapo ist noch viel schlimmer als ich«, sagte Ruby.

Genau eine Minute vor drei parkte Dieter Franck seinen Wagen vor dem Hotel Frankfurt. Unter dem steinernen Blick der Engelstatuen in den Strebepfeilern überquerte er mit schnellen Schritten den kopfsteinbepflasterten Platz vor der Kathedrale. Dass schon gleich am ersten Tag ein Agent der Alliierten am Treffpunkt auftauchen würde, war fast zu viel erwartet. Andererseits würden die Alliierten, wenn die Invasion tatsächlich unmittelbar bevorstand, jede Karte ausspielen, die sie hatten.

Am Straßenrand stand Mademoiselle Lemas' Simca Cinq. Stéphanie war also bereits da. Franck war froh, dass er noch rechtzeitig gekommen war. Wenn etwas schief ging, sollte Stéphanie nicht auf sich allein gestellt sein.

Durch das große Westportal trat er ins kühle Dämmerlicht der Kathedrale. Er sah sich nach Leutnant Hesse um und erspähte ihn auf einem Stuhl in der letzten Reihe. Sie nickten einander kurz zu, wechselten aber kein Wort.

Dieter Franck empfand sich sofort als Frevler. Berufliche Obliegenheiten wie die seinen gehörten nicht in eine solche Atmosphäre. Er war zwar nicht besonders fromm – nach eigener Einschätzung weniger fromm als der Durchschnittsdeutsche –, aber gewiss auch kein Agnostiker. In einer Umgebung, die seit Hunderten von Jahren als heilige Stätte galt, Spione fangen zu müssen war ihm alles andere als angenehm.

Er schüttelte die Bedenken ab. Aberglaube …

Er wandte sich dem südlichen Seitenschiff zu und ging dort durch den langen Gang; seine Schritte hallten auf dem Steinboden wider. Vom Querschiff aus sah er das Tor und das Gitter vor den Stufen, die in die unter dem Hochaltar liegende Krypta hinabführten. Dort unten ist Stéphanie, dachte er, und sie trägt einen schwarzen und einen braunen Schuh. Von seinem augenblicklichen Standpunkt bot sich ihm freies Blickfeld in beide Richtungen: sowohl in die, aus der er gekommen war, also in das südliche Seitenschiff, als auch nach vorne auf den Chorumgang bis zum anderen Ende des Gotteshauses. Er kniete nieder und faltete die Hände zum Gebet.

»O Herr«, sagte er, »vergib mir das Leid, das ich meinen Gefangenen antue. Du weißt, dass ich nur nach bestem Wissen meine Pflicht erfülle. Und vergib mir meine Sünde mit Stéphanie. Ich weiß, dass es falsch ist, aber Du hast sie so schön und liebenswert gemacht, dass ich der Versuchung nicht widerstehen kann. Bitte beschütze meine liebe Waldtraud, hilf ihr bei ihrer Sorge um Rudi und die kleine Mausi, und verschone sie vor den Bomben der Royal Air Force. Und steh Feldmarschall Rommel bei, wenn die Invasion beginnt. Gib ihm die Kraft, die Alliierten ins Meer zurückzutreiben. Viele Wünsche und nur ein so kurzes Gebet – aber Du weißt, dass ich zurzeit sehr viel zu tun habe. Amen.«

Er sah sich um. Ein Gottesdienst fand gerade nicht statt, aber eine Hand voll Menschen hielt sich dennoch in der Kathedrale auf. Sie beteten oder saßen einfach nur in der geweihten Stille auf den Stühlen und in den Seitenkapellen. In den Gängen liefen ein paar Touristen herum, bogen die Hälse, um das gewaltige Gewölbe zu bewundern, und unterhielten sich flüsternd über die mittelalterliche Architektur.

Falls sich tatsächlich noch ein Agent der Alliierten zeigen sollte, so hatte Dieter Franck nichts weiter vor, als ihn zu beobachten und darauf zu achten, dass nichts schief ging. Verlief alles optimal, stand ihm ein ruhiger Nachmittag bevor: Stéphanie würde mit dem Agenten reden, ihn an der Parole erkennen und dann ins Haus in der Rue du Bois bringen.

Was danach geschehen sollte, war ihm noch nicht so klar. Irgendwie würde der Agent ihn zu anderen Agenten oder Résistance-Mitgliedern führen. Irgendwann war dann der entscheidende Durchbruch fällig – sei es, dass jemand so unklug war, eine Liste mit Namen und Adressen bei sich zu tragen, oder dass ein Funkgerät mit einem Verzeichnis der Codes in seine, Francks, Hände fallen würde. Vielleicht gelang es ihm sogar, eine Person wie Felicity Clairet zu verhaften, die unter der Folter die halbe Résistance verpfeifen würde.

Er sah auf die Uhr. Fünf Minuten nach drei. Wahrscheinlich kam heute doch niemand.

Als Dieter Franck wieder aufblickte, entdeckte er zu seinem Entsetzen Willi Weber.

Was, zum Teufel, hatte denn der hier zu suchen?

Weber war in Zivil gekommen; er trug seinen grünen Lodenanzug. Begleitet wurde er von einem jüngeren Gestapo-Beamten mit einer Jacke im Karomuster. Die beiden kamen von der Ostseite der Kirche her und schritten durch den Chorumgang auf Franck zu, hatten ihn bisher aber noch nicht gesehen. Vor dem Tor zur Krypta blieben sie stehen.

Dieter Franck unterdrückte einen Fluch. Jetzt stand alles auf dem Spiel. Fast hoffte er, dass sich heute kein britischer Agent mehr blicken ließ.

Durch den Gang im südlichen Seitenschiff kam ein junger Mann mit einem kleinen Koffer. Franck kniff die Augen zusammen: Die meisten Menschen in der Kirche waren älter. Der Neuankömmling trug einen abgewetzten blauen Anzug in französischem Schnitt, sah aber mit seinen roten Haaren, den blauen Augen und der blassrosa Haut eher aus wie ein Wikinger. Eine seltsame Kombination, die englisch wirkte, aber ebenso gut deutsch sein mochte. Auf den ersten Blick hätte man den jungen Mann für einen Offizier in Zivil halten können, der sich die Sehenswürdigkeiten in der Kirche ansehen wollte oder gar zum Beten gekommen war.

Doch sein Verhalten verriet ihn. Er schritt sehr zielstrebig durch den Gang und hatte dabei weder Augen für die Säulen wie ein Tourist, noch suchte er sich einen Platz wie ein frommer Beter. Francks Herzschlag beschleunigte sich. Ein Agent an seinem ersten Tag! Und das Gepäckstück, das er bei sich trug, enthielt mit Sicherheit ein Koffer-Funkgerät; was wiederum bedeutete, dass er auch ein Codebuch mit sich führte. Das war mehr, als Franck zu hoffen gewagt hatte.

Allerdings war da noch Weber, und der war imstande, alles zu ruinieren.

Der Agent ging an Franck vorüber und verlangsamte seinen Schritt. Es war unverkennbar, dass er die Krypta suchte.

Jetzt entdeckte auch Weber den Mann, musterte ihn gründlich, drehte sich dann aber rasch wieder um und tat so, als studiere er die Kannelierung einer Säule.

Vielleicht geht ja doch noch alles gut, dachte Franck. Es ist zwar erzdumm von Weber, dass er überhaupt hierher gekommen ist, aber vielleicht will er ja nur observieren. So ein Schwachkopf, jetzt dazwischen zu funken, ist er wohl doch nicht – oder? Er könnte uns eine einmalige Chance zunichte machen …

Der Agent hatte nun das Tor zur Krypta gefunden, ging die Steintreppe hinunter und verschwand.

Weber spähte ins südliche Querschiff und nickte jemandem zu. Franck, der seinem Blick folgte, erkannte zwei weitere Gestapo-Leute, die unterhalb der Orgelempore herumlungerten. Das war ein schlechtes Zeichen. Nur zu Observationszwecken benötigte Weber keine vier Mann. Franck überlegte, ob ihm noch die Zeit blieb, Weber anzusprechen und ihn dazu zu bewegen, seine Leute fortzuschicken. Aber Weber würde widersprechen, es käme zu einer Auseinandersetzung, und dann …

Es blieb ohnehin keine Zeit mehr: Schon kam Stéphanie die Treppe herauf, und der Agent folgte ihr auf dem Fuße.

Oben angekommen, erkannte sie Weber und erschrak. Seine unerwartete Anwesenheit verwirrte sie. Es war, als hätte sie eine Bühne betreten und sich im falschen Stück wiedergefunden. Als sie stolperte, fasste der junge Agent sie am Ellbogen und half ihr, das Gleichgewicht wiederzuerlangen. Mit der ihr eigenen Schnelligkeit fing sie sich und lächelte ihm dankbar zu. Gut gemacht, mein Mädchen, dachte Franck.

In diesem Augenblick trat Weber vor.

»Nein!«, entfuhr es Franck unwillkürlich, doch niemand hörte ihn.

Weber nahm den Agenten am Arm und sagte etwas zu ihm. Francks Hoffnungen auf einen guten Ausgang schwanden, als er sah, dass Weber den Mann verhaften wollte. Stéphanie trat erschrocken von der Szene zurück.

Franck raffte sich auf und ging mit entschlossenen Schritten auf die kleine Gruppe zu. Es gab nur eine Erklärung für Webers Verhalten: Er wollte absahnen, wollte einen Agenten erwischen und den Ruhm dafür einstreichen. Das war zwar der helle Wahnsinn, aber plausibel.

Ehe Franck die Gruppe erreicht hatte, riss der Spion sich von Weber los und rannte davon.

Webers junger Begleiter im Karo-Jackett reagierte schnell. Mit zwei großen Schritten setzte er hinter dem fliehenden Agenten her, dann warf er sich nach vorne und umklammerte dessen Knie. Der Spion stolperte, war jedoch stark genug, sich aus dem Griff des Verfolgers zu befreien. Er richtete sich wieder auf und rannte weiter, den Koffer fest an sich gedrückt.

Das plötzliche Geräusch schneller Schritte und das Ächzen der beiden Männer hallten laut in der stillen Kathedrale wider, sodass auch die an dem Geschehen unbeteiligten Besucher des Gotteshauses aufmerksam wurden. Der Agent lief direkt auf Dieter Franck zu. Der sah voraus, was jetzt kommen würde, und stöhnte. Aus dem südlichen Querschiff trat das zweite Gestapo-Duo hervor. Der Agent sah die beiden und schien zu ahnen, wer sie waren. Mit einer raschen Wendung nach rechts wollte er ihnen ausweichen, aber es war bereits zu spät. Einer der beiden Männer stellte ihm ein Bein, und der Agent stürzte kopfüber auf den Steinboden, so heftig, dass es vernehmbar klatschte. Der Koffer segelte davon. Die beiden Gestapo-Beamten warfen sich auf den Agenten, und dann kam auch schon Willi Weber angerannt und strahlte vor Zufriedenheit über das ganze Gesicht.

Dieter Franck vergaß für einen Moment, wo er war, und sagte vernehmlich: »Scheiße!« Diese verrückten Idioten ruinierten ihm alles.

Aber vielleicht ließ sich die Situation doch noch retten.

Er griff in sein Jackett, zog seine Walther heraus, entsicherte sie, richtete sie auf die beiden Gestapobeamten, die den Agenten festhielten und brüllte auf Französisch: »Lassen Sie ihn los oder ich schieße!«

»Aber Herr Major …«, sagte Weber. »Ich …«

Franck feuerte einen Schuss in die Luft. Der scharfe Knall wurde von den Mauern vervielfacht und hallte in den Gewölben nach. Webers verräterische Worte wurden übertönt. »Ruhe!«, schrie Franck auf Deutsch, und Weber hielt ängstlich den Mund.

Franck stieß einem der beiden Gestapo-Männer unsanft die Pistolenmündung an die Nase und schrie, wieder auf Französisch: »Weg! Weg von ihm! Lassen Sie ihn frei!«

Die beiden Männer erhoben sich mit schreckensbleichen Gesichtern und traten ein paar Schritte zurück.

Franck drehte sich nach Stéphanie um und rief ihr, sie bei Mademoiselle Lemas' Namen nennend, zu: »Jeanne! Verschwinde! Hau ab!« Stéphanie lief sofort los. Sie schlug einen weiten Bogen um die Gestapobeamten und rannte auf das Westportal zu.

Unterdessen rappelte sich der Agent wieder auf. »Los, laufen Sie ihr nach, bleiben Sie bei ihr!«, schrie Franck und deutete auf Stéphanie. Der Mann packte seinen Koffer und rannte los. Er schwang sich über die Holzlehnen des Chorgestühls und sprintete Haken schlagend durchs Mittelschiff.

Weber und seine drei Begleiter sahen ihm verstört hinterher. »Auf den Bauch legen!«, schrie ihnen Franck zu und entfernte sich, als sie seinem Befehl Folge leisteten, im Rückwärtsgang vom Schauplatz des Geschehens. Noch immer hielt er sie mit der Waffe in Schach. Dann drehte er sich um und rannte in der gleichen Richtung davon wie Stéphanie und der Agent.

Die beiden liefen gerade durch das Portal ins Freie. Franck erreichte Leutnant Hesse, der mit unbeweglicher Miene im hinteren Teil der Kirche stand, und raunte ihm atemlos zu: »Reden Sie mit diesen verdammten Idioten. Erklären Sie ihnen, was wir hier vorhaben, und sorgen Sie dafür, dass sie uns nicht folgen.« Er steckte seine Pistole wieder in das Holster und rannte hinaus.

Der Motor des Simca heulte auf. Franck schubste den Agenten auf die schmale Rückbank und sprang selber auf den Beifahrersitz. Stéphanie trat das Gaspedal durch. Der Kleinwagen schoss aus der Parklücke wie ein Champagnerkorken aus der Flasche, und sie jagten in halsbrecherischem Tempo davon.

Dieter drehte sich um und spähte durchs Rückfenster. »Niemand hinter uns«, sagte er. »Fahr langsamer. Wir wollen jetzt nicht noch von einem Verkehrspolizisten angehalten werden.«

»Ich bin Helicopter«, sagte der Agent auf Französisch. »Was, zum Teufel, war denn da in der Kirche los?«

Dass »Helicopter« ein Deckname war, stand für Dieter Franck fest. Er erinnerte sich an den Decknamen von Mademoiselle Lemas, den Gaston Lefèvre ihm genannt hatte. »Das ist Bourgeoise«, sagte er, deutete auf Stéphanie und fügte improvisierend hinzu: »Ich bin Charenton.« Aus irgendeinem Grund war ihm der Name des Gefängnisses eingefallen, in dem der Marquis de Sade eingesessen hatte. »Bourgeoise hatte in den letzten Tagen Verdacht geschöpft, dass der Treffpunkt in der Kathedrale überwacht werden könnte, und bat mich deshalb, sie zu begleiten. Ich gehöre nicht zur Bollinger-Gruppe. Bourgeoise ist aus Sicherheitsgründen isoliert.«

»Ja, das kann ich verstehen.«

»Wie dem auch sei, wir wissen jetzt definitiv, dass die Gestapo uns eine Falle gestellt hat. Wir können von Glück reden, dass Bourgeoise mich zur Absicherung mitgenommen hat.«

»Sie waren großartig!«, sagte Helicopter begeistert. »Mein Gott, hatte ich die Hosen voll! Ich hätte gleich an meinem ersten Einsatztag alles verpatzt.«

Hast du auch, dachte Franck für sich.

Er hatte den Eindruck, dass es ihm letztlich doch noch gelungen war, die Kastanien aus dem Feuer zu holen. Helicopter war jetzt überzeugt, es mit zwei Résistance-Mitgliedern zu tun zu haben. Sein Französisch klang perfekt, aber so gut, dass er Francks leichten deutschen Akzent herausgehört hätte, war er auch wieder nicht. Ob es noch andere Verdachtsmomente gab, die seinen Argwohn erwecken konnten – vielleicht später, wenn sich die erste Aufregung gelegt hatte? Er, Franck, war zu Beginn der Auseinandersetzung aufgesprungen und hatte »Nein!« gesagt – aber ein einfaches »Nein!« besagte nicht viel, ganz abgesehen davon, dass es wahrscheinlich niemand gehört hatte. Willi Weber hatte auf Deutsch »Herr Major!« gerufen, was er mit einem Schuss in die Luft beantwortet hatte, um weiteren Indiskretionen vorzubeugen. Hatte Helicopter diese beiden Wörter mitbekommen, kannte er ihre Bedeutung und würde er später, wenn er sich daran erinnerte, über sie stolpern und misstrauisch werden? Nein, wohl kaum. Wenn Helicopter die Wörter verstanden hatte, dann bezog er sie wohl eher auf einen der anderen Gestapo-Männer. Unter ihren Zivilkleidern konnten sich die verschiedensten Rangstufen verbergen.

Helicopter würde ihm also in jeder Hinsicht vertrauen, denn er war überzeugt, von Dieter Franck alias Charenton aus den Fängen der Gestapo befreit worden zu sein.

Andere allerdings würden sich nicht so leicht an der Nase herumführen lassen. Dafür, dass es da plötzlich ein neues, von Mademoiselle Lemas rekrutiertes Résistance-Mitglied mit dem Decknamen Charenton gab, musste eine plausible Erklärung gefunden werden, die ihm sowohl London als auch der Führer der Gruppe Bollinger, Michel Clairet, abnahmen. In beiden Fällen musste mit Gegenfragen und Kontrollen gerechnet werden. Aber darum kümmere ich mich erst, wenn es akut wird, beschloss Franck. Vorkehrungen für jeden Eventualfall zu treffen ist einfach unmöglich …

Er gestattete sich einen Augenblick des Triumphes. Er war seinem Ziel, die nordfranzösische Résistance auszuschalten, einen Schritt näher gekommen, und das sogar trotz der Gestapo, die mit ihrer eklatanten Dummheit um ein Haar alles verpfuscht hatte. Außerdem war es aufregend gewesen.

Die nächste Herausforderung bestand darin, den größtmöglichen Nutzen aus Helicopters Vertrauensseligkeit zu ziehen. Man musste ihm weitgehend freie Hand lassen und darauf achten, dass er keinen Verdacht schöpfte – dann würde er den Weg zu anderen Agenten weisen und am Ende vielleicht sogar Dutzende von ihnen ungewollt ans Messer liefern.

Leicht würde es nicht werden, darüber war sich Dieter Franck im Klaren.

Sie erreichten die Rue du Bois. Stéphanie fuhr den Wagen in Mademoiselle Lemas' Garage. Durch den Hintereingang betraten sie das Haus und ließen sich am Küchentisch nieder. Stéphanie holte eine Flasche Scotch aus dem Keller und schenkte jedem einen Drink ein.

Franck wollte unbedingt wissen, ob Helicopter tatsächlich ein Funkgerät dabei hatte. »Sie sollten sofort London Bescheid geben«, sagte er.

»Wir haben ausgemacht, dass ich um acht Uhr abends sende und um elf Uhr empfange.«

Dieter prägte sich die Zeiten ein. »Aber wir müssen ihnen umgehend mitteilen, dass der Treffpunkt in der Kathedrale aufgeflogen ist. Da darf doch kein Mensch mehr hingeschickt werden – und vielleicht kommt heute Nacht schon wieder jemand rüber.«

»O Gott, ja«, sagte der junge Mann. »Ich werde die Notfrequenz benutzen.«

»Sie können Ihr Funkgerät gleich hier in der Küche aufbauen.«

Helicopter wuchtete den schweren Koffer auf den Tisch und öffnete ihn.

Franck unterdrückte einen Seufzer der Erleichterung. Da war es also.

Der Innenraum des Koffers war in vier Fächer aufgeteilt: zwei Seitenfächer sowie, in der Mitte, ein vorderes und ein hinteres Fach. Dieter erkannte sofort, dass der Sender im mittleren, hinteren Fach untergebracht war, mit dem Morseschlüssel in der unteren rechten Ecke. Der Empfänger mit einer Buchse für den Kopfhöreranschluss befand sich vorne in der Mitte. Das rechte Fach diente der Stromversorgung. Die Funktion des linken Fachs wurde erkennbar, als der Agent den Deckel hob und damit den Blick auf ein Sammelsurium an Zubehör und Ersatzteilen freigab: ein Stromkabel, Adapter, Antennendraht, Verbindungskabel, eine Kopfhörerspange, Ersatzröhren, Sicherungen und ein Schraubenzieher.

Ein blitzsauberes, kompaktes Paket, dachte Franck nicht ohne Anerkennung, eigentlich eher deutsche Wertarbeit. Hätte ich den schlampigen Tommies nie und nimmer zugetraut.

Die Zeiten, zu denen Helicopter Nachrichten sendete und empfing, kannte er bereits. Jetzt kam es darauf an, die Frequenzen herauszubekommen – und vor allem den Code.

Helicopter stöpselte einen Stecker in die Steckdose. »Ich dachte, es wäre batteriebetrieben«, sagte Franck.

»Batterie oder Netzanschluss. Soweit ich weiß, besteht der Lieblingstrick der Gestapo auf der Suche nach illegalen Funkstationen darin, die Stromversorgung einer Stadt Straße um Straße abzustellen, bis es eben auch den Sender erwischt.«

Franck nickte.

»Bei diesem Gerät hier müssen Sie bei einem Netzausfall nur diesen Stecker umstecken, dann geht es sofort weiter im Batteriebetrieb.«

»Sehr gut.« Franck würde der Gestapo davon berichten – sofern es dort nicht ohnehin schon bekannt war.

Helicopter verband das Stromkabel mit dem Gerät, nahm den Antennendraht und bat Stéphanie, ihn über einen hohen Schrank zu drapieren. Dieter Franck öffnete eine Schublade, suchte und fand einen Stift und einen Schreibblock, den sich

Mademoiselle Lemas vermutlich für Einkaufszettel zurechtgelegt hatte. »Hier«, sagte er und schob Helicopter die Schreibutensilien zu, »das hilft Ihnen vielleicht beim Verschlüsseln Ihrer Nachricht.«

»Erst muss ich mir mal überlegen, was ich überhaupt sagen will.« Helicopter kratzte sich am Kopf und schrieb dann auf Englisch:

ANKUNFT OK STOP TREFFPUNKT KRYPTA UNSICHER STOP ERWISCHT VON GESTAPO ABER ENTKOMMEN ENDE

»Ich denke, das reicht fürs Erste«, sagte er.

»Wir sollten einen neuen Treffpunkt benennen, damit die Nächsten, die rüberkommen, wissen, wohin sie sich wenden sollen. Ich schlage das Café de la Gare vor, gleich neben dem Hauptbahnhof.«

Helicopter notierte sich den Namen. Dann entnahm er seinem Koffer ein seidenes Taschentuch, das mit einer komplizierten Tabelle bedruckt war. Sie bestand aus paarweise angeordneten Buchstabenreihen. Ebenfalls im Koffer befand sich ein Block mit zehn oder zwölf Seiten, die mit jeweils fünf Buchstaben umfassenden Nonsenswörtern bedeckt waren. Franck erkannte die Merkmale eines Ein-Block-Chiffriersystems zum einmaligen Gebrauch. Ein solcher Code ließ sich nicht knacken – es sei denn, man besaß den Block.

Über die einzelnen Wörter der Botschaft, die er senden wollte, schrieb Helicopter nun die Fünf-Buchstaben-Gruppen aus seinem Block. Dann wählte er anhand der geschriebenen Buchstaben die entsprechenden Kombinationen auf dem Seidentaschentuch aus. Über die ersten fünf Buchstaben des Wortes ANKUNFT hatte er – laut Block – BGKRU geschrieben. Der erste Buchstabe, das B, bestimmte, welche Spalte er aus der Tabelle auf dem Taschentuch auszuwählen hatte. Erste

Buchstabenkombination in Spalte B war *Ae*. Also musste er das A von ANKUNFT durch den Buchstaben *e* ersetzen.

Mit den herkömmlichen Methoden ließ sich dieser Code nicht knacken, weil das nächste A ja nicht mehr durch ein *e*, sondern durch einen anderen Buchstaben ersetzt wurde. Jeder Buchstabe konnte praktisch jeden anderen darstellen. Ohne den Block mit den Buchstabengruppen war keine Entzifferung möglich. Selbst wenn es den Dechiffrierern gelang, neben der verschlüsselten Botschaft auch das unverschlüsselte Original zu ergattern, konnten sie keine andere Nachricht lesen, denn die nächste Botschaft würde ja mithilfe der nächsten Seite auf dem Block verschlüsselt sein. Daher sprach man vom »einmaligen« Block. Jede Seite wurde nur ein einziges Mal benutzt und danach sofort verbrannt.

Nachdem Helicopter seine Nachricht chiffriert hatte, schaltete er das Funkgerät ein und drehte an einem Knopf, der auf Englisch als *Crystal Selector* bezeichnet war. Franck erkannte beim näheren Hinsehen drei schwache, mit gelber Wachskreide gezogene Striche auf der Skala: Helicopter hatte seinem Gedächtnis misstraut und deshalb die Sendepositionen markiert. Die Einstellung, die er jetzt benutzte, war wohl für Notfälle reserviert; die anderen beiden waren für normale Übertragungen bzw. Empfänge vorgesehen.

Zum Schluss suchte er die richtige Frequenz, und Franck sah, dass auch der Frequenzwähler mit gelben Strichen markiert war.

Ehe Helicopter seine Botschaft abschickte, meldete er sich bei seiner Empfangsstation mit der folgenden Nachricht:

HLCP DXDX QTC1 QRK? K

Dieter Franck zog die Brauen zusammen und überlegte. Die erste Gruppe musste die Kennung von »Helicopter« sein. Auf die zweite, DXDX, konnte er sich keinen Reim machen. Die Zahl am Ende der dritten bedeutete vermutlich so etwas wie: »Ich habe 1 Nachricht für Sie.« Die Buchstabenkombination QRK mit dem Fragezeichen am Ende hieß wahrscheinlich, dass der Absender wissen wollte, ob die Nachricht klar und deutlich verstanden wurde. »K«, das wusste Franck, bedeutete »Ende«. Was blieb, war die rätselhafte Buchstabenreihe DXDX.

Er ließ es darauf ankommen. »Vergessen Sie nicht Ihren Sicherheitscode«, sagte er.

»Hab ich doch gar nicht«, sagte Helicopter.

Dann lautet er eben DXDX, folgerte Franck.

Helicopter drückte auf die Empfangstaste, und alle hörten die Antwort im Morsealphabet:

HLCP QRK QRV K

Die erste Gruppe bedeutete, wie gehabt, Helicopters Kennung. QRK war bereits Bestandteil der gesendeten Nachricht gewesen und hieß ohne Fragezeichen wahrscheinlich: »Verstehe Sie laut und deutlich.« Das QRV konnte Franck sich nicht erklären, doch er vermutete, dass es die Aufforderung zur Sendung der Hauptnachricht enthielt.

Franck sah Helicopter zu, als dieser seine Nachricht über den Kanal morste, und seine Stimmung hob sich. Des Spionenjägers Traum hatte sich erfüllt: Er hatte einen Agenten gefangen, der gar nicht wusste, dass er gefangen war.

Kaum war die Nachricht gesendet, baute Helicopter seine Anlage auch schon wieder ab. Weil die Gestapo mit speziellen Richtantennen Spione aufzuspüren versuchte, war es gefährlich, länger als ein paar Minuten auf Sendung zu bleiben.

In England musste die Botschaft nun aufgezeichnet, dekodiert und an Helicopters Agentenführer weitergeleitet werden, der sich vor einer Antwort möglicherweise noch mit anderen beraten würde. Das konnte, alles in allem, mehrere Stunden dauern. Helicopter würde daher bis zur vereinbarten Stunde auf die Reaktion aus London warten.

Franck musste es nun irgendwie schaffen, den jungen Mann von seinem Funkgerät und – vor allem – von den Chiffrierunterlagen zu trennen. »Ich nehme an, Sie wollen jetzt Kontakt mit der Bollinger-Gruppe aufnehmen«, sagte er.

»Richtig. London muss wissen, was davon noch übrig ist.«

»Wir bringen Sie zu Monet, das ist der Deckname des Anführers.« Franck sah auf seine Armbanduhr – und ein heilloser Schrecken durchfuhr ihn: Es war die Standarduhr des deutschen Wehrmachtoffiziers. Wenn Helicopter sie erkannte, war das Spiel aus. Bemüht darum, den leichten Tremor in seiner Stimme zu verbergen, sagte er: »Wir haben jetzt Zeit. Ich fahre Sie zu seinem Haus.«

»Ist es weit von hier?«, fragte Helicopter tatendurstig.

»In der Stadtmitte.«

Monet, dessen richtiger Name Michel Clairet war, würde nicht zu Hause sein. Er benutzte das Haus nicht mehr – Franck hatte es überprüft. Die Nachbarn behaupteten, sie hätten keine Ahnung, wo er sich aufhielt, was Franck nicht überraschte. Monet war davon ausgegangen, dass einer seiner Kameraden beim Verhör seinen Namen und seine Adresse verraten würde, und hielt sich seither verborgen.

Helicopter nahm das Funkgerät auseinander und wollte es wieder im Koffer verstauen.

»Muss die Batterie nicht ab und zu aufgeladen werden?«, fragte Franck.

»Doch, doch. Man hat uns sogar angewiesen, es bei jeder sich bietenden Gelegenheit an die Steckdose anzuschließen, damit es immer voll geladen bleibt.«

»Warum lassen Sie es dann nicht einfach hier? Wir kommen später zurück und holen es. Falls in der Zwischenzeit jemand kommen sollte, kann Bourgeoise es in null Komma nichts verstecken.«

»Gute Idee.«

»Gehen wir.« Franck ging voran zur Garage und fuhr den Simca Cinq heraus. Dann sagte er: »Warten Sie einen Augenblick. Ich muss Bourgeoise noch etwas sagen.«

Er verschwand wieder im Haus. Stéphanie war in der Küche und betrachtete neugierig den Gerätekoffer auf dem Tisch. Franck nahm den Codeblock und das Seidentaschentuch aus dem Zubehörfach. »Wie lange wirst du brauchen, um das alles abzuschreiben?«

Stéphanie zog ein Gesicht. »All diese chaotischen Buchstaben? Mindestens eine Stunde.«

»Mach es so schnell wie möglich – und unbedingt fehlerfrei! Ich halte den jungen Mann eine bis anderthalb Stunden beschäftigt.«

Er kehrte wieder zum Wagen zurück und fuhr mit Helicopter in die Stadtmitte.

Michel Clairets Zuhause war ein kleines, elegantes Gebäude in der Nähe der Kathedrale. Franck blieb im Wagen sitzen, während Helicopter zum Hauseingang ging. Nach ein paar Minuten kam der Agent zurück und sagte: »Keiner da.«

»Versuchen Sie 's morgen noch einmal«, sagte Franck. »Aber ich kenne da noch ein Restaurant, das von der Résistance frequentiert wird. Probieren wir es dort mal und schauen, ob ich jemanden erkenne.« Es war eine reine Lüge; er kannte kein solches Restaurant.

Franck fuhr zum Bahnhof, stellte den Wagen dort ab und entschied sich spontan für ein x-beliebiges Restaurant. Die beiden nahmen dort Platz, tranken wässriges Bier und kehrten eine Stunde später wieder in die Rue du Bois zurück.

Als sie in die Küche kamen, nickte Stéphanie Franck unauffällig zu. Offenbar hatte sie Helicopters Unterlagen alle kopiert.

»Ich kann mir gut vorstellen, dass Sie nach einer Nacht im Freien jetzt gerne ein Bad nehmen würden«, sagte Franck zu Helicopter. »Eine Rasur würde Ihnen sicher auch gut tun. Ich zeige Ihnen Ihr Zimmer, und Bourgeoise lässt Ihnen die Wanne ein.«

»Wirklich nett von Ihnen.«

Franck quartierte ihn in einem Zimmer im Dachgeschoss ein – dasjenige, das am weitesten vom Bad entfernt lag. Sobald er den Agenten in der Wanne planschen hörte, ging er in dessen Zimmer und durchsuchte seine Kleider. Helicopter hatte frische Unterwäsche und Socken zum Wechseln dabei, die allesamt französische Markenzeichen trugen. In seinen Jackentaschen befanden sich französische Zigaretten und Streichhölzer, ein Taschentuch französischen Fabrikats und eine Brieftasche. Die Brieftasche enthielt eine Menge Bargeld – eine halbe Million Francs, der Preis für einen Neuwagen, sofern man in Frankreich derzeit neue Wagen hätte kaufen können. Die Ausweispapiere wirkten makellos, obwohl es sich um Fälschungen handeln musste.

Außerdem fand sich eine Fotografie in der Brieftasche.

Dieter Franck starrte sie überrascht an. Sie zeigte Felicity Clairet, Irrtum ausgeschlossen. Das war die Frau, die er auf dem Platz vor der Kirche in Sainte-Cécile gesehen hatte. Welch ein unglaubliches Glück, dass ihm dieses Bild nun in die Hände fiel – und welche Katastrophe für die Clairet!

Sie trug einen Badeanzug, der muskulöse Beine und sonnengebräunte Arme enthüllte. Unter dem Stoff zeichneten sich hübsche Brüste, eine schmale Taille und reizvoll gerundete Hüften ab. Auf ihrem Hals lag ein feuchter Glanz – entweder von Wasser oder Schweiß, und sie schaute mit einem leichten Lächeln auf den Lippen in die Kamera. Hinter ihr waren, etwas unscharf, zwei junge Männer in Badehosen zu sehen, die Anstalten machten, in einen Fluss zu springen. Das Foto war offenbar bei einem harmlosen Badeausflug entstanden, doch die Tatsache, dass sie halb nackt war, lud es in Verbindung mit dem feuchten Fleck am Hals und dem angedeuteten Lächeln erotisch auf. Ohne diese Burschen im Hintergrund hätte es ohne weiteres sein können, dass sie gerade daran dachte, den Badeanzug auszuziehen und der Person hinter der Kamera ihren nackten Körper darzubieten. Sie lächelt wie eine Frau, die ihrem Mann zu verstehen geben will, dass sie jetzt gerne mit ihm schlafen möchte, dachte Franck. Kein Wunder, dass der junge Mann dieses Foto in Ehren hält …

Agenten war es – aus guten Gründen – verboten, mit Fotos im Gepäck in Feindesland zu reisen. Helicopters Leidenschaft für Felicity Clairet konnte sie Kopf und Kragen kosten – und einen größeren Teil der französischen Résistance mit ins Verderben ziehen.

Dieter Franck steckte das Foto in seine Tasche und verließ das Gästezimmer. Unterm Strich, dachte er, war das ein sehr erfolgreicher Arbeitstag.

Paul Chancellor verbrachte den ganzen Tag im Nahkampf mit der Militärbürokratie. Er überzeugte, überredete, drohte, bettelte und schmeichelte – und berief sich, wenn alle anderen Mittel versagten, auf Monty. Am Ende erreichte er, was er wollte: Er bekam ein Flugzeug für das für den kommenden Vormittag angesetzte Fallschirmtraining seiner Damentruppe.

Auf der Rückfahrt im Zug nach Hampshire spürte er, dass er sich darauf freute, Felicity Clairet wiederzusehen. Er mochte sie sehr. Sie war intelligent und zäh – und eine Augenweide obendrein. Verdammt, dachte er, wäre sie doch bloß nicht verheiratet …

Er las die Zeitung mit den letzten Kriegsnachrichten. Die lange Ruhe an der Ostfront war seit gestern vorüber: Die Deutschen hatten in Rumänien einen überraschend starken Angriff begonnen. Die Ausdauer der deutschen Truppen war nach wie vor beeindruckend. Sie waren überall auf dem Rückzug, wehrten sich aber nach Kräften.

Der Zug hatte Verspätung, sodass Paul das Abendessen um 18 Uhr im Mädchenpensionat verpasste. Nach dem Essen stand immer noch eine weitere Lektion auf der Tagesordnung. Um neun war Schluss. Die Kursteilnehmer hatten dann bis zur Bettruhe ungefähr eine Stunde frei zur Entspannung. Als Paul eintraf, hatten sich fast alle Teammitglieder im Empfangsraum des Hauses versammelt. Dort gab es ein Bücherregal, einen Schrank voller Spiele, ein Funkgerät und einen kleinen Billardtisch.

Er setzte sich zu Flick aufs Sofa und fragte mit leiser Stimme: »Na, wie ist es heute gelaufen?«

»Besser, als wir eigentlich erwarten durften«, sagte sie. »Aber es drängt sich eben alles furchtbar zusammen. Ich weiß wirklich nicht, ob sie sich noch an alles erinnern werden, wenn sie erst mal im Einsatz sind.«

»Etwas ist immerhin schon besser als gar nichts, denke ich.«

Percy Thwaite und Jelly spielten Poker um Pennys. Jelly ist schon ein Original, dachte Paul. Wie konnte sich eine berufsmäßige Geldschrankknackerin für eine respektable englische Lady halten? »Wie macht sich Jelly?«, fragte er Flick.

»Ausgezeichnet. Bei den körperlichen Übungen tut sie sich schwerer als die anderen, aber, mein Gott, sie hat halt die Zähne zusammengebissen und mitgemacht. Am Ende war sie genauso gut wie die Jüngeren.« Flick hielt inne und zog die Stirn kraus.

»Was ist los?«, fragte Chancellor.

»Ein Problem ist ihre aggressive Haltung gegenüber Greta.«

»Dass eine Engländerin eine Deutsche hasst, überrascht mich eigentlich nicht.«

»Aber es ist unlogisch. Greta hat mehr unter den Nazis gelitten als Jelly.«

»Das weiß Jelly aber nicht.«

»Sie weiß, dass Greta bereit ist, gegen die Nazis zu kämpfen.«

»Die Menschen handeln in solchen Fragen eben nicht immer logisch.«

»Ja, das ist verdammt richtig.«

Greta unterhielt sich gerade mit Denise – oder besser, so schien es jedenfalls Paul Chancellor: Denise redete und Greta hörte zu. »Mein Stiefbruder, Lord Foules, ist Bomberpilot«, hörte er sie in ihrem halb verschluckten Aristokratenakzent sagen. »Er hat jetzt eine Spezialausbildung bekommen, damit er die Invasionstruppen aus der Luft unterstützen kann.«

Chancellors Miene verdüsterte sich. »Haben Sie das gehört?«, fragte er Flick.

»Ja. Entweder sie saugt sich das alles aus den Fingern, oder sie ist in gefährlicher Weise indiskret.«

Er beobachtete Denise. Sie war ein hageres, grobknochiges Mädchen, das immer aussah, als wäre es gerade eben beleidigt worden. Nein, er glaubte nicht, dass Denise das Blaue vom Himmel herunterflunkerte. »Sehr fantasievoll kommt sie mir nicht vor«, sagte er.

»Meine Meinung. Ich glaube, sie plaudert echte Geheimnisse aus.«

»Ich werde sie morgen einem kleinen Test unterziehen.«

»Okay.«

Paul wollte mit Felicity allein sein, sodass sie sich besser unterhalten konnten. »Kommen Sie, machen wir einen kleinen Spaziergang im Garten«, forderte er sie auf.

Sie gingen hinaus. Die Luft war lau, und die Dämmerung würde erst in etwa einer Stunde in die Nacht übergehen. Zum Haus gehörte ein mehrere Tausend Quadratmeter umfassender Garten mit einer großen Rasenfläche, auf der vereinzelte Bäume standen. Maude und Diana saßen auf einer Bank unter einer Blutbuche. Maude hatte Paul anfangs schöne Augen gemacht, doch er war auf ihre Annäherungsversuche nicht eingegangen, sodass sie inzwischen offenbar aufgegeben hatte. Sie hing geradezu an Dianas Lippen und sah sie mit schwärmerischem Blick an. »Was Diana ihr wohl erzählt?«, fragte Paul. »Maude ist ja ganz fasziniert von ihr.«

»Diana hat schon einiges erlebt und ist weit gereist. Sie erzählt ihr von Modeschauen, Bällen, Kreuzfahrtschiffen und so weiter. Das gefällt Maude.«

Paul erinnerte sich, dass Maude ihn mit der Frage überrascht hatte, ob der Einsatz sie nach Paris führen würde. »Vielleicht wollte sie mit mir nach Amerika«, sagte er.

»Ja, mir fiel schon auf, dass sie ein Auge auf Sie geworfen hat«, sagte Flick. »Sie ist hübsch.«

»Aber nicht mein Typ.«

»Warum nicht?«

»Darf ich offen sein? Sie ist mir nicht gescheit genug.«

»Gut«, sagte Flick. »Das freut mich.«

Er zog eine Augenbraue hoch und sah sie an. »Wieso?«

»Andernfalls wären Sie in meiner Achtung gesunken.«

Das kam ihm ein wenig herablassend vor. »Ihre Zustimmung beglückt mich«, sagte er.

»Sparen Sie sich Ihre Ironie!«, wies sie ihn zurecht. »Ich habe Ihnen lediglich ein Kompliment gemacht.«

Er grinste. Ich mag sie, dachte er. Ich kann gar nicht mehr anders … Obwohl sie manchmal richtig arrogant ist … »Dann höre ich jetzt lieber auf, bevor ich mich noch tiefer in die Nesseln setze«, sagte er.

Sie waren den beiden Frauen jetzt sehr nahe gekommen und hörten Diana sagen: »… und da sagte die Contessa: ›Lassen Sie Ihre bemalten Klauen von meinem Gatten!‹, und kippte Jennifer ein Glas Champagner über den Kopf, worauf Jennifer die Contessa an den Haaren zog – und sie plötzlich in der Hand hielt. Die Contessa trug nämlich eine Perücke!«

Maude lachte. »Da wäre ich gerne dabei gewesen!«

»Unsere Mädchen kommen ja offenbar blendend miteinander aus«, sagte Paul.

»Ja, ich bin zufrieden. Ich brauche ein eingespieltes Team.«

Der Garten ging allmählich in den angrenzenden Wald über. Unter dem Laubdach der Bäume war es schon wesentlich düsterer. »Warum heißt der Wald hier *New Forest*?«, wollte Paul wissen. »Der sieht doch ganz alt aus.«

»Erwarten Sie von englischen Namen immer noch, dass sie logisch sind?«

Er lachte. »Nein, eigentlich nicht.«

Eine Zeit lang gingen sie schweigend nebeneinander her. Paul geriet in eine sehr romantische Stimmung. Am liebsten hätte er Felicity Clairet geküsst – aber sie trug einen Ehering.

»Als ich vier war, habe ich mal den König gesehen«, erzählte Flick.

»Den jetzigen?«

»Nein, seinen Vater, Georg V. Er kam mal nach Somersholme zu Besuch. Man hielt mich natürlich von ihm fern. Doch am Sonntagmorgen spazierte er durch den Kräutergarten und sah mich. ›Guten Morgen, kleines Mädchen‹, sagte er zu mir. ›Bist du schon fertig für die Kirche?‹ Er war ein kleiner Mann, aber seine Stimme war dröhnend laut.«

»Was haben Sie geantwortet?«

»›Wer bist du?‹, habe ich ihn gefragt. ›Ich bin der König‹, sagte er. Worauf ich der Familienlegende zufolge erwidert haben soll: ›Nein, das kann nicht sein. Dafür bist du nicht groß genug.‹ Ich hatte Glück – er nahm's mit Humor und hat gelacht.«

»Da fehlte Ihnen also schon als Kind der nötige Respekt vor Autoritäten.«

»Ja, anscheinend.«

Paul hörte ein leises Stöhnen. Er runzelte die Stirn, sah in die Richtung, aus der das Geräusch kam, und entdeckte Ruby Rowland mit dem Waffenausbilder Jim Cardwell. Ruby lehnte mit dem Rücken an einem Baum, und Jim umarmte sie. Sie küssten sich leidenschaftlich. Ruby stöhnte erneut.

Nein, sie umarmten sich nicht nur. Paul erkannte, was vorging, und fühlte sich gleichermaßen erregt wie peinlich berührt. Jims Hände wühlten in Rubys Bluse. Ihr Rock war bis zur Taille hochgeschoben. Paul sah ein braunes Bein in voller Länge und ein dichtes Büschel dunkler Haare dort, wo es zu Ende war. Das andere Bein hatte sie angezogen und im Knie gebeugt, der Fuß lag hoch auf Jims Hüfte. Die Bewegungen der beiden ließen keinen Zweifel mehr offen.

Paul streifte Flick mit einem Seitenblick. Sie hatte dasselbe gesehen wie er, starrte einen Augenblick auf die Szenerie, die sich ihnen bot, und in ihrem Ausdruck mischte sich blankes Erschrecken mit etwas anderem. Dann wandte sie sich rasch ab. Paul tat es ihr nach, und beide gingen so leise, wie sie konnten, den gleichen Weg zurück, auf dem sie gekommen waren.

Als sie außer Hörweite waren, sagte Paul: »Es tut mir furchtbar leid.«

»Ist doch nicht Ihre Schuld«, sagte sie.

»Trotzdem. Es tut mir leid, dass ich Sie hier langgeführt habe.«

»Wirklich keine Ursache. Ich hab noch nie jemanden das … das tun sehen. War irgendwie ganz lieb.«

»Lieb?« Dieses Wort hätte er nicht gewählt. »Und Sie sind irgendwie völlig unberechenbar.«

»Fällt Ihnen das erst jetzt auf?«

»Sparen Sie sich Ihre Ironie! Ich habe Ihnen lediglich ein Kompliment gemacht«, sagte er, ihre Worte von vorhin wiederholend.

Sie lachte und sagte: »Dann höre ich jetzt lieber auf, bevor ich mich noch tiefer in die Nesseln setze.«

Sie erreichten den Waldrand. Das Tageslicht schwand nun schnell. Im Haus waren die schwarzen Verdunkelungsvorhänge zugezogen. Maude und Diana waren verschwunden, die Bank unter der Blutbuche frei. »Setzen wir uns doch für einen Augenblick«, sagte Paul. Er hatte es nicht eilig, wieder ins Haus zu kommen.

Flick folgte seinem Vorschlag wortlos.

Er setzte sich ein wenig schräg auf die Bank, sodass er Flick beobachten konnte. Sie ertrug seinen forschenden Blick ohne Kommentar, wirkte aber sehr nachdenklich. Er nahm ihre Hand und streichelte ihre Finger. Flick sah ihn an. Ihre Miene verriet nichts, aber sie zog ihre Hand auch nicht zurück. »Ich weiß, dass es sich nicht gehört«, sagte er, »aber ich möchte dich unglaublich gerne küssen.« Sie sagte immer noch nichts, sondern sah ihn nach wie vor unverwandt mit jenem rätselhaften, halb belustigten, halb traurigen Blick an. Er interpretierte ihr Schweigen als Zustimmung und küsste sie.

Ihr Mund war weich und feucht. Er schloss die Augen und konzentrierte sich auf die Empfindung. Zu seiner Überraschung teilten sich ihre Lippen, und er spürte ihre Zungenspitze.

Er öffnete den Mund, nahm sie in die Arme und zog sie an sich, doch Flick entzog sich ihm und stand auf. »Genug«, sagte sie, wandte sich ab und ging auf das Haus zu.

Im letzten Licht des Abends sah er ihr nach. Auf einmal schien es ihm auf der ganzen Welt nichts Begehrenswerteres zu geben als ihren kleinen, hübschen Körper.

Als sie im Haus verschwand, folgte er ihr. Im Empfangszimmer saß nur noch Diana. Sie rauchte eine Zigarette und war in Gedanken versunken. Spontan setzte Paul sich zu ihr und sagte: »Sie kennen Flick doch schon seit Ihrer Jugend …«

Dianas Lächeln war überraschend freundlich. »Sie ist wunderbar, nicht wahr?«

Paul wollte nicht zu viel von dem verraten, was ihn bewegte. »Ich mag sie sehr und würde gerne mehr über sie wissen.«

»Sie war immer begierig auf Abenteuer«, sagte Diana. »Sie liebte die langen Reisen nach Frankreich, jedes Jahr im Februar. Wir verbrachten eine Nacht in Paris und nahmen dann den *Train Bleu* nach Nizza. Einmal entschloss sich mein Vater, die Winterreise nach Marokko zu unternehmen. Ich glaube, das war die schönste Zeit in Flicks Leben. Sie hat sogar ein paar Worte Arabisch gelernt und sich mit den Händlern im Basar unterhalten. Wir lasen damals die Memoiren dieser wagemutigen Forscherinnen aus Königin Viktorias Zeiten, die als Männer verkleidet den Nahen Osten bereist hatten.«

»Kam sie gut mit Ihrem Vater aus?«

»Besser als ich.«

»Kennen Sie ihren Mann? Was ist das für ein Mensch?«

»Flick sucht sich immer etwas exotische Männer aus. Ihr bester Freund in Oxford war ein Junge aus Nepal, Rajendra, was im College für erhebliche Empörung sorgte, das kann ich Ihnen sagen. Obwohl ich nicht glaube, dass sie sich jemals in indezenter Form mit ihm einließ … Sie wissen schon. Ein anderer Student, Charlie Standish, war hoffnungslos in sie verknallt, aber er war ihr einfach zu langweilig. Sie verliebte sich dann in Michel, weil er charmant ist, Ausländer und blitzgescheit. Und das gefällt ihr.«

»Exotisch«, wiederholte Paul.

Diana lachte. »Keine Sorge, das passt schon … Sie sind Amerikaner, haben nur noch anderthalb Ohren und sind alles andere als auf den Kopf gefallen. Eine Chance haben Sie auf jeden Fall.«

Paul erhob sich. Das Gespräch hatte eine unangenehm intime Wendung genommen. »Ich fasse das als Kompliment auf«, sagte er mit einem Lächeln und verabschiedete sich. »Gute Nacht.«

Auf dem Weg nach oben kam er an Flicks Zimmer vorbei. Unter der Tür war ein Lichtschein zu sehen.

Er legte sich ins Bett, konnte aber nicht einschlafen. Er war zu erregt und zu glücklich. Immer wieder musste er an den Kuss denken. Warum können wir nicht so sein wie Ruby und Jim und schamlos unserer Begierde nachgeben?, dachte er. Warum geht das nicht? Ja, warum eigentlich nicht, verdammt …?

Im Haus war alles still.

Ein paar Minuten nach Mitternacht stand Paul auf, schlich den Flur entlang bis zu Flicks Zimmertür, klopfte vorsichtig an und ging hinein.

»Hallo«, sagte sie leise.

»Ich bin's.«

»Ich weiß.«

Sie lag auf dem Rücken in ihrem Einzelbett, den Kopf von ein oder zwei Kissen gestützt. Die Vorhänge waren zurückgezogen, und das Mondlicht schien durch das kleine Fenster. Er konnte ziemlich deutlich die gerade Linie ihrer Nase und das wie gemeißelt wirkende Kinn erkennen, das er einmal für wenig attraktiv gehalten hatte. Jetzt kam es ihm engelhaft vor.

Er kniete neben dem Bett nieder.

»Die Antwort heißt nein«, sagte sie.

Er nahm ihre Hand und küsste die Innenfläche. »Bitte«, sagte er.

»Nein.«

Er beugte sich über sie, um sie zu küssen, doch sie wandte den Kopf ab.

»Nur einen Kuss …«

»Wenn ich dich küsse, bin ich verloren.«

Das gefiel ihm. Es besagte, dass es ihr nicht anders erging als ihm selbst. Er küsste ihr Haar, ihre Stirn und ihre Wange, doch sie wandte ihm ihr Gesicht nicht zu. Er küsste ihre Schulter durch den Baumwollstoff ihres Nachthemds und streifte ihre Brust mit seinen Lippen. »Du willst es«, sagte er.

»Raus!«, befahl sie.

Jetzt sah sie ihn an. Er neigte sich zu ihr, um sie zu küssen, aber sie legte ihm einen Finger auf die Lippen, als wolle sie ihn am Sprechen hindern, und sagte: »Geh jetzt. Es ist mein Ernst.«

Im Licht des Mondes betrachtete er ihr schönes Gesicht. Ihr Ausdruck verriet Entschlossenheit. Obwohl er sie kaum kannte, wusste er, dass er sich über ihren Willen nicht hinwegsetzen durfte. Widerstrebend stand er auf.

Einen letzten Versuch wollte er noch machen. »Schau, lass uns doch …«

»Kein Wort mehr. Geh!«

Er drehte sich um und verließ das Zimmer.

+++ fünfter tag +++

donnerstag, 1. juni 1944

Dieter Franck schlief ein paar Stunden im Hotel Frankfurt und stand gegen zwei Uhr morgens wieder auf. Er war allein; Stéphanie war im Haus in der Rue du Bois mit Helicopter, dem britischen Agenten. Irgendwann im Verlauf des Vormittags würde Helicopter versuchen, mit dem Chef der Bollinger-Gruppe Kontakt aufzunehmen, und er, Dieter, würde ihn im Auge behalten müssen. Da er wusste, dass Helicopter zunächst noch einmal die Adresse von Michel Clairet aufsuchen wollte, beschloss er, das Haus vom ersten Morgengrauen an unter Beobachtung zu stellen.

Noch vor Sonnenaufgang fuhr er mit seinem großen Wagen über die kurvenreichen Straßen nach Sainte-Cécile, vorbei an mondbeschienenen Weinbergen. Er parkte den Wagen vor dem Château und begab sich zuerst in den Keller, wo das Fotolabor untergebracht war. Die Dunkelkammer war leer, doch seine Abzüge waren fertig; sie hingen, mit Klammern befestigt, wie Wäsche zum Trocknen an einer Leine. Er hatte darum gebeten, Helicopters Bild von Felicity Clairet abzufotografieren und zwei Abzüge davon herzustellen. Jetzt nahm er die neuen Fotos von der Leine und prüfte sie. In Gedanken sah er die Frau wieder durchs Gewehrfeuer über den Platz rennen und ihren Ehemann bergen. Er versuchte in der sorgenfreien Miene des hübschen Mädchens im Badeanzug eine Andeutung dieser stahlharten nervlichen Konstitution zu erkennen, doch es gelang ihm nicht. Sie hatte sich zweifellos erst im Krieg entwickelt.

Er steckte das Negativ ein und nahm auch das Originalfoto an sich, das nun so bald wie möglich wieder unbemerkt in Helicopters Besitz gelangen musste. Franck fand ein Kuvert und einen leeren Briefbogen, dachte einen Augenblick nach und schrieb:

Meine Liebste,
wenn sich Helicopter rasiert, steck bitte dieses Foto in die Innentasche seiner Jacke. Es muss so aussehen, als wäre es aus seiner Brieftasche gerutscht. Danke.
D.

Er steckte Brief und Bild in den Umschlag, klebte ihn zu und adressierte ihn mit »*Mlle. Lemas*«. Er würde ihn später in die Rue du Bois bringen.

Er ging an den Zellen vorbei und warf durch ein Guckloch einen Blick auf Marie, die sie gestern im Haus von Mademoiselle Lemas mit einer Lebensmittellieferung für die »Gäste« überrascht hatte. Sie lag auf einer blutverschmierten Decke und starrte mit von nacktem Entsetzen geweiteten Augen an die Wand. Dabei wimmerte sie ununterbrochen; es klang wie eine kaputte Maschine, die man nicht abgestellt hat.

Er hatte Marie noch am vergangenen Abend verhört, aber nichts Brauchbares aus ihr herausbekommen. Sie beharrte darauf, außer Mademoiselle Lemas niemanden aus der Résistance zu kennen. Obwohl er dazu geneigt hatte, ihr zu glauben, hatte er sie für alle Fälle noch von Wachtmeister Becker foltern lassen. An ihren Aussagen hatte das nichts geändert. Inzwischen war er zuversichtlich, dass die Résistance durch ihr Verschwinden nicht auf die falsche Mademoiselle Lemas in der Rue du Bois aufmerksam werden würde.

Der Anblick des zerschlagenen Körpers machte ihn vorübergehend depressiv. Er sah das Mädchen wieder vor sich, wie es mit seinem Fahrrad den Fußweg entlangkam, strotzend vor Gesundheit und Lebensfreude. Marie war ein glückliches Mädchen gewesen, hatte sich jedoch sehr töricht verhalten. Sie hatte einen einfachen Fehler gemacht – und nun ging ihr Leben auf grausame Weise zu Ende. Gewiss, sie hatte kein anderes Schicksal verdient, denn sie hatte die Partisanen unterstützt. Dennoch war es grauenhaft, sie da in ihrem Elend liegen zu sehen.

Er verdrängte sie aus seinem Gedächtnis und ging die Treppe hinauf. Im Erdgeschoss arbeiteten die Telefonistinnen der Nachtschicht an ihren Schaltbrettern. Im Stockwerk darüber befanden sich in den einstmals aberwitzig großen Schlafgemächern des Adels die Büroräume der Gestapo.

Seit dem Fiasko in der Kathedrale hatte Franck Weber nicht mehr gesehen und ging nun davon aus, dass der Mann sich irgendwohin zurückgezogen hatte, um seine Wunden zu lecken. Er hatte allerdings mit Webers Stellvertreter gesprochen und ihn ersucht, für drei Uhr morgens vier Gestapo-Beamte in Zivil für eine eintägige Beschattungsaktion bereitzustellen. Auch Leutnant Hesse hatte er herbeizitiert.

Er schob eine Verdunkelungsblende beiseite und sah hinaus. Über den vom Mondschein erhellten Parkplatz schritt Hesse auf das Schloss zu, doch außer ihm war keine Menschenseele zu sehen.

Franck ging in Webers Büro und stellte zu seiner Überraschung fest, dass es besetzt war. Weber saß beim Schein einer grün beschirmten Lampe am Schreibtisch und tat so, als bearbeite er irgendwelche Papiere.

»Wo sind die Männer, um die ich Sie gebeten habe?«, fragte Franck.

Weber erhob sich. »Sie haben gestern die Waffe auf mich gerichtet«, sagte er. »Was, zum Teufel, fällt Ihnen ein, einen Offizier mit einer Pistole zu bedrohen?«

Diese Reaktion traf Franck unvorbereitet. Weber verhielt sich aggressiv wegen eines Vorfalls, bei dem er sich wie ein

Idiot benommen hatte! Wusste er tatsächlich nicht, was für ein furchtbarer Fehler ihm unterlaufen war? »Das war doch Ihre eigene Schuld, Sie Idiot!«, antwortete er wütend. »Dieser Mann durfte unter keinen Umständen verhaftet werden.«

»Für das, was Sie sich da geleistet haben, kann ich Sie vors Kriegsgericht bringen.«

Im ersten Moment wollte sich Franck über diese Drohung lustig machen, doch dann besann er sich eines Besseren. Weber hatte Recht. Er, Franck, hatte zwar nur getan, was nötig gewesen war, um die Situation zu retten, aber im bürokratischen Dritten Reich war es durchaus möglich, dass man einen Offizier, der auf eigene Initiative handelte, zur Rechenschaft zog. Seine Zuversicht schwand, und es blieb ihm nichts anderes übrig, als mit gespieltem Selbstbewusstsein zu antworten: »Na los, dann schwärzen Sie mich doch an! Ich glaube, ich kann mich vor dem Tribunal durchaus rechtfertigen.«

»Sie haben sogar geschossen!«

»Tja, das haben Sie wohl noch nicht so oft erlebt in Ihrer militärischen Laufbahn, wie?« Er konnte sich diese Bemerkung einfach nicht verkneifen.

Weber lief knallrot an. Er hatte noch nie an Kampfhandlungen teilgenommen. »Waffen sollen gegen den Feind eingesetzt werden, nicht gegen Offizierskameraden!«

»Ich habe lediglich in die Luft geschossen. Tut mir leid, wenn ich Sie erschreckt habe. Sie waren drauf und dran, einen erstklassigen Abwehrcoup zu ruinieren. Meinen Sie nicht, dass ein Militärgericht das berücksichtigen würde? Welchen Befehlen folgten eigentlich *Sie*? Sie waren es doch, der sich disziplinlos verhalten hat.«

»Ich habe einen britischen Spion verhaftet.«

»Und warum, wenn ich fragen darf? Das war doch bloß einer. Der Feind hat noch eine ganze Menge davon in der Hinterhand. Wenn man diesen aber laufen lässt und ihm heimlich folgt, wird er uns zeigen, wo andere sind – viele andere vielleicht. Ihre Insubordination hätte uns diese Chance zunichte gemacht. Sie können von Glück reden, dass ich Sie vor einem grauenhaften Fehler bewahrt habe.«

In Webers Blick lag ein verschlagener Zug. »Es gibt durchaus einflussreiche Leute, die Ihr Interesse an der Befreiung eines alliierten Spions höchst verdächtig finden.«

Dieter Franck seufzte. »Sparen Sie sich diesen Blödsinn. Ich bin kein armseliger jüdischer Krämer, der sich von derartig böswilligem Geschwätz einschüchtern ließe. Sie werden mich nicht des Verrats bezichtigen wollen – das nimmt Ihnen doch kein Mensch ab! So, und wo sind jetzt bitte meine Leute?«

»Der Spion muss unverzüglich verhaftet werden.«

»Nein, das kommt nicht infrage, und wenn Sie es versuchen, werde ich Sie erschießen. Wo sind die Männer?«

»Ich weigere mich, Ihnen viel beschäftigte Männer für eine so verantwortungslose Aufgabe zur Verfügung zu stellen.«

»Sie *weigern* sich?«

»Jawohl.«

Franck starrte ihn an. So viel Dummheit – oder auch Tapferkeit – hätte er Weber nie zugetraut. »Wissen Sie, was Ihnen bevorsteht, wenn der Generalfeldmarschall davon erfährt?«

Webers Trotz war stärker als seine Angst. »Ich gehöre nicht zur Wehrmacht«, sagte er. »Wir sind hier bei der Gestapo.«

Damit hat er unglücklicherweise Recht, dachte Franck resigniert. Walter Goedel hat gut reden, wenn er mir befiehlt, auf Gestapo-Personal zurückzugreifen, anstatt mit an der Küste dringend benötigten Soldaten gegen die Spione vorzugehen. Der Haken daran ist nur, dass die Gestapo nicht verpflichtet ist, meinen Befehlen Folge zu leisten. Eine Zeit lang hat sich Weber durch den Namen Rommel einschüchtern lassen, doch inzwischen ist das eine leere Drohung geworden.

Blieb ihm also nur noch Leutnant Hesse. Ob wir beide es ohne weitere Unterstützung schaffen, Helicopter zu beschatten?, dachte er. Es wird sicher nicht einfach, aber wir haben keine Alternative.

Er versuchte es mit einer letzten Drohung. »Sind Sie bereit, die Konsequenzen Ihrer Weigerung zu tragen, Willi? Sie bekommen die allergrößten Schwierigkeiten.«

»Ganz im Gegenteil. Ich glaube, Ihr Kopf ist es, der in der Schlinge steckt.«

Dieter Franck wandte sich ab. Es ist alles gesagt, dachte er. Ich habe ohnehin schon viel zu viel Zeit auf die Herumstreiterei mit diesem Idioten verschwendet …

Er verließ das Büro. In der Eingangshalle begegnete er Hesse und erklärte ihm die Lage. Gemeinsam begaben sie sich in den hinteren Teil des Schlosses, wo in den ehemaligen Dienstbotenquartieren die technische Abteilung untergebracht war. Hesse hatte am Abend zuvor erreicht, dass man ihnen einen Lieferwagen der Post und ein Moped zur Verfügung stellte. Letzteres war eine Art motorisiertes Fahrrad, dessen kleiner Motor durch das Treten der Pedale gestartet wurde.

Franck fragte sich, ob Weber inzwischen von der Vereinbarung erfahren und den Technikern befohlen hatte, ihnen die Fahrzeuge zu verweigern. Hoffentlich nicht: In einer halben Stunde wurde es hell, und ihm fehlte die Zeit für weitere Auseinandersetzungen. Aber dann gab es glücklicherweise keine Schwierigkeiten. Franck und Hesse streiften sich Arbeitskittel über und fuhren los. Das Moped nahmen sie im Laderaum mit.

Sie fuhren nach Reims und parkten den Wagen in einer Seitenstraße der Rue du Bois. Hesse stieg aus, ging zurück zum Haus und warf den Briefumschlag mit dem Foto von Flick in den Briefkasten. Helicopters Schlafzimmer lag auf der Rückseite des Hauses; es bestand kaum die Gefahr, dass er Hans sehen und ihn später wiedererkennen würde.

Als sie ihren Lieferwagen in der Stadtmitte, hundert Meter von Michel Clairets Domizil entfernt, am Straßenrand abstellten, ging bereits die Sonne auf. Hesse stieg aus, öffnete einen

Kabelschacht der Post, spielte den Arbeiter und behielt dabei das Haus genau im Auge. Es war eine geschäftige Straße, in der viele Autos parkten; der Postwagen fiel daher nicht sonderlich auf.

Dieter Franck blieb im Fahrzeug sitzen, sodass man ihn nicht sah, und grübelte über den Krach mit Weber nach. Der Mann war strohdumm, aber seine Argumente waren nicht von der Hand zu weisen. Franck wusste, dass er ein hohes Risiko einging. Helicopter konnte ihm entkommen – und damit wäre die heiße Spur erloschen. Die leichtere, bewährte Methode wäre, Helicopter zu foltern. Andererseits: Ihn laufen zu lassen war zwar riskant, aber auch sehr vielversprechend. Wenn alles nach Plan verlief, war der Mann Gold wert. Allein der Gedanke daran, dass er möglicherweise kurz vor einem triumphalen Erfolg stand, ließ Francks Puls schneller schlagen.

Sollte die Sache allerdings schief gehen, würde Weber sie schamlos ausschlachten und aller Welt verkünden, dass er den riskanten Plan von Anfang an abgelehnt hatte … Aber Dieter Franck wollte sich nicht über interne Abrechnungen dieser Art den Kopf zerbrechen. In seinen Augen waren Männer wie Weber, die sich auf solcherlei Spielchen einließen, die verachtenswertesten Kreaturen der Welt.

Allmählich wurde es lebendig in der Stadt. Frauen auf dem Weg zur Bäckerei gegenüber Michel Clairets Haus waren die Ersten, die auf der Straße auftauchten. Der Laden hatte noch geschlossen, doch die Frauen stellten sich geduldig an, warteten und schwatzten miteinander. Brot war rationiert, aber Franck vermutete, dass es manchmal auch einfach nicht für alle reichte. Also gingen pflichtbewusste Frauen schon früh am Morgen zur Bäckerei, um sicherzustellen, dass sie ihre Ration auch wirklich bekamen. Als die Tür endlich geöffnet wurde, versuchten sie alle gleichzeitig, sich hindurchzuzwängen – ganz anders als deutsche Hausfrauen, die ordentlich Schlange gestanden hätten. Jedenfalls bildete sich Franck dies mit einem gewissen Überlegenheitsgefühl ein. Als er die ersten Frauen mit ihren Brotlaiben aus der Bäckerei herauskommen sah, merkte er, dass er noch nicht gefrühstückt hatte.

Nach den Frauen erschienen auch die Männer auf der Straße. Sie trugen Stiefel und Baskenmützen, und alle hatten sie einen Beutel oder eine billige Bakelitdose mit ihrem Mittagessen dabei. Als Helicopter schließlich auftauchte, waren gerade die ersten Kinder auf dem Schulweg. Der Agent kam mit dem Fahrrad, das Marie gehört hatte. Franck setzte sich auf. Im Fahrradkorb lag ein rechtwinkliger Gegenstand, der mit einem Stück Stoff bedeckt war – vermutlich der Funkkoffer.

Leutnant Hesse steckte den Kopf aus dem Schacht und beobachtete den Agenten.

Helicopter klopfte an Michel Clairets Tür – natürlich erfolglos. Eine Zeit lang blieb er auf der Stufe vor dem Eingang stehen, dann spähte er durch die Fenster. Zum Schluss ging er auf dem Bürgersteig ein paar Schritte auf und ab und suchte nach einem Hintereingang, den es jedoch, wie Franck wusste, nicht gab.

Den nächsten Schritt hatte er Helicopter selbst empfohlen: »Gehen Sie in die Bar Chez Régis weiter unten in der gleichen Straße. Bestellen Sie sich dort Kaffee und Brötchen und warten Sie.« Franck hoffte, dass die Résistance, in Erwartung eines Emissärs aus London, Michel Clairets Haus beobachtete. Er rechnete nicht mit einer Bewachung rund um die Uhr, sondern eher damit, dass sich vielleicht ein Résistance-Sympathisant unter den Nachbarn bereit erkärt hatte, ein bisschen auf das Haus zu achten. Helicopters offenkundige Arglosigkeit hätte den Beobachter beruhigt. An der Art, wie der Besucher herumlief, war für jedermann erkennbar, dass es sich bei ihm weder um einen Gestapo-Mann noch um ein Mitglied der Milice handelte, der französischen Sicherheitspolizei. Dass die Résistance über kurz oder lang auf den Plan gerufen werden und folglich früher oder später jemand auftauchen und Kontakt zu Helicopter aufnehmen würde, stand für Dieter Franck außer Frage, und er hoffte, dass eben diese Kontaktperson ihn dann direkt ins Herz der Résistance führen würde.

Eine Minute später tat Helicopter genau das, was Franck ihm vorgeschlagen hatte. Er radelte zu der besagten Bar, setzte sich an einen der Tische auf dem Trottoir und tat so, als genieße er die Sonne. Er bestellte und bekam seine Tasse Kaffee – zweifellos Ersatzkaffee aus geröstetem Getreide – und trank sie mit gut gespieltem Genuss.

Nach etwa zwanzig Minuten ließ er sich eine zweite Tasse Kaffee kommen und holte sich in der Bar eine Zeitung, die er dann mit großer Aufmerksamkeit las. Er hatte offenbar viel Geduld, so als wäre er darauf eingestellt, notfalls den ganzen Tag zu warten. Das war gut.

Der Vormittag zog sich in die Länge, und Franck plagten erste Selbstzweifel. Vielleicht war die Bollinger-Gruppe durch das Gemetzel von Sainte-Cécile dermaßen dezimiert worden, dass es schlichtweg niemanden mehr gab, der auch nur die einfachsten Aufgaben erfüllen konnte. Für ihn, Franck, wäre es ein deprimierender Rückschlag, wenn Helicopter ihn nicht zu anderen Untergrundkämpfern führte – und für Weber ein enormer Triumph.

Die Zeit verging, und allmählich musste Helicopter ein Mittagessen bestellen, wenn er weiterhin an seinem Tisch sitzen bleiben wollte. Ein Kellner kam, sprach mit ihm und brachte ihm wenig später einen Pastis. Der konnte auch nur ein synthetischer Anis-Ersatz sein. Trotzdem leckte Franck sich die Lippen. Auch er hätte jetzt gerne einen Apéritif getrunken.

Ein neuer Gast tauchte auf und setzte sich an den Tisch neben dem Helicopters. Insgesamt standen fünf Tische auf dem Bürgersteig, und da die anderen vier nicht besetzt waren, wäre eigentlich zu erwarten gewesen, dass der Fremde sich zwei oder drei Tische weiter niedergelassen hätte. Franck schöpfte neue Hoffnung. Der neue Gast war ein schlaksiger Mann in den Dreißigern. Er trug ein blaues Chambray-Hemd und marineblaue Leinenhosen, wirkte auf Franck jedoch nicht wie ein Arbeiter, sondern eher wie ein Künstler mit einem Faible für proletarische Kleidung. Als er sich setzte und die Beine übereinander schlug, sodass die rechte Ferse auf dem linken Knie zu ruhen kam, hatte Franck den Eindruck, diese Pose schon einmal gesehen zu haben. War ihm der Mann vielleicht schon einmal begegnet?

Der Kellner kam, und der Gast bestellte sich etwas. Dann geschah eine Zeit lang gar nichts. Ob der Fremde Helicopter heimlich beobachtete? Oder wartete er lediglich auf sein Getränk? Der Kellner brachte ihm ein Glas blasses Bier auf einem Tablett; der Mann nahm einen langen Zug und wischte sich mit zufriedener Miene den Mund ab. Auch ich habe Durst, dachte Franck verdrossen und hatte im gleichen Augenblick das Gefühl, auch diese Geste schon einmal gesehen zu haben.

Da sprach der Fremde Helicopter an.

Franck war mit einem Schlag hellwach. Ist das der Moment, auf den wir so lange gewartet haben?, dachte er.

Die ersten Worte, die die beiden Männer wechselten, schienen belanglos zu sein. Selbst aus der Entfernung spürte Franck, dass der neue Gast eine sehr einnehmende Persönlichkeit besaß: Helicopter lächelte, und als er sprach, geschah es mit erkennbarer Begeisterung. Nach ein paar Sekunden deutete er auf Clairets Haus – vermutlich erkundigte er sich nach dem Verbleib des Eigentümers. Der andere reagierte mit einem typisch französischen Achselzucken, und Franck konnte sich die Antwort vorstellen: »Keine Ahnung!« Helicopter schien sich damit allerdings nicht zufrieden zu geben.

Der neue Gast trank sein Bier aus, und plötzlich fiel es Franck wie Schuppen von den Augen. Er wusste nun genau, wen er vor sich hatte, und die Erkenntnis verblüffte ihn dermaßen, dass er auf seinem Autositz regelrecht hochfuhr. Das war der Mann, den er im Straßencafé in Sainte-Cécile gesehen hatte, auch dort an einem Tisch im Freien, und in Begleitung von Felicity Clairet, nur Minuten vor dem Überfall. Dies war ihr Ehemann – Michel Clairet persönlich!

»Jaaa!«, schrie Dieter Franck und schlug vor Genugtuung mit der Faust aufs Armaturenbrett. Seine Strategie hatte sich als richtig erwiesen: Helicopter hatte ihn direkt ins Zentrum der örtlichen Résistance-Gruppe geführt.

Mit einem solchen Volltreffer hatte er so schnell gar nicht gerechnet, sondern eher mit einem Kurier. Er hatte gehofft, der Kurier würde Helicopter – und damit ihn selbst, Helicopters Schatten – zu Michel Clairet führen. Nun war der aber selbst erschienen – und Dieter Franck stand vor einem Dilemma. Michel Clairet war eine Trophäe ersten Grades. Man konnte ihn auf der Stelle verhaften … oder war es besser, ihm zu folgen, in der Hoffnung, durch ihn an die ganz großen Fische heranzukommen?

Hans Hesse schob den Deckel wieder über den Kabelschacht und stieg in den Wagen. »Eine Kontaktperson, Herr Major?«

»Ja.«

»Was tun wir jetzt?«

Franck wusste es selber nicht: Verhaften wir Clairet – oder verfolgen wir ihn?

Michel Clairet erhob sich, und Helicopter stand ebenfalls auf.

Franck beschloss, die beiden zu verfolgen.

»Was soll ich tun?«, fragte Hesse nervös.

»Holen Sie das Moped raus, aber schnell!«

Hesse öffnete die Hecktüren des Lieferwagens und hob das Moped heraus.

Die beiden Männer in der Bar legten ein paar Münzen auf die Tische und entfernten sich. Franck fiel jetzt auf, dass

Michel Clairet hinkte, und erinnerte sich daran, dass er bei der Schießerei verletzt worden war.

»Sie folgen den beiden, ich folge Ihnen«, sagte er zu Hesse und ließ den Wagen an.

Hesse bestieg das Moped und trat in die Pedale, bis der Motor ansprang. Dann fuhr er seiner Beute langsam und in einem Sicherheitsabstand von etwa hundert Metern hinterher. Auch Franck fuhr los und hielt sich hinter Hesse.

Clairet und Helicopter bogen um eine Straßenecke. Als Franck eine Minute danach um die gleiche Ecke bog, sah er, dass sie vor dem Schaufenster einer Apotheke stehen geblieben waren. Natürlich hatten sie nicht vor, Medikamente zu kaufen, sondern es handelte sich um eine Vorsichtsmaßnahme gegen potenzielle Verfolger. Als Franck an ihnen vorbeifuhr, drehten sie sich um und gingen auf dem gleichen Weg zurück, den sie gekommen waren. Es war klar, dass sie vor allem auf Fahrzeuge achten würden, die hinter ihnen wendeten; Franck konnte es daher nicht riskieren, ihnen unmittelbar zu folgen. Er sah allerdings, dass Hesse hinter einem Lastwagen anhielt und sich umdrehte, sodass er die beiden Männer, die nun auf der gegenüberliegenden Straßenseite gingen, nicht aus dem Auge verlor.

Franck fuhr einmal um den Block und war dann wieder hinter ihnen. Clairet und Helicopter hielten auf den Bahnhof zu; Hesse war ihnen nach wie vor auf den Fersen.

Ob sie wussten, dass sie verfolgt wurden? Der Trick mit der Apotheke konnte bedeuten, dass sie Verdacht geschöpft hatten. Dass ihnen der Post-Lieferwagen aufgefallen war, glaubte Franck nicht, denn er hatte darauf geachtet, möglichst außer Sichtweite zu bleiben. Das Moped dagegen konnte eher ihren Argwohn erregt haben. Am wahrscheinlichsten war jedoch, dass der Richtungswechsel eine routinemäßige Vorsorgemaßnahme Clairets war, von dem man annehmen musste, dass er sich im Geheimdienstmilieu gut auskannte.

Die beiden Männer gingen durch die Grünanlage vor dem Bahnhof. Die Blumenrabatten waren nicht bepflanzt, doch ein paar Bäume standen, dem Kriege trotzend, in voller Blüte. Der Bahnhof war ein klassizistischer Bau mit Pilastern und Giebeldreiecken, schwergewichtig und überdekoriert – und darin den Geschäftsleuten aus dem 19. Jahrhundert, die ihn hatten errichten lassen, sicher nicht unähnlich.

Was mache ich, wenn Clairet und Helicopter einen Zug nehmen?, dachte Franck. In denselben Zug einzusteigen ist zu riskant, da Helicopter mich kennt; ja, es kann sogar sein, dass sich auch Michel Clairet noch an unsere Begegnung auf dem Stadtplatz von Sainte-Cécile erinnert … Hesse wird mit an Bord gehen müssen. Ich fahre hinterher.

Die beiden Männer betraten den Bahnhof durch einen der drei klassizistischen Bögen. Hans Hesse ließ sein Moped stehen und folgte ihnen, und auch Franck nahm, nachdem er einen Parkplatz gefunden hatte, die Verfolgung zu Fuß wieder auf. Wenn die beiden am Fahrkartenschalter anstanden, wollte er Hesse auftragen, sich hinter sie zu stellen und eine Fahrkarte zum gleichen Zielort zu lösen.

Aber Clairet und Helicopter standen nicht um Karten an. Als Franck den Bahnhof betrat, sah er gerade noch, wie Hesse die Treppe zu dem unter den Gleisen entlangführenden Fußgängertunnel hinunterging, durch den man zu den Bahnsteigen kam. Vielleicht hat Clairet schon im Voraus Fahrkarten besorgt, dachte er, dann muss Hesse eben ohne Fahrkarte einsteigen …

Zur rechten wie zur linken Seite des Tunnels führten die Treppen zu den Bahnsteigen. Franck folgte Hesse an sämtlichen Aufgängen vorbei. Schon in banger Vorahnung nahm er die Treppe zum Hintereingang des Bahnhofs im Laufschritt und holte Hesse ein. Gemeinsam kamen sie auf der Rue de Courcelles heraus.

Einige der Gebäude in der Umgebung waren jüngst von

Bomben getroffen worden. Dort, wo kein Trümmerschutt am Straßenrand lag, parkten Autos. Franck suchte mit den Augen die Straße ab, und die Angst ließ sein Herz schneller schlagen. Hundert Meter vor ihnen sprangen Michel Clairet und Helicopter in einen schwarzen Wagen. Franck und Hesse hatten keine Chance mehr, das Fahrzeug zu erreichen. Francks rechte Hand fuhr an seine Waffe, doch war die Entfernung viel zu groß für einen Pistolenschuss. Der Wagen entfernte sich. Es war ein schwarzer Renault Monaquatre, eines der häufigsten Autos in Frankreich. Das Kennzeichen konnte Franck nicht entziffern. Das Fahrzeug raste die Straße entlang und bog schließlich um eine Ecke.

Dieter Franck fluchte. Er war auf einen einfachen, aber äußerst wirksamen Trick hereingefallen: Indem sie den Fußgängertunnel benutzten, hatten Clairet und Helicopter die Verfolger gezwungen, ihre Fahrzeuge stehen zu lassen. Und auf der anderen Seite wartete ein Wagen auf sie, der ihnen die Flucht ermöglichte. Vielleicht hatten sie nicht einmal gemerkt, dass sie beschattet wurden, und der Trick mit dem Tunnel war ebenfalls bloß eine Routinemaßnahme gewesen.

Francks Stimmung war am Boden. Er hatte hoch gespielt und alles verloren. Webers Jubel würde kaum noch zu übertreffen sein.

»Was machen wir jetzt?«, fragte Hans Hesse.

»Wir fahren zurück nach Sainte-Cécile.«

Sie machten kehrt, verstauten das Moped wieder im Lieferwagen und kehrten ins Hauptquartier zurück.

Ein einziger Hoffnungsschimmer war Dieter Franck geblieben. Er kannte die Übertragungszeiten für Helicopters Funkkontakte sowie die dazugehörigen Frequenzen. Mithilfe dieser Informationen konnte man ihn möglicherweise wieder einfangen. Um verbotene Funksendungen aufzuspüren und an ihren Ursprung zurückzuverfolgen, hatte die Gestapo ein kompliziertes System entwickelt und im Laufe des Krieges immer mehr verfeinert. Auf diese Weise waren ihr viele Agenten der Alliierten in die Hände gefallen. Umgekehrt hatten sich aber mittlerweile auch die Funktechniken der Briten verbessert, sodass die Funker bessere Sicherheitsvorkehrungen einhielten. Sie setzten zum Beispiel jeden Funkspruch von einem anderen Ort ab und blieben nie länger als fünfzehn Minuten auf Sendung. Unvorsichtige Agenten wurden aber auch jetzt noch erwischt.

Ob die Briten inzwischen ahnten oder wussten, dass Helicopter aufgeflogen war? Dass er in diesen Minuten Michel Clairet in allen Einzelheiten von seinen Erlebnissen berichtete, war klar. Clairet würde ihn genau über die Umstände seiner Festnahme in der Kathedrale sowie die anschließende Flucht befragen, insbesondere über den neuen »Kameraden« mit dem Decknamen Charenton. Dass Mademoiselle Lemas nicht diejenige war, die zu sein sie vorgab, konnte kaum seinen Verdacht erwecken, denn Clairet hatte Mademoiselle nie kennen gelernt. Selbst wenn Helicopter sie als attraktive, rothaarige junge Frau beschrieb, bestand keine Gefahr. Helicopter seinerseits wusste weder, dass sein Chiffrierblock und das Seidentaschentuch von Stéphanie sorgfältig abgeschrieben worden waren, noch, dass Franck anhand der gelben Wachskreidestriche auf den Skalen seine Frequenzen abgelesen hatte.

Vielleicht ist doch noch nicht alles verloren, dachte Franck.

Kaum hatten sie das Château betreten, kam ihm in der Halle Weber entgegen. Er sah Franck streng an und fragte: »Haben Sie ihn verloren?«

Schakale können Blut riechen, dachte Franck und sagte: »Ja.« Weber anzulügen wäre unter seiner Würde gewesen.

»Ha!« Weber genoss seinen Triumph. »Sie sollten solche Arbeiten den Experten überlassen.«

»Mit dem größten Vergnügen«, gab Franck zurück. Weber stutzte. »Er wird heute Abend um acht mit London Funkkontakt aufnehmen«, fuhr Franck fort. »Die ideale Gelegenheit für

Sie, Ihr Expertenwissen unter Beweis zu stellen! Zeigen Sie, was Sie können! Finden Sie ihn!«

Das große Pub Fisherman's Rest thronte wie eine Festung über der Küste, wenngleich Schornsteine die Wehrtürme ersetzten und Rauchglasscheiben die Schießscharten. Ein verblichenes Schild im Vorgarten warnte die Gäste vor dem Betreten des Strandes, der schon 1940 in Erwartung einer deutschen Invasion vermint worden war.

Seit sich die SOE in der Nähe angesiedelt hatte, herrschte Abend für Abend Hochbetrieb: Die Lampen strahlten hell hinter den Verdunklungsvorhängen, das Klavier klimperte laut, die Bars waren voll und an warmen Sommerabenden sogar der angrenzende Garten. Raue Lieder, schwere Besäufnisse und Knutschereien, die bis hart an die Grenzen des Anstands gingen, waren an der Tagesordnung. Die lockeren Sitten wurden toleriert, weil alle wussten, dass einige der jungen Leute, die heute noch an der Bar saßen und brüllend lachten, schon am nächsten Morgen zu Einsätzen aufbrachen, von denen sie vielleicht nie wieder zurückkehrten.

Nach Beendigung der zweitägigen Ausbildung luden Flick und Paul ihr Team ins Fisherman's Rest ein. Die Frauen machten sich ausgehfein. Maude trug ein rosa Sommerkleid und war hübscher denn je. Ruby, die nie hübsch aussehen würde, wirkte in dem schwarzen Cocktailkleid, das sie sich von irgendwem geliehen hatte, glutvoll und erotisch. Lady Denises austernfarbenes Seidenkleid sah aus, als habe es ein Vermögen gekostet, half aber bei ihrer knochigen Figur auch nicht viel. Greta hatte sich in eines ihrer Bühnenkostüme geworfen – ein Cocktailkleid und rote Schuhe. Selbst Diana trug diesmal anstelle ihrer gewohnten ländlichen Kordhosen einen eleganten Rock und hatte zu Flicks Erstaunen sogar ein wenig Lippenrot aufgelegt.

Das Team hatte inzwischen den Decknamen *Die Dohlen* erhalten. Sie würden mit den Fallschirmen in der Nähe von Reims abspringen. Flick hatte sich an die Sage *Die Dohle von Reims* erinnert, jenen Vogel, der den Ring des Bischofs gestohlen hatte. »Die Mönche wussten einfach nicht zu sagen, wer ihn fortgenommen hatte«, erklärte sie Paul bei einem Glas Scotch – sie mit Wasser, er mit Eis. »Also verfluchte der Bischof den unbekannten Dieb. Als sie dann plötzlich die total verdreckte und zerzauste Dohle sahen, ging ihnen ein Licht auf, und sie erkannten sie als den unter den Folgen des Fluches leidenden Dieb. Ich hab das Gedicht in der Schule auswendig gelernt:

Der Tag war fort,
Es kam die Nacht
Die Mönche, die Brüder haben suchend gewacht.
Der Sakristan erst im Morgengrau'n
Sah die Dohle dann, verkrüppelt die Klauen,
Armselig und zag
Und nicht mehr so keck
Wie am vorigen Tag.
Die Federn, die standen die kreuz und die quer,
Die Schwingen, sie hingen. Steh'n konnt sie kaum mehr.
Und der Schädel war nackt wie der Mönche Tonsur,
Das Auge so trüb –
So zerschunden die Kreatur,
Dass alle nur schrien: Haltet den Dieb!

Nun, und dann hat man natürlich den Ring in ihrem Nest gefunden.«

Paul nickte lächelnd, und Flick wusste, dass er genauso genickt und gelächelt hätte, wenn sie Isländisch gesprochen hätte. Ihn interessierte gar nicht, was sie sagte – er wollte sie bloß ansehen. Sie war nicht besonders erfahren in diesen Dingen, aber sie erkannte sehr wohl, wann ein Mann verliebt war. Und Paul war verliebt – in sie.

Wie ferngesteuert hatte sie den Tag verbracht. Die Küsse in der vergangenen Nacht hatten sie zutiefst erschreckt, aber auch erregt. Nein, hatte sie sich eingeredet, du willst keine außereheliche Affäre, du willst nichts anderes, als die Liebe deines untreuen Ehemanns zurückgewinnen … Doch Pauls Leidenschaft hatte ihre Prioritätenliste auf den Kopf gestellt. Aufgebracht fragte sie sich, warum sie sich gleichsam in die Warteschlange derer einreihen sollte, die um Michels Zuneigung buhlten, während ein Mann vom Kaliber Paul Chancellors bereit war, vor ihr auf die Knie zu fallen. Sie hätte ihn um ein Haar in ihr Bett gelassen, ja sie gestand sich ein, dass sie sich heimlich wünschte, er hätte sich nicht gar so *gentlemanlike* benommen. Denn wenn er sich über ihre Weigerung hinweggesetzt hätte und zu ihr unter die Decke geschlüpft wäre, hätte sie wahrscheinlich nachgegeben.

Aber es gab auch Momente, in denen sie sich allein schon des Kusses schämte, den sie ihm gegeben hatte. Es geschah ja so schrecklich häufig – überall in England vergaßen Frauen ihre Ehemänner und Freunde an der Front und verliebten sich in im Lande stationierte amerikanische Soldaten. Bin ich denn nicht besser als diese hohlköpfigen Ladenmädchen, die mit ihren Yankees ins Bett steigen, bloß weil die wie Filmstars reden?

Das Schlimmste war, dass ihre Gefühle für Paul sie inzwischen von ihrem Auftrag abzulenken drohten. Das Leben von sechs Menschen lag in ihrer Hand, dazu ein entscheidendes strategisches Element des Invasionsplans. Es war einfach unangebracht, sich ausgerechnet jetzt den Kopf darüber zu zerbrechen, ob seine Augen haselnussbraun oder grün waren … Mit seinem großen Kinn und dem abgeschossenen Ohr war er schließlich alles andere als ein Film-Idol … obwohl … obwohl man seinem Gesicht einen gewissen Charme nicht absprechen konnte …

»Woran denkst du?«, fragte er.

Flick merkte, dass sie ihn angestarrt haben musste. »Ich frage mich, ob wir die Sache durchziehen können«, log sie.

»Mit ein bisschen Glück – ja!«

»Bisher habe ich immer Glück gehabt.«

Maude setzte sich neben Paul. »Apropos Glück«, sagte sie und klimperte mit den Wimpern. »Kann ich eine von Ihren Zigaretten haben?«

»Bedienen Sie sich.« Er schob ihr die Lucky-Strike-Packung zu, die auf dem Tisch lag.

Maude steckte sich eine Zigarette zwischen die Lippen, und er gab ihr Feuer. Flick warf einen Blick zur Bar hinüber und fing einen gereizten Blick von Diana auf. Maude und Diana waren dicke Freundinnen geworden, und Teilen war noch nie Dianas Stärke gewesen. Wieso also flirtete Maude jetzt mit Paul? Vielleicht nur, um Diana zu ärgern. Gut, dass Paul nicht mit nach Frankreich kommt, dachte Flick. In einer Gruppe aus lauter jungen Frauen konnte ein Mann wie er für Unfrieden sorgen.

Sie sah sich in der Gaststube um. Jelly und Percy spielten ein Spiel namens Spoof, bei dem es darum ging, zu erraten, wie viele Münzen der Gegenspieler in der geschlossenen Faust hält. Percy bestellte eine Runde nach der anderen, und zwar mit voller Absicht. Flick musste wissen, wie ihre Dohlen unter Alkoholeinfluss reagierten. Je nachdem, ob sie aggressiv wurden, zu viel ausplauderten oder sich einfach nur danebenbenahmen – Flick musste es wissen und für den Ernstfall entsprechende Vorkehrungen treffen. Am meisten Sorgen machte ihr Denise, die auch jetzt wieder in einer Ecke saß und lebhaft auf einen Mann in Hauptmannsuniform einredete.

Auch Ruby trank unentwegt – ihr allerdings vertraute Flick. Sie war eine merkwürdige Mischung: Einerseits konnte sie kaum schreiben und lesen und hatte sich beim Kartenlesen und beim Chiffrieren als hoffnungsloser Fall erwiesen – andererseits war sie die Hellste und Erfindungsreichste in der ganzen Truppe. Hin und wieder bedachte sie Greta mit kritischen Blicken. Vielleicht ahnte sie inzwischen, dass Greta ein Mann war – aber bisher hatte sie noch kein Wort darüber verloren, das musste man ihr lassen.

Ruby saß mit Jim Cardwell, dem Waffenausbilder, an der Bar und unterhielt sich gerade mit dem Barmädchen, streichelte aber gleichzeitig mit ihrer kleinen braunen Hand sanft die Innenseite von Jims Oberschenkel. Die beiden verband inzwischen eine stürmische Romanze. Immer wieder kam es vor, dass sie sich heimlich verdrückten – vormittags während der Kaffeepause, in der halben Stunde Ruhezeit nach dem Mittagessen, zur nachmittäglichen *Teatime* oder wann immer sonst sich eine Gelegenheit ergab, verschwanden sie für ein paar Minuten. Jim sah aus, als wäre er aus dem Flugzeug gesprungen und hätte seinen Fallschirm noch nicht geöffnet. Seine Miene verriet einen Zustand permanenter verwirrter Glückseligkeit. Ruby war mit ihrer Hakennase und dem aufwärts gebogenen Kinn alles andere als eine Schönheit, aber ganz offenkundig eine Sexbombe, deren Detonation Jim in einen Taumel versetzt hatte. Flick empfand beinahe so etwas wie Eifersucht. Nicht, dass Jim ihr Typ gewesen wäre – alle Männer, in die sie sich bisher verliebt hatte, waren Intellektuelle oder zumindest hoch intelligent. Aber sie neidete Ruby ihr lusterfülltes Glück.

Greta lehnte am Klavier, in der Hand einen rosafarbenen Cocktail. Sie unterhielt sich mit drei Männern, die nichts mit dem Mädchenpensionat zu tun zu haben schienen, sondern eher wie Einheimische aussahen. Offenbar hatten sie den Schock über Gretas deutschen Akzent überwunden – sie hatte ihnen zweifellos die Geschichte von ihrem Liverpool'schen Vater erzählt und hielt sie nun mit aufregenden Episoden aus der Hamburger Nachtclubszene bei Laune. Flick sah den Männern an, dass sie Gretas Geschlecht nicht infrage stellten; sie behandelten sie wie eine etwas exotische, aber attraktive Frau, spendierten ihr einen Drink nach dem anderen, gaben ihr Feuer, wenn sie rauchen wollte, und lachten sichtlich zufrieden, wenn sie sie berührte.

Plötzlich setzte sich einer der Männer ans Klavier, spielte ein paar Akkorde und sah Greta erwartungsvoll an. Es wurde still in der Bar, und Greta begann den *Kitchen Man* zu singen:

How that boy can open clams
No one else can touch my hams …

Das Publikum kam schnell dahinter, dass jede Zeile des Liedes sexuelle Anspielungen enthielt, und grölte vor Lachen. Als Greta das Couplet beendet hatte, küsste sie den Klavierspieler auf die Lippen, was dem Mann zweifellos durch Mark und Bein ging.

Maude ließ Paul sitzen und kehrte wieder zu Diana an die Bar zurück. Der Hauptmann, der sich mit Denise unterhalten hatte, kam herüber und sagte zu Paul: »Sie hat mir alles erzählt, Sir.«

Flick nickte. Sie war enttäuscht, aber nicht überrascht.

»Was genau?«, wollte Paul wissen.

»Dass sie morgen Abend nach Frankreich fliegt, um in Marles bei Reims einen Eisenbahntunnel in die Luft zu jagen.«

Das war die Legende. Denise hielt sie allerdings für echt und hatte sie einem Fremden gegenüber ausgeplaudert. Flick war fuchsteufelswild.

»Ich danke Ihnen«, sagte Paul.

»Tut mir leid, aber so war's«, erwiderte der Hauptmann und zuckte mit den Schultern.

»Besser, wir erfahren's zu früh als zu spät«, sagte Flick.

»Wollen Sie mit ihr reden, oder soll ich mich drum kümmern, Sir?«, fragte der Hauptmann.

»Erst rede ich mit ihr«, antwortete Paul Chancellor. »Warten Sie draußen auf sie, wenn's Ihnen recht ist.«

»Jawohl, Sir.« Der Hauptmann verließ das Pub, und Paul winkte Denise zu sich.

»Er ist ganz plötzlich gegangen«, sagte Denise. »Weiß auch nicht, was sich gehört, hab ich mir gedacht.« Sie war offenbar eingeschnappt. »Er ist Sprengmeister und unterrichtet hier.«

»Falsch«, sagte Paul. »Er ist Polizist.«

»Was wollen Sie damit sagen?« Denise war völlig perplex. »Er trägt eine Hauptmannsuniform, und er hat mir gesagt, dass er ...«

»Er hat Ihnen irgendwelche Märchen erzählt«, unterbrach sie Paul. »Es ist sein Beruf, Leute zu erwischen, die Fremden gegenüber zu geschwätzig sind. Und er hat Sie erwischt.«

Denises Unterkiefer klappte herunter, doch sie hatte sich rasch wieder gefangen und reagierte nun mit Empörung: »Dann war das also ein Trick? Sie wollten mir eine Falle stellen?«

»Ja, und Sie sind bedauerlicherweise auch prompt hineingetappt. Sie haben wirklich alles ausgeplaudert.«

Denise erkannte, dass Leugnen zwecklos war, und versuchte, die Sache auf die leichte Schulter zu nehmen. »Muss ich jetzt hundertmal ›Du sollst nicht schwätzen‹ schreiben und bekomme einen Nachmittag lang Spielplatzverbot?«

Flick hätte sie am liebsten geohrfeigt. Denises unselige Angeberei hätte das ganze Team in Lebensgefahr bringen können.

»Eine Strafe als solche ist nicht vorgesehen«, erwiderte Paul kühl.

»Ach, ich bin Ihnen ja so dankbar ...«

»Aber Sie gehören ab sofort nicht mehr zum Team. Sie kommen nicht mit uns, sondern werden noch heute Abend von hier verschwinden. Der Hauptmann wird sich um Sie kümmern.«

»Ich werde mir ziemlich blöd vorkommen, wenn ich plötzlich wieder auf meinem alten Posten in Hendon arbeiten muss.«

Paul schüttelte den Kopf. »Er bringt Sie nicht nach Hendon.«

»Warum nicht?«

»Weil Sie zu viel wissen. So was wie Sie darf man zurzeit nicht frei herumlaufen lassen.«

Allmählich erkannte Denise den Ernst der Lage und bekam es mit der Angst zu tun. »Was haben Sie mit mir vor?«

»Sie werden irgendwo stationiert, wo Sie keinen Schaden anrichten können. Im Normalfall ist das wohl auf irgendeinem gottverlassenen Stützpunkt in Schottland, wo Ihre Hauptaufgabe darin bestehen wird, Belege von Regimentskassen abzuheften.«

»Das ist ja so schlimm wie eine Gefängnisstrafe!«

Paul dachte einen Augenblick nach, dann nickte er. »Ja, fast.«

»Und für wie lange?«, fragte Denise entsetzt.

»Wer kann das schon sagen? Wahrscheinlich bis zum Ende des Krieges.«

»Sie widerlicher Schuft!«, zischte Denise wütend. »Ich wünschte, ich wäre Ihnen nie begegnet.«

»Sie können jetzt gehen«, sagte Paul. »Und seien Sie froh, dass *ich* Sie erwischt habe. Sonst wäre es vielleicht die Gestapo gewesen.«

Denise wandte sich ab und stolzierte hinaus.

»Ich hoffe, ich war nicht unnötig grausam zu ihr«, sagte Paul.

Mit Sicherheit nicht, dachte Flick. Die dumme Kuh soll froh sein, dass sie so glimpflich davongekommen ist … Doch sie wollte einen guten Eindruck auf Paul machen, und so sagte sie: »Kein Grund, sie völlig fertig zu machen. Es gibt nun mal Menschen, die für unsere Arbeit nicht geeignet sind. Dafür kann sie ja nichts.«

Paul grinste. »Du lügst wie gedruckt«, sagte er. »Du meinst, ich war nicht hart genug, stimmt's?«

»Die gehört doch mindestens gekreuzigt«, fauchte Flick

wütend, doch Paul lachte nur, und seine gute Laune dämpfte ihren Zorn, bis sie schließlich selber lächeln musste. »Ich kann dir einfach nichts vormachen, oder?«

»Nein, hoffentlich nicht.« Er wurde wieder ernst. »Ein Glück, dass wir eine mehr an Bord hatten als unbedingt notwendig. Wir können ihren Abgang verschmerzen.«

»Aber der Rest ist das absolute Minimum.« Flick stand auf. Sie war müde. »Komm, lass uns die Bande ins Bett bringen. Es ist die letzte Nacht, in der sie ordentlich pennen können, jedenfalls auf absehbare Zeit.«

Paul ließ seine Blicke durch die Gaststube schweifen. »Wo sind Diana und Maude? Ich kann sie nirgends sehen.«

»Sie sind wahrscheinlich hinausgegangen, um Luft zu schnappen. Ich suche sie – kümmer du dich um die anderen.« Paul nickte zustimmend, und Flick ging hinaus.

Von den beiden jungen Frauen war nichts zu sehen und zu hören. Flick blieb stehen und betrachtete einen Moment lang das Abendlicht, das sich auf dem ruhigen Wasser der Bucht spiegelte. Dann ging sie um das Gebäude herum auf den Parkplatz. Ein sandbrauner Austin der Armee setzte sich gerade in Bewegung. Flick konnte auf dem Rücksitz Denise erkennen. Sie weinte.

Von Diana und Maude keine Spur. Flick runzelte verwirrt die Stirn. Schließlich überquerte sie den geteerten Platz und erreichte die Rückseite des Pubs. Im Hinterhof lagerten alte Fässer und gestapelte Kisten. Auf der anderen Seite schloss sich ein kleines Nebengebäude mit Holztür an, die offen stand. Flick ging hinein.

Zuerst konnte sie in der Düsternis nichts sehen. Aber sie wusste, dass sie nicht allein war, denn sie hatte Atemzüge gehört. Ihr Instinkt befahl ihr, sich nicht zu rühren und keinen Lärm zu machen. Allmählich gewöhnten sich ihre Augen an das Dämmerlicht. Sie befand sich in einem Werkzeugschuppen. An Haken hingen, sorgsam geordnet, Schraubenschlüssel und Schaufeln, und in der Mitte stand ein großer Rasenmäher auf dem Boden. Diana und Maude befanden sich am anderen Ende des Schuppens.

Maude lehnte an der Wand, und Diana küsste sie. Flick blieb der Mund offen stehen. Dianas Bluse war aufgeknöpft und enthüllte einen großen, streng zweckmäßigen Büstenhalter. Maudes pinkfarbener Baumwollrock war bis zur Taille hochgerutscht. Als das Bild allmählich deutlicher wurde, erkannte Flick, dass Dianas Hand vorn in Maudes Schlüpfer verschwunden war.

Sekundenlang war Flick so erschrocken, dass sie wie erstarrt dastand. Maude entdeckte sie und suchte ihren Blick. »Na, hast du genug gesehen?«, fragte sie schnippisch. »Oder willst du noch ein Foto machen?«

Diana zuckte zusammen, zog ihre Hand aus Maudes Schlüpfer und trat einen Schritt zurück. Dann drehte sie sich um, und nacktes Entsetzen lag in ihrem Blick. »Oh, mein Gott!«, stöhnte sie, raffte mit einer Hand die Bluse über ihrer Brust zusammen und legte die andere in einer schamvollen Geste auf ihren Mund.

Flick stammelte: »Ich … ich … Ich wollte euch nur sagen, dass wir jetzt schlafen gehen.« Sie drehte sich um und stolperte aus dem Schuppen hinaus ins Freie.

Funker waren nicht völlig unsichtbar. Sie lebten in einer Geisterwelt, in der ihre gespenstischen Umrisse vage erkennbar blieben. Auf der Suche nach ihnen spähten die Männer von der Gestapo-Funkaufklärung, die in einer höhlenartigen, abgedunkelten Halle in Paris untergebracht war, in die Finsternis. Dieter Franck war schon einmal dort gewesen und hatte das grünliche Geflacker der dreihundert runden Oszilloskop-Bildschirme gesehen. Rundfunksendungen zeichneten sich als vertikale Linien ab, wobei die Position der Linie die Frequenz der Übertragung anzeigte und ihre Höhe die Stärke des Signals. Die Bildschirme wurden rund um die Uhr von schweigsamen, aufmerksamen Funktechnikern im Auge behalten. Sie ließen Franck an Engel denken, die die Sünden der Menschheit überwachen. Die Techniker kannten die offiziellen Sender in deutscher Hand und im Ausland und merkten sofort, wenn ihnen ein Fremder ins Netz ging.

Wann immer dies geschah, griff der zuständige Funker zum Telefon und rief drei Funkpeilstationen an: zwei in Süddeutschland, nämlich in Augsburg und Nürnberg, und eine in der Bretagne, und zwar in Brest. An die gab er die Frequenz des Schwarzsenders durch. Die Suchstationen waren mit Goniometern ausgestattet, Apparaturen zur Winkelbestimmung, sodass sie binnen Sekunden sagen konnten, aus welcher Richtung gesendet wurde. Diese Information wurde dann wieder nach Paris weitergegeben, wo der Funktechniker drei Linien auf eine riesige Landkarte an der Wand zeichnete, an deren Schnittpunkt sich der verdächtige Sender befand. Der Funker benachrichtigte daraufhin telefonisch die nächstgelegene Gestapo-Dienststelle, wo Fahrzeuge mit eigenen Funkpeilgeräten in Bereitschaft standen.

In einem solchen Automobil, einem langen, schwarzen Citroën, der am Stadtrand von Reims geparkt war, saß Dieter Franck. In seiner Begleitung befanden sich drei Gestapo-Beamte mit entsprechenden Erfahrungen im Aufspüren von illegalen Funkstationen. An diesem Abend brauchten sie keine Hilfe von der Zentrale in Paris: Die Frequenz, derer sich Helicopter bediente, war Franck bereits bekannt. Überdies ging er davon aus, dass Helicopter von irgendeinem Punkt innerhalb der Stadt senden würde – vom freien Land aus war es zu kompliziert. Der Empfänger im Citroën war auf seine Frequenz eingestellt und maß die Sendestärke ebenso wie die Richtung, aus der der Funkspruch kam. Je mehr man sich dem Sender näherte, desto weiter rückte die Nadel auf der Anzeige nach oben.

Der Gestapo-Beamte, der neben Franck saß, trug unter seinem Regenmantel zusätzlich einen Empfänger samt Antenne. An seinem Handgelenk war ein Messgerät befestigt, das aussah wie eine Armbanduhr und die Stärke des Funksignals anzeigte. Sobald die Suche auf eine bestimmte Straße, einen Häuserblock oder ein Gebäude eingegrenzt war, würde der Mann aussteigen und zu Fuß weitersuchen.

Der Gestapo-Mann auf dem Vordersitz hielt auf dem Schoß einen Vorschlaghammer bereit, um im Bedarfsfall rasch eine Tür einschlagen zu können.

Franck hatte einmal an einer Jagd teilgenommen. Die Hatz auf dem Land war nicht unbedingt nach seinem Geschmack, denn er gab den kultivierteren Freuden des Stadtlebens den Vorzug. Immerhin war er ein guter Schütze. Er musste an sein Jagderlebnis denken, während er auf Helicopters verschlüsselten Funkspruch nach England wartete. Es war, als läge er wieder in der Morgendämmerung auf der Lauer: gespannt vor Erwartung, voller Ungeduld der ersten Bewegung des Wilds harrend und dabei in vollen Zügen die Vorfreude genießend.

Die Résistance ist kein Rotwild, dachte er, das sind lauter Füchse, die sich in ihrem Bau herumdrücken und sich nur hervorwagen, um ein Blutbad im Hühnerhaus anzurichten. Danach verkriechen sie sich sofort wieder in ihre unterirdischen Schlupfwinkel. Dass ihm Helicopter durch die Lappen gegangen war, empfand er als persönliche Schmach. Er war so versessen darauf, den Mann wieder in seine Hände zu bringen, dass es ihm kaum etwas ausmachte, dabei auf die Hilfe von Willi Weber angewiesen zu sein. Er hatte nur ein Ziel: den Fuchs zu erwischen.

Es war ein schöner Sommerabend. Der Wagen parkte am Nordrand der Stadt. Reims war nicht groß, und Franck schätzte, dass man die Stadt mit dem Auto in knapp zehn Minuten von einem Ende zum anderen durchqueren konnte.

Er warf einen Blick auf seine Armbanduhr: eine Minute nach acht. Helicopter war heute spät dran. Womöglich sendete er heute überhaupt nicht … Nein, das war unwahrscheinlich. Immerhin hatte er sich heute mit Michel Clairet getroffen. Er würde seinen Erfolg so schnell wie möglich an seine Vorgesetzten durchgeben und ihnen berichten wollen, wie viele Mitglieder der Gruppe Bollinger noch übrig waren.

Vor zwei Stunden hatte Clairet im Haus in der Rue du Bois angerufen, als Franck gerade dort gewesen war. Was für ein riskanter Augenblick! Stéphanie war an den Apparat gegangen und hatte sich mit ihrer Imitation von Mademoiselle Lemas' Stimme gemeldet. Michel hatte seinen Decknamen genannt und gefragt, ob »Bourgeoise« sich an ihn erinnere – eine Frage, die Stéphanie in Sicherheit wiegte, verriet sie ihr doch, dass Michel Mademoiselle Lemas nicht sonderlich gut kannte und folglich auch nicht merken würde, dass er es mit einer Imitatorin zu tun hatte.

Dann hatte er nach dem Neuen mit dem Decknamen Charenton gefragt. »Das ist mein Cousin«, hatte Stéphanie schroff erwidert. »Ich kenne ihn seit meiner Kindheit und würde ihm mein Leben anvertrauen.« Worauf Michel ihr erklärt hatte, sie habe kein Recht, neue Mitglieder anzuwerben, ohne das zumindest mit ihm zu besprechen. Doch am Ende hatte er ihr die Geschichte wohl abgekauft, und Franck hatte Stéphanie geküsst und ihr gesagt, sie sei eine so gute Schauspielerin, dass sie ohne weiteres in der Comédie Française auftreten könne.

Dennoch: Helicopter konnte sich denken, dass die Gestapo mithörte und hinter ihm her war. Und genau darin lag sein Risiko: Übermittelte er keine Nachrichten nach England, war sein Einsatz sinnlos. Er musste also senden – würde aber seinen Funkspruch so kurz wie möglich abfassen. Waren viele Informationen weiterzugeben, so würde er sie in zwei oder mehr

Sendungen aufteilen und von verschiedenen Orten aus funken. Francks einzige Hoffnung bestand darin, dass Helicopter in Versuchung geraten würde, sich ein ganz klein wenig zu lange im Äther aufzuhalten.

Die Minuten tickten dahin. Im Wagen herrschte absolute Stille. Die Männer zogen nervös an ihren Zigaretten. Dann, genau fünf Minuten nach acht, piepte der Empfänger.

Wie zuvor abgesprochen, fuhr der Chauffeur sofort los, und zwar Richtung Süden.

Das Signal wurde nun stärker, aber so langsam, dass Franck schon befürchtete, sie führen gar nicht direkt auf die Quelle zu.

Als sie die Kathedrale in der Stadtmitte passierten, glitt die Nadel prompt zurück.

Der Gestapo-Mann auf dem Beifahrersitz sprach in sein Kurzwellengerät. Er beriet sich mit jemandem, der sich eineinhalb Kilometer weiter in einem zum Funkpeilwagen umfunktionierten Laster befand. Gleich darauf sagte er: »Das Viertel im Nordwesten.«

Der Fahrer bog bei der nächsten Gelegenheit nach Westen ab, und das Funksignal wurde wieder stärker.

»Erwischt«, keuchte Franck.

Aber fünf Minuten waren bereits verstrichen.

Das Auto jagte Richtung Westen und das Funksignal wurde immer stärker, während Helicopter weiterhin in seinem Versteck – einem Badezimmer, einem Dachboden, einem Lagerhaus irgendwo im Nordwesten von Reims – die Morsetaste seines Kofferfunkgeräts bearbeitete. Und im Château von Sainte-Cécile saß ein deutscher Funker, der sein Gerät auf dieselbe Frequenz eingestellt hatte und die verschlüsselte Botschaft mitschrieb, die überdies noch von einem drahtlosen Aufnahmegerät aufgezeichnet wurde. Später würde Franck sie mithilfe des von Stéphanie abgeschriebenen Kodierblocks entschlüsseln können. Doch vorerst war der Bote wichtiger als die Botschaft.

Sie kamen in eine Gegend mit großen alten Häusern, die

meisten davon ziemlich heruntergekommen und aufgeteilt in kleine Wohnungen und möblierte Zimmer für Studenten und Krankenschwestern. Das Funksignal, das ständig lauter geworden war, wurde schlagartig leiser. »Zu weit, zu weit!«, sagte der Gestapo-Mann auf dem Beifahrersitz. Der Fahrer wendete, dann bremste er ab.

Zehn Minuten waren vergangen.

Franck und die drei Gestapo-Beamten sprangen aus dem Wagen. Der Mann mit dem tragbaren Spürgerät unter dem Regenmantel ging raschen Schritts den Gehsteig entlang und behielt dabei unablässig sein Armbandgerät im Auge. Die anderen folgten ihm. Nach hundert Metern machte er unvermittelt kehrt. Dann blieb er stehen und deutete auf ein Haus. »In dem da«, sagte er. »Aber die Übertragung ist beendet.«

Franck fiel auf, dass die Fenster des Hauses keine Vorhänge hatten. Die Résistance funkte mit besonderer Vorliebe von baufälligen Häusern aus.

Der Gestapo-Mann mit dem Vorschlaghammer brauchte nur zwei Schläge. Die Tür sprang auf, und die Männer stürmten ins Haus.

Die Fußböden waren nackt, und es roch muffig. Franck stieß eine Tür auf und stand in einem leeren Zimmer.

Er öffnete die Tür zum Hinterzimmer, durchquerte den leeren Raum mit drei Schritten und sah in eine verlassene Küche.

Er rannte die Treppe hinauf. Im ersten Stock gab es ein Fenster, das auf den Garten hinter dem Haus hinausging. Franck warf einen Blick durch die Scheibe – und sah Helicopter und Michel Clairet über den Rasen laufen. Clairet hinkte, und Helicopter schleppte seinen Handkoffer mit. Franck fluchte. Sie mussten im selben Moment, als vorne die Tür aufgebrochen wurde, durch eine Hintertür entkommen sein. Franck drehte sich um und brüllte: »Hintergarten!« Die Gestapo-Männer spurteten los, und er rannte ihnen hinterher.

Als er den Garten erreichte, sah er, wie Clairet und Helicopter über den rückwärtigen Zaun auf ein Nachbargrundstück kletterten. Er schloss sich den anderen Verfolgern an, doch der Vorsprung der Flüchtigen war bereits zu groß. Als sie den Zaun überwunden und den Nachbargarten durchquert hatten, kamen sie gerade noch rechtzeitig auf die Straße, um einen schwarzen Renault Monaquatre um die Ecke verschwinden zu sehen.

»Verflucht!«, sagte Franck. Helicopter war ihm zum zweiten Mal an diesem Tag durch die Lappen gegangen.

Nachdem sie zum Haus zurückgekehrt waren, kochte Flick Kakao für die ganze Gruppe. Es entsprach nicht gerade der üblichen Praxis, dass ein Offizier für seine Truppen Kakao kochte, aber in Flicks Augen bewies das nur, wie wenig Ahnung man in der Armee von echten Führungsqualitäten hatte.

Paul stand in der Küche und beobachtete sie, während sie darauf wartete, dass das Wasser im Kessel kochte. Sie empfand seinen Blick wie eine Liebkosung. Sie wusste, was er sagen würde, und sie hatte sich auch schon ihre Antwort darauf zurechtgelegt. Es wäre ihr ein Leichtes gewesen, sich in Paul zu verlieben, doch keinesfalls würde sie ihren Ehemann betrügen, der im besetzten Frankreich im Kampf gegen die Nazis sein Leben aufs Spiel setzte.

Die Frage, die er ihr schließlich stellte, war dann aber doch eine Überraschung für sie. »Was machst du eigentlich, wenn der Krieg vorüber ist?«

»Ich freue mich schon auf die unendliche Langeweile!«, sagte sie.

Er lachte. »Dein Leben war ja auch schon aufregend genug.«

»Du sagst es.« Sie dachte einen Augenblick nach. »Ich will immer noch meine Liebe zur französischen Kultur an junge

Leute weitergeben. Ich möchte ihnen die französische Literatur und Malerei näher bringen – und vielleicht auch ein paar banalere Sachen wie die *cuisine* oder die Mode.«

»Also wirst du Dozentin?«

»Ich mach meinen Doktor, suche mir einen Job an der Uni und höre mir die herablassenden Kommentare engstirniger alter Professoren an, die Frauen in Lehre und Forschung nicht ausstehen können. Vielleicht schreib ich auch einen Reiseführer über Frankreich oder sogar ein Kochbuch.«

»Klingt richtig langweilig nach all dem hier.«

»Ist aber trotzdem wichtig. Je mehr die jungen Leute über Ausländer wissen, umso weniger wahrscheinlich ist es, dass sie so dumm sind wie wir und sich auf einen Krieg mit ihren Nachbarn einlassen.«

»Damit hast du sicher nicht ganz Unrecht.«

»Und was ist mit dir? Was hast du nach dem Krieg vor?«

»Ach, bei mir ist das ganz einfach. Ich will dich heiraten und in den Flitterwochen mit dir nach Paris fahren. Dann suchen wir uns einen festen Wohnsitz und kriegen Kinder.«

Sie fand das nicht komisch und sah ihn konsterniert an. »Hast du vielleicht auch schon mal daran gedacht, mich zu fragen, ob ich mit diesen Plänen einverstanden bin?«

Er blieb ganz ernst. »Ich denke schon seit Tagen an nichts anderes mehr.«

»Ich habe schon einen Mann.«

»Aber du liebst ihn nicht.«

»Was fällt dir ein, so etwas zu sagen? Dazu hast du kein Recht.«

»Ich weiß, aber ich kann einfach nicht anders.«

»Bisher hab ich dich eigentlich für ganz geschickt im Umgang mit Worten gehalten. Wie konnte ich mich so irren?«

»Im Normalfall stimmt's ja. – Das Wasser kocht.«

Sie nahm den Kessel von der Platte und goss kochendes Wasser über das Kakaopulver, das sie zuvor in einen großen

Steingutkrug gegeben hatte. »Stell ein paar Becher auf ein Tablett!«, befahl sie Paul. »Ein bisschen Hausarbeit kuriert dich vielleicht von deinen Träumen von Heim und Herd.«

Er gehorchte. »Dein Kommandoton ändert meine Meinung nicht«, sagte er. »Ich glaube, ich mag das sogar.«

Sie rührte Milch und Zucker in den Kakao und goss ihn in die Becher, die Paul bereitgestellt hatte. »Wenn's so ist, dann bring das Tablett jetzt sofort ins Wohnzimmer!«

»Wird gemacht, Chefin.«

Als sie ins Zimmer kamen, beherrschten Jelly und Greta die Szene: Sie stritten sich, dass die Fetzen flogen. Die anderen Frauen standen um die beiden herum und sahen zu, hin und her gerissen zwischen Vergnügen und Entsetzen.

»Du hast ihn ja gar nicht benutzt!«, sagte Jelly gerade.

»Ich hatte meine Füße draufgelegt«, gab Greta zurück.

»Aber wir haben nicht genug Stühle!« Jelly hielt einen kleinen ausgestopften Puff in den Händen und presste ihn an sich. Flick nahm an, dass sie ihn Greta einfach weggenommen hatte.

»Bitte, meine Damen!«, mahnte sie.

Die beiden beachteten sie überhaupt nicht. »Du hättest mich bloß drum zu bitten brauchen, Süße«, sagte Greta.

»In meinem Heimatland brauche ich Ausländer nicht um Erlaubnis zu bitten.«

»Ich bin kein Ausländer, du fette Kuh.«

»Oh!« Die Beleidigung saß. Jelly war so empört, dass sie Greta an den Haaren zog – und im nächsten Augenblick deren braune Perücke in der Hand hielt.

Der entblößte Kopf mit dem kurz geschnittenen dunklen Haar entlarvte Greta unversehens als Mann. Percy und Paul waren bereits in das Geheimnis eingeweiht, und Ruby hatte sich ihre eigenen Gedanken gemacht – Maude und Diana hingegen erstarrten vor Schreck. »Herr im Himmel!«, japste Diana, und Maude stieß einen ängstlichen Schrei aus.

Jelly war die Erste, die ihre Sprache wiederfand. »Ein Perverser!«, trompete sie. »Oh, mein Gott, ein perverser Ausländer!«

Greta war in Tränen aufgelöst. »Du beschissene blöde Nazisse!«, schluchzte sie.

»Ich wette sonst was, dass sie 'ne Spionin ist!«, setzte Jelly noch eins drauf.

»Halt die Klappe, Jelly!«, sagte Flick. »Sie ist keine Spionin. Ich wusste von Anfang an, dass sie ein Mann ist.«

»Du hast das gewusst?«

»Ja. Paul und Percy waren auch im Bilde.«

Jelly sah Percy an, der feierlich nickte.

Greta machte Anstalten, das Zimmer zu verlassen, doch Flick ergriff sie am Arm. »Bleib hier«, sagte sie, »bitte. Und setz dich.«

Greta nahm wieder Platz.

»Jelly, gib mir diese verflixte Perücke.«

Jelly tat es.

Flick baute sich vor Greta auf und setzte ihr die Perücke wieder auf den Kopf. Ruby, die sofort verstand, was Flick damit im Sinn hatte, hob den Spiegel vom Kaminsims und hielt ihn Greta vor, die prompt ihr Konterfei musterte, während sie die Perücke zurechtzupfte und sich ihre Tränen mit einem Taschentuch abtupfte.

»Jetzt hört mir mal alle genau zu«, sagte Flick. »Greta ist Ingenieur, und ohne einen solchen können wir unsere Mission nicht ausführen. Tatsache ist, dass unsere Chancen, lebend wieder aus dem besetzten Gebiet herauszukommen, wesentlich größer sind, wenn wir als reines Frauenteam auftreten. Wie dem auch sei: Wir brauchen Greta, und wir brauchen sie als Frau. Also gewöhnt euch an sie.«

Jelly gab ein verächtliches Schnauben von sich.

»Und ich will euch gleich noch etwas erklären«, fuhr Flick fort und sah dabei Jelly streng in die Augen. »Euch dürfte aufgefallen sein, dass Denise nicht mehr bei uns ist. Wir haben sie heute Abend einem kleinen Test unterzogen, den sie leider nicht bestanden hat. Damit gehört sie nicht mehr zu uns. Bedauerlicherweise hat sie Einblick in verschiedene geheime Vorgänge bekommen, sodass man ihr nicht erlauben kann, in ihre gewohnte Umgebung zurückzukehren. Sie ist auf einen abgelegenen Stützpunkt in Schottland versetzt worden, wo sie vermutlich bis zum Kriegsende bleiben muss. Und zwar ohne Urlaub.«

»Das kannst du doch nicht machen!«, sagte Jelly.

»Natürlich kann ich das!«, herrschte Flick sie an. »Darf ich dich daran erinnern, dass wir uns im Krieg befinden? Und was mit Denise geschehen ist, geschieht mit jeder von euch, die sich aus dem einen oder anderen Grund unmöglich macht und von uns gefeuert wird.«

»Ich bin ja nicht mal bei der Armee!«, protestierte Jelly.

»Selbstverständlich bist du das. Gestern nach dem Abendessen bist du als Offizier verpflichtet worden – genauso wie die anderen. Und ihr kriegt sogar – auch wenn ihr bis jetzt noch keinen roten Heller gesehen habt – den entsprechenden Sold, aber ihr untersteht der militärischen Disziplinarordnung. Und außerdem wisst ihr alle inzwischen schon zu viel.«

»Also sind wir Gefangene?«, fragte Diana.

»Ihr seid Soldatinnen«, erwiderte Flick, »aber das läuft so ungefähr auf das Gleiche hinaus. So, und nun trinkt schön euern Kakao aus und geht ins Bett.«

Sie trollten sich eine nach der anderen, bis nur noch Diana übrig war. Flick hatte schon damit gerechnet. Es war ein Schock für sie gewesen, dass sie die Frauen beim Sex überrascht hatte. In der Schule, erinnerte sie sich, hatten manchmal Mädchen für ihresgleichen geschwärmt, einander Liebesbriefchen geschrieben und Händchen gehalten und sich bisweilen sogar geküsst; weiter waren sie jedoch, soweit Flick das beurteilen konnte, nie gegangen. Einmal hatte sogar sie selbst mit Diana Zungenküsse geübt – sie musste schließlich wissen, was zu tun war, wenn sie mal einen richtigen Freund hatte. Jetzt dämmerte ihr, dass diese Küsse Diana wohl mehr bedeutet hatten als ihr selbst. Eine erwachsene Frau, die andere Frauen begehrte, war ihr bislang aber noch nicht begegnet, auch wenn ihr in der Theorie natürlich klar war, dass es weibliche Pendants zu ihrem Bruder Mark und zu Greta gab. Aber dass sich zwei Frauen in einem Gartenschuppen … nun ja, gegenseitig befummelten, sprengte doch ihr bisheriges Vorstellungsvermögen.

War es denn von irgendwelchem Belang? Nicht im Alltagsleben. Mark und andere, ebenso veranlagte Männer waren glücklich, vorausgesetzt, man ließ sie in Ruhe. Doch wie verhielt es sich mit der Beziehung zwischen Diana und Maude? Gefährdete sie die Mission? Nicht unbedingt. Ich arbeite schließlich selber mit meinem Ehemann zusammen in der Résistance, dachte Flick. Andererseits: So direkt vergleichbar ist das auch wieder nicht. Eine leidenschaftliche neue Liebe kann sich nachteilig auf die Konzentration auswirken …

Ich könnte versuchen, die beiden voneinander fern zu halten. Aber damit würde ich Diana nur noch renitenter machen. Ebenso gut kann das Techtelmechtel inspirierend wirken. Ich habe weiß Gott alles getan, die Frauen zu einem Team zusammenzuschweißen – und dabei kann so etwas vielleicht sogar helfen.

Nein, sie hatte beschlossen, die Sache auf sich beruhen zu lassen. Aber Diana wollte darüber sprechen.

»Es ist nicht so, wie 's ausgesehen hat«, sagte Diana ohne jede Einleitung. »Herrgott, du musst mir glauben. Es war bloß ein dummer Ausrutscher, ein Witz …«

»Möchtest du noch Kakao?«, fragte Flick. »Ich glaube, im Krug ist noch welcher.«

Diana starrte sie verblüfft an und fragte: »Sag mal, wie kannst du jetzt von Kakao reden?«

»Ich möchte bloß, dass du dich beruhigst und einsiehst, dass die Welt nicht aufhört, sich zu drehen, bloß weil du Maude geküsst hast. Mich hast du auch schon mal geküsst – erinnerst du dich?«

»Ich hab doch gewusst, dass du das aufs Tapet bringen würdest! Aber das war damals doch eine Kinderei. Mit Maude – das war nicht einfach nur ein Kuss.« Diana setzte sich. Ihr stolzes Gesicht verzog sich, und sie begann zu weinen. »Du weißt, dass das viel mehr war, du hast es doch gesehen. O Gott, was ich da gemacht habe! Was musst du bloß gedacht haben!«

Flick wählte ihre Worte sorgfältig. »Ich hab gedacht, dass ihr beide richtig süß ausseht.«

»Süß?« Diana sah sie ungläubig an. »Es hat dich nicht abgestoßen?«

»Ganz bestimmt nicht. Maude ist ein hübsches Mädchen, und so, wie 's aussah, hast du dich in sie verliebt.«

»Genau so ist es.«

»Dessen brauchst du dich doch nicht zu schämen.«

»Du hast gut reden! Ich bin abartig veranlagt!«

»Das würde ich an deiner Stelle nicht so sehen. Natürlich solltest du Diskretion wahren, damit du Kleingeister wie Jelly nicht vor den Kopf stößt, aber für Scham sehe ich nicht den geringsten Anlass.«

»Werde ich immer so sein?«

Flick dachte nach. Die Antwort lautete wahrscheinlich ja, doch so unverblümt wollte sie es nicht aussprechen. »Schau her«, sagte sie, »ich glaube, es gibt Menschen, die einfach bloß geliebt werden wollen, so wie Maude, und dann ist es ihnen egal, ob eine Frau oder ein Mann sie glücklich macht.« In Wahrheit hielt sie Maude für ein oberflächliches, selbstsüchtiges Flittchen, hütete sich aber, diesen Gedanken laut zu äußern, und sagte stattdessen: »Andere sind weniger flexibel. Bewahr dir ruhig deinen weiten Horizont!«

»Ich nehme an, dass Maude und ich jetzt von der Mission ausgeschlossen werden.«

»Ach was!«

»Du behältst uns trotzdem?«

»Ich brauche euch. Und ich sehe nicht, was sich durch diese Geschichte daran ändern sollte.«

Diana zog ein Taschentuch hervor und putzte sich die Nase. Flick stand auf und ging ans Fenster; sie wollte Diana Zeit geben, sich zu fangen. Als Diana nach einer Minute wieder zu sprechen begann, klang ihre Stimme schon wesentlich ruhiger. »Das ist ja wirklich schrecklich nett von dir«, sagte sie mit einem Anflug der gewohnten Hochnäsigkeit.

»Geh schlafen«, sagte Flick.

Diana stand gehorsam auf.

»Und wenn ich du wäre …«

»Was dann?«

»Dann würde ich jetzt zu Maude ins Bett schlüpfen.«

Diana wirkte schockiert.

Flick zuckte die Achseln. »Es könnte eure letzte Chance sein.«

»Danke«, flüsterte Diana. Sie machte einen Schritt auf Flick zu, breitete die Arme aus wie zu einer Umarmung – und hielt dann unvermittelt inne. »Du … du willst jetzt vielleicht gar nicht mehr von mir geküsst werden«, sagte sie.

»Sei nicht albern«, erwiderte Flick und nahm sie in den Arm.

»Gute Nacht«, sagte Diana und verließ das Zimmer.

Flick drehte sich wieder um und blickte in den Garten hinaus. Am Himmel stand ein Dreiviertelmond. Wenn er sich in ein paar Tagen zur vollen Kugel rundete, begann die Invasion der Alliierten in Frankreich. Draußen fuhr der Wind durch das frische junge Laub im Wald: Das Wetter schlug um. Hoffentlich braut sich überm Ärmelkanal kein Sturm zusammen, dachte sie. Die Launen des britischen Klimas konnten die gesamte Invasionsplanung zunichte machen. In diesen Nächten beteten sicherlich viele Menschen um gutes Wetter.

Ich sollte auch sehen, dass ich zu meinem Schlaf komme, dachte Flick. Sie verließ das Wohnzimmer und stieg die Treppe hinauf. Plötzlich musste sie an die Empfehlung denken, die sie Diana gegeben hatte: *Wenn ich du wäre, würde ich jetzt zu Maude ins Bett schlüpfen. Es könnte eure letzte Chance sein.* Vor Pauls Tür blieb sie stehen. Dianas Situation ist eine ganz andere, dachte sie – schließlich ist sie Junggesellin.

Und ich bin verheiratet.

Aber es könnte meine letzte Chance sein.

Sie klopfte an die Tür und trat ein.

In düsterer Stimmung kehrte Major Dieter Franck im Citroën mit dem Funkpeiltrupp zum Château von Sainte-Cécile zurück und begab sich sogleich in das bunkerartig gegen Bombenangriffe gesicherte Kellergeschoss. Im Funkraum traf er auf einen Willi Weber, dem seine schlechte Laune anzusehen war. Der einzige tröstliche Gedanke war, dass auch Weber nach dem Fahndungsfiasko dieses Abends nicht den geringsten Anlass hatte, in Triumphgeheul auszubrechen. Franck gestand sich allerdings ein, dass er Webers Angeberei gern ertragen hätte – wenn Helicopter dafür jetzt in der Folterkammer säße.

»Sie haben die Nachricht, die er gefunkt hat?«, fragte er Weber.

Der händigte ihm einen Durchschlag der abgetippten Botschaft aus. »Sie ist bereits an die Dechiffrierungsstelle in Berlin unterwegs.«

Franck betrachtete die scheinbar sinnlos aneinander gereihten Buchstaben. »Dort wird kein Mensch sie entziffern können. Der Mann benutzt Codeblöcke zur einmaligen Verwendung.« Er faltete das Papier zusammen und schob es in die Tasche.

»Und was können Sie damit anfangen?«, fragte Weber.

»Ich besitze eine Abschrift seines Codebuchs«, gab Franck zurück. Obwohl es nur ein kleiner Triumph über Weber war, fühlte er sich gleich besser.

Weber schluckte. »Die Nachricht verrät uns vielleicht, wo er sich aufhält.«

»Richtig. Und um 23 Uhr wird er auf Empfang gehen, da kommt die Antwort.« Franck warf einen Blick auf seine Armbanduhr. Es war bereits kurz vor elf. »Zeichnen wir die auch noch auf. Ich entschlüssele dann beide zusammen.«

Weber ging, und Franck wartete in dem fensterlosen Raum. Schlag elf Uhr verfiel ein Empfänger, der auf Helicopters Frequenz eingestellt war, in das Geschnatter der kurz-lang-kurzen Piepser des Morsealphabets. Ein Funker schrieb die Buchstaben mit, während gleichzeitig ein Aufnahmegerät lief. Als das Geschnatter aufhörte, zog sich der Funker eine Schreibmaschine heran, tippte seine Mitschrift ab und reichte Franck, nachdem er fertig war, den Durchschlag.

Beide Nachrichten können alles oder nichts bedeuten, dachte der Major, als er sich hinter das Steuerrad seines Privatwagens setzte.

Der Mond schien hell auf die kurvenreiche Landstraße, die durch die Weingärten nach Reims führte. Optimales Wetter für eine Invasion, dachte Franck, als er den Wagen in der Rue du Bois abstellte.

Stéphanie wartete in der Küche von Mademoiselle Lemas' Haus auf ihn. Er legte die verschlüsselten Nachrichten auf den Tisch und zog die Abschriften heraus, die Stéphanie von Helicopters Codeblock und dem Seidentaschentuch gemacht hatte. Dann rieb er sich die Augen und begann, Helicopters ersten Funkspruch zu dekodieren. Die entzifferten Wörter notierte er auf dem Schreibblock, den Mademoiselle Lemas für ihre Einkaufslisten benutzt hatte.

Stéphanie kochte Kaffee. Dann sah sie Franck eine Weile

lang über die Schulter, stellte ein oder zwei Fragen, nahm sich schließlich die zweite Nachricht vor und begann selbst mit der Dechiffrierung.

Die Botschaft entpuppte sich als ein präziser Bericht über den Zwischenfall in der Kathedrale. Er, Franck, figurierte darin als »Charenton«, ein Mann, den »Bourgeoise« (Mademoiselle Lemas) rekrutiert hatte, weil sie um ihre Sicherheit bei diesem Treffen besorgt gewesen sei. Außerdem hieß es darin, »Monet« (Michel Clairet) habe die ungewöhnliche Maßnahme ergriffen, Bourgeoise anzurufen, um sich die Vertrauenswürdigkeit von Charenton bestätigen zu lassen.

Die Nachricht zählte die Codenamen jener Mitglieder der Bollinger-Zelle auf, die das Gefecht am vergangenen Sonnabend überlebt hatten und und noch immer aktiv waren. Es waren nur noch vier.

Das war zwar nützlich, doch wo sich die Spione aufhielten, wusste Franck immer noch nicht.

Er trank eine Tasse Kaffee und wartete, bis Stéphanie mit ihrer Aufgabe fertig war. Schließlich reichte sie ihm ein Blatt Papier, das von oben bis unten mit ihrer ausdrucksstarken Handschrift beschrieben war.

Als er die Botschaft las, konnte Franck sein Glück kaum fassen.

BEREITEN SIE EMPFANG VON SECHS
FALLSCHIRMSPRINGERN VOR STOP DECKNAME
DOHLEN STOP KOMMANDO LEOPARDIN STOP
ANKUNFT DREIUNDZWANZIG UHR FREITAG
ERSTER JUNI CHAMP DE PIERRE.

»Mein Gott!«, flüsterte Franck.

»Champ de Pierre« war ebenfalls ein Deckname, doch er wusste, was damit gemeint war, denn Gaston Lefèvre hatte ihm das schon beim ersten Verhör verraten. Es handelte sich um eine Landezone auf einer Wiese außerhalb von Chatelle, einem kleinen Weiler kaum acht Kilometer von Reims entfernt. Franck wusste nun also genau, wo sich Helicopter und Clairet in der kommenden Nacht aufhalten würden. Er brauchte bloß hinzufahren und die beiden einzusammeln.

Außerdem kann ich sechs feindliche Agenten abfangen, dachte er. Ich muss lediglich abwarten, wie sie zur Erde segeln.

Und unter ihnen befindet sich die »Leopardin« – Felicity Clairet, die Frau, die mehr über die Résistance weiß als jeder andere und die mir unter der Folter alles sagen wird, was ich brauche, um der Résistance das Rückgrat zu brechen – gerade noch rechtzeitig, um zu verhindern, dass sie nach der Invasion die feindlichen Truppen unterstützt.

»Allmächtiger!«, flüsterte Franck. »Wenn das kein Durchbruch ist!«

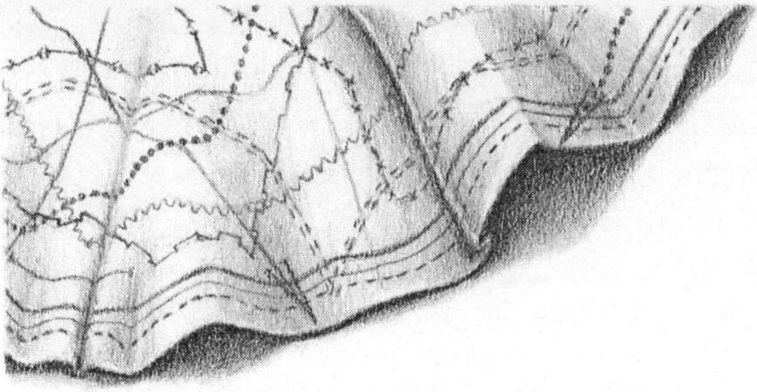

+++ sechster tag +++

freitag, 2. juni 1944

Paul und Flick unterhielten sich.

Sie lagen Seite an Seite auf seinem Bett. Das Licht war ausgedreht, aber durchs Fenster schien der Mond. Paul war so nackt, wie er gewesen war, als Flick hereinkam. Er schlief immer nackt. Einen Schlafanzug zog er nur an, bevor er über den Flur ins Badezimmer ging.

Er hatte geschlafen, als sie eintrat, war aber sofort aufgewacht und aus dem Bett gesprungen, weil er im Unterbewusstsein davon ausging, ein heimlicher Besucher in der Nacht könne nur von der Gestapo sein. Ehe er begriff, wer da tatsächlich gekommen war, hatte er Flick auch schon die Hände um den Hals gelegt.

Die anfängliche Verblüffung wich Aufregung und Dankbarkeit. Er schloss die Tür ab, und dann küsste er Flick noch im Stehen, endlos, wie es ihm schien. Er hatte nicht mit ihr gerechnet, und ihm war, als befände er sich in einem Traum. Er fürchtete sich vor dem Erwachen.

Flick hatte ihn liebkost, seine Schultern, seinen Rücken, seine Brust gestreichelt. Ihre Hände waren sanft, aber ihre Berührung sicher und forschend. »Du hast eine Menge Haare«, flüsterte sie.

»Wie ein Affe.«

»Nur nicht so hübsch«, neckte sie ihn.

Während sie sprach, betrachtete er entzückt die Bewegung ihrer Lippen und dachte daran, dass er sie gleich mit seinen eigenen berühren würde und was für ein herrliches Gefühl das wäre. Er lächelte. »Komm, wir legen uns hin.«

Sie legten sich, die Gesichter einander zugewandt, aufs Bett, doch Flick behielt dabei alle Kleider an, sogar die Schuhe. Paul fand es seltsam aufregend, nackt neben einer Frau zu liegen, die noch vollständig angezogen war. Es gefiel ihm so gut, dass er nicht die geringste Eile hatte, den nächsten Schritt zu tun. Von ihm aus hätte dieser Augenblick bis in alle Ewigkeit währen können.

»Erzähl mir was«, sagte sie mit träger, sinnlicher Stimme.

»Was denn?«

»Irgendwas. Ich hab das Gefühl, dich kaum zu kennen.«

Was sollte das denn? Eine Frau wie sie hatte er noch nie gehabt. Kam da mitten in der Nacht in sein Schlafzimmer, legte sich in voller Montur auf sein Bett und stellte ihm Fragen! »Bist du deshalb gekommen?«, fragte er salopp und ließ sie dabei nicht aus den Augen. »Um mich zu verhören?«

Sie lachte leise. »Keine Sorge, ich will mit dir schlafen, aber ich hab's nicht eilig. Erzähl mir was von deiner ersten großen Liebe.«

Er strich ihr sachte mit den Fingerspitzen über die Wange, spürte der Kurve ihres Kinns nach. Er wusste nicht, was sie wollte, was sie vorhatte. Sie hatte ihn völlig aus dem Gleichgewicht gebracht. »Sind Berührungen beim Erzählen erlaubt?«

»Ja.«

Er küsste sie auf die Lippen. »Und Küsse auch?«

»Ja.«

»Dann können wir uns von mir aus ein ganzes Jahr lang unterhalten.«

»Wie hieß sie?«

Paul wurde klar, dass Flick gar nicht so selbstbewusst war, wie sie sich gab. In Wirklichkeit hatte sie Lampenfieber, und deshalb stellte sie ihm willkürliche Fragen. Nun, wenn sie das beruhigte, dann konnte er ebenso gut antworten. »Sie hieß

Linda. Wir waren noch schrecklich jung – meine Güte, es ist mir richtig peinlich, wie jung wir noch waren! Sie war zwölf, als ich sie zum ersten Mal geküsst hab, und ich vierzehn, kannst du dir das vorstellen?«

»Klar kann ich das.« Flick kicherte und fühlte sich einen Moment lang wieder wie eine Halbwüchsige. »Mit zwölf hab ich auch schon Jungs geküsst.«

»Wir mussten immer so tun, als gingen wir im Rudel aus, mit der ganzen Clique, verstehst du, und gewöhnlich fing der Abend auch so an. Früher oder später machten wir uns dann aber aus dem Staub und gingen ins Kino oder woandershin. Erst nach zwei Jahren hatten wir zum ersten Mal richtig Sex miteinander.«

»Wo war das? In Amerika?«

»In Paris. Mein Vater war Militärattaché an der Botschaft. Lindas Eltern besaßen ein Hotel und hatten sich auf die Bewirtung von amerikanischen Besuchern spezialisiert. Unsere Clique bestand eigentlich nur aus Jugendlichen, die fern der Heimat aufwuchsen.«

»Wo habt ihr euch geliebt?«

»Im Hotel. Das war nicht schwer. Irgendein leer stehendes Zimmer gab es immer.«

»Wie hast du das empfunden, das erste Mal? Hast du – na, du weißt schon – aufgepasst?«

»Linda hatte ihrem Vater eins von seinen Gummis geklaut.«

Flick zog mit den Fingerspitzen eine Spur bis hinunter zu seinem Bauch. Er schloss die Augen. »Hast du 's dir übergezogen – oder sie?«

»Sie. Und es war so aufregend, dass ich um ein Haar sofort gekommen wäre. Und wenn du dich jetzt nicht vorsiehst …«

Sie legte die Hand auf seine Hüfte. »Schade. Ich hätte dich gerne schon gekannt, als du sechzehn warst.«

Paul machte die Augen wieder auf. Nein, die Ewigkeit war doch zu lange … viel zu lange. Es drängte ihn, den nächsten

Schritt zu tun. »Hättest du …« Sein Mund war trocken, und er schluckte. »Hättest du was dagegen, was von deinen Sachen auszuziehen?«

»Nein. Aber da wir gerade von Aufpassen gesprochen haben …«

»In meiner Brieftasche. Auf dem Nachttisch.«

»Gut.« Sie setzte sich auf, löste die Schnürsenkel und warf die Schuhe auf den Fußboden. Dann stand sie auf und knöpfte ihre Bluse auf. Er konnte sehen, wie angespannt sie war, deshalb sagte er: »Nimm dir Zeit, wir haben noch die ganze Nacht.«

Es war schon zwei Jahre her, dass Paul einer Frau beim Ausziehen zugesehen hatte. Der Krieg hatte ihn auf Pin-up-Diät gesetzt: Mädchenposter, auf denen allerlei raffiniertes Unterzeug aus Seide und Spitze zu sehen war, Korsetts und Strumpfgürtel und durchsichtige Negligés. Flick trug keinen Büstenhalter, nur ein lose fallendes Baumwollhemdchen, doch wenn er die kleinen, hübschen Brüste, die sich verführerisch darunter abzeichneten, richtig einschätzte, brauchten sie keine Stütze. Das Höschen war aus schlichter weißer Baumwolle mit Rüschen um die Beine. Flicks Körper war klein, aber muskulös. Sie sah aus wie ein Schulmädchen, das sich fürs Hockeytraining umzieht, doch Paul fand sie aufregender als jede Pin-up-Schönheit.

Sie legte sich wieder neben ihn. »Besser so?«, fragte sie.

Er streichelte ihre Hüfte, spürte die warme Haut, die weiche Baumwolle, dann wieder Haut. Sie war noch nicht bereit, das merkte er. Er zwang sich zur Geduld und ließ sie das Weitere bestimmen. »Du hast noch nichts von *deinem* ersten Mal erzählt«, sagte er.

Zu seiner Überraschung wurde sie rot. »Das war nicht so nett wie bei dir.«

»Inwiefern?«

»Die Umgebung war grässlich, ein staubiger Lagerraum.«

Empörung ergriff ihn. Was war das für ein Idiot, der einem so außergewöhnlichen Mädchen wie Flick beim ersten Mal ein verstohlenes Quickie im Besenschrank zumutete? »Wie alt warst du da?«

»Zweiundzwanzig.«

Er hatte damit gerechnet, dass sie »siebzehn« sagen würde. »Ach du meine Güte! In dem Alter verdient man schon ein bequemes Bett.«

»Na ja, bei mir war's eben nicht so.«

Paul merkte, dass sie sich jetzt wieder entspannte, und ermutigte sie zum Weitersprechen. »Was ist schief gelaufen?«

»Vermutlich, dass ich es eigentlich gar nicht wollte. Ich bin dazu überredet worden.«

»Hast du den Kerl geliebt?«

»Ja, hab ich. Aber ich war noch nicht so weit.«

»Wie hieß er?«

»Das sage ich dir nicht.«

Paul nahm an, dass es ihr Mann, dieser Michel, gewesen war, und er beschloss, ihr keine weiteren Fragen zu stellen. Stattdessen küsste er sie und fragte: »Darf ich deine Brüste berühren?«

»Du kannst berühren, was immer du willst.«

Das hatte noch nie eine zu ihm gesagt. Er fand ihre Offenheit verblüffend und erregend. Langsam begann er mit der Erforschung ihres Körpers. Seiner Erfahrung nach schlossen die meisten Frauen in dieser Phase die Augen, doch Flick behielt die ihren offen und betrachtete sein Gesicht mit einer Mischung aus Verlangen und Neugier, die ihn nur noch mehr entflammte. Ihm war, als erforsche nicht er sie, sondern sie ihn, und dies, ohne ihn zu berühren, allein mit ihren aufmerksamen Blicken. Seine Hände entdeckten ihre kecken Brüste, seine Fingerspitzen machten Bekanntschaft mit den schüchternen Knospen und erfuhren, was ihnen gefiel. Er streifte ihr das Höschen ab. Das gelockte Haar darunter war honigfarben und umschloss auf der linken Seite ein Muttermal, das aussah wie ein Spritzer Tee. Er beugte den Kopf und küsste sie dort, spürte das Kraushaar rau auf seinen Lippen, schmeckte mit der Zunge ihre Feuchtigkeit.

Er fühlte, wie sie der Lust nachgab. Ihre Nervosität schwand dahin. Arme und Beine breiteten sich aus, sternförmig, locker, selbstvergessen, doch ihre Hüften reckten sich ihm begierig entgegen. Langsam und genussvoll erforschte er die Falten ihres Geschlechts, und ihre Bewegungen wurden fordernder.

Schließlich schob sie seinen Kopf beiseite. Ihr Gesicht war gerötet, und sie atmete schwer. Sie streckte den Arm übers Bett, tastete auf dem Nachttisch nach seiner Brieftasche, öffnete sie und fand die Gummis, drei Stück in einem Papiertütchen. Mit fiebrigen Fingern riss sie es auf, nahm ein Kondom heraus und streifte es ihm über. Dann setzte sie sich rittlings auf ihn, beugte sich vor, flüsterte ihm ins Ohr: »*Oh, boy*, du fühlst dich vielleicht gut an in mir«, richtete sich wieder auf und begann sich zu bewegen.

»Zieh den Fummel aus«, sagte er.

Sie zog sich das Hemdchen über den Kopf.

Er sah sie über sich, das schöne Gesicht beherrscht von einem Ausdruck wilder Entschlossenheit und Konzentration, die wunderbaren Brüste, die so entzückend wippten und wogten. Er fühlte sich wie der glücklichste Mann auf Erden. Von ihm aus hätte es immer so weitergehen können: kein Sonnenaufgang, kein Morgen, kein Flugzeug, kein Fallschirm, kein Krieg.

Die Liebe ist doch das Schönste, was es gibt auf dieser Welt, dachte er.

Danach war Flicks erster Gedanke: Was soll ich bloß Michel sagen?

Sie fühlte sich ganz und gar nicht unglücklich. Sie war voller Liebe und Verlangen nach Paul. Binnen kürzester Zeit hatte sich zwischen ihnen ein Vertrauen und eine Intimität eingestellt, die weit über das hinausgingen, was sie je mit Michel erlebt hatte. Bis an ihr Lebensende wollte sie mit Paul zusammen sein und ihn an jedem einzelnen Tag so lieben wie eben. Und genau da lag der Hase im Pfeffer: Um ihre Ehe war es geschehen; sie würde es Michel bei der nächsten Begegnung klipp und klar sagen müssen. Sie konnte sich nicht verstellen. Ihm vorzumachen, dass sie für ihn auch nur annähernd das Gleiche empfand wie für Paul, würde sie nicht durchhalten, keine fünf Minuten lang.

Michel war der einzige Mann, mit dem sie bisher intim gewesen war. Sie hätte es Paul auch gesagt, wenn sie nicht ein Gefühl der Illoyalität gegenüber Michel daran gehindert hätte. Es wäre ihr schlimmer, hinterhältiger vorgekommen als der einfache Ehebruch. Doch, sie würde Paul eines Tages wohl erzählen, dass er erst ihr zweiter Liebhaber gewesen war, und vielleicht noch hinzufügen, er sei auch der Beste gewesen. Aber nie würde sie auch nur ein Wort darüber verlieren, wie es mit Michel im Bett gewesen war.

Allerdings lag es nicht nur am Sex, dass es mit Paul so anders war. Es lag an ihr selber. Michel hatte sie nie nach seinen ersten Erfahrungen gefragt, und nie hatte sie zu ihm gesagt: *Du kannst berühren, was immer du willst.* Weder hatte sie Michel jemals ein Kondom übergestreift, noch hatte sie ihn bestiegen wie Paul, und sie hatte ihm auch nie gesagt, wie gut es sich anfühlte, ihn in sich zu haben.

Als sie sich neben Paul aufs Bett gelegt hatte, schien eine andere Person aus ihr herausgeschlüpft zu sein. Sie hatte sich verwandelt wie Mark in dem Moment, als er den Criss-Cross Club betrat. Von einer Sekunde zur anderen war da plötzlich das Gefühl gewesen, alles sagen zu können, was sie wollte, und alles tun zu können, was ihr in den Sinn kam, ganz sie selbst sein, ohne sich den Kopf darüber zerbrechen zu müssen, was Paul wohl von ihr denken mochte.

Mit Michel war es nie so gewesen. Ganz zu Anfang, als er noch ihr Dozent war, hatte sie ihn beeindrucken wollen, und deshalb hatte es zwischen ihnen wohl auch nie eine gemeinsame, gleichberechtigte Basis gegeben. Auch später hatte sie stets seine Bestätigung gesucht, er die ihre dagegen nie. Im Bett hatte sie versucht, ihn zufrieden zu stellen, niemals sich selber.

»Worüber denkst du nach?«, fragte Paul, nachdem sie eine Zeit lang geschwiegen hatten.

»Über meine Ehe«, antwortete sie.

»Und zu welchem Schluss bist du gekommen?«

Wie viel sollte sie ihm offenbaren? Am Abend hatte er gesagt, er wolle sie heiraten, aber das war Stunden her, lange bevor sie in sein Schlafzimmer gekommen war. Unter den Frauen in England kursierte der Spruch, dass Männer Mädchen, mit denen sie schon geschlafen haben, nicht heiraten. In der Realität sah das natürlich, wie Flick aus eigener Erfahrung wusste, sehr oft anders aus. Dennoch beschloss sie, Paul wenigstens die halbe Wahrheit zu sagen. »Dass sie beendet ist.«

»Eine drastische Entscheidung.«

Sie richtete sich auf, stützte sich auf einen Ellbogen und sah ihn an. »Stört dich das?«

»Ganz im Gegenteil. Ich hoffe, es bedeutet, dass wir zwei uns wieder sehen können.«

»Meinst du das ernst?«

Er legte die Arme um sie. »Ich habe geradezu Angst davor, dir zu sagen, *wie* ernst ich das meine.«

»Du hast Angst?«

»Dass ich dich damit abschrecken könnte. Ich habe vorhin was Dummes gesagt.«

»Übers Heiraten und Kinderkriegen?«

»Das hab ich auch ernst gemeint, aber ich hab's ziemlich arrogant formuliert.«

»Schon gut«, sagte sie. »Geschliffene Höflichkeit ist oft Ausdruck fehlender innerer Anteilnahme. Ein bisschen Unbeholfenheit wirkt viel aufrichtiger.«

»Stimmt wahrscheinlich. Aber der Gedanke ist mir neu.«

Sie streichelte sein Gesicht. Sie konnte seine Bartstoppeln sehen und merkte daran, dass die Morgendämmerung angebrochen war. Sie verbat sich den Routineblick auf die Armbanduhr: Nein, sie wollte gar nicht wissen, wie viel Zeit ihnen noch blieb.

Ihre Hand glitt über sein Gesicht, als wollten ihre Fingerspitzen eine Landkarte von ihm zeichnen. Sie spürte seine buschigen Augenbrauen, die tief liegenden Augen, die große Nase, das verkrüppelte Ohr, die sinnlichen Lippen, die eingefallenen Wangen. »Hast du warmes Wasser?«, fragte sie unvermittelt.

»Ja, das ist eine Luxussuite. In der Ecke befindet sich ein Waschbecken.«

Flick stand auf.

»Was hast du vor?«, fragte Paul.

»Bleib, wo du bist!« Barfüßig tappte sie zum Waschbecken, fühlte seinen Blick auf ihrem nackten Körper und wünschte sich in diesem Augenblick, sie wäre nicht gar so breit um die Hüften. Auf einem Bord über dem Waschbecken stand ein Glas mit einer Tube Zahnpasta und einer hölzernen Zahnbürste, die aus Frankreich stammte. Daneben standen ein Rasierer nebst Pinsel und eine Seifenschale. Flick drehte den Warmwasserhahn auf, tunkte den Rasierpinsel hinein und schlug damit in der Seifenschale Schaum.

»Nun sag schon, was soll das werden?«, wollte Paul wissen.

»Ich werde dich jetzt rasieren.«

»Wieso?«

»Das wirst du schon sehen.«

Sie schäumte ihm sein Gesicht ein, holte den Rasierapparat und füllte das Zahnputzglas mit heißem Wasser. Dann hockte sie sich mit gespreizten Beinen über ihn wie zuvor beim Sex und rasierte seine Wangen mit vorsichtigen, zärtlichen Bewegungen.

»Wo hast du denn das gelernt?«, fragte er.

»Nicht reden dabei!«, sagte sie. »Ich hab meiner Mutter viele Male zugesehen, wie sie meinen Vater rasiert hat. Er war ein Trinker, der am Ende den Rasierapparat nicht mehr ruhig halten konnte. Also musste Mama ihn täglich rasieren. Heb mal dein Kinn.«

Er gehorchte, und sie rasierte die empfindliche Haut über seiner Kehle. Als sie fertig war, tauchte sie einen Waschlappen ins warme Wasser und wischte damit den Schaum vom Gesicht. Zuletzt tupfte sie die Haut mit einem sauberen Handtuch trocken. »Jetzt fehlt nur noch ein bisschen Gesichtscreme – aber ich wette, das käme dir unmännlich vor, oder?«

»Ich hab an so was überhaupt noch nie gedacht.«

»Ist nicht schlimm.«

»Und was nun?«

»Weißt du noch, was du mit mir gemacht hast, bevor ich nach deiner Brieftasche geangelt habe?«

»Ja.«

»Hast du dich nicht gefragt, warum ich dich das nicht länger tun ließ?«

»Ich dachte, du wärst ungeduldig und wolltest zur Sache kommen.«

»Nein, deine Bartstoppeln waren mir zu kratzig an den Schenkeln, genau da, wo die Haut am empfindlichsten ist.«

»Oh, das tut mir leid.«

»Na ja, wenn du willst, kannst du 's jetzt wieder gutmachen.«

Er zog die Stirn in Falten. »Und wie?«

Sie stöhnte gespielt auf über so viel Begriffsstutzigkeit. »Nun komm schon, Einstein. Die Stoppeln sind weg …«

»Ach so! Hast du mich deswegen rasiert? Ja, natürlich, du willst, dass ich …«

Sie legte sich zurück, lächelte und spreizte die Beine. »Reicht der Wink mit dem Zaunpfahl?«

Er lachte. »Ich glaube schon«, sagte er und beugte sich über sie.

Flick schloss die Augen.

Der alte Ballsaal befand sich im zerbombten Westflügel des Schlosses von Sainte-Cécile. Der Saal war nur teilweise beschädigt: Während sich auf der einen Seite Bauschutt aus Steinquadern, Ziergiebeln und bunt bemalten Verputzbrocken häufte, war die andere Seite unversehrt geblieben. Die Morgensonne schien durch ein großes Loch in der Decke auf eine Reihe geborstener Säulen herab – ein pittoresker Anblick, fand Dieter Franck, den die Szenerie an eine viktorianische Darstellung klassischer Ruinen erinnerte.

Er hatte beschlossen, seine Einsatzbesprechung im Ballsaal abzuhalten. Als Alternative hätte sich sonst nur noch Webers Büro angeboten, doch das kam für Franck nicht infrage: Bei keinem der Männer sollte der Eindruck entstehen, dass Weber das Heft in der Hand hielt. Im Ballsaal befand sich, einst wohl für das Orchester gedacht, ein kleines Podium, auf dem Franck eine Schiefertafel platziert hatte. Die Männer hatten sich Stühle aus anderen Teilen des Gebäudes mitgebracht und sie vor dem Podium in vier oder fünf exakten Reihen aufgestellt – wirklich sehr deutsch, dachte Franck mit einem verstohlenen Lächeln; Franzosen hätten ihre Stühle einfach wahllos irgendwohin gestellt. Weber, der die Männer zusammengerufen hatte, saß, das Gesicht ihnen zugewandt, auf dem Podium und gab damit zu verstehen, dass er zu den Befehlshabern gehörte und keinesfalls ein Untergebener von Major Franck war.

Dieter Franck aber dachte: Die größte Gefahr für die Operation liegt darin, dass wir zwei ranggleiche Kommandeure haben, die einander spinnefeind sind.

Er hatte mit Kreide einen genauen Plan von Chatelle auf die Tafel gezeichnet. Das Dorf bestand aus drei großen Gebäuden – vermutlich Bauernhöfen oder Weingütern – sowie aus sechs kleinen Häusern plus einer Bäckerei. Die Häuser gruppierten sich um eine Straßenkreuzung herum; nördlich, westlich und südlich davon erstreckten sich Weingärten, während im Osten eine große Viehweide lag. Sie war gut einen Kilometer lang und endete an einem breiten Teich. Franck nahm an, dass der Boden dort zu nass für Rebstöcke war und deshalb als Weide genutzt wurde.

»Die Fallschirmspringer werden versuchen, auf der Weide zu landen«, erklärte Franck. »Ich bin mir aber sicher, dass sie auch als Start- und Landebahn genutzt wird. Das Gelände ist plan, für eine Lysander reichlich bemessen und sogar lang genug für eine Hudson. Der Teich daneben ist aus der Luft gut sichtbar und von daher eine nützliche Landmarke. Und in dem Kuhstall am Südrand der Wiese kann sich das Empfangskomitee unterstellen, während es auf den Flieger wartet.«

Nach einer kurzen Pause fuhr er fort: »Das Wichtigste, was Sie sich einprägen müssen, ist die Tatsache, dass *wir diese Fallschirmspringer landen lassen wollen.* Aus diesem Grund müssen wir alles vermeiden, was dem Empfangskomitee oder dem Piloten unsere Anwesenheit verraten könnte. Wir müssen lautlos und unsichtbar sein. Wenn das Flugzeug abdreht und mit den Spionen an Bord nach England zurückfliegt, haben wir eine Riesenchance verpasst. Unter den Fallschirmjägern befindet sich eine Frau, die uns Informationen über nahezu jedes Widerstandsnest in Nordfrankreich liefern kann – vorausgesetzt, wir können sie dingfest machen.«

Weber ergriff das Wort – vor allem wohl deshalb, um den Anwesenden ins Gedächtnis zu rufen, dass er auch noch da war.

»Sie gestatten, dass ich noch einmal hervorhebe, was Major Franck soeben ausgeführt hat: Gehen Sie keinerlei Risiko ein! Verhalten Sie sich vollkommen unauffällig! Und halten Sie sich strikt an den Plan!«

»Danke, Major«, sagte Franck. »Leutnant Hesse hat Sie bereits in die Zweiergruppen A bis L aufgeteilt. Dementsprechend ist jedes Gebäude auf dem hier aufgezeichneten Plan mit einem Gruppenbuchstaben versehen. Wir werden Punkt zwanzig Uhr in dem Dorf eintreffen und im Handstreich jedes einzelne Haus besetzen. Alle Einwohner werden unverzüglich in das größte der drei Anwesen verbracht, jenes Haus, das den Namen *La Maison Grandin* trägt. Dort werden sie bis zum Ende der Operation festgehalten.«

Einer der Männer hob die Hand, und Major Weber bellte: »Schiller! Sprechen Sie!«

»Herr Major, angenommen, die Kerle von der Résistance suchen eines der Häuser auf? Sie merken dann, dass niemand zu Hause ist, und schöpfen vielleicht Verdacht.«

Franck nickte. »Gute Frage. Aber ich glaube nicht, dass sie das tun werden. Ich denke eher, dass das Empfangskomitee in diesem Dorf unbekannt ist. Die Résistance schleust ihre Agenten normalerweise nicht in der Nähe der Wohnorte von Sympathisanten ein – das gilt als unnötiges Sicherheitsrisiko. Ich bin sicher, sie treffen erst nach Einbruch der Dunkelheit ein und verschwinden sofort im Kuhstall, ohne die Dorfbewohner zu behelligen.«

»Jawohl«, bemerkte Weber mit der Miene eines Arztes, der eine Diagnose stellt, »so agiert der Feind gemeinhin.«

»Das *Maison Grandin* wird unser Hauptquartier«, fuhr Franck fort. »Major Weber wird dort das Kommando führen.« Er hoffte, Weber auf diese Weise vom Brennpunkt des Geschehens fern zu halten. »Die Gefangenen werden in einem geeigneten Raum weggeschlossen, am besten irgendwo im Keller. Sie müssen ruhig gehalten werden, damit wir den Wagen mit dem Empfangskomitee und später dann das Flugzeug kommen hören.«

Weber sagte: »Jeder Gefangene, der nicht dauerhaft ruhig zu stellen ist, wird erschossen.«

Franck fuhr fort: »Sobald die Dorfbewohner gefangen gesetzt sind, nehmen die Gruppen A, B, C und D ihre getarnten Posten an den Zufahrten zum Dorf ein. Jedes Fahrzeug und jede Person, die ins Dorf wollen, ist über Kurzwelle zu melden, weitere Maßnahmen werden jedoch nicht ergriffen. Niemand wird zu diesem Zeitpunkt daran gehindert, das Dorf zu betreten, und Sie werden alles unterlassen, was Ihre Anwesenheit verraten könnte.« Major Franck warf einen Blick in die Runde und stellte sich insgeheim die nicht sehr optimistische Frage, ob diese Gestapo-Leute überhaupt genug Intelligenz besaßen, um seine Befehle zu befolgen.

»Der Feind braucht Transportmöglichkeiten für sechs Fallschirmspringer plus Empfangskomitee. Er wird also in einem Laster oder Bus, möglicherweise auch in mehreren Fahrzeugen eintreffen. Ich gehe davon aus, dass er durch dieses Gatter hier auf die Weide fahren wird. Um diese Jahreszeit ist der Boden dort ziemlich trocken, es besteht also keine Gefahr, stecken zu bleiben. Er wird dann das Fahrzeug oder die Fahrzeuge zwischen Gatter und Kuhstall abstellen – also hier.« Franck deutete auf die entsprechenden Punkte auf seinem Lageplan.

»Die Gruppen E, F, G und H werden im Schutz der Bäume hier neben dem Teich Posten beziehen. Sie sind alle mit einem starken batteriebetriebenen Suchscheinwerfer ausgestattet. Die Gruppen I und J bleiben zur Bewachung der Gefangenen im *Maison Grandin* und unterstehen dem direkten Befehl von Major Weber.« Franck wollte Weber bei der Festnahme der Spione aus dem Weg haben. »Die Gruppen K und L beziehen mit mir zusammen Posten hinter dieser Hecke neben dem Kuhstall.« Hans Hesse hatte vorab die besten Schützen ausgesucht und ihnen die Plätze in unmittelbarer Nähe von Major Franck zugewiesen.

»Ich werde mit allen Gruppen in direktem Funkkontakt stehen und führe auf der Weide das Kommando. Wenn das Flugzeug in Hörweite kommt – keine Bewegung! Wenn die Fallschirmspringer zu sehen sind – keine Bewegung! Wir warten ab, bis sie gelandet, vom Empfangskomitee eingesammelt und zu den geparkten Fahrzeugen gebracht worden sind.« Franck hob die Stimme, hauptsächlich, damit Weber begriff, auf was es ankam. *»Bis zur Beendigung dieses Vorgangs wird niemand festgenommen!«* Von den Untergebenen würde keiner vorpreschen, solange es kein übereifriger Offizier befahl.

»Wenn der Zeitpunkt für den Zugriff gekommen ist, werde ich persönlich das Signal geben. Von diesem Augenblick an werden die Gruppen A, B, C und D bis zur Zurücknahme des Befehls jede Person verhaften, die das Dorf betreten oder verlassen will. Die Gruppen E, F, G und H schalten ihre Suchscheinwerfer ein und richten sie auf den Feind. Die Gruppen K und L nähern sich dem Feind unter meinem Kommando und nehmen ihn fest. Es wird kein einziger Schuss abgefeuert – ist das klar?«

Schiller, offenkundig der Denker unter den Männern, hob wiederum die Hand. »Was ist, wenn der Feind das Feuer auf uns eröffnet?«

»Es wird nicht erwidert. Als Leichen nützen uns diese Leute nichts mehr. Bleiben Sie am Boden, und halten Sie den Feind im Lichtkegel Ihrer Scheinwerfer. Der Gebrauch der Waffe ist ausschließlich den Gruppen E und F gestattet, und die haben Order, den Feind nur zu verwunden. Wir wollen diese Fallschirmspringer nicht töten, sondern verhören.«

Das Telefon im Ballsaal klingelte, und Hans Hesse nahm den Hörer ab. »Für Sie, Herr Major«, sagte er einen Moment später zu Franck. »Hauptquartier Rommel.«

Das kommt mir wie gerufen, dachte Franck, als er den Hörer entgegennahm. Er hatte zuvor Walter Goedel in La Roche-Guyon zu erreichen versucht und um Rückruf gebeten.

»Walter, mein Freund, wie geht's dem Generalfeldmarschall?«

»Gut. Was wollen Sie?«, fragte Goedel schroff und knapp wie immer.

»Ich denke, es wird den Generalfeldmarschall interessieren, dass wir heute Abend einen kleinen Coup vorhaben – nämlich die Festnahme einer Gruppe von Saboteuren gleich bei ihrer Ankunft.« Franck zögerte; er hielt nicht viel von Detailangaben am Telefon. Allerdings war dies eine Militärleitung, bei der das Risiko, dass sie von der Résistance abgehört wurde, sehr gering war. Hinzu kam, dass Goedels Unterstützung ein entscheidender Faktor für das Gelingen der Operation war. »Nach meinen Informationen kann uns einer der Saboteure eine Menge über die verschiedenen Zellen der Résistance erzählen.«

»Ausgezeichnet«, sagte Goedel. »Wie's der Zufall will, bin ich gerade in Paris. Wie lange dauert es von dort nach Reims – zwei Stunden?«

»Drei.«

»Dann werde ich mich pünktlich der Operation anschließen.«

Franck war hocherfreut. »Unbedingt«, sagte er, »wenn das dem Wunsch des Generalfeldmarschalls entspricht. Wir treffen uns im Schloss von Sainte-Cécile Punkt neunzehn Uhr.« Sein Blick streifte Major Weber, der ein wenig blass geworden war.

»Sehr gut.« Goedel legte auf.

Franck drückte Hesse den Hörer wieder in die Hand und wandte sich an die Runde. »Der persönliche Adjutant von Generalfeldmarschall Rommel, Major Goedel, wird heute Abend an unserem Einsatz teilnehmen«, verkündete er triumphierend.

»Das soll uns zusätzliche Motivation sein, unseren Auftrag mit äußerster Präzision zu erfüllen.« Er lächelte breit in die Runde, bis sein Blick schließlich auf Weber zu ruhen kam. »Dusel, was?«, fragte er ihn. »Finden Sie nicht auch?«

Die Fahrt der Dohlen gen Norden nahm den ganzen Vormittag in Anspruch. Es ging nur langsam voran, durch Laubwälder und Felder, auf denen grüner Weizen stand, im Zickzack von einem Marktflecken zum nächsten, dann um London herum gen Westen. Auf dem Land schien man weder vom Krieg noch vom zwanzigsten Jahrhundert Notiz zu nehmen, und Flick hoffte, dass das noch lange so bleiben würde. Als der Kleinbus sich durchs mittelalterliche Winchester lavierte, musste sie an Reims denken, eine andere Domstadt, doch dort stolzierten die Nazis durch die Straßen, und die schwarzen Limousinen der Gestapo waren allgegenwärtig. Flick dankte dem Himmel dafür, dass die Deutschen nicht über den Ärmelkanal gekommen waren. Sie saß neben Paul und ließ die Landschaft an sich vorüberziehen, bis die Müdigkeit nach der durchwachten Liebesnacht sie überwältigte. Ihr Kopf sank auf Pauls Schulter, und sie schlummerte selig ein.

Gegen zwei Uhr nachmittags erreichten sie das Dorf Sandy in Bedfordshire. Der Bus fuhr eine kurvenreiche Landstraße entlang, bog auf einen ungepflasterten Waldweg ab und hielt vor einer großen Villa mit Namen Tempsford House. Flick kannte sich aus: Es war der Sammelplatz für den nahe gelegenen Flugplatz Tempsford. Mit einem Schlag war ihre Ruhe dahin. Seiner barocken Eleganz zum Trotz war dieses Herrenhaus für sie vor allem ein Symbol für jene unerträgliche Anspannung, die jedes Mal in den Stunden unmittelbar vor einem Flug ins Feindgebiet von ihr Besitz ergriff.

Fürs Mittagessen kamen sie zu spät, doch servierte man ihnen im Esszimmer Tee und Sandwiches. Flick trank ihren Tee, doch zum Essen fühlte sie sich zu aufgeregt. Die anderen dagegen griffen herzhaft zu.

Nachdem man ihnen ihre Zimmer gezeigt hatte, trafen sich die Frauen in der Bibliothek wieder, die allerdings eher wie der Kleiderfundus eines Filmstudios aussah. Da gab es Ständer und Regale voller Mäntel und Kleider sowie stapelweise Hut- und Schuhschachteln und Pappkartons mit Aufschriften wie *Culottes*, *Chaussettes* und *Mouchoirs*. In der Zimmermitte stand ein langer Tapeziertisch mit mehreren Nähmaschinen.

Oberbefehlshaberin über das Ganze war Madame Guillemin, eine schmale Frau von etwa fünfzig Jahren in einem Hemdblusenkleid und einem dazu passenden schicken Jäckchen. Auf ihrer Nasenspitze trug sie eine Brille und um den Hals ein Maßband, und als sie die Frauen ansprach, geschah das in perfektem Französisch mit Pariser Akzent.

»Wie Sie wissen, unterscheidet sich die französische Kleidung deutlich von der britischen. Ich will nicht unbedingt sagen, dass sie eleganter ist, aber sie ist, nun ja, Sie wissen schon … eben eleganter.« Sie zuckte die Achseln auf typisch französische Art, und die Frauen mussten lachen.

Es ist nicht allein eine Frage der Eleganz, dachte Flick, der als Einziger nicht zum Lachen zumute war. Französische Jacken waren im Allgemeinen etwa dreißig Zentimeter länger, und auch sonst gab es zahllose kleine Unterschiede. Jeder Fehler im Detail konnte eine Agentin ans Messer liefern. Daher waren sämtliche Kleidungsstücke entweder direkt in Frankreich gekauft, bei französischen Flüchtlingen gegen neue britische eingetauscht oder aber peinlich genau nach dem Vorbild französischer Originale gefertigt und eine Zeit lang getragen worden, damit man sie nicht auf den ersten Blick als neu erkannte.

»Wir haben jetzt bald Sommer, weshalb wir Ihnen Baumwollkleider, leichte Wollkostüme und regenfeste Mäntel oder Jacken ausgesucht haben.« Madame wies mit einer nonchalanten Handbewegung auf zwei junge Frauen, die an den Nähmaschinen saßen. »Wenn das eine oder andere Stück nicht perfekt sitzt, werden meine Assistentinnen die erforderlichen Änderungen vornehmen.«

Flick sagte: »Wir brauchen Kleidung, die ziemlich teuer, aber schon etwas abgetragen ist. Falls die Gestapo uns vernimmt, müssen wir aussehen wie gutbürgerliche Frauen.« Und wenn sie Hüte, Handschuhe und Gürtel wegließen, konnten sie sich bei Bedarf rasch in weniger respektabel gekleidete Putzfrauen verwandeln.

Die Erste, die Madame Guillemin mit kritischem Blick ins Auge fasste, war Ruby. Nach einer minutenlangen Inspektion nahm sie ein marineblaues Kleid und einen hellbraunen Mantel von einem Ständer. »Probieren Sie das mal an. Ist zwar ein Herrenmantel, aber in Frankreich kann sich heutzutage niemand leisten, wählerisch zu sein.« Sie deutete auf einen Wandschirm: »Sie können sich dahinter umziehen, wenn Sie wollen, und für die ganz Schüchternen gibt es ein Vorzimmerchen hinter dem Schreibtisch. Wir glauben, dass sich der Besitzer des Hauses dort einzuschließen pflegte, um unanständige Bücher zu lesen.« Wieder mussten alle lachen – mit Ausnahme von Flick, die Madames Witze bereits kannte.

Die Näherin musterte Greta von Kopf bis Fuß, dann ging sie weiter und sagte: »Ich komme noch mal zu Ihnen.« Sie wählte Kleidung für Jelly, Diana und Maude aus, und die drei verschwanden hinter dem Wandschirm. Dann wandte sich die Französin an Flick und fragte leise: »Soll das ein Witz sein?«

»Wie kommen Sie denn darauf?«

»Sie sind ein Mann«, sagte sie unverblümt zu Greta.

Flick stöhnte enttäuscht auf und wandte sich ab. Die Näherin hatte nur Sekunden gebraucht, um Gretas Verkleidung zu durchschauen. Das war kein gutes Omen.

»Sicher lassen sich eine Menge Leute von Ihnen täuschen«, fügte Madame hinzu, »aber ich nicht. Ich erkenne das sofort.«

»Woran?«, fragte Greta.

Madame Guillemin zuckte die Achseln. »Die Proportionen stimmen hinten und vorne nicht: Ihre Schultern sind zu breit, Ihre Hüften zu schmal, Ihre Beine zu muskulös, Ihre Hände zu groß. Für Experten ist es völlig eindeutig.«

Gereizt erklärte Flick: »Sie muss bei diesem Einsatz unbedingt als Frau durchgehen, also verkleiden Sie sie bitte, so gut Sie können.«

»Selbstverständlich, aber lassen Sie sie um Himmels willen keinem Schneider unter die Augen kommen.«

»Bestimmt nicht. So viele Schneider arbeiten nicht bei der Gestapo.« Flicks Zuversicht war nur gespielt. Sie wollte Madame Guillemin nicht zeigen, wie besorgt sie in Wirklichkeit war.

Die Näherin musterte Greta noch einmal gründlich. »Ich gebe Ihnen Rock und Bluse in kontrastierenden Farben, damit Sie nicht so groß wirken, dazu einen Mantel in Dreiviertellänge.« Sie suchte die Kleidungsstücke aus und überreichte sie Greta.

Gretas Blick verriet, dass sie mit der Garderobe nichts anfangen konnte; sie hätte gerne etwas Spektakuläreres gehabt. Aber sie beklagte sich nicht. »Ich bin sehr genierlich und werde mich daher im Vorzimmer einschließen«, sagte sie.

Schließlich gab die Französin Flick ein apfelgrünes Kleid und eine dazu passende Jacke. »Die Farbe betont Ihre Augen«, sagte sie. »Hübsch dürfen Sie schon aussehen, solange Sie 's nicht übertreiben! Charme und Eleganz können auch in kritischen Situationen hilfreich sein.«

Das Kleid war weit geschnitten und wirkte wie ein Zelt an Flick, doch das behob sie mit einem Ledergürtel um die Taille.

»Wirklich schick – wie eine junge Französin«, kommentierte Madame Guillemin, und Flick verschwieg ihr, dass der Gürtel hauptsächlich dazu diente, eine Pistole zu halten.

Alle zogen sich um, machten sich fein, stolzierten kichernd im Zimmer umher. Madame Guillemin hatte eine gute Auswahl getroffen, und alle mochten ihre neuen Kleider, doch das eine oder andere Stück musste noch geändert werden. »Wir erledigen das«, sagte Madame. »Sie können sich unterdessen schon mal verschiedene Accessoires aussuchen.«

Rasch legten sie ihre Hemmungen ab, juxten in Unterwäsche herum, probierten Hüte auf und Schuhe an, experimentierten mit Halstüchern und Handtaschen. Vor lauter Freude über die neuen Klamotten haben sie die Gefahren, die auf sie zukommen, vorübergehend völlig vergessen, dachte Flick.

Greta kam aus dem Vorraum und sah erstaunlich schick aus. Flick musterte sie neugierig. Sie hatte den Kragen ihrer einfachen weißen Bluse aufgestellt, was elegant wirkte, und den formlosen Mantel trug sie über die Schultern drapiert wie ein Cape. Madame Guillemin zog eine Augenbraue hoch, verzichtete aber auf jeden Kommentar.

Flicks Kleid musste gekürzt werden. Während dies geschah, unterzog sie ihre Jacke einer genauen Prüfung. Die Arbeit als Geheimagentin hatte ihren Blick fürs Detail geschärft. Sorgfältig inspizierte sie Nähte, Futter, Knöpfe und Taschen und fand nichts daran auszusetzen: Alles wirkte echt französisch. Auf dem eingenähten Etikett unter dem Kragen stand *Galeries Lafayette*.

Flick zeigte Madame Guillemin das Messer, das sie unter dem Revers trug. Es war nur knapp zehn Zentimeter lang, hatte eine schmale Klinge, war aber gemein scharf. Der Griff war kurz und ohne Heft. Das Messer steckte in einer dünnen Lederscheide mit eingestanzten Löchern, durch die man Fäden ziehen konnte. »Würden Sie mir das bitte unters Jackenrevers nähen?«, bat sie.

Madame Guillemin nickte. »Das lässt sich machen.«

Jede Frau erhielt einen kleinen Stapel Unterwäsche, zwei Stück jeweils von allem. Jedes Teil war mit dem Etikett eines französischen Herstellers versehen. Mit untrüglichem Instinkt hatte Madame Guillemin für jede Einzelne nicht nur die richtige Größe, sondern auch den jeweils bevorzugten Stil gewählt: Korsetts für Jelly, hübsche Spitzenslips für Maude, marineblaue Schlüpfer und mit Fischbein verstärkte Büstenhalter für Diana, einfache Hemdchen und Höschen für Ruby und Flick. »Die Taschentücher tragen die Wäschereizeichen verschiedener *blanchisseries* in Reims«, verkündete Madame mit hörbarem Stolz.

Zuletzt legte sie ihnen noch eine Auswahl an Gepäckstücken vor – einen Matchsack aus Segeltuch, eine leichte Reisetasche, einen Rucksack und mehrere billige Spanplattenkoffer in verschiedenen Größen und Farben –, von denen jede Frau eines bekam. Sie fanden darin Zahnbürste und Zahnpasta, Gesichtspuder, Schuhcreme, Zigaretten und Streichhölzer, alles französische Marken. Obwohl sie nur kurze Zeit in Frankreich bleiben würden, hatte Flick auf der vollständigen Ausrüstung für alle bestanden.

»Ich erinnere noch einmal daran«, sagte sie, »dass ihr außer den Sachen, die ihr heute Nachmittag bekommen habt, nichts mitnehmen dürft, *überhaupt nichts.* Das wäre lebensgefährlich.«

Mit einem Schlag verstummte das Gekicher: Allen war schlagartig wieder zu Bewusstsein gekommen, in welche Gefahr sie sich in ein paar Stunden begeben würden.

Flick fuhr fort: »So, und nun geht auf eure Zimmer, zieht die französischen Klamotten an, auch die Unterwäsche. Danach treffen wir uns unten zum Abendessen.«

Im großen Salon des Hauses war eine Bar eingerichtet worden. Sie war, als Flick eintrat, von ungefähr einem Dutzend Männern umlagert, von denen einige die Uniform der Royal Air Force trugen. Von ihren früheren Aufenthalten in Tempsford House wusste Flick, dass sie alle auf ihren Einsatzbefehl für geheime Flüge über Frankreich warteten. Auf einer Tafel standen die Namen oder Decknamen derer, die heute noch starten würden, einschließlich der Abfahrtszeiten zum Flugplatz:

Aristoteles – 19.50
Hptm. Jenkins & Ltnt. Ramsey – 20.05
Die Dohlen – 20.30
Colgate & Bunter – 21.00
Mr Blister, Paradox, Saxophone – 22.05

Flick warf einen Blick auf ihre Armbanduhr. Noch zwei Stunden.

Sie setzte sich an die Bar, sah sich um und fragte sich, wer von den jungen Männern wohl wieder heimkehren und wer von ihnen fallen würde. Manche waren noch schrecklich jung, rauchten, gaben Witze zum Besten und sahen aus, als hätten sie nicht die geringsten Sorgen. Die Älteren wirkten abgehärtet und ließen sich ihren Whisky oder Gin in dem finsteren Bewusstsein schmecken, dass es womöglich ihr letzter war. Flick dachte an die Eltern dieser Männer, an ihre Frauen oder Freundinnen, ihre Kinder. Die Arbeit der kommenden Nacht würde einigen von ihnen eine traurige Last aufbürden, von der sie sich ihr Leben lang nicht ganz würden befreien können.

Flicks düstere Gedanken wurden abrupt unterbrochen durch das Auftreten zweier Personen, mit denen sie nicht im Entferntesten gerechnet hätte: Simon Fortescue, der aalglatte Bürokrat vom MI6, betrat die Bar in einem Nadelstreifenanzug, und in seiner Begleitung befand sich Denise Bouverie.

Flick starrte die beiden mit offenem Mund an.

»Flick, ich freue mich, dass ich Sie noch erwischt habe«, sagte Fortescue und zog, ohne auf eine Einladung zu warten, einen Hocker für Denise heran. »Gin mit Tonic bitte, Barkeeper. Was möchten Sie trinken, Lady Denise?«

»Einen Martini, sehr trocken.«

»Und Sie, Flick?«

Flick ging auf die Frage nicht ein, sondern wies auf Denise. »Sie sollte inzwischen längst in Schottland sein!«

»Hören Sie, Flick, da scheint es gewisse Missverständnisse gegeben zu haben. Denise hat mir alles über diesen Burschen von der Polizei erzählt …«

»Da gab's kein Missverständnis«, unterbrach Flick ihn barsch. »Denise hat den Test nicht bestanden, das ist alles.«

Denise räusperte sich angewidert.

»Ich verstehe wirklich nicht«, sagte Fortescue, »wie eine hochintelligente junge Dame aus bester Familie dabei durchfallen konnte …«

»Sie ist ein Plappermaul.«

»Wie bitte?«

»Sie kann ihre verdammte Klappe nicht halten! Sie ist nicht vertrauenswürdig und sollte nicht mehr frei herumlaufen!«

»Du unverschämtes Miststück«, sagte Denise.

Es kostete Fortescue sichtlich Überwindung, seinen Zorn im Zaum zu halten. Er senkte die Stimme. »Sehen Sie, ihr Bruder ist der Marquis von Inverlocky, der *sehr gut* befreundet ist mit dem Premierminister. Inverlocky hat mich persönlich gebeten, dafür Sorge zu tragen, dass Denise eine Chance erhält. Unter diesen Umständen wäre es schrecklich taktlos, ihr dieselbe zu verweigern.«

Flick hob die Stimme. »Lassen Sie mich das noch mal ganz klar ausdrücken.« Ein, zwei Männer an der Bar hoben die Köpfe. »Um einem Ihrer Freunde aus der Oberklasse einen Gefallen zu tun, verlangen Sie von mir, dass ich eine Person, die ich für nicht vertrauenswürdig halte, auf eine gefährliche Mission hinter den feindlichen Linien mitnehme. Sehe ich das richtig?«

Noch während sie sprach, betraten Percy Thwaite und Paul Chancellor die Bar. Percy starrte Fortescue mit unverhüllter Antipathie an, und Paul fragte: »Hab ich da richtig gehört?«

»Ich habe«, sagte Fortescue, »Denise hierher begleitet, weil es, offen gesagt, für die Regierung höchst peinlich wäre, wenn man sie hier ließe ...«

»Und für mich wäre es, offen gesagt, höchst gefährlich, wenn wir sie mitnähmen!«, unterbrach ihn Flick. »Sie können sich Ihr Plädoyer sparen. Denise wurde von uns gefeuert.«

»Hören Sie, ich will hier nicht den Vorgesetzten rauskehren ...«

»Welchen Vorgesetzten?«, schnappte Flick.

»Ich bin bei den Guards als Oberst in Pension gegangen ...«

»In Pension!«

»... und mein Rang im Civil Service entspricht dem eines Brigadegenerals.«

»Machen Sie sich nicht lächerlich«, sagte Flick. »Sie sind nicht einmal in der Armee.«

»Ich *befehle Ihnen*, Denise mitzunehmen.«

»Dann bitte ich um Bedenkzeit für meine Antwort«, sagte Flick.

»Das klingt schon besser. Sie werden es gewiss nicht zu bereuen haben.«

»Na schön, hier haben Sie meine Antwort: Hau ab, du Arschloch!«

Fortescue lief rot an. Wahrscheinlich hatte ihn noch nie eine Frau mit einem solchen Wort bezeichnet und davongejagt. Er war – und das war sehr ungewöhnlich für ihn – vollkommen sprachlos.

»Wie dem auch sei«, sagte Denise. »Auf jeden Fall wissen wir jetzt, mit was für einer Person wir es zu tun haben.«

»Sie haben es mit mir zu tun«, erklärte Paul und wandte sich an Fortescue. »Ich führe das Kommando bei dieser Operation, und ich will Denise nicht dabei haben, um keinen Preis. Wenn Sie darüber diskutieren wollen, rufen Sie Monty an.«

»Gut gesagt, mein Junge«, kommentierte Percy.

Endlich fand Fortescue seine Stimme wieder. Er drohte Flick mit dem Zeigefinger. »Es wird eine Zeit kommen, Mrs Clairet, da werden Sie bereuen, was Sie zu mir gesagt haben.« Er glitt von seinem Hocker. »Lady Denise, ich bitte um Entschuldigung für diese Szene, aber ich denke, wir können hier nichts mehr ausrichten.«

Und schon waren sie fort.

»Dämlicher Trottel«, murmelte Percy.

»Gehen wir essen«, sagte Flick.

Die anderen waren bereits im Speisesaal versammelt und warteten auf sie. Und während die Dohlen ihre letzte Mahlzeit in England verzehrten, überreichte Percy jeder von ihnen ein teures Geschenk: silberne Zigarettendosen für die Raucherinnen, goldene Puderdosen für die Nichtraucherinnen. »Sie haben französische Prägungen«, sagte er, »Sie können sie also mitnehmen.« Die Damen waren erfreut, doch mit seiner nächsten Bemerkung dämpfte Thwaite ihre gute Laune wieder. »Außerdem dienen sie auch einem bestimmten Zweck: Sie lassen sich leicht verpfänden, wenn man in Not gerät und dringend Geld braucht.«

Das Essen war reichlich, ein wahres Bankett für Kriegszeiten, und die Truppe langte tüchtig zu. Flick hatte keinen sonderlichen Hunger, zwang sich aber dazu, ein großes Steak zu essen. Sie wusste, dass sie in Frankreich so viel Fleisch nicht einmal in einer ganzen Woche bekommen würde.

Nach dem Essen wurde es auch schon Zeit, zum Flugplatz aufzubrechen. Sie holten ihr französisches Gepäck aus ihren Zimmern und bestiegen den Bus, der sie über einen Feldweg und einen Bahnübergang zu einer Gruppe von Häusern brachte, die wie Farmgebäude aussahen und am Rande eines riesigen flachen Feldes standen. Es war sogar ein Schild mit der Aufschrift *Gibraltar Farm* aufgestellt worden, doch Flick wusste, dass es sich in Wahrheit um den RAF-Stützpunkt Tempsford handelte. Die »Scheunen« waren in Wirklichkeit gut getarnte Nissenhütten.

Sie betraten ein Gebäude, das aussah wie ein Kuhstall und in dem ein RAF-Offizier Stahlregale mit militärischen Ausrüstungsgegenständen bewachte. Zunächst wurden sie alle durchsucht. In Maudes Koffer fand sich eine Schachtel mit britischen Streichhölzern; Diana trug in der Manteltasche ein erst halb ausgefülltes Kreuzworträtsel, das sie aus dem *Daily Mirror* gerissen hatte und, wie sie schwor, im Flugzeug hatte lassen wollen; und Jelly, die eingefleischte Spielerin, trug ein Päckchen Karten bei sich, von denen jede einzelne mit dem Aufdruck *Made in Birmingham* versehen war.

Nach der Durchsuchung teilte Paul die Ausweise, Essensmarken und Kleidercoupons aus. Jede Frau erhielt einhunderttausend französische Francs, vorwiegend in schmuddeligen Tausend-Franc-Scheinen. In britischer Währung entsprach das fünfhundert Pfund, Geld genug, um zwei Ford-Automobile zu kaufen.

Auch ihre Waffen händigte man ihnen jetzt aus, halbautomatische Pistolen der Firma Colt vom Kaliber .45 sowie beidseits scharf geschliffene Messer der Marke Commando. Flick verzichtete darauf, da sie ihre eigene Pistole mitnahm, eine halbautomatische Neun-Millimeter-Browning. Um die Taille trug sie einen Ledergürtel, in den sie die Pistole oder auch eine Maschinenpistole stecken konnte. Ihr Messer steckte bereits unterm Revers. Das Commando-Messer war zwar größer und noch gefährlicher, aber nicht so handlich. Ein anderer großer Vorteil ihres Messers lag darin, dass sie, wenn sie nach ihren Papieren gefragt wurde, mit unschuldiger Miene in die Mantelinnentasche greifen und dann noch im letzten Moment das Messer ziehen konnte.

Diana bekam ein Lee-Enfield-Gewehr und Flick eine

Sten-Mark-II-Maschinenpistole mit Schalldämpfer. Der Plastiksprengstoff, den Jelly benutzen sollte, wurde zu gleichen Teilen auf alle sechs Frauen verteilt, sodass selbst dann, wenn ein, zwei Gepäckstücke verloren gingen, genug übrig blieb, um die Operation durchzuführen.

»Der kann mich doch in die Luft jagen!«, sagte Maude, worauf Jelly ihr erklärte, wie außerordentlich sicher dieser Sprengstoff war.

»Ich hab einen Kerl gekannt, der hielt ihn für Schokolade, biss ein Stück davon ab und schluckte es runter«, sagte sie. »Und stell dir vor: Er hat nicht mal Durchfall davon bekommen!«

Man bot ihnen die üblichen runden Mills-Handgranaten mit dem herkömmlichen Schildkrötenmuster an, doch Flick bestand auf Allzweckgranaten in Würfelform, die auch als Sprengladungen genutzt werden konnten.

Jede Frau erhielt einen Füllfederhalter, in dessen hohler Kappe eine Selbstmordpille versteckt war.

Nach dem obligatorischen Gang zur Toilette legten sie ihre Fliegerkombinationen an. Diese besaßen eine Pistolentasche, sodass sich jeder Agent im Notfall unmittelbar nach der Landung verteidigen konnte. Sie setzten Helme und Schutzbrillen auf und zwängten sich schließlich in ihre Fallschirmgurte.

Paul nahm Flick für einen Moment beiseite. Die wichtigsten Ausweise hatte er noch nicht verteilt – jene Passierscheine, mit denen die vermeintliche Putzkolonne das Schloss betreten konnte. Ging ein Teammitglied der Gestapo ins Netz, so würde der Passierschein den wahren Zweck der Mission verraten. Paul gab daher alle Dokumente Flick, die sie erst kurz vor der Aktion verteilen würde.

Dann küsste er sie. Sie küsste ihn wieder, voller verzweifelter Leidenschaft, presste ihn heftig an sich, stieß hemmungslos ihre Zunge in seinen Mund und hörte erst auf, als sie nach Luft ringen musste.

»Lass dich nicht umbringen«, raunte er ihr ins Ohr.

Ein diskretes Hüsteln unterbrach sie. Flick nahm den Geruch von Percy Thwaites Pfeife wahr und befreite sich aus der Umarmung.

»Der Pilot möchte Sie noch kurz sprechen«, sagte Percy zu Paul.

Paul nickte und ging davon.

»Machen Sie ihm klar, wer das Kommando führt, nämlich Flick!«, rief ihm Thwaite nach.

»Versteht sich von selbst«, gab Paul zurück.

Flick wurde flau im Magen, als sie Thwaites finstere Miene sah. »Was ist los, Percy?«, fragte sie.

Er zog ein Blatt Papier aus der Jackentasche und reichte es ihr. »Das hat uns ein Motorradkurier vom SOE-Hauptquartier in London gebracht, kurz bevor wir das Haus verließen. Der Absender ist Brian Standish. Die Nachricht traf gestern Abend ein.«

Percy zog nervös an seiner Pfeife und stieß hektisch Rauchwolken aus.

Flick besah sich das Papier in der Abendsonne. Es war ein dechiffrierter Text, dessen Inhalt sie traf wie ein Faustschlag in die Magengrube. Bestürzt sah sie auf. »Brian ist der Gestapo in die Hände gefallen?«

»Nur ein paar Sekunden lang.«

»So steht es hier.«

»Hast du Grund zu der Annahme, dass es nicht stimmt?«

»Oh, *Scheiße!*«, sagte sie laut. Ein vorübergehender Pilot blickte abrupt auf, sichtlich verblüfft, ein solches Wort aus dem Mund einer Frau zu hören. Flick zerknüllte das Blatt und warf es auf den Boden.

Percy bückte sich, hob es auf und strich es wieder glatt. »Wir dürfen uns nicht aus der Ruhe bringen lassen und müssen einen klaren Kopf bewahren.«

Flick holte tief Luft. »Es gibt eine Regel bei uns«, sagte

sie mit Nachdruck. »Jeder Agent, der vom Feind geschnappt wird, *unter welchen Umständen auch immer*, hat umgehend zur Berichterstattung nach London zurückzukehren.«

»Dann hast du da drüben keinen Funker.«

»Ich komme auch ohne aus. Und was ist mit diesem Charenton?«

»Ich denke, es ist nur natürlich, dass sich Mademoiselle Lemas um einen Helfer bemüht hat.«

»Alle neuen Rekruten müssen von London überprüft werden.«

»Du weißt doch selber, dass sich noch nie einer an diese Regel gehalten hat.«

»Zumindest sollten sie vom Kommandanten vor Ort bestätigt werden.«

»Die Bestätigung hat er inzwischen – Michel hält Charenton für vertrauenswürdig. Außerdem hat Charenton Brian vor der Gestapo gerettet. Diese Szene in der Kathedrale wird doch nicht von Anfang an inszeniert worden sein, oder?«

»Vielleicht hat sie nie stattgefunden, und diese Botschaft kommt direkt aus dem Hauptquartier der Gestapo.«

»Aber sie enthält sämtliche Sicherheits-Codes. Abgesehen davon würde die Gestapo doch nie eine Geschichte erfinden, in der Brian erst gefasst und dann befreit wird. So was müsste bei uns sofort Verdacht erregen – und das wissen sie. Sie würden in einem solchen Fall nur melden, er wäre sicher angekommen.«

»Du hast ja Recht. Mir gefällt die Sache aber trotzdem nicht.«

»Mir auch nicht«, erwiderte Percy zu ihrer Überraschung. »Aber ich weiß auch nicht, was wir jetzt noch unternehmen könnten.«

Flick seufzte. »Uns bleibt nichts anderes übrig – wir müssen das Risiko eingehen. Für besondere Vorkehrungen fehlt uns die Zeit. Wenn wir die Fernmeldezentrale nicht in den nächsten drei Tagen ausschalten, ist es zu spät. Wir müssen auf jeden Fall rüber.«

Percy nickte. Flick sah, dass er Tränen in den Augen hatte. Er steckte seine Pfeife in den Mund und nahm sie gleich wieder heraus. »Braves, tapferes Mädchen«, sagte er, und seine Stimme war nur ein Flüstern. »Braves, tapferes Mädchen.«

+++ siebter tag +++

sonnabend, 3. juni 1944

Die SOE besaß keine eigenen Flugzeuge. Die Maschinen mussten von der Royal Air Force entliehen werden – ein Vorgang, der ungefähr so angenehm war wie ein Zahnarztbesuch. 1941 hatte die RAF widerstrebend zwei Lysander-Maschinen zur Verfügung gestellt, die für den ursprünglich geplanten Einsatz auf dem Schlachtfeld zu langsam und zu schwerfällig waren, sich aber hervorragend für geheime Landungen hinter den feindlichen Linien eigneten. Später waren der SOE auf Druck von Churchill zwei Schwadronen ausrangierter Kampfbomber zugeteilt worden, was Arthur Harris, den Oberkommandierenden der Bomberflotte, nicht daran hinderte, mit Tricks und Intrigen immer wieder zu versuchen, sie zurückzubekommen. Im Frühjahr 1944, als Dutzende von Agenten zur Vorbereitung der Invasion nach Frankreich geflogen wurden, verfügte die SOE über sechsunddreißig Maschinen.

Das Flugzeug, das die Dohlen bestiegen, war eine 1939 in Amerika gebaute, zweimotorige Hudson, ein leichter Bomber, der inzwischen nicht mehr den neuesten Anforderungen entsprach und von einem schweren Bomber, der viermotorigen Lancaster, ersetzt worden war. Eine Hudson war von Haus aus mit zwei Maschinengewehren im Bug ausgerüstet. Die RAF hatte zusätzlich noch zwei Maschinengewehre auf einem Drehkreuz im Heck der Bomber eingebaut. Im hinteren Teil des Passagierraums gab es eine Rutsche wie auf einem Spielplatz, über die die Fallschirmspringer ins Freie gleiten konnten.

Sitze gab es keine, sodass die sechs Frauen und ihr Absetzer auf dem Metallboden hockten. Es war unbequem und kalt, und alle hatten sie Angst, doch dann bekam Jelly einen Lachkrampf, und der munterte sie wieder auf.

Außer ihnen befand sich noch ein Dutzend Metallbehälter in der Kabine, jeder mannsgroß und mit einem Fallschirm ausgestattet. Flick nahm an, dass sie Waffen und Munition für eine andere Zelle der Résistance enthielten, die damit dann nach Beginn der Invasion hinter den Linien der Deutschen für Unruhe sorgen konnte. Nach dem Absprung der Dohlen bei Chatelle würde die Hudson noch ein anderes Ziel anfliegen, bevor sie umkehrte und wieder Kurs auf Tempsford nahm.

Der Start hatte sich verzögert, weil ein fehlerhafter Höhenmesser ersetzt werden musste, sodass sie erst gegen ein Uhr morgens die englische Küste hinter sich ließen. Über dem Ärmelkanal ging der Pilot auf wenige Hundert Fuß herunter, um einer feindlichen Radarerfassung zu entgehen, und Flick hoffte im Stillen, dass sie nicht von einem Schiff der eigenen Marine beschossen wurden. Doch dann zog der Pilot die Maschine wieder auf achttausend Fuß hinauf, um die Verteidigungslinien an der französischen Küste zu überfliegen. Auch bei der Überquerung des stark befestigten Atlantikwalls blieb er auf dieser Höhe und ging erst danach wieder auf dreihundert Fuß hinunter, um besser navigieren zu können.

Der Navigator war unablässig mit seinen Landkarten beschäftigt und rechnete die Position des Flugzeugs aus, indem er eine Koppelnavigation vornahm und sie durch markante Punkte im Gelände zu bestätigen suchte. Der Mond war zunehmend – bis zum Vollmond fehlten nur noch drei Tage –, weshalb größere Städte trotz der Verdunkelung leicht auszumachen waren. Da sich dort aber meistens Flakstellungen befanden, mussten sie gemieden werden, ebenso wie Kasernen und andere Stützpunkte des Militärs. Flüsse und Seen waren die nützlichsten Geländemerkmale, vor allem dann, wenn sich der Mond im Wasser spiegelte. Wälder erschienen als dunkle Flächen, und blieb einer unversehens aus, so war dies ein sicheres Zeichen dafür, dass der Pilot vom Kurs abgekommen war. Der Schimmer von Eisenbahngleisen, die Glut einer befeuerten Dampflokomotive und hin und wieder die Scheinwerfer eines Automobils, dessen Fahrer sich nicht an die Verdunkelungsvorschriften hielt – alles konnte wertvolle Hinweise liefern.

Den ganzen Flug über dachte Flick über die von Brian Standish übermittelten Botschaften nach. Auch »Charenton«, der neue Mitstreiter, ging ihr nicht aus dem Kopf. Wahrscheinlich stimmte die Geschichte sogar. Einer der bei dem Gefecht in Sainte-Cécile in Gefangenschaft geratenen Résistance-Kämpfer hatte der Gestapo von dem konspirativen Treffpunkt in der Krypta der Kathedrale erzählt. Die Deutschen hatten den Ort seitdem überwacht, und Brian war prompt in die Falle gegangen, dann aber mithilfe des von Mademoiselle Lemas angeworbenen neuen Mannes entkommen. Es klang wirklich sehr plausibel – nur: Flick traute plausiblen Erklärungen nicht über den Weg. Sie fühlte sich nur dann sicher, wenn die Dinge genau nach Plan verliefen und keine weiteren Erklärungen erforderlich machten.

Als sie sich der Champagne näherten, kam eine weitere Navigationshilfe ins Spiel. Dabei handelte es sich um eine neue Erfindung namens Eureka/Rebecca. Ein Peilsender strahlte von einem geheimen Standpunkt in Reims ein Rufsignal aus. Die Crew der Hudson wusste nicht genau, wo es sich befand. Flick dagegen kannte den Standort: Michel hatte den Sender in einem Turm der Kathedrale installiert. Das war die eine Hälfte, Eureka. Die andere Hälfte, Rebecca, war ein Empfangsgerät an Bord des Flugzeugs, eingezwängt gleich neben dem Navigator. Ungefähr fünfundsiebzig Kilometer nördlich von Reims empfing der Navigator das Signal von Eureka aus der Kathedrale.

Nach den ursprünglichen Plänen der Erfinder hätte der Eureka-Teil vom Empfangskomitee jeweils zur vorgesehenen

Landebahn gebracht werden sollen, doch hatte sich das in der Praxis als so gut wie undurchführbar erwiesen. Das gute Stück wog über hundert Pfund und war viel zu unhandlich, um unbemerkt transportiert werden zu können – ganz abgesehen davon, dass selbst der naivste Gestapo-Beamte an einer Straßensperre Verdacht geschöpft hätte, weil es einfach keine vernünftige Erklärung für das Mitführen eines solchen Geräts gab. Michel und andere Résistanceführer hatten sich bereit erklärt, Eureka an einem dauerhaften Standort aufzustellen, es aber abgelehnt, den Sender dauernd mit sich herumzuschleppen.

Der Navigator musste Chatelle also mit herkömmlichen Methoden finden. Es war ein Glücksfall für ihn, dass Flick neben ihm saß, die schon mehrmals bei Chatelle gelandet war und den Ort aus der Luft erkennen konnte. Endlich waren sie am Ziel: Zwar flogen sie fast eineinhalb Kilometer östlich am Dorf vorbei, doch Flick erspähte den Teich und ließ den Piloten zurückfliegen.

Die Maschine kreiste über dem Dorf und überflog in einer Höhe von dreihundert Fuß die Viehweide. Flick sah die vier schwach flackernden Markierungslichter, aufgestellt in Form eines L, wobei die Taschenlampe am untersten Ende einen verabredeten Code blinkte. Der Pilot zog das Flugzeug auf sechshundert Fuß hinauf, die ideale Höhe für den Absprung: Wer aus größerer Höhe sprang, wurde vom Wind zu weit vom vorgesehenen Landeplatz abgetrieben. Bei Absprüngen aus niedrigerer Höhe konnte es passieren, dass der Fallschirm bis zum Aufprall des Springers auf dem Boden nicht genug Zeit hatte, sich vollständig zu entfalten.

»Ich bin so weit, wenn Sie 's auch sind«, sagte der Pilot.

»Ich bin nicht bereit«, sagte Flick.

»Was ist los?«

»Irgendwas stimmt nicht.« Flicks Gespür für Gefahren ließ die Alarmglocken in ihrem Kopf schrillen. Es ging nicht mehr nur um Brian Standish und Charenton, sondern da war noch etwas anderes. Sie deutete nach Westen, auf das Dorf. »Da! Kein einziges Licht!«

»Das stört Sie? Ist doch Verdunkelung. Außerdem ist es schon nach drei Uhr.«

Flick schüttelte den Kopf. »Wir sind hier auf dem Land. Da scheren sich die Leute nicht so sehr um die Verdunkelung. Und irgendwer ist immer auf: Eine Mutter mit einem Neugeborenen, jemand, der nicht schlafen kann, ein Student, der fürs Examen paukt. Ich hab dieses Dorf noch nie total verdunkelt gesehen.«

»Wenn Sie wirklich so 'n schlechtes Gefühl dabei haben, sollten wir uns schnell wieder aus dem Staub machen«, sagte der Pilot nervös.

Es gab noch etwas, das Flick beunruhigte. Sie versuchte, sich am Kopf zu kratzen, doch war ihr dabei der Helm im Weg, und da war der vage Gedanke auch schon wieder verschwunden.

Was soll ich tun?, dachte sie. Ich kann doch die Operation nicht einfach abblasen, nur weil sich die Einwohner von Chatelle plötzlich an die Verdunkelungsvorschriften halten.

Die Maschine hatte die Weide überflogen und legte sich in die Kurve. »Denken Sie daran, dass das Risiko mit jedem Überflug wächst«, sagte der Pilot nervös. »Jeder in diesem Dorf da unten kann unsere Motoren hören. Da braucht nur ein Einziger auf die Idee kommen, die Polizei zu rufen.«

»Das ist es!«, rief Flick. »Wir müssen hier doch alle aufgeweckt haben, aber nicht einer hat das Licht angemacht!«

»Na, ich weiß nicht, die Leute auf dem Land sind manchmal ziemlich desinteressiert. Wenn man sie fragt, sagen sie, dass sie gerne unter sich bleiben und ihre Ruhe haben wollen.«

»Quatsch. Sie sind genauso neugierig wie alle anderen auch. Das hier ist merkwürdig.«

Die Nervosität des Piloten wuchs, doch er kreiste weiter über dem Landeplatz.

Plötzlich wusste Flick, was sie beunruhigte. »Der Bäcker! Sein Ofen brennt nicht! Normalerweise sieht man das Glühen aus der Luft.«

»Vielleicht hat er heute geschlossen?«

»Was für ein Tag ist heute? Sonnabend. Ein Bäcker hat vielleicht am Montag oder am Dienstag geschlossen, aber doch niemals an einem Samstag. Was ist hier los? Das Dorf sieht aus wie ausgestorben!«

»Dann machen wir uns lieber wieder vom Acker.«

Flick hatte den Eindruck, irgendjemand habe die Dorfbewohner samt dem Bäcker zusammengetrieben und in eine Scheune gesperrt. Für die Gestapo wäre das typisch – vorausgesetzt, sie wusste Bescheid und lag auf der Lauer.

Nein, dachte sie, ich kann die Operation unmöglich abblasen, dazu ist sie viel zu wichtig. Aber wir dürfen keinesfalls über Chatelle abspringen. »Ein Risiko bleibt ein Risiko«, sagte sie.

Der Pilot verlor allmählich die Geduld. »Also, was haben Sie vor?«

Mit einem Mal fielen ihr wieder die Behälter im Passagierraum ein. »Was ist Ihr nächstes Ziel?«

»Das darf ich Ihnen nicht sagen.«

»Normalerweise natürlich nicht, klar. Aber ich muss es jetzt ausnahmsweise wissen.«

»Ein Feld nördlich von Chartres.«

Die Vestryman-Zelle also. »Ich weiß Bescheid«, sagte Flick mit wachsender Erregung. Das war vielleicht die Lösung! »Sie könnten uns sozusagen mit den Behältern abwerfen. Es wird ein Empfangskomitee da sein, das sich um uns kümmert. Heute Nachmittag könnten wir in Paris sein und morgen Vormittag in Reims.«

Der Pilot griff nach dem Steuerknüppel. »Also nach Chartres, ja?«

»Wäre es möglich?«

»Ich kann Sie dort absetzen, kein Problem. Die strategische

Entscheidung liegt bei Ihnen. Sie führen bei diesem Einsatz das Kommando, das hat man mir unmissverständlich klar gemacht.«

Flick überlegte hin und her. Sie machte sich große Sorgen. Wenn der Verdacht unbegründet ist, dachte sie, muss ich Michel über die Funkverbindung zu Brian informieren, dass wir zwar die Landung in Chatelle abgeblasen haben, uns aber dennoch auf dem Weg nach Reims befinden. Aber angenommen, Brians Funkgerät ist der Gestapo in die Hände gefallen? Ich darf nur ein Minimum an Informationen durchgeben. Aber wenigstens das ist machbar.

Sie konnte einen kurzen Funkspruch aufnotieren und ihn von dem Piloten zu Percy bringen lassen. In zwei Stunden wäre Brian dann im Bilde.

Auch die Pläne für die Abholung der Dohlen nach dem Einsatz mussten geändert werden. Bis jetzt war vorgesehen, dass am Sonntagmorgen um zwei eine Hudson auf der Weide bei Chatelle landen und, falls die Dohlen nicht auftauchten, am nächsten Tag zur gleichen Zeit wieder kommen sollte. Wenn Chatelle an die Gestapo verraten worden war und nicht mehr benutzt werden konnte, musste die Maschine umgeleitet werden, und zwar nach Laroque westlich von Reims, zu einem geheimen Landeplatz mit dem Decknamen Champ d'Or. Der Einsatz würde einen Tag länger dauern, weil ihnen ja noch die Fahrt von Chartres nach Reims bevorstand. Der Abholer musste also auf Montagmorgen zwei Uhr bestellt werden, Ausweichtermin Dienstag um dieselbe Zeit.

Flick wog die Konsequenzen gegeneinander ab. Das Ausweichen nach Chartres bedeutete den Verlust eines Tages. Die Landung in Chatelle konnte aber das komplette Scheitern der Mission zur Folge haben und dazu führen, dass alle Dohlen in den Folterkellern der Gestapo endeten. Im Grunde hatte sie keine Wahl.

»Fliegen Sie nach Chartres«, sagte sie zu dem Piloten.

»Verstanden.«

Während die Maschine abdrehte, ging Flick in den Passagierraum zurück. Die Dohlen sahen sie erwartungsvoll an. »Der Plan ist geändert worden«, sagte sie.

Major Dieter Franck lag unter einer Hecke und beobachtete mit wachsender Befremdung das britische Flugzeug, das über der Viehweide kreiste.

Worauf warteten sie noch? Der Pilot hatte den Landeplatz jetzt zweimal überflogen. Die Markierungslichter waren an Ort und Stelle und bezeichneten die Landebahn. Hatte der Anführer des Empfangskomitees den falschen Code geblinkt? Oder hatten die Männer von der Gestapo irgendetwas getan, was Verdacht erregen konnte?

Es ist zum Verrücktwerden!, dachte er. Felicity Clairet ist nur ein paar Meter entfernt, praktisch in Reichweite. Mit einem gezielten Schuss auf den Flieger und ein bisschen Glück könnte ich sie sogar treffen ...

In diesem Augenblick drehte das Flugzeug ab und verschwand dröhnend in südlicher Richtung.

Franck war am Boden zerstört. Die Clairet war ihm entkommen – und das vor den Augen von Walter Goedel, Willi Weber und zwanzig Gestapo-Leuten.

Er gönnte sich einen Moment der Schwäche und barg das Gesicht in den Händen.

Was ist nur schief gelaufen?, fragte er sich, und es fielen ihm sogleich ein Dutzend möglicher Gründe ein. Das Dröhnen der Flugzeugmotoren wurde leiser, und Franck hörte jetzt aufgeregtes Geschrei auf Französisch. Die Résistance-Leute schienen genauso perplex zu sein wie er. Offenbar hatte Felicity Clairet, immerhin eine erfahrene Einsatzleiterin, den Braten gerochen und den Absprung abgeblasen.

Walter Goedel, der neben ihm lag, fragte: »Was wollen Sie jetzt tun?«

Franck dachte kurz nach. Hier hatte er vier Résistance-Kämpfer direkt vor der Nase: Michel Clairet, den Kopf der Bande, der wegen seiner Schusswunde immer noch hinkte; Helicopter, den britischen Funker; einen Franzosen, den Franck nicht identifizieren konnte, und eine junge Frau. Was sollte er mit denen tun? Seine Strategie, Helicopter frei herumlaufen zu lassen, war nur in der Theorie gut gewesen. In der Praxis hatte sie zu zwei demütigenden Rückschlägen geführt. Sie dennoch weiter zu verfolgen, dazu fehlte ihm jetzt der Nerv. Irgendetwas musste bei diesem Fiasko herausspringen. Es blieb ihm nichts anderes übrig, als auf die alten Verhörmethoden zurückzugreifen und darauf zu hoffen, wenigstens noch einen Teilerfolg zustande zu bringen und seine eigene Reputation zu retten.

Er hob das Mikrofon des Kurzwellensenders vor die Lippen: »An alle Einheiten, hier spricht Major Franck«, sagte er leise. »Es geht los, ich wiederhole, es geht los!« Dann stand er auf und zog seine Pistole.

Die in den Bäumen verborgenen Scheinwerfer flammten auf. Die vier Résistance-Kämpfer mitten auf der Wiese wurden gnadenlos angestrahlt und wirkten dadurch umso verstörter und verletzlicher. Franck rief ihnen auf Französisch zu: »Sie sind umstellt! Hände hoch!«

Neben ihm zog Goedel seine Luger. Die vier Gestapo-Männer, die bei Franck standen, richteten ihre Waffen auf die Beine der Ertappten. Einen Moment lang herrschte Unsicherheit: Würden die Partisanen das Feuer eröffnen? In dem Fall würden sie alle niedergemäht, und es wäre schon ein glücklicher Zufall, wenn der eine oder andere verletzt überlebte. Irgendwie schien aber das Glück Dieter Franck in dieser Nacht im Stich gelassen zu haben. Wurden die vier Feinde getötet, stand er mit leeren Händen da.

Die Ertappten zögerten.

Franck trat ins Licht, und die vier Scharfschützen folgten ihm. »Zwanzig Schusswaffen sind auf Sie gerichtet!«, rief er. »Hände weg von den Pistolen!«

Einer aus der Vierergruppe rannte los.

Franck fluchte. Im Scheinwerferlicht sah er rote Haare schimmern: Das war Helicopter, der dumme Junge. Er rannte über die Wiese wie ein angreifender Stier. »Feuer«, befahl Franck leise. Alle vier Schützen zielten sorgfältig und schossen. Die Schüsse hallten über die stille Wiese. Helicopter lief noch zwei Schritte, dann stürzte er zu Boden.

Franck beobachtete die anderen drei und wartete ab. Langsam hoben sie die Hände über den Kopf.

Franck nahm wieder das Mikrofon zur Hand. »An alle Einheiten auf der Weide: In Marsch setzen und die Gefangenen festnehmen.«

Er steckte seine Pistole wieder ein und ging zu der Stelle, wo Helicopter lag. Der Körper rührte sich nicht. Die Gestapo-Schützen hatten zwar auf die Beine gezielt, doch war es bei diesen Lichtverhältnissen schwer, ein bewegliches Ziel zu treffen. Einer hatte wohl zu hoch gezielt – jedenfalls war eine Kugel in den Hals eingedrungen und hatte das Rückenmark oder die Drosselvene oder beides durchschlagen. Franck kniete nieder und tastete nach dem Puls. Nichts. »Du warst vielleicht nicht der beste Spion, den ich kannte, aber ein tapferer Junge«, sagte er leise. »Gott schenke deiner Seele Frieden.« Er drückte ihm die Augen zu.

Die anderen drei wurden gerade entwaffnet und gefesselt. Clairet versprach ein harter Brocken zu werden: Franck hatte ihn im Einsatz erlebt und wusste, dass er Mut hatte. Sein einziger Schwachpunkt war vermutlich seine Eitelkeit. Er sah gut aus, und er war ein Weiberheld. Einen wie ihn folterte man am besten vor einem Spiegel: Man brach ihm die Nase, schlug ihm die Zähne aus, schlitzte ihm die Wangen auf und machte ihm somit unmissverständlich klar, dass er mit jeder Minute, die er sich weiter widersetzte, immer hässlicher wurde.

Der andere Mann strahlte Souveränität aus, vielleicht war er Anwalt. Ein Gestapo-Beamter durchsuchte ihn und zeigte Franck eine Sondergenehmigung, die es Dr. Claude Bouler gestattete, auch nach der Ausgangssperre noch unterwegs zu sein. Franck hielt das Dokument zunächst für gefälscht, doch bei der Durchsuchung der Fahrzeuge wurde eine echte Arzttasche voller Instrumente und Medikamente gefunden. Der gefangene Bouler war bleich, aber gefasst: Auch sein Verhör versprach alles andere als leicht zu werden.

Am vielversprechendsten war das Mädchen. Sie war um die neunzehn und hübsch, mit langen dunklen Haaren und großen Augen, aber sie hatte einen leeren Blick. Ihre Papiere besagten, dass sie Gilberte Duval hieß. Von Gaston wusste Franck, dass sie Clairets Geliebte war und damit die Nebenbuhlerin von dessen Frau Felicity. Wenn man sie richtig behandelte, ließ sie sich wahrscheinlich leicht umdrehen.

Die deutschen Fahrzeuge wurden aus der Scheune des *Maison Grandin* geholt; die Gefangenen transportierte ein Gestapo-Laster ab. Franck befahl, sie in Einzelzellen zu sperren, damit sie sich nicht untereinander absprechen konnten.

Er selbst und Goedel wurden in Webers Mercedes nach Sainte-Cécile gefahren. »Was für eine verdammte Farce«, bemerkte Weber vorwurfsvoll. »Zeit- und Kraftvergeudung, sonst nichts.«

»Nicht ganz«, gab Franck zurück. »Immerhin haben wir vier subversive Elemente aus dem Verkehr gezogen – was ja im Grunde die Aufgabe der Gestapo ist –, und außerdem sind drei davon noch am Leben, sodass wir sie verhören können.«

»Was hoffen Sie von ihnen zu erfahren?«, fragte Goedel.

»Der Tote, Helicopter, war Funker«, erklärte Franck. »Ich habe eine Abschrift seines Codeblocks. Schade, dass er sein Gerät nicht dabeihatte. Wenn wir es finden, können wir in seine Rolle schlüpfen.«

»Wenn Sie seine Frequenz kennen, geht das doch auch mit jedem anderen Funkgerät, oder?«

Franck schüttelte den Kopf. »Für erfahrene Ohren klingt jeder Sender anders. Diese kleinen Koffergeräte sind besonders unverwechselbar. Alle nicht unbedingt nötigen Schaltungen wurden weggelassen, um Platz zu sparen. Die schlechte Tonqualität ist eine Folge davon. Mit einem Apparat der gleichen Baureihe, vielleicht von einem anderen englischen Spion, könnte es allerdings klappen.«

»Wahrscheinlich haben wir sogar irgendwo einen.«

»Ja, aber dann bestimmt in Berlin. Da sehen wir lieber zu, dass wir dieses Gerät finden.«

»Und wie wollen Sie das schaffen?«

»Das Mädchen wird es mir verraten.«

Franck nutzte den Rest der Fahrt, um sich seine Verhörstrategie zurechtzulegen. Er konnte das Mädchen vor den Augen der Männer foltern lassen, aber vielleicht nahmen sie das hin. Mehr versprach er sich davon, die Männer vor den Augen des Mädchens zu foltern.

Doch vielleicht gab es noch eine bessere Möglichkeit.

Sie fuhren gerade an der Stadtbibliothek im Zentrum von Reims vorbei, als ein vager Plan in seinem Gehirn Gestalt annahm. Franck war das Gebäude bereits früher aufgefallen – ein kleines Juwel in Art-Déco-Architektur und hellbraunem Stein und umgeben von einem kleinen Garten. »Major Weber, hätten Sie etwas dagegen, den Wagen kurz anhalten zu lassen?«, bat Franck.

Weber brummte dem Fahrer einen Befehl zu.

»Haben Sie Werkzeuge im Kofferraum?«

»Keine Ahnung«, sagte Weber. »Was soll das?«

Der Fahrer sagte unaufgefordert: »Selbstverständlich, Herr Major, wir führen den vorgeschriebenen Werkzeugkasten mit.«

»Enthält der einen großen Hammer?«

»Jawohl, Herr Major.« Der Fahrer sprang aus dem Wagen.

»Bin gleich wieder da«, sagte Franck und stieg ebenfalls aus.

Der Fahrer reichte ihm einen Hammer mit langem Stiel und klobigem Stahlkopf. Franck schritt an einer Büste von Andrew Carnegie vorbei zur Bibliothek. Natürlich war sie geschlossen, und es brannte nirgendwo Licht. Die Glastüren waren mit einem verzierten Gitter aus Schmiedeeisen geschützt. Franck ging um das Gebäude herum und fand einen Kellereingang mit einer einfachen Holztür und der Aufschrift *Archives Municipales – Stadtarchiv*.

Er nahm das Schloss ins Visier und schlug zu. Nach vier Schlägen war es kaputt. Franck trat ein, drehte die Lichter an und lief eine schmale Treppe hinauf ins Hauptgeschoss. Durch die Eingangshalle gelangte er zur Abteilung für schöngeistige Literatur. Dort suchte er rasch nach dem Buchstaben F und zog gleich darauf das Buch aus dem Regal, auf das er es abgesehen hatte: Flauberts *Madame Bovary*. Viel Glück hatte er dabei nicht gebraucht – es war vermutlich der einzige Roman, den man garantiert in jeder Bibliothek des Landes fand.

Er schlug Kapitel neun im zweiten Teil auf und überflog den Absatz, den er im Sinn hatte. Sein Gedächtnis hatte ihn nicht getrogen. Der Text hielt, was er sich von ihm versprochen hatte, und würde ihm sehr gute Dienste leisten.

Er kehrte zum Wagen zurück. Goedel wirkte belustigt, und Weber fragte ungläubig: »Sie haben sich was zu lesen geholt?«

»Manchmal schlafe ich schlecht ein«, erwiderte Franck.

Goedel lachte. Er nahm Franck das Buch aus der Hand und las den Titel. »Ein Klassiker der Weltliteratur«, sagte er. »Glaube allerdings nicht, dass jemand schon mal in eine Bibliothek eingebrochen ist, um ihn sich auszuleihen.«

Sie fuhren weiter nach Sainte-Cécile. Als sie beim Schloss ankamen, war Francks Plan ausgereift.

Er befahl Leutnant Hesse, Clairet auf das Verhör vorzubereiten, indem er ihn nackt auszog und an einen Stuhl in der

Folterkammer fesselte. »Zeigen Sie ihm die Zange, mit der wir Fingernägel ausreißen«, sagte er, »und lassen Sie sie auf dem Tisch liegen, sodass er sie dauernd vor Augen hat.« Während Hesse den Befehl ausführte, besorgte Franck sich einen Federhalter, ein Fässchen Tinte und einen Block Briefpapier aus den Büros im oberen Stockwerk. Walter Goedel suchte sich einen Zuschauerplatz in einer Ecke der Folterkammer und ließ sich dort nieder.

Franck betrachtete Michel Clairet genau. Der Anführer der Bollinger-Zelle war ein groß gewachsener Mann mit attraktiven Lachfältchen um die Augen. Ein Filou mit einer Spur Verwegenheit, genau der Typ, auf den die Frauen flogen. Er hat zweifellos Angst, wirkt aber sehr entschlossen, dachte Franck. Offenbar zerbricht er sich den Kopf darüber, wie er der Folter möglichst lange widerstehen kann.

Er deponierte Federhalter, Tinte und Papier direkt neben der Fingernagelzange auf dem Tisch – ein stummer Hinweis für Clairet, dass es Alternativen gab. »Binden Sie ihm die Hände los!«, befahl er.

Hesse gehorchte. Clairets Gesicht verriet große Erleichterung, verbunden mit der Sorge, es könne gar nicht wahr sein.

Franck wandte sich an Walter Goedel. »Vor der Befragung der Gefangenen verlange ich von ihnen eine Probe ihrer Handschrift.«

»Ihrer Handschrift?«

Franck nickte und ließ dabei Clairet nicht aus den Augen. Er schien das kurze, auf Deutsch geführte Gespräch, verstanden zu haben und schöpfte offenbar weitere Hoffnung.

Franck zog nun *Madame Bovary* aus der Tasche, legte das Buch aufgeschlagen auf den Tisch und sagte auf Französisch zu Michel Clairet: »Schreiben Sie Kapitel neun im zweiten Teil ab!«

Der zögerte. Die Aufforderung als solche kam ihm harmlos vor. Franck sah ihm an, dass er einen Trick vermutete, sich aber nicht vorstellen konnte, welchen. Franck wartete ab. Die Résistance wies ihre Leute an, im Ernstfall alles nur Erdenkliche zu tun, um den Beginn der eigentlichen Folter hinauszuschieben. Für Clairet bot sich demnach die Chance zu einem Aufschub, und, was immer dahinter steckte, es war allemal besser, der Aufforderung nachzukommen, als sich die Fingernägel herausreißen zu lassen.

»Na schön«, sagte er nach einer längeren Pause und begann mit der Abschrift.

Franck ließ ihn nicht aus den Augen. Clairets Schrift war großzügig und extravagant. Für zwei Druckseiten aus dem Buch brauchte er sechs Bögen Papier. Als er umblättern wollte, hinderte Franck ihn daran. Er ließ ihn von Hesse in seine Zelle zurückbringen und befahl, als Nächste Gilberte Duval vorzuführen.

Goedel betrachtete die Bögen, die Clairet beschrieben hatte, und schüttelte verwirrt den Kopf. »Ich kann mir nicht vorstellen, worauf Sie hinauswollen«, sagte er und nahm wieder seinen Platz in der Ecke ein.

Sehr vorsichtig riss Franck ein Stück von einem der Bögen ab, sodass nur noch wenige Wörter auf dem Papier standen.

Als Gilberte Duval hereinkam, wirkte sie verängstigt, aber trotzig. »Ich werde Ihnen gar nichts erzählen«, erklärte sie. »Ich werde meine Freunde auf keinen Fall verraten. Im Übrigen weiß ich gar nichts. Ich bin bloß die Fahrerin.«

Franck befahl ihr, sich zu setzen, und bot ihr Kaffee an. »Echter Kaffee«, sagte er, als er ihr die Tasse reichte – für Franzosen gab es nur Ersatzkaffee zu kaufen.

Gilberte nippte daran und bedankte sich.

Sie war recht hübsch mit ihren langen dunklen Haaren und den ebenso dunklen Augen, wenngleich ihr Ausdruck auf Franck ein wenig einfältig wirkte. »Sie sind eine schöne Frau, Mademoiselle«, sagte er. »Ich glaube, im Herzen sind Sie keine Mörderin.«

»Nein, bestimmt nicht!«, erwiderte sie dankbar.

»Eine Frau tut so manches aus Liebe, nicht wahr?«

Überrascht sah sie ihn an. »Da haben Sie Recht.«

»Ich weiß alles über Sie. Sie lieben Michel Clairet.«

Sie senkte den Kopf und gab keine Antwort.

»Gewiss, er ist verheiratet, bedauerlicherweise. Aber Sie lieben ihn. Und deshalb sind Sie zur Résistance gegangen. Aus Liebe, nicht aus Hass.«

Sie nickte.

»Habe ich Recht?«, fragte er. »Sie müssen mir deutlich antworten.«

»Ja«, flüsterte sie.

»Aber Sie haben sich irreleiten lassen, meine Liebe.«

»Ich weiß, dass ich falsch gehandelt habe.«

»Sie missverstehen mich. Sie haben sich dazu verführen lassen, das Gesetz zu brechen, gewiss. Vor allem aber haben Sie sich dazu verführen lassen, Clairet zu lieben. Auch das war eine Irreleitung.«

Verwirrt sah sie ihn an. »Ich weiß ja, dass er verheiratet ist, aber …«

»Ich muss Ihnen leider mitteilen, dass *er* Sie nicht liebt.«

»Doch, das tut er!«

»Nein. Er liebt seine Frau. Eine Engländerin – ohne Schick, nicht besonders schön und obendrein auch noch ein paar Jahre älter als Sie, Mademoiselle. Doch er liebt sie.«

Tränen stiegen ihr in die Augen, aber sie sagte: »Ich glaube Ihnen kein Wort.«

»Er schreibt ihr, wissen Sie. Ich nehme an, er lässt seine Briefe von den Kurieren nach England bringen. Es sind Liebesbriefe, in denen er ihr schreibt, wie sehr sie ihm fehlt. Sie sind sehr poetisch, fast ein bisschen altmodisch. Er siezt sie sogar, wie es früher auch unter Eheleuten üblich war, wohl um seine ganz besondere Verehrung für sie auszudrücken. Ich habe ein paar von diesen Briefen gelesen.«

»Das ist unmöglich.«

»Einen hatte er bei seiner Verhaftung bei sich. Er wollte ihn zwar noch vernichten, doch gelang es uns, ihm ein Stück davon zu entwinden.« Franck zog den Briefbogen, den er zuvor so sorgfältig durchgerissen hatte, aus der Tasche und gab ihn Gilberte. »Das ist doch seine Handschrift, nicht wahr?«

»Ja.«

»Und es ist ein Liebesbrief … oder was?«

Gilberte las langsam und bewegte dabei die Lippen:

Ja, ich denke unaufhörlich an Sie! … Die Erinnerung an Sie bringt mich zur Verzweiflung! O, verzeihen Sie! … Ich gehe schon … Leben Sie wohl! … Ich werde weit fortgehen …, so weit, dass Sie nichts mehr von mir hören werden … Und dennoch … heute … ich weiß nicht, welche Macht mich noch einmal hierher getrieben hat! Aber gegen den Himmel kann man nicht streiten, dem Lächeln der Engel kann man nicht widerstehen! Man lässt sich hinreißen von dem, was schön ist, bezaubernd, anbetungswürdig!

Gilberte schluchzte auf und warf den Briefbogen fort.

»Ich bedaure, dass ich derjenige sein muss, der Ihnen das sagt«, bemerkte Franck in sanftem Tonfall, zog das blütenweiße Taschentuch aus der Brusttasche seines Anzugs und reichte es ihr. Sie vergrub darin ihr Gesicht.

Jetzt war der Zeitpunkt gekommen, das Gespräch unmerklich in eine Befragung umzuwandeln. »Ich nehme an, Clairet lebt mit Ihnen zusammen, seit seine Frau fort ist.«

»Schon viel länger«, sagte Gilberte empört. »Schon seit sechs Monaten war er jede Nacht bei mir, nur nicht an den Tagen, an denen *sie* in Reims war.«

»In Ihrem Haus?«

»Ich habe eine Wohnung. Nur eine kleine. Aber sie war groß genug für zwei … für zwei Menschen, die sich lieben.« Sie weinte wieder.

Während er sich auf Umwegen dem Thema näherte, das ihn wirklich interessierte, bemühte sich Franck um die Beibehaltung eines lockeren Konversationstons. »War es nicht ein bisschen schwierig, in so einer kleinen Wohnung auch noch Helicopter unterzubringen?«

»Er hat nicht bei uns gewohnt. Er ist ja erst gestern gekommen.«

»Aber Sie müssen sich doch gefragt haben, wo er unterkommen sollte.«

»Nein. Michel hatte doch was für ihn gefunden, ein leer stehendes Zimmer über der alten Buchhandlung in der Rue Molière.«

Walter Goedel bewegte sich ruckartig auf seinem Stuhl: Er wusste jetzt, wohin der Hase lief. Dieter Franck ignorierte ihn vorsichtshalber und stellte wie beiläufig seine nächste Frage: »Hat er denn sein Gepäck nicht bei Ihnen gelassen, als Sie gestern Abend nach Chatelle zum Flugplatz gefahren sind?«

»Nein, er hatte es in sein Zimmer geschafft.«

Jetzt konnte Franck die Schlüsselfrage stellen: »Den kleinen Koffer auch?«

»Ja, natürlich.«

»Aha.« Jetzt wusste Franck, was er hatte erfahren wollen: Helicopters Funkgerät befand sich in einem Zimmer über der Buchhandlung in der Rue Molière. »So, ich bin fertig mit dieser dummen Kuh«, sagte er zu Hans Hesse auf Deutsch. »Sie können sie an Becker weiterreichen.«

Vor dem Schloss stand Francks blauer Hispano-Suiza. Mit Walter Goedel auf dem Beifahrersitz und Hans Hesse im Fond raste er über die Dörfer nach Reims, wo er nach kurzer Suche die Buchhandlung in der Rue Molière fand.

Sie schlugen die Tür ein und stiegen über eine kahle Holztreppe zu dem Zimmer, das über dem Laden lag. Abgesehen von einem Strohsack, der mit einer schlichten Wolldecke bedeckt war, war es völlig unmöbliert. Auf dem Boden neben dem

Lager standen eine Flasche Whisky, ein Kulturbeutel und der kleine Koffer.

Franck klappte ihn auf, um Goedel das Funkgerät zu zeigen, und verkündete triumphierend: »Damit kann ich mich in Helicopter verwandeln!«

Auf der Rückfahrt nach Sainte-Cécile diskutierten sie die Nachricht, die sie nach England funken wollten. »Zunächst einmal wird Helicopter sicher wissen wollen, warum die Fallschirmspringer nicht abgesprungen sind«, meinte Dieter Franck. »Er wird also fragen: *What happened?* Einverstanden?«

»Und er wäre wütend«, sagte Goedel.

»Er wird also fragen: *What the blazes happened*, oder?«

Goedel schüttelte den Kopf. »Ich habe vor dem Krieg in England studiert. Die Redewendung *What the blazes* ist zu höflich, ein verschämter Euphemismus für *What the hell.* Ein junger Mann, der beim Militär ist, würde so was niemals sagen.«

»Vielleicht eher: *What the fuck?*«

»Das ist wieder zu ungehobelt«, wandte Goedel ein. »Er weiß doch, dass die Nachricht möglicherweise von einer Frau entschlüsselt wird.«

»Ihr Englisch ist besser als meines, also entscheiden Sie.«

»Ich denke, er würde fragen: *What the devil happened?* Das drückt seinen Ärger aus und ist ein männlicher Kraftausdruck, der die meisten Frauen nicht allzu sehr stören wird.«

»Gut. Als Nächstes wird er wissen wollen, was er jetzt tun soll, also wird er um neue Befehle bitten. Wie würde er das formulieren?«

»Wahrscheinlich würde er schreiben: *Send instructions.* Engländer mögen das Wort ›Befehl‹ nicht, das finden sie unkultiviert.«

»Na schön. Und dann wird er eine schnelle Antwort verlangen, denn Helicopter ist ungeduldig, und wir sind's schließlich auch.«

Wieder zurück im Schloss, begaben sie sich in den Kellerraum, in dem die Funksprüche abgehört wurden. Ein Funker mittleren Alters, der sich als Hauptmann Joachim vorstellte, schloss das Gerät an und stellte es auf Helicopters Notruffrequenz ein, während Franck die gemeinsam erarbeitete Nachricht auf einen Zettel kritzelte:

> WHAT THE DEVIL HAPPENED? SEND INSTRUCTIONS. REPLY IMMEDIATELY.

Es fiel ihm schwer, seine Ungeduld zu zügeln und Joachim genau zu erklären, wie er die Nachricht verschlüsseln und welche Sicherheitskennungen er einbauen musste.

Goedel fragte: »Werden die nicht merken, dass das gar nicht Helicopter am Apparat ist? Können die nicht die persönliche ›Faust‹ des Absenders erkennen, vergleichbar mit einer individuellen Handschrift?«

»Doch«, sagte der Hauptmann. »Aber ich habe diesen Burschen ja schon zweimal abgehört, als er gesendet hat, und kann ihn daher nachahmen. Das ist so ähnlich, wie wenn man einen Dialekt nachäfft und zum Beispiel babbelt wie ein Frankfurter.«

Goedel blieb skeptisch. »Sie haben ihn nur zweimal gehört und können ihn perfekt imitieren?«

»Nein, nicht perfekt. Aber Spione sind häufig unter Zeitdruck, wenn sie aus irgendeinem Versteck auf Sendung gehen und befürchten, dass wir sie erwischen, deshalb werden die Engländer geringfügige Abweichungen sicher seiner Belastung zuschreiben.« Er begann, die Buchstaben einzugeben.

Franck rechnete mit mindestens einer Stunde Wartezeit. Die britische Empfangsstation musste die Nachricht entschlüsseln und dann an Helicopters Führungsoffizier weitergeben, der bestimmt schon im Bett lag. Vielleicht wurde ihm die Nachricht telefonisch durchgegeben und er formulierte sofort eine Antwort, doch selbst dann musste sie erst wieder verschlüsselt und gesendet und zuletzt von Hauptmann Joachim wieder entschlüsselt werden.

Franck und Goedel gingen in die Küche im Erdgeschoss, wo eine Kasino-Ordonnanz gerade mit den Vorbereitungen zum Frühstück begann. Sie ließen sich Würstchen und Kaffee servieren. Goedel wollte auf schnellstem Wege wieder ins Rommel'sche Hauptquartier zurück, entschloss sich jedoch, die Antwort aus England noch abzuwarten.

Es war schon hell, als eine junge Frau in SS-Uniform erschien und meldete, dass die Antwort eingetroffen sei und Hauptmann Joachim sie auch schon fast dechiffriert habe.

Sie eilten die Treppe hinunter. Weber mit dem ihm eigenen Talent, überall da aufzutauchen, wo es was Neues gab, war bereits da. Joachim reichte ihm das Original der getippten Nachricht und gab die beiden Durchschläge Franck und Goedel.

Dieter Franck las:

DOHLEN ABSPRUNG ABGEBLASEN ANDERSWO GELANDET. WARTEN SIE KONTAKTAUFNAHME DURCH LEOPARDIN AB.

»Nicht gerade sehr aufschlussreich«, bemerkte Weber mürrisch.

Goedel stimmte zu. »Ja, das ist enttäuschend.«

»Sie irren sich, alle beide!«, frohlockte Franck. »Die Leopardin ist in Frankreich – und ich habe ein Bild von ihr!« Schwungvoll zog er die Fotografien von Felicity Clairet aus seiner Tasche und reichte eine davon Weber. »Schnappen Sie sich einen Drucker und lassen Sie ihn tausend Exemplare davon drucken. Binnen zwölf Stunden hängt dieses Bild überall in Reims aus. Hans, lassen Sie meinen Wagen auftanken!«

»Wo wollen Sie hin?«, fragte Goedel.

»Nach Paris. Dort mache ich dasselbe mit der zweiten Fotografie von Madame. Jetzt hab ich sie!«

Der Absprung verlief ohne größere Zwischenfälle. Zuerst wurden die Behälter abgeworfen, damit sie nicht auf den Köpfen der Fallschirmspringerinnen landeten; dann setzten sich die Dohlen der Reihe nach ans obere Ende der Rutsche und ließen sich, sobald ihnen der Absetzer auf die Schulter tippte, ins Freie gleiten.

Flick sprang als Letzte. Noch während sie fiel, drehte die Hudson nach Norden ab und verschwand in der Nacht. Flick wünschte der Crew insgeheim viel Glück. In Kürze brach die Morgendämmerung an. Wegen der nächtlichen Verzögerungen musste die Maschine den letzten Teil des Rückflugs im gefährlichen Tageslicht bewältigen.

Flick machte eine perfekte Landung mit angezogenen Knien und beidseits unter die Achseln geschobenen Händen. Unten angekommen, blieb sie einen Moment lang still liegen. Französische Erde, dachte sie, und ein Angstschauer durchfuhr sie. Feindliches Gebiet. Hier galt sie als Kriminelle, als Terroristin, als Spionin. Wenn ich in Gefangenschaft gerate, werde ich hingerichtet, dachte sie.

Resolut schob sie den Gedanken beiseite und erhob sich. Nur wenige Meter von ihr entfernt stand ein Esel im Mondlicht und glotzte sie an, dann senkte er den Kopf und graste weiter. Drei der Behälter lagen ganz in Flicks Nähe. Weiter entfernt, praktisch über die gesamte Wiese verteilt, war ein halbes Dutzend Résistance-Kämpfer dabei, jeweils zu zweit die unhandlichen Behälter aufzulesen und wegzutragen.

Flick kämpfte sich aus ihren Fallschirmgurten und legte den Helm und die Fliegerkombi ab. Sie war noch nicht ganz fertig damit, als ein junger Mann auf sie zugerannt kam und sie atemlos auf Französisch ansprach: »Wir haben nicht mit Personen gerechnet, nur mit Material!«

»Der Plan wurde geändert«, sagte Flick. »Kein Grund zur Aufregung. Ist Anton hier?« Der Anführer der Vestryman-Zelle trug den Codenamen Anton.

»Ja.«

»Sagen Sie ihm, die Leopardin ist da.«

»Ah – Sie sind die Leopardin?« Der junge Mann war beeindruckt.

»Ja.«

»Ich bin Chevalier. Es freut mich sehr, Ihre Bekanntschaft zu machen.«

Flick warf einen Blick zum Himmel, dessen Schwärze allmählich in Grau überging. »Bitte gehen Sie sofort zu Anton, Chevalier. Sagen Sie ihm, wir sind zu sechst, brauchen Transportmittel und haben keine Zeit zu verlieren.«

»Wird gemacht.« Der junge Mann hastete davon.

Flick faltete ihren Fallschirm zu einem ordentlichen Bündel zusammen und machte sich auf die Suche nach den anderen Dohlen. Greta war in einem Baum gelandet und hatte sich beim Sturz durch den Wipfel ein paar Schrammen geholt, aber nicht ernstlich verletzt. Es war ihr sogar gelungen, sich von ihren Gurten zu befreien und auf den Boden zu klettern. Die anderen vier waren alle sicher im Gras gelandet. »Ich bin sehr stolz auf mich«, bemerkte Jelly. »Aber ein zweites Mal mache ich das nicht, nicht für eine Million Pfund!«

Flick sah, dass die Résistance-Leute die Kisten zum Südrand der Weide trugen und schlug nun mit ihrer Mannschaft die gleiche Richtung ein. Drei Gefährte standen auf dem Feldweg: der Kastenwagen einer Baufirma, ein Pferdekarren mit Zugtier und ein alter schwarzer Lincoln, dessen Motorhaube man entfernt hatte, um ihn mit einer Art Dampfmaschine betreiben zu können. Flick überraschte das wenig. Da es Benzin nur für den Transport lebenswichtiger Güter gab, ließen sich die Franzosen die verrücktesten Sachen einfallen, um ihre Automobile in Bewegung zu setzen.

Die Männer hatten die Behälter auf den Karren geladen und tarnten sie nun mit leeren Gemüsekisten. Weitere Behälter wurden in den Kastenwagen verfrachtet. Die Aktion wurde von Anton befehligt, einem dürren Mann von etwa vierzig Jahren in einer kurzen blauen Arbeiterjacke. Auf dem Kopf trug er eine ölverschmierte Mütze, und in seinem Mundwinkel hing eine gelbe französische Zigarette. Erstaunt starrte er die Dohlen an. »Sechs Frauen?«, sagte er. »Was ist das? Ein Handarbeitszirkel?«

Nach Flicks Erfahrung war es am besten, wenn man Witze über Frauen einfach überhörte. Daher antwortete sie in bedeutungsschwerem Ton: »Dies ist der wichtigste Einsatz, den ich je geleitet habe. Ich brauche Ihre Hilfe.«

»Selbstverständlich.«

»Wir müssen einen Zug nach Paris erwischen.«

»Ich kann Sie nach Chartres bringen.« Anton betrachtete den Himmel, schätzte die noch verbleibende Zeit bis zum Tagesanbruch und deutete dann quer über die Weide auf ein Bauernhaus, das nur schemenhaft auszumachen war. »Sie können sich dort vorläufig in einer Scheune verstecken. Sobald wir die Kisten weggebracht haben, komme ich wieder und hole Sie.«

»Das ist ausgeschlossen«, sagte Flick entschieden. »Wir müssen sofort los.«

»Der erste Zug nach Paris fährt um zehn. Bis dahin schaffen wir 's leicht.«

»Quatsch! Kein Mensch kann voraussagen, wann in diesem Land ein Zug fährt.« Es stimmte: Die Bomben der Alliierten, Sabotageakte der Résistance und mutwillige Fehler von Bahnarbeitern, denen die Nazis verhasst waren, hatten dazu geführt, dass sämtliche Fahrpläne Makulatur waren. Man konnte nur eines tun: zum Bahnhof gehen und dort warten, bis irgendwann ein Zug kam. Frühzeitig da zu sein war in jedem Fall ein Vorteil. »Stellen Sie die Kisten in die Scheune und bringen Sie uns jetzt gleich nach Chartres.«

»Unmöglich«, sagte Anton. »Ich muss das Material noch vor Tagesanbruch beiseite schaffen.«

Die anderen Männer unterbrachen ihre Arbeit und hörten dem Wortwechsel zu.

Flick seufzte. Die Waffen und die Munition in den Behältern waren für Anton das Allerwichtigste auf der Welt: Aus ihnen bezog er seine Macht und sein Prestige. »Unser Einsatz ist wichtiger«, sagte sie. »Glauben Sie mir!«

»So leid es mir tut …«

»Hören Sie zu, Anton. Wenn Sie mir jetzt nicht helfen, dann verspreche ich Ihnen, dass Sie nie wieder auch nur eine einzige Kiste aus England geliefert kriegen. Sie sind sich darüber im Klaren, dass ich das jederzeit veranlassen kann, oder?«

Eine längere Pause entstand. Vor den Augen und Ohren seiner Männer wollte Anton nicht klein beigeben. Doch wenn er keine Waffen mehr bekam, würden sie sich ohnehin anderweitig orientieren. Der Nachschub war das einzige Druckmittel, mit dem sich britische Offiziere gegen die Résistance durchsetzen konnten.

Diesmal funktionierte es. Anton sah Flick sehr unfreundlich an, nahm langsam den Zigarettenstummel aus dem Mund, drückte ihn zwischen zwei Fingern aus und warf ihn weg. »Na gut«, sagte er. »Steigen Sie in den Kastenwagen.«

Die Frauen halfen beim Abladen der Kisten und kletterten dann auf die Ladefläche. Der Boden starrte vor Dreck, einer Mischung aus Zementstaub, Schlamm und Öl. Aber es lagen ein paar alte Säcke herum, die sie unterlegen konnten, um den schlimmsten Schmutz von ihrer Kleidung fern zu halten. Sie setzten sich darauf, und Anton schloss die Tür.

Chevalier klemmte sich hinters Steuerrad. »So, meine Damen«, sagte er auf Englisch. »Los geht's!«

In kühlem Ton und auf Französisch erwiderte Flick: »Keine Späßchen bitte und kein Englisch.«

Er fuhr los.

Nach beinahe achthundert Flugkilometern, die sie auf dem Metallboden eines Bombers verbracht hatten, legten die Dohlen nun weitere dreißig Kilometer zusammengepfercht im Lieferwagen eines Baugeschäfts zurück. Erstaunlicherweise war es Jelly – die Älteste, Dickste und am wenigsten Durchtrainierte der sechs –, die diesen Umstand am gelassensten hinnahm. Sie machte sich über die unbequemen Bedingungen lustig und lachte über sich selbst, als sie in einer scharfen Kurve den Halt verlor und hilflos umkippte.

Doch als die Sonne aufging und der Wagen in die Kleinstadt Chartres einfuhr, verdüsterte sich die Stimmung wieder. »Ich kann es noch immer nicht fassen, worauf ich mich da eingelassen habe!«, sagte Maude, und Diana drückte ihre Hand.

Flick dachte schon voraus. »Wir teilen uns jetzt in drei Zweiergruppen auf«, verkündete sie. Die Paare waren bereits im Mädchenpensionat festgelegt worden: Flick hatte Diana mit Maude zusammengespannt, weil Diana sonst einen Aufstand gemacht hätte. Sie selbst hatte sich Ruby zur Partnerin gewählt, weil sie in kritischen Situationen eine Gesprächspartnerin haben wollte und Ruby die Cleverste im Team war. Dies bedeutete allerdings, dass ausgerechnet Greta und Jelly das dritte Paar bilden mussten. Und prompt maulte Jelly: »Ich sehe immer noch nicht ein, warum ich mit einer Ausländerin herumziehen soll.«

»Wir sind hier nicht beim Kaffeekränzchen, sondern in einem militärischen Einsatz«, erwiderte Flick gereizt. »Da besteht man nicht darauf, neben seiner besten Freundin zu sitzen, sondern tut einfach, was einem gesagt wird.«

Jelly hielt den Mund.

»Wir müssen unsere Legenden verändern, weil wir eine Erklärung für die Zugfahrt brauchen«, fuhr Flick fort. »Fällt euch dazu was ein?«

Greta sagte: »Ich bin die Gattin von Major Remmer, einem deutschen Offizier, der in Paris stationiert ist, und bin mit meiner französischen Hausangestellten unterwegs. Eigentlich hätte ich ja als Besucherin der Kathedrale von Reims auftreten wollen. Ich denke, wir ändern das einfach um: Wir sind auf dem Rückweg von einem Besuch in der Kathedrale von Chartres.«

»Klingt gut. Diana?«

»Maude und ich sind Sekretärinnen bei den Elektrizitätswerken von Reims. Wir waren in Chartres, weil ... Maude schon lange keinen Kontakt mehr zu ihrem Verlobten hatte und wir geglaubt haben, er könne in Chartres sein. Ist er aber nicht.«

Flick nickte zufrieden. Tausende von Französinnen suchten in dieser Zeit abgängige Verwandte und Freunde, vor allem junge Männer, mit denen alles Mögliche geschehen sein konnte: Vielleicht waren sie bei einem Bombenangriff verletzt worden, vielleicht hatte die Gestapo sie verhaftet, vielleicht waren sie in ein Arbeitslager nach Deutschland deportiert worden oder aber in den Untergrund gegangen.

»Und ich«, sagte sie, »bin die Witwe eines Börsenmaklers, der 1940 gefallen ist. Ich bin nach Chartres gefahren, um meine verwaiste Cousine abzuholen, die künftig bei mir in Reims leben soll.«

Einer der größten Vorteile weiblicher Geheimagenten bestand darin, dass sie, ohne Verdacht zu erregen, im Land herumfahren konnten. Ein Mann – vor allem ein junger –, der außerhalb seines normalen Arbeits- und Wirkungskreises angetroffen wurde, galt automatisch als potenzieller Angehöriger der Résistance.

Flick wandte sich an Chevalier, den Fahrer. »Lassen Sie uns irgendwo raus, wo keine Leute sind.« Sechs ordentlich gekleidete Frauen, die aus dem Lieferwagen eines Baugeschäfts stiegen, wären selbst im besetzten Frankreich, wo sich die Menschen mit den abenteuerlichsten Verkehrsmitteln zufrieden geben mussten, eine seltsame Erscheinung gewesen. »Den Bahnhof finden wir dann schon alleine.«

Ein paar Minuten später bremste Chevalier, stoppte und

setzte in einem Bogen zurück. Dann sprang er aus dem Wagen und öffnete die Hecktür. Die Dohlen stiegen aus und fanden sich in einer schmalen, mit Kopfstein gepflasterten Gasse wieder, die beiderseits von hohen Häusern flankiert wurde. In einer Lücke zwischen zwei Hausdächern war ein Stück von der Kathedrale zu sehen.

Flick erinnerte die anderen noch einmal an den Plan: »Wir gehen zum Bahnhof, kaufen einfache Fahrkarten nach Paris und steigen in den ersten Zug, der kommt. Jedes Paar verhält sich so, als würde es die anderen nicht kennen. Trotzdem werden wir versuchen, im Zug Plätze zu finden, die nicht allzu weit voneinander entfernt sind. Auf jeden Fall treffen wir uns dann in Paris wieder – ihr habt die Adresse.«

Ihr Ziel war eine billige Absteige namens Hôtel de la Chapelle, deren Besitzerin, wiewohl kein aktives Mitglied der Résistance, zuverlässig war und keine Fragen stellen würde. Wenn sie früh genug in Paris ankamen, wollten sie sofort nach Reims weiterfahren; klappte es nicht, so konnten sie in der Absteige übernachten. Flick war nicht sehr begeistert davon, über Paris fahren zu müssen, denn dort wimmelte es nur so von Gestapo-Beamten und ihren französischen Kollaborateuren. Für Zugreisende gab es jedoch keine Möglichkeit, die Hauptstadt zu umfahren.

Noch immer kannten nur Flick und Greta die wahre Aufgabe der Dohlen; die anderen waren weiterhin der Überzeugung, sie sollten einen Bahntunnel sprengen.

»Diana und Maude zuerst – los, fort mit euch! Dann ihr beide, Jelly und Greta, aber geht etwas langsamer.« Die Angst stand den Frauen ins Gesicht geschrieben, als sie sich auf den Weg machten. Chevalier gab jeder zum Abschied die Hand, wünschte ihnen viel Glück und fuhr zurück zu dem Feld, wo die restlichen Munitionskisten auf ihn warteten. Als Letzte verließen Flick und Ruby die Gasse.

Die ersten Schritte in einer französischen Stadt waren immer die schlimmsten. Flick konnte sich nie des Gefühls erwehren, dass alle Menschen, die ihr begegneten, wissen mussten, wer sie war. Es war ihr, als trüge sie ein Schild auf dem Rücken mit der Aufschrift: *Britische Spionin! Knallt sie ab!* Doch die Leute gingen an ihr vorüber und nahmen keine Notiz von ihr, und nachdem auch ein Gendarm und zwei deutsche Offiziere vorbeigekommen waren, ohne sie zu behelligen, begann sich ihr Puls wieder zu normalisieren.

Ein eigenartiges Gefühl blieb. Vor dem Krieg hatte sie ein bürgerliches Leben in geordneten Verhältnissen geführt, und man hatte ihr beigebracht, Polizisten als Freunde zu betrachten. »Ich hasse es, auf der falschen Seite des Gesetzes zu stehen«, murmelte sie Ruby auf Französisch zu. »Ich komme mir dauernd vor, als hätte ich was verbrochen.«

Ruby lachte leise. »Ich bin dran gewöhnt«, sagte sie. »Die Bullen waren schon immer meine Feinde.«

Flick musste plötzlich daran denken, dass Ruby eine Mörderin war, die noch am vergangenen Dienstag im Gefängnis gesessen hatte. War das tatsächlich erst vier Tage her?

Die Kathedrale lag auf einer Anhöhe. Ihr Anblick ließ Flick vor Aufregung erschaudern: Ein Gotteshaus wie dieses gab es kein zweites Mal. Es verkörperte den kulturellen Höhepunkt des französischen Mittelalters.

Auf der anderen Seite des Hügels führte eine Straße zum Bahnhof hinunter, einem modernen Bau, dessen Steine die gleiche Farbe hatten wie die der Kathedrale. Sie betraten die quadratische Halle aus hellbraunem Marmor. Vor dem Fahrkartenschalter hatte sich eine Schlange gebildet – kein schlechtes Zeichen, weil es bedeutete, dass die Einheimischen in absehbarer Zeit mit einem Zug rechneten. Greta und Jelly hatten sich in die Schlange eingereiht. Da von Diana und Maude nirgends etwas zu sehen war, befanden sie sich offenbar bereits auf dem Bahnsteig.

Auch Flick und Ruby stellten sich an. Gegenüber von ihnen

hing ein Plakat, das vor der Résistance warnte. Es zeigte einen brutalen Schlägertyp mit einem Gewehr und dahinter Stalin. Der Text dazu lautete:

SIE MORDEN!
Versteckt in den Falten
UNSERER FAHNE

Damit bin ich wohl gemeint, dachte Flick.

Der Fahrkartenkauf verlief reibungslos. Vor dem Bahnsteig hatte die Gestapo einen Kontrollpunkt eingerichtet. Flicks Herzschlag beschleunigte sich. Für Greta und Jelly, die vor ihnen in der Schlange standen, war dies die erste Begegnung mit dem Feind. Stumm betete Flick darum, dass die beiden nicht die Nerven verloren. Diana und Maude mussten die Kontrolle schon hinter sich haben.

Greta sprach Deutsch mit den Gestapo-Leuten. Flick konnte deutlich hören, wie sie ihre Legende erzählte.

»Ich kenne einen Major Remmer«, sagte einer der beiden Polizisten. »Ist er Ingenieur?«

»Nein, er ist beim Nachrichtendienst«, antwortete Greta. Sie wirkte bemerkenswert gelassen. Sich zu verstellen und so zu tun, als sei sie jemand anders, ist ihr anscheinend längst zur zweiten Natur geworden, dachte Flick.

»Sie mögen Kathedralen?«, sagte der Mann im Plauderton. »Was anderes gibt's in diesem Nest hier ja auch nicht zu sehen.«

»Das ist wahr.«

Er prüfte jetzt Jellys Papiere und sprach sie auf Französisch an. »Sie begleiten Frau Remmer auf all ihren Reisen?«

»Ja, sie ist sehr nett zu mir«, erwiderte Jelly. Flick konnte ihre Stimme zittern hören und wusste, dass sie entsetzliche Angst hatte.

Der Gestapo-Mann sagte: »Haben Sie sich den Bischofspalast angeguckt? Den muss man einfach gesehen haben.«

Greta antwortete auf Französisch: »Haben wir – sehr imposant, in der Tat.«

Der Deutsche ließ Jelly nicht aus den Augen und wartete auf ihre Antwort. Einen Moment lang sah sie so aus, als hätte es ihr die Sprache verschlagen, dann sagte sie: »Die Frau des Bischofs war sehr freundlich.«

Flick war entsetzt. Jelly konnte zwar perfekt Französisch, hatte aber nicht die geringste Ahnung von fremden Ländern und fremden Sitten. Anglikanische Bischöfe durften heiraten, das wusste sie – nicht jedoch, dass Priester im katholischen Frankreich der Ehelosigkeit verpflichtet waren. Gleich bei der ersten Kontrolle hatte Jelly sich verraten.

Was würde jetzt geschehen? Flicks Sten-Maschinenpistole samt Schalldämpfer lag, in drei Teile zerlegt, in ihrem Koffer, doch in der abgetragenen Ledertasche, die sie über der Schulter trug, befand sich ihr privater Browning. Unauffällig zog sie den Reißverschluss auf, um schnell nach der Waffe greifen zu können. Gleichzeitig sah sie, wie Ruby die rechte Hand in die Tasche ihres Regenmantels schob, in der sie ihre Waffe trug.

»Frau?«, fragte der Gestapo-Mann. »Was für eine Frau?«

Jelly sah ihn entgeistert an.

»Sie sind Französin?«, hakte der Mann nach.

»Selbstverständlich.«

Greta mischte sich ein: »Sie meint seine Haushälterin, nicht seine Ehefrau«, sagte sie auf Französisch und lachte. Die Erklärung war plausibel: Im Französischen ist *une femme* eine Ehefrau, eine Haushälterin dagegen *une femme de ménage.*

Erst jetzt merkte Jelly, dass sie einen Fehler gemacht hatte: »Ja, natürlich, ich habe die Haushälterin des Bischofs gemeint«, sagte sie.

Flick hielt den Atem an.

Der Gestapo-Kontrolleur zögerte noch einen Augenblick, dann zuckte er mit den Schultern und gab den beiden ihre Papiere zurück. »Ich hoffe, Sie müssen nicht allzu lange auf einen Zug warten«, sagte er nun wieder auf Deutsch.

Greta und Jelly passierten die Sperre, und Flick atmete auf.

Schließlich kamen sie und Ruby an die Reihe. Sie wollten gerade ihre Papiere aushändigen, als sich zwei uniformierte französische Gendarmen vordrängten. An der Sperre hielten sie kurz inne und bedachten die Deutschen mit einem knappen militärischen Gruß, zeigten aber keine Papiere vor. Der Gestapo-Mann nickte und sagte: »Gehen Sie durch.«

Wenn ich für die Sicherheit verantwortlich wäre, dachte Flick, würde ich hier schärfer vorgehen. Schließlich kann sich jeder als Polizist verkleiden. Aber bei den Deutschen weiß man ja, dass sie einen übertriebenen Respekt vor allem haben, was Uniform trägt: Wahrscheinlich ist das sogar mit ein Grund dafür, dass sie ihr Land einer Bande von Psychopathen ausgeliefert haben.

Jetzt jedoch waren Flick und Ruby an der Reihe und mussten ihre Legende der Gestapo präsentieren. »Sie sind Kusinen?«, fragte der Feldwebel und ließ seinen Blick von der einen zur anderen gleiten.

»Wir sehen uns nicht besonders ähnlich, was?«, gab Felicity mit einer Heiterkeit zurück, die mit ihren wahren Empfindungen nichts zu tun hatte. Es gab absolut keine Ähnlichkeit zwischen ihnen: Flick war blond, grünäugig, hellhäutig – Ruby dagegen hatte schwarze Augen, dunkles Haar und einen dunklen Teint.

»Die sieht aus wie eine Zigeunerin«, sagte der Mann unhöflich.

Flick spielte die Empörte. »Sie ist aber keine!« Und zur Erklärung von Rubys Äußerem fügte sie hinzu: »Ihre Mutter, die Frau meines Onkels, stammte aus Neapel.«

Der Mann zuckte die Achsel und wandte sich an Ruby: »Wie sind Ihre Eltern gestorben?«

»Bei einem Zugunglück«, erwiderte sie. »Ein Anschlag von Saboteuren.«

»Die Résistance?«

»Ja.«

»Mein Beileid, junge Dame. Diese Kerle sind wahre Bestien.« Er gab ihr die Papiere zurück.

»Vielen Dank, Monsieur«, sagte Ruby. Flick begnügte sich mit einem Nicken. Sie gingen durch die Sperre.

Kein einfacher Kontrollpunkt, dachte Flick. Hoffentlich sind die nicht alle so, das hält mein Herz nicht aus.

Diana und Maude saßen in der Bahnhofswirtschaft. Flick, die einen Blick durchs Fenster warf, sah die beiden Champagner trinken und war wütend auf sie. Für diesen Zweck waren die Tausend-Franc-Scheine von der SOE eigentlich nicht gedacht. Außerdem hätte Diana wissen müssen, dass sie von nun an jede Sekunde hellwach sein und einen klaren Kopf behalten musste.

Doch im Moment sah Flick keine Möglichkeit, dagegen einzuschreiten.

Greta und Jelly hatten sich auf eine Bank gesetzt. Jelly blickte nachdenklich drein, was zweifellos dem Umstand zu danken war, dass ihr soeben ein Mensch, den sie für einen perversen Ausländer hielt, das Leben gerettet hatte. Hoffentlich ändert das ihre Einstellung gegenüber Greta, dachte Flick.

Sie und Ruby fanden nicht allzu weit entfernt eine andere freie Bank, nahmen ebenfalls Platz und warteten.

Stunden vergingen, und immer mehr Menschen drängten sich auf dem Bahnsteig: Männer in Anzügen, die wie Anwälte oder Verwaltungsbeamte aussahen und aus beruflichen Gründen nach Paris fahren mussten; ein paar recht gut gekleidete Französinnen und einige Deutsche in Uniform. Die Dohlen konnten sich mit ihrem Geld und den gefälschten Lebensmittelkarten im Restaurant *pain noir* und Ersatzkaffee bestellen.

Gegen elf Uhr vormittags fuhr der Zug endlich ein. Die Waggons waren bereits voll, und da nur wenige Leute ausstiegen, mussten sich Flick und Ruby mit einem Stehplatz begnügen. Greta und Jelly ging es ebenso, aber Diana und Maude fanden noch Sitzplätze in einem Abteil für sechs Personen, in dem schon zwei Frauen mittleren Alters und zwei Gendarmen saßen.

Die Polizisten machten Flick unruhig. Es gelang ihr, sich bis unmittelbar vor dem Abteil durchzudrängeln, damit sie die Insassen durch die Fensterscheibe im Auge behalten konnte. Es war ein Glück, dass Diana und Maude unter dem Einfluss des Champagners und der durchwachten Nacht einschliefen, kaum dass der Zug den Bahnhof verlassen hatte.

Langsam tuckerte er durch Wälder und wogende Felder. Nach einer Stunde stiegen die beiden Französinnen aus, worauf Flick und Ruby kurz entschlossen deren Plätze einnahmen – eine Entscheidung, die Flick jedoch fast umgehend bereute. Die Polizisten, beide in den Zwanzigern, fingen sofort eine Unterhaltung mit ihnen an. Sie waren sichtlich erfreut darüber, sich die lange Fahrt durch eine Plauderei mit zwei jungen Mädchen etwas zu verkürzen.

Sie hießen Christian und Jean-Marie. Christian war ein gut aussehender Bursche mit schwarzen Locken und braunen Augen; Jean-Marie hatte ein schlaues Fuchsgesicht mit blondem Schnurrbart. Der redselige Christian saß neben Ruby auf dem Mittelsitz, Flick auf der Bank gegenüber neben Maude, die wiederum an Diana lehnte und den Kopf an deren Schulter gebettet hatte.

Die Gendarmen waren auf dem Weg nach Paris, um dort einen Gefangenen abzuholen, wie sie erzählten. Mit dem Krieg habe das nichts zu tun, versicherten sie. Es ging um einen Mann aus der Gegend von Chartres, der seine Frau und seinen Stiefsohn umgebracht hatte und nach der Tat nach Paris geflohen war. Dort war er den *flics*, der hauptstädtischen Polizei, ins Netz gegangen. Er hatte ein Geständnis abgelegt, und nun sollten ihn die beiden Gendarmen wieder nach Chartres bringen, wo der Prozess stattfinden würde. Christian griff in die Tasche seiner Uniformjacke und zeigte Flick die Handschellen, als wolle er ihr beweisen, dass er nicht nur herumprahlte.

Im Laufe der folgenden Stunde erfuhr Flick alles, was es über Christian zu wissen gab. Und da von ihr selbstverständlich die gleiche Offenheit erwartet wurde, musste sie ihre dürftige Legende mit zahlreichen Details ausschmücken, auf die sie vorher keinen Gedanken verschwendet hatte. Das strapazierte zwar ihre Fantasie, war aber auch, wie sie sich einredete, eine gute Übung für Verhöre unter kritischeren Bedingungen.

Der Zug durchquerte Versailles und kroch gerade durch den von Bomben zerstörten Rangierbahnhof von St. Quentin, als Maude aufwachte. Sie wusste noch, dass sie Französisch sprechen musste, hatte aber völlig vergessen, dass sie Flick nicht kennen durfte. »Hallo«, sagte sie, »kannst du mir sagen, wo wir sind?«

Die Gendarmen blickten verdutzt auf. Flick hatte ihnen erzählt, dass sie und Ruby die beiden Schlafenden nicht kannten – und nun hatte Maude sie angesprochen wie eine vertraute Freundin.

Aber sie behielt die Nerven. Lächelnd erwiderte sie: »Sie kennen mich doch gar nicht! Ich glaube, Sie haben mich für Ihre Freundin auf der anderen Seite gehalten. Sie sind ja noch ganz verschlafen!«

Maude runzelte die Stirn und warf ihr einen bösen Blick zu, der so viel besagte wie: Nun stell dich nicht so dämlich an! Doch dann sah sie Christian, begriff, was sie falsch gemacht hatte, legte entsetzt die Hand auf den Mund und sagte schließlich in wenig überzeugendem Ton: »Ach, natürlich, Sie haben Recht! Entschuldigen Sie bitte.«

Christian war kein misstrauischer Mensch. Er lächelte Maude an und erklärte: »Sie haben zwei Stunden lang geschlafen, Mademoiselle. Wir sind jetzt kurz vor Paris. Aber momentan steht unser Zug mal wieder, wie Sie sehen.«

Maude schenkte ihm ihr betörendstes Lächeln. »Was glauben Sie, wann wir ankommen?«

»Da bin ich überfragt, Mademoiselle. Ich bin nur ein Mensch, und die Zukunft kennt keiner außer Gott.«

Maude lachte, als amüsierte sie sein Witzchen köstlich, und Flick lehnte sich beruhigt wieder zurück.

Doch in diesem Augenblick wachte Diana auf und sagte laut auf Englisch: »*Good God*, hab ich ein Kopfweh! Wie spät ist es denn, verflixt nochmal?«

Kaum hatte sie geendet, erblickte sie die Gendarmen und erkannte, was sie angestellt hatte. Aber es war zu spät.

»Das war ja Englisch!«, sagte Christian.

Flick sah, wie Ruby nach ihrer Waffe griff.

»Sie sind Engländerin!«, sagte Christian zu Diana. Er sah Maude an. »Und Sie auch!« Er ließ seinen Blick durchs Abteil wandern und wusste auf einmal, mit wem er es zu tun hatte. »Sie alle!«

Flick packte Ruby am Handgelenk, um sie daran zu hindern, die Waffe herauszuziehen. Doch der Pistolengriff war bereits zu sehen.

Christian beobachtete die Szene und erkannte die Waffe in Rubys Hand. »Sie sind ja bewaffnet!«, schnaufte er. Seine Verblüffung hätte komisch gewirkt, wären sie in diesem Moment nicht alle in Lebensgefahr gewesen.

Diana sagte: »O Gott, ich habe alles versaut!«

Der Zug fuhr ruckartig wieder an.

Christian senkte die Stimme. »Sie sind Agentinnen der Alliierten!«

Flick saß wie auf glühenden Kohlen und wartete seine weitere Reaktion ab. Wenn er seine Waffe zieht, wird Ruby ihn erschießen, dachte sie, und in dem Fall bleibt uns nichts anderes übrig, als aus dem fahrenden Zug zu springen. Wenn wir Glück haben, können wir dann in den Elendsvierteln neben den Bahngleisen untertauchen, bevor die Gestapo alarmiert wird …

Der Zug nahm Fahrt auf, und Flick überlegte, ob es nicht besser wäre, sofort abzuspringen, ehe er zu schnell fuhr.

Sekunden tickten dahin. Dann endlich lächelte der Gendarm Christian und sagte mit leiser Stimme: »Ich wünsche Ihnen viel Glück! Ihr Geheimnis ist bei uns sicher!«

Die beiden waren also Sympathisanten – Gott sei Dank. Erleichtert lehnte sich Flick in ihrem Sitz zurück. »Ich danke Ihnen«, sagte sie.

»Wann ist mit der Invasion zu rechnen?«, fragte Christian.

War er wirklich so naiv zu glauben, dass jemand, der diese Frage beantworten konnte, derart beiläufig ein solches Geheimnis preisgeben würde? Aber Flick wollte den jungen Mann bei Laune halten, und deshalb sagte sie: »Praktisch täglich jetzt. Vielleicht am Dienstag.«

»Wirklich? Das ist ja fabelhaft. *Vive la France!*«

»Ich bin sehr froh, dass Sie auf unserer Seite sind«, sagte Flick.

»Ich war schon immer gegen die Deutschen.« Christian plusterte sich ein wenig auf. »Mein Beruf hat es mir ermöglicht, der Résistance den einen oder anderen Dienst zu erweisen. Natürlich sehr diskret.« Er tippte mit dem Finger gegen seinen Nasenflügel.

Flick glaubte ihm kein Wort. Gegen die Deutschen mochte er sein, gewiss: Nach vier Jahren, in denen es immer weniger zu essen, nur noch alte Kleider und ewige Ausgangssperren gab, waren die meisten Franzosen gegen die Deutschen. Doch hätte Christian tatsächlich mit der Résistance kooperiert, so hätte er keiner Menschenseele davon etwas erzählt – ganz im Gegenteil: Er hätte eine Heidenangst davor gehabt, dass irgendwer dahinter kam.

Aber das spielte im Moment keine Rolle. Wichtig war nur, dass er sah, woher der Wind blies, und allein schon aus diesem

Grunde alliierte Agenten nicht wenige Tage vor der Invasion der Gestapo auslieferte. Die Gefahr, dass man ihn am Ende dafür zur Rechenschaft ziehen würde, war inzwischen fast zu groß.

Der Zug fuhr nun wieder ganz langsam, und Flick sah, dass er in den Gare d'Orsay einlief. Sie erhob sich. Christian küsste ihr die Hand und sagte mit bebender Stimme: »Sie sind eine tapfere Frau! Viel Glück!«

Flick verließ den Zug als Erste der Dohlen. Als sie den Bahnsteig betrat, sah sie einen Mann in Arbeiterkluft ein Plakat ankleben. Irgendetwas daran kam ihr vertraut vor, sodass sie sich das Motiv näher besah. Der Schreck war so groß, dass ihr fast das Herz stehen geblieben wäre.

Sie sah ein Bild von sich selbst.

Sie kannte es nicht, ja sie konnte sich nicht einmal daran erinnern, dass sie jemals im Badeanzug fotografiert worden war. Der Hintergrund war wolkig, als wäre er übermalt worden, und ließ daher keine Rückschlüsse zu. Auf dem Plakat stand ihr Name sowie einer ihrer früheren Decknamen – Françoise Boule. Außerdem wurde sie als Mörderin bezeichnet.

Der Plakatierer hatte seine Aufgabe gerade beendet. Er nahm seinen Leimeimer auf, klemmte sich einen Stoß weiterer Plakate unter den Arm und schlenderte davon.

Flick begriff, dass der Steckbrief in ganz Paris aushängen musste.

Ein grauenvoller Rückschlag. Wie angefroren stand sie auf dem Bahnsteig. Ihre Angst war so übermächtig, dass ihr speiübel wurde und sie sich am liebsten übergeben hätte. Es gelang ihr gerade noch, sich zusammenzureißen.

Die wichtigste Frage war, wie sie aus dem Bahnhof herauskommen sollte. Vorne an der Sperre, wo man die Fahrkarten vorzeigen musste, kontrollierte die Gestapo die Reisenden. Die Dienst habenden Beamten kannten den Steckbrief mit Sicherheit schon.

Wie sollte sie an ihnen vorbeikommen? Mit schönen Worten bestimmt nicht. Erkannte man sie, so wurde sie verhaftet, und keine noch so überzeugende Legende würde einen deutschen Beamten oder Offizier dazu bewegen können, sie laufen zu lassen. Ob sich wenigstens die anderen Dohlen den Weg freischießen konnten? Vielleicht gelang es ihnen, die beiden Männer am Kontrollpunkt zu erschießen – aber die waren gewiss nicht allein. Vermutlich trieben sich überall auf dem Bahnhof Gestapo-Offiziere herum, ganz abgesehen von den französischen Polizisten, die dafür bekannt waren, dass sie gern schon schossen, bevor sie Fragen stellten. Nein, diese Lösung war viel zu riskant.

Einen Ausweg gibt es, fiel Flick ein. Ich kann das Kommando an eine der anderen übergeben – am besten wohl an Ruby. Dann warte ich, bis sie den Kontrollpunkt passiert haben und stelle mich. Möglicherweise kann unsere Aufgabe dann doch noch erfüllt werden.

Sie sah sich um. Ruby, Diana und Maude waren bereits aus dem Zug ausgestiegen, die beiden Gendarmen Christian und Jean-Marie wollten es gerade. Plötzlich fielen Flick die Handschellen in Christians Tasche ein, und eine verrückte Idee schoss ihr durch den Kopf.

Sie stieg wieder ein und drängte gleichzeitig Christian und seinen Kollegen in den Waggon zurück.

Der junge Mann wusste offenkundig nicht, was er davon zu halten hatte, und lächelte unsicher. »Was ist los?«

»Sehen Sie dort«, erklärte sie. »Da hängt ein Steckbrief mit meinem Bild an der Wand.«

Beide Gendarmen drehten die Köpfe. Christian wurde blass, und Jean-Marie sagte: »*Mon Dieu*, Sie sind wirklich Agentinnen!«

»Sie müssen mir helfen«, sagte Flick.

»Wie das?«, fragte Christian. »Die Gestapo …«

»Ich muss unbedingt an dem Kontrollpunkt vorbei.«

»Aber die werden Sie sofort verhaften.«

»Nicht, wenn ich schon verhaftet bin.«

»Wie meinen Sie das?«

»Legen Sie mir Ihre Handschellen an. Tun Sie so, als hätten Sie mich geschnappt, und bringen Sie mich so durch die Kontrolle. Wenn Sie angehalten werden, behaupten Sie, Sie brächten mich in die Avenue Foch 84.« Das war die Adresse des Gestapo-Hauptquartiers.

»Und dann?«

»Dann stoppen Sie ein Taxi und steigen mit mir ein. Sobald wir vom Bahnhof aus nicht mehr zu sehen sind, nehmen Sie mir die Handschellen ab, lassen mich in einer ruhigen Seitenstraße aussteigen und fahren weiter zu Ihrem eigentlichen Ziel.«

Christian sah aus, als würde er schier sterben vor Angst. Flick erkannte, dass er verzweifelt nach einer Ausrede suchte, um sich zu drücken, doch mit seinen großen Worten über die Résistance hatte er sich zu sehr festgelegt.

Jean-Marie war ruhiger. »Das klappt bestimmt«, sagte er. »Polizisten in Uniform geraten nicht so leicht in Verdacht.«

Auch Ruby war inzwischen wieder in den Waggon gestiegen und kam auf sie zu. »Flick!«, sagte sie. »Dieser Steckbrief da …«

»Ich weiß. Die beiden Gendarmen hier werden mich in Handschellen durch die Kontrolle bringen und später wieder laufen lassen. Sollte irgendwas schief gehen, übernimmst du das Kommando.« Sie wechselte ins Englische. »Den Eisenbahntunnel kannst du vergessen, der war nur vorgeschoben. Unser eigentliches Ziel ist die Fernmeldezentrale in Sainte-Cécile. Aber sag es den anderen erst im letzten Augenblick. Und jetzt hol sie schnell hier rein.«

Es dauerte nicht lange, und sie befanden sich wieder alle, eng zusammengerückt, in dem Abteil. Flick erläuterte ihren Plan. Zum Schluss fügte sie hinzu: »Sollte der Trick nicht funktionieren und ich werde verhaftet, *dann greift auf gar keinen Fall zur Schusswaffe*. Dazu sind viel zu viele Polizisten auf dem Bahnhof. Wenn ihr euch auf eine Schießerei einlasst, seid ihr verloren. Unsere Mission hat absoluten Vorrang. Überlasst mich meinem Schicksal, verlasst den Bahnhof, sammelt euch wieder im Hotel und macht weiter. Ruby wird in diesem Fall das Kommando übernehmen. Keine Diskussion mehr, dazu fehlt uns die Zeit.« Sie drehte sich zu Christian um. »Die Handschellen.«

Er zögerte.

Flick hätte ihn am liebsten angebrüllt: *Nun mach schon, du großmäuliger Feigling!* Stattdessen senkte sie die Stimme und raunte ihm vertraulich zu: »Sie retten mir das Leben, Christian. Ich werde Ihnen das nie vergessen.«

Endlich zog er die Handschellen hervor.

»Macht euch auf die Socken«, befahl Flick den anderen Frauen.

Christian schloss Flicks rechtes und Jean-Maries linkes Handgelenk mit den Handschellen zusammen. Dann stiegen sie aus dem Zug und marschierten zu dritt nebeneinander den Bahnsteig entlang. Christian trug Flicks Koffer und ihre Schultertasche mit der halbautomatischen Pistole darin. An der Kontrolle hatte sich eine Schlange gebildet. »Platz da!«, rief Jean-Marie. »Bitte machen Sie Platz, meine Damen und Herren! Lassen Sie uns durch!« Genau wie in Chartres steuerten sie direkt auf die Spitze der Schlange zu. Dort salutierten die Gendarmen vor den Gestapo-Offizieren, blieben jedoch nicht stehen.

Doch der Hauptmann, der für diese Kontrollstelle verantwortlich war, hob seinen Blick von den Papieren, die er gerade überprüfte, und sagte ruhig: »Warten Sie.«

Sie blieben alle drei stehen. Flick wusste, dass sie dem Tod jetzt sehr nahe war.

Der Hauptmann musterte sie von oben bis unten. »Das ist die Frau auf dem Steckbrief!«

Christian schien die Angst die Sprache verschlagen zu haben, und so war es Jean-Marie, der nach einer kurzen Pause die unausgesprochene Frage beantwortete: »Jawohl, *mon capitaine*, wir haben sie in Chartres verhaftet.«

Flick dankte dem Himmel dafür, dass wenigstens einer der beiden einen kühlen Kopf behalten hatte.

»Gut gemacht«, sagte der Hauptmann. »Aber wo bringen Sie sie jetzt hin?«

Wieder gab Jean-Marie die Antwort. »Unser Befehl lautet, sie in der Avenue Foch abzuliefern.«

»Brauchen Sie einen Wagen?«

»Ein Polizeifahrzeug wartet vor dem Bahnhof auf uns.«

Der Deutsche nickte, ließ sie aber immer noch nicht gehen. Unverwandt glotzte er Flick an, die schon fast glaubte, irgendetwas an ihrer Erscheinung hätte ihm den Trick verraten oder ihre Miene sage ihm, dass sie die Verhaftete bloß spielte. Doch dann schüttelte der Hauptmann ungläubig den Kopf und sagte: »Diese Engländer! Schicken die doch tatsächlich kleine Mädchen ins Gefecht.«

Jean-Marie hielt wohlweislich den Mund.

»Weitergehen!«, sagte der Hauptmann endlich.

Flick und die beiden Gendarmen passierten die Kontrolle und traten hinaus in den Sonnenschein.

Als Paul Chancellor von der Nachricht erfuhr, die Brian Standish gefunkt hatte, ärgerte er sich maßlos über Percy Thwaite, ja er schäumte geradezu vor Wut. »Sie haben mich angelogen!«, schrie er. »Sie haben ganz bewusst dafür gesorgt, dass ich nicht da war, bevor Sie das Flick gezeigt haben!«

»Das ist schon richtig, aber ich hielt es für das Beste …«

»*Ich* führe hier das Kommando – Sie haben kein Recht dazu, mir Informationen vorzuenthalten!«

»Ich dachte mir, Sie würden vielleicht den Flug absagen.«

»Hätte ich vielleicht auch. Oder zumindest hätte ich es tun *sollen.*«

»Aber Sie hätten es aus Liebe zu Flick getan, nicht aus operativen Gründen.«

Damit hatte er Chancellors wunden Punkt getroffen. Paul hatte sich und seine Funktion als Einsatzleiter kompromittiert, indem er mit einer Frau aus seinem Team geschlafen hatte. Er wusste es selber nur allzu gut – und war gerade deshalb besonders wütend gewesen. Umso schwerer fiel es ihm, seinen Zorn zu unterdrücken.

Mit Flicks Flugzeug konnten sie keinen Kontakt aufnehmen, denn bei Flügen über feindlichem Gebiet galt absolute Funkstille. Die beiden Männer hatten daher die ganze Nacht auf dem Flugplatz verbracht, waren ständig rauchend auf und ab gegangen, verbunden durch die gemeinsame Sorge um die Frau, die sie beide auf ihre Weise liebten. Paul trug in der Brusttasche seines Hemdes noch die hölzerne französische Zahnbürste, die Flick und er am Freitagmorgen nach der gemeinsamen Nacht benutzt hatten. Er war alles andere als abergläubisch, und doch tastete er immer wieder nach diesem Gegenstand, als würde er Flick selbst berühren und sich auf diese Weise vergewissern, dass sie wohlauf war.

Als das Flugzeug zurückkehrte und der Pilot ihnen berichtete, wie Flick beim Anblick des Empfangskomitees in Chatelle Verdacht geschöpft hatte und daraufhin in der Nähe von Chartres abgesprungen war, überkam Paul eine solche Erleichterung, dass er beinahe in Tränen ausgebrochen wäre.

Kurz darauf hatte Percy einen Anruf aus dem Hauptquartier der SOE in London erhalten und erfahren, dass Brian Standish per Funk wissen wollte, was passiert sei. Paul beschloss, jene Antwort zu übermitteln, die Flick auf einen Zettel gekritzelt und dem Piloten mitgegeben hatte. War Brian noch auf freiem Fuß, so erfuhr er jetzt, dass die Dohlen woanders gelandet waren und sich mit ihm in Verbindung setzen würden. Auf weitere Informationen wurde verzichtet, weil man auch damit rechnen musste, dass Brian inzwischen der Gestapo in die Hände gefallen war.

Aber immer noch wusste niemand genau, was da draußen hinter den feindlichen Linien eigentlich vorgefallen war. Paul Chancellor fand diese Ungewissheit unerträglich. Flick musste unbedingt nach Reims gelangen, egal wie. Und er musste erfahren, ob die Gestapo ihr eine Falle gestellt hatte. Man musste doch irgendwie überprüfen können, ob Brians Botschaft echt war.

Die Morsezeichen trugen die korrekten Sicherheitskennungen. Auch Percy prüfte sie noch einmal. Allerdings wusste die Gestapo von der Existenz dieser Kennungen. Sie hätte Brian foltern und zur Herausgabe seiner eigenen zwingen können. Es gäbe noch subtilere Methoden, die Echtheit der Nachricht zu überprüfen, meinte Percy, aber dazu brauche man die Mädchen in der Abhörstation. Kaum hatte Paul davon erfahren, da beschloss er auch schon, die Station aufzusuchen.

Zunächst hatte Percy sich widersetzt. Es sei gefährlich für Einsatzleiter, sich auf die Ebene der Funkeinheiten herabzubegeben, behauptete er; es könne damit Sand ins Getriebe jener Abteilung geraten, die für die reibungslose Kommunikation mit Hunderten von Agenten zuständig war. Darauf gab Paul keinen Pfifferling. Er wandte sich an den Chef der Funkabteilung, der gerne bereit war, ihm einen Besuchstermin einzuräumen – vielleicht in zwei, drei Wochen? Nein, hatte Paul erwidert, in zwei, drei Stunden schwebe ihm vor. Und dabei war er geblieben, sanft, aber beharrlich, und hatte am Ende mit der Androhung von Montys Zorn seine letzte Karte gezogen. Und so war er schließlich nach Grendon Underwood gekommen.

Als Paul Chancellor noch ein kleiner Junge gewesen war und zur Sonntagsschule ging, hatte er sich mit einem theologischen Problem herumgeschlagen: Ihm war aufgefallen, dass in Arlington im Bundesstaat Virginia, wo er mit seinen Eltern wohnte, die meisten Kinder seines Alters jeden Abend um die gleiche Zeit ins Bett gingen, nämlich um halb acht, und das bedeutete, dass sie alle zur gleichen Zeit ihr Abendgebet sprachen. Wie konnte der liebe Gott unter all diesen Stimmen, die gleichzeitig zum Himmel aufstiegen, heraushören, was er, Paul, ihm zu sagen hatte? Die Antwort des Pastors, der einfach behauptete, Gott könne eben alles, stellte den kleinen Paul nicht zufrieden. Er wusste, dass das nur eine Ausrede war. Die Frage ließ ihm jahrelang keine Ruhe.

Wäre ihm damals schon Grendon Underwood bekannt gewesen, dann hätte er nicht mehr nach der Antwort suchen müssen.

Ebenso wie der liebe Gott musste die Special Operations Executive unendlich viele Mitteilungen anhören, und nur allzu oft liefen Hunderte von ihnen gleichzeitig ein. So wie die Neunjährigen in Arlington, die alle um halb acht Uhr abends neben ihren Betten knieten und beteten, so saßen die Geheimagenten in ihren Verstecken und hämmerten alle gleichzeitig in die Tasten. Und die SOE hörte sie alle.

Auch Grendon Underwood war ein Herrenhaus auf dem Lande, das von seinen Bewohnern geräumt und vom Militär übernommen worden war. Offiziell Station 53a genannt, fungierte Grendon Underwood als Lauschposten. Auf dem weitläufigen Gutsgelände waren Funkantennen in bogenförmigen Gruppen aufgestellt, groß wie die Ohren Gottes, und fischten alle Funksprüche aus dem Äther, die irgendwo zwischen dem arktischen Norden Norwegens und dem staubigen Süden Spaniens aufgegeben worden waren. Vierhundert Funker und Kodierer, die meisten weiblichen Geschlechts und zu den FANYs gehörend, arbeiteten in dem großen Haus und wohnten in hastig im Garten errichteten Nissenhütten.

Paul wurde von einer Abteilungsleiterin herumgeführt. Jean Bevins war eine gewichtige Frau mit Brille, die vor dem persönlichen Repräsentanten Montgomerys zunächst in Ehrfurcht schier erstarb. Doch Paul lächelte und sprach mit sanfter Stimme, sodass sie sich alsbald entspannte und in seiner Gesellschaft wohl fühlte. Sie führte ihn in den Senderaum, wo ungefähr hundert junge Frauen in Reihen saßen, jede mit Kopfhörern, Notizblock und gespitzten Bleistiften. Auf einer großen Tafel standen die Codenamen der einzelnen Agenten, die so genannten *skeds* – die Ankunftszeiten der erwarteten Funksprüche – sowie deren Frequenzen. Es herrschte eine Atmosphäre äußerster Konzentration, und das einzige Geräusch, das zu hören war, kam von den Morsetasten, wenn eine Funkerin einem Agenten mitteilte, dass sie ihn laut und deutlich empfangen könne.

Jean Bevins stellte Paul ein hübsches junges Mädchen namens Lucy Briggs vor. Sie sprach einen so starken Yorkshire-Dialekt, dass er genau hinhören musste, um sie zu verstehen. »Helicopter?«, sagte sie. »*Aye*, ich kenne Helicopter – er ist neu bei uns. Er sendet um zwanzig Uhr und empfängt um dreiundzwanzig Uhr. Bisher hatten wir keine Probleme mit ihm.«

»Was meinen Sie damit?«, fragte er. »Was für Probleme können denn auftreten?«

»Na ja, manche stellen ihren Sender nicht richtig ein, sodass wir die Frequenz erst suchen müssen. Oder die Signale sind so schwach, dass man die Buchstaben nicht gut hört und befürchten muss, dass man Striche für Punkte hält – zum Beispiel beim B, das dem D sehr ähnlich ist. Und die Tonqualität dieser Koffergeräte ist immer schlecht, weil sie so klein sind.«

»Würden Sie seine ›Handschrift‹ erkennen?«

Sie sah ihn zweifelnd an. »Er hat erst dreimal gesendet. Am Mittwoch war er ein bisschen nervös, vielleicht, weil es das erste Mal für ihn war, aber der Rhythmus war ruhig und gleichmäßig, als wüsste er, dass er viel Zeit hatte. Mir war das nur recht, denn ich schloss daraus, dass er sich verhältnismäßig sicher fühlen muss. Wir machen uns immer Sorgen um die Leute da draußen, wissen Sie. Wir sitzen hier hübsch gemütlich im Warmen, und die Armen hocken irgendwo hinter den feindlichen Linien und müssen diese verdammte Gestapo austricksen.«

»Erinnern Sie sich auch noch an seinen zweiten Funkspruch?«

»Ja. Der kam am Donnerstag, und da hat er es eilig gehabt. Wenn sie in Eile sind, kann man manchmal nur schwer verstehen, was sie meinen – waren das jetzt zum Beispiel zwei Punkte hintereinander oder ein kurzer Strich? Helicopter jedenfalls wollte den Ort, von dem aus er gesendet hat, so schnell wie möglich wieder verlassen, da bin ich mir ganz sicher.«

»Und danach?«

»Am Freitag hat er sich nicht gemeldet. Aber ich hab mir keine Sorgen gemacht. Sie senden nur dann, wenn sie müssen, sonst ist es zu gefährlich. Die nächste Meldung kam erst am Samstagmorgen rein, kurz vor Morgengrauen, auf der Notfallfrequenz. Klang aber nicht nach Panik oder so – im Gegenteil, ich hab mir noch gedacht, jetzt hat er wohl den richtigen Dreh raus. Sie wissen schon, das Signal war stark, der Rhythmus regelmäßig, die Buchstaben kamen alle klar und deutlich rüber.«

»Wäre es denkbar, dass bei diesem Mal jemand anders sein Funkgerät benutzt hat?«

Lucy Briggs dachte über Pauls Frage nach. »Eigentlich klang's wie er selber … aber doch, ja, es hätte auch wer anders sein können. Und angenommen, es war ein Deutscher, der sich für Helicopter ausgab – der hätte ja nichts zu befürchten gehabt. Also kann er auch in aller Ruhe und Regelmäßigkeit senden, nicht wahr?«

Paul hatte das Gefühl, durch einen Sumpf zu waten. Auf jede Frage, die er stellte, gab es zwei verschiedene Antworten. Er lechzte nach etwas Handfestem. Und jedes Mal, wenn ihm der Gedanke durch den Kopf schoss, dass er Flick, keine Woche nachdem sie wie ein Geschenk der Götter in sein Leben getreten war, vielleicht schon wieder verlieren könnte, musste er eine Panikattacke niederkämpfen.

Jean Bevins, die sich vorübergehend entfernt hatte, kam zurück. Sie hielt mehrere Bögen Papier in ihren pummeligen Händen. »Hier habe ich die Entschlüsselungen der drei Sendungen von Helicopter«, sagte sie. Ihre ruhige, effiziente Art gefiel Paul.

Er betrachtete die erste Seite.

RUFSIGNAL HLCP (HELICOPTER)
SICHERHEITSKENNUNG VORHANDEN
30. MAI 1944
NACHRICHT LAUTET:
ANKUNFT GUT STOPP TREFFPUNKT KRYTA
UNSICHER STOP VON GGESTAPO ERWISCHT
ABER ENTKOMEN STOP TREFFPLATZ
KUENFTIG CAFE DE LA GARE OVER

»Mit seiner Rechtschreibung hapert's aber gewaltig«, kommentierte Paul.

»Es liegt nicht an seiner Rechtschreibung«, sagte Jean Bevins. »Beim Morsen machen sie alle Fehler. Wir weisen die Dechiffrierer an, die Fehler nicht zu korrigieren. Manchmal haben sie nämlich auch eine bestimmte Bedeutung.«

Brians zweiter Funkspruch über die Stärke des Bollinger-Kreises war länger.

RUFSIGNAL HLCP (HELICOPTER)
SICHERHEITSKENNUNG VORHANDEN
31. MAI 1944
NACHRICHT LAUTET:
AKTIV AGETEN FÜNF STÜCK WIE FOLT STOP
MONET DERZEIT VERWUNDET STOP COMTESSE
ALLES KLAR STOP CHEVAL HILFT AB UN ZU AUS
STOP BOURGEOISE NOCH AN ORT UND STELE
STOP PLUS MEIN RETTER DECNAME CHARENTON STOP

Paul hob den Kopf. »Das ist ja noch viel schlimmer!«

»Ich hab Ihnen doch gesagt, beim zweiten Mal hat er 's eilig gehabt«, erwiderte Lucy Briggs.

Die zweite Nachricht war noch länger und enthielt vor allem einen ausführlichen Bericht über den Zwischenfall in der Kathedrale. Paul wandte sich der dritten Botschaft zu.

RUFSIGNAL HLCP (HELICOPTER)
SICHERHEITSKENNUNG VORHANDEN
2. JUNI 1944
NACHRICHT LAUTET:
WAS ZUM TEUFEL IST PASSIERT FRAGEZEICHEN
ERWARTE INSTRUKTIONEN STOP ANTWORT
UNERZUEGLICH ERBETEN OVER

»Schon besser«, sagte Paul. »Bloß ein Fehler dieses Mal.«

»Ja, er schien mir am Sonnabend viel gelassener«, sagte Lucy.

»Entweder das – oder jemand anders hat den Funkspruch gesendet.« Plötzlich hatte Paul eine Idee. Vielleicht gab es die Möglichkeit, von hier aus zu überprüfen, ob »Helicopter« Helicopter war – oder ein Helicopter-Imitator von der Gestapo. »Lucy«, fragte er, »unterlaufen Ihnen jemals Fehler bei den Funkübertragungen?«

»Nur ganz selten.« Sie warf einen ängstlichen Blick auf ihre Vorgesetzte. »Wenn hier eine Funkerin, eine Neue zum Beispiel, nicht aufpasst oder schlampig ist, dann schlägt der Agent einen Mordskrach – völlig zu Recht, natürlich. Fehler sollten grundsätzlich nicht passieren – die Agenten haben genug andere Sorgen.«

Paul wandte sich an Jean Bevins. »Können Sie eine Nachricht genau so verschlüsseln lassen, wie ich Sie Ihnen aufschreibe? Ich denke an eine Art Test.«

»Selbstverständlich geht das.«

Paul sah auf seine Uhr. Es war halb acht Uhr abends. »Punkt acht sollte er sich melden. Können Sie ihm dann meine Nachricht übermitteln?«

»Gewiss«, sagte Jean. »Wenn er sich meldet, sagen wir ihm, er soll auf der Frequenz bleiben, weil wir gleich nach seiner Sendung eine Notfallmeldung für ihn haben.«

Paul setzte sich an einen Tisch, dachte ein wenig nach und schrieb dann auf einen Notizblock:

ANZAHL IHRER WAFFEN MITEILEN WIVIE
AUTOMATIS STENS AUCH MUNITIO WIVIEL
SCHUSS JEDER PLUS GRATANEN ANTWORT
UMVERZUEGLICH ERBETEN

Paul überlegte. Die Anfrage war unvernünftig und in herablassendem Ton abgefasst. Sie wirkte darüber hinaus nachlässig verschlüsselt und übertragen.

Er zeigte sie Jean Bevins. Sie runzelte die Stirn. »Das ist ja eine grässliche Botschaft! Da würde ich mich schämen.«

»Was glauben Sie, wie ein Agent darauf reagieren würde?«

Sie lachte humorlos auf. »Fuchsteufelswild! Und garantiert mit ein paar satten Kraftausdrücken.«

»Dann lassen Sie diesen Text hier jetzt bitte exakt so verschlüsseln, wie er ist, und senden ihn an Helicopter.«

Jean Bevins fühlte sich sichtlich unwohl in ihrer Haut. »Wenn Sie wünschen.«

»Ja, genau so.«

»Sehr wohl.« Sie nahm das Blatt an sich und ging.

Paul machte sich auf die Suche nach etwas Essbarem. Die Kantine war – wie die gesamte Station – rund um die Uhr geöffnet, aber der Kaffee schmeckte nach gar nichts, und zu essen gab es nur ein paar altbackene Sandwiches und ausgetrockneten Kuchen.

Kurz nach acht kam Jean Bevins in die Kantine. »Helicopter

hat sich gemeldet und berichtet, dass er noch keine Nachricht von der Leopardin hat. Wir senden ihm gerade Ihre Meldung.«

»Vielen Dank.« Brian – oder sein Gestapo-Imitator – würde mindestens eine Stunde brauchen, um die Nachricht zu entschlüsseln, eine Antwort aufzusetzen und diese, ebenfalls verschlüsselt, zu übermitteln. Paul starrte auf seinen Teller und fragte sich, woher die Engländer die Nerven nahmen, so etwas ein Sandwich zu nennen: zwei mit Margarine beschmierte Weißbrotscheiben mit einer hauchdünnen Scheibe Schinken dazwischen.

Und ohne Senf.

Der Rotlichtbezirk von Paris, ein Viertel aus engen, schmutzigen Straßen, lag auf einem niedrigen Hügel hinter der Rue de la Chapelle unweit des Nordbahnhofs. Und mittendrin lag »La Charbo«, die Rue de la Charbonnière. Auf der Nordseite der Straße stand, gleich einer Marmorstatue inmitten einer Müllhalde, das Kloster de la Chapelle. Der Konvent bestand aus einer winzigen Kirche und einem Haus, in dem acht Nonnen lebten, die ihr Leben den armseligsten Elendsgestalten von Paris geweiht hatten. Sie kochten Suppe für hungernde alte Männer, sprachen begütigend auf verzweifelte Frauen ein, die sich das Leben nehmen wollten, zerrten sternhagelvolle Seeleute aus der Gosse und brachten den Kindern der Prostituierten Lesen und Schreiben bei. Gleich neben dem Kloster stand das Hôtel de la Chapelle.

Es war nicht direkt ein Bordell, denn es wohnten keine Huren dort. Aber wenn nicht alle Zimmer vermietet waren, nahm die Besitzerin durchaus auch Stundengäste – üppig geschminkte Frauen in billigen Abendkleidern, die fette französische Geschäftsleute, verdruckste deutsche Soldaten oder naive junge Männer im Schlepptau hatten, die zu betrunken waren, um noch geradeaus gucken zu können.

Als Flick das Hotel betrat, empfand sie eine enorme Erleichterung. Die Gendarmen hatten sie einen knappen Kilometer vor dem Hotel abgesetzt, und auf dem Weg hatte sie zwei Steckbriefe mit ihrem Abbild gesehen. Christian hatte ihr sein Taschentuch gegeben, ein sauberes, quadratisches Baumwolltuch, rot mit weißen Punkten. Um ihr blondes Haar halbwegs zu verdecken, hatte Flick es sich als Kopftuch umgebunden. Dennoch wusste sie, dass sie jeder, der sie genau ansah, mit der Frau auf dem Steckbrief identifizieren würde. Es blieb ihr nichts Weiteres übrig, als die Augen zu senken und sich selbst die Daumen zu drücken. Der Weg zum Hotel war ihr wie der längste Fußmarsch in ihrem ganzen Leben vorgekommen.

Die freundliche, übergewichtige Hotelbesitzerin trug einen rosafarbenen Morgenmantel aus Seide über einem Fischbeinkorsett. Früher muss sie einmal eine gut proportionierte, sinnliche Frau gewesen sein, dachte Flick.

Sie hatte schon früher hier übernachtet, doch die Besitzerin schien sich nicht an sie zu erinnern. Als Flick sie mit *Madame* ansprach, sagte sie: »Nennen Sie mich Régine.« Sie nahm das Geld entgegen und gab Flick einen Zimmerschlüssel, ohne irgendwelche Fragen zu stellen.

Flick wollte gerade zu ihrem Zimmer hinaufgehen, als sie bei einem Blick durchs Fenster Diana und Maude erkannte, die ein seltsames Taxi vor dem Hotel absetzte. Es war eine Art Sofa auf Rädern, das man hinten an ein Fahrrad angehängt hatte. Die gefährliche Begegnung mit den Gendarmen schien den beiden nicht die Laune genommen zu haben, denn sie kicherten unentwegt über das Vehikel.

»O Gott, was für ein Drecksloch«, sagte Diana, als sie zur Tür hereinkam. »Vielleicht können wir woanders essen.«

Die Pariser Restaurants hatten unter der deutschen Besatzung nicht geschlossen, doch die meisten ihrer Gäste waren zwangsläufig deutsche Offiziere. Agenten machten daher meist einen großen Bogen um die Lokale. »Schlag dir das aus dem Kopf!«, sagte Flick verärgert. »Wir halten uns hier ein paar Stunden lang versteckt und sehen dann zu, dass wir uns bei Tagesanbruch zum Ostbahnhof durchschlagen können.«

Maude sah Diana vorwurfsvoll an. »Du hast doch versprochen, mit mir ins Ritz zu gehen.«

Flick musste an sich halten. »In welcher Welt lebst du eigentlich?«, zischte sie Maude an.

»Schon gut, mach dir nicht ins Hemd.«

»Keine von uns geht aus, ist das klar?!«

»Ja, ja.«

»Eine von uns wird später noch was zu essen einkaufen. Ich muss mich vorerst bedeckt halten. Diana, du setzt dich hierher und wartest auf die anderen, und du, Maude, belegst inzwischen ein Zimmer für euch. Sagt mir Bescheid, wenn alle da sind.«

Auf der Treppe nach oben begegnete Flick eine Negerin in einem engen roten Kleid und mit auffallend glattem schwarzem Haar. »Moment mal«, sprach Flick sie an. »Würden Sie mir Ihre Perücke verkaufen?«

»Kannst dir selber eine kaufen, Süße, gleich um die Ecke ist ein Laden.« Sie musterte Flick von oben bis unten und hielt sie offenbar für eine Freizeitnutte. »Aber wenn du' s genau wissen willst, dann lass dir sagen, dass du noch 'n bisschen mehr brauchst als bloß 'ne Perücke.«

»Ich hab's eilig.«

Die Frau nahm ihre Perücke ab. Darunter kamen millimeterkurz geschnittene schwarze Locken zum Vorschein. »Ohne das Ding kann ich nicht arbeiten.«

Flick zog einen Tausend-Franc-Schein aus ihrer Jackentasche. »Kauf dir 'ne andere dafür.«

Die Schwarze sah Flick plötzlich mit anderen Augen: Für

eine Kollegin hatte die Fremde offenbar zu viel Geld. Sie zuckte die Achseln, nahm das Geld an sich und gab dafür die Perücke her.

»Vielen Dank«, sagte Flick.

Die junge Frau blieb stehen. Zweifellos überlegte sie, ob Flick noch mehr von diesen Scheinen besaß – und wenn, wie viele. »Ich mach's auch mit Frauen«, sagte sie, streckte die Hand aus und strich mit den Fingerspitzen leicht über Flicks Brust.

»Nein, danke.«

»Vielleicht, dass du und dein Freund …«

»Nein.«

Die Schwarze betrachtete ihren Tausend-Franc-Schein. »Na schön, dann kann ich mir den Abend heute wohl freinehmen. Viel Glück, Süße.«

»Danke«, sagte Flick. »Das kann ich gut brauchen.«

Sie suchte und fand ihr Zimmer, legte den Koffer aufs Bett und zog ihre Jacke aus. Es gab ein Waschbecken mit einem kleinen Spiegel darüber. Flick wusch sich die Hände und nahm sich einen Augenblick Zeit, ihr Gesicht zu betrachten.

Sie kämmte ihr kurzes blondes Haar hinter die Ohren und steckte es mit Klemmen fest. Dann setzte sie die Perücke auf und rückte sie zurecht. Sie war ein bisschen zu groß, würde ihr aber nicht vom Kopf rutschen. Das schwarze Haar veränderte ihr Aussehen vollkommen. Allerdings fielen jetzt ihre blonden Brauen auf. Mit dem Augenbrauenstift aus ihrem Make-up-Täschchen zog sie sie dunkel nach. Das sah schon viel besser aus. Jetzt war sie nicht nur dunkelhaarig, sondern wirkte auch wesentlich eindrucksvoller als das nette Mädchen im Badeanzug auf dem Steckbrief. Die beiden hatten zwar die gleiche gerade Nase und das gleiche strenge Kinn, wirkten aber wie zwei im Grunde sehr unterschiedliche Schwestern mit einer gewissen Familienähnlichkeit.

Als Nächstes holte Flick ihre Ausweise aus der Jackentasche und retuschierte die Fotografien. Mit dünnen Strichen des Augenbrauenstifts färbte sie Haare und Augenbrauen dunkel. Am Ende betrachtete sie die Bilder kritisch und war mit ihrer Arbeit zufrieden: Solange keiner darauf herumrieb und die Striche verwischte, würde die Manipulation unentdeckt bleiben.

Sie nahm die Perücke wieder ab, zog ihre Schuhe aus und legte sich aufs Bett. Nach der Liebesnacht mit Paul und dem Nachtflug auf dem Metallboden eines Hudson-Bombers fehlten ihr zwei Nächte Schlaf. Jetzt schloss sie die Augen und war binnen Sekunden eingeschlummert.

Ein Klopfen an der Tür weckte sie. Zu ihrer Überraschung wurde es draußen schon dunkel; sie musste also mehrere Stunden geschlafen haben. Sie ging an die Tür und fragte: »Wer ist da?«

»Ruby.«

Sie ließ sie herein. »Alles in Ordnung?«

»Das kann ich nicht genau sagen.«

Flick zog die Vorhänge zu und drehte das Licht an. »Was soll das heißen?«

»Alle sind eingetrudelt. Aber ich weiß nicht, wo Diana und Maude inzwischen abgeblieben sind. In ihrem Zimmer sind sie jedenfalls nicht.«

»Wo hast du sie denn gesucht?«

»Im Büro der Wirtin, in der kleinen Kirche nebenan, in der Bar über die Straße …«

»Herrgott!«, sagte Flick entsetzt. »Diese verdammten Idiotinnen machen sich einen schönen Abend.«

»Und wo treiben sie sich rum?«

»Maude wollte ins Ritz.«

Ruby konnte es nicht fassen. »So blöd können die doch gar nicht sein!«

»Maude schon.«

»Aber Diana? Ich dachte, die hätte mehr Verstand.«

»Diana ist verliebt«, sagte Flick. »Deshalb erfüllt sie Maude jeden Wunsch. Außerdem will sie ihr Liebchen natürlich beeindrucken. Und um ihr zu beweisen, dass sie sich in der High Society auskennt, führt sie sie in irgendwelche Luxuskneipen und dergleichen.«

»Liebe macht blind, heißt es.«

»In diesem Fall führt die Liebe geradewegs zum Selbstmord. Ich kann's kaum glauben – aber ich wette, sie hocken tatsächlich im Ritz. Geschieht ihnen eigentlich bloß recht, wenn sie dabei draufgehen.«

»Und was machen wir?«

»Wir gehen auch ins Ritz und holen sie dort raus – falls wir nicht schon zu spät kommen.«

Flick setzte ihre Perücke auf. »Hab mich schon gewundert«, sagte Ruby, »dass du plötzlich dunkle Augenbrauen hast. Aber es funktioniert, du siehst ganz anders aus.«

»Gut so. Hol deine Pistole.«

Am Empfang gab Régine Flick ein Briefchen, das an sie adressiert war. Flick erkannte Dianas Handschrift, riss das Kuvert auf und las:

Wir suchen uns ein besseres Hotel und treffen euch morgen früh um fünf am Ostbahnhof. Macht euch keine Sorgen!

Sie zeigte Ruby das Briefchen und zerriss es dann in kleine Schnipsel. Sie ärgerte sich über sich selbst: Ich kenne Diana schon seit meiner Geburt, dachte sie. Da darf mich ihr dummes, unverantwortliches Verhalten eigentlich nicht mehr überraschen. Wieso hab ich sie bloß mitgenommen?

Die Antwort war klar: Ihr war keine andere Wahl geblieben.

Sie verließen die Absteige. Die Métro wollte Flick nicht benutzen, da sie wusste, dass die Gestapo an manchen Stationen Kontrollstellen eingerichtet hatte und gelegentlich sogar Razzien in den Zügen durchführte. Das Ritz an der Place Vendôme war zu Fuß von der Charbo aus bei einigermaßen flottem Tempo in ungefähr einer halben Stunde zu erreichen. Die Sonne war inzwischen untergegangen, und es wurde rasch Nacht. Sie durften die Uhrzeit nicht aus den Augen verlieren: Ab elf Uhr abends herrschte Ausgangssperre.

Flick fragte sich, wie viel Zeit sich das Personal im Ritz wohl ließ, bis es wegen Diana und Maude die Gestapo verständigte. Dass mit den beiden etwas nicht stimmte, hatte man bestimmt sofort erkannt. Ihren Ausweispapieren nach waren sie Sekretärinnen aus Reims – was hatten solche Frauen im Ritz zu suchen? Obwohl sie für die Verhältnisse im besetzten Land recht ordentlich gekleidet waren, passten sie nicht zur typischen Ritz-Klientel, zu der Diplomatengattinnen aus neutralen Ländern, Freundinnen von Schwarzmarkt-Profiteuren und die Geliebten deutscher Offiziere gehörten. Der Hoteldirektor brauchte von sich aus gar nichts zu unternehmen, ja er konnte sogar ein Nazigegner sein. Die Gestapo unterhielt in allen großen Hotels und Restaurants der Stadt Informanten, die dafür bezahlt wurden, das Auftreten von Fremden mit unglaubwürdigen Geschichten zu melden. In der Ausbildung bei der SOE wurden einem solche Dinge geradezu eingehämmert – aber diese Ausbildung dauerte normalerweise drei Monate. Für Diana und Maude hatten nur zwei Tage zur Verfügung gestanden.

Flick beschleunigte ihren Schritt.

Major Dieter Franck war erschöpft. Der Druck und die Verteilung Tausender von Steckbriefen binnen eines halben Tages hatte seinen gesamten Vorrat an Überredungs- und Einschüchterungskünsten beansprucht. Wo es möglich war, hatte er es mit Geduld und Hartnäckigkeit versucht, wenn nötig aber auch mit Tobsuchtsanfällen. Hinzu kam, dass er in der vergangenen Nacht kein Auge zugetan hatte. Seine Nerven waren zum Zerreißen gespannt, sein Kopf schmerzte, und seine Geduld hing nur noch an einem sehr dünnen Faden.

Doch als er das große Haus an der Porte de la Muette mit Blick auf den Bois de Boulogne betrat, überkam ihn ein Gefühl von Ruhe und Frieden. Die Aufgabe, die er für Rommel übernommen hatte, war mit vielen Reisen kreuz und quer durch Nordfrankreich verbunden, sodass er sich einen Stützpunkt in Paris hatte zulegen müssen. Die Wohnung hatte ihn etliches an Bestechungsgeldern und Drohgebärden gekostet, aber es hatte sich gelohnt. Er liebte die dunkle Mahagonivertäfelung, die schweren Vorhänge, die hohen Zimmerdecken, die Silberbeschläge auf der Kredenz aus dem achtzehnten Jahrhundert. Gelassen schlenderte er durch die kühlen, spärlich erleuchteten Zimmer und genoss das Wiedersehen mit seinen Lieblingsschätzen: von Rodin eine kleine Hand-Skulptur, von Degas die Pastellzeichnung einer Tänzerin, die sich gerade einen Ballettschuh überstreift, eine Erstausgabe von Dumas' *Der Graf von Monte Cristo.* Er setzte sich an den Steinway-Flügel und spielte eine lässige Version von *Ain't Misbehavin:*

No one to talk with, all by myself …

Vor dem Krieg hatten die Wohnung und der Großteil des Mobiliars einem Ingenieur aus Lyon gehört, der mit der Herstellung kleinerer Elektrogeräte – Staubsauger, Radios und Türglocken – ein Vermögen verdient hatte. Das hatte Franck von einer Nachbarin erfahren, einer reichen adeligen Witwe, deren Ehemann in den Dreißigerjahren zur Führungsgarde der französischen Faschisten gezählt hatte. Der Ingenieur, behauptete sie, sei ein vulgärer Mensch gewesen. So habe er doch tatsächlich Leute dafür bezahlt, dass sie ihm die richtigen Tapeten und Antiquitäten aussuchten. Schöne Einrichtungsgegenstände hätten für ihn nur einen einzigen Zweck erfüllt: Er wollte damit dem Freundeskreis seiner Ehefrau imponieren. Später war er nach Amerika gegangen, wo bekanntlich jeder vulgär sei, sagte die Gräfin und war glücklich, dass die Wohnung fortan einen Mieter hatte, der sie zu schätzen wusste.

Dieter Franck zog Jackett und Hemd aus und wusch sich den Schmutz von Paris von Gesicht und Hals. Dann schlüpfte er in ein sauberes weißes Hemd, schloss die Ärmel mit goldenen Manschettenknöpfen und wählte eine silbergraue Krawatte aus. Ehe er sie sich umband, schaltete er das Radio ein. Die Nachrichten aus Italien waren nicht gut. Der Sprecher sagte, die deutschen Truppen seien in erbitterte Rückzugsgefechte verwickelt. Für Franck war damit klar, dass es nur noch Tage dauern konnte, bis Rom in die Hände des Feindes fiel.

Aber Italien war nicht Frankreich.

Er musste jetzt warten, bis jemand diese Felicity Clairet aufspürte. Dass sie durch Paris kommen würde, ließ sich natürlich nicht mit Gewissheit sagen, doch – abgesehen von Reims – war die Hauptstadt sicher der Ort, an dem sie am ehesten auftauchen würde. Im Augenblick waren ihm allerdings die Hände gebunden, und er sehnte sich nach Stéphanie, die er in Reims gelassen hatte. Sie war im Haus in der Rue du Bois unabkömmlich, weil man nicht ausschließen konnte, dass noch andere feindliche Agenten an ihre Tür klopften und sich unbemerkt ins Netz ziehen ließen. Er hatte den Befehl erteilt, weder Michel Clairet noch Dr. Bouler in seiner Abwesenheit zu foltern: Sie konnten ihm vielleicht noch nützlich sein.

Im Eisschrank lag eine Flasche Dom Pérignon. Franck öffnete sie und goss Champagner in eine Kristallflöte. Mit dem Gefühl, dass das Leben schön war, ließ er sich dann an seinem Schreibtisch nieder und widmete sich seiner Post.

Ein Brief von seiner Frau Waltraud war gekommen.

Geliebter Dieter!
Es ist so schade, dass wir an Deinem vierzigsten Geburtstag nicht beieinander sein können.

Franck hatte seinen eigenen Geburtstag vergessen. Er warf einen Blick auf die Schreibtischuhr von Cartier. Es war der dritte Juni – er war heute vierzig Jahre alt geworden. Zur Feier des Tages genehmigte er sich ein zweites Glas Champagner.

Seine Frau hatte zwei weitere Schreiben beigelegt. Seine siebenjährige Tochter Margarete, genannt Mausi, hatte ein Bild von ihm gemalt: In Uniform stand er neben dem Eiffelturm, den er deutlich überragte; so überhöhten Kinder ihre Väter ... Sein zehnjähriger Sohn Rudi hatte mit dunkelblauer Tinte und sorgfältig gerundeten Buchstaben einen schon recht erwachsenen Brief geschrieben:

Lieber Vati!
In der Schule komme ich gut voran, obwohl das Klassenzimmer von Herrn Dr. Richter bombardiert worden ist. Glücklicherweise ist es nachts passiert, als niemand in der Schule war.

Franck schloss schmerzlich bewegt die Augen. Der Gedanke, dass Bomben auf die Stadt fielen, in der seine Kinder lebten, war kaum zu ertragen, und er verfluchte die Mörder von der Royal Air Force, obwohl ihm durchaus klar war, dass auch schon deutsche Bomben auf englische Schulkinder gefallen waren.

Versonnen betrachtete er das Telefon auf seinem Schreibtisch und erwog, zu Hause anzurufen. Es war nicht leicht durchzukommen: Das französische Netz war überlastet, und die Telefonate der Wehrmacht hatten Vorrang. Die Vermittlung eines Privatgesprächs konnte daher Stunden dauern. Dennoch entschloss er sich, es zu versuchen. Er sehnte sich plötzlich nach den Stimmen seiner Kinder; er wollte sie hören und sich vergewissern, dass sie noch am Leben waren.

Er streckte die Hand nach dem Hörer aus, doch bevor er ihn berührte, klingelte der Apparat. Er nahm ab.

»Major Franck.«

»Leutnant Hesse.«

Francks Puls beschleunigte sich. »Sie haben Felicity Clairet gefunden?«

»Nein, aber was anderes, das fast genauso gut ist.«

Vor dem Krieg, als sie noch in Paris studiert hatte, war Flick ein einziges Mal im Ritz gewesen. Sie und eine Freundin hatten sich Seidenstrümpfe angezogen, Make-up aufgelegt, Hüte aufgesetzt und Handschuhe übergestreift und waren durch die Türen gegangen, als täten sie das jeden Tag. Sie waren durch die Arkade mit den zum Hotel gehörigen Läden gebummelt und hatten über die absurden Preise von Halstüchern, Füllfederhaltern und Parfums gekichert. Dann hatten sie sich ins Foyer gesetzt, so getan, als warteten sie auf jemanden, der zu spät kam, und sich über die Aufmachung der Frauen lustig gemacht, die sich im Ritz zum Nachmittagstee trafen. Sie selbst hatten sich nicht getraut, auch nur ein Glas Wasser zu bestellen. In jenen Tagen hatte Flick jeden Sou, den sie erübrigen konnte, für die billigsten Plätze in der Comédie Française gespart.

Sie wusste, dass sich die Direktion des Hotels seit Beginn der Okkupation bemühte, das Haus wie gewohnt weiterzuführen, obwohl viele Räume auf Dauer von Nazibonzen besetzt waren. Selbst konnte sie an diesem Abend weder mit Handschuhen noch mit Seidenstrümpfen aufwarten, doch sie hatte sich das Gesicht gepudert und ihre Baskenmütze modisch schief aufgesetzt. Sie konnte nur hoffen, dass auch einige der Hotelgäste in diesen Kriegszeiten zu ähnlichen Zugeständnissen gezwungen waren.

Ganze Reihen grauer Wehrmachtfahrzeuge und schwarzer Limousinen parkten vor dem Hotel auf der Place Vendôme.

An der Fassade flatterten sechs blutrote Hakenkreuzfahnen protzig im Wind. Ein Portier in Zylinder und roten Hosen musterte Flick und Ruby kritisch. »Sie können hier nicht herein«, sagte er.

Flick trug ein hellblaues, ziemlich zerknittertes Kostüm, Ruby ein marineblaues Kleid und darüber einen Herrenregenmantel. Das war keine Kleidung für ein Diner im Ritz. Flick umgab sich mit der *hauteur* einer Französin, die einen unbotmäßigen Untergebenen zurechtweist. Sie reckte ihre Nase in die Luft und sagte: »Was geht hier vor?«

»Dieser Eingang ist für die höchsten Ränge reserviert, Madame. Nicht einmal ein deutscher Oberst darf hier rein. Gehen Sie um die Ecke in die Rue Cambon und benutzen Sie den Hintereingang.«

»Wie Sie wünschen«, sagte Flick mit gelangweilt klingender Höflichkeit. In Wirklichkeit war sie froh, dass er keinen Anstoß an ihrer Kleidung genommen hatte. Rasch ging sie mit Ruby um die Ecke zum Hintereingang.

Das Foyer strahlte im Lichterglanz, und vor den Bars zu beiden Seiten drängten sich Herren im Abendanzug oder in Uniform. Im Stimmengewirr schnalzten und zischten deutsche Konsonanten; die gedehnten Vokale des Französischen waren kaum zu hören. Flick hatte den Eindruck, eine Hochburg des Feindes zu betreten.

Sie ging zur Rezeption. Der Concierge in seiner mit Messingknöpfen bestückten Jacke blickte hochmütig auf sie herab. Da er sie weder für eine Deutsche noch für eine reiche Französin hielt, fragte er kühl: »Sie wünschen?«

»… zu erfahren, ob Mademoiselle Legrand in ihrem Zimmer ist«, sagte Flick herrisch. Sie rechnete damit, dass Diana den Namen auf ihren falschen Ausweispapieren benutzte, Simone Legrand. »Ich bin mit ihr verabredet.«

Der Concierge wurde verbindlicher. »Wen darf ich melden?«

»Madame Martigny. Ich bin ihre Chefin.«

»Sehr wohl, Madame. Mademoiselle befindet sich mit ihrer Begleitung im hinteren Speisesaal. Am besten wenden Sie sich an den Oberkellner.«

Flick und Ruby durchquerten das Foyer und betraten das Restaurant. Es war von vorbildhafter Eleganz: weiße Tischtücher, Silberbesteck, Kerzen und schwarz gewandete Ober, die beim Servieren der Delikatessen zu schweben schienen. Kein Mensch wäre bei diesem Anblick auf die Idee gekommen, dass halb Paris hungerte. Der Duft von echtem Bohnenkaffee stieg Flick in die Nase.

Sie hatte kaum die Schwelle überschritten, als sie auch schon Diana mit Maude entdeckte. Sie saßen an einem kleinen Tisch am anderen Ende des Saales. Flick sah, wie Diana eine Flasche Wein aus einem schimmernden Kübel neben dem Tisch hob, um Maude und sich selber einzuschenken. Flick hätte sie am liebsten erwürgt.

Sie wollte zu den beiden hingehen, doch der Oberkellner stellte sich ihr in den Weg. Mit einem demonstrativen Blick auf ihr billiges Kostüm sagte er: »Bitte sehr, Madame?«

»Bon soir«, gab sie zurück. »Ich muss die Dame dort hinten sprechen.«

Er rührte sich keinen Zentimeter von der Stelle. Er war ein kleiner Mann mit besorgtem Blick, ließ sich aber nicht einschüchtern. »Vielleicht kann ich ihr eine Nachricht von Ihnen überbringen.«

»Ich fürchte, das geht nicht. Es handelt sich um eine persönliche Angelegenheit.«

»Dann werde ich ihr mitteilen, dass Sie hier sind. Ihr Name?«

Flick starrte in Dianas Richtung, doch Diana blickte nicht auf. »Ich bin Madame Martigny«, sagte Flick resignierend. »Bitte sagen Sie ihr, dass ich sie umgehend sprechen muss.«

»Sehr wohl. Wenn Madame bitte hier warten wollen.«

Flick presste frustriert die Zähne aufeinander. Sie war versucht, loszulaufen und den Oberkellner zu überholen. Dann fiel ihr ein junger Mann in der schwarzen Uniform eines SS-Sturmbannführers auf, der an einem Tisch nahebei saß und sie anstarrte. Einen Moment lang trafen sich ihre Blicke, dann sah sie rasch weg.

Die Angst schnürte ihr die Kehle zu. War er bloß beiläufig auf sie aufmerksam geworden, weil sie sich einen Wortwechsel mit dem Oberkellner geliefert hatte? Überlegte er, wo er sie schon einmal gesehen hatte? Kannte er vielleicht den Steckbrief, hatte aber noch keine unmittelbare Verbindung zu ihr hergestellt? Oder fand er sie einfach nur attraktiv? Eines war klar: Einen Skandal konnte sie sich hier nicht leisten, das war brandgefährlich.

Und die Gefahr wuchs mit jeder Sekunde, die sie hier noch stand. Die Versuchung, auf dem Absatz kehrtzumachen und davonzulaufen, war groß.

Der Oberkellner sprach mit Diana, dann drehte er sich um und winkte Flick.

»Du bleibst besser hier«, raunte sie Ruby zu, ehe sie dem Wink des Kellners folgte. »Eine erregt weniger Aufsehen als zwei.«

Denen ist nicht einmal eine Spur von Schuldbewusstsein anzumerken, dachte Flick verärgert. Maude wirkte selbstzufrieden, Diana hochnäsig. Flick legte die Hände auf die Tischkante und beugte sich vor, um auch mit leiser Stimme verstanden zu werden. »Was ihr hier treibt, ist lebensgefährlich. Steht sofort auf und kommt mit mir mit. Wir zahlen beim Rausgehen.«

Sie hatte sich unmissverständlich ausgedrückt, doch die beiden lebten offenbar in einer Traumwelt. »Sei doch kein Spielverderber, Flick«, gab ihr Diana zur Antwort.

Flick schäumte vor Wut. Muss Diana unbedingt die arrogante Idiotin spielen?, dachte sie und schimpfte: »Du dumme Kuh! Ist dir nicht klar, dass man euch umlegen wird?«

Sie erkannte ihren Fehler sofort. Beschimpfungen waren hier völlig fehl am Platz. Der Trotz verstärkte Dianas anmaßendes Verhalten nur noch. »Es ist mein Leben«, sagte sie. »Wenn ich bereit bin, das Risiko auf mich zu nehmen …«

»Du bringst uns alle in Gefahr und die ganze Mission dazu. Steh sofort auf und komm mit!«

»Sieh mal …« Hinter Flick entstand Unruhe. Diana hielt mitten im Satz inne und sah an ihr vorbei.

Flick drehte sich um und hielt die Luft an.

Im Eingang stand der gut gekleidete deutsche Offizier, den sie am vergangenen Sonntag auf dem Platz in Sainte-Cécile gesehen hatte. Sie erkannte ihn mit einem Blick: eine hoch gewachsene Gestalt im eleganten dunklen Anzug mit weißem Einstecktuch in der Brusttasche.

Ihr Herz raste. Sie kehrte ihm umgehend wieder den Rücken zu und betete zum Himmel, dass er sie nicht gesehen hatte. Dank der dunklen Perücke bestand eine gute Chance, dass er sie nicht sofort wiedererkannt hatte.

Sein Name fiel ihr ein: Franck. Dieter Franck. Sie hatte eine Fotografie von ihm in Percy Thwaites Akten gefunden. Er war ein ehemaliger Kriminalinspektor. Nun fiel ihr auch wieder der Kommentar auf der Rückseite des Fotos ein: *Der Mann ist ein Star in Rommels Spionagetruppe. Gilt als Verhörspezialist und unbarmherziger Folterer …*

Zum zweiten Mal binnen einer Woche war sie ihm so nahe, dass sie ihn hätte erschießen können.

Flick glaubte nicht an Zufälle. Wenn er hier zur gleichen Zeit wie sie auftauchte, dann gab es einen Grund dafür.

Sie brauchte nicht lange auf die Erklärung zu warten. Als sie wieder hinsah, kam er mit vier Gestapo-Schergen im Schlepptau auf sie zu. Der Oberkellner lief hinter ihnen her. Panik verzerrte sein Gesicht.

Flick wandte das Gesicht ab und ging davon.

Franck steuerte direkt auf Dianas Tisch zu.

Im Saal war es schlagartig still geworden: Gäste hörten mitten im Satz zu sprechen auf; Kellner, die gerade Gemüse vorlegten, hielten abrupt inne; der Sommelier erstarrte mit der Weinkaraffe in der Hand zur Salzsäule.

Flick erreichte die Tür, wo Ruby stand und ihr zuflüsterte: »Er wird sie verhaften.« Ihre Hand fingerte nach der Pistole.

Flicks Blick kreuzte sich erneut mit dem des SS-Sturmbannführers. »Lass sie stecken«, murmelte sie Ruby zu. »Wir können nichts tun. Wir können es vielleicht mit ihm und einer Hand voll Gestapo-Kerlen aufnehmen – aber dann sind wir immer noch umzingelt von deutschen Offizieren. Selbst wenn wir alle fünf umlegen, werden wir von den anderen niedergemacht.«

Franck stellte Diana und Maude Fragen. Flick konnte nichts Genaues verstehen. In Dianas Stimme lag jene hochnäsige Gleichgültigkeit, in die sie sich immer flüchtete, wenn sie sich im Unrecht wusste. Maude schien in Tränen ausbrechen zu wollen.

Franck musste nach ihren Papieren gefragt haben, denn die beiden Frauen griffen gleichzeitig nach ihren Handtaschen, die neben ihren Stühlen auf dem Boden standen. Franck veränderte seine Position, sodass er nun schräg hinter Diana stand und ihr über die Schulter sehen konnte. Urplötzlich wusste Flick, was als Nächstes passieren würde.

Maude holte ihre Ausweispapiere aus der Handtasche, doch Diana zog ihre Waffe. Ein Schuss knallte, und einer der uniformierten Gestapo-Leute brach zusammen. Im Restaurant brach Chaos aus. Frauen kreischten, Männer suchten Deckung. Ein zweiter Schuss knallte, und ein zweiter Gestapo-Mann schrie auf. Einige Gäste rannten zum Ausgang.

Dianas Waffe zielte jetzt auf einen dritten Gestapo-Mann. Flick hatte auf einmal ein kristallklares Bild aus ihrer Erinnerung vor Augen: Diana im Wald von Somersholme, wie sie auf dem Boden saß, eine Zigarette in der Hand hielt, und um sie herum lagen lauter tote Kaninchen. Flick musste daran denken, was sie zu Diana gesagt hatte: »Du kannst töten.« Sie hatte Recht gehabt.

Aber es fiel kein dritter Schuss.

Franck hatte in der Aufregung einen kühlen Kopf behalten. Mit beiden Händen packte er Dianas rechten Unterarm und schmetterte ihr Handgelenk gegen die Tischkante. Diana schrie auf vor Schmerz und ließ die Pistole fallen. Franck zerrte sie von ihrem Stuhl, warf sie mit dem Gesicht voran auf den Teppich und rammte ihr beide Knie ins Kreuz. Dann zog er ihr die Hände auf den Rücken und legte ihr Handschellen an. Dass sie vor Schmerzen brüllte, als er an ihrem verletzten Handgelenk riss, kümmerte ihn nicht. Dann stand er auf.

Flick sagte zu Ruby: »Hauen wir ab!«

Am Eingang war ein wüstes Gedränge entstanden. Zahllose Männer und Frauen waren in Panik geraten und wollten nun alle gleichzeitig zur Tür hinaus. Noch ehe Flick sich rühren konnte, war der junge SS-Sturmbannführer, der sie so angestarrt hatte, von seinem Stuhl aufgesprungen und hatte sie am Arm gepackt. »Moment mal«, sagte er auf Französisch.

Flick bezähmte ihre eigene Panik. »Rühren Sie mich nicht an!«

Sein Griff verstärkte sich. »Sie scheinen diese beiden Frauen dort zu kennen.«

»Nein, das tu ich nicht!« Flick versuchte weiterzugehen.

Aber er riss sie zurück. »Sie bleiben gefälligst hier und beantworten uns ein paar Fragen.«

Wieder fiel ein Schuss. Mehrere Frauen kreischten auf, doch niemand schien zu wissen, woher der Schuss gekommen war. Das Gesicht des SS-Manns verzerrte sich im Todeskampf. Als er zusammensackte, sah Flick, wie Ruby, die hinter ihm stand, ihre Pistole unauffällig wieder in die Tasche ihres Regenmantels schob.

Zu zweit stürzten sie sich in das Gedränge vor der Tür, stießen rücksichtslos die Menschen beiseite und schlugen sich ins Foyer durch. Dort konnten sie losrennen, ohne besondere Aufmerksamkeit zu erregen, denn alle liefen davon.

Eine lange Reihe von Automobilen parkte am Straßenrand in der Rue Cambon, einige von ihnen unter der Obhut ihrer Chauffeure. Die meisten Fahrer waren jedoch unterwegs zum Hotel, weil sie sehen wollten, was dort los war. Flick entschied sich für einen Mercedes 230 mit Ersatzreifen auf dem Trittbrett und warf einen Blick hinein: Der Schlüssel steckte. »Steig ein!«, schrie sie Ruby zu. Sie setzte sich hinters Lenkrad und zog den Selbstanlasser. Der starke Motor erwachte grollend zum Leben. Flick legte den ersten Gang ein, drehte am Steuerrad und gab Gas. Rasch ließen sie das Ritz hinter sich zurück. Der Wagen war schwer und träge, aber stabil; bei höheren Geschwindigkeiten hatte er eine Kurvenlage wie ein Zug.

Mehrere Querstraßen entfernt vom Hotel zog sie Bilanz. Sie hatte ein Drittel ihres Teams verloren, darunter ihre beste Schützin. Sie überlegte, ob sie die Mission aufgeben sollte, und entschied sich fast noch im gleichen Atemzug dafür, weiterzumachen. Leichter wurde es dadurch nicht – im Gegenteil: Sie würde erklären müssen, warum statt der üblichen sechs nur vier Putzfrauen im Château erschienen. Eine Ausrede würde sich schon finden lassen – auch wenn die Fragen entsprechend kritischer sein würden. Flick war bereit, das Risiko einzugehen.

Den Wagen ließ sie in der Rue de la Chapelle stehen. Ruby und sie waren der unmittelbaren Gefahr entgangen.

Auf schnellstem Wege kehrten sie in ihr Hotel zurück. Ruby holte Greta und Jelly und brachte sie in Flicks Zimmer. Dort erfuhren die beiden, was passiert war.

»Diana und Maude werden garantiert sofort in die Mangel genommen«, sagte Flick. »Dieser Major Franck ist ein ebenso fähiger wie rücksichtsloser Verhörspezialist. Wir müssen davon ausgehen, dass die beiden alles erzählen, was sie wissen. Sie werden auch die Adresse unseres Hotels verraten – die Gestapo kann demnach jeden Moment hier auftauchen. Wir müssen auf der Stelle verschwinden.«

Jelly weinte. »Arme Maude«, sagte sie. »Sie war zwar eine dumme Gans, aber die Folter hat sie nicht verdient.«

Greta hielt sich an praktische Fragen. »Wo gehen wir hin?«

»Gleich nach nebenan in das Kloster. Dort nehmen sie jeden auf. Ich habe schon mal entflohene Kriegsgefangene da versteckt. Bis Tagesanbruch lassen sie uns bleiben.«

»Und dann?«

»Dann gehen wir zum Bahnhof wie geplant. Diana wird diesem Franck unsere richtigen Namen, unsere Decknamen und unsere falschen französischen Namen verraten. Unter diesen Namen wird man uns zur Fahndung ausschreiben. Gott sei Dank habe ich für jede von uns Ersatzpapiere mitgenommen. Sie sind zwar mit den gleichen Fotografien versehen, führen aber andere Namen. Von euch dreien hat die Gestapo keine Bilder, und ich habe mein Aussehen verändert, deshalb können uns die Wachen an den Kontrollstellen nicht identifizieren. Aus Sicherheitsgründen gehen wir aber nicht, wie ursprünglich geplant, gleich bei Tagesanbruch zum Bahnhof, sondern warten bis ungefähr zehn Uhr. Um diese Zeit wimmelt es dort vor Menschen.«

Jelly bemerkte: »Diana wird auch verraten, was wir vorhaben.«

»Sie wird ihnen erzählen, dass wir den Eisenbahntunnel bei Marles sprengen wollen. Aber das ist zum Glück gar nicht unser Ziel, sondern nur die Tarngeschichte, die ich in Umlauf gesetzt habe.«

»Flick, du denkst aber auch an alles!«, sagte Jelly voller Bewunderung.

»Stimmt«, erwiderte sie düster. »Deshalb bin ich ja auch noch am Leben.«

Paul Chancellor saß schon seit über einer Stunde in der trostlosen Kantine von Grendon Underwood und machte sich Sorgen um Flick. Allmählich setzte sich bei ihm die Überzeugung durch, dass Brian Standish aufgeflogen war. Der Zwischenfall in der Kathedrale von Reims, die ungewöhnliche Totalverdunkelung im Weiler Chatelle und der merkwürdig fehlerfreie dritte Funkspruch – lauter Indizien, die in ein und dieselbe Richtung deuteten.

Nach dem ursprünglichen Plan hätten Flick und ihr Team in Chatelle von Michel Clairet und den anderen Überlebenden der Gruppe Bollinger abgeholt werden müssen. Michel sollte die Dohlen ein paar Stunden in einer konspirativen Wohnung verstecken und für ihre anschließende Fahrt nach Sainte-Cécile sorgen. Nach dem erfolgreichen Anschlag auf die Fernmeldezentrale im Schloss hätte Michel sie wieder nach Chatelle gebracht, wo sie nur noch auf das Abholflugzeug hätten warten müssen. Das alles war nun hinfällig geworden – und doch benötigte Flick nach ihrer Ankunft in Reims sowohl einen Unterschlupf als auch eine Transportmöglichkeit und würde sich auf die Unterstützung der Bollinger-Zelle verlassen. Wenn aber Brian inzwischen ausgeschaltet war – gab es dann überhaupt noch jemanden aus diesem Kreis? War das Versteck wirklich sicher? War etwa auch Michel schon der Gestapo in die Hände gefallen?

Endlich kam Lucy Briggs in die Kantine und sagte: »Mrs Bevin hat mich gebeten, Ihnen mitzuteilen, dass die Antwort von Helicopter gerade entschlüsselt wird. Würden Sie bitte mit mir kommen?«

Paul folgte ihr in das winzige Zimmer – früher war das wahrscheinlich ein Schuhschrank, dachte er –, das Jean Bevin als Büro diente. Sie hielt ein Blatt Papier in der Hand und wirkte verärgert. »Ich verstehe das nicht«, sagte sie.

Paul las es rasch durch.

RUFSIGNAL HLCP (HELICOPTER)
SICHERHEITSKENNUNG VORHANDEN
3. JUNI 1944
NACHRICHT LAUTET:
ZWEI STENS PLUS JE SECHS MAGAZINE STOP
EIN LEE ENFELD PLUS ZEHN MAGAZINE
STOP SECHS COLT AUTOMATIC PLUS ZIRKA
EINHUNDERT SCHUSS STOP KEINE GRANATEN
OVER

Paul starrte den entschlüsselten Funkspruch an, als hoffe er, unter seinen entsetzten Blicken würden die Worte ihren Schrecken verlieren, aber selbstverständlich taten sie das nicht.

»Ich habe mit einer sehr aufgebrachten Reaktion gerechnet«, sagte Jean Bevin. »Aber er beschwert sich nicht einmal! Er beantwortet Ihre Fragen wie ein braver Schulbub.«

»Genau«, sagte Paul. »Und das heißt, er ist es gar nicht selber.« Der Funkspruch stammte nicht von einem gejagten Agenten im Feld, den seine bürokratischen Vorgesetzten aus heiterem Himmel mit einer völlig abwegigen Anfrage belämmerten. Die Antwort war vielmehr von einem Gestapo-Offizier verfasst worden, der sich krampfhaft darum bemühte, den Anschein gelassener Routine aufrechtzuerhalten. Der einzige Fehler war »Enfeld« statt »Enfield« – und selbst das wies auf einen Deutschen hin, denn das englische *field* hieß im Deutschen *Feld.*

Es gab keinen Zweifel mehr. Flick war in höchster Lebensgefahr.

Paul massierte sich mit der rechten Hand die Schläfe. Die Würfel waren gefallen, und er wusste, was er zu tun hatte. Die Operation stand kurz vor dem Scheitern, und er musste sie retten – sie und Flick.

Er blickte auf und erkannte, dass Jean Bevins ihn mitleidsvoll ansah. »Kann ich mal Ihr Telefon benutzen?«, fragte er.

»Selbstverständlich.«

Er wählte die Nummer in der Baker Street. Percy saß an seinem Schreibtisch. »Hier Paul. Ich bin überzeugt, dass sie Brian geschnappt haben. Sein Funkgerät wird von der Gestapo benutzt.« Er hörte, wie Jean Bevin hinter ihm abrupt die Luft anhielt.

»Hölle, Tod und Teufel!«, sagte Percy. »Ohne das Gerät können wir Flick nicht warnen.«

»Doch, können wir.«

»Wie denn?«

»Verschaffen Sie mir eine Maschine, Percy. Ich fliege nach Reims – noch heute Nacht.«

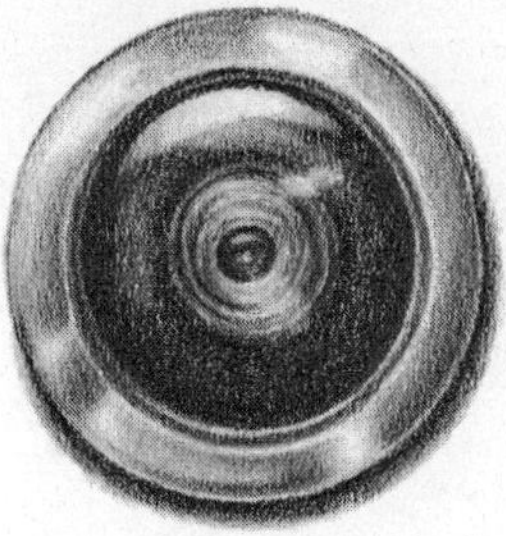

+++ achter tag +++

sonntag, 4. juni 1944

Die Avenue Foch schien für die Reichen dieser Welt gebaut worden zu sein. Die breite Prachtstraße, die vom Triumphbogen zum Bois de Boulogne führte, wurde von Ziergärten gesäumt, durch die kleine Stichstraßen zu palastartigen Häusern führten. Nummer 84 war eine prunkvolle Residenz mit einem weiten Treppenhaus, das einem fünf Stockwerke mit geschmackvollen Räumen erschloss. Die Gestapo hatte dieses Haus in ein Folterhaus verwandelt.

Dieter Franck saß in einem perfekt proportionierten Salon und betrachtete interessiert die erlesene Dekoration der Zimmerdecke. Dann schloss er die Augen und konzentrierte sich auf das bevorstehende Verhör. Es galt, den Geist zu schärfen und gleichzeitig alle menschlichen Gefühle zu betäuben.

Manchen Männern machte das Foltern von Gefangenen Spaß, Wachtmeister Becker in Sainte-Cécile zum Beispiel. Sie grinsten, wenn die Opfer vor Schmerzen schrien, bekamen Erektionen, wenn sie ihnen Wunden beibrachten, und schließlich sogar Orgasmen, wenn die Gequälten sich im Todeskampf wanden. Weil sie jedoch den Schmerz der Opfer höher bewerteten als die Informationen, die sie ihnen entlocken konnten, taugten solche Typen als Vernehmer nicht viel. Die besten Ergebnisse erzielten Männer wie er selbst, welche die ganze Prozedur aus tiefstem Herzen verabscheuten.

Er stellte sich vor, wie er tief in seinem Innern alle Gefühle in Schränke sperrte und die Türen verschloss. Von nun an waren die beiden Frauen für ihn nur noch Teile einer Maschine, die, sobald man wusste, wie man sie anstellte, Informationen ausspuckte. Wie eine imaginäre Schneedecke legte sich die vertraute Kälte über ihn, und er wusste, dass er bereit war.

»Bringen Sie mir die Ältere«, sagte er.

Leutnant Hesse ging sie holen.

Major Franck beobachtete sie genau, als sie hereinkam und sich auf den Stuhl setzte. Sie hatte kurzes Haar und breite Schultern und trug ein Kostüm im Herrenschnitt. Ihre rechte Hand hing schlaff herunter, und sie stützte den geschwollenen Unterarm mit der Linken: Er hatte ihr im Ritz das Handgelenk gebrochen. Die Frau litt offenkundig unter großen Schmerzen; ihr Gesicht war blass und glänzte vor Schweiß, doch ihre Lippen waren in finsterer Entschlossenheit fest zusammengepresst.

Er sprach sie auf Französisch an. »Alles, was in diesem Raum hier geschieht, liegt in Ihrer Hand«, erklärte er. »Die Entscheidungen, die Sie treffen, die Dinge, die Sie sagen, werden Ihnen entweder unerträgliche Schmerzen eintragen oder Erleichterung bringen. Es liegt ganz und gar bei Ihnen.«

Sie gab keine Antwort. Sie hatte zwar Angst, doch von Panik war ihr nichts anzumerken. Eine harte Nuss, dachte er, das sehe ich jetzt schon.

»Erzählen Sie mir doch zuerst einmal«, sagte er, »wo genau in London das Hauptquartier der Special Operations Executive ist.«

»Regent Street 81«, sagte sie.

Franck nickte. »Ich will Ihnen etwas erklären: Mir ist natürlich klar, dass die SOE ihre Agenten anweist, bei einem Verhör nicht zu schweigen, sondern mit Lügen zu antworten, die schwer nachzuweisen sind. Da ich dies nun einmal weiß, werde ich Ihnen viele Fragen stellen, auf die ich die richtigen Antworten bereits kenne. So kann ich feststellen, ob Sie mich belügen. Also, wo in London befindet sich das Hauptquartier?«

»Carlton House Terrace.«

Er ging zu ihr und schlug ihr mit aller Kraft ins Gesicht. Sie schrie auf vor Schmerz, und ihre Wange lief flammend rot an. Ein Schlag ins Gesicht, gleich zu Beginn des Verhörs, erwies sich meistens als nützlich. Er tat nicht allzu weh, demonstrierte den Gefangenen jedoch auf demütigende Weise ihre Hilflosigkeit und nahm ihnen den anfänglichen Mut.

Diese Frau hier jedoch sah ihn trotzig an. »Ist das die Art, wie deutsche Offiziere mit Damen umgehen?«

Sie hatte eine hochmütige Ader, und ihr Französisch klang nach Oberklasse. Franck hielt sie für eine Aristokratin. »Damen?«, sagte er vorwurfsvoll. »Sie haben zwei Polizisten erschossen, die lediglich ihre Pflicht taten. Spechts junge Frau ist jetzt Witwe, und die Eltern Rollmann haben ihr einziges Kind verloren. Da Sie kein Soldat in Uniform sind, haben Sie nicht die geringste Entschuldigung für Ihre Tat. Doch um Ihre Frage zu beantworten: Nein, das ist nicht die Art, wie wir mit Damen umgehen. Es ist die Art, wie wir mit Mörderinnen umgehen.«

Sie wandte den Blick ab. Seine Bemerkung hatte sie getroffen. Nach und nach würde er ihre moralischen Grundsätze aushöhlen.

»Sagen Sie mir etwas anderes«, sagte er. »Wie gut kennen Sie Felicity Clairet?«

Vor Überraschung riss sie unwillkürlich die Augen weit auf und verriet sich damit. Franck wusste jetzt, dass seine Vermutung stimmte. Die beiden Frauen gehörten zu Major Clairets Gruppe. Die Gefangene hatte einen zweiten Dämpfer erhalten.

Aber sie fasste sich schnell wieder und sagte: »Ich kenne niemanden, der so heißt.«

Er holte aus und stieß ihre linke Hand weg. Sie schrie auf vor Schmerz, als das gebrochene Handgelenk seine Stütze verlor und herabsackte. Franck packte die verletzte rechte Hand und riss brutal an ihr. Die Gefangene heulte auf.

»Warum, um Himmels willen, haben Sie im Ritz zu Abend gegessen?«, fragte er und ließ die Hand los.

Sie hörte auf zu wimmern, und er wiederholte seine Frage. Sie holte tief Luft und antwortete: »Ich mag das Essen dort.«

Sie war noch zäher, als er sie eingeschätzt hatte. »Bringen Sie sie weg«, befahl er Hesse. »Und holen Sie die andere.«

Die Jüngere war recht hübsch. Bei der Verhaftung hatte sie keinen Widerstand geleistet, weshalb sie immer noch ganz präsentabel aussah. Ihre Kleidung war ordentlich, das Make-up unverschmiert. Sie machte einen erheblich verängstigteren Eindruck als ihre Kollegin. Franck stellte ihr die gleiche Frage, die er auch der Älteren gestellt hatte: »Warum haben Sie im Ritz zu Abend gegessen?«

»Ich wollte da schon immer mal hin«, lautete die Antwort.

Franck glaubte seinen Ohren nicht zu trauen. »Hatten Sie keine Angst, dass das zu gefährlich sein könnte?«

»Ich dachte, Diana wird schon auf mich aufpassen.«

Die andere hieß also Diana. »Wie heißen Sie?«

»Maude.«

Das ging ja geradezu verdächtig leicht. »Und was machen Sie in Frankreich, Maude?«

»Wir sollen irgendwas in die Luft sprengen.«

»Was denn?«

»Ich weiß es nicht mehr genau. Kann es sein, dass es etwas mit Eisenbahnen zu tun hat?«

Wollte die ihn an der Nase herumführen? Er versuchte es mit einer anderen Frage. »Wie lange kennen Sie Felicity Clairet schon?«

»Sie meinen Flick? Erst seit ein paar Tagen. Sie ist furchtbar rechthaberisch.« Dann schien ihr etwas einzufallen. »Obwohl sie tatsächlich Recht hatte – wir hätten nicht ins Ritz gehen sollen.« Sie fing an zu weinen. »Ich wollte doch nichts Böses tun. Ich wollte doch bloß ein bisschen Spaß haben und mal was anderes sehen, mehr wollte ich doch gar nicht.«

»Wie lautet der Deckname Ihrer Gruppe?«

»Die Amseln«, sagte sie auf Englisch.

Franck runzelte die Stirn. Der Funkspruch an Helicopter hatte sie als *Dohlen* bezeichnet. »Wissen Sie das genau?«

»Ja. Es hängt mit irgendeinem Gedicht zusammen. *Die Amsel von Reims* heißt es, glaube ich … Nein, *Die Dohle von Reims*, so heißt es.«

Entweder sie strotzte vor Dummheit – oder sie war eine sehr gute Schauspielerin. »Was glauben Sie, wo Flick jetzt ist?«

Maude dachte nach und sagte nach einer längeren Pause: »Ich habe nicht die geringste Ahnung.«

Dieter Franck seufzte laut vor Unzufriedenheit. Die eine Gefangene war knallhart und schwieg, die andere quatschte zwar, war aber zu blöd, um irgendetwas Nützliches von sich zu geben. Das wird länger dauern, als ich dachte, sagte er sich.

Doch vielleicht ließ sich die Prozedur abkürzen. Er fragte sich, in welcher Beziehung diese beiden Frauen zueinander standen. Wieso setzt die Ältere, dieses dominante Mannweib, ihr Leben aufs Spiel, indem es diesen hübschen Hohlkopf zum Abendessen ins Ritz ausführt? Vielleicht geht meine schmutzige Fantasie mit mir durch … Andererseits …

»Bringen Sie sie weg«, befahl er auf Deutsch. »Und stecken Sie sie zu der anderen in die Zelle. Und zwar in einen Raum, den wir überwachen können.«

Hesse befolgte den Befehl. Danach führte er Franck in eine kleine Kammer auf dem Dachboden. Ein Guckloch ermöglichte einen Blick in den Nebenraum. Die beiden Frauen saßen Seite an Seite auf der Kante des schmalen Bettes. Maude weinte, und Diana tröstete sie. Diana hatte ihre rechte Hand mit dem gebrochenen Gelenk in den Schoß gelegt. Mit der Linken strich sie Maude übers Haar. Sie sprach leise auf die Jüngere ein, ohne dass Franck ihre Worte hätte verstehen können.

Wie eng war die Beziehung zwischen den beiden? Waren sie Waffenschwestern? Busenfreundinnen? Oder war da mehr …? Diana beugte sich vor und küsste Maude auf die Stirn. Das besagte nicht viel. Dann legte Diana ihren Zeigefinger unter Maudes Kinn, drehte das Gesicht der Jüngeren zu sich und küsste sie auf die Lippen. Eine Geste des Trostes – aber doch wohl ein wenig zu intim für normale Freundinnen, oder?

Doch dann leckte Diana mit der Zungenspitze die Tränen von Maudes Wangen. Das gab für Franck den Ausschlag. Ein Vorspiel war das nicht – kein Mensch dachte unter solchen Umständen an Sex –, aber solchen Trost bot man nicht einer Freundin, sondern einer Geliebten. Diana und Maude waren Lesbierinnen.

Und damit war Major Francks Problem gelöst.

»Bringen Sie mir nochmal die Ältere rein«, befahl er und kehrte in den Verhörraum zurück

Er ließ Diana an den Stuhl fesseln. »Stellen Sie den Apparat bereit!« Ungeduldig wartete er, bis die Elektroschock-Maschine auf einem fahrbaren Tischchen hereingerollt und an eine Steckdose in der Wand angeschlossen war. Mit jeder Minute, die verstrich, wuchs der Vorsprung von Felicity Clairet.

Schließlich war alles bereit. Franck packte Dianas Haare mit der Linken, sodass sie den Kopf nicht bewegen konnte, und befestigte zwei Krokodilklemmen an ihrer Unterlippe.

Dann drehte er den Strom an, und Diana fing an zu schreien. Er wartete zehn Sekunden und drehte den Strom wieder ab.

Als sie nur noch leise schluchzte, sagte er: »Das war noch nicht einmal halbe Kraft.« Es stimmte. Die volle Stromstärke hatte er bisher nur selten eingesetzt. Nach langen Folterungen, wenn der Gefangene immer wieder in Ohnmacht fiel, diente der Elektroschock dazu, ins schwindende Bewusstsein des Subjekts vorzudringen. Meistens war es dann aber schon zu spät, weil zu diesem Zeitpunkt die Schwelle zum Wahnsinn bereits überschritten war.

Doch das wusste Diana nicht.

»Nicht noch einmal«, bettelte sie. »Bitte, bitte nicht noch einmal.«

»Sind Sie also bereit, mir meine Fragen zu beantworten?«

Diana stöhnte, sagte aber nicht ja.

»Holen Sie die andere«, befahl Franck.

Diana hielt den Atem an.

Leutnant Hesse führte Maude herein und fesselte sie an einen zweiten Stuhl.

»Was wollen Sie denn von mir?«, heulte Maude.

»Kein Wort«, sagte Diana zu ihr. »Das ist das Beste.«

Maude trug eine leichte Sommerbluse. Sie hatte eine hübsche, schlanke Figur mit vollen Brüsten. Franck riss ihr die Bluse auf, sodass die Knöpfe nach allen Seiten absprangen.

»Bitte nicht!«, jammerte Maude. »Ich sage Ihnen alles!«

Unter der Bluse trug sie ein Baumwollhemdchen mit Spitzenbesatz. Franck packte es am Ausschnitt und riss es ihr herunter. Maude kreischte auf.

Franck trat einen Schritt zurück und betrachtete sie. Maudes Brüste waren rund und fest. Wirklich hübsch, dachte er, diese Diana muss ganz verliebt in sie sein …

Er löste die Krokodilklemmen von Dianas Unterlippe und befestigte sie an Maudes kleinen rosa Brustwarzen. Dann ging er an den Apparat und legte die Hand auf den Schalter.

»Hören Sie auf«, sagte Diana ruhig. »Ich sage Ihnen alles, was Sie wissen wollen.«

Für den Eisenbahntunnel bei Marles ordnete Major Franck schwere Bewachung an. Sollten die Dohlen sich tatsächlich bis dorthin durchschlagen, war vor den Tunneleinfahrten Schluss. Felicity Clairet, davon war er überzeugt, würde ihr Ziel nicht erreichen. Aber das war zweitrangig. Er brannte vor Ehrgeiz, diese Frau zu schnappen und zu verhören.

Es war zwei Uhr morgens und schon Sonntag. Dienstagnacht war Vollmond. Die Invasion stand womöglich unmittelbar bevor. Doch in den wenigen verbleibenden Stunden konnte Franck dem französischen Widerstand das Rückgrat brechen – vorausgesetzt, es gelang ihm, diese Clairet in eine seiner Folterkammern zu bekommen. Ihm genügten die Namen und Adressen, die sie im Kopf hatte. Überall in Frankreich konnte dann sofort die Gestapo in Aktion treten, insgesamt Tausende von gut gedrillten Männern. Nicht unbedingt die Hellsten, aber wie man jemanden festnahm, wussten sie. Innerhalb von zwei Stunden konnten sie Hunderte von Résistance-Kadern hinter Schloss und Riegel bringen. Der groß angelegte Aufstand hinter den deutschen Linien, von dem sich die Alliierten bei der Invasion zweifellos Unterstützung erhofften, würde dann im Keim erstickt, sodass die deutschen Truppen in Ruhe und Ordnung ihren Gegenschlag organisieren und die Invasoren ins Meer zurückjagen konnten.

Er hatte einen Gestapo-Trupp losgeschickt, der im Hôtel de la Chapelle eine Razzia vornehmen sollte, aber das war eigentlich bloß eine Formsache: Franck war sicher, dass die Clairet mit den drei restlichen Frauen sofort nach der Verhaftung der beiden Agentinnen im Ritz das Weite gesucht hatte. Bloß: Wo waren sie jetzt? Für einen Angriff auf Marles blieb Reims nach wie vor der beste Ausgangspunkt – deshalb hatten sie ja ursprünglich auch dort in der Nähe landen wollen. Franck nahm an, dass sie ihr Ziel nicht geändert hatten und folglich immer noch nach Reims wollten. Die Stadt lag sowohl an der Straßenverbindung als auch an der Eisenbahntrasse nach Marles, und möglicherweise gab es noch den einen oder anderen Helfer aus dem Umfeld der Bollinger-Zelle, mit dem sie rechnen konnten.

Ich gehe jede Wette ein, dass sie sich in diesem Augenblick auf dem Weg von Paris nach Reims befinden, dachte er.

Er erließ Order, jede Gestapo-Kontrolle zwischen den beiden Städten mit den Einzelheiten über die falschen Personalpapiere zu versorgen, die die Leopardin und ihre Dohlen benutzten. Aber auch das war nicht viel mehr als eine Formsache: Diese Frauen besaßen entweder Ersatzpapiere, oder sie würden Mittel und Wege finden, die Kontrollen zu umgehen.

Er rief in Reims an, ließ Weber aus dem Bett holen und erklärte ihm die Lage. Ausnahmsweise schoss Weber diesmal nicht quer, sondern erklärte sich bereit, je zwei Gestapo-Leute zur Bewachung der Häuser von Michel Clairet und Gilberte Duval abzustellen. Eine dritte Patrouille wurde zum Schutze Stéphanies in die Rue du Bois geschickt.

Als er spürte, wie sich ein neuer Migräneanfall ankündigte, rief Dieter Franck bei Stéphanie an. »Die englischen Spione sind unterwegs nach Reims«, erklärte er ihr. »Ich schicke dir zwei Mann, die auf dich aufpassen werden.«

Sie blieb gelassen wie eh und je. »Vielen Dank.«

»Aber es ist wichtig, dass du auch weiterhin den Treffpunkt aufsuchst.« Wenn er Glück hatte, ahnte die Clairet noch gar nicht, wie weit er die Bollinger-Zelle bereits infiltriert hatte, und lief ihm direkt in die Arme. »Denk dran«, erinnerte er Stéphanie, »wir haben den Treffpunkt von der Krypta in der Kathedrale ins Café de la Gare verlegt. Lässt sich dort wer blicken, bring ihn – oder sie – mit deinem Wagen sofort in die Rue du Bois, so wie du es mit Helicopter gemacht hast. Die Gestapo erledigt dann den Rest.«

»Alles klar.«

»Wirklich? Ich habe das Risiko für dich so stark reduziert wie möglich, aber die Sache bleibt trotzdem gefährlich.«

»Das klappt schon. Du klingst, als hättest du Migräne.«

»Sie fängt gerade an.«

»Hast du deine Medikamente?«

»Hans hat sie.«

»Schade, dass ich nicht bei dir bin und sie dir selbst verabreichen kann.«

Das fand er auch. »Eigentlich wollte ich noch heute Nacht

wieder nach Reims zurückfahren, aber ich glaube, ich schaffe es nicht.«

»Untersteh dich! Ich komme schon klar. Lass dir eine Spritze geben und leg dich hin. Es reicht, wenn du morgen kommst.«

Sie hatte natürlich Recht. Allein die Rückkehr in seine Wohnung, die nicht einmal einen Kilometer entfernt war, würde ihm schwer genug fallen. Nach Reims konnte er erst fahren, wenn er sich von der Belastung durch das Verhör erholt hatte. »Na schön«, sagte er. »Ich schlafe ein paar Stunden und fahre morgen früh hier ab.«

»Alles Gute zum Geburtstag.«

»Du hast daran gedacht! Ich hatte ihn ganz vergessen.«

»Ich hab sogar was für dich.«

»Ein Geschenk?«

»Eher so was wie … etwas Persönliches.«

Er musste trotz seiner Kopfschmerzen grinsen. »Junge, Junge.«

»Morgen kriegst du' s.«

»Ich kann's kaum erwarten.«

»Ich liebe dich.«

Er wollte schon sagen: *Ich dich auch*, doch aus alter Gewohnheit zögerte er, die Worte auszusprechen.Und schon klickte es in der Leitung – Stéphanie hatte aufgelegt.

In den frühen Morgenstunden des Sonntags sprang Paul Chancellor über einem Kartoffelacker unweit des westlich von Reims gelegenen Dorfes Laroque mit dem Fallschirm ab. Der Vorzug – oder das Risiko – eines Empfangskomitees wurde ihm dabei nicht zuteil.

Bei der Landung fuhr ihm ein grauenhafter Schmerz durch sein verwundetes Knie. Er biss die Zähne zusammen, blieb reglos auf dem Boden liegen und wartete ab, bis es besser wurde.

Das Knie wird mir wohl bis an mein Lebensende zu schaffen machen, dachte er. Wenn ich ein alter Mann bin, werde ich wahrscheinlich jedes Mal, wenn es mich zwickt, sagen, dass wir bald Regen bekommen – vorausgesetzt, ich werde ein alter Mann …

Erst nach fünf Minuten fühlte er sich in der Lage, sich aufzurappeln und von seinen Fallschirmgurten zu befreien. Er fand die Straße, orientierte sich an den Sternen und machte sich auf den Weg. Aber er hinkte schwer und kam nur langsam voran.

Nach seiner Legende, die Percy Thwaite ihm hastig zurechtgebastelt hatte, war er ein Lehrer aus Epernay, das ein paar Kilometer weiter im Westen lag. Er war per Anhalter unterwegs nach Reims, um seinen kranken Vater zu besuchen. Percy hatte ihm die erforderlichen falschen Papiere beschafft. Sie waren in der vergangenen Nacht in großer Eile hergestellt und per Motorradkurier nach Tempsford geschickt worden. Das Hinkebein passte recht gut zu der Legende: Ein verwundeter Veteran konnte ohne weiteres Lehrer sein – ein gesunder junger Mann musste damit rechnen, in ein Arbeitslager nach Deutschland geschickt zu werden.

Der Flug und die Landung waren noch der leichteste Teil seines Vorhabens gewesen. Als Nächstes musste er Flick finden, und die einzige Chance, mit ihr Kontakt aufzunehmen, führte über die Bollinger-Zelle. Er musste darauf hoffen, dass der Kreis wenigstens zu Teilen noch intakt war und allein Brian der Gestapo in die Hände gefallen war. Wie jeder neue Agent, der bei Reims abgesetzt wurde, würde er sich an Mademoiselle Lemas wenden – allerdings unter besonderen Sicherheitsvorkehrungen.

Es war gerade erst hell geworden, als er ein Fahrzeug kommen hörte. Er verließ die Straße und verbarg sich hinter einer Reihe von Weinstöcken. Der Fahrzeuglärm wurde lauter, und Paul merkte, dass es sich um einen Traktor handeln musste. Es bestand demnach kaum Gefahr, denn die Gestapo fuhr garantiert nicht auf Traktoren durch die Gegend. Er verließ sein Versteck, humpelte noch ein paar Schritte, stellte sich dann an den Straßenrand und hob den Daumen.

Der Traktorfahrer war ein Junge von etwa fünfzehn Jahren, der einen Anhänger voller Artischocken transportierte. Mit einer Kopfbewegung deutete er auf Pauls Bein und fragte: »Kriegsverletzung?«

»Ja«, sagte Paul. Und da sich ein französischer Soldat eine Verwundung wohl am ehesten in der Schlacht um Frankreich zugezogen hatte, fügte er hinzu: »Vierzig, bei Sedan.«

»Da war ich noch zu jung«, sagte der Junge bedauernd.

»Glück gehabt.«

»Aber warten Sie bloß, bis die Alliierten kommen. Dann bin ich auch dabei.« Er streifte Paul mit einem Seitenblick. »Mehr darf ich nicht verraten. Aber warten Sie 's bloß ab.«

Paul dachte nach. War dieser Knabe vielleicht ein Mitglied der Résistance? »Haben wir denn überhaupt genug Waffen und Munition für so was?«, fragte er. Wenn der Junge auch nur die geringste Ahnung hatte, dann musste er wissen, dass die Alliierten in den vergangenen Monaten Tonnen von Waffen und Munition über Frankreich abgeworfen hatten.

»Wir benutzen jede Waffe, die uns in die Hände kommt.«

War der Junge nur verschwiegen? Nein, entschied Paul insgeheim. Dazu war sein Blick zu unstet. Er gab sich nur irgendwelchen Wunschträumen hin. Paul verzichtete auf einen weiteren Kommentar.

Der Junge setzte ihn am Stadtrand ab. Humpelnd setzte Paul seinen Weg fort. Der Treffpunkt war zwar ins Café de la Gare verlegt worden, doch der Zeitpunkt war der gleiche geblieben, drei Uhr nachmittags. Er hatte noch stundenlang Zeit totzuschlagen.

Er betrat das Café, um zu frühstücken und sich ein wenig umzusehen. Er bestellte einen *café noir.* Der nicht mehr ganz junge Ober zog die Augenbrauen hoch, und Paul merkte, dass ihm ein Schnitzer unterlaufen war. »Das *schwarz* hätte ich mir wohl sparen können«, fügte er, auf Wiedergutmachung bedacht, hinzu. »Milch haben Sie wahrscheinlich ohnehin keine.«

Der Kellner lächelte beruhigt. »Leider nein«, sagte er und ging.

Paul atmete tief durch. Es war schon acht Monate her, seit er zum letzten Mal als Agent in Frankreich gewesen war, und er wusste schon gar nicht mehr, wie anstrengend es war, jede Sekunde daran zu denken, dass man eine Rolle spielte.

Den Vormittag verbrachte er in der Kathedrale und döste sich durch mehrere Gottesdienste. Gegen halb zwei ging er wieder in das Café und aß dort zu Mittag. Eine Stunde später begann sich das Lokal zu leeren. Paul blieb sitzen und trank Ersatzkaffee. Um Viertel vor drei kamen zwei Männer herein und bestellten Bier. Paul musterte sie gründlich. Sie trugen Anzüge wie Geschäftsleute und unterhielten sich im Dialekt der Region über den Weinbau. Besonders kenntnisreich verbreiteten sie sich über die Weinblüte, eine kritische Zeit, die soeben zu Ende gegangen war. Dass die beiden von der Gestapo waren, konnte sich Paul nicht vorstellen.

Punkt drei Uhr betrat eine große, attraktive Frau das Café. Ihre Kleidung war von unaufdringlicher Eleganz – ein Sommerkleid aus einfarbig grüner Baumwolle, dazu ein Strohhut. An den Füßen trug sie zwei verschiedene Schuhe: Der eine war schwarz, der andere braun. Das musste Bourgeoise sein.

Paul war ein wenig überrascht, denn er hatte eine ältere Frau erwartet – aber für diese Annahme gab es offensichtlich keinen Grund: Flick hatte Bourgeoise nie konkret beschrieben.

Trotzdem war er noch nicht bereit, ihr zu vertrauen. Er stand auf, zahlte, verließ das Café, ging zum Bahnhof und stellte sich dort in den Eingang, von wo aus er das Café im Auge behalten konnte. Er fiel hier nicht auf: Wie auf Bahnhöfen üblich, lungerten auch hier zahlreiche Leute herum, die auf Freunde warteten oder jemanden vom Zug abholen wollten.

Er beobachtete die Kundschaft des Cafés. Eine Frau mit einem quengelnden Kind kam vorbei. Es wollte unbedingt ein Teilchen. Vor dem Café-Eingang gab die Mutter nach und ging mit dem Kind hinein. Die beiden Weinbauexperten kamen heraus. Ein Gendarm trat ein und erschien wenig später mit einem Päckchen Zigaretten in der Hand wieder auf der Straße.

Allmählich verdichtete sich in Paul die Überzeugung, dass die Gestapo hier keine Falle gestellt hatte. Weit und breit war niemand in Sicht, der auch nur im Geringsten gefährlich wirkte. Mit dem Wechsel des Treffpunkts war es offenbar gelungen, die Verfolger abzuschütteln.

Nur eines störte Paul noch. Als Brian Standish in der Kathedrale geschnappt wurde, hatte Charenton ihn gerettet, der Cousin von Bourgeoise. Wo blieb der heute? Wenn er in der Kathedrale auf seine Cousine aufpasste – warum dann nicht auch hier? Aber die Umstände als solche waren ja nicht gefährlich. Es gab Hunderte von banalen Erklärungen für Charentons Abwesenheit.

Die Mutter mit ihrem Kind kam wieder aus dem Café. Und schließlich, es war schon halb vier, kam auch Bourgeoise wieder heraus. Sie entfernte sich über den Bürgersteig in die vom Bahnhof wegführende Richtung. Paul folgte ihr auf der anderen Straßenseite. Vor einem kleinen schwarzen Wagen mit italienisch anmutender Karosserie – die Franzosen nannten ihn Simca Cinq – blieb sie stehen. Paul überquerte die Straße. Die Frau stieg ein und ließ den Motor an.

Der Augenblick der Entscheidung war gekommen. Paul war sich zwar immer noch nicht absolut sicher, hatte aber alle Vorsichtsmaßnahmen ausgeschöpft. Das Einzige, was er jetzt noch tun konnte, war, das Rendezvous gänzlich platzen zu lassen. Irgendwann kam immer der Punkt, wo man ein Risiko eingehen musste. Ohne Risikobereitschaft hätte er auch zu Hause bleiben können.

Er schloss zu dem Kleinwagen auf und öffnete die Beifahrertür.

Die Frau sah ihn kühl an. »Monsieur?«

»Beten Sie für mich«, erwiderte er.

»Ich bete für den Frieden.«

Paul stieg ein und ließ sich spontan einen Decknamen einfallen: »Ich bin Danton.«

Die Frau fuhr an. »Warum haben Sie mich nicht schon im Café angesprochen?«, fragte sie. »Ich habe Sie gleich beim Hereinkommen gesehen – und Sie lassen mich eine halbe Stunde warten. Das ist gefährlich.«

»Ich wollte mir nur sicher sein, dass es keine Falle war.«

Sie drehte sich kurz zu ihm um und sah ihn an. »Sie haben gehört, was mit Helicopter passiert ist.«

»Ja. Wo ist denn Ihr Cousin, der ihn gerettet hat, dieser Charenton?«

Sie bog in eine Straße ab, die nach Süden führte und gab Gas. »Er muss heute arbeiten.«

»An einem Sonntag? Was macht er denn?«

»Er ist bei der Feuerwehr. Heute hat er Dienst.«

Das klang glaubhaft. Paul steuerte nun rasch auf den eigentlichen Zweck seines Besuchs zu. »Wo ist Helicopter?«

Sie schüttelte den Kopf. »Keine Ahnung. Mein Haus ist nur eine Durchlaufstation. Ich nehme die Leute in Empfang und reiche sie an Monet weiter. Mehr darf ich gar nicht wissen.«

»Ist Monet wohlauf?«

»Ja. Er hat mich am Dienstagnachmittag angerufen und wegen Charenton nachgefragt.«

»Seitdem hat er sich nicht mehr gemeldet?«

»Nein. Aber das ist nicht ungewöhnlich.«

»Wann haben Sie ihn zum letzten Mal gesehen?«

»Persönlich? Noch nie.«

»Haben Sie eine Nachricht von der Leopardin bekommen?«

»Nein.«

Während der Wagen durch die Vororte kurvte, geriet Paul ins Grübeln. Bourgeoise konnte ihm kaum etwas sagen. Er musste sich an das nächste Glied in der Kette wenden.

Sie parkte in einem Hof neben einem hohen Haus. »Kommen Sie rein und machen Sie sich frisch«, sagte sie.

Paul stieg aus. So weit schien alles seine Ordnung zu haben: Bourgeoise war am richtigen Treffpunkt gewesen, hatte sich mit den richtigen Signalen identifiziert, und niemand war ihr gefolgt. Andererseits hatte sie ihm keine brauchbaren Informationen gegeben, und er wusste weder, wie weit die Bollinger-Zelle infiltriert war, noch konnte er die Gefahr einschätzen, in der Flick sich befand. Während Bourgeoise ihn zur Haustür führte und aufschloss, tastete er nach der hölzernen Zahnbürste in seiner Hemdtasche: Sie war in Frankreich hergestellt, deshalb hatte er sie mitnehmen dürfen. Und plötzlich hatte er eine Eingebung: Während Bourgeoise ins Haus ging, zog er die Zahnbürste aus der Tasche und ließ sie direkt vor der Haustür auf den Boden fallen.

Dann trat er ebenfalls ein. »Ein großes Haus«, sagte er. Die Tapeten waren dunkel und altmodisch, die Möbel klobig und schwer. Das passte gar nicht zu dieser Frau. »Wohnen Sie schon lange hier?«

»Ich habe es vor drei oder vier Jahren geerbt. Ich würde es gerne renovieren, aber man bekommt ja nichts.« Sie öffnete eine Tür und trat einen Schritt beiseite, damit er als Erster durchgehen konnte. »Kommen Sie in die Küche.«

Paul trat ein und sah zwei Männer in Uniform. Beide hielten Pistolen in der Hand. Und beide Waffen waren auf Paul gerichtet.

Dieter Franck hatte auf der Route Nationale 3 zwischen Paris und Meaux eine Autopanne. Ein krummer Nagel steckte im Reifen. Der Aufenthalt ärgerte den Major; rastlos schritt er am Straßenrand auf und ab. Leutnant Hesse setzte den Wagenheber an und wechselte den Reifen mit ruhiger Effizienz. Ein paar Minuten später waren sie auch schon wieder unterwegs.

Franck hatte unter dem Einfluss der Morphiumspritze, die ihm Hesse in den frühen Morgenstunden gegeben hatte, verschlafen. Voller Ungeduld beobachtete er, wie das öde Industriegebiet östlich von Paris allmählich in eine bäuerlich geprägte Landschaft überging. Er konnte es kaum erwarten, nach Reims zu kommen. Er hatte Felicity Clairet eine Falle gestellt und musste unbedingt an Ort und Stelle sein, wenn sie hineintappte.

Der große Hispano-Suiza flog über die von Pappeln gesäumte schnurgerade Straße, deren Trasse vermutlich schon von den Römern gebaut worden war. Zu Beginn des Krieges hatte Franck geglaubt, das Dritte Reich würde so etwas werden wie einst das Römische Reich, eine europäische Hegemonialmacht, die all ihren Untertanen beispiellosen Frieden und Wohlstand bescheren würde. Inzwischen war er sich seiner Sache nicht mehr so sicher.

Er machte sich große Sorgen um seine Geliebte. Stéphanie war in Gefahr, und er war dafür verantwortlich. Aber in Zeiten wie diesen war jedermanns Leben gefährdet. Der moderne Krieg schickte die gesamte Bevölkerung an die Front. Die einzige Chance, Stéphanie, sich selbst und seine Familie in Deutschland zu schützen, bestand darin, die Invasion zurückzuschlagen. Dennoch gab es Momente, in denen er sich schwerste Vorwürfe machte, dass er seine Freundin so sehr in seine Tätigkeit mit einbezogen hatte. Er spielte ein riskantes Spiel und setzte Stéphanie dabei in einer sehr exponierten Position ein.

Die Kämpfer der Résistance machten keine Gefangenen. Da sie selbst in ständiger Todesgefahr lebten, hatten sie keine

Skrupel, Franzosen, die mit dem Feind kollaborierten, umzubringen.

Der Gedanke, Stéphanie könnte getötet werden, schnürte Franck die Brust ein und erschwerte ihm das Atmen. Ein Leben ohne sie konnte er sich kaum noch vorstellen. So bedrückend war diese Vision, dass es nur eine Erklärung gab: Er hatte sich in Stéphanie verliebt.

Bisher hatte er sich immer eingeredet, sie sei nichts weiter als eine schöne Kurtisane, die er auf dieselbe Weise benutzte, wie Männer solche Frauen seit jeher benutzten. Jetzt erkannte er, dass er sich etwas vorgemacht hatte. Sein Wunsch, endlich nach Reims zu kommen und ihr zur Seite stehen zu können, wurde immer drängender.

Es war Sonntagnachmittag, daher herrschte nur wenig Verkehr auf der Straße. Sie kamen schnell voran.

Eine knappe Fahrtstunde vor Reims hatten sie den nächsten Platten. Franck hätte vor Wut und Hilflosigkeit schreien können. Wieder war ein krummer Nagel daran schuld. Liegt das an der schlechten Qualität dieser Kriegsreifen?, fragte er sich. Oder werfen die Franzosen mit voller Absicht ihre alten Nägel auf die Straßen, weil sie wissen, dass neun von zehn Fahrzeugen der Besatzungsmacht gehören?

Da der Wagen nur einen Ersatzreifen hatte, musste der Reifen geflickt werden, bevor sie weiterfahren konnten. Sie ließen das Fahrzeug stehen und gingen zu Fuß. Nach etwas mehr als einem Kilometer kamen sie zu einem Bauernhaus. Eine große Familie saß um einen Tisch herum, auf dem die Reste eines üppigen Sonntagsmahls zu erkennen waren: Es gab noch Käse und Erdbeeren, dazwischen standen mehrere leere Weinflaschen. Die einzigen wohlgenährten Franzosen waren die Bauern. Franck nahm sich den Hausherrn vor und setzte ihn so massiv unter Druck, bis er endlich sein Pferd vor den Karren spannte und ihn und Hesse ins nächste Städtchen kutschierte.

Am Stadtplatz stand eine einsame Tanksäule auf dem Trottoir vor der Werkstatt eines Stellmachers, und im Fenster lehnte ein Schild mit der Aufschrift *Fermé*. Sie hämmerten so lange gegen die Tür, bis der mürrische *garagiste* aus seinem Nachmittagsschläfchen erwachte. Der Mechaniker setzte einen uralten Laster in Bewegung und fuhr mit Hesse auf dem Nebensitz davon.

Dieter Franck saß derweilen im Wohnzimmer der Mechanikerfamilie und musste sich von drei kleinen Kindern in zerlumpten Kleidern begaffen lassen. Die Gattin des Mechanikers, eine müde Frau mit ungewaschenen Haaren, werkelte in der Küche herum, bot ihm aber nicht einmal ein Glas Leitungswasser an.

Unwillkürlich musste Dieter wieder an Stéphanie denken. Im Flur stand ein Telefon. Franck steckte den Kopf in die Küche und fragte höflich: »Darf ich von Ihrem Apparat aus ein Gespräch führen? Selbstverständlich bezahle ich dafür.«

Die Frau funkelte ihn feindselig an. »Wohin denn?«

»Nach Reims.«

Sie nickte, warf einen Blick auf die Uhr, die auf dem Kamin stand, und notierte sich die Zeit.

Franck nannte dem Fräulein vom Amt die Nummer des Hauses in der Rue du Bois und wurde sofort vermittelt. Eine barsche Frauenstimme meldete sich, indem sie im örtlichen Dialekt die angewählte Telefonnummer wiederholte. Franck war sofort hellwach und reagierte schnell: »Hier Charenton«, sagte er.

Die Stimme am anderen Ende verwandelte sich ohne Vorwarnung in die Stéphanies: »Hallo, *mon cher*«, sagte sie.

Franck fiel ein Stein vom Herzen: Sie hatte vorsichtshalber Mademoiselle Lemas imitiert. »Ist bei dir alles in Ordnung?«, fragte er.

»Ich habe schon wieder einen feindlichen Spion für dich gefangen«, erwiderte sie kühl.

Ihm blieb die Spucke weg. »Mein Gott … gut gemacht! Wie ist das passiert?«

»Ich hab ihn im Café de la Gare aufgelesen und hierher gebracht.«

Franck schloss die Augen. Wenn irgendetwas schief gegangen wäre und sie auch nur einen kleinen Fehler gemacht und damit den Argwohn des Agenten erweckt hätte – sie könnte bereits tot sein. »Und dann?«

»Dann haben deine Leute ihn gefesselt.«

Ihn hat sie gesagt, dachte er. Es kann sich also nicht um Felicity Clairet handeln. Schade. Aber meine Strategie funktioniert. Der Mann ist schon der zweite alliierte Spion, der in meine Falle tappt. »Was ist das für ein Kerl?«

»Ein junger Bursche. Er hinkt, und ihm fehlt ein halbes Ohr. Weggeschossen.«

»Was hast du mit ihm gemacht?«

»Er liegt hier in der Küche auf dem Fußboden. Ich wollte gerade in Sainte-Cécile anrufen und ihn abholen lassen.«

»Lass das lieber. Sperr ihn erst mal im Keller ein. Ich will mit ihm reden, bevor Weber ihn in die Fänge kriegt.«

»Wo bist du?«

»In irgendeinem Nest. Wir haben eine verflixte Reifenpanne.«

»Beeil dich.«

»Ich bin in ein, zwei Stunden spätestens bei dir.«

»Schön.«

»Wie geht's dir?«

»Gut.«

Franck wollte eine genauere Antwort. »Mal ehrlich, wie fühlst du dich?«

»Wie ich mich *fühle*?« Stéphanie zögerte mit der Antwort. »Solche Fragen bin ich von dir nicht gewöhnt.«

Franck zögerte. »Es ist auch ungewöhnlich, dass ich dich bei der Festnahme feindlicher Spione einsetze.«

Ihre Stimme wurde weich. »Es geht mir wirklich gut. Mach dir keine Sorgen um mich.«

Plötzlich lag ihm eine Frage auf den Lippen, die zu stellen er nicht beabsichtigt hatte. Aber er sprach sie aus: »Was machen wir nach dem Krieg, Stéphanie?«

Das Schweigen am anderen Ende der Leitung verriet ihm, wie sehr er Stéphanie überrascht hatte.

»Sicher, der Krieg kann durchaus noch zehn Jahre dauern«, fuhr er fort. »Er kann aber auch in zwei Wochen schon vorbei sein, und was tun wir dann?«

Sie schien sich wieder einigermaßen gefasst zu haben, doch ihre Stimme zitterte leise, was er von ihr kaum kannte. »Was möchtest du denn gerne tun?«

»Ich weiß es nicht«, sagte er, war aber mit der Antwort selbst nicht zufrieden. Nach einer kurzen Pause brach es aus ihm hervor: »Ich will dich nicht verlieren.«

»Oh.«

Er wartete, doch Stéphanie sagte nichts weiter.

»Was denkst du?«, fragte er.

Sie gab keine Antwort. Er hörte ein merkwürdiges Geräusch und brauchte eine Weile, bis er begriff, dass Stéphanie weinte. Er selbst spürte einen Kloß im Hals. Die Frau des Mechanikers sah ihn misstrauisch an und kontrollierte die Gesprächsdauer mit einem Blick auf die Uhr. Er schluckte und wandte sich ab. Kein Fremder sollte sehen, wie aufgewühlt er war. »Ich bin bald bei dir«, sagte er. »Dann reden wir weiter.«

»Ich liebe dich«, sagte Stéphanie.

Die Frau mit den schlampigen Haaren glotzte ihn an, und er dachte: Hol dich doch der Teufel … Dann sagte er zu Stéphanie: »Ich liebe dich auch«, und legte den Hörer auf.

Die Dohlen brauchten fast den ganzen Tag, um von Paris nach Reims zu kommen.

Alle Kontrollstellen passierten sie ohne Zwischenfall. Ihre neuen Legenden funktionierten ebenso gut wie die alten, und niemandem fiel auf, dass Flicks Passfoto mit einem Augenbrauenstift retuschiert worden war.

Dass es trotzdem nicht schneller voranging, lag an ihrem Zug: Immer wieder hielt er an und blieb bis zu einer Stunde auf freier Strecke stehen. Kostbare Minuten verrannen ungenutzt. Flick saß im heißen Waggon und schwitzte Blut und Wasser. Der Grund für die wiederholten Aufenthalte war ihr durchaus klar: Amerikanische und britische Bomben hatten die Trasse an zahllosen Stellen getroffen und schwer beschädigt. Wenn der Zug endlich wieder anfuhr und weitertuckerte, konnten die Dohlen beim Blick aus dem Fenster Arbeitertrupps sehen, die die Strecke notdürftig wieder instand setzten. Sie räumten zerschmetterte Schwellen beiseite, sägten verbogene Gleise ab und verlegten neue. Flicks einziger Trost war, dass die Verzögerungen Rommel noch viel schlimmer trafen als sie, denn er war auf die Bahn angewiesen, wenn seine Truppen nach Beginn der Invasion so schnell wie möglich zu den Brennpunkten des Geschehens verlegt werden sollten.

Ein großer, kalter Klumpen saß in ihrer Brust. Wieder und immer wieder musste sie an Diana und Maude denken. Mittlerweile waren sie bestimmt verhört, wahrscheinlich gefoltert und vielleicht sogar schon umgebracht worden. Flick kannte Diana von Kindesbeinen an. Sie würde ihrem Bruder William berichten müssen, was passiert war. Auch ihre eigene Mutter würde von der Nachricht am Boden zerstört sein – sie hatte Diana ja mit großgezogen.

Neben den Gleisen waren jetzt öfter Weinberge zu sehen, dann bald auch die großen Champagner-Kellereien. Ein paar Minuten nach vier lief der Zug endlich in Reims ein, und Flicks Befürchtungen bestätigten sich: Um die geplante Operation noch am gleichen Abend durchführen zu können, war es bereits zu spät. Sie mussten weitere nervtötende vierundzwanzig Stunden im besetzten Gebiet verbringen, und daraus ergab sich gleich das nächste Problem für Flick: Wo sollten die Dohlen übernachten?

Reims war schließlich nicht Paris. Hier gab es keinen Rotlichtbezirk mit anrüchigen Absteigen, deren Besitzer keine Fragen stellten, und ein Kloster, dessen Nonnen jeden versteckten, der um eine Zuflucht bat, kannte Flick auch nicht. Es gab keine dunklen Gassen, in denen *clochards* hinter Mülltonnen schlafen konnten und von der Polizei ignoriert wurden.

Flick kannte drei mögliche Verstecke: Michels Haus in der Stadt, Gilbertes Wohnung und das Haus von Mademoiselle Lemas in der Rue du Bois. Bedauerlicherweise musste man aber damit rechnen, dass alle drei von der Gestapo überwacht wurden – je nachdem, wie weit die Deutschen die Bollinger-Zelle mittlerweile infiltriert hatten. Wenn dieser Dieter Franck die Ermittlungen leitete, war das Schlimmste zu befürchten.

Aber es blieb ihnen nichts anderes übrig, als die drei konspirativen Wohnungen selbst zu überprüfen. »Wir müssen uns wieder in Zweiergruppen aufteilen«, sagte sie zu den anderen. »Vier Frauen auf einmal sind zu auffällig. Ruby und ich gehen voran. Greta und Jelly, ihr folgt uns im Abstand von hundert Metern.«

Michels Haus lag in Bahnhofsnähe und war daher ihr erstes Ziel. Seit ihrer Hochzeit war es auch Flicks Heim, doch in Gedanken bezeichnete sie es immer noch als »Michels Haus«. Dort gab es Platz genug für vier Frauen – nur war es der Gestapo mit großer Wahrscheinlichkeit bekannt: Es wäre einem Wunder gleichgekommen, wenn wirklich keiner der Partisanen, die am vergangenen Sonntag gefangen genommen worden waren, unter der Folter die Adresse preisgegeben hätte.

Das Haus lag in einer verkehrsreichen Straße mit zahlreichen Geschäften. Vom Bürgersteig aus warf Flick einen verstohlenen Blick in jedes geparkte Auto, während Ruby sich um die Häuser und Läden kümmerte. Michels Besitz war ein hohes, schmales Gebäude in einer eleganten Häuserzeile aus dem achtzehnten Jahrhundert. Es hatte einen kleinen Vorgarten, in dem eine Magnolie stand. Alles war still und ruhig, nichts rührte sich hinter den Fenstern. Auf der Eingangsstufe hatte sich Staub angesammelt.

Bei ihrem ersten Gang durch die Straße nahmen sie nichts Verdächtiges wahr: Keine Arbeiter, die die Straße aufgruben, keine aufmerksam beobachtenden Müßiggänger an den Tischchen vor der Bar Chez Régis, keinen Zeitungsleser, der an einem Telegrafenmasten lehnte.

Sie gingen auf der anderen Straßenseite zurück. Vor der Bäckerei stand ein schwarzer Citroën Traction Avant. Auf den Vordersitzen saßen zwei Männer in Anzügen und rauchten Zigaretten. Sie schienen sich offensichtlich zu langweilen.

Flick wurde nervös. Sie trug die dunkle Perücke und war sich ziemlich sicher, dass man sie nicht auf den ersten Blick mit der Gesuchten auf dem Steckbrief identifizieren würde. Dennoch beschleunigte sich ihr Puls, als sie mit schnellen Schritten an dem Wagen vorbeiging, und sie fürchtete, dass jeden Augenblick hinter ihr Befehle ertönen könnten, die sie zum Stehenbleiben aufforderten. Doch es blieb alles still, und dann bog sie mit Ruby um die nächste Ecke und konnte wieder aufatmen.

Sie gingen jetzt langsamer. Flicks Befürchtungen hatten sich bestätigt: Michels Haus kam als Quartier nicht infrage. Da es zu einer Häuserzeile gehörte, an deren Rückseite keine andere Straße entlangführte, besaß es nicht einmal einen Hintereingang. Die Dohlen konnten es also nicht betreten, ohne von der Gestapo dabei gesehen zu werden.

Flick erwog die beiden anderen Möglichkeiten, die ihr blieben. Wenn Michel noch auf freiem Fuß war, wohnte er vermutlich nach wie vor bei Gilberte. Das Gebäude, in dem sich das Appartement befand, hatte einen praktischen Hintereingang. Aber die beiden Zimmer waren für sechs Personen äußerst klein – ganz abgesehen davon, dass vier Übernachtungsgäste bei anderen Hausbewohnern vielleicht Verdacht erregt hätten.

Der geeignetste Platz zum Übernachten war zweifellos das Haus in der Rue du Bois. Flick war schon zweimal dort gewesen. Es war ein großes Gebäude mit vielen Schlafzimmern. Mademoiselle Lemas war absolut zuverlässig und fütterte unangemeldete Gäste nur allzu gerne durch. Seit Jahren bot sie immer wieder britischen Agenten, abgeschossenen Piloten und entflohenen Kriegsgefangenen Zuflucht. Und vielleicht wusste sie sogar, was aus Brian Standish geworden war.

Das Haus lag zwei oder drei Kilometer vom Stadtzentrum entfernt. Wie bisher, in zwei Paaren mit hundert Metern Abstand voneinander, machten sich die Dohlen auf den Weg.

Eine halbe Stunde später erreichten sie ihr Ziel. Die Rue du Bois war eine stille Vorortstraße, die Beobachtern kaum Deckung bot. Ein einziges parkendes Fahrzeug war zu sehen. Es handelte sich um einen biederen Peugeot 201, der der Gestapo viel zu langsam war. Außerdem saß niemand drin.

Flick und Ruby gingen vorsichtshalber erst einmal an Mademoiselle Lemas' Haus vorbei. Alles sah aus wie immer. Ihr Simca Cinq stand im Hof, was nur insoweit ungewöhnlich war, als sie ihn normalerweise in die Garage stellte. Flick verlangsamte ihren Schritt und spähte kurz durchs Fenster. Niemand war zu sehen. Mademoiselle Lemas benutzte das zur Straße hin gelegene Zimmer nur selten. Es war ein altmodischer Empfangsraum mit einem tadellos abgestaubten Klavier und Sofakissen mit dem unvermeidlichen Kniff in der Mitte. Die Tür blieb stets verschlossen, es sei denn, es kam formeller Besuch. Die heimlichen Gäste saßen immer im rückwärtigen Teil des Hauses in der Küche, wo sie von Passanten nicht gesehen werden konnten.

Unmittelbar vor der Haustür lag ein Gegenstand auf dem Boden. Es war eine hölzerne Zahnbürste. Ohne im Gehen innezuhalten, bückte sich Flick und hob sie auf.

»Willst du dir die Zähne putzen?«, fragte Ruby.

»Die sieht aus wie Pauls Zahnbürste.« Das *ist* Pauls Zahnbürste, dachte sie im ersten Moment, bis ihr einfiel, dass es in Frankreich Hunderte, wenn nicht Tausende solcher Zahnbürsten geben musste.

»Glaubst du, er ist hier?«

»Vielleicht.«

»Warum?«

»Ich weiß nicht. Vielleicht will er uns vor einer Gefahr warnen.«

Sie bogen um die Ecke und warteten, bis Greta und Jelly zu ihnen aufschlossen. »Diesmal gehen wir alle zusammen«, sagte sie. »Greta und Jelly, ihr klingelt an der Haustür.«

Jelly bemerkte: »Gottchen, was ein Glück, dass wir da sind, mir tun die Füße höllisch weh.«

»Ruby und ich gehen hinten rum, nur als Vorsichtsmaßnahme. Wenn euch jemand öffnet, erwähnt uns mit keinem Wort und wartet, bis wir auftauchen.«

Diesmal gingen sie zu viert die Straße entlang. Flick und Ruby verschwanden im Hof, gingen an dem Simca vorbei und schlichen ums Haus herum. Die Küche nahm fast die gesamte Rückseite des Hauses ein und hatte zwei Fenster, zwischen denen sich der Hintereingang befand. Flick wartete, bis das metallische Schellen der Türklingel ertönte. Dann riskierte sie einen schnellen Blick durch eines der Fenster.

Ihr blieb schier das Herz stehen.

Drei Personen hielten sich in der Küche auf: zwei Männer in Uniform und eine große Frau mit üppigem rotem Haar, die mit der ältlichen Mademoiselle Lemas gewiss nichts zu tun hatte.

Im nächsten Sekundenbruchteil erkannte Flick, dass alle

drei sich von den Fenstern ab- und reflexartig der Haustür zugewandt hatten.

Sie duckte sich wieder.

Sie überlegte rasch. Die Männer waren offenkundig Gestapo-Offiziere. Die Frau musste eine französische Verräterin sein, die sich als Mademoiselle Lemas ausgab. Sie kam Flick irgendwie bekannt vor, selbst von hinten: Der modische Fall ihres grünen Sommerkleides brachte eine Saite in Flicks Erinnerung zum Klingen.

Die Erkenntnis war niederschmetternd: Das Haus war verraten worden und fungierte seither als Agentenfalle. Der arme Brian Standish musste direkt hineingetappt sein. Es war fraglich, ob er überhaupt noch am Leben war.

Eiskalte Entschlossenheit überkam sie. Sie zog ihre Pistole, und Ruby tat es ihr nach.

»Drei Personen«, erklärte sie Ruby leise. »Zwei Männer, eine Frau.« Sie holte tief Luft. Rücksichtnahme war in dieser Situation fehl am Platze. »Wir erschießen die Männer«, sagte sie. »Alles klar?«

Ruby nickte.

Gott sei Dank behält sie einen kühlen Kopf, dachte Flick und sagte: »Die Frau würde ich gerne noch verhören, aber wenn sie uns durch die Lappen zu gehen droht, erschießen wir sie auch.«

»Verstanden.«

»Die Männer stehen auf der linken Seite der Küche. Die Frau wird wahrscheinlich zur Tür gehen. Du stellst dich an dieses Fenster, ich mich an das da drüben. Nimm den Mann ins Visier, der dir am nächsten steht. Schieß, sobald ich schieße.«

Sie robbte an der Hauswand entlang und hockte sich unter das zweite Fenster. Ihr Atem ging schnell, und ihr Herz schlug wie ein Dampfhammer, aber ihre Gedanken waren klar und nüchtern wie bei einer Schachpartie. Weil sie noch nie durch eine Glasscheibe geschossen hatte, beschloss sie, drei

Schüsse in rascher Folge hintereinander abzugeben: Der erste sollte das Fenster zerschmettern, der zweite ihr Opfer treffen und der dritte ihm den Rest geben. Mit dem Daumen löste sie den Sicherungshebel an ihrer Pistole und richtete den Lauf himmelwärts. Dann stand sie auf und sah durch die Fensterscheibe.

Die beiden Männer blickten zur Flurtür. Beide hatten eine Pistole in der Hand. Flick richtete ihre Waffe auf den Mann, der ihr am nächsten stand.

Die Frau war fort, kam jedoch kurz darauf zurück und hielt die Küchentür auf. Völlig ahnungslos betraten Greta und Jelly die Küche – und erblickten die beiden Männer von der Gestapo. Greta stieß einen Angstschrei aus. Es fielen ein paar Worte, die Flick nicht verstehen konnte. Dann hoben Greta und Jelly die Hände über den Kopf.

Die falsche Mademoiselle Lemas betrat nun ebenfalls die Küche. Als Flick ihr Gesicht sah, traf sie die Erkenntnis wie ein Schock. Ja, sie hatte diese Frau schon einmal gesehen, und sie wusste jetzt auch wo: Am vergangenen Sonntag war sie mit diesem Dieter Franck auf dem Platz vor der Kirche von Sainte-Cécile gewesen. Flick hatte sie für die Geliebte des Offiziers gehalten, aber sie hatte offenbar noch andere Talente.

In diesem Augenblick sah die Frau Flicks Gesicht am Fenster. Ihr Mund öffnete sich, die Augen weiteten sich, und sie hob die Hand, um auf ihre Entdeckung aufmerksam zu machen. Die beiden Männer begannen sich umzudrehen.

Flick drückte ab. Der Knall des Schusses vermischte sich mit dem Krachen des splitternden Fensterglases. Flick hielt die Waffe ruhig in der Hand und gab zwei weitere Schüsse ab.

Eine Sekunde später feuerte auch Ruby.

Beide Männer stürzten zu Boden.

Flick riss die Hintertür auf und betrat das Haus.

Die junge Frau hatte sich bereits abgewandt und rannte auf die vordere Haustür zu. Flick hob die Waffe, doch es war schon zu spät: Im Bruchteil einer Sekunde war die Frau im Flur und damit aus Flicks Gesichtsfeld verschwunden. Da rannte Jelly, die sich erstaunlich flink bewegte, hinter der Fliehenden her. Man hörte Leiber aufeinander prallen und Möbel umfallen.

Flick ging durch die Küche und sah hinaus. Jelly hatte die Frau auf die Korridorfliesen geworfen. Dabei waren die elegant geschwungenen Beine eines Tischchens und eine darauf stehende chinesische Vase zu Bruch gegangen, und die getrockneten Gräser aus der Vase lagen kreuz und quer über den ganzen Boden zerstreut. Die Französin versuchte sich aufzurappeln. Flick richtete ihre Pistole auf sie, schoss aber nicht. Wieder reagierte Jelly überraschend schnell: Sie packte die Frau an den Haaren und ließ ihren Kopf mehrmals auf die Fliesen knallen, bis sie sich nicht mehr rührte.

Sie trug zwei verschiedene Schuhe – der eine war schwarz, der andere braun.

Flick wandte sich den beiden Gestapo-Männern auf dem Küchenboden zu. Beide lagen reglos da. Sie hob die beiden Pistolen auf und steckte sie ein. Herrenlos herumliegende Schusswaffen konnten in Feindeshand Unheil anrichten.

Fürs Erste waren die Dohlen außer Gefahr.

Der Adrenalinschock trieb Flick an. Sie wusste, dass sie später über den Mann, den sie erschossen hatte, nachdenken würde. Es war furchtbar, einem Leben ein Ende zu setzen. Der Ernst des Todes ließ sich verdrängen, würde aber wiederkommen. In ein paar Stunden oder Tagen würde Flick sich fragen, ob der junge Mann in Uniform eine Frau hinterlassen hatte, die nun allein war, und Kinder, die ihren Vater verloren hatten. Im Augenblick jedoch konnte sie diese Überlegungen von sich fern halten und ausschließlich an ihren Auftrag denken.

»Jelly, halt die Frau in Schach«, befahl sie, »Greta, du suchst einen Strick und fesselst sie an einen Stuhl hier. Und du, Ruby, gehst rauf und vergewisserst dich, dass sonst keiner mehr im Haus ist. Ich sehe mich unterdessen im Keller um.«

Sie lief die Treppe hinunter. Auf dem gestampften Boden lag ein gefesselter und geknebelter Mann. Der Knebel verdeckte ein Gutteil seines Gesichts, doch Flick erkannte das verstümmelte Ohr.

Sie zog ihm den Knebel vom Mund, beugte sich über ihn und gab ihm einen langen, leidenschaftlichen Kuss. »Willkommen in Frankreich!«

Paul grinste. »So schön bin ich noch nie begrüßt worden.«

»Ich hab deine Zahnbürste gefunden.«

»Das war so ein Einfall in letzter Sekunde, weil ich der Rothaarigen nicht hundertprozentig über den Weg getraut habe.«

»Sie hat mein Misstrauen verstärkt. Vielleicht um das entscheidende Bisschen.«

»Gott sei Dank.«

Flick zog das kleine scharfe Messer aus seiner Scheide unter dem Revers und begann, Pauls Fesseln zu durchschneiden. »Wie bist du hergekommen?«

»Vergangene Nacht abgesprungen.«

»Wozu, um Himmels willen?«

»Wir haben festgestellt, dass Brians Funkgerät von der Gestapo bedient wird. Ich wollte dich warnen.«

Sie warf die Arme um ihn. »Ich bin so froh, dass du hier bist!«

Er drückte sie an sich und küsste sie. »Wenn's so ist, dann bin ich froh, dass ich gekommen bin.«

Gemeinsam gingen sie die Treppe hinauf. »Seht mal, wen ich im Keller gefunden habe«, sagte Flick.

Die Dohlen warteten bereits auf weitere Anweisungen von ihr. Sie überlegte. Seit der Schießerei waren fünf Minuten vergangen. Die Nachbarn mussten die Schüsse gehört haben, doch es gab in diesen Zeiten nur wenige Franzosen, die gleich die Polizei riefen. Die Gefahr, eine Vorladung der Gestapo zu bekommen und verhört zu werden, war zu groß. Andererseits war Flick nicht bereit, ein überflüssiges Risiko einzugehen. Die Dohlen mussten daher so bald wie möglich verschwinden.

Sie wandte sich an die falsche Mademoiselle Lemas, die jetzt an einen Küchenstuhl gefesselt war. Flick wusste, was zu tun war, und wurde bitterernst. »Wie heißen Sie?«, fragte sie.

»Stéphanie Vinson.«

»Sie sind die Geliebte von Dieter Franck.«

Die Frau war bleich wie ein Leintuch, aber ihre Miene wirkte herausfordernd. Wie schön sie ist, dachte Flick unwillkürlich.

»Er hat mir das Leben gerettet«, sagte Stéphanie.

So hat Franck sie also für sich gewonnen, dachte Flick. Letztlich war es gleichgültig: Verrat war Verrat, egal, aus welchem Motiv er begangen wurde. »Sie haben Helicopter in dieses Haus gebracht, damit er geschnappt wird.«

Die Frau schwieg.

»Lebt er noch oder ist er tot?«

»Das weiß ich nicht.«

Flick deutete auf Paul. »Ihn haben Sie auch hergebracht. Sie hätten der Gestapo auch bei unserer Verhaftung geholfen.« Zorn schwang in ihrer Stimme mit, weil sie an die Gefahr denken musste, in der Paul sich befunden hatte.

Die Französin senkte den Blick.

Flick stellte sich hinter ihren Stuhl und zog die Pistole. »Sie haben als Französin mit der Gestapo kollaboriert. Sie hätten uns alle umbringen können.«

Die anderen sahen, was geschehen würde, und traten beiseite, um nicht in die Schusslinie zu geraten.

Stéphanie konnte die Waffe nicht sehen, spürte aber wohl, was ihr bevorstand. Sie flüsterte: »Was werden Sie mit mir machen?«

»Wenn wir Sie hier lassen«, antwortete Flick, »dann erzählen Sie Franck, wie viele wir sind und wie wir aussehen. Sie werden ihm also wichtige Hinweise geben, damit er uns verhaften, foltern und töten kann … Stimmt's?«

Stéphanie gab keine Antwort.

Flick richtete die Pistole auf den Hinterkopf der Französin. »Haben Sie irgendeine Entschuldigung dafür, dass Sie dem Feind geholfen haben?«

»Ich hab getan, was ich tun musste. Machen das nicht alle so?«

»Richtig«, sagte Flick und drückte zweimal ab.

Die Waffe schien in dem engen Raum zu explodieren. Blut und noch etwas anderes quoll aus dem Gesicht der Frau und spritzte auf das Oberteil ihres eleganten grünen Kleides. Dann kippte sie lautlos vornüber.

Jelly zuckte zusammen, und Greta wandte sich ab. Sogar Paul wurde bleich. Nur Ruby verzog keine Miene.

Einen Moment lang herrschte Schweigen. Dann sagte Flick: »Sehen wir zu, dass wir hier wegkommen.«

Es war schon sechs Uhr abends, als Dieter Franck seinen Wagen vor dem Haus in der Rue du Bois abstellte. Das himmelblaue Fahrzeug war nach der langen Fahrt schmutzbedeckt und mit toten Insekten verklebt. Als er ausstieg, schob sich eine Wolke vor die Abendsonne, und ein Schatten legte sich über die Vorortstraße. Ein Schauer lief ihm über den Rücken.

Er nahm seine Autobrille ab – er war mit offenem Verdeck gefahren – und glättete sein Haar mit den Fingern. »Warten Sie bitte hier auf mich, Hesse«, sagte er. Er wollte erst einmal mit Stéphanie allein sein.

Vor der Haustür fiel ihm auf, dass der Simca Cinq von Mademoiselle Lemas nicht da war. Das Garagentor stand offen und die Garage war leer, und im Hof stand er auch nicht. War Stéphanie mit dem Wagen weggefahren? Aber wohin? Sie sollte eigentlich, bewacht von zwei Gestapo-Leuten, im Haus auf ihn warten.

Er klingelte und wartete. Der Ton verhallte und wich einer seltsamen Stille im Haus. Franck warf einen Blick durchs Fenster in den vorderen Salon, doch der war leer wie immer. Er klingelte noch einmal. Niemand kam. Er bückte sich, um durch den Briefschlitz in der Tür zu gucken, doch viel war nicht zu sehen: Ein Stück vom Treppenhaus, ein Gemälde mit einer Schweizer Bergszene und die Küchentür, die halb offen stand. Nichts rührte sich.

Er sah zum Nachbarhaus hinüber. Ein Gesicht hinter der Fensterscheibe zuckte zurück, eine hochgeschobene Gardine fiel herunter.

Er ging ums Haus herum durch den Hof und in den Garten auf der Rückseite. Zwei Fenster waren zerbrochen, und die Hintertür stand offen. Er bekam es mit der Angst zu tun. Was war hier vorgegangen?

»Stéphanie?«, rief er.

Keine Antwort.

Er ging in die Küche.

Zunächst begriff er gar nicht, was er da sah. An einem Küchenstuhl hing ein großes Bündel, das mit gewöhnlicher Haushaltsschnur festgebunden war. Es sah aus wie ein Frauenkörper mit einem ekelerregend verschmierten Kopf. Dann sagte ihm seine kriminalistische Erfahrung, dass es sich dabei um einen Menschen handelte, der mit einem Kopfschuss getötet worden war. Erst als er erkannte, dass die tote Frau zwei verschiedenfarbige Schuhe trug – einen schwarzen und einen braunen –, ging ihm auf, dass dies Stéphanie sein musste. Ein qualvolles Wimmern entfuhr ihm. Er bedeckte seine Augen mit den Händen und sank schluchzend in die Knie.

Nach ungefähr einer Minute nahm er die Hände wieder von den Augen und zwang sich, genau hinzusehen. Der Kriminalpolizist in ihm bemerkte das Blut auf dem Oberteil ihres

Kleides und zog daraus den Schluss, dass Stéphanie von hinten erschossen worden war – womöglich musste man dem Mörder noch dankbar dafür sein, dass er ihr gnädig erspart hatte, dem Tod ins Auge sehen zu müssen. Zwei Schüsse, registrierte er. Die großen Austrittswunden waren es, die das schöne Gesicht so entstellten. Augen und Nase waren zerstört, die sinnlichen Lippen blutbespritzt, aber unversehrt. Tränen füllten Francks Augen und trübten seinen Blick.

Der Verlust schmerzte wie eine offene Wunde. Die plötzliche Konfrontation mit Stéphanies Tod war der schlimmste Schock, den er in seinem Leben je erfahren hatte. Nie wieder würde sie ihm diesen stolzen Blick zuwerfen, nie wieder würden sich in einem Restaurant sämtliche Köpfe nach ihr umdrehen, und nie wieder würde er sehen, wie sie Seidenstrümpfe über ihre perfekten Waden zog. Ihre Eleganz, ihre Klugheit, ihre Ängste und Sehnsüchte – *perdu*, ausgelöscht, fort. Ihm war, als sei auf ihn selbst geschossen worden und ein Teil von ihm dabei abgerissen. Er flüsterte ihren Namen: Wenigstens das blieb ihm noch.

Er hörte eine Stimme hinter sich und schrie vor Schreck auf.

Da war es wieder: ein unartikuliertes Grunzen, aber eine menschliche Stimme. Franck sprang auf, drehte sich um und wischte sich die nassen Augen. Erst jetzt bemerkte er die zwei Männer auf dem Fußboden, beide in Uniform – Stéphanies Leibwächter von der Gestapo. Bei ihrem Schutz hatten sie versagt, doch immerhin hatten sie es versucht und ihr Leben dabei geopfert.

Jedenfalls einer von ihnen.

Der eine regte sich nicht, aber der andere versuchte etwas zu sagen. Er war ein junger Kerl, neunzehn oder zwanzig Jahre alt, mit schwarzen Haaren und einem Schnurrbärtchen. Seine Uniformmütze lag neben seinem Kopf auf dem Linoleumboden.

Franck ging zu ihm und kniete neben ihm nieder. Er sah die Austrittswunden in der Brust: Der Mann war von hinten angeschossen worden und lag in einer Blutlache. Sein Kopf zuckte, und sein Mund bewegte sich. Franck legte sein Ohr an die Lippen des Mannes.

»Wasser«, flüsterte der Verwundete.

Er war am Verbluten. Franck wusste, dass sie am Ende immer nach Wasser fragten – er hatte es in der Wüste oft genug erlebt. Er suchte eine Tasse, füllte sie mit Leitungswasser und hielt sie dem Mann an den Mund. Der trank sie durstig aus, wobei viel Wasser über sein Kinn rann und auf die blutgetränkte Uniformjacke tropfte.

Franck war klar, dass er einen Arzt hätte holen müssen, doch zuerst musste er herausfinden, was hier passiert war. Wenn er damit wartete, würde der Mann womöglich sterben, bevor er berichten konnte, was er wusste. Nach kurzem Zögern traf Franck seine Entscheidung. Der Mann war entbehrlich: erst die Befragung, dann der Arzt. »Wer war das?«, fragte er und neigte wieder den Kopf, um das Flüstern des Sterbenden verstehen zu können.

»Vier Frauen«, brachte der Mann heiser heraus.

»Die Dohlen«, stellte Franck erbittert fest.

»Zwei von vorne … zwei von hinten.«

Franck nickte. Er konnte sich vorstellen, wie es abgelaufen war: Stéphanie war auf das Klingeln hin zur Haustür gegangen. Die Gestapo-Männer standen bereit, die Gesichter dem Korridor zugewandt. Die beiden anderen Agentinnen hatten sich an die Küchenfenster geschlichen und die Männer dann von hinten erschossen. Und dann …

»Wer hat Stéphanie umgebracht?«

»Wasser …«

Dieter Franck wusste, dass dem jungen Mann nicht mehr viel Zeit für die Antwort blieb. Dennoch zwang er sich, ihm seinen Wunsch zu erfüllen. Er ging zur Spüle, füllte die Tasse noch einmal mit Wasser und hielt sie dem Mann an den Mund. Der trank sie noch einmal leer und stieß einen erleichterten Seufzer aus, der alsbald in ein grauenvolles Stöhnen überging.

»Wer hat Stéphanie umgebracht?«, wiederholte Franck.

»Die Kleine«, sagte der Gestapo-Mann.

»Die Clairet«, sagte Franck, und kaum bezähmbare Wut und Rachsucht stiegen in ihm auf.

Der Mann flüsterte: »Es tut mir leid, Herr Major ...«

»Wie hat sie 's gemacht?«

»Schnell ... ganz schnell.«

»Wie genau?«

»Sie haben sie gefesselt ... Verräterin genannt ... Waffe an den Hinterkopf ... dann sind sie weg.«

»Verräterin?«, fragte Dieter nach.

Der Mann nickte.

Franck unterdrückte ein heftiges Aufschluchzen. »Sie hat nie jemanden von hinten in den Kopf geschossen«, sagte er. Seine Stimme war nur noch ein tieftrauriges Flüstern.

Der Gestapo-Mann hörte ihn nicht. Seine Lippen bewegten sich nicht mehr. Er hatte aufgehört zu atmen.

Mit den Fingerspitzen der Rechten drückte ihm Franck sanft die Lider zu und sagte: »Ruhe in Frieden.«

Dann wendete er der toten Frau, die er geliebt hatte, den Rücken zu und ging zum Telefon.

Es war nicht leicht, fünf Personen in den Simca Cinq zu zwängen. Ruby und Jelly quetschten sich auf die winzige Hinterbank. Paul fuhr. Greta setzte sich auf den Beifahrersitz und nahm Flick auf den Schoß.

Unter normalen Umständen hätten sie darüber gekichert, aber die Umstände waren nicht normal, und ihnen war nicht zum Lachen zumute. Sie hatten drei Menschen getötet und waren der Verhaftung durch die Gestapo nur um ein Haar entgangen. All ihre Sinne waren geschärft, um auf jede Bedrohung sofort zu reagieren. Im Augenblick dachten sie ausschließlich ans nackte Überleben.

Flick dirigierte Paul zu der kleinen Straße, die parallel zu jener verlief, in der Gilbertes Wohnung lag. Vor genau sieben Tagen habe ich da meinen verwundeten Ehemann hingeschleppt, dachte sie und sagte zu Paul, er solle das Auto am Ende der Gasse abstellen. »Wartet hier«, befahl sie. »Ich seh mich erst mal um.«

»Mach bloß schnell, um Gottes willen«, sagte Jelly.

»So schnell ich kann.« Flick stieg aus, lief durch den schmalen Gang auf der Rückseite der Fabrik und erreichte die Tür, die durch die Mauer führte. Rasch durchmaß sie den Garten und schlüpfte durch die Hintertür ins Haus. Im Treppenhaus war alles still, kein Mensch war zu sehen. Leise stieg sie die Treppen zum Dachgeschoss hinauf.

Vor dem Eingang zu Gilbertes Wohnung blieb sie stehen. Der Anblick erfüllte sie mit böser Ahnung. Die Tür stand offen. Sie war aufgebrochen worden und hing wie trunken nur noch an einer Angel. Flick lauschte angestrengt, vernahm aber keinen Laut. Irgendetwas sagte ihr, dass der Einbruch schon einige Tage zurücklag. Vorsichtig trat sie ein.

Es war nur eine oberflächliche Durchsuchung gewesen. In dem kleinen Wohnzimmer lagen die Kissen unordentlich auf dem Sofa, und in der Küchenecke standen die Schranktüren offen. Im Schlafzimmer sah es nicht viel anders aus. Aus der Kommode waren sämtliche Schubladen herausgezogen worden, der Kleiderschrank stand offen, und irgendjemand war mit schmutzigen Stiefeln aufs Bett gestiegen.

Flick trat ans Fenster und blickte auf die Straße hinunter. Auf der dem Haus gegenüberliegenden Seite parkte ein schwarzer Citroën Traction Avant mit zwei Männern auf den Vordersitzen.

Das sieht gar nicht gut aus, dachte Flick, der Verzweiflung nahe. Irgendwer hatte geplaudert, und Dieter Franck hatte entsprechend reagiert. Minutiös war er einer Spur gefolgt, die ihn zuerst zu Mademoiselle Lemas, dann zu Brian Standish und schließlich zu Gilberte geführt hatte. Und was war mit Michel? War er in Haft? Alles sprach dafür.

Flick dachte über Dieter Franck nach. Als sie vor ein paar Tagen die vom MI6 erstellte Kurzbiografie auf der Rückseite seines Fotos gelesen hatte, war ihr ein Angstschauer über den Rücken gelaufen. Jetzt wusste sie, dass die Furcht nicht übertrieben war. Der Mann war mit allen Wassern gewaschen und ließ nicht locker. Bei La Chatelle hat er mich beinahe erwischt, dachte sie. In Paris hat er in der ganzen Stadt meinen Steckbrief aushängen lassen, und meine Kameradinnen und Kameraden hat er eine nach dem anderen verhaftet und verhört.

Sie hatte ihn nur zweimal von Angesicht zu Angesicht gesehen, und beide Male nur kurz. Sie rief sich seine Züge in Erinnerung. Intelligenz und Kraft stecken dahinter, dachte sie, und dazu eine Entschlossenheit, die in Brutalität ausarten kann. Garantiert ist er immer noch hinter mir her – ich muss höllisch aufpassen …

Sie betrachtete den Himmel. Bis zum Einbruch der Dunkelheit blieben ihr noch etwa drei Stunden.

Sie eilte die Treppe wieder hinunter und durch den Garten zurück zu dem kleinen Simca in der Nebenstraße. »Sieht schlecht aus«, sagte sie, als sie sich wieder in den Wagen quetschte. »Die Wohnung wurde durchsucht, und vorn auf der Straße steht die Gestapo.«

»Verdammt«, sagte Paul. »Wohin jetzt?«

»An einer Stelle können wir 's noch versuchen«, erwiderte Flick. »Fahr in die Innenstadt.«

Der kleine 500-ccm-Motor sprang an, und der überladene Wagen setzte sich in Bewegung. Lange würden sie den Simca nicht mehr benutzen können. Angenommen, die Leichen in der Rue du Bois waren ungefähr nach einer Stunde entdeckt worden – wie lange würde es dann dauern, bis die französische Polizei und die Gestapo mit der Fahndung nach Mademoiselle Lemas' Auto begannen? Die Männer, die bereits auf Patrouille waren, konnte Franck zwar nicht erreichen, doch spätestens beim nächsten Schichtwechsel würden sie unterrichtet. Flick hatte keine Ahnung, wann die Nachtschicht antrat. Viel Zeit blieb ihr jedenfalls nicht mehr.

»Fahr zum Bahnhof«, sagte sie zu Paul. »Dort lassen wir den Wagen stehen.«

»Gute Idee«, gab Paul zurück. »Vielleicht glauben sie dann, wir wären mit dem Zug abgereist.«

Flick spähte nach den Mercedessen der Wehrmacht und den schwarzen Citroëns der Gestapo aus. Als sie an zwei Streifenpolizisten vorbeifuhren, hielt sie unwillkürlich den Atem an, doch am Ende erreichten sie das Stadtzentrum ohne Zwischenfall. Paul parkte in der Nähe des Bahnhofs, und sie stiegen alle aus, heilfroh, den verräterischen Kleinwagen endlich aufgeben zu können.

»Ich muss das jetzt alleine machen«, sagte Flick. »Ihr geht am besten in die Kathedrale und wartet dort auf mich.«

»In dieser Kirche hab ich heute schon so lange rumgesessen, dass mir meine Sünden mindestens dreimal vergeben worden sind«, sagte Paul.

»Dann kannst du ja jetzt um eine Übernachtungsmöglichkeit beten«, erwiderte Flick und hastete davon.

Ihr Ziel war noch einmal die Straße, in der Michels Haus stand. Hundert Meter davor betrat sie die Bar Chez Régis. Alexandre Régis, der Besitzer, saß hinter dem Tresen und rauchte. Er runzelte die Stirn, als er sie sah, dann nickte er.

Flick ging zu der Tür mit der Aufschrift *Toilettes*, durchschritt einen kurzen Flur und öffnete eine Art Schranktür. Dahinter führte eine steile Treppe ins erste Stockwerk. Oben versperrte eine schwere Tür mit einem Guckloch den Weg. Flick klopfte an und achtete darauf, dass sie durch das Guckloch zu sehen war. Gleich darauf wurde die Tür von Mémé Régis, der Mutter des Barbesitzers, geöffnet. Auch sie stutzte im ersten Moment, ließ Flick dann aber ein.

Flick betrat einen großen Raum mit schwarz gestrichenen Fensterscheiben. Auf dem Boden lagen Matten, die Wände waren mit brauner Farbe gestrichen, und an der Decke hingen nackte Glühbirnen. In einer Ecke stand ein Roulette-Tisch, in einer anderen befand sich eine einfache Bar. Mehrere Männer saßen an einem großen runden Tisch und spielten Karten. Das Ganze war eine illegale Spielhölle.

Michel pokerte gerne um hohe Einsätze und genoss die zwielichtige Gesellschaft dabei; deshalb verbrachte er ab und zu seine Abende hier. Flick spielte selber nie, hatte aber manchmal ein Stündchen dabeigesessen und zugeschaut. Michel behauptete, sie brächte ihm Glück. Der Club war ein gutes Versteck vor der Gestapo, und Flick hatte gehofft, Michel hier zu finden. Ihre Hoffnung schwand jedoch rasch, nachdem sie die Gesichter der Reihe nach betrachtet hatte.

»Vielen Dank, Mémé«, sagte sie zu Alexandres Mutter.

»Schön, Sie zu sehen. Sie haben eine neue Frisur?«

»Oh.« Flick hatte gar nicht mehr an ihre Perücke gedacht. »Haben Sie meinen Mann gesehen?«

»Den charmanten Michel. Heute Abend leider nicht.« Kein Mensch hier wusste, dass Michel in der Résistance war.

Flick ging an die Bar und setzte sich auf einen Hocker. Sie lächelte der Bedienung zu, einer Frau mittleren Alters mit knallrot geschminkten Lippen. Es war Yvette Régis, Alexandres Ehefrau. »Haben Sie einen Scotch?«

»Selbstverständlich«, sagte Yvette. »Für alle, die ihn sich leisten können.« Sie zauberte eine Flasche Dewar's White Label hervor und schenkte einen Finger breit davon in ein Glas.

»Ich suche Michel«, sagte Flick.

»Ich hab ihn schon seit einer Woche nicht mehr gesehen«, antwortete Yvette.

»Verdammt.« Flick nippte an ihrem Whisky. »Na, ich warte mal ein Weilchen, vielleicht taucht er ja noch auf.«

Dieter Franck war der Verzweiflung nahe. Die Leopardin hatte ihn ausmanövriert und war nicht in die Falle gegangen, die er ihr gestellt hatte. Jetzt trieb sie sich irgendwo in Reims oder in der Umgebung herum, aber er war am Ende seines Lateins und wusste nicht mehr, wie er sie finden sollte.

Er konnte keine Résistance-Mitglieder in Reims mehr überwachen lassen und darauf hoffen, dass die Clairet mit ihnen Kontakt aufnehmen würde, denn alle, die dafür infrage kamen, saßen bereits in Haft. Michel Clairets Haus und die Wohnung dieser Gilberte Duval hatte er unter Beobachtung stellen lassen – nur versprach er sich davon herzlich wenig. Madame war viel zu durchtrieben, um sich von einem durchschnittlichen Gestapo-Polypen erkennen zu lassen. Die ganze Stadt hing voller Steckbriefe, doch sie musste ihr Erscheinungsbild verändert haben – die Haare gefärbt oder so etwas Ähnliches –, denn es hatte sich noch kein Mensch gemeldet und behauptet, er habe sie gesehen. Bislang war noch jede Runde ihres Duells an sie gegangen.

Er brauchte einen genialen Einfall.

Und er hatte auch einen gehabt – zumindest bildete er sich das ein.

Er saß auf einem Fahrrad am Straßenrand, direkt vor dem Theater in der Stadtmitte. Er trug eine Baskenmütze, eine Autobrille und einen groben Baumwollpullover. Seine Hosenbeine hatte er in die Socken gestopft. Niemand würde ihn erkennen, niemand ihn verdächtigen. Die Gestapo benutzte keine Fahrräder.

Er starrte auf die Straße, die gen Westen führte, und kniff, von der untergehenden Sonne geblendet, die Augen zusammen. Er sah auf die Uhr: Jede Minute konnte der schwarze Citroën kommen, auf den er wartete.

Auf der anderen Straßenseite saß Hans Hesse am Steuer eines keuchenden alten Peugeots, dessen langes, verdienstvolles Leben sich rapide seinem Ende zuneigte. Der Motor lief: Franck wollte nicht riskieren, dass er im entscheidenden Moment nicht ansprang. Leutnant Hesse war ebenfalls verkleidet. Zu einer Sonnenbrille und einer Mütze trug er einen schäbigen Anzug und abgewetzte Schuhe, sodass er äußerlich problemlos als Franzose durchging. Er hatte so etwas noch nie zuvor getan, die entsprechenden Befehle jedoch mit unerschütterlicher Ruhe entgegengenommen und ausgeführt.

Auch Major Franck hatte so etwas noch nie getan, und er hatte keine Ahnung, ob es funktionieren würde. Irgendetwas konnte immer schief gehen.

Sein Plan war aus Verzweiflung geboren, aber was hatte er noch zu verlieren? Dienstagnacht war Vollmond. Er rechnete fest damit, dass die Alliierten dann losschlagen würden. Aber Felicity Clairet war der große Preis – und beinahe jedes Risiko wert.

Allerdings hatten sich seine Prioritäten verändert. Der Endsieg interessierte ihn kaum noch. Da seine Zukunft ohnehin zerstört war, konnte es ihm gleichgültig sein, wer Europa regierte. Er dachte nur noch an Felicity Clairet. Sie hatte Stéphanie ermordet und damit sein Leben ruiniert. Er wollte dieses Weib aufspüren, verhaften, in den Keller des Schlosses von Sainte-Cécile schleppen und dort seine Rache auskosten. In seiner Fantasie folterte er sie bereits unentwegt, brach ihr mit Eisenstangen die kleinen Knochen, jagte ihr Elektroschocks der höchsten Stärke durch den Leib, verabreichte ihr Injektionen, die schlimmste Übelkeit und lang anhaltendes, krampfartiges Erbrechen auslösten. Er steckte sie ins Eisbad, wo sie sich in Kälteschaudern wand und ihr das Blut in den Fingern gefror. Die Zerschlagung der Résistance und die Abwehr der Invasoren waren für ihn nur noch ein Nebenaspekt seiner Strafaktion gegen Felicity Clairet.

Doch zuerst musste er sie finden.

In der Ferne tauchte ein schwarzer Citroën auf.

Franck starrte ihm entgegen. War es der Richtige? Es war das zweitürige Modell, das man immer dazu benutzte, Verhaftete abzutransportieren. Im Innern saßen anscheinend vier Personen – ja, dann war es sicher der Wagen, auf den er wartete. Der Citroën kam näher, und Franck erkannte auf dem Rücksitz das hübsche Gesicht von Michel Clairet, der von einem uniformierten Gestapo-Beamten bewacht wurde.

Er war heilfroh, dass er ausdrücklich befohlen hatte, Clairet in seiner Abwesenheit nicht zu foltern, denn in diesem Fall wäre sein neuer Plan undurchführbar gewesen.

Als der Citroën fast auf gleicher Höhe war, fuhr Leutnant Hesse in dem alten Peugeot plötzlich an. Der Wagen löste sich von der Bordsteinkante, schoss auf die Fahrbahn und knallte frontal in den entgegenkommenden Citroën.

Metall schepperte und verbog sich, berstendes Glas klirrte. Die zwei Gestapo-Männer auf den Vordersitzen sprangen heraus und fingen an, Hesse in schlechtem Französisch zu beschimpfen. Dass sich ihr Kollege auf dem Rücksitz offenbar den Kopf angeschlagen hatte – er saß in sich zusammengesunken und anscheinend bewusstlos neben seinem Gefangenen –, war ihnen offenbar entgangen.

Jetzt kommt's drauf an, dachte Franck. Seine Nerven waren gespannt wie Drahtseile. Würde Clairet nach dem Köder schnappen? Im Augenblick starrte er noch entgeistert auf die Szene vor sich auf der Straße.

Er brauchte lange, bis er seine Chance erkannte. Franck fürchtete schon, er würde sie sich entgehen lassen, als Clairet endlich reagierte. Er streckte seine gefesselten Hände über die Lehne des Vordersitzes, fummelte am Türknopf herum, brachte die Tür schließlich auf, stieß den Sitz vor und wand sich aus dem Wagen.

Die beiden Gestapo-Männer, die sich mit Leutnant Hesse stritten, standen mit dem Rücken zu ihm. Clairet drehte sich um und ging rasch davon. Seine Miene verriet, dass er sein Glück kaum fassen konnte.

Dieter Franck sah ihm triumphierend nach. Sein Plan ging auf.

Er folgte Clairet mit dem Fahrrad.

Hans Hesse folgte Franck zu Fuß.

Um Clairet nicht zu überholen, stieg Franck schon nach ein paar Metern wieder ab und schob das Rad am Trottoir entlang. Michel Clairet bog gleich in die erste Querstraße ein. Aufgrund seiner Schusswunde hinkte er noch ein wenig, kam aber trotzdem recht schnell voran. Seine gefesselten Hände ließ er vor seinem Körper herabhängen, damit sie weniger auffielen. Franck folgte ihm unauffällig, mal auf dem Fahrrad, mal es schiebend. Wo immer möglich, hielt er sich außer Sichtweite von Clairet und nutzte jede Deckung, wie sie sich zum Beispiel durch größere Fahrzeuge bot. Clairet sah sich immer wieder um, unternahm jedoch keinen systematischen Versuch, eventuelle Verfolger abzuschütteln. Er ahnte nicht, dass er nach allen Regeln der Kunst manipuliert wurde.

Wie zuvor besprochen, überholte Hesse nach ein paar Minuten den Major, und der ließ sich zurückfallen und folgte dem Leutnant in gebührendem Abstand. Später wechselten sie erneut die Positionen.

Ich frage mich, wo er hingeht, dachte Franck und hoffte, dass Clairet ihn, wenn schon nicht zu anderen Mitgliedern der Résistance, so doch vielleicht zu Sympathisanten oder einer bislang unbekannten konspirativen Wohnung führen würde. Es war entscheidend für seinen Plan: Nur über Michel Clairet konnte er die Fährte von Felicity Clairet wieder aufnehmen.

Überraschenderweise bog Clairet wenig später in die Straße unweit der Kathedrale ein, in der sein eigenes Haus stand. Konnte er sich nicht denken, dass es überwacht wurde? Nein, so naiv war er nicht: Nicht sein Haus war das Ziel, sondern die Bar auf der gegenüberliegenden Straßenseite.

Franck lehnte sein Fahrrad an die Wand des Nebenhauses, einem leer stehenden Laden mit einem verblassten *Charcuterie*-Schild, und wartete ein paar Minuten, ob Clairet gleich wieder herauskam.

Erst als klar war, dass der Verfolgte blieb, betrat er selbst die Bar. Es ging ihm eigentlich nur darum, festzustellen, ob Clairet tatsächlich in der Bar saß. Er verließ sich auf seine Tarnung – die Baskenmütze und die Autobrille – und hatte vor, sich unter dem Vorwand, ein Päckchen Zigaretten kaufen zu wollen, ein wenig umzusehen und danach die Bar gleich wieder zu verlassen.

Aber Clairet war nirgendwo zu sehen. Das war irritierend. Unschlüssig blieb Franck stehen.

Der Barmann fragte: »Monsieur?«

»Ein Bier bitte«, sagte Franck. »Vom Fass.« Er hoffte, wenn er die Unterhaltung mit dem Barkeeper auf wenige Worte beschränkte, würde sein leichter deutscher Akzent nicht auffallen.

»Kommt sofort.«

»Wo ist die Toilette?«

Der Barmann deutete auf eine Tür in der Ecke, und Franck ging hindurch. Clairet war nicht dort. Franck riskierte einen Blick in die Damentoilette: Auch dort war niemand. Er öffnete eine Tür, die wie eine Schranktür aussah, und fand dahinter eine Treppe, die nach oben führte. Er stieg sie hinauf. Am Ende der Stufen befand sich eine schwere Tür mit einem Guckloch. Er klopfte an, doch niemand öffnete. Er lauschte ein Weilchen. Zu hören war nichts, doch die Tür war auffallend dick. Er hätte schwören können, dass jemand hinter der

Tür stand, ihn durch das Guckloch beobachtete und sah, dass er kein regelmäßiger Kunde war. Er tat so, als habe er sich auf dem Weg zur Toilette verlaufen, kratzte sich am Kopf, zuckte die Achseln und ging die Treppe wieder hinunter.

Nichts deutete darauf hin, dass die Bar einen Hinterausgang hatte. Demnach musste sich Clairet in dem verschlossenen Raum im Obergeschoss aufhalten, dessen war sich Franck sicher. Aber was sollte er nun tun?

Er ging zurück an die Bar, nahm sein Bier in Empfang und setzte sich an einen Tisch, damit der Barmann nicht auf die Idee verfiel, ihn in ein Gespräch zu verwickeln. Das Bier war wässrig und schmeckte fade. Selbst in Deutschland war das Bier im Laufe des Krieges immer schlechter geworden. Franck zwang sich, das Glas auszutrinken. Dann verließ er die Bar.

Hans Hesse stand auf der anderen Straßenseite und betrachtete die Auslage im Schaufenster einer Buchhandlung. Franck ging zu ihm. »Er ist in einer Art Privatzimmer im ersten Stock«, sagte er. »Vielleicht trifft er sich dort mit anderen Partisanen. Es kann sich aber auch um ein Bordell handeln oder so was Ähnliches. Eines muss klar sein: Ich will ihn nicht auffliegen lassen, bevor er uns zu den entscheidenden Leuten geführt hat.«

Hesse nickte. Er verstand die komplizierte Situation.

Franck entschied sich. Es war noch zu früh, um Clairet erneut zu verhaften. »Wenn er rauskommt, folge ich ihm. Sobald wir fort sind, führen Sie hier eine Razzia durch.«

»Allein?«

Franck deutete auf zwei Gestapo-Männer im Citroën, die Clairets Haus überwachten. »Die beiden sollen Ihnen helfen.«

»Jawohl, Herr Major.«

»Tun Sie so, als wären Sie von der Sitte – nehmen Sie die Huren fest, sofern da welche sind. Kein Wort von der Résistance!«

»Jawohl, Herr Major. Kein Wort.«

»Also warten wir.«

Felicity war pessimistisch – bis zu dem Moment, als Michel hereinspazierte.

Sie saß an der Bar des improvisierten kleinen Casinos, schwätzte mit Yvette und beobachtete nebenbei die angespannten Gesichter der Männer, die nur Augen für ihre Karten, die Würfel oder das rotierende Rouletterad hatten. Keiner von ihnen schenkte Flick Beachtung: Eingefleischte Spieler wie sie ließen sich nicht von einem hübschen Gesicht ablenken.

Wenn sie Michel nicht fand, sah es finster aus. Ihre Dohlen waren zwar in der Kathedrale vorerst sicher, konnten dort aber nicht die Nacht verbringen. Sie hätten im Freien übernachten können – das Wetter im Juni war erträglich –, doch unter freiem Himmel war das Risiko, erwischt zu werden, noch größer als anderswo.

Außerdem brauchten sie ein Transportmittel. Wenn die Bollinger-Zelle ihnen keinen Wagen beschaffen konnte, würden sie einen stehlen müssen – was wiederum bedeutete, dass sie ihren Auftrag mit einem Fahrzeug durchführen mussten, nach dem von der Polizei gefahndet wurde. Das hieß, ein ohnehin schon brandgefährliches Unternehmen mit einem zusätzlichen Risiko zu belasten.

Flicks düstere Stimmung hatte noch einen anderen Grund: Sie bekam Stéphanie Vinson nicht mehr aus dem Kopf. Nie zuvor hatte sie eine Frau erschossen, nie zuvor einen wehrlosen, gefesselten Gefangenen getötet.

Jedes Mal, wenn sie einen Menschen getötet hatte, war sie eine Zeit lang total verstört. Obwohl der Gestapo-Mann, den sie wenige Minuten vor der Frau erschossen hatte, ein Kombattant mit einer Waffe in der Hand gewesen war, empfand sie es als absolut grauenhaft, dass sie ihm sein Leben genommen hatte. Ähnlich war es ihr mit den anderen Männern ergangen, die sie getötet hatte: zwei Angehörige der Milice in Paris, einen Gestapo-Oberst in Lille und einen französischen Verräter in Rouen. Doch der Fall Stéphanie Vinson war der bisher schlimmste. Sie hatte sie mit einem Kopfschuss von hinten hingerichtet, genau so, wie sie es angehenden Agenten bei der Ausbildung beibrachte. Dass die Frau es nicht anders verdient hatte, stand für Felicity außer Frage, nur um ihr eigenes Selbstverständnis machte sie sich Sorgen: Was sind das für Menschen, die kaltblütig wehrlose Gefangene töten? Bin ich zu einer brutalen Henkerin verkommen?

Sie trank ihren Whisky aus, lehnte aber einen zweiten ab, weil sie befürchtete, er könne sie rührselig machen. Da öffnete sich die Tür, und Michel kam herein.

Ein überwältigendes Gefühl der Erleichterung überkam sie. Michel kannte in Reims Gott und die Welt. Er würde ihr helfen können. Vielleicht war es ja doch noch möglich, die Mission zu einem erfolgreichen Ende zu bringen.

Beim Anblick seiner schlaksigen Figur, des zerknitterten Jacketts und des sympathischen Gesichts mit den ewig lächelnden Augen empfand sie eine Art zwiespältiger Zuneigung zu ihm. Wahrscheinlich werde ich ihn mein Leben lang gern haben, dachte sie, und die Erinnerung an die leidenschaftliche Liebe von einst sowie das Bewusstsein, dass es sicher kein Zurück mehr gab, taten ihr weh.

Michel kam näher, und Felicity erkannte, dass er nicht sehr gut aussah. In sein Gesicht schienen sich neue Falten gegraben zu haben, in seiner Miene spiegelten sich Erschöpfung und Furcht, und er sah eher aus wie fünfzig als wie fünfunddreißig. Sie machte sich Sorgen um ihn, und ein starkes Mitgefühl wallte in ihr auf. Was ihr jedoch den größten Kummer bereitete, war die Frage, wie sie ihm beibringen sollte, dass es um ihre Ehe geschehen war. Davor hatte sie Angst. Es ist makaber, dachte sie, als sie sich ihrer Situation bewusst wurde: Hier sitze ich und habe am heutigen Tag einen Gestapo-Mann und eine französische Verräterin erschossen. Ich bin auf geheimer Mission in feindlich besetztem Gebiet – und meine größte Sorge ist die, dass ich die Gefühle meines Ehemanns verletzen könnte …

Michel erkannte sie sofort, trotz ihres veränderten Aussehens. »Flick!«, rief er. »Ich wusste doch, dass du hier auftauchen würdest!« Er ging auf sie zu, noch immer hinkend wegen seiner Schussverletzung.

»Ich fürchtete schon, die Gestapo hätte dich erwischt«, flüsterte sie.

»Hat sie auch!« Er stellte sich so, dass die anderen Anwesenden nur seinen Rücken sehen konnten, und streckte Flick seine Hände entgegen, die mit einem dicken Strick an den Gelenken gefesselt waren.

Flick zog das kleine Messer aus seiner Scheide und schnitt die Fesseln durch. Die Spieler bekamen davon nichts mit. Flick steckte das Messer wieder weg.

Mémé Régis erblickte Michel, als er gerade dabei war, die Strickreste in seine Hosentaschen zu stopfen. Sie umarmte ihn und küsste ihn auf beide Wangen. Flick sah, wie er mit der älteren Frau flirtete, sie mit seiner Schlafzimmerstimme ansprach und mit seinem sinnlichen Lächeln beglückte. Dann kehrte Mémé an ihre Arbeit zurück und brachte den Spielern die bestellten Getränke, und Michel erzählte Flick, wie er der Gestapo entkommen war. Sie hatte schon befürchtet, er würde sie leidenschaftlich küssen wollen, denn sie wusste nicht, wie sie darauf hätte reagieren sollen. Aber es stellte sich heraus, dass ihm jeder romantische Gedanke fern lag; das Bedürfnis, seine Erlebnisse loszuwerden, überdeckte alles andere.

»Hab ich ein Schwein gehabt!«, schloss er seinen Bericht, setzte sich vorsichtig auf einen Barhocker, massierte seine Handgelenke und bestellte ein Bier.

Flick nickte. »Vielleicht ein bisschen *zu* viel«, sagte sie.

»Wie meinst du das?«

»Es könnte ein Trick gewesen sein.«

Die Antwort empörte ihn. Den unausgesprochenen Vorwurf, er könne der Gestapo leichtgläubig auf den Leim gegangen sein, konnte er nicht auf sich sitzen lassen. »Nein«, sagte er, »das glaube ich nicht.«

»Könnte es sein, dass man dich verfolgt hat?«

»Nein«, sagte er im Brustton der Überzeugung. »Ich hab natürlich darauf geachtet.«

Flick ließ es dabei bewenden, obwohl ihre Zweifel noch nicht ganz ausgeräumt waren. »Also ist Brian Standish tot und drei andere sind verhaftet: Jeanne Lemas, Gilberte und Doktor Bouler.«

»Ja. Die anderen sind alle tot. Die Deutschen haben die Leichen derer, die bei der Schießerei am Sonntag umgekommen sind, freigegeben. Die drei Überlebenden – Gaston, Geneviève und Bertrand – haben sie auf dem Platz vor der Kirche in Sainte-Cécile standrechtlich erschossen.«

»O Gott.«

Sie schwiegen eine Zeit lang. Die vielen Toten drückten Flick aufs Gemüt, zumal sie wusste, dass das Leid kein Ende nehmen würde, denn noch war ihre Mission nicht erfüllt.

Michels Bier kam. Er trank das Glas in einem Zug halb leer und wischte sich den Mund ab. »Ich nehme an, du bist zurückgekommen, weil du 's noch mal versuchen willst.«

Flick nickte. »Aber unsere Legende lautet, dass wir den Eisenbahntunnel bei Marles sprengen wollen.«

»Gute Idee, der wäre ohnehin fällig.«

»Aber nicht jetzt. Zwei aus meiner Gruppe sind in Paris geschnappt worden und haben bestimmt geredet. Da sie das wahre Ziel der Mission noch nicht kannten, wird die Gestapo den Tunnel jetzt garantiert doppelt und dreifach bewachen. Überlassen wir ihn also der Royal Air Force und konzentrieren uns lieber auf Sainte-Cécile.«

»Wie kann ich euch helfen?«

»Wir müssen irgendwo übernachten.«

Michel dachte nach. »In Joseph Laperrières Keller.«

Laperrière war ein Champagner-Produzent, dessen einstige Sekretärin Michels Tante Antoinette war. »Ist er einer von uns?«

»Ein Sympathisant.« Michel lächelte säuerlich. »Heutzutage sind alle Sympathisanten, weil jeden Tag mit der Invasion gerechnet wird.« Er sah sie fragend an. »Was ja wohl nicht ganz falsch ist …«

»Nein«, sagte sie, ohne weitere Einzelheiten preiszugeben. »Wie groß ist der Keller? Wir sind zu fünft.«

»Der ist riesig, da könnte man fünfzig Leute drin verstecken.«

»Schön. Außerdem brauche ich für morgen ein Fahrzeug.«

»Um nach Sainte-Cécile zu kommen?«

»Ja, natürlich. Und von dort zum Flugzeug – falls wir noch leben.«

»Du weißt, dass La Chatelle nicht mehr infrage kommt? Dort hat mich die Gestapo erwischt.«

»Ich weiß. Wir werden über Laroque ausgeflogen.«

»Den Kartoffelacker? Gut.«

»Und was ist mit einem Wagen?«

»Philippe Moulier hat einen Kleinlaster. Er beliefert die deutschen Stützpunkte mit Fleisch. Montags hat er seinen freien Tag.«

»Ich erinnere mich an ihn. Er ist ein Freund der Nazis.«

»Er war einer. Hat ja auch vier Jahre lang gut an ihnen verdient – und deshalb hat er jetzt die Hosen voll. Wenn die Invasion glückt und die Deutschen fort sind, knüpft man ihn als Kollaborateur auf. Er sucht händeringend nach einer Gelegenheit, uns zu helfen, nur um zu beweisen, dass er kein Verräter ist. Der borgt uns seinen Kombi garantiert.«

»Dann bring ihn morgen Vormittag um zehn zu Laperrières Keller.«

Michel berührte Flicks Wange. »Können wir die Nacht nicht gemeinsam verbringen?« Er lächelte – es war das alte, schurkische Herzensbrecher-Lächeln, und auf einmal sah er so gut aus wie eh und je.

Flick spürte eine vertraute Erregung in sich aufsteigen, aber sie war längst nicht so stark wie in früheren Tagen. Es hatte eine Zeit gegeben, da war sie schon bei seinem Lächeln feucht geworden. Jetzt war es eher wie eine Erinnerung an einstiges Verlangen.

Sie wollte ihm die Wahrheit sagen, denn sie hasste Unehrlichkeit jedweder Art. Doch ein Geständnis konnte die Mission infrage stellen. Sie war auf Michels Unterstützung angewiesen.

Oder ist das bloß eine Ausrede?, dachte sie. Vielleicht fehlt mir einfach nur der Mumm zur Ehrlichkeit …

»Nein«, sagte sie. »Aus der gemeinsamen Nacht wird nichts.«

Er wirkte geknickt. »Ist es wegen Gilberte?«

Sie nickte, konnte ihn aber nicht direkt belügen und hörte sich plötzlich sagen: »Ja, zum Teil.«

»Und der andere Teil?«

»Erspar mir eine solche Diskussion mitten in einem wichtigen Einsatz.«

Michel wirkte wehrlos, beinahe verängstigt. »Hast du einen anderen?«

Sie brachte es nicht über sich, ihm wehzutun. »Nein«, log sie.

Er sah sie kritisch an. »Gut«, sagte er schließlich. »Das freut mich.«

Flick verachtete sich selbst.

Michel trank sein Bier aus und glitt von seinem Hocker. »Laperrière wohnt im Chemin de la Carrière. Zu Fuß eine halbe Stunde von hier.«

»Ich kenne die Straße.«

»Gut. Dann mach ich mich jetzt am besten auf die Socken

und frage Moulier wegen des Kombis.« Er nahm sie in die Arme und küsste sie auf den Mund.

Ihr war elend zumute. Nachdem sie abgestritten hatte, dass es einen anderen gab, konnte sie Michel den Kuss kaum verweigern – ihn jedoch zu küssen kam ihr vor wie Verrat an Paul. Sie schloss die Augen und wartete passiv ab, bis Michel die Umarmung beendete.

Ihr Mangel an Beteiligung entging ihm nicht. Er sah sie nachdenklich an, sagte schließlich: »Bis morgen um zehn«, und ging.

Flick beschloss, ihm fünf Minuten Vorsprung zu geben, bevor auch sie sich auf den Weg machte, und bestellte sich doch noch einen zweiten Scotch bei Yvette.

Kaum hatte sie das Glas an den Mund gesetzt, begann ein rotes Licht über der Tür zu blinken.

Obwohl niemand ein Wort sprach, reagierten die Stammgäste sofort. Der Croupier hielt das Rouletterad an und drehte es um, sodass es aussah wie eine ganz normale Tischplatte. Die Kartenspieler strichen ihre Spieleinsätze ein und schlüpften in ihre Jacken. Yvette sammelte die Gläser vom Bartresen und legte sie in die Spüle. Mémé Régis drehte die Lampen aus, sodass der Raum nur noch von dem blinkenden Rotlicht über der Tür erhellt wurde.

Flick nahm ihre Tasche vom Fußboden und legte die Hand an ihre Waffe. »Was ist los?«, fragte sie Yvette.

»Eine Razzia«, antwortete sie.

Flick fluchte. Das muss doch mit dem Teufel zugehen, dachte sie, wenn ich jetzt ausgerechnet wegen illegalen Glücksspiels verhaftet werde …

»Alexandre hat uns von unten gewarnt«, erklärte Yvette. »Verschwinden Sie, rasch!« Sie deutete auf die gegenüberliegende Seite des Raumes.

Flick folgte Yvettes Fingerzeig und sah Mémé Régis in eine Art Schrank steigen. Dort schob sie hastig ein paar alte Mäntel beiseite und öffnete eine dahinter verborgene Tür, durch die die Glücksspieler einer nach dem anderen verschwanden. Flick erkannte ihre Chance.

Das rote Blinklicht erlosch. Im nächsten Augenblick hämmerte jemand gegen die schwere Eingangstür. Im Dunkeln schloss sich Flick den Männern an, die durch den Schrank drängten. Sie stolperte in ein leer stehendes Zimmer, dessen Fußboden ungefähr dreißig Zentimeter niedriger lag, als sie erwartet hatte. Vermutlich gehörte es zu der Wohnung über dem Laden nebenan – eine Mutmaßung, die sich rasch bestätigte, denn als Flick, den anderen folgend, die Treppe ins Erdgeschoss hinuntergerannt war, verrieten ihr die fleckige Marmortheke und die verstaubten Glasvitrinen, dass sie sich im Verkaufsraum der ehemaligen Metzgerei befand. Die Rollläden vor Eingang und Schaufenster waren herabgelassen, sodass von der Straße aus niemand hereinsehen konnte.

Flick und die Spieler verließen das Haus durch die Hintertür und kamen in einen verdreckten Hof, der von einer hohen Mauer umgeben war. Eine Tür in der Mauer führte in eine schmale Gasse und diese wiederum zur nächsten Straße. Dort angekommen, zerstreuten sich die Spieler in alle Himmelsrichtungen.

Auch Flick machte, dass sie davonkam, und hatte bald den Kontakt zu den anderen verloren. Atemlos blieb sie stehen, orientierte sich kurz und schlug dann die Richtung ein, die sie zur Kathedrale führte, wo die anderen Dohlen auf sie warteten. »Mein Gott«, flüsterte sie, »das war vielleicht knapp!«

Als sie wieder frei atmen konnte, begann sie die Razzia in der Spielhölle in einem anderen Licht zu sehen. Dass sie wenige Minuten, nachdem Michel gegangen war, stattgefunden hatte, war merkwürdig. Flick glaubte nicht an Zufälle.

Je länger sie darüber nachdachte, desto mehr wuchs ihre Überzeugung, dass die Kerle, die an die Tür gehämmert hatten, in Wirklichkeit nicht hinter Michel, sondern hinter ihr her gewesen waren. Schon vor dem Krieg hatte sich, wie sie wusste, in dem Raum über der Bar regelmäßig eine kleine, eingeschworene Zockergruppe getroffen und um hohe Summen gespielt. Die städtische Polizei wusste mit Sicherheit Bescheid. Was sollte sie so plötzlich dazu bewogen haben, den Club zu schließen? Wenn es aber nicht die Polizei war, musste es die Gestapo gewesen sein, die sich herzlich wenig für illegale Glücksspieler interessierte. Sie jagte Kommunisten, Juden, Homosexuelle – und Spione.

Schon die eigenartige Geschichte von Michels Flucht war Flick von Anfang an verdächtig vorgekommen, und erst seine hartnäckige Beteuerung, es sei ihm garantiert niemand gefolgt, hatte sie halbwegs beruhigt. Jetzt dachte sie anders darüber. Seine Flucht war, genauso wie die angebliche »Rettung« von Brian Standish, Teil eines raffiniert eingefädelten Täuschungsmanövers. Irgendwer war Michel in das Café gefolgt, hatte geahnt oder herausgefunden, dass es darüber ein Geheimzimmer gab, und dann zugeschlagen, um sie, Felicity Clairet, dort zu finden.

Hinter allem steckte, wie sie glaubte, die durchtriebene Intelligenz von Dieter Franck.

Stimmte ihre Vermutung, dann wurde Michel noch immer beschattet. Und wenn er sich weiterhin so unvorsichtig benahm, dann würde man ihn auch beschatten, wenn er heute Abend bei Philippe Moulier aufkreuzte – und morgen früh, wenn er mit dem Lieferwagen der Schlachterei zur Champagnerkellerei fuhr, um die Dohlen aus ihrem Versteck zu holen.

Und was, zum Teufel, kann ich dagegen tun?, dachte Flick.

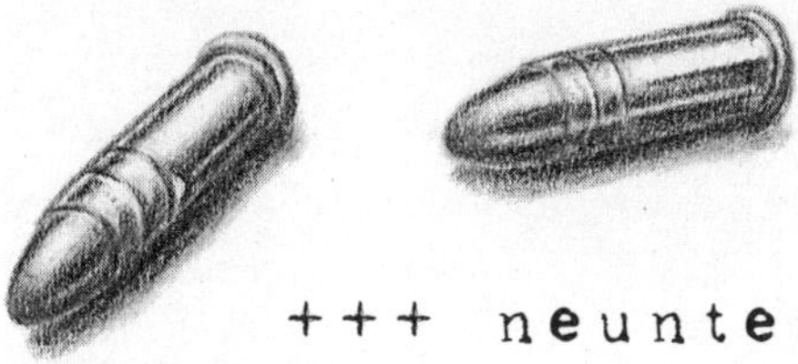

+++ neunter tag +++

montag, 5. juni 1944

Die Migräne überfiel Dieter Franck kurz nach Mitternacht. Er stand gerade in seinem Zimmer im Hotel Frankfurt und sah das Bett vor sich, das er nie wieder mit Stéphanie teilen würde. Wenn ich um sie weinen könnte, dachte er, gingen die Kopfschmerzen sicher wieder weg … Doch als die Tränen nicht kommen wollten, gab er sich selbst eine Morphiumspritze und ließ sich auf die Tagesdecke fallen.

Noch vor dem Morgengrauen weckte ihn das Telefon wieder auf. Rommels Adjutant Walter Goedel war am Apparat. Franck, noch nicht ganz bei sich, fragte: »Hat die Invasion begonnen?«

»Nein, heute noch nicht«, erwiderte Goedel. »Das Wetter überm Kanal ist schlecht.«

Franck setzte sich auf und schüttelte den Kopf, um klar denken zu können. »Was gibt's denn dann?«

»Die Résistance hat auf jeden Fall irgendwas *erwartet*. Überall in Nordfrankreich hat es heute Nacht gekracht, ein Sabotageakt nach dem anderen.« Goedels Stimme, ohnehin schon unterkühlt, klang so frostig wie nie zuvor. »Es hätte eigentlich Ihre Aufgabe sein sollen, das zu verhüten. Was haben Sie im Bett zu suchen?«

Franck fühlte sich kalt erwischt. Er musste sich zusammenreißen, um zu seiner gewohnten Haltung zurückzufinden. »Ich bin einem der führenden Résistance-Kader unmittelbar auf den Fersen«, sagte er, bemüht, seinen Ton von allem freizuhalten, was auch nur im Entferntesten den Eindruck erwecken könnte, er entschuldige sich für seine Erfolglosigkeit. »Gestern Abend hätte ich die Clairet schon fast gehabt. Heute ist sie dran. Keine Sorge – spätestens morgen Vormittag nehmen wir Hunderte von den Kerlen hoch. Das verspreche ich Ihnen.« Er bereute umgehend, dass er die letzten vier Worte in einem beinahe flehenden Ton ausgesprochen hatte.

Goedel zeigte sich ungerührt. »Übermorgen wird es vermutlich zu spät dafür sein.«

»Ich weiß …« Franck brach ab. Goedel hatte bereits aufgelegt.

Franck legte den Hörer auf die Gabel und sah auf seine Armbanduhr. Vier Uhr morgens. Er stand auf.

Die Migräne war verschwunden, doch er verspürte eine leichte Übelkeit, die entweder vom Morphium oder von dem unerfreulichen Anruf herrührte. Er trank ein Glas Wasser und schluckte dazu drei Aspirin-Tabletten, dann begann er sich zu rasieren. Während er sich mit dem Pinsel das Gesicht einschäumte, ging er in Gedanken nervös noch einmal die Ereignisse des vergangenen Abends durch und stellte sich die Frage, ob er wirklich sein Möglichstes getan hatte.

Er hatte Leutnant Hesse vor der Bar Chez Régis postiert und war Michel Clairet bis zum Anwesen von Philippe Moulier gefolgt. Moulier versorgte Restaurants und Wehrmachtküchen mit Frischfleisch, und seine Wohnung befand sich direkt über dem Metzgerladen, an den auf einer Seite ein Hof angrenzte. Franck hatte das gesamte Objekt eine Stunde lang im Auge behalten, doch niemand war herausgekommen.

Danach war er davon ausgegangen, dass Clairet vermutlich bei Moulier übernachten würde, und hatte von einer Bar aus Hans Hesse angerufen. Der hatte sich aufs Motorrad gesetzt und sich um zehn Uhr mit ihm vor dem Moulier-Grundstück getroffen. Hesse hatte ihm von der Razzia bei Chez Régis berichtet – und dem aus unerklärlichen Gründen leeren Raum im ersten Stock.

»Die müssen ein Frühwarnsystem haben«, hatte Franck spekuliert. »Wenn jemand kommt und oben nachsehen will, schlägt der Barmann unten Alarm.«

»Sie glauben, dass der Raum von den Partisanen benutzt wurde?«

»Wahrscheinlich. Früher hat vermutlich die Kommunistische Partei dort ihre Treffen abgehalten. Die Résistance hat dann das System übernommen.«

»Aber wie konnten sie gestern Abend entkommen?«

»Durch eine Falltür unterm Teppich oder dergleichen – die Kommunisten mussten ja immer mit dem Schlimmsten rechnen und dürften entsprechend vorgesorgt haben. Haben Sie den Barmann festgenommen?«

»Ich habe alle Personen festgenommen, die ich dort vorgefunden habe. Sie befinden sich jetzt im Schloss.«

Franck hatte die Beobachtung des Hauses von Moulier Leutnant Hesse überlassen und war nach Sainte-Cécile gefahren. Dort hatte er den vor Angst schlotternden Barbesitzer Alexandre Régis vernommen und binnen weniger Minuten erfahren, dass er mit seiner Vermutung weit am Ziel vorbeigeschossen hatte. Der Raum über der Bar diente weder der Résistance als Schlupfwinkel, noch war er jemals Treffpunkt der Kommunisten gewesen. Es handelte sich vielmehr um einen illegalen Spielclub. Immerhin hatte Régis bestätigt, dass Michel an jenem Abend da gewesen war. Außerdem habe er sich dort mit seiner Frau getroffen.

Es war zum Verrücktwerden. Wieder einmal war Felicity Clairet um Haaresbreite entkommen. Franck hatte einen Saboteur nach dem anderen erwischt, nur diese Frau ging ihm immer wieder durch die Lappen.

Er beendete seine Rasur, trocknete sein Gesicht ab, rief im Château an und gab Order, einen Wagen mit Fahrer und zwei Gestapo-Männern zu schicken. Dann zog er sich an, erbat sich unten in der Hotelküche ein halbes Dutzend ofenwarme

Croissants, die er in eine Leinenserviette wickelte, und ging in den kühlen Morgen hinaus. Die Türme der Kathedrale glänzten silbern im frühen Licht. Draußen wartete bereits einer der schnellen Gestapo-Citroëns auf ihn.

Er nannte dem Fahrer die Adresse Mouliers. Dort drückte sich, etwa fünfzig Meter weiter die Straße hinunter, Leutnant Hesse in einem Kaufhauseingang herum. Die ganze Nacht lang, sagte Hesse, sei kein Mensch gekommen oder gegangen; Clairet musste also noch im Haus sein. Franck befahl dem Fahrer, hinter der nächsten Ecke zu warten, und gesellte sich wieder zu Hesse. Gemeinsam aßen sie die Croissants und sahen über den Dächern von Reims die Morgensonne aufsteigen.

Das Warten wollte und wollte kein Ende nehmen. Minuten und Stunden tickten dahin, und Franck musste seine Ungeduld mit aller Gewalt bezähmen. Stéphanies Tod lag ihm schwer auf dem Herzen, doch der Schock der ersten Stunden hatte sich inzwischen gelegt. Sogar sein Interesse am Kriegsverlauf war zurückgekehrt. Er stellte sich vor, wie sich im Augenblick irgendwo im Süden Englands die geballten Streitkräfte der Alliierten sammelten, ganze Schiffsladungen voller Panzer und hochgerüsteter Soldaten, die nur darauf brannten, die friedlichen Küstenstädtchen Nordfrankreichs in Schlachtfelder zu verwandeln. Er dachte an die französischen Partisanen, die – dank Nachschubs aus der Luft bis auf die Zähne bewaffnet – bereitstanden, den deutschen Verteidigern in den Rücken zu fallen, sie quasi von hinten zu erdolchen und Rommels Manövrierfähigkeit entscheidend zu schwächen. Und hier stand er, Dieter Franck, lächerlich und machtlos in einem Ladeneingang in Reims und wartete darauf, dass ein Amateurspion geruhte, sein Frühstück zu beenden! Aber dieser Mann würde ihn heute endlich zum Kern der Résistance führen – vielleicht, jedenfalls. Franck konnte nur das Beste hoffen.

Es war schon nach neun Uhr, als die Haustür geöffnet wurde.

»Na, endlich«, flüsterte Franck und zog sich vom Bürgersteig zurück, um nicht gesehen zu werden. Leutnant Hesse drückte seine Zigarette aus.

Clairet kam nicht allein aus dem Haus, sondern in Begleitung eines Jungen von etwa siebzehn Jahren, bei dem es sich möglicherweise um einen Sohn Mouliers handelte. Der Junge hatte einen Schlüssel. Er öffnete das Vorhängeschloss am Hoftor und zog die beiden Torflügel auf. Ein blank geputzter schwarzer Lieferwagen, auf dessen Seiten in weißen Buchstaben der Schriftzug *Moulier & Fils – Viandes* prangte, kam zum Vorschein. Clairet stieg ein.

Franck war wie elektrisiert: Wenn Clairet sich einen Lieferwagen borgte, dann brauchte er ihn für die Dohlen. »Los!«, sagte er.

Hesse hastete zu seinem Motorrad, das er am Trottoir geparkt hatte, stellte sich mit dem Rücken zur Straße und tat, als fummle er am Motor herum. Franck rannte zur Ecke, winkte dem Gestapo-Fahrer, den Motor anzulassen, und konzentrierte sich wieder auf Clairet.

Der Lieferwagen verließ den Hof, bog auf die Straße ein und beschleunigte.

Hans Hesse ließ das Motorrad an und folgte ihm. Franck sprang in den Citroën und gab Order, dem Leutnant zu folgen.

Sie fuhren Richtung Osten. Auf dem Beifahrersitz des Gestapo-Fahrzeugs saß Franck und blickte nervös durch die Windschutzscheibe. Mouliers Lieferwagen war leicht auszumachen, da er einen hohen Kastenaufbau mit einem Ventil oben drauf hatte, das wie ein Schornstein aussah. Dieses kleine Ventil führt mich zu Felicity Clairet, dachte Franck optimistisch.

Im Chemin de la Carrière bremste der Lieferwagen und bog in den Hof der Champagner-Kellerei Laperrière ein. Hesse fuhr vorbei und bog an der nächsten Ecke ab. Francks

Fahrer folgte ihm. Als beide Fahrzeuge hielten, sprang Franck aus dem Wagen.

»Ich glaube, die Dohlen haben hier übernachtet«, sagte er zu Hesse.

»Durchsuchen, Herr Major?«, schlug der Leutnant eilfertig vor.

Franck dachte nach. Er stand vor dem gleichen Dilemma wie gestern vor der Bar. Gut möglich, dass sich die Leopardin in der Kellerei aufhält, dachte er. Aber wenn ich zu früh zuschlage, verliere ich womöglich unser trojanisches Pferd Michel, das uns vielleicht noch nützlich sein könnte …

»Jetzt noch nicht«, erwiderte er. Michel Clairet war seine letzte Hoffnung, und er konnte es einfach noch nicht riskieren, ihn zu verlieren. »Wir warten ab.«

Die beiden Männer gingen bis zum Ende der Straße und beobachteten das Laperrière-Haus von der Ecke aus. Es war ein hoher, eleganter Bau, umgeben von einem Hof voller leerer Fässer, in dem auch ein niedriges Betriebsgebäude mit einem flachen Dach stand. Franck vermutete darunter die Kellerei. Mouliers Lieferwagen parkte im Hof.

Dieter Francks Puls raste. Jeden Moment konnte Clairet wieder auftauchen – und dieses Mal mit seiner Frau und den anderen Dohlen im Gefolge. Sie würden in das Metzgereifahrzeug steigen und das Ziel ihres nächsten Anschlags ansteuern. Und das war dann der Punkt, an dem er zuschlagen und die ganze Bande mithilfe der Gestapo verhaften würde.

Nach einer Weile kam Clairet aus dem flachen Betriebsgebäude. Er war allein. Er blieb er im Hof stehen und sah sich unschlüssig um. »Was ist denn mit dem los?«, fragte Hesse.

»Irgendwas, womit er nicht gerechnet hat«, erwiderte Franck und spürte, wie seine Hoffnungen schwanden. War ihm dieses Weib schon wieder entwischt? Das durfte doch nicht wahr sein!

Clairet war endlich zu einem Entschluss gekommen. Er

stieg die Stufen empor, die zum Eingang des Wohnhauses führten, und klopfte. Ein Dienstmädchen mit einem weißen Häubchen auf dem Kopf ließ ihn ein.

Schon nach wenigen Minuten kam er wieder heraus. Er wirkte noch immer verwirrt, schien aber zu wissen, was er wollte. Er stieg in den Lieferwagen, ließ den Motor an und wendete.

Franck fluchte. So wie es aussah, waren die Dohlen nicht hier. Dass Clairet darüber genauso überrascht zu sein schien wie er selbst, war nur ein schwacher Trost.

Er musste unbedingt wissen, woran er war. »Wir halten es wieder wie gestern Abend«, sagte er zu Hesse, »nur dass *Sie* dieses Mal Clairet verfolgen. Das Haus durchsuche diesmal ich.«

Hesse schwang sich auf sein Motorrad.

Franck wartete ab, bis Clairet, in unverfänglichem Abstand verfolgt von Hesse, davongefahren war. Kaum waren sie außer Sichtweite, winkte er die Gestapo-Beamten zu sich und ging mit ihnen auf das Wohnhaus der Laperrières zu.

Zwei Männer bekamen die Order: »Überprüfen Sie das Haus und achten Sie darauf, dass niemand es verlässt.« Dem dritten Mann nickte er zu und sagte: »Wir beide durchsuchen die Kellerei.«

Im Erdgeschoss des Betriebsgebäudes befanden sich eine große Weinpresse und drei riesige Fässer. Die Kelter war makellos sauber: Die Weinlese fand erst in drei oder vier Monaten statt. Außer einem alten Mann, der den Boden fegte, war niemand zu sehen. Franck erblickte die Treppe und lief hinunter. In der kühlen Halle unter der Erde war mehr los: Eine Hand voll Arbeiter im Blaumann drehten die Champagner-Flaschen auf ihren Ständern. Als sie der Eindringlinge gewahr wurden, hielten sie inne und starrten sie an.

Franck und sein Begleiter durchsuchten einen Kellerraum nach dem anderen. Überall lagerten Champagnerflaschen, aufgeschichtet an den Wänden oder schräg und kopfüber in speziellen, A-förmigen Rahmen. Sie fanden Tausende von Flaschen – aber keine einzige Frau.

In einer Nische am Ende des letzten Gewölbes entdeckte Franck endlich einen Hinweis: Auf dem Boden lagen Brotkrümel, Zigarettenstummel und eine Haarklemme. Damit bestätigten sich seine schlimmsten Befürchtungen: Die Dohlen hatten tatsächlich die Nacht hier verbracht, waren aber entkommen.

Er suchte jemanden, an dem er seine Wut auslassen konnte. Die Arbeiter hatten wahrscheinlich keine Ahnung von den Dohlen, aber ohne die Erlaubnis des Kellereibesitzers hätten sich die Partisanen hier nicht verstecken können. Dafür wird er büßen müssen, dachte Franck, stieg wieder ins Erdgeschoss hinauf, durchquerte den Hof und ging zum Wohnhaus. Ein Gestapo-Mann öffnete ihm die Tür. »Sie sind alle im vorderen Salon«, sagte er.

Franck betrat einen großen Raum mit eleganter und geschmackvoller, wenngleich schon ein wenig abgenutzter Einrichtung: schwere Vorhänge, die seit Jahren nicht gereinigt worden waren, ein abgewetzter Teppich, ein langer Esstisch mit zwölf dazu passenden Stühlen. Das verängstigte Hauspersonal drängte sich gleich hinter der Tür zusammen: das Dienstmädchen, das Clairet die Tür geöffnet hatte, ein älterer Mann, der in seinem fadenscheinigen schwarzen Anzug aussah wie ein Butler, und eine pummelige Frau in einer Schürze, vermutlich die Köchin. Der zweite Gestapo-Beamte hielt sie mit seiner Pistole in Schach. Am hinteren Ende des Tisches saß eine dünne Frau von ungefähr fünfzig Jahren. Sie hatte rotes Haar, das mit silbergrauen Strähnen durchzogen war, und trug ein Sommerkleid aus hellgelber Seide. Ihre Haltung war gefasst und wirkte ein wenig hochnäsig.

Franck wandte sich an den Gestapo-Mann und fragte leise: »Wo ist der Hausherr?«

»Um acht fortgegangen. Sie wissen nicht, wohin. Er wird zum Mittagessen zurückerwartet.«

Franck wandte sich der Frau zu und sah sie scharf an. »Madame Laperrière?«

Sie nickte ernst, ließ sich jedoch nicht dazu herab, ein Wort zu sagen.

Franck beschloss, ihr in ihrer Aufgeblasenheit einen Denkzettel zu erteilen. Es gab genug deutsche Offiziere, die die französische Oberklasse mit Respekt behandelten. Franck hielt sie alle für Narren. Es fiel ihm gar nicht ein, diese Frau in ihrer Arroganz auch noch zu bestätigen, indem er höflich zu ihr ging, um mit ihr zu sprechen. »Bringen Sie sie her!«, befahl er.

Einer der Männer sprach sie an. Sie erhob sich langsam von ihrem Stuhl und kam auf Franck zu. »Was wollen Sie?«, fragte sie ihn.

»Gestern hat eine Gruppe englischer Agentinnen zwei deutsche Offiziere und eine französische Zivilistin getötet. Die Mörderinnen sind noch immer auf freiem Fuß.«

»Das tut mir leid«, sagte Madame Laperrière.

»Sie haben die Französin gefesselt und ihr aus nächster Nähe in den Hinterkopf geschossen«, fuhr er fort. »Ihr Gehirn hat sich über ihr ganzes Kleid verteilt.«

Madame Laperrière schloss die Augen und drehte den Kopf zur Seite.

»Eben diese Agentinnen«, sagte Franck, »wurden heute Nacht von Ihrem Gatten in seiner Kellerei beherbergt. Fällt Ihnen irgendein Grund ein, der dafür spricht, dass er *nicht* aufgeknüpft werden sollte?«

Hinter ihm brach das Dienstmädchen in Tränen aus.

Madame Laperrière war erschüttert. Sie wurde bleich im Gesicht und musste sich plötzlich setzen. »Nein, bitte nicht«, flüsterte sie.

Franck sagte: »Sie können Ihrem Gatten helfen, indem Sie mir sagen, was Sie über diesen Vorfall wissen.«

»Ich weiß gar nichts«, sagte sie leise. »Sie sind nach dem

Abendessen gekommen und vor dem Morgengrauen wieder gegangen. Ich habe sie gar nicht zu Gesicht bekommen.«

»Wie sind sie von hier weggekommen? Hat Ihr Mann ihnen einen Wagen zur Verfügung gestellt?«

Sie schüttelte den Kopf. »Wir haben kein Benzin.«

»Wie liefern Sie dann den Champagner aus, den Sie produzieren?«

»Unsere Kunden müssen hierher kommen.«

Franck glaubte ihr kein Wort. Felicity Clairet brauchte unbedingt ein Transportmittel. Deshalb hatte Michel Clairet den Lieferwagen Philippe Mouliers ausgeliehen und hierher gebracht. Allerdings – als er ankam, war seine Frau mit den Dohlen bereits fort gewesen. Sie *musste* daher eine andere Fahrgelegenheit aufgetan und beschlossen haben, früher aufzubrechen. Und gewiss hatte sie auch eine Nachricht hinterlassen, in der sie ihrem Mann ihr Verhalten erklärte und ihm beschrieb, wohin er sich wenden musste, um wieder zu ihnen zu stoßen.

»Wollen Sie mir etwa weismachen«, fragte Franck Madame Laperrière, »dass die Bande zu Fuß unterwegs ist?«

»Nein«, antwortete sie. »Ich sagte bereits, dass ich es nicht weiß. Als ich heute Morgen aufstand, waren sie schon fort.«

Franck war nach wie vor davon überzeugt, dass sie ihn anlog. Aber die Wahrheit aus ihr herauszuholen würde Zeit und Geduld kosten – und beides fehlte ihm inzwischen. »Alle verhaften«, ordnete er an, übellaunig vor Wut und Frustration.

Im Flur klingelte das Telefon. Franck verließ den Salon und hob den Hörer ab.

Eine Stimme mit deutschem Akzent sagte: »Geben Sie mir bitte Major Franck.«

»Am Apparat.«

»Hier Leutnant Hesse, Herr Major.«

»Was gibt's, Hesse?«

»Ich bin am Bahnhof. Clairet hat den Wagen abgestellt und eine Fahrkarte nach Marles gekauft. Der Zug fährt gleich ab.«

Genau damit hatte Franck gerechnet! Die Dohlen waren vorausgefahren und hatten Clairet instruiert, ihnen zu folgen. Offenbar planten sie noch immer, den Eisenbahntunnel zu sprengen. Wieder ist mir dieses Weib einen Schritt voraus, dachte Franck. Es ist zum Verzweifeln! Aber immerhin kenne ich ihr Ziel und bin ihr nach wie vor auf den Fersen. Bald schnappe ich sie … »Los, steigen Sie in den Zug«, sagte er zu Hesse. »Bleiben Sie am Mann! Wir sehen uns in Marles.«

»Jawohl, Herr Major«, sagte Hesse, und Franck legte auf.

Er kehrte in das Speisezimmer zurück. »Rufen Sie im Schloss an und lassen Sie sich einen Gefangenentransporter schicken«, sagte er zu den Gestapo-Beamten. »Übergeben Sie die Verhafteten Wachtmeister Becker zum Verhör. Er soll mit Madame anfangen.« Er deutete auf den Fahrer. »Und Sie bringen mich nach Marles.«

Flick und Paul saßen im Café de la Gare in der Nähe des Bahnhofs. Ihr Frühstück bestand aus Schwarzbrot mit Würstchen, die wenig oder gar kein Fleisch enthielten, sowie Ersatzkaffee. Ruby, Jelly und Greta saßen an einem anderen Tisch und ließen nicht erkennen, dass zwischen ihnen und den anderen beiden eine Verbindung existierte. Flick ließ die Straße vor dem Fenster des Cafés nicht aus dem Auge.

Ihr war klar, dass Michel sich in höchster Gefahr befand. Sie hatte erwogen, ihn zu warnen. Doch wäre sie zu Moulier gegangen, hätte sie damit nur den Deutschen in die Hände gespielt, die Michel bestimmt beschatteten, in der Hoffnung, dass er sie zu ihr führen würde. Schon ein Anruf bei Moulier wäre riskant gewesen, war doch damit zu rechnen, dass ein Lauscher der Gestapo mithören und ihren Aufenthaltsort herausbekommen würde. Am Ende ihrer Überlegungen hatte sie beschlossen, dass sie Michel nur auf eine Weise helfen konnte – nämlich indem sie darauf *verzichtete*, unmittelbaren Kontakt mit ihm aufzunehmen. Nach ihrer Theorie würde Dieter Franck Michel so lange unbehelligt lassen, bis er sie selber verhaftet hatte.

Aus diesem Grund hatte sie bei Madame Laperrière eine Nachricht für Michel hinterlassen und ihm Folgendes geschrieben:

Michel,
ich bin ganz sicher, dass Du beschattet wirst. Der Ort, an dem wir uns gestern aufhielten, wurde durchsucht, nachdem Du gegangen warst. Bestimmt ist man Dir auch heute Morgen hierher gefolgt.
Wir gehen, bevor Du kommst, und machen uns irgendwo in der Stadtmitte unsichtbar. Stell den Wagen am Bahnhof ab und leg den Schlüssel unter den Fahrersitz. Steig in den nächsten Zug nach Marles. Sieh zu, dass Du Deinen Schatten los wirst, und komm dann zurück.
Sei vorsichtig – bitte!
Flick
Und jetzt verbrenn dieses Blatt!

Das klang zwar in der Theorie ganz gut, konnte aber nicht verhindern, dass sie den ganzen Vormittag in fiebriger Gespanntheit darauf wartete, ob der Plan auch funktionieren würde.

Gegen elf Uhr sah sie endlich einen hochgebauten Lieferwagen vorfahren und gleich beim Bahnhofseingang parken. Sie hielt den Atem an. Die Aufschrift in weißen Lettern lautete: *Moulier & Fils – Viandes.*

Michel stieg aus, und Flick holte tief Luft.

Er betrat die Bahnhofshalle. Also hielt er sich an ihren Plan.

Sie versuchte herauszufinden, ob ihm jemand folgte, aber das war unmöglich zu erkennen. Vor dem Bahnhof herrschte ein reges Kommen und Gehen. Zu Fuß, per Fahrrad oder per Automobil trafen unentwegt Menschen ein, von denen jeder Einzelne Michels Schatten hätte sein können.

Sie blieb im Café sitzen, tat so, als trinke sie die bittere Brühe, die nur ein schlechter Lückenbüßer für echten Kaffee war, und ließ den Lieferwagen nicht aus den Augen. Wurde er überwacht? Der Strom der Kommenden und Gehenden ließ nicht nach. Doch trotz aller Bemühungen entdeckte Flick niemanden, dessen Verhalten ihr verdächtig vorkam. Nach einer Viertelstunde nickte sie Paul zu. Die beiden erhoben sich, nahmen ihr Gepäck auf und gingen hinaus.

Flick öffnete die Fahrertür und setzte sich ans Steuer. Paul stieg auf der anderen Seite ein. Flick schlug das Herz bis zum Halse. Wenn es eine Falle der Gestapo ist, schnappt sie gleich zu, dachte sie, fingerte den Schlüssel unterm Sitz hervor und ließ den Motor an.

Sie sah sich um. Kein Mensch schien Notiz von ihnen zu nehmen.

Ruby, Jelly und Greta kamen aus dem Café. Flick bedeutete ihnen mit einer Kopfbewegung, hinten einzusteigen.

Sie blickte über die Schulter. Der Wagen war mit Regalen und Schränken ausgestattet; Eisbehälter sollten die Temperatur niedrig halten. Obwohl alles blitzblank gewienert erschien, hing ein schwacher, unangenehmer Geruch nach rohem Fleisch im Wagen.

Die Hintertüren gingen auf. Die drei Frauen warfen ihr Gepäck in den Wagen und kletterten hinterher. Ruby zog die Türen wieder zu.

Flick legte den ersten Gang ein und fuhr los.

»Geschafft!«, sagte Jelly. »Liebes Herrgöttchen, ich danke dir.«

Flick lächelte dünn. Das Schlimmste lag noch vor ihnen.

Sie nahm die Ausfallstraße Richtung Sainte-Cécile. Zwar achtete sie auf Polizeiwagen und die Citroëns der Gestapo, doch im Augenblick fühlte sie sich relativ sicher. Sie fuhr ein Fahrzeug, das als legitimer Lebensmitteltransporter gekennzeichnet war. Und dass eine Frau am Steuer eines solchen

Fahrzeugs saß, war nicht ungewöhnlich: Viele Männer befanden sich in deutschen Arbeitslagern – oder hatten sich in die Berge geschlagen und dem Maquis angeschlossen, um eben nicht in solche Lager deportiert zu werden.

Kurz nach zwölf erreichten sie Sainte-Cécile. Flick spürte die wundersame Stille, die sich Schlag zwölf über Frankreichs Straßen senkte, wenn die Menschen sich zu Tisch begaben und die erste richtige Mahlzeit des Tages einnahmen. Sie fuhr zu dem Haus, in dem Michels Tante Antoinette lebte. Ein Holztor, dessen einer Flügel offen stand, führte in den Innenhof. Paul sprang heraus, um auch den zweiten Torflügel zu öffnen, Flick fuhr den Metzgereiwagen auf den Hof, und Paul schloss hinter ihr das Tor. Das Fahrzeug mit seiner unverwechselbaren Aufschrift war nun von der Straße aus nicht mehr zu sehen.

»Wartet hier, bis ich pfeife«, sagte Flick und stieg aus.

Sie ging zu Antoinettes Wohnungstür, während die anderen im Wagen blieben und warteten. Beim letzten Mal, als Flick an diese Tür geklopft hatte – erst acht Tage war es her, und doch kam es ihr vor, als wäre ein ganzes Leben vergangen –, war Michels Tante wegen der Schüsse zwischen Schloss und Kirche so verängstigt gewesen, dass sie sich kaum zu öffnen getraut hatte. Dieses Mal kam sie sofort, eine schmale Frau mittleren Alters in einem eleganten, aber verblichenen gelben Baumwollkleid. Zuerst sah sie Flick, die nach wie vor die dunkle Perücke trug, nur fragend an, doch dann erkannte sie, wer da vor ihr stand. »Sie!«, sagte sie, und ihre Miene verriet Panik. »Was wollen Sie?«

Flick pfiff die anderen herbei und stieß Antoinette in die Wohnung zurück. »Nur keine Angst«, sagte sie. »Wir werden Sie fesseln, damit die Deutschen glauben, wir hätten Sie mit Gewalt dazu gezwungen.«

»Was soll das?«, fragte Antoinette mit zitteriger Stimme.

»Ich erklär's Ihnen gleich. Sind Sie allein?«

»Ja.«

»Gut.«

Die anderen kamen herein, und Ruby schloss die Wohnungstür. Sie gingen in die Küche. Der Tisch war gedeckt: Schwarzbrot, ein Salat aus geraspelten Karotten, ein Stück Käse und eine Weinflasche ohne Etikett.

»Was soll das alles?«, fragte Antoinette erneut.

»Nehmen Sie Platz«, erwiderte Flick, »und essen Sie erst einmal fertig.«

Sie setzte sich, sagte jedoch, dass sie jetzt keinen Bissen herunterbekomme.

»Es ist ganz einfach«, erklärte Flick. »Sie und Ihre Kolleginnen werden heute Abend nicht zum Putzen ins Schloss gehen. Das tun wir.«

»Wie wollen Sie das denn anstellen?«, fragte Antoinette ungläubig.

»Wir teilen den Frauen der Abendschicht mit, dass sie vor Arbeitsbeginn hier herkommen sollen. Wenn sie auftauchen, fesseln wir sie – und gehen dann an ihrer Stelle ins Schloss.«

»Das können Sie nicht! Sie haben doch keine Passierscheine.«

»Doch, haben wir.«

»Wie …?« Antoinette hielt die Luft an. »Dann waren *Sie* das, die vorigen Sonntag meinen Ausweis gestohlen hat! Und ich dachte, ich hätte ihn verloren. Sie haben mich damit in die größten Schwierigkeiten gebracht!«

»Tut mir leid.«

»Die Deutschen haben ein furchtbares Theater gemacht. Aber diesmal wird's noch schlimmer – Sie wollen doch bestimmt das ganze Gebäude in die Luft jagen!« Antoinette stöhnte. »Und mir werden sie die Schuld daran geben, Sie kennen die doch! Die werden uns alle foltern!«

Flick biss die Zähne zusammen. Antoinettes Befürchtung war nicht von der Hand zu weisen. Ohne weiteres war der Gestapo zuzutrauen, dass sie die regulären Putzfrauen auf den bloßen Verdacht hin, sie könnten etwas mit dem Täuschungsmanöver zu tun haben, umbrachte.

»Wir sorgen dafür, dass an Ihrer Unschuld kein vernünftiger Zweifel mehr bestehen kann«, erklärte sie. »Sie sind unsere Opfer, genauso wie die Deutschen.« Dass sich ein gewisses Restrisiko nicht beseitigen ließ, war Flick vollkommen bewusst.

»Sie werden uns nicht glauben«, jammerte Antoinette. »Und dann werden wir wahrscheinlich alle getötet.«

Flick verschloss ihr Herz. »Richtig«, sagte sie, »deshalb heißt es ja auch Krieg.«

Bei Marles, einer Kleinstadt östlich von Reims, führte die Eisenbahntrasse Richtung Frankfurt, Stuttgart und Nürnberg über eine längere Strecke bergauf. Durch den Tunnel gleich hinter der Stadt floss ein stetiger Strom von Versorgungsgütern aus der Heimat der deutschen Besatzungsmacht nach Frankreich. Die Zerstörung des Tunnels hätte bedeutet, dass Rommel bald die Munition ausgehen würde.

Mit seinen jeweils zur Hälfte mit Holz verkleideten, in hellen Farben gestrichenen Häusern wirkte das Städtchen selbst beinahe bayerisch. Das Rathaus stand auf einem mit dicht belaubten Bäumen gesäumten Platz direkt gegenüber dem Bahnhof. Der örtliche Gestapo-Chef hatte sich im großen, geräumigen Büro des Bürgermeisters einquartiert. Er, Major Franck und ein Hauptmann Bern, der für die Bewachung des Tunnels zuständig war, beugten sich über eine Landkarte und besprachen ihre Strategie.

»Ich habe an beiden Tunneleinfahrten je einen Zug von zwanzig Mann postiert«, sagte Bern. »Ein dritter patrouilliert Tag und Nacht auf dem Berg. Wenn die Résistance unsere Bewachung knacken will, braucht sie eine starke Truppe.«

Franck runzelte die Stirn. Beim Verhör dieser Lesbierin

namens Diana Colefield war herausgekommen, dass sich die Clairet-Bande ursprünglich aus sechs Frauen zusammengesetzt hatte. Zwei waren ihm ins Netz gegangen, sodass sie inzwischen nur noch zu viert waren. Es ließ sich allerdings nicht ganz ausschließen, dass sie sich mittlerweile mit anderen Saboteuren zusammengetan oder Kontakt zu Partisanen in und um Marles aufgenommen hatten. »Die haben genug Leute«, sagte er. »Die Franzosen rechnen jetzt jeden Tag mit der Invasion.«

»Aber eine große Truppe ist schwer zu verstecken. Bislang haben wir noch nichts Verdächtiges bemerkt.«

Bern war klein und zierlich gebaut und trug eine Brille mit dicken Gläsern. Wahrscheinlich war er deshalb nicht bei der kämpfenden Truppe an der Front eingesetzt, sondern in diesem Nest in der Etappe stationiert. Nichtsdestoweniger beeindruckten Franck seine Intelligenz und Sachlichkeit; alles, was der junge Offizier sagte, hatte Hand und Fuß, und Franck war bereit, es ihm abzunehmen.

»Wie anfällig ist der Tunnel für Detonationsschäden?«, fragte Franck.

»Er führt durch soliden Fels. Sicher kann er zerstört werden – aber dazu bräuchte man eine Lastwagenladung voller Dynamit.«

»Dynamit hat die Résistance genug.«

»Ja, aber sie muss es irgendwie herschaffen – und das, wie gesagt, ohne von uns dabei erwischt zu werden.«

»Da haben Sie allerdings Recht.« Franck wandte sich an den Gestapo-Chef. »Liegen Ihnen irgendwelche Berichte über ungewöhnliche Fahrzeuge oder das Eintreffen ortsfremder Personengruppen in der Stadt vor?«

»Nichts dergleichen. Es gibt hier nur ein einziges Hotel, und das hat derzeit keine Gäste. Um die Mittagszeit haben meine Männer – wie jeden Tag – die Bars und Restaurants inspiziert, aber es ist ihnen nichts Ungewöhnliches aufgefallen.«

»Ist es denkbar, Herr Major«, warf Hauptmann Bern zögernd ein, »dass der Bericht, den Sie über einen geplanten Angriff auf den Tunnel erhalten haben, eine Art … Fälschung war? Eine falsche Fährte, sozusagen, die Sie vom eigentlichen Ziel ablenken soll?«

Was fällt dem Kerl ein?, dachte Franck, gab aber insgeheim zu, dass er selbst diese Möglichkeit auch schon in Erwägung gezogen hatte – schließlich wusste er aus bitterer Erfahrung, dass die Leopardin eine Meisterin der Irreführung war. War es denkbar, dass sie ihn schon wieder ins Leere laufen ließ? Nein, diese Vorstellung war zu beschämend, um sich näher damit zu befassen. »Ich habe die Informantin persönlich verhört und bin sicher, dass sie die Wahrheit gesagt hat«, erwiderte er. Es kostete ihn Überwindung, seine Wut nicht durchklingen zu lassen. »Völlig auszuschließen ist Ihre Vermutung jedoch nicht, denn es kann ja auch sein, dass die Informantin selbst falsch informiert war, und zwar ganz bewusst, als Vorsichtsmaßnahme.«

Bern hob den Kopf und sagte: »Ein Zug kommt.«

Franck runzelte die Stirn. Er hörte keinen Zug.

»Mein Gehör ist außergewöhnlich gut«, sagte der Hauptmann lächelnd. »Zweifellos als Ausgleich für meine schlechten Augen.«

Nach Francks Recherchen war der Elf-Uhr-Zug der einzige, der an diesem Tag von Reims nach Marles ging. Also mussten Michel Clairet und Leutnant Hesse in diesem Zug sitzen. Der Gestapo-Chef trat ans Fenster. »Der hier kommt von Osten«, sagte er. »Sie sagten doch, Ihr Mann käme aus Reims, oder?«

Franck nickte.

»Ich höre gerade, es kommen *zwei* Züge«, sagte Hauptmann Bern, »einer aus jeder Richtung.«

Der Gestapo-Chef wandte den Blick nach Westen. »Sie haben Recht, da kommt noch einer.«

Die drei Männer verließen das Büro und gingen hinaus auf den Platz. Francks Fahrer, der an der Kühlerhaube des Citroën lehnte, trat seine Zigarette aus und nahm Haltung an. Neben ihm wartete ein Gestapo-Mann mit einem Motorrad. Seine Aufgabe war es, die Beschattung Michel Clairets zu übernehmen.

Sie gingen zum Bahnhof. »Gibt es hier noch einen zweiten Ausgang?«, fragte Franck den Gestapo-Chef.

»Nein.«

Während sie auf die Ankunft der Züge warteten, fragte Hauptmann Bern: »Haben Sie die neuesten Nachrichten schon gehört, Herr Major?«

»Nein. Was ist denn passiert?«, fragte Franck zurück.

»Rom ist gefallen.«

»Mein Gott!«

»Die amerikanische Armee hat gestern Abend um sieben Uhr die Piazza Venezia erreicht.«

Als ranghöchster Offizier der Gruppe sah Franck sich bemüßigt, die Kampfmoral aufrechtzuerhalten. »Das ist keine gute Nachricht«, sagte er. »Aber sie kommt nicht ganz unerwartet. Davon abgesehen ist Italien nicht Frankreich. Hierzulande werden alle Invasoren eine böse Überraschung erleben.«

Hoffentlich, dachte er, sprach es aber nicht aus.

Der Zug aus dem Osten lief als erster ein. Die Passagiere waren noch dabei, auszusteigen und ihr Gepäck auszuladen, als auch der Gegenzug einrollte. Am Eingang des Bahnhofs drängte sich eine kleine Gruppe von Menschen, die offenbar Reisende abholen wollten. Franck unterzog jeden Einzelnen einer genauen Blickkontrolle und fragte sich insgeheim, ob die örtliche Résistance die Unverfrorenheit besaß, Michel Clairet vom Zug abzuholen, aber es fiel ihm nichts auf, was diesen Verdacht bestätigt hätte.

Gleich neben der Sperre befand sich ein Kontrollpunkt der Gestapo. Der Chef trat an den Tisch, wo ein untergeordneter Beamter Dienst tat, und gesellte sich zu ihm. Hauptmann Bern lehnte sich an eine Säule, die ihn halb verdeckte. Franck kehrte zu seinem Wagen zurück, setzte sich in den Fond und behielt von dort aus den Bahnhof im Auge.

Was mache ich, wenn dieser Bern Recht hat und die Tunnelgeschichte nur ein Ablenkungsmanöver ist?, dachte er. Eine Horrorvorstellung – aber ich muss mir über mögliche Alternativen zumindest Gedanken machen. Welche anderen militärischen Ziele im Umkreis von Reims sind für die Saboteure interessant? Das Schloss in Sainte-Cécile natürlich – aber da haben sich die Kerle ja erst vor einer Woche eine blutige Nase geholt. So bald nach einem solchen Desaster trauen sie sich da bestimmt noch nicht wieder ran. Dann wären da noch diese Kaserne nördlich von Reims und die Rangierbahnhöfe an der Strecke nach Paris … Aber mit Spekulationen komme ich nicht weiter. Ich brauche handfeste Informationen …

Ich könnte mir natürlich gleich Michel Clairet vorknöpfen. Wenn ich ihm einen Fingernagel nach dem anderen ausreiße, wird er schon reden – nur: Wer garantiert mir, dass *er* Bescheid weiß? Womöglich tischt er uns nur wieder eine andere Legende auf – und glaubt selbst daran, genauso wie diese Diana. Nein, es ist sicher besser, Clairet weiterhin zu beschatten und abzuwarten, bis er sich mit seiner Frau trifft. Die kennt das wahre Ziel garantiert und ist die Einzige, deren Verhör jetzt noch etwas nutzt …

Die Gestapo kontrollierte sorgfältig die Ausweise der Reisenden, sodass es lange dauerte, bis die Passagiere, einer nach dem anderen, aus der Bahnhofshalle kamen. Francks Ungeduld wuchs. Plötzlich ertönte ein Pfiff, und der Zug Richtung Reims setzte sich in Bewegung. Weitere Reisende passierten den Kontrollpunkt – zehn, zwanzig, dreißig. Und dann fuhr auch der Gegenzug in Richtung Deutschland ab.

Leutnant Hesse kam durch die Bahnhofstür.

»Was, zum Teufel …?«, entfuhr es Franck.

Hesse sah sich um, entdeckte den schwarzen Citroën und hielt darauf zu.

Franck sprang aus dem Wagen.

»Was ist passiert? Wo ist er?«, fragte Hesse.

»Was soll die Frage?«, brüllte Franck ihn an. »*Sie* sollen ihn beschatten!«

»Hab ich doch! Er ist hier ausgestiegen. In der Schlange vor dem Kontrollpunkt hab ich ihn aus den Augen verloren. Das kam mir komisch vor, und ich habe mich dann vorgedrängelt, aber da war er schon verschwunden.«

»Ist er vielleicht wieder in den Zug gestiegen?«

»Unmöglich – auf dem Bahnsteig war ich dauernd hinter ihm.«

»Kann er in den Gegenzug gestiegen sein?«

Dem Leutnant klappte der Unterkiefer herunter. Nach einer Pause sagte er: »Als wir an dem Übergang zum anderen Bahnsteig vorbeikamen, war er plötzlich weg …«

»Das war's dann«, sagte Franck. »Verflucht! Jetzt fährt er also nach Reims zurück. Er hat bloß den Lockvogel gespielt. Das Ganze war ein Ablenkungsmanöver.« Ich bin schon wieder auf eine Finte reingefallen, dachte er und ärgerte sich maßlos darüber.

»Was sollen wir jetzt machen?«

»Wir fahren dem Zug nach und holen ihn ein. Dann können Sie die Beschattung fortsetzen. Ich bin immer noch überzeugt, dass er uns zu Felicity Clairet führen wird. Steigen Sie ein, los!«

Flick konnte es kaum fassen, wie weit sie bereits gekommen war. Trotz eines brillanten Gegners und einiger unglücklicher Zwischenfälle waren vier der ursprünglich sechs Dohlen der Gefangennahme entgangen und saßen nun in einer Küche in unmittelbarer Nähe vom Schlossplatz in Sainte-Cécile, gewissermaßen direkt unter der Nase der Gestapo. In zehn Minuten begann die letzte Etappe: Sie würden das schmiedeeiserne Tor durchschreiten und sich in die Höhle des Löwen begeben.

Antoinette selbst und vier von ihren fünf Kolleginnen aus der Putzkolonne waren an Küchenstühle gefesselt, und bis auf Antoinette selbst hatte Paul alle geknebelt. Da ihnen der Zugang zur deutschen Kantine verwehrt war, hatten die Frauen für die Arbeitspause um 21.30 Uhr in Einkaufskörben oder Leinenbeuteln eigene Verpflegung dabei – Brot, kalte Kartoffeln, Obst und Thermosflaschen mit Wein oder Ersatzkaffee. Jetzt packten die Dohlen eilends um: Taschenlampen, Waffen, Munition und gelber Plastiksprengstoff in 250-Gramm-Stäben verschwanden in den Taschen und Körben. Die Koffer, in denen das Material bisher verstaut gewesen war, hätten in den Händen von Putzfrauen auf dem Weg zur Arbeit verdächtig ausgesehen.

Aber die Behältnisse der Putzfrauen waren zu klein. Flick erkannte das Problem schnell. Sie hatte ihre Sten-Maschinenpistole mit Schalldämpfer zwar zerlegt, doch waren die drei Einzelteile jeweils noch etwa dreißig Zentimeter lang. Jelly musste sechzehn Sprengkapseln in einem stoßsicheren Behälter mitnehmen, dazu eine Brandbombe sowie einen chemischen Sauerstofferzeuger, der dazu diente, in geschlossenen Räumen wie Bunkern Feuer zu entzünden und am Brennen zu halten. Die Sachen passten mit Müh und Not in die verfügbaren Taschen und Körbe, doch für die zur Tarnung unerlässlichen Vesperpakete der Putzfrauen waren die Behältnisse definitiv zu klein.

»Verdammt«, sagte Flick nervös. »Antoinette, haben Sie irgendwelche größeren Taschen?«

»Was für Taschen?«

»Große Taschen, so was wie Einkaufstaschen. Sie müssen doch so etwas im Haus haben.«

»In der Speisekammer ist ein Korb, mit dem ich immer auf den Gemüsemarkt gehe.«

Flick fand ihn schnell. Es war ein rechteckiger, billiger Korb aus geflochtenem Schilfrohr. »Der passt«, sagte sie. »Haben Sie noch mehr davon?«

»Nein, wozu brauche ich zwei?«

Flick brauchte insgesamt vier.

Es klopfte an der Wohnungstür, und Flick ging öffnen. Eine Frau in einer geblümten Kittelschürze und mit einem Haarnetz auf dem Kopf stand draußen: die letzte Putzfrau. »Guten Abend«, sagte Flick.

Die Frau war sichtlich überrascht, eine Fremde hier zu sehen. »Ist Antoinette da?«, fragte sie stockend. »Sie hat mir eine Nachricht zukommen lassen ...«

Flick lächelte beruhigend. »Sie ist in der Küche. Kommen Sie rein.«

Die Frau ging durch den Flur, offenbar vertraut mit der Umgebung, und betrat die Küche. Dort blieb sie wie angewurzelt stehen und stieß einen erstickten Schrei aus. »Keine Angst, Françoise«, sagte Antoinette, »sie fesseln uns, damit die Deutschen wissen, dass wir ihnen nicht geholfen haben.«

Flick nahm der Frau ihre Tasche ab. Sie war aus Schnur geknüpft, sehr praktisch für einen Laib Brot und eine Flasche, doch für Flicks Zwecke taugte sie nicht.

Ein ärgerliches, unbedachtes Detail drohte ihren Plan zu vereiteln – und das Minuten vor der entscheidenden Phase ihrer Mission! Wenn wir dieses Problem nicht in den Griff bekommen, können wir einpacken, dachte Flick. Aber sie zwang sich zur Ruhe, dachte nach und fragte Antoinette: »Wo haben Sie Ihren Korb gekauft?«

»In dem Lädchen gegenüber. Sie können es vom Fenster aus sehen.«

Die Fenster standen offen, doch die Läden waren geschlossen, da es selbst gegen Abend noch sehr warm war. Flick stieß einen der Läden einen Spalt weit auf und lugte auf die Rue du Château hinaus. In dem Geschäft auf der anderen Straßenseite wurden Kerzen, Feuerholz, Besen und Wäscheklammern verkauft. Flick drehte sich zu Ruby um. »Geh und kauf uns schnell noch drei solche Körbe.«

Ruby ging zur Tür.

»Wenn's geht, drei verschiedene.« Flick hatte Bedenken, dass vier gleich aussehende Körbe Misstrauen erregen könnten.

»Klar.«

Paul fesselte die Frau, die zuletzt gekommen war, an einen Stuhl und knebelte sie. Er bat sie dabei wortreich um Entschuldigung und ließ seinen ganzen Charme spielen, sodass sie alles widerspruchslos über sich ergehen ließ.

Flick händigte Jelly und Greta ihre Passierscheine aus. Sie hatte sie mit Absicht bis zur letzten Minute zurückbehalten, denn wäre ein solcher Ausweis bei einer möglichen Verhaftung dem Gegner in die Hände gefallen, so wäre die Mission aufgeflogen. Rubys Passierschein noch in der Hand, trat sie wieder ans Fenster.

Ruby verließ in diesem Augenblick mit drei in Form und Farbe unterschiedlichen Körben den Laden. Erleichtert sah Flick auf die Uhr: Es war zwei Minuten vor sieben.

Da geschah das Unglück.

Ruby wollte gerade die Straße überqueren, als sie von einem Mann in militärischer Kleidung angesprochen wurde. Er trug ein Hemd aus blauem Köper mit geknöpften Brusttaschen, eine dunkelblaue Krawatte und eine Art Baskenmütze. Seine dunklen Hosen steckten in hohen Stiefeln. Flick erkannte die Uniform der *Milice*, jener französischen Sicherheitstruppe, die die Drecksarbeit für das Regime erledigte. »O nein!«, stöhnte sie.

Die *Milice* bestand, ähnlich wie die Gestapo, aus Männern, die zu dumm und zu brutal waren, um bei der normalen Polizei unterzukommen. Die höheren Chargen waren Oberklassen-Versionen vom gleichen Schlag, snobistische Patrioten, die ständig von Frankreichs Glanz und Gloria schwadronierten und dann ihre Schergen ausschickten, Judenkinder in ihren Kellerverstecken aufzuspüren und zu verhaften.

Paul sah Flick über die Schulter und sagte: »Oh, Mist, einer von diesen beschissenen Milizionären ...«

Flicks Gedanken überstürzten sich. War das eine Zufallsbegegnung, oder steckte dahinter eine gezielte Aktion gegen die Dohlen? Die Milizionäre waren berüchtigte Wichtigtuer, die sich einen Spaß draus machten, ihre Mitbürger in Angst und Schrecken zu versetzen. Sie hielten wahllos Leute an, deren Aussehen ihnen nicht passte, kontrollierten minutiös ihre Papiere und verhafteten Menschen unter den aberwitzigsten Vorwänden. Flick hoffte, dass es sich in Rubys Fall auch um einen solchen Willkürakt handelte. Wenn die Polizei systematisch alle Passanten in den Straßen von Sainte-Cécile kontrolliert, dann kommen wir nicht einmal bis zum Schlosstor, dachte sie.

Der Uniformierte begann Ruby Fragen zu stellen. Sein Ton klang aggressiv. Flick konnte ihn nicht deutlich verstehen, schnappte aber die Wörter »Mischling« und »schwarz« auf und hielt es für möglich, dass der Mann die dunkelhäutige Frau als Zigeunerin beschimpfte. Ruby zog ihre Papiere heraus. Der Kerl prüfte sie und stellte weitere Fragen, ohne jedoch den Ausweis zurückzugeben.

Paul zog seine Pistole.

»Steck das Ding wieder ein«, befahl ihm Flick.

»Du wirst doch nicht tatenlos zusehen, wie er Ruby verhaftet?«

»Doch, werde ich«, erwiderte Flick kalt. »Wenn wir uns jetzt auf eine Schießerei einlassen, sind wir erledigt und können uns unsere Mission endgültig aus dem Kopf schlagen, ganz egal, wie's ausgeht. Die Sabotage der Telefonzentrale ist wichtiger als Rubys Leben. Also – weg mit der verdammten Waffe!«

Paul schob die Pistole in den Hosenbund.

Der Wortwechsel zwischen Ruby und dem Milizionär eskalierte. Beklommen beobachtete Flick, wie Ruby die drei Körbe in die linke Hand nahm und ihre Rechte in die Manteltasche schob. Der Mann packte Ruby entschlossen an der linken Schulter – offenbar wollte er sie verhaften.

Ruby reagierte blitzschnell. Sie ließ die Körbe fallen, zog die Rechte aus der Tasche und hielt ein Messer in der Hand.

Sie trat einen Schritt vor und stieß das Messer ungefähr aus Hüfthöhe kraftvoll nach oben. Die Klinge mit der nach oben gerichteten, aufs Herz zielenden Spitze drang direkt unterhalb der Rippen in den Körper ihres Widersachers ein.

»Scheiße!«, fluchte Flick.

Der Mann stieß einen Schrei aus, der rasch zu einem grässlichen Gurgeln erstarb. Ruby zog das Messer aus der Wunde und stieß erneut zu, diesmal von der Seite. Der Mann warf den Kopf zurück und öffnete den Mund, brachte jedoch keinen Ton mehr heraus.

Flick kalkulierte die Optionen, die ihnen blieben. Wenn es gelang, die Leiche so schnell wie möglich von der Straße zu bringen, kamen sie vielleicht noch einmal davon. Gab es Zeugen? Ihr Blickfeld war durch die Fensterläden stark eingeengt. Sie stieß sie auf und lehnte sich zum Fenster hinaus. Zur Linken war alles still in der Rue du Château. Außer einem am Straßenrand abgestellten Lastwagen und einem Hund, der auf einer Türschwelle lag und schlief, war nichts zu sehen. Von der anderen Seite her näherten sich jedoch drei junge Leute in polizeiartigen Uniformen, zwei Männer und eine Frau. Es mussten Gestapo-Beamte aus dem Schloss sein.

Der Milizionär fiel auf den Gehsteig. Aus seinem Mund floss Blut.

Ehe Flick den Mund aufmachen und Ruby warnen konnte, sprangen die zwei Männer von der Gestapo auch schon auf sie zu und packten sie an den Armen.

Flick zog den Kopf ein, schloss die Fensterläden wieder und beobachtete den weiteren Lauf der Ereignisse durch den schmalen Spalt zwischen den Ladenflügeln. Ruby war verloren. Einer der Männer schlug ihre rechte Hand mehrmals gegen die Wand des Haushaltswarengeschäfts, bis sie das Messer fallen ließ. Die Frau beugte sich über den blutenden Milizionär, hob seinen Kopf an und sprach auf ihn ein. Dann rief sie den beiden anderen Männern etwas zu. Der kurze Wortwechsel klang wie Hundegebell. Die Frau rannte in den Laden und kam mit dem Besitzer im Schlepptau wieder heraus. Der Mann, der eine weiße Schürze trug, beugte sich über den Milizionär und richtete sich mit ekelverzerrter Miene wieder auf – ob sein Widerwille von den schrecklichen Wunden des Mannes oder vom Anblick der verhassten Uniform herrührte, hätte Flick nicht sagen können. Die Frau rannte zurück zum Schloss, vermutlich, um Hilfe zu holen, und die beiden Männer schleppten Ruby in die gleiche Richtung.

»Paul«, sagte Flick. »Geh raus und hol uns die Körbe, die Ruby fallen gelassen hat.«

Paul zögerte keine Sekunde. »Zu Befehl, Ma'am«, sagte er und war schon verschwunden.

Flick sah ihn über die Straße gehen. Der Ladenbesitzer sprach ihn an. Paul antwortete jedoch nicht, sondern bückte sich nur, hob die drei Körbe auf und ging wieder zurück.

Der Ladenbesitzer starrte ihm nach. Flick las ihm seine Gedanken am Gesicht ab: Dem ersten Schock über Pauls Herzlosigkeit folgte eine Phase der Verwirrung; er versuchte, aus dem Gesehenen klug zu werden – und auf einmal schien er zu begreifen, was vor sich ging.

»Beeilung jetzt!«, sagte Flick, als Paul in die Küche kam. »Packt eure Sachen in die Körbe, und dann nichts wie fort! Wir müssen an den Torwachen vorbei, solange dort noch Aufregung herrscht wegen Ruby.« Rasch stopfte sie eine große Taschenlampe, ihre zerlegte Sten, sechs Magazine mit jeweils zweiunddreißig Schuss und ihren Sprengstoffanteil in einen der Körbe. Ihre Pistole steckte in der Tasche, das Messer unter dem Aufschlag. Sie deckte die Waffen im Korb mit einem Tuch zu und legte eine Scheibe in Backpapier gewickelte Gemüsepastete obenauf.

Jelly fragte: »Und wenn die Wachen am Tor die Körbe durchsuchen?«

»Dann ist es aus mit uns«, sagte Flick. »Wir versuchen dann

bloß noch, so viele Feinde wie möglich mit in den Tod zu nehmen. Sorgt nur dafür, dass ihr den Nazis nicht lebend in die Hände fallt!«

»Ach du liebes Göttchen«, sagte Jelly. Dennoch überprüfte sie wie ein Profi das Magazin ihrer halbautomatischen Pistole und schob es mit einer entschlossenen Bewegung zurück, bis es einrastete.

Die Kirchenglocke am Stadtplatz schlug sieben.

Sie waren bereit.

Flick sagte zu Paul: »Irgendwem wird auffallen, dass heute nur drei Putzfrauen kommen statt sechs wie sonst. Antoinette ist die Chefin. Vielleicht fragen sie bei ihr nach, was los ist. Wenn jemand hier aufkreuzt, wirst du ihn erschießen müssen.«

»Alles klar.«

Flick küsste Paul kurz, aber heftig auf den Mund und ging. Greta und Jelly folgten ihr.

Auf der anderen Straßenseite stand noch immer der Ladenbesitzer und starrte den Milizionär an, der sterbend vor ihm auf dem Bürgersteig lag. Als die drei Frauen auftauchten, sah er sie kurz an, wandte aber sofort wieder den Blick ab. Wahrscheinlich überlegt er schon, was er beim Verhör sagen wird, dachte Flick: *Ich habe nichts gesehen. Außer mir war kein Mensch da.*

Zu sechst waren sie aufgebrochen, jetzt waren sie nur noch zu dritt. Die drei Dohlen, die ihre Mission vollenden wollten, näherten sich dem Stadtplatz von Sainte-Cécile. Flick legte einen flotten Schritt vor, denn sie wollte so rasch wie möglich zum Schloss gelangen. Schon war das schmiedeeiserne Tor am anderen Ende des Platzes zu sehen. Ruby und ihre beiden Häscher betraten gerade das Schlossgelände. Immerhin, dachte Flick, Ruby ist schon mal drin …

Flick fiel auf, dass das Fenster des Café des Sports, das bei der Schießerei in der Woche zuvor zu Bruch gegangen war, inzwischen mit Brettern vernagelt worden war. Zwei Wachsoldaten aus dem Schloss kamen im Laufschritt über den Platz. Sie trugen Gewehre, und ihre Stiefeltritte hallten auf dem Kopfsteinpflaster wider. Sie waren zweifellos zu dem verwundeten Milizionär unterwegs. Von den drei Putzfrauen, die zusahen, dass sie ihnen nicht in die Quere gerieten, nahmen sie keine Notiz.

Flick erreichte als Erste das Tor. Jetzt kam einer der kritischsten Augenblicke ihrer Mission.

Es war nur noch ein Wachtposten vorhanden, und der interessierte sich mehr für seine Kameraden, die über den Platz rannten, als für Flick. Er warf nur einen kurzen Blick auf ihren Passierschein und winkte sie durch. Hinter dem Tor, schon auf dem Schlossgelände, drehte Flick sich um und wartete auf die beiden anderen.

Bei Greta verhielt sich der Posten genauso wie zuvor bei Flick. Immer wieder schweifte sein Blick Richtung Rue du Château.

Flick dachte schon, sie hätten es geschafft, als sich der Wachtposten plötzlich für Jellys Korb interessierte. »Das riecht aber gut«, sagte er. »Was ist das denn?«

»Das ist die Wurst für mein Abendessen«, sagte Jelly. »Da ist Knoblauch drin.«

Der Posten winkte sie durch und spähte sofort wieder über den Platz.

Die drei Frauen gingen die kurze Zufahrt zum Portal hinauf, stiegen die Freitreppe hoch und betraten endlich das Schloss.

Major Dieter Franck verbrachte den ganzen Nachmittag damit, den Zug zu beschatten, in dem er Michel Clairet vermutete. An jedem verschlafenen Landbahnhof hielt er an und wartete, ob Clairet vielleicht ausstieg. Längst war er sicher, dass er nur seine Zeit verschwendete, denn es war ihm inzwischen klar, dass Clairet nur eine falsche Fährte gelegt hatte, aber ihm blieb keine Alternative. Michel Clairet war seine einzige Spur. Es war zum Verzweifeln.

Clairet stieg nirgends aus. Er fuhr die ganze Strecke nach Reims zurück.

Schließlich saß Franck im Wagen vor einem ausgebombten Gebäude in der Nähe des Reimser Bahnhofs und wartete noch immer auf Clairets Erscheinen. Eine düstere Vorahnung suchte ihn heim: Er spürte, dass ihm ein grauenhafter Fehlschlag bevorstand – und mit ihm eine furchtbare, blamable Schande.

Wo, wo, wo hab ich was falsch gemacht?, fragte er sich. Ich habe doch getan, was ich konnte – und doch ist alles schief gegangen. Was soll ich tun, wenn die Beschattung Clairets zu nichts führt? Irgendwann muss ich diese Aktion abblasen, damit der Schaden nicht noch größer wird. Und dann muss ich den Kerl in die Mangel nehmen. Aber wie viel Zeit bleibt mir noch?

In der kommenden Nacht war Vollmond, doch über dem Ärmelkanal herrschte stürmisches Wetter. Möglich, dass die Alliierten ihre geplante Invasion verschoben – möglich aber auch, dass sie das Risiko auf sich nahmen. In ein paar Stunden konnte schon alles zu spät sein.

Am Vormittag war Clairet in einem Lieferwagen der Metzgerei Moulier zum Bahnhof gefahren. Da Franck den Wagen nirgends sehen konnte, nahm er an, dass er für Felicity Clairet stehen gelassen worden war. Mittlerweile konnte sie überall im Umkreis von hundertfünfzig Kilometern sein. Welch ein Fehler! Er hatte nicht daran gedacht, den Lieferwagen observieren zu lassen. Er ärgerte sich maßlos über das Versäumnis.

Um sich abzulenken, dachte er über die beste Verhörstrategie bei Clairet nach. Der Schwachpunkt des Mannes ist wahrscheinlich diese Gilberte Duval, dachte er. Momentan hockt sie in einer Zelle im Schloss und grübelt über ihr künftiges Schicksal nach. Daran wird sich auch nichts ändern, solange ich sie noch gebrauchen kann. Wenn ich mit ihr fertig bin, kann sie von mir aus exekutiert oder ins KZ geschickt werden. Die Frage ist nur: Wie schaffe ich es, Clairet so schnell wie möglich zum Reden zu bringen – und wie lässt sich diese Duval dazu verwenden?

Der Gedanke an die deutschen Konzentrationslager brachte ihn auf eine neue Idee. Er beugte sich vor und fragte seinen Fahrer: »Gestapo-Gefangene werden doch per Zug nach Deutschland verfrachtet, oder?«

»Jawohl, Herr Major.«

»Stimmt es, dass man sie in Viehwaggons transportiert?«

»In Viehwaggons, jawohl, Herr Major. Gut genug für diesen Abschaum – Kommunisten, Juden und anderes Pack.«

»Wo werden sie verladen?«

»Gleich hier in Reims. Der Zug von Paris hält hier ja.«

»Und wie oft fahren diese Züge?«

»Fast jeden Tag, Herr Major. Sie fahren am Spätnachmittag in Paris ab und sind gegen acht Uhr abends hier – vorausgesetzt, sie sind pünktlich.«

Franck hatte seinen Plan noch nicht zu Ende gedacht, als er Michel Clairet aus dem Bahnhof kommen sah. Zehn Meter hinter ihm im Gedränge folgte Leutnant Hesse. Die beiden kamen in seine Richtung, wenngleich auf der gegenüberliegenden Straßenseite.

Francks Fahrer ließ den Motor an.

Dieter Franck drehte sich in seinem Sitz um und beobachtete die beiden Fußgänger.

Sie gingen vorbei. Plötzlich bog Clairet zu Francks Verblüffung in die schmale Gasse neben dem Café de la Gare ein.

Hesse beschleunigte seinen Schritt. Keine Minute später hatte er die Gasse erreicht und bog ebenfalls von der Hauptstraße ab.

Franck runzelte die Stirn. Versuchte Clairet, seinen Schatten loszuwerden?

Hesse erschien wieder auf der Straße und sah sich mit sorgenvoll gerunzelter Stirn in beiden Richtungen um. Auf den Trottoirs war nur wenig los – ein paar Reisende, die vom Bahnhof kamen oder zum Zug gingen, und die letzten Arbeiter aus dem Stadtzentrum, die jetzt Feierabend hatten und auf dem Weg nach Hause waren.

Franck sah, wie der Leutnant einen Fluch ausstieß und wieder in der Gasse verschwand.

Er stöhnte auf. Hesse hatte Clairet verloren.

Es war für ihn das größte Schlamassel seit der Schlacht von Alam Halfa, wo Rommel aufgrund falscher Geheimdienst-Informationen eine Niederlage erlitten hatte. Sie war der Wendepunkt des Nordafrika-Feldzugs gewesen. Dieter Franck konnte nur hoffen, dass sein aktuelles Fiasko nicht den Anfang vom Ende in Europa bedeutete.

Er starrte noch immer verzagt auf die Stelle, an der die kleine Gasse abzweigte, als Michel Clairet plötzlich durch den Vordereingang des Cafés auf die Straße trat.

Francks Stimmung besserte sich schlagartig. Clairet hatte zwar Hesse abgehängt, wusste aber nicht, dass er noch einen zweiten Schatten hatte. Es war also doch noch nicht alles verloren!

Clairet überquerte die Straße und begann zu rennen. Er lief in die Richtung zurück, aus der er gekommen war – und damit direkt auf das Auto zu, in dem Franck saß und wartete.

Dieter Franck konzentrierte sich. Wenn er Clairet weiterhin beschatten wollte, würde er ihm hinterherrennen müssen – und dem Mann damit verraten, dass er verfolgt wurde. Das führte zu nichts. Also musste die Beobachtung abgebrochen werden. Der Zeitpunkt war gekommen, Clairet erneut festzusetzen.

Der Franzose stürmte über das Trottoir und schubste dabei andere Fußgänger beiseite. Die Schusswunde behinderte ihn noch und ließ seine Bewegungen linkisch erscheinen, aber er war überraschend schnell und hatte Francks Wagen schon fast erreicht.

Da traf Dieter Franck seine Entscheidung.

Er öffnete die Autotür.

Als Clairet nahezu auf gleicher Höhe war, stieg Franck aus und riss dabei die Autotür weit auf, sodass sich der Freiraum auf dem angrenzenden Gehsteig erheblich verengte. Clairet schlug einen Haken um das unerwartete Hindernis. In diesem Moment stellte Franck ihm ein Bein. Clairet stolperte und fiel zu Boden. Da er ein großer Mann war, stürzte er schwer auf den gepflasterten Bürgersteig.

Franck zog seine Pistole und entsicherte sie mit dem Daumen.

Eine Sekunde lang blieb Clairet wie betäubt auf dem Bauch liegen. Dann versuchte er, sich auf die Knie aufzurichten, war jedoch sichtlich benommen und schaffte es kaum.

Franck drückte ihm den Pistolenlauf an die Schläfe. »Unten bleiben!«, befahl er auf Französisch.

Der Fahrer holte Handschellen aus dem Kofferraum, legte sie Clairet an und stieß den Gefangenen in den Fond des Wagens.

Plötzlich tauchte auch Leutnant Hesse wieder auf. Er war außer sich vor Entsetzen. »Was ist passiert?«, rief er.

»Clairet ist durch die Hintertür ins Café de la Gare gegangen und vorne wieder herausgekommen«, erklärte ihm der Major.

Hesse schien ein Stein vom Herzen zu fallen. »Und was nun?«

»Begleiten Sie mich zum Bahnhof!« Franck wandte sich an den Fahrer. »Sind Sie bewaffnet?«

»Jawohl, Herr Major.«

»Lassen Sie diesen Mann nicht aus den Augen. Wenn er zu fliehen versucht, schießen Sie ihn ins Bein.«

»Jawohl, Herr Major.«

Franck und Hesse eilten in das Bahnhofsgebäude. Franck knöpfte sich einen uniformierten Eisenbahner vor und sagte: »Ich will sofort den Bahnhofsvorsteher sprechen!«

Der Mann verzog mürrisch das Gesicht, sagte jedoch: »Ich bringe Sie zu seinem Büro.«

Der Bahnhofsvorsteher trug einen schwarzen Überrock mit Weste und dazu gestreifte Hosen, eine elegante, altmodische Uniform, die an Ellbogen und Knien schon ziemlich fadenscheinig war. Die dazugehörige Melone behielt er sogar im Büro auf dem Kopf. Der unangekündigte Besuch eines energischen Deutschen versetzte ihn in Angst und Schrecken. »Womit kann ich Ihnen dienen?«, fragte er und lächelte nervös.

»Erwarten Sie heute Abend noch einen Zug mit Gefangenen aus Paris?«

»Ja, um acht Uhr, wie gewöhnlich.«

»Halten Sie ihn auf, bis Sie von mir hören. Ich muss eine Sondergefangene verladen.«

»Sehr wohl. Wenn ich dazu einen schriftlichen Befehl …«

»Selbstverständlich. Ich werde das veranlassen. Was machen Sie mit den Gefangenen, wenn der Zug hier Aufenthalt hat?«

»Manchmal spritzen wir die Waggons aus. Es werden Viehwaggons verwendet, wissen Sie, und da gibt's keine Toiletten. Manchmal kann es, offen gesagt, extrem unangenehm sein … Es liegt mir fern, daran Kritik üben zu wollen, aber …«

»Heute Abend unterbleibt jede Reinigung, verstanden?«

»Jawohl.«

»Was tun Sie sonst noch?«

Der Mann zögerte. »Eigentlich … eigentlich nichts.«

Der Bursche hat ein schlechtes Gewissen, dachte Franck und sagte: »Na los, Mann, raus mit der Sprache! Ich werde Sie deshalb nicht bestrafen.«

»Manchmal haben die Eisenbahner Mitleid mit den Gefangenen und geben ihnen Wasser. Das ist, streng genommen, nicht gestattet, aber …«

»Heute Abend wird kein Wasser verteilt.«

»Sehr wohl.«

Franck wandte sich an Leutnant Hesse. »Sie bringen Michel Clairet zur Polizeiwache und setzen ihn hinter Schloss und Riegel. Dann kommen Sie hierher zurück und achten darauf, dass meine Befehle peinlich genau befolgt werden.«

»Jawohl, Herr Major.«

Franck nahm den Hörer vom Telefon, das auf dem Schreibtisch des Bahnhofsvorstehers stand. »Das Schloss von Sainte-Cécile bitte.« Als die Verbindung stand, ließ er sich Weber geben. »In einer Ihrer Zellen befindet sich eine junge Frau namens Gilberte Duval.«

»Ich weiß«, sagte Weber. »Hübsches Mädchen.«

Weber klang selbstzufrieden, und Franck fragte sich, woran das liegen mochte. »Lassen Sie sie bitte in einem Wagen zum Bahnhof von Reims bringen. Leutnant Hesse ist hier und wird sie übernehmen.«

»Jawohl, Herr Major«, sagte Weber. »Bleiben Sie bitte noch einen Moment am Apparat, ja?« Er nahm den Hörer vom Ohr und erteilte irgendjemandem den Befehl, die Gefangene nach Reims zu bringen. Franck wartete ungeduldig, bis Weber sich wieder meldete. »Schon erledigt.«

»Danke …«

»Legen Sie nicht auf, ich habe Neuigkeiten für Sie.«

Daher also der selbstzufriedene Ton! »Ich höre«, sagte Franck.

»Ich habe selber einen Spion der Alliierten verhaftet.«

»Was?«, fragte Franck. Endlich mal eine Erfolgsmeldung! »Wann denn?«

»Erst vor ein paar Minuten.«

»Und wo, um Himmels willen?«

»Hier in Sainte-Cécile.«

»Wie ist das passiert?«

»Sie hat einen Milizionär angegriffen. Drei meiner brillanten jungen Leute waren zufällig Zeugen des Vorfalls und geistesgegenwärtig genug, die Übeltäterin zu ergreifen. Sie war mit einem Colt bewaffnet.«

»Der Spion ist eine Frau?«

»Jawohl, Franck.«

Damit war die Sache klar: Die Dohlen hielten sich in Sainte-Cécile auf, und ihr Ziel war das Schloss.

»Weber«, sagte Franck, »hören Sie mir jetzt genau zu: Die Frau, die Ihnen ins Netz gegangen ist, gehört meiner Meinung nach zu einer Gruppe von Saboteuren, die das Schloss angreifen wollen.«

»Das haben sie vor einer Woche schon mal versucht«, sagte Weber, »und da haben wir ihnen eine ordentliche Tracht Prügel verabreicht.«

Mit Mühe beherrschte Franck seine Ungeduld. »Haben Sie, Weber, haben Sie! Und deshalb werden die diesmal raffinierter vorgehen. Ich schlage vor, Sie rufen Sicherheitsalarm aus, verdoppeln die Wachen, lassen das Schloss durchsuchen und vernehmen alle nichtdeutschen Arbeitskräfte im Haus.«

»Ist alles bereits angeordnet.«

Franck war sich keineswegs sicher, dass Weber tatsächlich an die genannten Maßnahmen gedacht hatte. Doch egal – Hauptsache, er reagierte wenigstens jetzt.

Vorübergehend erwog Franck, seine Anordnungen bezüglich der Gefangenen Duval und Clairet zurückzunehmen, entschied sich dann aber doch dafür, alles beim Alten zu lassen. Es war ja nicht auszuschließen, dass er Clairet im Laufe der Nacht doch noch verhören musste.

»Ich komme sofort nach Sainte-Cécile zurück«, teilte er Weber mit.

»Wie Sie wünschen«, sagte Weber in einem Tonfall, der besagte, dass er auch sehr gut ohne Francks Hilfe auskommen würde.

»Ich muss die neue Gefangene verhören.«

»Damit hab ich schon angefangen. Feldwebel Becker kocht sie gerade weich.«

»Herrgott nochmal! Sie muss bei Verstand sein und noch reden können, wenn ich komme!«

»Selbstverständlich.«

»Weber, ich bitte Sie, die Sache ist zu wichtig, als dass wir uns noch viele Fehler leisten könnten! Halten Sie Becker unter Kontrolle, bis ich da bin.«

»Gut, gut. Ich werde darauf achten, dass er nicht übertreibt.«

»Danke. Ich komme, so schnell ich kann.« Franck legte auf.

Im Eingang zur großen Halle des Schlosses blieb Flick stehen. Ihr Puls jagte, und in ihrer Brust nistete kalte Furcht. Ich bin mitten in der Höhle des Löwen, dachte sie. Wenn ich jetzt gefangen genommen werde, kann mich nichts und niemand mehr retten.

Rasch ließ sie ihren Blick durch den Raum schweifen. Die Schaltbretter für die Vermittlung von Ferngesprächen waren in präzise ausgerichteten Reihen installiert und wirkten unangemessen modern vor der verblassten Großartigkeit der rosa und grün gestrichenen Wände und der pummeligen Putten der Deckenmalerei. Kabel ringelten sich wie aufgerollte Schiffstaue in Bündeln über den schachbrettartigen Marmorboden.

Vierzig Telefonistinnen sorgten für lautes Stimmengewirr. Diejenigen, die dem Eingang am nächsten saßen, warfen den Neuankömmlingen neugierige Blicke zu. Flick sah, wie ein Mädchen mit ihrer Nachbarin sprach und dabei auf sie deutete. Die Frauen hier stammten alle aus Reims und Umgebung, nicht wenige sogar direkt aus Sainte-Cécile. Es war also anzunehmen, dass sie die regulären Putzfrauen kannten und merkten, dass die Dohlen Fremde waren. Aber Flick setzte jetzt alles auf eine Karte und hoffte, dass niemand sie an die Deutschen verraten würde.

Sie orientierte sich schnell, indem sie sich den von Antoinette gezeichneten Plan ins Gedächtnis rief. Der zerbombte

Westflügel zur Linken wurde nicht mehr benutzt. Sie wandte sich nach rechts und führte Greta und Jelly durch eine hohe, getäfelte Flügeltür in den Osttrakt.

Ein Raum ging in den anderen über, alles prunkvolle Empfangszimmer voller Schalttafeln und Geräte, die summten und klickten, weil unentwegt irgendwelche Telefonnummern angewählt wurden. Flick hatte keine Ahnung, ob die regulären Putzfrauen die Vermittlungsdamen normalerweise grüßten oder schweigend an ihnen vorbeigingen. In Frankreich grüßte man gern und oft, doch hier herrschte die deutsche Wehrmacht. Also begnügte sich Flick damit, ein vages Lächeln aufzusetzen, und vermied jeden Blickkontakt.

Im dritten Raum saß eine Schichtleiterin in deutscher Uniform an einem Schreibtisch. Flick beachtete sie nicht, doch die Frau rief ihr hinterher: »Wo ist Antoinette?«

Ohne stehen zu bleiben, antwortete Flick: »Sie kommt gleich.« Sie hörte den angstvollen Tremor in ihrer Stimme und hoffte inständig, dass der Frau nichts aufgefallen war.

Die sah zur Uhr hinauf, die fünf Minuten nach sieben anzeigte, und sagte: »Sie sind spät dran.«

»Entschuldigen Sie, Madame, wir fangen sofort an.« Flick beeilte sich, in den nächsten Raum zu kommen. Sekundenlang lauschte sie mit klopfendem Herzen, rechnete schon mit einem wütenden Befehl, der sie zurückbeorderte, doch der Ruf blieb aus. Flick atmete erleichtert auf und ging weiter. Greta und Jelly folgten ihr auf den Fersen.

Am Ende des Ostflügels befand sich ein Treppenhaus. Eine Treppe führte nach oben in die Büros, die andere nach unten in den Keller. Ziel der Dohlen war der Keller, doch zuerst mussten sie noch einiges vorbereiten.

Sie wandten sich nach links und kamen in den Versorgungstrakt. Antoinettes Erklärungen folgend, fanden sie eine Kammer, in der die Putzutensilien aufbewahrt wurden: Mopps, Eimer, Besen und Mülleimer, außerdem die langen braunen

Baumwollkittel, die die Putzfrauen während ihrer Dienstzeit zu tragen hatten. Flick schloss die Tür hinter ihnen.

»So weit, so gut«, sagte Jelly.

Greta sagte: »Ich sterbe vor Angst!« Sie war ganz blass und zitterte. »Ich glaube nicht, dass ich weitermachen kann.«

Flick lächelte sie beruhigend an. »Du schaffst das schon. Immer schön eins nach dem anderen. Verstaut den Sprengstoff jetzt in den Scheuereimern.«

Jelly fing an, ihren Sprengstoff in einen Eimer umzuladen, und nach kurzem Zögern tat Greta es ihr nach. Flick setzte ihre Maschinenpistole zusammen, ließ aber den Kolben weg, was die Gesamtlänge um zirka dreißig Zentimeter reduzierte, wodurch die Waffe leichter zu verbergen war. Sie setzte den Schalldämpfer auf und stellte die Waffe auf Einzelschussbetrieb, denn bei Benutzung eines Schalldämpfers musste die Kammer nach jedem Schuss manuell geladen werden.

Sie schob die Waffe in ihren Ledergürtel. Dann zog sie den langen Kittel über, knöpfte ihn jedoch nicht zu, damit sie leichter an die Pistole kam. Auch die anderen beiden zogen Kittel über und verbargen damit die Waffen und die Munition, die sie in die Taschen gesteckt hatten.

Nun waren sie fast bereit für den Abstieg in den Keller. Der war allerdings eine Hochsicherheitsabteilung mit einem Wachtposten an der Tür. Für Sauberkeit im Keller sorgten die Deutschen selbst; französischem Personal war der Zugang strikt untersagt. Die Dohlen mussten daher, bevor sie das Kellergeschoss betreten konnten, zunächst einmal für eine gewisse Ablenkung sorgen.

Sie waren eben im Begriff, die Kammer zu verlassen, als die Tür aufging und ein deutscher Offizier hereinsah. »Papiere!«, bellte er.

Flick spannte alle ihre Sinne an. Sie hatte schon mit einem Sicherheitsalarm oder etwas Ähnlichem gerechnet. Die Gestapo konnte sich denken, dass Ruby eine Agentin der Alliierten war – wer sonst trug schon eine halbautomatische Pistole und ein tödliches Messer bei sich? Es war für die Deutschen daher nur logisch, im Schloss und um das Schloss herum besondere Vorsichtsmaßnahmen zu ergreifen. Flick hatte allerdings darauf gehofft, dass die Reaktion nicht so schnell einsetzen würde und ihnen vorher noch die Zeit blieb, ihre Mission zu Ende zu führen. Aber dieser Wunsch war ihr nicht erfüllt worden. Wahrscheinlich lautete die Order, das gesamte französische Personal innerhalb des Gebäudes ein zweites Mal zu überprüfen.

»Dalli, dalli!«, sagte der Mann ungeduldig. Er war ein Gestapo-Beamter im Range eines Leutnants, wie Flick von dem Schildchen an seinem Uniformhemd ablesen konnte. Sie zog ihren Passierschein hervor. Er betrachtete ihn aufmerksam, verglich das Bild mit ihrem Gesicht, gab den Schein dann wieder zurück und wiederholte das Verfahren bei Jelly und Greta. »Ich muss Sie durchsuchen«, sagte er dann. Er warf einen Blick in Jellys Eimer.

Hinter seinem Rücken zog Flick die Sten unter ihrem Kittel hervor.

Der Offizier runzelte verblüfft die Stirn und hob den stoßsicheren Kanister aus Jellys Eimer heraus.

Flick entsicherte ihre Waffe.

Der Offizier schraubte den Deckel des Kanisters auf. Als er die Sprengkapseln sah, schien ihm ein Licht aufzugehen.

Da schoss Flick ihm in den Rücken.

Der Schuss war nicht ganz lautlos – der Schalldämpfer dämpfte den Knall, verschluckte ihn aber nicht. Es gab ein dumpfes, weiches Geräusch, als wäre ein Buch zu Boden gefallen.

Der Gestapo-Leutnant zuckte zusammen und fiel um.

Flick ließ die Patronenhülse herausspringen, repetierte und schoss dem Mann noch einmal in den Kopf, um kein Risiko einzugehen.

Sie lud erneut nach und steckte die Waffe wieder unter ihren Kittel.

Jelly zerrte die Leiche zur Wand hinter der Tür, damit sie nicht jedem, der zufällig einen Blick in die Kammer warf, sofort ins Auge fiel.

»Los, raus jetzt!«, sagte Flick.

Jelly verließ die Putzkammer. Greta stand da wie angefroren und starrte leichenblass auf den toten Offizier.

»Greta«, sagte Flick, »wir haben zu tun. Komm!«

Greta nickte, nahm Mopp und Eimer auf und marschierte mit den mechanischen Bewegungen eines Roboters zur Tür hinaus.

Ihr nächstes Ziel war die Kantine. Dort war bis auf zwei junge Frauen in Uniform, die Kaffee tranken und rauchten, weit und breit niemand zu sehen.

Leise sagte Flick: »Ihr wisst, was ihr zu tun habt.«

Jelly fing an, den Boden zu fegen.

Greta zögerte.

»Lass mich nicht im Stich«, sagte Flick zu ihr.

Greta nickte. Dann holte sie tief Luft, drückte den Rücken durch und sagte: »Ich bin so weit.«

Flick ging in die Küche, und Greta folgte ihr.

Antoinette zufolge, die dort immer sauber machte, befanden sich die Sicherungskästen für das gesamte Gebäude vor der Küche in einem Schrank neben dem großen Elektroofen. Am Küchenherd stand ein junger Deutscher. Flick schenkte ihm ein verführerisches Lächeln und fragte: »Was haben Sie einem ausgehungerten Mädchen denn anzubieten?«

Er grinste sie an.

Hinter seinem Rücken nahm Greta eine große starke Kombizange mit gummierten Griffen aus ihrem Eimer und öffnete die Schranktür.

Der Himmel hatte sich teilweise zugezogen, und die Sonne verschwand gerade hinter den Wolken, als Major Dieter Franck auf den pittoresken Stadtplatz von Sainte-Cécile fuhr.

Die Wolken waren vom gleichen Dunkelgrau wie das Schieferdach der Kirche.

Franck bemerkte, dass am Schlosstor vier Wachtposten statt der üblichen zwei standen, und obwohl er in einem Gestapo-Wagen saß, prüfte der Feldwebel vom Dienst sorgfältig seine Papiere und die des Fahrers, bevor er die schmiedeeisernen Torflügel öffnete und das Automobil durchwinkte. Franck registrierte es mit Zufriedenheit: Weber hatte seine Warnung also ernst genommen und besondere Sicherheitsvorkehrungen angeordnet.

Eine kühle Brise fegte über das Gelände, als er vom Wagen zu den Stufen vor dem Haupteingang schritt. Als er die Halle betrat und die vielen Frauen an ihren Schaltbrettern sah, musste er unwillkürlich wieder daran denken, dass Weber eine Spion*in* verhaftet hatte. Diese Dohlen sind eine reine Frauenbande, dachte er … Ob sie sich vielleicht als Telefonistinnen verkleidet ins Schloss einschleichen könnten? Als er durch den Ostflügel ging, sprach er die deutsche Schichtleiterin darauf an. »Sind in den letzten Tagen neue Frauen eingestellt worden?«

»Nein, Herr Major«, sagte sie. »Nur eine vor drei Wochen, seither keine mehr.«

Damit war seine Theorie obsolet. Er nickte der Frau zu und ging weiter. Am Ende des Ostflügels stieg er die Treppe hinunter. Die Tür zu den Kellerräumen stand wie immer offen, doch jetzt standen zwei Soldaten statt des üblichen einen dahinter. Weber hatte also auch hier die Wache verdoppelt. Der Stabsunteroffizier salutierte, und der Feldwebel bat um seinen Ausweis.

Franck fiel auf, dass der Unteroffizier während der Überprüfung der Papiere hinter dem Feldwebel stand, und er sagte: »So, wie Sie dastehen, Unteroffizier, können Sie jederzeit ganz leicht überwältigt werden. Alle beide. Sie sollten sich seitlich und in zwei Meter Entfernung positionieren, damit Sie freies Schussfeld haben, falls der Feldwebel angegriffen wird.«

»Jawohl, Herr Major.«

Er betrat den Kellergang und hörte das Brummen des dieselbetriebenen Generators, der das Telefonsystem mit Strom versorgte. Er ging an den Türen zu den Geräteräumen vorbei und betrat das Verhörzentrum in der Hoffnung, die neue Gefangene hier vorzufinden. Der Raum war leer.

Verwirrt trat er ein und schloss die Tür. Dann löste sich das Rätsel auch schon, denn aus dem Hinterzimmer drang ein lang gezogener, qualvoller Schrei.

Heftig stieß er die Tür auf.

Becker stand neben dem Elektroschockgerät, Weber saß auf einem Stuhl daneben. Auf dem Operationstisch der Folterkammer lag, an Hand- und Fußgelenken festgebunden, eine junge Frau. Der Kopf war mit Klammern fixiert. Sie trug ein blaues Kleid, unter dem zwischen ihren Beinen Kabel hervortraten, die mit dem Elektroschockgerät verbunden waren.

»Tag, Franck«, sagte Weber. »Nur immer herein mit Ihnen. Unser guter Wachtmeister Becker ist auf etwas ganz Neues gekommen. Zeigen Sie 's dem Major, Wachtmeister.«

Becker fasste der Frau unter das Kleid und zog einen Hartgummizylinder von etwa fünfzehn Zentimeter Länge und zwei oder drei Zentimeter Durchmesser hervor. Auf dem Zylinder saßen zwei Metallringe, nur wenige Zentimeter voneinander entfernt, an denen zwei Elektrodrähte befestigt waren.

Franck war an die unterschiedlichsten Praktiken der Folter gewöhnt, doch diese teuflische Karikatur des Geschlechtsakts erfüllte ihn mit Abscheu. Er schauderte vor Ekel.

»Bis jetzt hat sie noch kein Wort gesagt«, erklärte Weber, »aber wir haben ja auch gerade erst angefangen. Der nächste Schock, Wachtmeister!«

Becker schlug den Rock der Frau hoch und schob den Zylinder in ihre Vagina. Dann nahm er eine Rolle Isolierband zur Hand, riss ein Stück davon ab und klebte den Zylinder fest, sodass er nicht herausrutschen konnte.

Weber sagte: »Diesmal drehen Sie den Saft aber richtig auf.«

Becker ging wieder zum Apparat.

In diesem Moment erlosch das Licht.

Hinter dem Elektroofen gab es einen blauen Blitz und einen Knall. Das Licht ging aus, und die Küche füllte sich mit dem Geruch nach verbranntem Isoliermaterial. Der Motor des Kühlschranks versagte mit einem letzten Stöhnen seinen Dienst, als ihm der Strom entzogen wurde. Der junge Koch sagte auf Deutsch: »Was ist denn da los?«

Flick rannte, Jelly und Greta hinter sich, zur Tür hinaus und durch die Kantine. Sie bogen in einen kurzen Korridor hinter der Putzkammer. Vor der Treppe, die in den Keller führte, hielten sie inne. Flick zog ihre Maschinenpistole aus dem Gürtel und hielt sie unterm Kittel versteckt im Anschlag.

»Im Keller herrscht jetzt tatsächlich totale Dunkelheit?«, fragte sie.

»Ich habe alle Kabel durchgeschnitten, einschließlich der Drähte für die Notbeleuchtung«, versicherte ihr Greta.

»Dann kommt.«

Sie liefen die Treppe hinunter. Das Licht aus den Fenstern im ersten Stock reichte nicht weit, und der Eingang zu den Kellerräumen lag bereits im Halbdunkel.

Zwei Soldaten standen direkt hinter der Tür. Der eine, ein junger Unteroffizier mit einem Gewehr, lächelte und sagte: »Nur keine Angst, meine Damen, das ist bloß ein Stromausfall.«

Flick schoss ihn in die Brust, schwang ihre Waffe herum und erschoss auch den Feldwebel.

Die drei Frauen traten durch die Kellertür. Flick hielt ihre Pistole in der rechten, die Taschenlampe in der linken Hand. Sie hörte das Grummeln eines Motors und mehrere deutsche Stimmen – gebrüllte Fragen aus weiter entfernten Räumen.

Ganz kurz ließ sie ihre Taschenlampe aufleuchten. Sie befand sich in einem breiten Flur mit niedriger Decke. Weiter vorne öffneten sich Türen, und Flick schaltete die Taschenlampe wieder aus. Gleich darauf flammte am anderen Ende des Korridors ein Streichholz auf. Etwa dreißig Sekunden mochten vergangen sein, seit Greta den Stromausfall verursacht hatte. Es konnte nicht mehr lange dauern, bis die Deutschen sich von ihrem Schock erholt hatten und Taschenlampen auftrieben. Den Dohlen blieb allenfalls eine Minute, wenn nicht gar weniger Zeit, sich unsichtbar zu machen.

Flick drückte die Klinke herunter, die ihr am nächsten war. Die Tür war offen. Sie leuchtete mit ihrer Taschenlampe in den Raum, bei dem es sich um ein Fotolabor handelte. Abzüge waren zum Trocknen aufgehängt, und ein Mann in einem weißen Kittel tastete sich durchs dunkle Zimmer.

Flick schlug die Tür wieder zu und versuchte es an der Tür gegenüber. Sie war verschlossen. Aus der Lage des Zimmers – zur Vorderfront des Schlosses hin und unterhalb einer Ecke des Parkplatzes gelegen – schloss sie, dass der Raum daneben die Treibstofftanks enthielt.

Sie schlich weiter und öffnete die nächste Tür. Das Motorenbrummen wurde lauter. Wiederum ließ sie für den Bruchteil einer Sekunde die Taschenlampe aufblitzen – lang genug, um zu erkennen, dass hier vermutlich der Generator der vom Netz unabhängigen Stromversorgung der Fernmeldezentrale untergebracht war. »Zieht die Leichen hier herein!«, zischte sie den beiden anderen zu.

Jelly und Greta schleiften die toten Wachtposten über den Boden. Flick lief zum Kellereingang zurück und knallte die Stahltür zu. Nun lag der Korridor in vollkommener Dunkelheit. Dann fiel ihr noch etwas ein, und sie schob auch noch die drei schweren Riegel vor. Das verschaffte ihnen vielleicht kostbare zusätzliche Sekunden.

Sie kehrte in den Generatorenraum zurück, schloss die Tür und knipste die Taschenlampe an.

Jelly und Greta hatten die beiden Toten hinter die Tür gezerrt und keuchten vor Anstrengung. »Geschafft«, murmelte Greta.

Die vielen Rohre und Kabel im Raum waren mit typisch deutscher Gründlichkeit unterschiedlich angestrichen, und jede Farbe bedeutete, wie Flick wusste, etwas anderes: Belüftungsrohre waren gelb, Kraftstoffrohre braun, Wasserrohre grün und Stromleitungen rot-schwarz gestreift. Sie richtete den Strahl ihrer Taschenlampe auf die braune Dieselleitung, die zum Generator führte. »Wenn uns genug Zeit bleibt, möchte ich, dass du da später ein Loch reinbläst.«

»Mit links«, sagte Jelly.

»Jetzt leg deine Hand auf meine Schulter und folge mir. Greta, du machst das Gleiche bei Jelly. Alles klar?«

»Alles klar.«

Flick schaltete ihre Lampe aus und öffnete die Tür. Von nun an mussten sie das Untergeschoss sozusagen blind erforschen. Zur Orientierung ließ sie eine Hand an der Wand entlangstreifen. Immer tiefer drangen sie in den Keller vor. Ein Wirrwarr aufgeregter Stimmen verriet, dass inzwischen mehrere Männer durch den Korridor tappten.

Eine befehlsgewohnte Stimme fragte auf Deutsch: »Wer hat die Eingangstür verschlossen?«

Flick hörte Greta antworten, allerdings mit einer Männerstimme: »Sie scheint zu klemmen.«

Der Deutsche fluchte. Einen Moment später hörte sie, wie ein Riegel zurückgeschoben wurde.

Die nächste Tür. Flick öffnete sie und leuchtete mit ihrer Taschenlampe hinein. Der Raum enthielt zwei riesige Holzkisten, so groß und auch so ähnlich geformt wie Aufbahrtische im Leichenhaus. »Batterieraum«, flüsterte Greta. »Die nächste Tür …«

Die Stimme des Deutschen sagte: »War das eine Taschenlampe? Bringen Sie sie her!«

»Sofort«, sagte Greta mit ihrer Gerhard-Stimme, während sich die drei Dohlen in entgegengesetzte Richtung fortbewegten.

Flick erreichte die nächste Tür, zog die beiden anderen in den Raum und schloss die Tür hinter sich, bevor sie die Taschenlampe anknipste. Sie befanden sich in einer langen, schmalen Kammer. An beiden Wänden reihte sich Regal an Regal, am vorderen Ende stand ein Aktenschrank, der vermutlich große Blaupausen enthielt. Am anderen Ende der Kammer beleuchtete die Lampe einen kleinen Tisch, an dem drei Männer saßen. Sie hielten Spielkarten in den Händen und schienen sich seit Beginn des Stromausfalls noch nicht vom Fleck gerührt zu haben.

Jetzt bewegten sie sich. Doch sie hatten kaum noch die Zeit, von ihren Stühlen aufzuspringen. Flick hob ihre Maschinenpistole und erschoss einen der Männer. Jelly hatte ebenso schnell ihre Pistole gezogen und erschoss den Mann daneben. Der dritte duckte sich und suchte Deckung, doch der Lichtkegel von Flicks Taschenlampe verfolgte ihn. Beide Frauen feuerten erneut, und auch der dritte Mann fiel um und blieb bewegungslos liegen.

Flick schob jeden Gedanken daran, dass es sich bei diesen Toten um Menschen handelte, beiseite. Für Gefühle war jetzt keine Zeit. Sie leuchtete mit der Taschenlampe herum. Was sie erblickte, freute sie: Das musste der Raum sein, den sie gesucht hatten.

Etwa einen Meter entfernt von der langen Seitenwand befanden sich zwei große, vorne wie hinten offene Schaltschränke, die vom Boden bis zur Decke reichten und geradezu überladen waren mit Tausenden von Buchsen in ordentlichen Reihen. Von draußen kamen die Telefonkabel fein säuberlich gebündelt durch die Wand und führten zur Rückseite der Buchsen an dem vorderen Schaltschrank. Am anderen Ende zogen sich identische Kabel von der Rückseite der Buchsen hinauf und durch die Decke bis zu den Schalttafeln im Erdgeschoss. Vor dem Rahmen hing ein unglaubliches Gewirr aus losen Überbrückungskabeln, die von den Buchsen auf dem vorderen zu jenen im hinteren Schaltschrank verliefen. Flick sah Greta an. »Was meinst du?«

Greta untersuchte die Anlage bereits im Schein ihrer eigenen Taschenlampe. Ihr Gesicht verriet plötzlich Faszination. »Das ist der HV – der Hauptverteiler«, erklärte sie. »Aber er sieht ein bisschen anders aus als bei uns in England.«

Flick sah sie verblüfft an. Eben hatte sie noch behauptet, sie hätte zu viel Angst, um weiterzumachen. Jetzt schien sie der Mord an drei Männern völlig ungerührt zu lassen.

Der Lichtkegel von Flicks Lampe beleuchtete glimmende Vakuumröhren in den Schaltschränken. »Und was ist damit?«, fragte sie.

Greta drehte sich mit ihrer Taschenlampe um. »Das sind die Verstärker und Trägerfrequenzgeräte für die Ferngesprächsleitungen.«

»Schön«, sagte Flick kurz angebunden. »Zeig Jelly, wo sie ihre Ladung anbringen soll.«

Zu dritt machten sie sich ans Werk. Greta wickelte den in Wachspapier eingeschlagenen gelben Plastiksprengstoff aus, während Flick die Zündschnur auf eine bestimmte Länge zurechtschnitt. Sie brannte sehr schnell herunter, einen Zentimeter pro Sekunde. »Ich schneide alle Zündschnüre auf drei Meter Länge«, erklärte sie. »Da bleiben uns genau fünf Minuten Zeit zum Verduften.« Jelly stellte derweilen die Sprengladung zusammen: Sicherung, Sprengkapsel und Zündplättchen.

Flick leuchtete mit der Taschenlampe, während Greta die Ladungen um die Rahmen und andere zugängliche Stellen knetete und Jelly das Zündplättchen in den weichen Sprengstoff steckte.

Sie arbeiteten schnell. Binnen fünf Minuten waren sämtliche Geräte übersät mit Sprengstoffladungen wie mit Pickeln.

Die Zündschnüre trafen sich alle an einer Stelle, wo sie lose zusammengeknotet waren, sodass sie mit einem Zündholz alle auf einmal in Brand gesetzt werden konnten.

Jelly nahm eine Thermitladung zur Hand, eine schwarze Dose von etwa der gleichen Größe wie eine Suppenbüchse, die fein zermahlenes Aluminiumoxid und Eisenoxid enthielt. Sie würde, sobald sie entzündet war, eine enorme Hitze und hohe Flammen entwickeln. Jelly entfernte den Deckel, unter dem zwei Zündschnüre zutage kamen, und stellte die Dose auf den Boden hinter dem Hauptverteiler.

Greta sagte: »Irgendwo hier müssen Tausende von Schaltplänen sein, die darstellen, wie die Stromkreise miteinander verbunden sind. Die sollten wir verbrennen, dann brauchen die Techniker zwei Wochen statt bloß zwei Tage für die Reparaturen.«

Flick öffnete den Aktenschrank und fand vier nach Maß gefertigte Karteikästen mit großen Diagrammen, ordentlich sortiert und mit beschrifteten Karteireitern versehen. »Hast du das hier gemeint?«

Greta betrachtete eine der Karten im Licht ihrer Lampe. »Genau.«

Jelly sagte: »Verteilt sie um die Thermitbombe herum. Die brennen innerhalb von Sekunden wie Zunder.«

Flick warf die Pläne stapelweise auf den Fußboden.

Jelly platzierte eine Packung Sauerstofferzeuger am ausgangslosen Ende des Raumes auf dem Boden. »Der macht das Feuer heißer«, sagte sie. »Ohne das Zeug verbrennen wir bloß die Holzrahmen und die Kabelisolierung, aber mit dem Schätzchen hier schmelzen auch die Kupferdrähte.«

Jetzt war alles bereit.

Flick schwenkte ihre Taschenlampe noch einmal herum. Die Außenwände waren aus alten Backsteinen gebaut, doch die Innenwände bestanden nur aus leichten Fertigbauteilen aus Holz. Die Explosion würde die Innenwände zerstören, sodass sich das Feuer blitzschnell im ganzen Untergeschoss ausbreiten würde.

Fünf Minuten waren verstrichen, seit die Lichter ausgegangen waren.

Jelly zog ein Feuerzeug aus ihrer Tasche.

Flick erklärte: »Seht zu, wie ihr schnellstens wieder aus dem Gebäude kommt. Du, Jelly, gehst auf dem Weg nach draußen noch schnell in den Generatorenraum und sprengst ein Loch in die Dieselzufuhr. Ich hab dir gezeigt, wo.«

»Ich weiß.«

»Wir treffen uns alle bei Antoinette.«

Greta fragte ängstlich: »Wo gehst du denn hin?«

»Ich will Ruby suchen.«

»Du hast genau fünf Minuten«, sagte Jelly in warnendem Tonfall.

Flick nickte.

Jelly steckte die Zündschnur in Brand.

Als Dieter Franck aus der Dunkelheit des Untergeschosses ins Zwielicht des Treppenhauses trat, fiel ihm auf, dass die Wachtposten am Eingang verschwunden waren. Obwohl sie zweifellos auf der Suche nach Hilfe waren, erboste ihn die Disziplinlosigkeit. Die beiden hätten auf ihrem Posten bleiben müssen.

Oder hatten sie sich unfreiwillig entfernt? Waren sie mit vorgehaltener Pistole dazu gezwungen worden? Hatte der Angriff auf das Schloss bereits begonnen?

Er rannte die Treppe hinauf. Im Erdgeschoss waren keine Anzeichen zu sehen, dass irgendwo ein Kampf stattfand. Die Vermittlung war weiterhin an der Arbeit: Das Telefonsystem verfügte über ein eigenes Stromnetz, das von der Elektrizitätsversorgung des Gebäudes unabhängig war, und das Tageslicht, das durch die Fenster drang, war immer noch so hell, dass die Damen problemlos ihre Schaltbretter sahen. Franck lief durch die Kantine zur Rückseite des Baus, wo sich die Werkstätten und Versorgungseinrichtungen des Schlosses befanden, und warf auf dem Weg dorthin einen Blick in die Küche, wo drei Soldaten in Arbeitskitteln herumstanden und in einen Sicherungskasten starrten. »Im Keller hat's einen Stromausfall gegeben«, sagte er.

»Ich weiß«, sagte einer von den dreien mit Feldwebelstreifen am Hemd. »Die Kabel sind alle durchgeschnitten.«

»Dann stehen Sie hier nicht dumm herum und kratzen sich am Kopf!«, brüllte Franck ihn an. »Holen Sie Ihr Werkzeug und ersetzen Sie die Dinger, Sie Idiot!«

Der Feldwebel schrak zusammen. »Zu Befehl, Herr Major«, sagte er.

Ein junger Koch sagte mit bekümmerter Miene: »Ich glaube, es liegt am Elektroofen, Herr Major.«

»Was ist damit?«, bellte Franck.

»Melde gehorsamst, Herr Major, sie haben hinter dem Ofen geputzt, und da gab es einen Knall …«

»Wer? Wer hat hier geputzt?«

»Ich weiß es nicht, Herr Major.«

»Ein Soldat? Irgendwer, den Sie kennen?«

»Nein, Herr Major … einfach irgendwer von der Putztruppe, glaube ich.«

Franck wusste nicht, was er davon halten sollte. Das Schloss befand sich offenkundig unter Attacke – aber wo war der Feind? Er ging wieder zurück ins Treppenhaus und lief ins obere Stockwerk, wo sich die Büros befanden.

An der Biegung der Treppe nahm er weiter unten eine Bewegung wahr und blickte zurück. Eine groß gewachsene Frau in einem Putzkittel kam aus dem Kellergeschoss. Sie trug einen Eimer und einen Mopp bei sich.

Er blieb wie angewurzelt stehen und starrte die Frau an. Seine Gedanken überschlugen sich. Was hat diese Frau da unten zu suchen? Den Keller dürfen doch nur Deutsche betreten … Na gut, in dem Durcheinander nach einem Stromausfall ist allerhand möglich. Aber hat der Koch nicht gerade eben behauptet, dass jemand von der Putztruppe an dem Kurzschluss schuld sei? Franck erinnerte sich an sein kurzes Gespräch mit der Schichtleiterin der Telefonistinnen. Keine war neu auf ihrem Posten – aber nach den französischen Putzfrauen hatte er nicht gefragt.

Er stieg die Treppe wieder hinunter und begegnete der Frau im Erdgeschoss. »Was haben Sie im Keller gemacht?«, fragte er auf Französisch.

»Ich wollte da putzen, aber dann ist das Licht ausgegangen.«

Franck runzelte die Stirn. Die Frau sprach mit einem Akzent, den er nicht einordnen konnte. »Sie haben dort keinen Zutritt«, sagte er.

»Ja, das hat mir der Soldat auch gesagt. Sie putzen selber, aber das wusste ich nicht.«

Englisch klingt ihr Akzent nicht, dachte Franck, aber wonach dann? »Wie lange arbeiten Sie schon hier?«

»Erst seit einer Woche, und bisher hab ich immer oben geputzt.«

Die Antwort klang einleuchtend, befriedigte Franck aber noch nicht. »Kommen Sie mit.« Er nahm sie mit festem Griff am Arm. Sie leistete keinen Widerstand, als er sie zur Küche führte.

Dort sprach er den Koch an. »Erkennen Sie diese Frau?«

»Jawohl, Herr Major. Sie war diejenige, die hinter dem Ofen geputzt hat.«

Franck sah sie an. »Ist das wahr?«

»Ja, Monsieur. Es tut mir sehr leid, wenn ich etwas kaputt gemacht habe.«

Endlich erkannte Franck den Akzent. »Sie sind Deutsche«, sagte er.

»Nein, Monsieur.«

»Dreckige Verräterin!« Er sah den Koch an. »Packen Sie diese Person und folgen Sie mir. Sie wird mir alles erzählen, was ich wissen will.«

Flick öffnete die Tür mit der Aufschrift *Verhörzentrale*, trat ein, schloss die Tür wieder hinter sich und ließ den Strahl ihrer Taschenlampe durchs Zimmer gleiten.

Sie sah einen billigen Tisch aus Kiefernholz mit Aschenbechern, außerdem mehrere Stühle und einen stählernen Schreibtisch. Menschen befanden sich keine im Raum.

Sie war verwirrt. Sie hatte die Gefängniszellen gefunden und durch das Guckloch in jede einzelne hineingeleuchtet. Sie waren alle leer: Die Gefangenen, die die Gestapo in den vergangenen acht Tagen gemacht hatte, darunter Gilberte, mussten woandershin verlegt worden sein – oder man hatte sie schon umgebracht.

Jetzt erst entdeckte Flick zu ihrer Linken eine Tür, die vermutlich in ein Hinterzimmer führte.

Sie schaltete ihre Taschenlampe aus, öffnete die Tür, trat hindurch und schloss sie wieder, bevor sie die Lampe erneut anknipste.

Ruby lag auf einem Gestell, das aussah wie ein Operationstisch im Krankenhaus. Speziell konstruierte Gurte und Klammern fesselten ihre Hand- und Fußgelenke und machten es ihr unmöglich, den Kopf zu bewegen. Ein Draht führte von einem elektrischen Gerät zwischen ihren Beinen hindurch unter ihren Rock. Flick durchschaute augenblicklich, was man Ruby angetan hatte, und hielt vor Entsetzen den Atem an.

Sie trat an den Tisch. »Ruby, kannst du mich hören?«

Ruby stöhnte, und Flicks Herz schlug höher: Sie lebte noch! »Ich mach dich los«, sagte sie und legte ihre Sten auf den Tisch.

Ruby versuchte zu sprechen, brachte aber wieder nur ein Stöhnen hervor. Erst als Flick dabei war, die Gurte aufzuschnallen, mit denen sie an den Tisch gefesselt war, gelang es Ruby, sich verständlich zu machen. »Flick …«

»Was ist?«

»Hinter dir!«

Flick sprang zur Seite. Etwas Schweres strich an ihrem Ohr

entlang und krachte heftig auf ihre linke Schulter. Sie schrie auf vor Schmerz, ließ die Taschenlampe fallen, stürzte zu Boden und rollte sich so weit wie möglich von ihrem ursprünglichen Standort fort, damit ihr der Angreifer nicht sofort den nächsten Schlag versetzen konnte.

Der Anblick Rubys hatte sie dermaßen schockiert, dass sie es unterlassen hatte, den Raum gleich beim Betreten mit ihrer Lampe auszuleuchten. Irgendwer hatte in den Schatten gelauert, auf seine Chance gewartet und sich hinter sie geschlichen.

Ihr linker Arm fühlte sich an wie betäubt. Mit der Rechten tastete sie auf dem Fußboden nach ihrer Taschenlampe, doch noch ehe sie sie gefunden hatten, klickte es laut, und die Lampen gingen wieder an.

Sie blinzelte und sah einen gedrungenen, stämmigen Mann mit einem runden Kopf und sehr kurz geschnittenem Haar. Hinter ihm stand Ruby. Die hatte noch im Dunkeln einen Gegenstand ergriffen, der sich jetzt als Stahlstange entpuppte. Abwehrbereit hielt sie sie über ihren Kopf, doch kaum dass es hell geworden war und sie den Mann deutlich erkennen konnte, hieb sie ihm die Stange mit Wucht über den Schädel. Es war ein lähmender Schlag. Der Mann sackte zu Boden und blieb dort reglos liegen.

Flick erhob sich. Das Gefühl kehrte rasch wieder in ihren Arm zurück. Sie griff nach ihrer Sten.

Ruby kniete über dem Mann, der auf dem Boden lag. »Darf ich dir Wachtmeister Becker vorstellen?«, sagte sie.

»Ist dir auch nichts passiert?«, fragte Flick zurück.

»Mir tut alles weh, aber diesem Scheißkerl werd ich 's heimzahlen.« Sie packte Becker an seinem Uniformhemd, zerrte ihn hoch und hievte ihn mit großer Anstrengung auf den Operationstisch.

Er stöhnte.

»Er kommt zu sich!«, sagte Flick. »Ich geb ihm den Rest.«

»Gib mir zehn Sekunden Zeit!« Ruby streckte die Extremitäten des Mannes aus, gurtete ihn an Hand- und Fußgelenken fest und legte die Kopfklammer an, sodass er sich nicht bewegen konnte. Schließlich nahm sie den Hartgummizylinder, der mit dem Elektroschockgerät verbunden war, und stopfte ihn Becker in den Mund. Der Wachtmeister würgte und rang nach Luft, konnte sich jedoch nicht wehren. Ruby nahm eine Rolle Isolierband zur Hand, riss mit den Zähnen ein Stück ab und klebte damit den Zylinder fest, sodass er nicht aus dem Mund herausrutschen konnte. Dann trat sie an den Apparat und fummelte am Schalter herum.

Ein leises Summen ertönte. Der Mann auf dem Tisch stieß einen erstickten Schrei aus. Sein an den Tisch gegurteter Körper bäumte sich krampfhaft auf. Ruby betrachtete ihn einen Moment lang, dann sagte sie: »Hauen wir ab!«

Sie gingen hinaus und ließen Wachtmeister Becker auf dem Foltertisch liegen. Er zuckte, wand sich und kreischte grunzend wie ein Schwein im Schlachthaus.

Flick sah auf ihre Uhr. Zwei Minuten waren vergangen, seit Jelly die Zündschnüre in Brand gesetzt hatte.

Sie traten hinaus in den Korridor. Die allgemeine Verwirrung hatte sich gelegt. In der Nähe des Eingangs standen drei Soldaten und unterhielten sich ruhig. Flick ging rasch auf sie zu. Ruby folgte ihr dicht auf den Fersen.

Flicks Instinkt sagte ihr, sie solle einfach an den Uniformierten vorbeigehen und sich dabei auf ihre selbstbewusste Miene verlassen, doch dann sah sie durch die Türöffnung die große Gestalt Dieter Francks auf sich zukommen. Zwei oder drei Personen, die sie nicht genau erkennen konnte, folgten ihm. Sie blieb so abrupt stehen, dass Ruby von hinten auf sie auflief. Flick öffnete sofort die nächste verfügbare Tür; sie war mit *Funkraum* bezeichnet. Niemand war darin, und die beiden Frauen schlüpften hinein.

Flick ließ die Tür ein Stückchen offen stehen und hörte

Major Franck auf Deutsch brüllen: »Hauptmann, wo sind die beiden Männer, die den Eingang bewachen sollten?«

»Das weiß ich nicht, Herr Major, ich hab mich eben selbst erkundigt.«

Flick entfernte den Schalldämpfer von ihrer Sten und schaltete um auf Schnellfeuer. Bislang hatte sie erst vier Patronen verschossen, sodass noch achtundzwanzig im Magazin waren.

»Feldwebel, Sie und der Unteroffizier übernehmen hier den Posten! Hauptmann, Sie gehen hoch in Major Webers Büro und sagen ihm, dass Major Franck ihm dringend empfiehlt, im Untergeschoss umgehend eine Durchsuchung vornehmen zu lassen. Abtreten!«

Einen Moment später hörte man Major Franck am Funkraum vorbeigehen. Flick wartete und lauschte. Eine Tür knallte, und Flick riskierte einen Blick hinaus auf den Korridor. Franck war verschwunden.

»Gehen wir«, sagte sie zu Ruby. Sie verließen den Raum und gingen auf den Kellereingang zu.

Der Unteroffizier sagte auf Französisch: »Was tun Sie denn hier?«

Flick hatte sich schon eine Antwort zurechtgelegt. »Meine Freundin Valérie ist neu bei uns. In dem Chaos nach dem Stromausfall hat sie sich verlaufen.«

Der Unteroffizier blieb skeptisch. »Oben ist es doch noch hell – wie kann sie sich da verlaufen haben?«

Ruby sagte: »Ich bitte um Entschuldigung, Herr Offizier, ich dachte, ich sollte hier unten putzen, und niemand hat mich aufgehalten.«

Der Feldwebel sagte auf Deutsch: »Wir sollen sie draußen halten, Unteroffizier, nicht hier drin festhalten.« Er lachte und winkte die beiden Frauen durch.

Dieter Franck fesselte seine Gefangene an einen Stuhl und

schickte den Koch zurück, der sie bis hierher eskortiert hatte. Nachdenklich betrachtete er die Frau und fragte sich, wie viel Zeit ihm noch blieb. Eine Agentin war auf der Straße draußen vor dem Schloss verhaftet worden. Eine zweite – wenn sie denn eine Spionin war – hatte er erwischt, als sie die Kellertreppe hochgekommen war. Und die anderen? Waren die gekommen und schon wieder gegangen? Warteten sie irgendwo darauf, ins Schloss gelassen zu werden? Oder befanden sie sich bereits im Gebäude? Die Ungewissheit machte ihn schier verrückt. Aber er hatte eine Durchsuchung des Kellers angeordnet, und mehr konnte er nicht tun – allenfalls noch diese Gefangene verhören.

Er begann mit dem traditionellen Schlag ins Gesicht, unvermutet und demoralisierend. Schock und Schmerz nahmen der Frau vorübergehend den Atem.

»Wo sind Ihre Komplizinnen?«, fragte er sie.

Ihre Wange lief rot an, und Franck studierte ihren Gesichtsausdruck. Er war ihm ein Rätsel.

Sie wirkte ausgesprochen glücklich.

»Sie befinden sich im Schlosskeller«, erklärte er. »Hinter dieser Tür dort ist die Folterkammer. Auf der anderen Seite, hinter dieser Trennwand, sind die technischen Anlagen der Fernmeldezentrale. Wir befinden uns am Ende eines Tunnels, in einer Sackgasse sozusagen. Wenn Ihre Freundinnen das Schloss in die Luft jagen, dann werden wir beide hier drin gemeinsam sterben.«

Sie verzog keine Miene.

Vielleicht wollen sie gar nicht das Schloss in die Luft jagen, dachte Franck. Aber was wollen sie dann …? »Sie sind Deutsche«, sagte er. »Warum helfen Sie den Feinden Ihres Vaterlandes?«

Endlich machte sie den Mund auf. »Das will ich Ihnen gerne erzählen«, sagte sie in Hamburger Tonfall. »Vor vielen Jahren hatte ich einen Geliebten. Er hieß Manfred.« Ihr Blick schweifte gedankenverloren ab. »Ihr Nazis habt ihn verhaftet und ins KZ verschleppt. Ich glaube, er ist dort gestorben – Genaues habe ich nie erfahren.« Sie machte eine Pause und schluckte. Franck wartete. »Als er mir genommen wurde, habe ich mir geschworen, dass ich mich eines Tages dafür rächen würde – und heute ist dieser Tag.« Sie lächelte glücklich. »Euer Banditenregime ist fast am Ende. Und ich habe dazu beigetragen, ihm den Rest zu geben.«

Irgendetwas stimmt hier nicht, dachte Franck. Sie redet, als wäre das Unheil längst geschehen. Der Stromausfall ist doch gleich wieder behoben worden … Hat er etwa in der kurzen Zeit seinen Zweck bereits erfüllt? Diese Frau zeigt keinerlei Furcht. Es scheint ihr völlig egal zu sein, ob sie stirbt oder nicht … Wie ist denn so etwas möglich?

»Warum ist Ihr Liebhaber verhaftet worden?«

»Sie haben ihn als Perversen beschimpft.«

»Welche Sorte?«

»Er war homosexuell.«

»Trotzdem war er Ihr Liebhaber?«

»Richtig.«

Franck runzelte die Stirn. Er sah die Frau genauer an. Sie war groß und breitschultrig, ihr Kinn und die Nase unter der Schminke wirkten maskulin …

»Sind Sie ein Mann?«, fragte er in blanker Verwunderung.

Sie lächelte nur.

Franck kam ein schrecklicher Verdacht. »Warum erzählen Sie mir das alles?«, fragte er. »Versuchen Sie mich abzulenken, während Ihre Freundinnen sich aus dem Staub machen? Wollen Sie etwa Ihr Leben für den Erfolg dieses Anschlags opfern …«

Sein Gedankengang wurde von einem schwachen Geräusch unterbrochen. Es klang wie ein erstickter Schrei. Ihm wurde bewusst, dass er das Geräusch schon vorher zwei- oder dreimal gehört hatte, es aber nicht hatte wahrhaben wollen. Es schien aus dem angrenzenden Raum zu kommen.

Franck sprang auf und ging in die Folterkammer.

Er rechnete fest damit, dass die andere Spionin dort noch auf dem Tisch lag. Doch zu seinem Entsetzen musste er feststellen, dass es jemand anders war – ein Mann, wie er auf den ersten Blick erkannte, aber wer? Das Gesicht war fratzenartig verzerrt, der Unterkiefer ausgerenkt, die Zähne teilweise herausgebrochen, die Wangen verschmiert mit Blut und Erbrochenem. Im Mund steckte ein Gegenstand, der über Kabel mit dem Elektroschockgerät verbunden war. Dass es sich um Wachtmeister Becker handelte, erkannte Franck erst an der untersetzten Gestalt. Becker lebte noch. Er gab ein schreckliches Gewimmer von sich, und sein ganzer Körper zuckte und bebte.

Schnell stellte er den Apparat ab. Becker hörte auf zu zucken. Franck packte die Kabel und riss daran. Das Ende flutschte aus Beckers Mund. Franck ließ es mitsamt den Kabeln auf den Boden fallen und beugte sich über den Tisch. »Becker!«, sagte er. »Können Sie mich hören? Was ist hier passiert?«

Er bekam keine Antwort.

Im Erdgeschoss ging alles seinen normalen Gang. Flick und Ruby passierten rasch die Telefonistinnen, die alle schwer beschäftigt vor ihren Schalttafeln saßen, leise in die Mikrofone ihrer Kopfhörer sprachen und Stecker in Buchsen steckten, um die Entscheidungsträger in Berlin, Paris und der Normandie miteinander zu verbinden. Flick sah auf ihre Armbanduhr. In genau zwei Minuten würden alle diese Verbindungen zerstört werden und mit ihnen der deutsche Militärapparat in Frankreich auseinander fallen. Eine Kooperation der weit im Land zerstreuten Restbestände ist vorerst ausgeschlossen … Jetzt müssen wir nur noch hier raus, dachte Flick.

Sie verließen das Gebäude ohne Zwischenfall. Schon war der Stadtplatz in Sicht. Sie hatten es beinahe geschafft. Doch im Schlosshof kam ihnen Jelly entgegen.

»Wo ist Greta?«, fragte sie.

»Die ist doch mit dir gegangen!«, antwortete Flick.

»Ich hab noch die Bombe im Generatorenraum gelegt. Greta wollte vorgehen. Aber bei Antoinette ist sie nie angekommen. Ich habe gerade Paul getroffen, der hat sie auch nicht gesehen. Da bin ich zurückgegangen, um nach ihr zu suchen.« Sie hielt ein in Papier gewickeltes Päckchen in der Hand. »Den Wachtposten am Tor hab ich erzählt, ich wolle nur schnell raus, um mein Abendbrot zu holen.«

Flick war bestürzt. »Greta muss also noch drin sein – verdammt!«

»Ich hol sie raus«, sagte Jelly entschlossen. »Sie hat mich in Chartres vor der Gestapo gerettet, das bin ich ihr schuldig.«

Flick sah auf ihre Uhr. »Uns bleiben keine zwei Minuten mehr. Aber versuchen wir 's!«

Alle drei liefen sie wieder ins Schloss. Die Frauen an den Schaltbrettern starrten sie verwundert an, als sie durch die Räume rannten. Flick bereute ihre Entscheidung schon fast wieder. Ich bin imstande und opfere das Leben von dreien – darunter mein eigenes – bei dem Versuch, ein einziges Leben zu retten …

Im Treppenhaus blieb Flick stehen. Die beiden Soldaten, die sie mit einem Witzchen aus dem Keller herausgelassen hatten, würden sie nicht so ohne weiteres wieder hineinlassen. »Wie gehabt«, sagte sie leise zu Ruby und Jelly. »Wir spielen die Naiven, solange wir auf die Posten zugehen, und schießen erst im letzten Augenblick.«

Von oben fragte eine Stimme: »Was geht hier vor?«

Flick erstarrte.

Sie warf einen Blick zurück. Auf der Treppe, die vom Obergeschoss herabführte, standen vier Männer. Einer davon trug die Uniform eines Gestapo-Majors und richtete seine Pistole auf sie. Sie erkannte den Mann, der vor neun Tagen Michel verwundet hatte.

Das war also das Durchsuchungskommando, das Franck gefordert hatte. Es kam im denkbar falschesten Augenblick.

Flick verwünschte sich und ihren unbedachten Entschluss. Jetzt sterben vier statt einer …

»Meine Damen, Sie kommen mir verdächtig vor«, sagte Weber.

»Was wollen Sie von uns?«, fragte Flick. »Wir sind die Putzfrauen.«

»Kann sein«, sagte Weber. »Aber irgendwo hier in der Gegend treibt eine Bande feindlicher Agentinnen ihr Unwesen.«

Flick tat, als wäre ihr ein Stein vom Herzen gefallen. »Ach, das ist gut«, sagte sie. »Wenn Sie feindliche Spioninnen suchen, kann uns ja nichts passieren. Ich dachte schon, Sie wären unzufrieden mit unserer Arbeit.« Sie zwang sich zu einem Lachen. Ruby stimmte ein, doch falsch klang es bei beiden.

Weber sagte: »Hände hoch.«

Flick gehorchte und warf dabei einen Blick auf ihre Armbanduhr.

Noch dreißig Sekunden.

»Treppe runter!«, befahl Weber.

Widerstrebend setzte sich Flick in Bewegung. Ruby und Jelly folgten ihr, dann die vier Männer. Sie ging so langsam, wie sie konnte, und zählte dabei die Sekunden.

Am Fuße der Treppe blieb sie stehen. Zwanzig Sekunden.

»Sie schon wieder?«, fragte einer der Wachtposten.

Flick sagte: »Sprechen Sie mit Ihrem Vorgesetzten.«

»Weitergehen«, sagte Weber.

»Ich dachte, wir dürften das Untergeschoss nicht betreten.«

»Weiter, weiter!«

Noch fünf Sekunden.

Sie gingen durch den Kellereingang.

Es gab einen ohrenbetäubenden Knall.

Am anderen Ende des Korridors wurden die Trennwände im Geräteraum nach außen gesprengt. Es krachte mehrfach hintereinander. Flammen tänzelten über den Schutt.

Flick war von der Druckwelle umgeworfen worden. Sie rappelte sich aber sofort wieder auf, stützte sich auf ein Knie, zog die Maschinenpistole unter ihrem Kittel hervor und fuhr blitzartig herum. Rechts und links von ihr lagen Jelly und Ruby. Die Wachtposten sowie Weber und seine drei Begleiter waren ebenfalls zu Boden gegangen. Flick drückte ab.

Von den sechs Deutschen hatte nur Weber seine Geistesgegenwart behalten. Während Flick die Männer mit einem Kugelhagel eindeckte, feuerte er seine Pistole ab. Jelly, die gerade wieder auf die Beine gekommen war, stieß einen Schrei aus und fiel zurück. Unmittelbar danach wurde Weber von einem Schuss aus Flicks MP in die Brust getroffen und sackte zusammen.

Flick feuerte das gesamte Magazin auf die auf dem Boden liegenden Männer ab und lud sofort nach.

Ruby beugte sich über Jelly, tastete nach ihrem Puls und blickte auf. »Tot«, sagte sie.

Flick spähte zum anderen Ende des Korridors, wo sie Greta vermutete. Aus dem Geräteraum leckten Flammen, doch die Wand der Verhörzentrale schien unversehrt zu sein.

Sie lief direkt auf das Inferno zu.

Dieter Franck kam wieder zu sich. Er lag auf dem Boden und wusste nicht, wie er da hingekommen war. Dann hörte er das Prasseln von Flammen und roch den Rauch. Er rappelte sich auf und warf einen Blick in das Vernehmungszimmer.

Mit einem Blick erkannte er, dass ihm die Ziegelmauern der Folterkammer das Leben gerettet hatten. Die Trennwand zwischen Verhör- und Geräteraum war verschwunden. Die wenigen Möbelstücke im Vernehmungszimmer waren gegen die Wand geschleudert worden. Der – oder dem – Gefangenen war es nicht anders ergangen; er lag, noch immer an den Stuhl gefesselt, auf dem Boden. Der Hals war in einem grauenhaften Winkel abgeknickt und offenbar gebrochen. Der Technikraum stand in Flammen, und das Feuer breitete sich rasend schnell aus.

Franck wurde klar, dass ihm nur noch Sekunden zum Entkommen blieben.

Die Tür zum Verhörzimmer ging auf, und mit einer Maschinenpistole im Anschlag stand Felicity Clairet auf der Schwelle.

Sie trug eine dunkle Perücke, die ein wenig verrutscht war, sodass ihr eigenes blondes Haar darunter sichtbar wurde. Ihre Wangen waren gerötet, sie atmete schwer, ihre Augen funkelten wild – sie war wunderschön.

Hätte er in diesem Moment eine Waffe in der Hand gehabt, er hätte sie in blinder Wut sofort niedergemäht. Gewiss, wenn sie ihm lebend ins Netz ging, konnte sie von unschätzbarem Wert sein, doch hatten ihn ihr Erfolg und sein eigenes Versagen so sehr mit Wut erfüllt und gedemütigt, dass er sich nicht mehr hätte beherrschen können.

Aber es war sie, die eine Waffe in der Hand hielt.

Zunächst nahm sie ihn gar nicht wahr, sondern starrte auf die Leiche ihrer Kameradin. Franck ließ seine Hand in die Jackentasche gleiten. Doch da sah die Leopardin auf, und ihre Blicke trafen sich. Dass sie ihn sofort erkannte, verrieten ihm ihre Augen. Sie wusste, wer er war. Sie wusste, gegen wen sie in den vergangenen neun Tagen gekämpft hatte. Und als sie die Waffe hob und schoss, da schimmerte in diesen Augen auch ein triumphierender Glanz, und ein Hauch von Rachsucht verzog ihren Mund.

Franck duckte sich zurück in die Folterkammer. Die Projektile fetzten Ziegelsplitter aus der Mauer. Er zog seine Walther P38, entsicherte sie und zielte auf die Tür, durch die seine Gegnerin kommen musste.

Aber sie kam nicht.

Er wartete eine Weile ab, dann riskierte er einen Blick hinaus.

Sie war fort.

Er stürmte durch den brennenden Vernehmungsraum, riss

die Tür auf und lief in den Korridor. Die Clairet und eine zweite Frau rannten auf das andere Ende zu. Im selben Moment, als er seine Waffe hob, sprangen sie über eine Gruppe uniformierter Leichen auf dem Fußboden. Franck hatte sein Opfer schon im Visier, als ihm ein brennender Schmerz durch den Arm fuhr. Er schrie auf und ließ die Waffe fallen. Sein Ärmel hatte Feuer gefangen, und er riss sich das Jackett vom Leib.

Als er wieder aufsah, waren die Frauen verschwunden.

Franck hob seine Pistole auf und lief ihnen nach.

Unterwegs roch er Treibstoff. Ein normales Leck? Oder hatten die Saboteurinnen auch daran gedacht und eine Zuleitung zerstört? Jeden Moment konnte der gesamte Keller explodieren wie eine gigantische Bombe.

Trotzdem hatte er noch eine Chance, Felicity Clairet dingfest zu machen.

Er jagte die Treppe hinauf.

In der Folterkammer fing Beckers Uniformjacke zu schmoren an.

Hitze und Qualm holten den Wachtmeister aus seiner Bewusstlosigkeit. Er rief um Hilfe, doch niemand hörte ihn.

Er zerrte und riss an den Ledergurten, die ihn festhielten. Aber er war genauso machtlos wie seine vielen Opfer in der Vergangenheit, die sich auch nicht hatten befreien können.

Wenige Augenblicke später fingen seine Kleider Feuer, und er begann zu schreien.

Flick sah, wie Franck mit der Waffe in der Hand hinter ihr die Treppe hinaufkam. Wenn ich stehen bleibe, mich umdrehe und ziele, hat er den ersten Schuss, dachte sie und rannte weiter.

Irgendwer hatte Feueralarm ausgelöst, und Sirenengeheul dröhnte durchs Schloss, als sie mit Ruby durch die Vermittlungszentrale jagte. Die Telefonistinnen verließen ihre Arbeitsplätze und drängten sich vor den Türen. Flick und Ruby sahen sich unvermittelt eingekeilt. Zwar würde es Franck schwer fallen, mitten im Gedränge gezielte Schüsse auf sie oder Ruby abzugeben; auf der anderen Seite aber blockierten die vielen Frauen ihnen den Fluchtweg. Mit Tritten und Ellbogenstößen kämpften sie sich den Weg frei, schlugen sich zum Haupteingang durch und liefen die Treppe hinunter.

Auf dem Platz stand Mouliers Fleischtransporter. Er war rückwärts vors Schlosstor gefahren worden, der Motor lief, die Hintertüren waren offen. Paul stand daneben und blickte voller Sorge durch die Gitterstäbe des schmiedeeisernen Zauns. Der schönste Anblick meines Lebens, dachte Flick.

Aber sie waren noch nicht am Ziel. Der Strom der aus dem Gebäude stürmenden Frauen wurde vor der Treppe von zwei Wachtposten zum Weingarten dirigiert, der westlich vom Schlosshof lag, also genau in entgegengesetzter Richtung. Flick und Ruby kümmerten sich nicht um diese Anweisungen und hielten weiter auf das große Tor zu. Als die Soldaten die Maschinenpistole in Flicks Hand erblickten, griffen sie zu ihren eigenen Waffen.

Auch Paul hielt plötzlich ein Gewehr in der Hand und zielte durch die Stäbe. Zwei Schüsse knallten, und beide Posten stürzten zu Boden.

Paul riss das Tor auf.

Als Flick hindurchstürmte, pfiffen Schüsse über ihren Kopf hinweg und trafen den Kombi: Franck hatte sie im Visier.

Paul sprang auf den Fahrersitz.

Flick und Ruby warfen sich auf die Ladefläche.

Im Wegfahren sah Flick, dass Franck auf den Parkplatz zulief, auf dem sein himmelblauer Hispano-Suiza stand.

Im selben Moment erreichten die Flammen im Keller die Dieseltanks.

Es gab ein tiefes unterirdisches Grollen, das sich anhörte wie ein Erdbeben. Der Parkplatz explodierte; Kies, Erde und Betonplatten flogen durch die Luft. Die Hälfte der Autos, die um den alten Brunnen herum abgestellt waren, wurden umgeworfen, und auf alle regnete es große Steine und Ziegelbrocken herab. Franck wurde zurückgeschleudert und landete auf den Treppenstufen. Die Benzinpumpe schoss wie eine Rakete in die Luft, und aus dem Loch, das sie im Boden hinterließ, züngelten Flammen. Mehrere Fahrzeuge fingen Feuer, und ihre Benzintanks explodierten einer nach dem anderen. Dann bog der Lieferwagen ab, und das Schlossgelände verschwand aus Flicks Blickfeld.

Paul drückte das Gaspedal durch und jagte mit Höchstgeschwindigkeit davon.

Während Flick und Ruby auf dem Bodenblech der Ladefläche durchgeschüttelt wurden, blieb Sainte-Cécile hinter ihnen zurück. Erst ganz allmählich begriff Flick, dass die Dohlen ihre Mission erfüllt hatten.

Wirkliche Freude über ihren Erfolg empfand sie nicht, denn sie hatten einen furchtbar hohen Tribut bezahlen müssen: Greta und Jelly waren tot, und wenn Diana und Maude noch lebten, so befanden sie sich vermutlich in einem Konzentrationslager und sahen dort dem Tod entgegen. Doch als sich Flick noch einmal die Bilder der brennenden Telefonzentrale und des explodierenden Parkplatzes ins Gedächtnis rief, verspürte sie eine wilde innere Genugtuung.

Sie sah Ruby an.

Ruby grinste breit. »Wir haben's geschafft!«, sagte sie.

Flick nickte.

Ruby nahm Flick in die Arme und drückte sie fest.

»Ja«, sagte Flick. »Wir haben's geschafft.«

Mühselig kam Dieter Franck wieder auf die Beine. Ihm tat von Kopf bis Fuß alles weh, aber er konnte gehen. Das Schloss war ein einziges Flammenmeer, der Parkplatz das reinste Schlachtfeld. Die Frauen schrien und rannten, von Panik ergriffen, kopflos durch den Park.

Er starrte auf das Bild der Zerstörung um ihn herum. Die Dohlen hatten ihre Mission erfolgreich durchgeführt. Aber das war noch nicht das Ende. Die Agentinnen befanden sich noch immer auf französischem Boden – und damit bestand noch immer die Chance, Felicity Clairet zu verhaften und zu verhören und damit die Niederlage noch in einen Sieg zu verwandeln. Ihren Plan kannte er: Irgendwann in der kommenden Nacht würde sie sich von einem kleinen Flugzeug auf einem Feld in der Nähe von Reims abholen lassen.

Er musste nur noch herausfinden, wo und wann.

Und er wusste auch schon, wer ihm das verraten würde.

Ihr Ehemann.

+++ letzter tag +++

dienstag, 6. juni 1944

Dieter Franck saß auf einer Bank am Bahnsteig. Französische Eisenbahner und deutsche Soldaten standen geduldig im Licht der grellen Lampen und warteten wie er auf den Gefangenenzug aus Paris. Der hatte Verspätung, mehrere Stunden sogar, doch man hatte Franck versichert, er werde kommen, und so wartete er eben. Ihm blieb gar nichts anderes übrig. Der Zug war sein letzter Trumpf, seine letzte Chance.

Wut zerfraß ihm das Herz. Er war gedemütigt und besiegt worden – von einer Frau. Hätte es sich um eine Deutsche gehandelt – er wäre stolz auf sie gewesen, hätte sie »tapfer« und »brillant« genannt, sich vielleicht sogar in sie verliebt. Aber sie kämpfte für den Feind und war immer um einen Schritt voraus, stets um eine Finte besser gewesen als er. Sie hatte Stéphanie ermordet, das Schloss zerstört und war entkommen. Bisher. Aber sie hatte ihre Rechnung ohne den Wirt gemacht. Er, Dieter Franck, würde sie doch noch kriegen. Er würde sie Folterqualen erleiden lassen, wie sie sie sich in ihren schlimmsten Albträumen nicht hätte ausmalen können – und dann würde sie reden.

Am Ende redeten alle.

Der Zug fuhr wenige Minuten nach Mitternacht ein.

Franck roch den Gestank, noch bevor der Zug zum Stehen kam. Der gleiche Gestank wie in einem Viehstall, nur ekelerregend menschlich.

Keiner der willkürlich aneinander gekoppelten Waggons

war ursprünglich für den Transport von Passagieren vorgesehen gewesen. Außer Güterwagen und Viehwaggons war sogar ein Postwagen dabei, dessen schmale Fenster zerborsten waren. Jeder Waggon war mit Menschen überfüllt.

Die Seitenwände der Viehwaggons bestanden aus Holzlatten, von denen einzelne fehlten, damit man die Tiere besser beobachten konnte. Die Gefangenen, die diesen Lücken am nächsten waren, streckten ihre Arme durch, zeigten die nach oben gekehrten Handflächen und bettelten. Sie baten darum, herausgelassen zu werden, bettelten um etwas zu essen, vor allem aber um Wasser. Die Wachen sahen teilnahmslos zu. Franck hatte angeordnet, dass den Gefangenen in dieser Nacht in Reims keinerlei Vergünstigungen gewährt werden durften.

Er hatte zwei Scharführer der Waffen-SS bei sich, Wachtposten aus dem Schloss und beide gute Schützen. Er hatte sie aus dem Chaos von Sainte-Cécile abkommandiert und sich dabei auf seine Autorität als Major verlassen. Jetzt wandte er sich zu ihnen um und befahl: »Holen Sie Michel Clairet.«

Clairet war zu Beginn der Warterei in die fensterlose Kammer gesperrt worden, in der der Bahnhofsvorsteher das Bargeld aufbewahrte. Dort holten ihn die beiden SS-Männer jetzt heraus und brachten ihn auf den Bahnsteig. Die Hände hatte man ihm auf dem Rücken gebunden, und damit er nicht weglaufen konnte, hatte man ihm auch Fußfesseln angelegt. Was in Sainte-Cécile geschehen war, hatte ihm niemand erzählt. Er wusste nur, dass er zum zweiten Mal binnen einer Woche gefangen genommen worden war. Von seiner alten Freibeuter-Mentalität war nicht mehr viel übrig geblieben. Zwar bemühte sich Michel Clairet noch immer um ein gewisses forsches Auftreten, um sich selber Mut zu machen, aber der Versuch misslang. Das Hinken war schlimmer geworden, seine Kleider waren schmutzig, seine Miene düster – das Bild eines Besiegten.

Franck nahm ihn beim Arm und führte ihn näher an den

Zug heran. Zunächst schien Clairet gar nicht zu verstehen, was er da sah, und sein Gesicht verriet lediglich Verwirrung und Angst. Doch dann, als er die bettelnden Hände erkannte und die mitleiderregenden Stimmen vernahm, taumelte er, als hätte man ihn geschlagen. Franck musste ihn stützen. »Ich brauche ein paar Informationen«, sagte er.

Clairet schüttelte den Kopf. »Lassen Sie mich mit in den Zug«, sagte er. »Das sind mir liebere Begleiter als Sie.«

Franck war empört über die Beleidigung und verblüfft über Clairets Mut. »Ich will wissen, wo das Flugzeug für die Dohlen landet«, sagte er. »Und wann.«

Clairet starrte ihn an. »Sie haben sie nicht erwischt!«, sagte er, und plötzlich lag ein Hoffnungsschimmer auf seinem Gesicht. »Sie haben das Schloss in die Luft gejagt, was? Sie haben's geschafft!« Er warf den Kopf zurück und stieß einen Jubelschrei aus. »Großartig, Flick!«

Franck führte ihn langsam an dem gesamten Zug entlang. Er sollte genau sehen, wie viele Gefangene es waren und wie sehr sie litten. »Das Flugzeug«, sagte er dann noch einmal.

»Auf der Wiese bei La Chatelle«, sagte Clairet, »um drei Uhr morgens.«

Das ist mit Sicherheit falsch, dachte Franck. Felicity Clairet hätte vor zweiundsiebzig Stunden bei La Chatelle abspringen sollen, hatte aber davon Abstand genommen, weil sie eine Falle der Gestapo dahinter vermutete. Dass es einen Ausweichplatz gab, wusste Franck aus der Vernehmung Gaston Lefèvres, der ihm aber nur den Decknamen »Champ d'Or«, nicht aber dessen geografische Lage hatte nennen können. Clairet kannte den Ort garantiert. »Sie lügen«, sagte Franck zu ihm.

»Dann stecken Sie mich halt in den Zug«, antwortete Clairet.

Franck schüttelte den Kopf. »Das steht nicht zur Debatte – so leicht kommen Sie mir nicht davon.«

Er konnte Clairet ansehen, dass der sich den Kopf darüber

zerbrach, was hier gespielt wurde, und es allmählich mit der Angst zu tun bekam.

Er ließ ihn ein paar Schritte zurückgehen und blieb vor einem Waggon voller Frauen stehen. Sie bettelten auf Französisch und Deutsch, manche riefen die Gnade Gottes an, andere erinnerten die Männer an ihre Mütter und Schwestern, ein paar versuchten es mit sexuellen Offerten. Clairet senkte den Kopf und weigerte sich, näher hinzusehen.

Franck winkte zwei Gestalten herbei, die im Dunkeln standen.

Clairet blickte auf, und eine entsetzliche Ahnung zeichnete sich auf seiner Miene ab.

Hans Hesse trat aus dem Dunkel und führte eine junge Frau mit sich. Sie hätte eine Schönheit sein können, doch ihr Gesicht war gespenstisch bleich, ihr Haar hing in fettigen Strähnen herab, und ihre Lippen waren wund. Sie schien sehr schwach zu sein und konnte nur mit Mühe gehen.

Es war Gilberte.

Clairet stöhnte auf.

Dieter Franck wiederholte seine Frage: »Wo und wann wird das Flugzeug landen?«

Clairet schwieg.

Franck sagte: »Schafft sie in den Zug.«

Clairet stöhnte auf.

Ein Wachtposten zog die Tür eines Viehwaggons auf. Während zwei andere die Frauen im Waggon mit Bajonetten in Schach hielten, stieß der Posten Gilberte hinein. »Nein!«, schrie sie. »Nein, bitte nicht!«

Der Posten wollte die Tür wieder zuziehen, doch Franck sagte: »Warten Sie!« Er beobachtete Clairet. Dem strömten Tränen übers Gesicht.

Da sagte Gilberte: »Bitte, Michel! Ich flehe dich an!«

Michel Clairet nickte. »Ich tu's«, sagte er.

»Belügen Sie mich nicht noch einmal«, sagte Franck warnend.

»Lassen Sie sie raus.«

»Zeit und Ort.«

»Ein Kartoffelfeld östlich von Laroque, zwei Uhr morgens.«

Dieter Franck sah auf seine Armbanduhr. Es war Viertel nach zwölf. »Zeigen Sie 's uns«, sagte er.

Fünf Kilometer von Laroque entfernt lag das Dorf L'Epine in tiefem Schlaf. Heller Mondschein tauchte die große Kirche in ein silbernes Licht. Hinter der Kirche stand Mouliers Fleischlieferwagen unauffällig neben einer Scheune. Im tiefen Schatten eines Strebepfeilers saßen die letzten beiden Dohlen und warteten.

»Auf was freut ihr euch am meisten?«, fragte Ruby.

»Auf ein Steak«, sagte Paul.

»Auf ein weiches Bett mit sauberen Laken«, sagte Flick. »Und du?«

»Auf das Wiedersehen mit Jim.«

Flick fiel wieder ein, dass Ruby ein Techtelmechtel mit dem Waffenlehrer gehabt hatte. »Ich dachte …« Sie brach ab.

»Du dachtest, das wär nur so 'n Gelegenheitsfick?«, fragte Ruby.

Flick nickte, peinlich berührt.

»Das dachte Jim auch«, meinte Ruby. »Aber ich habe andere Pläne.«

Paul lachte leise. »Du kriegst das, was du willst, darauf gehe ich jede Wette ein.«

»Was ist mit euch beiden?«, fragte Ruby.

Paul erwiderte: »Ich bin ledig.« Er sah Flick an.

Sie schüttelte den Kopf. »Ich hatte die Absicht, Michel um die Scheidung zu bitten … Aber wie hätte ich das tun können, mitten in einem Einsatz?«

»Dann warten wir eben, bis der Krieg zu Ende ist, und heiraten dann«, sagte Paul. »Ich bin ein geduldiger Mensch.«

Typisch Mann, dachte Flick. Erwähnt eine Heirat so nebenbei im Gespräch, als ginge es darum, eine Hundemarke zu besorgen. Das war's wohl mit der Romantik …

Doch eigentlich, gestand sie sich ein, kann ich zufrieden sein. Jetzt hat er schon zum zweiten Mal unsere Hochzeit erwähnt. Wer braucht da noch Romantik?

Sie sah auf ihre Uhr. Es war halb zwei. »Wir müssen los«, sagte sie.

Dieter Franck hatte eine Mercedes-Limousine requiriert, die außerhalb des Schlossgebiets abgestellt gewesen und somit der Explosion entgangen war. Der Wagen parkte jetzt am Rande eines Weingartens gleich neben dem Kartoffelfeld und war mit ausgerissenen, dicht belaubten Reben getarnt. Michel Clairet und Gilberte Duval saßen im Fond. Sie waren an Händen und Füßen gefesselt und wurden von Leutnant Hesse bewacht.

Franck hatte außerdem die beiden jeweils mit einem Gewehr bewaffneten Scharführer der Waffen-SS bei sich. Vor ihren aufmerksamen Augen erstreckte sich der Kartoffelacker, klar und deutlich sichtbar im Mondlicht.

»Die englischen Spione werden in wenigen Minuten eintreffen«, sagte Franck. »Das Überraschungsmoment ist auf unserer Seite, denn sie haben keine Ahnung, dass wir sie hier erwarten. Aber denken Sie dran: Ich muss sie lebend haben – vor allem die Rädelsführerin, dieses kleine Weib. Schießen Sie sie also nur kampfunfähig, nicht tot.«

»Das können wir Ihnen nicht garantieren«, wandte einer der Schützen ein. »Der Acker muss an die dreihundert Meter breit sein. Angenommen, der Feind ist hundertfünfzig Meter weit weg – auf diese Entfernung lassen sich die Beine eines Davonlaufenden nicht mehr mit absoluter Sicherheit treffen.«

»Die rennen nicht«, erklärte Franck. »Die warten auf ein Flugzeug. Sie müssen eine Linie bilden und mit Taschenlampen dem Piloten den Weg zur Landung weisen. Das heißt, dass sie minutenlang still stehen werden.«

»Mitten auf dem Feld?«

»Ja.«

Der Mann nickte. »Dann schaffen wir ’s.« Er blickte gen Himmel. »Wenn der Mond nicht gerade hinter einer Wolke verschwindet.«

»In diesem Fall stellen wir im entscheidenden Moment die Autoscheinwerfer an.« Der Mercedes hatte tellergroße Lichter.

Der zweite Schütze sagte: »Still!«

Alle drei hielten inne und lauschten. Ein motorisiertes Fahrzeug näherte sich. Sie knieten nieder. Trotz des Mondlichts waren sie vor dem Hintergrund der dicht stehenden dunklen Weinstöcke nicht zu sehen, sofern sie nicht die Köpfe hoben.

Vom Dorf her rumpelte ein Lieferwagen mit ausgeschalteten Scheinwerfern heran und blieb vor dem Gattertor zum Kartoffelfeld stehen. Eine weibliche Gestalt hüpfte heraus und zog das Tor auf. Der Kombi fuhr auf das Feld, und der Motor wurde abgestellt. Zwei weitere Personen stiegen aus, eine zweite Frau und ein Mann.

»Ganz still jetzt«, wisperte Franck.

In diesem Augenblick wurde die Ruhe vom Tuten einer Autohupe durchbrochen. Es klang unglaublich laut.

Franck fuhr zusammen und fluchte. Der Lärm kam aus dem Mercedes direkt hinter ihm. »Himmelarschundzwirn!«, brüllte er, sprang auf und lief zur Fahrertür, deren Fenster offen stand. Er erkannte sofort, was passiert war.

Michel Clairet war aufgesprungen, hatte sich über den Vordersitz gebeugt und, bevor ihn Hesse hatte daran hindern können, mit seinen gefesselten Händen auf die Hupe gedrückt. Hesse, der auf dem Beifahrersitz saß, versuchte seine Pistole zu ziehen, doch inzwischen hatte sich auch Gilberte Duval bewegt und sich auf Hesse geworfen. Sie schränkte seine Bewegungsfreiheit derart ein, dass er erst einmal damit beschäftigt war, sie aus dem Weg zu schieben.

Franck streckte die Arme durchs Fenster und wollte Clairet wegstoßen, doch der widersetzte sich, und Francks ungünstige Position ließ den entsprechenden Krafteinsatz nicht zu. Die Hupe dröhnte also ihre ohrenbetäubende Warnung, die die Résistance-Saboteure unmöglich überhören konnten, weiter in die Nacht.

Franck fingerte nach seiner Waffe.

Clairet fand den Schalter für die Scheinwerfer, und sie gingen an. Franck blickte auf. Seine beiden Schützen waren im Lichtkegel furchtbar exponiert. Sie erhoben sich zwar beide von ihren Knien, doch bevor sie sich aus dem Lichtfeld werfen konnten, ertönte vom Feld her das Rattern einer Maschinenpistole. Einer der Schützen schrie auf, ließ sein Gewehr fallen, krampfte die Hände um seinen Bauch und fiel quer über die Motorhaube des Mercedes. Den zweiten streckte unmittelbar darauf ein Kopftreffer nieder. Franck spürte einen scharfen Schmerz, der seinen linken Arm durchzuckte, und er stieß vor Schreck einen lauten Schrei aus.

Dann fiel ein Schuss im Innern des Mercedes, und Clairet schrie auf. Hesse war es endlich gelungen, sich von Gilberte zu befreien und seine Pistole zu ziehen. Er feuerte ein zweites Mal, und der Franzose brach zusammen, doch seine Hand lag noch immer auf der Hupe und wurde nun von seinem Körper noch fester darauf gedrückt. Der grauenvolle Lärm dauerte an, und auch Hesses dritter und völlig überflüssiger Schuss, der bereits einen Toten traf, änderte daran nichts. Gilberte kreischte, warf sich erneut gegen Hans und zerrte mit ihren gefesselten Händen an seinem Schussarm. Unterdessen hatte auch Dieter Franck seine Pistole gezogen. Er konnte jedoch nicht auf Gilberte schießen, weil er befürchten musste, dabei auch Hans zu treffen.

Ein vierter Schuss, wiederum aus der Waffe des Leutnants: Doch diesmal war die Pistole durch das Gerangel mit der Gefesselten abgelenkt und richtete sich in dem Moment, da Hesse abdrückte, nach oben. Die Kugel traf ihn unter dem Kinn. Er gab ein entsetzliches Gurgeln von sich, aus seinem Mund quoll Blut, und er sackte mit erstarrten Augen rückwärts gegen die Tür.

Franck zielte sorgfältig und tötete Gilberte Duval mit einem Kopfschuss.

Er streckte den rechten Arm durch das Autofenster und schob Clairets Leiche vom Steuerrad.

Endlich schwieg die Hupe.

Franck fand den Schalter für die Scheinwerfer, und sie erloschen.

Er ließ seinen Blick über das Kartoffelfeld schweifen.

Der Lieferwagen stand noch am selben Platz, doch die Dohlen waren verschwunden.

Franck lauschte. Nichts rührte sich.

Er war allein.

Flick kroch auf Händen und Füßen durch die Weinstöcke. Ihr Ziel war Major Francks Wagen. Das Mondlicht, sonst so hilfreich bei geheimen Flügen über feindlich besetztem Territorium, war nun gegen sie. Sie hoffte auf eine Wolke, die sich vor den Mond schob, doch im Augenblick war der Himmel sternenklar. Obwohl sie sich dicht an die Rebstockreihen hielt, warf ihr Körper einen verräterischen Schatten.

Sie hatte Paul und Ruby streng angewiesen, zurückzubleiben und sich am Feldrand in der Nähe ihres Fahrzeugs zu verstecken. Drei Menschen machten den dreifachen Lärm – und sie wollte nicht, dass ein Begleiter ihre Anwesenheit verriet.

Sie lauschte, ob das Flugzeug schon zu hören war. Sie musste jeden noch vorhandenen Feind stellen und töten, bevor die Maschine eintraf. Die Dohlen konnten sich nicht mit ihren Taschenlampen auf den Acker stellen, solange zwischen den Weinstöcken noch Bewaffnete hockten und jederzeit auf sie feuern konnten. Standen sie aber nicht mit den Signallichtern bereit, würde das Flugzeug gar nicht erst landen, sondern ohne sie nach England zurückkehren – eine unerträgliche Vorstellung.

Fünf Reihen Rebstöcke trennten sie von Francks Wagen, der am Rand des Weinfelds parkte. Sie wollte den Feind von hinten überraschen. Sie hielt die Maschinenpistole schussbereit in der rechten Hand, während sie vorankroch.

Jetzt war sie auf gleicher Höhe mit dem Wagen. Franck hatte ihn mit Reben verkleidet, doch als sie kurz über die Weinstöcke lugte, sah sie die Reflexion des Mondlichts im Rückfenster.

Die Rebenschösslinge waren rechts und links auf Spalier gebunden. Flick schob den Kopf unter dem untersten Draht hindurch und prüfte den Zwischenraum bis zur nächsten Rebenreihe. Niemand zu sehen. Sie zog ihren Körper unter dem Spalierdraht hindurch, kroch rasch hinüber zur nächsten Reihe und wiederholte die Prozedur. Mit jeder Bewegung, die sie näher an den Wagen heranbrachte, wuchs ihre Wachsamkeit. Noch immer war kein Mensch zu sehen.

Zwei Reihen vor dem Rand des Weingartens konnte sie die Räder des Mercedes und den Boden in deren Umgebung erkennen. Sie glaubte, zwei bewegungslose Körper in Uniformen ausmachen zu können. Wie viele waren insgesamt gekommen? Der Mercedes war ein großes, lang gestrecktes Gefährt, in das problemlos sechs Personen hineinpassten.

Sie kroch wieder ein Stück näher. Noch immer keine Bewegung. Waren sie alle tot? Oder waren doch noch einer oder zwei am Leben, hielten sich in der Nähe verborgen und warteten nur darauf, zuzuschlagen?

Sie befand sich jetzt unmittelbar vor dem Wagen.

Die Türen standen weit offen. Im Innenraum lagen anscheinend lauter Leichen. Über dem Vordersitz lag Michel.

Flick unterdrückte ein Aufschluchzen. Er war kein guter Ehemann gewesen, doch sie hatte ihn einmal geliebt, und nun hatte er drei rot geränderte Schusswunden in der Brust seines blauen Chambray-Hemds und war tot. Sie nahm an, dass er derjenige gewesen war, der auf die Hupe gedrückt hatte, und wenn dem so war, dann hatte er ihr mit seinem Tod noch das Leben gerettet.

Sie musste sich zusammenreißen: Über solche Dinge nachzudenken, fehlte ihr jetzt die Zeit – sie würde es später tun, vorausgesetzt, sie blieb lang genug am Leben.

Neben Michel lag ein Mann, den sie nicht kannte. Er hatte eine Schusswunde im Hals und trug eine Leutnantsuniform. Im Fond lagen weitere menschliche Körper. Flick spähte durch die offen stehende Tür und erkannte, dass auch eine Frau darunter war. Sie beugte sich vor, um sie besser sehen zu können, und hielt die Luft an: Es war Gilberte. Sie schien ihr direkt ins Gesicht zu starren. Eine Schrecksekunde später realisierte Flick, dass diese Augen nichts mehr sahen. Gilberte war tot. Man hatte ihr in den Kopf geschossen.

Flick beugte sich über Gilberte, um auch die vierte Leiche noch zu inspizieren. Plötzlich jedoch kam Leben in den Toten, und ehe Flick auch nur schreien konnte, wurde sie beim Haar gepackt, und ein Pistolenlauf bohrte sich in das weiche Fleisch ihrer Kehle.

Es war Dieter Franck.

»Lassen Sie die Waffe fallen!«, sagte er auf Französisch.

Flick hielt ihre Maschinenpistole in der rechten Hand, doch der Lauf zeigte nach oben. Sie hatte keine Chance, in Schussposition zu kommen; allein beim Versuch dazu hätte Franck sie erschossen. Sie musste seinem Befehl folgen. Da die Waffe entsichert war, hoffte Flick mit halbem Herzen, sie könne beim Aufprall losgehen, doch sie landete auf dem Boden, ohne dass etwas geschah.

»Zurück!«

Sie trat einen Schritt zurück. Franck entstieg dem Wagen und folgte ihr, die Waffe nach wie vor auf ihren Hals gepresst. Er richtete sich zu seiner vollen Größe auf. »Sie sind so klein«, sagte er und musterte sie von oben bis unten, »und haben so viel Schaden angerichtet.«

Flick sah Blut auf dem Ärmel seines Anzugs und nahm an, dass er einen Streifschuss aus ihrer Sten abbekommen hatte.

»Nicht nur bei mir«, sagte er. »Unsere Fernmeldezentrale war genauso wichtig, wie Sie sich das offenbar vorgestellt haben.«

Sie fand ihre Stimme wieder. »Gut.«

»Kein Grund zur Selbstzufriedenheit, denn jetzt werden Sie der Résistance Schaden zufügen.«

Sie dachte an die strikten Anweisungen, die sie Paul und Ruby gegeben hatte: Die hielten sich jetzt an ihren Befehl und blieben im Versteck; auf ihre Hilfe konnte Flick nicht zählen.

Franck ließ den Lauf seiner Pistole von ihrer Kehle zur Schulter gleiten. »Ich will Sie nicht töten, würde Ihnen aber mit Vergnügen eine schwere Verletzung zufügen. Reden müssen Sie natürlich können, denn Sie werden mir alle Namen und Adressen verraten wollen, die Sie im Kopf haben.«

Sie dachte an die Selbstmordpille in der hohlen Kappe ihres Füllfederhalters. Die Frage war nur, ob sie überhaupt noch die Chance bekam, sie zu schlucken.

»Schade, dass Sie unsere Verhörzentrale in Sainte-Cécile zerstört haben«, fuhr er fort. »Jetzt muss ich Sie nach Paris bringen. Dort haben wir die gleiche Einrichtung noch einmal.«

Flick dachte voller Entsetzen an den Operationstisch und die Elektroschock-Maschine.

»Ich frage mich, was Sie wohl am ehesten zum Reden bringen wird«, sagte Franck. »Der Schmerz allein bringt am Ende natürlich *jeden* zum Reden. Aber bei Ihnen habe ich das Gefühl, dass Sie unangenehm lange durchhalten können.« Er hob seinen linken Arm. Die Wunde schien ihm wehzutun und er zuckte zusammen, doch er ertrug den Schmerz. Er berührte Flicks Gesicht. »Die Zerstörung Ihrer Schönheit – vielleicht probieren wir 's damit. Stellen Sie sich mal vor, wie dieses hübsche Gesicht aussehen wird, wenn die Nase gebrochen und die Lippen zerfetzt sind, wenn ein Auge fehlt und die Ohren abgeschnitten sind.«

Flick wurde übel, doch sie verzog keine Miene.

»Nicht das Richtige?« Francks Hand glitt abwärts, strich über ihren Hals und ihre Brust. »Wie wär's dann mit sexueller Erniedrigung? Nackt einer Menschenmenge vorgeführt, von betrunkenen Männern begrapscht, gezwungen zum unnatürlichen Akt mit Tieren ...«

»Wer von uns würde dadurch wohl am meisten erniedrigt?«, gab Flick herausfordend zurück. »Ich, das wehrlose Opfer ... oder Sie, der Inszenator solcher Schweinereien?«

Er nahm seine Hand weg. »Und dann haben wir natürlich auch noch Methoden, die einer Frau nicht nur wehtun, sondern auch bewirken, dass sie nie mehr imstande sein wird, Kinder zu bekommen.«

Flick dachte an Paul und zuckte unwillkürlich zusammen.

»Aha«, sagte Franck zufrieden. »Ich denke, ich weiß jetzt, wo wir den Hebel ansetzen müssen.«

Es war idiotisch, sich auf ein Gespräch mit ihm einzulassen, dachte Flick. Jetzt habe ich ihm selbst verraten, wie er meinen Willen am schnellsten brechen kann ...

»Wir fahren sofort nach Paris«, sagte Franck. »Bis zum Morgengrauen sind wir dort. Bis gegen Mittag hab ich Sie so weit. Sie werden mich anflehen, dass ich die Folter beende und Ihnen zuhöre. Und dann werden Sie mir alle Geheimnisse verraten, die Sie wissen. Morgen Abend wird die gesamte nordfranzösische Résistance ausgehoben.«

Flick wurde kalt vor Angst. Dieser Franck war kein Prahlhans. Ihm war alles zuzutrauen.

»Ich denke, Sie sollten die Fahrt im Kofferraum zurücklegen«, sagte er. »Er schließt nicht luftdicht, Sie werden also nicht ersticken. Aber ich werde Ihnen die Leichen Ihres Ehemannes und seiner Geliebten dazupacken. In einer solchen

Gesellschaft ein paar Stunden lang durchgeschüttelt zu werden, ist eine gute mentale Vorbereitung, glaube ich.«

Flick schauderte vor Widerwillen, aber sie konnte nichts tun.

Franck drückte weiter seine Pistole gegen ihre Schulter und fasste mit der anderen Hand in seine Tasche. Er bewegte den Arm vorsichtig: Die Schusswunde tat ihm weh, behinderte ihn jedoch nicht. Er zog ein Paar Handschellen heraus. »Geben Sie mir Ihre Hände«, sagte er.

Sie verharrte regungslos.

»Wenn Sie sich die Handschellen nicht anlegen lassen, jage ich Ihnen in jede Schulter eine Kugel, damit Sie Ihre Arme nicht mehr gebrauchen können.«

Hilflos hob sie die Hände.

Er schloss eine Handschelle um ihr linkes Handgelenk und fasste nach ihrer Rechten.

Dann unternahm sie einen letzten, verzweifelten Versuch.

Sie schlug mit der handschellenbewehrten Linken seitwärts aus und streifte damit die Pistole von ihrer Schulter. Gleichzeitig schob sie die Rechte unters Revers ihrer Jacke und zog das kleine Messer aus der darunter verborgenen Scheide.

Franck zuckte zurück, war aber nicht schnell genug.

Flick machte einen Satz nach vorn und stieß ihm das Messer direkt ins linke Auge. Er wandte den Kopf ab, doch die Klinge war bereits eingedrungen, und Flick ging noch einen Schritt vor, presste sich mit dem ganzen Körper gegen ihn und rammte das Messer tiefer in die Wunde. Blut und Lymphflüssigkeit quollen heraus. Franck schrie vor Qual auf und feuerte, doch der Schuss ging in die Luft.

Er stolperte rückwärts, doch Flick folgte ihm und trieb das Messer mit dem Handballen immer weiter hinein. Es besaß kein Heft. Flick hörte erst auf, als sie ihm die fast acht Zentimeter lange Waffe vollends in den Kopf getrieben hatte. Franck fiel rücklings auf den Boden.

Flick fiel über ihn. Mit den Knien landete sie auf seiner Brust und hörte seine Rippen brechen. Er ließ seine Pistole fallen und grapschte mit beiden Händen nach seinem Auge, bekam aber das tief sitzende Messer nicht mehr zu fassen. Flick packte seine Waffe, eine Walther P38, stand auf, nahm die Pistole in beide Hände und legte auf ihn an.

Aber er rührte sich nicht mehr.

Sie hörte Schritte. Jemand rannte auf sie zu. Es war Paul.

»Flick!«, rief er. »Bist du okay?«

Sie nickte.

Noch immer zielte sie mit der Walther auf Dieter Franck.

»Ich glaube, das ist nicht nötig«, sagte Paul sachte. Er zog ihre Hände zu sich, nahm ihr die Waffe ab und sicherte sie.

Plötzlich war auch Ruby bei ihnen. »Hört nur, hört!«, rief sie.

Flick nahm das Dröhnen einer Hudson wahr.

»Kommt, wir gehen«, sagte Paul.

Sie rannten auf das Feld hinaus und schwenkten ihre Lampen, damit das Flugzeug landen und sie nach Hause bringen konnte.

Starke Winde wehten, und es regnete immer wieder, als sie den Ärmelkanal überflogen. In einer ruhigeren Phase kam der Navigator zu ihnen in die Passagierkabine und sagte: »Wollen Sie vielleicht mal einen Blick nach draußen werfen?«

Flick, Ruby und Paul waren eingedöst. Der Boden war hart, doch sie waren alle drei fix und fertig. Flick lag in Pauls Armen und hatte keine Lust, aufzustehen.

Doch der Navigator ließ nicht locker. »Beeilen Sie sich, bevor wieder alles voller Wolken ist. So was sehen Sie bis an Ihr Lebensende nicht mehr, und wenn Sie hundert werden.«

Die Neugier siegte über Flicks Müdigkeit. Sie stand auf und taumelte an das rechteckige kleine Fenster. Ruby tat es ihr nach, und der Pilot legte die Maschine entgegenkommenderweise ein wenig auf die Seite.

Die See war kabbelig, und es wehte eine steife Brise, doch der Vollmond schien, sodass Flick alles ganz deutlich sehen konnte. Zuerst wollte sie ihren Augen nicht trauen. Unmittelbar unter dem Flugzeug fuhr ein waffenstarrendes graues Kriegsschiff. Längs daneben befand sich ein kleiner Ozeanliner, dessen weiß gestrichener Rumpf im Mondlicht schimmerte. Unmittelbar dahinter stampfte ein rostiger alter Dampfer durch die Wogen. Davor und dahinter schwammen Lastkähne, Truppentransporter, verbeulte alte Tanker und große, flach gebaute Landungsboote. Schiffe, Schiffe, Schiffe, so weit das Auge reichte. Es müssen Hunderte sein, dachte Flick.

Der Pilot neigte die Maschine zur anderen Seite, und aus dem Fenster gegenüber bot sich der gleiche Anblick.

»Paul, schau dir das an!«, rief sie.

Er kam zu ihr und stellte sich neben sie. »Menschenskind!«, sagte er. »So viele Schiffe hab ich in meinem ganzen Leben noch nicht gesehen!«

»Die Invasion!«, sagte Flick.

»Guckt mal vorne raus«, schlug der Navigator vor.

Flick ging nach vorn und blickte dem Piloten über die Schulter. Schiffe über Schiffe bedeckten das Meer wie ein Teppich, Meile um Meile nichts als Schiffe, so weit sie sehen konnte. Sie hörte Paul ungläubig sagen: »Ich wusste gar nicht, dass es auf dieser ganzen verdammten Welt so viele Schiffe gibt!«

»Was glauben Sie, wie viele das sind?«, fragte Ruby.

Der Navigator antwortete: »Ich hab was von fünftausend gehört.«

»Erstaunlich«, sagte Flick.

»Ich gäb was drum«, sagte der Navigator, »wenn ich dabei sein könnte, Sie nicht auch?«

Flick sah Paul an und dann Ruby, und dann grinsten sie alle drei. »Aber das sind wir doch«, sagte sie. »Wir sind doch alle längst dabei.«

+++ ein jahr später +++

mittwoch, 6. juni 1945

Die Londoner Prachtstraße Whitehall war beiderseits mit prunkvollen Gebäuden flankiert, die den Glanz des alten Empire aus der Zeit von vor ungefähr hundert Jahren verkörperten. Viele der hohen Räume dieser eindrucksvollen Bauten mit ihren langen Fensterfluchten waren seither mithilfe billiger Trennmauern unterteilt worden, um Büros für subalterne Beamte und Besprechungszimmer für die Konferenzen unwichtiger Komitees zu schaffen. Die *Medals (Clandestine Actions) Working Party*, das Unterkomitee eines Unterkomitees, das über die Verleihung von Orden für geheimdienstliche Tätigkeiten befand, trat in einem dreizehneinhalb Quadratmeter großen, fensterlosen Raum zusammen, dessen eine Wand zur Hälfte von einem riesigen, unbeheizten Kamin in Anspruch genommen wurde.

Simon Fortescue vom MI6 – gestreifter Anzug, gestreiftes Hemd, gestreifte Krawatte – führte den Vorsitz. Die Special Operations Executive war durch John Graves vom Ministerium für Wirtschaftliche Kriegsführung vertreten, das die gesamte Kriegszeit über offiziell für die SOE zuständig gewesen war. Graves trug, ebenso wie die anderen Zivilisten in diesem Komitee, die so genannte Whitehall-Uniform: ein schwarzes Jackett zu gestreiften grauen Hosen. Auch der Bischof von Marlborough im purpurfarbenen Hemd der Kirche war gekommen. Seine Anwesenheit diente zweifellos dazu, der Verleihung von Orden an Männer, die andere Männer getötet hatten, den rechten moralischen Anstrich zu geben. Colonel Algernon »Nobby« Clarke, ein Geheimdienstoffizier, war das einzige Mitglied des Komitees, das aktiv am Krieg teilgenommen hatte.

Während die Männer sich berieten, servierte die Sekretärin des Komitees Tee; dazu wurde ein Teller mit Gebäck herumgereicht.

Der Vormittag war schon halb vorüber, als sie zum Fall der Dohlen von Reims kamen.

John Graves sagte: »Die Gruppe bestand aus sechs Frauen, von denen nur zwei zurückgekommen sind. Aber diese Frauen haben die Fernmeldezentrale in Sainte-Cécile zerstört, die obendrein der Gestapo als regionales Hauptquartier diente.«

»Frauen?«, fragte der Bischof. »Sagten Sie sechs Frauen?«

»Ja.«

»Ach du liebe Güte.« Der Tonfall verriet Missbilligung. »Warum denn Frauen?«

»Die Fernmeldezentrale war schwer bewacht. Sie gelangten hinein, indem sie sich als Putzfrauen ausgaben.«

»Ach so.«

Nobby Clarke, der bislang fast nur stumm dagesessen und eine Zigarette nach der anderen geraucht hatte, sagte nun: »Nach der Befreiung von Paris habe ich einen Major Goedel verhört, der Rommels Adjutant war. Er erzählte mir, dass die Wehrmacht durch den Zusammenbruch des Fernmeldewesens am Tag der Invasion buchstäblich gelähmt gewesen sei. Seiner Meinung nach hat dieses Ereignis in signifikanter Weise zum Erfolg der Invasion beigetragen. Bis heute hatte ich keine Ahnung, dass eine Hand voll Mädchen dahinter steckte. Meines Erachtens wäre hier das *Military Cross* angemessen, oder?«

»Vielleicht«, sagte Fortescue und gab sich auf einmal sehr moralisch. »Es gab allerdings disziplinarische Probleme mit der Gruppe. Gegen Major Clairet, die Anführerin, wurde offiziell

Beschwerde erhoben, nachdem sie einen Offizier der Garde beleidigt hatte.«

»Beleidigt?«, fragte der Bischof. »Wie denn?«

»Bei einem Streit in einer Bar sagte sie zu ihm ... Ich – bitte vielmals um Entschuldigung, Eminenz ... Sie nannte ihn ein Arschloch, fürchte ich ...«

»Ach du liebe Güte! Das klingt aber nicht nach einem Menschen, der der kommenden Generation als heldenhaftes Vorbild dienen sollte.«

»Genau. Also dann eine weniger hohe Auszeichnung als das *Military Cross* – den Verdienstorden *Member of the Order of the British Empire* vielleicht.«

Wieder meldete sich Nobby Clarke zu Wort. »Da stimme ich nicht zu«, sagte er milde. »Einer zart besaiteten Zimperliese wäre es wohl kaum gelungen, direkt unter den Augen der Gestapo eine Fernmeldezentrale in die Luft zu jagen.«

Fortescue fühlte sich irritiert. Widerspruch war er nicht gewöhnt, und er hasste Leute, die sich von ihm nicht einschüchtern ließen. Er ließ den Blick von einem zum anderen schweifen. »Die Mehrheit des Komitees scheint gegen Sie zu sein.«

Clarke legte die Stirn in Falten. »Ich darf wohl von der Annahme ausgehen, dass ich eine Minderheits-Empfehlung ins Protokoll aufnehmen lassen kann«, sagte er mit stoischer Geduld.

»Gewiss«, sagte Fortescue. »Wiewohl ich bezweifle, dass es viel Zweck hat.«

Clarke zog nachdenklich an seiner Zigarette. »Wie das?«

»Über ein oder zwei Personen auf unserer Liste wird der Minister selbst ein wenig Bescheid wissen. In diesen Fällen folgt er unabhängig von unseren Empfehlungen seinen eigenen Wünschen. In allen anderen Fällen richtet er sich nach unseren Vorschlägen, da er keine persönlichen Präferenzen hat. Bei Komitee-Beschlüssen, die nicht einstimmig gefasst wurden, wird er sich daher an die Empfehlung der Mehrheit halten.«

»Aha«, sagte Clarke. »Trotzdem möchte ich im Protokoll festgehalten haben, dass ich nicht mit der Mehrheit des Komitees übereinstimme und Major Clairet für das Military Cross vorgeschlagen habe.«

Fortescue richtete seinen Blick auf die Sekretärin, die einzige Frau im Raum. »Bitte vermerken Sie das, Miss Gregory.«

»Sehr wohl«, sagte sie ruhig.

Clarke drückte seine Zigarette aus und zündete sich eine neue an.

Und damit war die Angelegenheit erledigt.

Waltraud Franck kam frohen Mutes nach Hause. Es war ihr gelungen, ein gutes Kammstück vom Hammel zu bekommen – das erste Fleisch seit einem Monat. Sie war zu Fuß aus der Vorstadt in die zerbombte Kölner Innenstadt gegangen und hatte den ganzen Vormittag vor der Metzgerei Schlange gestanden. Sie hatte sich sogar ein Lächeln abgerungen, als Herr Beckmann, der Fleischer, ihren Po getätschelt hatte, denn hätte sie protestiert, wäre er in Zukunft für sie immer »ausverkauft« gewesen. Doch wenn sie dafür, dass Beckmann seine Pfoten nicht bei sich behalten konnte, einen Hammelhals ergatterte, der die Familie drei Tage lang ernährte, nahm sie dergleichen hin.

»Ich bin wieder da-ah!«, rief sie in singendem Tonfall, als sie das Haus betrat. Die Kinder waren in der Schule, doch Dieter war zu Hause. Sie legte das kostbare Fleisch in die Speisekammer. Das gab's erst heute Abend, wenn die Kinder mitaßen. Zu Mittag würden sie und Dieter sich mit Kohlsuppe und Schwarzbrot begnügen.

Sie ging ins Wohnzimmer. »Hallo, mein Schatz!«, sagte sie frohgemut.

Ihr Ehemann saß bewegungslos am Fenster. Über einem seiner Augen hatte er eine schwarze Klappe wie ein Pirat. Er trug einen seiner schönen alten Anzüge, der jedoch sichtlich zu weit für seine abgemagerte Gestalt geworden war, und er hatte keine Krawatte um. Sie versuchte jeden Morgen, ihn anständig anzuziehen, doch sie schaffte es einfach nicht, eine Krawatte zu binden. Er hatte einen leeren Ausdruck im Gesicht, und aus seinem offenen Mund lief ein Speichelfaden. Ihren Gruß erwiderte er nicht.

Daran war sie gewöhnt. »Weißt du was?«, sagte sie. »Ich hab einen Hammelnacken bekommen!«

Er starrte sie mit dem gesunden Auge an. »Wer sind Sie?«, fragte er.

Sie beugte sich über ihn und gab ihm einen Kuss. »Heute Abend gibt's Eintopf mit Fleisch, ist das nicht prima?«

Am gleichen Nachmittag heirateten Flick und Paul in einer kleinen Kirche in Chelsea.

Es war eine schlichte Zeremonie. In Europa war der Krieg zwar zu Ende, und Hitler war tot, doch die Japaner kämpften noch verbissen um Okinawa, und die Sparmaßnahmen der Kriegswirtschaft beeinträchtigten noch immer das Leben der Menschen in London. Flick und Paul erschienen beide in Uniform: Stoff für ein Hochzeitskleid war nur schwer aufzutreiben, und Flick wollte, da sie ja Witwe war, ohnehin nicht in Weiß heiraten.

Percy Thwaite führte sie zum Altar. Ruby fungierte als Ehrendame – Brautjungfer konnte sie nicht mehr sein, da sie selber bereits verheiratet war. Jim, der Waffenausbilder aus dem »Mädchenpensionat« und inzwischen Rubys Ehemann, saß in der zweiten Reihe der Kirchenbänke.

Trauzeuge war Pauls Vater, General Chancellor. Er war noch immer in London stationiert, und Flick hatte ihn mittlerweile recht gut kennen gelernt. Beim US-Militär galt er als Menschenfresser, aber für Flick war er schlichtweg ein Schatz.

Ebenfalls anwesend war Mademoiselle Jeanne Lemas. Sie war gemeinsam mit der jungen Marie ins Konzentrationslager

Ravensbrück verschleppt worden. Marie war dort gestorben, doch Mademoiselle Lemas hatte irgendwie überlebt. Percy Thwaite hatte alle seine Verbindungen spielen lassen, damit sie nach London zur Hochzeit kommen konnte. Mit einem Topfhut auf dem Kopf saß sie in der dritten Reihe.

Auch Dr. Claude Bouler hatte überlebt, doch Diana und Maude waren beide in Ravensbrück gestorben. Mademoiselle Lemas zufolge war Diana vor ihrem Tod zu einer Art Wortführerin im Lager geworden. Sie hatte die deutsche Neigung zur Unterwürfigkeit gegenüber Aristokraten erkannt und sich zunutze gemacht. Furchtlos war sie dem Lagerkommandanten gegenübergetreten, hatte sich über die Lebensbedingungen beschwert und Verbesserungen für alle gefordert. Viel hatte sie damit nicht erreicht, doch ihre Standfestigkeit und ihr Optimismus hatten den hungernden Frauen Mut gemacht. Einige, die das Lager überstanden hatten, gaben zu Protokoll, dass sie ohne Diana den Willen zum Überleben verloren hätten.

Die Hochzeitszeremonie dauerte nicht lange. Danach, als Flick und Paul Mann und Frau waren, drehten sie sich einfach um und nahmen, im Portal der Kirche stehend, die Glückwünsche entgegen.

Auch Pauls Mutter war gekommen. Irgendwie hatte es der General geschafft, seine Frau an Bord eines Flugboots über den Atlantik zu bringen. Sie war erst am Abend zuvor eingetroffen und sah Flick nun zum ersten Male. Sie musterte die neue Schwiegertochter von oben bis unten und beschäftigte sich offenkundig sehr intensiv mit der Frage, ob diese junge Frau auch gut genug für ihren wunderbaren Sohn war. Flick war darüber leicht pikiert, sagte sich dann aber, das müsse wohl die natürliche Reaktion einer stolzen Mutter sein, und küsste Mrs Chancellor herzlich auf die Wange.

Sie wollten in Boston leben. Paul beabsichtigte, seine Firma für Schul-Schallplatten wieder auf Vordermann zu bringen, und Flick wollte ihre Doktorarbeit fertig schreiben, um danach amerikanischen Jugendlichen die französische Kultur näher zu bringen. Die fünftägige Atlantiküberquerung sollte ihre Hochzeitsreise sein.

Auch Flicks Mutter war da. Sie trug einen Hut, den sie sich 1938 gekauft hatte. Obwohl sie ihre Tochter bereits zum zweiten Mal heiraten sah, musste sie heftig weinen.

Der Letzte der kleinen Gemeinde, die Flick mit einem Kuss zur Hochzeit gratulierte, war ihr Bruder Mark.

Und nun fehlte Felicity nur noch eine Kleinigkeit zur Vollendung ihres Glücks. Den Arm noch um ihren Bruder gelegt, wandte sie sich an ihre Mutter, die seit drei Jahren kein Wort mit Mark gewechselt hatte. »Schau, Mama«, sagte sie. »Mark ist gekommen.«

Marks Augen verrieten, dass er entsetzliche Angst hatte.

Mama ließ sich eine ganze Weile Zeit. Doch dann breitete sie die Arme aus und sagte: »Hallo, Mark.«

»Ach, Mama«, sagte er und umarmte sie.

Danach gingen sie alle hinaus in den Sonnenschein.

aus der offiziellen geschichtsschreibung

»Sabotageakte wurden normalerweise nicht von Frauen geplant. Pearl Witherington, eine als Kurier ausgebildete britische Agentin, sprang jedoch in die Bresche, nachdem die Gestapo den Anführer ihrer Gruppe festgenommen hatte, und leitete mit Tapferkeit und Brillanz eine aktive Gruppe des Maquis im Berry. Es wurde nachdrücklich empfohlen, sie mit einem MC *(Military Cross)* auszuzeichnen, doch waren Frauen als Träger dieses Ordens nicht zugelassen. Den zivilen MBE, der ihr stattdessen verliehen wurde, wies sie mit der Bemerkung zurück, dass das, was sie getan habe, nichts Ziviles gewesen sei.«

M. R. D. Foot, »SOE in France«, HMSO, London 1966.

danksagung

Ich danke allen Personen, die mich mit Rat und Tat unterstützt haben, insbesondere M. R. D. Foot für Informationen über die Special Operations Executive; Richard Overy (Drittes Reich); Bernard Green (Geschichte des Fernmeldewesens); Candice DeLong und David Raymond (Waffen). Dan Starer von Research for Writers, New York City, dstarer@bellatlantic.net, und Rachel Flagg danke ich wie immer für ihre Hilfe bei den allgemeinen Recherchen.

Unschätzbare Hilfe verdanke ich ferner meinen Lektoren Phyllis Grann und Neil Nyren in New York, Imogen Tate in London, Jean Rosenthal in Paris und Helmut W. Pesch in Köln sowie meinen Agenten Al Zuckerman und Amy Berkower. Mehrere Mitglieder meiner Familie lasen die verschiedenen Entwürfe und halfen mir mit konstruktiver Kritik, insbesondere John Evans, Barbara Follett, Emanuele Follett, Jann Turner und Kim Turner.

»Follett ist immer großes Kino im Kopf.«

BILD

Ken Follett
MITTERNACHTS
FALKEN
Roman
544 Seiten
ISBN 3-404-15323-5

England im Jahre 1941. Hermia Mount, Diplomatentochter und im MI6 mit der Abteilung Dänemark betraut, hat es in dem von Männern dominierten Geheimdienst nicht leicht. So schenkt keiner ihr Beachtung, als sie von einem neuen Projekt der Deutschen mit Namen »Freya« hört.
Doch Freya gibt es wirklich. Es ist ein neuartiges Radarsystem vor der dänischen Küste. Der Einzige, der einen Beweis dafür in der Hand hat, ist Harald Olufsen, ein 18-jähriger Oberschüler.
Diese Information könnte dem Krieg eine entscheidende Wende geben. Doch zwischen den beiden jungen Menschen liegt eine Welt voller Feinde – und die endlose Weite des Meeres ...

Bastei Lübbe Taschenbuch

»Thomas Gifford ist ein geborener Schriftsteller ... ESCUDO ist der zeitgenössische Abenteuerroman in Bestform.«

C. P. SNOW

Thomas Gifford
ESCUDO
Roman
608 Seiten
ISBN 3-404-15291-3

Portugal im frühen zwanzigsten Jahrhundert. Der junge Alves Reis strebt nach Höherem. Mit einem gefälschten Zeugnis steigt er in der Kolonie Angola zu Amt und Würden auf. Doch sein Glück kann nicht von Dauer sein, und so kommt Alves Reis der Gedanke zum Coup des Jahrhunderts: Die beste Möglichkeit, an Geld zu kommen, ist, es legal zu drucken, und dazu gründet man am besten eine Bank ...

Bastei Lübbe Taschenbuch